一脉承腔

郭智鹏 著

yimai chengqiang

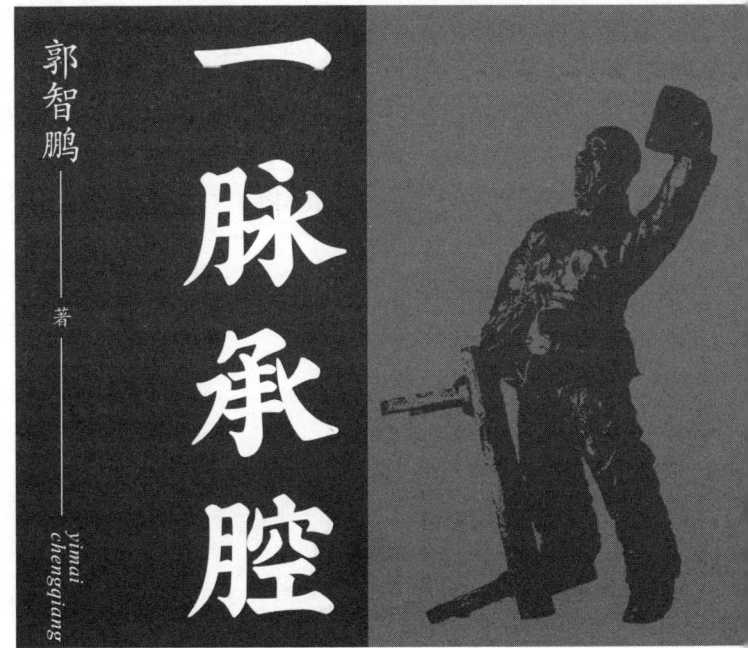

重庆出版集团 重庆出版社

图书在版编目(CIP)数据

一脉承腔 / 郭智鹏著. —重庆：重庆出版社, 2021.12
ISBN 978-7-229-16007-4

Ⅰ.①一… Ⅱ.①郭… Ⅲ.①长篇小说—中国—当代 Ⅳ.①I247.5

中国版本图书馆CIP数据核字(2021)第172823号

一脉承腔
YIMAI CHENGQIANG

郭智鹏 著

责任编辑：钟丽娟
责任校对：刘 艳
装帧设计：八 牛

重庆出版集团
重庆出版社 出版

重庆市南岸区南滨路162号1幢　邮编：400061　http://www.cqph.com
重庆出版社艺术设计有限公司制版
重庆市国丰印务有限责任公司印刷
重庆出版集团图书发行有限公司发行
E-MAIL:fxchu@cqph.com　邮购电话：023-61520646
全国新华书店经销

开本：720mm×1000mm　1/16　印张：26　字数：506千
2021年12月第1版　2021年12月第1次印刷
ISBN 978-7-229-16007-4
定价：66.00元

如有印装质量问题，请向本集团图书发行有限公司调换：023-61520678

版权所有　侵权必究

一脉承腔

目录
Contents

第1章 / 老腔不能丢 / 001

第2章 / 申遗 / 013

第3章 / 要钱 / 026

第4章 / 开始训练 / 038

第5章 / 上电视台录节目 / 051

第6章 / 上台表演 / 064

第7章 / 震撼 / 077

第8章 / 等待结果 / 090

第9章 / 庆功 / 102

第10章 / 邀请演出 / 115

第11章 / 华山演出 / 127

第12章 / 工厂变故 / 140

第13章 / 选择 / 153

第14章 / 演出 / 166

第15章 / 加上流行歌 / 180

第16章 / 端午演出 / 193

一脉承腔

目录 Contents

第17章 / 意外惊喜 / 205

第18章 / 处理小偷 / 218

第19章 / 中秋晚会 / 230

第20章 / 主动请缨 / 243

第21章 / 排练 / 255

第22章 / 节目邀请 / 269

第23章 / 剧场火爆 / 281

第24章 / 到北京 / 294

第25章 / 培训 / 306

第26章 / 评选演出 / 319

第27章 / 名震京城 / 332

第28章 / 筹备春晚 / 346

第29章 / 直接离开 / 358

第30章 / 真正的音乐 / 371

第31章 / 给你一点颜色 / 384

第32章 / 华阴老腔一声喊(大结局) / 397

第 1 章

/ 老腔不能丢 /

"张厂长,如果没有问题的话,我们今天能不能就把合同签了?"

听到耳边传来的声音,张禾的神色没有丝毫的变化。

他穿着一身崭新的西装,和他的外貌稍微有些不符,眼角几道鱼尾纹,显得有些沧桑。

面前摆着一个茶台,上面放着雕刻成蟾蜍等等模样的一些木质物品,茶壶在一旁烧着,咕咕冒着热气。

对面那个男人上身穿着花哨的衬衣,就好像晚上在歌舞厅蹦迪的那群闲杂人员一般。

见张禾没有说话,男子顿时有些着急起来。

"张厂,我给的已经是最低价了,不能再低了。"

张禾心里一动,不过没有直接表现出来。

做生意,谁着急谁就要少挣一点,在菜市场上讨价还价也是同一个道理,不过张禾有自信面前这个男子不会拒绝他。

对面的男子是一个废品收购站的老板,虽说只是一个小站,但是每年收购的废纸也有几千吨的量。

张禾要做的就是将这些废纸买回来,重新加工成纸类产品,回收再利用。

本市几十家造纸厂,张禾开出的价钱已经是最高的了,他走的是技术流,可以通过生产工艺的优化将这一部分的成本节约出来。

"一吨八百。"张禾缓缓说道。

这个价钱是他能开出的底线，即便如此，也比其他的工厂收购价要高上不少。

溢价收购废纸，近乎于垄断，几千吨至少差几万块钱，没有人能拒绝这个诱惑。

男子眼神疑惑，犹豫了一会儿，正要说话。

张禾身上忽然响起了一阵歌声。

"如果大海能够带走我的……"

张禾脸上露出抱歉之色，道："不好意思，出去接个电话。"

说完，张禾直接拿着手机走了出去。

这年头，做生意的手上不能没有手机。

张禾手上的是一个翻盖手机，里面是一个彩色屏幕，2.8寸，不大不小，正好一只手可以拿稳。

一看来电显示，家里打来的。

自家的情况自家知道，家里那两个老农民没什么要紧事是不会打电话过来的。

这个点突然打来电话，恐怕是出了什么大事。

张禾的心里忽然生出一股不好的预感，他不敢耽误，将电话接了起来。

"爸，咋了？"张禾语气疑惑。

"你叔爷死了，你看你能不能回来一趟？"电话里的语气很平静。

瞬间，一张苍老的面孔浮现在张禾脑海之中。

叔爷张德海是村中的老人，小时候对他颇有照顾，也是华阴老腔的传承人之一，在戏班里面负责拉板胡，已经七十多岁的年纪了。

"我马上就回来。"张禾没有多说，直接答应下来。

他的心里并没有太大的波动，生老病死乃人之常情，叔爷张德海活了这么久，也算是寿终正寝。

只是可惜了，从此老腔传人再少一人。

张禾在心里无声道，回去之后和那个废品站站长签了合同，随后匆忙离开了这里。

停车场上，一辆黑色的桑塔纳停在那里。

张禾坐在驾驶位上，将脖子上的领带解下来扔在了一边，将外套也丢掉，将衬衫上面几颗扣子全都解开。

一系列动作做完，张禾这才松了口气，人前光鲜亮丽，但不代表穿着就很舒服，如果不是必要，他也不会这么打扮。

拿起手机熟练地打开通讯录，不过几秒就从里面找到了一个号码，备注名是唐琼。

张禾拨了出去，嘟嘟响了好几声之后电话终于接通。

"亲爱的，怎么了？"电话里是一个十分年轻的声音，灵动婉转。

唐琼，张禾的女朋友，现在在市里面的一个文化部门工作，两人年纪差了三岁。

两人从同一所大学毕业，张禾是先毕业的那个，在校期间攻城略地，拿下了学妹唐琼。

爱情长跑六年的时间，距离结婚只差临门一脚，至于之后是爱情的坟墓还是情感的升华，张禾不知道也懒得去想。

"我叔爷爷去世了，我要回家一趟，这几天你去你爸妈家住吧，安全第一。"

"对了，上次老刘给我带了一条烟和一瓶酒还在书房放着，你把这两样东西给你爸带过去，我这边也不缺。"

张禾将他离开之后的事情安排了一下。

和唐琼已经同居，双方父母心知肚明。

他当年在大学期间表现优异，专业排名第一，系主任亲自找到他说要给他留一个研究生的名额。

不过张禾没有选择继续深造，而选择了就业，学的是轻化工，不出意外这辈子就要和工厂打交道了。

张禾在厂子里待了几年，别人才混到一个小干部，他已经把厂子从上到下的运营模式全都了然于心，技术方面更是不在话下。

正好赶上国家扶持，他从银行贷款，拉上几个同校师兄弟，开了一个小工厂，从此一路高歌，这样的女婿没有长辈不喜欢的。

"啊？叔爷爷去世了，那我要不要和你一起回去？"唐琼有些惊讶道。

"不用了，我们家在山脚下，穷乡僻壤，你是城里人，住不习惯，再者说了，我爷爷讲究礼数，你还没有正式登门拜访过，现在来也不是回事，你就在家等我吧。"张禾的语气温和，恰到好处。

"我知道了。"唐琼回应道。

两人再度说了些情侣之间的私密话，随后张禾等唐琼挂掉了电话。

他一踩油门，桑塔纳缓缓驶离了这里。

华阴市虎沟村，位于华山脚下，穷乡僻壤，一座座砖瓦房矗立在山中，田野里面阡陌交通，村子里面鸡犬相闻，和城里完全不一样。

几乎整个虎沟村的人都姓张，在这里张姓就是大姓，无人能比。

张德海老爷子在虎沟村的地位极高，不光是张禾的叔爷爷，更是所有年轻人的长辈。

这一次张德海去世，整个村里的人都过来帮忙。

按照这边的习俗，从前几天就要开始准备，一直要闹到下葬。

对于这些，张禾并不是很清楚，只是当他跪在灵堂前的时候，豆大的眼泪就从眼睛里流出来了。

一颗颗泪珠掉在地上摔成了八瓣，给张德海上了三炷香，磕了几个头，披麻戴孝，张禾这才起身离开。

黑白照片放在灵堂上，张德海布满褶子的面容深深地烙印在张禾的心里。

说是淡然，真到了跟前怎么能够淡然？那个对他时而严厉时而和蔼的叔爷爷真的走了。

此刻，院子里面已经搭起了棚子，一张张四方桌摆放在棚子下面，一张桌子配四个条凳，桌面上是一个个大号的洋瓷碗，里面盛着面汤。

北方人爱吃面食，关中人更爱吃面食。

"张禾，吃碗面。"一个苍老的声音响起。

张禾不用扭头就知道是谁。

他的爷爷张德林，张德海的哥哥，也是华阴老腔的传承人，在戏班里负责拉月琴。

一碗面放在了张禾的面前，白花花的面条，粗细正好，上面均匀地浇上一层臊子。

"爷，你赶紧坐下吧。"张禾拿起筷子，夹了一筷子面条道。

随着嘴巴一吸溜，面条被吸进嘴里，咕噜噜的声音响起，这才算吃得香，吃面不出声音，那就说明吃得不香。

张德林头上缠着白布条，身上是对襟短打，脚下是双自制的布鞋。

"当年我和你叔爷一块儿吊嗓子，我印象还在昨天，唉……"张德林叹息道，脸上露出回忆之色。

虎沟村张家族人，华阴老腔传人，传内不传外，传男不传女。

每个张家男人到了打基础的年纪，不管以后能不能掌握这门手艺，靠不靠这门手艺吃饭，吊嗓子是必需的，还要练习月琴等等乐器。

这些都是老腔的基本功，张禾小时候也同样经历过。

"爷，叔爷爷肯定也想你，我们要替叔爷爷好好活下去。"张禾缓缓道。

"叔爷一走，我们老腔又少了一个人，你叔爷这辈子最大的心愿就是能把老腔传承下去，我们的心愿都是这个。"张德林望着灵堂那边，眼眶微红。

张禾一时沉默，手上的动作也停了下来。

几个小孩子从一旁跑过，嬉笑打闹，只是没有一个人能担得起张德林老爷子的心愿。

因为，这个责任太大了。

第二天，张德海入土，地点就在山坡上，其他的东西早已安排妥当。

一路过去，张禾都没有看到张德林的身影，村里的几个老人好像约定好了一样，没有参加葬礼。

老人们几十年的友情，或许是怕触景伤情吧，张禾在心里默默道。

正当众人以为一切结束了，准备转身离开。

突然，远处的田野里一个接一个人头冒了出来，好像威武雄壮的士兵一般，张德林带着一群老人从田野里缓缓走来，最终站在了张德海的墓前。

他们站在田野之上，手上拿着老腔表演要用的乐器，一动也不动，一股肃穆庄严的气息出现在他们的身上。

张德林和其他的老人神情肃然，注视着那座坟茔。

张禾和其他人的脚步全都停了下来，望着那边的老人们，他们心里猜到了老人们要干什么。

沉默良久，一股凝重而压抑的气息萦绕在众人的身边。

张禾望着几个人，心里就好像有什么东西要奔涌出来一样。

突然，张德林扯着嗓子大吼道："去年……今日……此门中。"

带着浓浓的黄土气息，拥有极强穿透力的声音刹那间响彻在天际，老腔浑厚苍凉的声音瞬间围绕在众人的耳边。

张禾心里的那股气骤然间爆发了出来，就是这个味道！

"人面桃花相映红。"张德林抱着月琴继续吼道。

"人面不知何处去。"

"桃花依旧笑春风。"

当最后一句唱词结束，每一个人都动了起来，就好像机器发动了一般，他们的动作带着一股刚劲的力量，直击人心。

月琴声、板胡声、马锣声等等乐声交错在一起，绵延在黄土地上，亘古苍凉的曲调冲进了众人的心中，张禾的眼泪一下子就流了下来。

张德林和那些老人们站在这关中黄土上，站在这华阴陇上，站在这老腔里，这一幕是如此的震撼。

他们在用张德海最喜欢的方式去送别他，对老腔艺人来说这是最大的光荣。

生在这里，长在这里，不可能对老腔没有感情。

那一个个老人就好像是坚守到最后的士兵一样，用生命去守护被外人所不理解的东西。

张德海已经去世，面前这些老人也终将逝去。

张禾感觉心里似乎被什么触动了，他想起来读大学的时候，老师在他的耳边说的话。

"制造业是国家的支柱，是国家的根本，如果我们不去做，等到后悔的时候就来不及了。"

正是因为这句话，张禾毕业之后一没有选择继续深造，二没有转入热门的行业，一门心思扎入了深不见底的制造业里面。

要说挣钱，这年头干什么能有房地产挣钱？以张禾的头脑，要是进了房地产行业，不说大富大贵，但绝对能闯出一番天地。

可是他偏偏就选择了又苦又累的制造业，还是最不被看好的造纸行业，因为他骨子里面就有股倔强的劲头。

老张家人的身上，或许都有。

等到唱词结束，众人离开，张禾站在山坡上，脚下踩着的是千百年来未变的黄土地。

他沉默了良久，终于吐出了一句话。

"老腔，不能丢。"

20世纪80年代，华阴老腔风头正盛，虎沟村张家族人，戏台班子就有十几个，即便如此，依旧生意火爆。

张德林和张德海一行人的班社名叫德林班，是张德林自己创办的，班社走南闯北，将老腔的足迹布满了陕西、山西和河南。

一年最多的时候要表演二百多场，少了也要一百多场。

每一场演出都是座无虚席，深受广大人民群众的喜爱，当时的张家人本以为能继续将这门老祖宗的手艺发扬光大。

但是没承想，个人的命运在历史的进程面前是多么的微不足道。

80年代改革开放后，电视开始走进千家万户，原本匮乏的娱乐活动突然间丰富了起来。

吃饱喝足听会儿戏，然后回床上睡觉的日子一去不复返，没人再愿意去戏台子下听老腔了，电视上面的影视剧远比一群人在舞台上唱皮影戏要有意思。

华阴老腔的风头从此一去不复返，到了90年代，一年的演出不过四五十场，一个个班社全都销声匿迹，最后只剩下了张德林他们一个戏班。

白天干农活，晚上在村里的院子里唱老腔，就是这群面朝黄土背朝天的农民最真实的写照。

没有人不想让老腔发扬光大，只是没有办法。

下葬之后，两点开席。

张禾坐在席面上，从兜里掏出一包烟，烟盒上写着"好猫"二字，给桌上的众人一个一个递过去。

张德林等人是不抽烟的，会影响他们的嗓子，因为从小的经历，张禾也并不抽烟，但是兜里还是会时常备上香烟。

桌面上，除过那些在人群中玩闹的小孩之外，剩下的要么是张禾的同辈人，要么就是长辈。

一旁的张星将烟接在手里，眼神之中闪过一丝羡慕。

他们在村子里，抽的烟都是两块钱一包的金丝猴，张禾手里这包烟十块钱。

金丝猴一根一毛，这个好猫一根五毛，价格是五倍，不能不羡慕。

"小禾的烟都是好烟，哥沾你光了。"张星讪讪道。

"哥，你说这话就见外了，我回来一趟不容易，这烟也是专门买的，好烟不给兄弟长辈抽，难不成给外人抽？"张禾笑道。

张星点了点头，心里不由得对张禾高看一眼。

他没有再客气，将烟拿在手里，没等他拿出火柴，张禾就拿出了打火机。

这年头打火机在村里都是稀罕物，家家户户用的都是火柴，又叫"洋火"。

"哥，我给你点。"张禾笑道。

烟点着，深吸了一口，张星嘴里吐出烟气。

他是张禾的堂哥，已经将近四十岁了，地地道道的农民，因为身体的原因，没有继承华阴老腔。

更何况，就算身体好，也没人愿意学老腔，还不如种地挣钱。

"小禾可是大学生，在城里工作，你也好意思让人家给你点烟。"一个尖锐的女声响起。

张星尴尬却不失礼貌地笑了笑，没有搭话，毕竟开口的是他的老婆，赵芸。

"嫂子，都是应该的。"张禾笑了笑，没敢说太多。

张星的老婆赵芸据说是个狠角色，不好招惹，张禾有所耳闻。

赵芸终于插上话，脸上带着笑意。

"小禾，我听你爸说你在城里开了个厂子，这可了不得啊，我们村里就数你现在混得最好。"

"都是小打小闹，还不如给别人打工。"张禾客气道。

赵芸拿起筷子，给张禾的盘子里夹了一只鸡腿。

"吃吧，好不容易回来一趟，尝尝咱自家的口味。"赵芸殷勤道。

说是自家口味绝对没有问题，虎沟村的红白喜事全都是张家族人自己操办，没有请外面的那些人，鸡鸭鱼肉全都是搭起火灶现场去做，棚子外面的生铁大锅现在还在呼呼冒着热气。

张禾从小吃着这些长大，在外面跑了这些年，也有些怀念家乡的味道。

不过他也不傻，知道赵芸话里有话，张禾道了声谢，随后一口咬了下去，不动声色道："嫂子，家里孩子是不是高中毕业了？"

"是啊，娃学习不好，没考上大学。"赵芸语气有些哀怨。

见到话题已开，赵芸试探地问道："小禾，你那个厂子缺不缺人，要不让孩子去你那块儿帮个忙，搭把手，学点本事也好。"

"我们工厂是回收了废纸再造的，污染大，环境不怎么样，你问过小川的意见没有？"张禾缓缓道。

都是一个村子的，理所当然要帮一把，他一向低调，知道他在外面开厂的人多，但是他混得到底有多好，没几个人清楚。

"他的意见有啥好问的，我们就做主了！"赵芸斩钉截铁，眼神之中的兴奋之色难掩。

没有直接拒绝就说明有戏，至于环境能有多差，再差还能比在地里干活儿差？

"小川如果真不打算上学了，来我这里也不是不可以。"张禾微笑道。

"小禾，真的是谢谢你了。"赵芸感激道，发自肺腑。

儿子什么本事她再清楚不过了，是断然不会选择去读书的，平时就爱闹腾，在座位上坐不下三分钟。

两口子愁得头发都快掉光了，如今总算心里一块石头落地，踏实了不少。

赵芸去将张川叫了过来，让这个毛头小子恭恭敬敬给张禾行了个礼，叫了声叔。

张川生得一副好皮囊，个子也高，身上透着股精明劲，就是不肯用功读书。

这个小侄子要是真能考上大学，肯定也是个能干大事的人物，张禾在心里感叹了一句。

"这几天在家把东西收拾收拾，等我走的时候带你过去。"张禾笑道。

"好嘞，禾叔。"张川一脸欣喜道，不像是在叫叔，像是在和好朋友说话。

说完，张川兴奋地离开了这里。从来没有离开过华阴，这一次竟然能直接进城，一想到大城市里的壮阔美景，他的心早就飘了。

"嫂子，孩子去了就住在员工宿舍，你要是不放心就准备上被褥，我一起给他带过去，至于其他的就不用管了。"张禾缓缓道，语气之中透着股不容置疑的态度。

在外面走南闯北，身上自有一股气质。

赵芸和张星连番道谢，张星端着酒杯猛灌了几杯。

西凤酒，度数也不小，看得出来是真的高兴。

"小禾，你给张川都安排了，给我们家小孩也安排一下呗。"一个带着些许痞气的男子声音响起。

张禾几人看了过去，一个身上穿着脏兮兮的衣服的男子走了过来。

他的头发乱糟糟的，看起来吊儿郎当，没有什么精神。

虎沟村泼皮张二宝，人送外号"二拔"，在当地话里，"二拔"是个骂人的词，可见张二宝在村里有多不受人待见。

"二拔，你赶紧一边去，你屋那货啥尿样子村里谁不知道，你好意思让小禾帮你？"赵芸怒目而视。

张二宝在村里整日游手好闲，当年娶的媳妇生下孩子之后受不了他就跑了，张二宝不知悔改，每每到了饭点就觍着一张脸到各家蹭饭，都是一个村里的，大伙儿也不好说什么，只能给这个"二拔"加上一双筷子。

他儿子更是随了他的性格，从小就不好好上学，上小学的时候就干些偷鸡摸狗的事情，村里小孩的零食玩具都被坑过，后来也不上学了，整日在村里转悠，懒惰到了极致。

张禾对这些有所耳闻，这一家人都是"奇葩"，那个跑了的媳妇只能说当初瞎了眼遇上这么个人，跑得还是有点晚了。

给这家人安排工作，想都不要想。

要是把这个害人精拉到工厂里，不出一年这个厂子就可以倒闭了。

不过这话张禾不能直接说，怎么着张二宝也是他的长辈，村里人看重这个，正好赵芸承了他的情，帮他开口。

张二宝一听赵芸的话就不乐意了，眯着眼走了过来。

桌上还放着半包"好猫"，张二宝伸出手来，将烟盒拿在了手里。

"二拔，小禾给你烟了吗？你倒挺自觉的，自己拿？"赵芸冷声道。

张二宝手一哆嗦，眼神有些畏惧。

被赵芸的眼神盯着，张二宝最终没有鼓起勇气把半包烟全都塞进兜里，只从里面取了一支出来，自己掏出火柴点上。

全村谁家的饭都能蹭上，唯独赵芸家的饭张二宝蹭不上。

要是赵芸不在家倒还好说，可要是赵芸真不在家的话，张星也不会做饭，两个大老爷们儿只能干瞪眼吃空气，张二宝心里对赵芸是有些畏惧的。

"小禾，叔家里的情况你也知道，叔要求也不高，让儿子去你那儿干个活儿混口饭吃就行。"张二宝转过头，对着张禾道，心里一阵窃喜。

他也不跟赵芸顶嘴了，直入主题。

当着这么多人的面，他就不信张禾好意思拒绝。

赵芸和张星望着张禾，神色都有些担忧。

张禾脸色淡然道："二宝哥，你要是想让侄子来也行，不过我刚才也给嫂子他们说了，厂子不是我一个人的，是好几个人的，我一个人说了不算。其他几个老板都在实权部门有着关系，要不然我这个厂子也开不到现在，这些人别说是我亲戚，就算是我也不敢得罪。进厂子不是享福去了，是真的要干事的，要是表现不好，一切按照规章制度去走，违法乱纪的事情做出来，开除了是小事，要是被派出所带走了可就是大事了。"

话音落下，张星还在一脸壮然，赵芸已经反应过来了。

刚才几个人吃饭聊天，张禾哪有说这些，这个时候说这种话，自然需要有人帮腔。

心里念头急转，赵芸也冷笑道："这些小禾刚才都说了，你要是真想清楚了，小禾也不会不帮这个忙。"

张二宝脸色微变，一时竟然说不出话来。

一个村里游手好闲的"二拔"，和一个在社会上混迹了好几年的大学生拼智商，他还差了一点。

儿子的品性他是知道的，之前在钢筋厂偷人家钢筋，差点进了局子。现在张禾这么一说，张二宝顿时慌了神，他也没去过大城市，谁知道那里的规矩到底是个什么样子，儿子去了那里，还没有熟人照顾。到时候被派出所抓去了，就算是神仙老爷来了也没法救了。

这事做不得。

张二宝讪讪笑道："算了算了，小禾你继续忙你的。"

"二宝哥，烟拿上吧。"张禾起身将半包烟塞进了张二宝的手里。

他常年不在家，家里还有老两口，不管是谁都最好打好关系，没必要搞生搞死。

见烟眼开，张二宝心里的郁闷也消散了，笑道："小禾真懂事，行了，我走了。"

送走了这位大神，四周的人都松了一口气，倒也没人再来找张禾安排工作了。

这年头出门打工还不是很盛行，虎沟村很少有人跑到外地去干活儿。

既然活儿难干，还不一定能落到好，还是算了。

只是众人望向张禾的目光也没有了敬畏，毕竟你也不是一个老板。

喝完最后一口汤，张禾将东西一收拾，进了家里的院子。

张德林等一帮老人正在里面坐着，众人手里都拿着各自的乐器。

人群当中，一张椅子空荡荡的，上面摆着一把板胡。

张德海走了，板胡也没人拉了。

"爷，我想好了，我要把老腔推出去。"张禾语气坚决道。

见过了老人们在陇上的表演，张禾已经决定，要把老腔推广出去，让老腔焕发生机。

"推出去？你想咋推出去？"张德林懒得抬头。

他们想了一辈子了，都不知道该怎么让老腔焕发生机，一个刚进社会几年的小孩怎么会知道？

"我试一试。"张禾笑道。

一旁的屋子里，一个中年妇女走了出来，手上端着碗筷。

"小禾，你别想这些了，好好去做你的生意，你啥都不懂，怎么推广？"王云霞没好气道。

"妈，我也学过老腔啊，怎么就不懂了？"张禾笑了笑道。

这个妇女是他的妈妈，四十九岁，身上满是做农活留下来的沧桑痕迹。

张禾几次都想把父母接到城里去，但是两口子都不愿意，说是城里没有乡下待着舒服。

至于父母的想法，张禾不多做干涉，反正离得也不远，以后找时间多回来几次就好了。

"你又不是搞艺术搞文化的。"王云霞不客气道。

张禾听到这个，眼睛忽然一亮。

他大学学的是轻化工，必然不是专业的，唐琼所在的文化部门一是天高皇帝远，二是不负责这些东西。

想要推广老腔该去找谁，张禾不懂，但是他想到了一个人。

"爷，妈，我有点事，出去一趟！"张禾激动道，直接冲了出去。

"二十多岁人了，还慌慌张张的。"王云霞嘴上说道。

村子里的路还没有修，车开不进来，一直走到了村口的空地上，张禾才看到了他的那辆桑塔纳。

还好，车子好好的，车胎没有被扎，车身没有被划。

坐进车里，张禾拿出手机，结果发现信号不怎么样。

没办法，山里的条件不好，家里现在用的都是座机电话，一个月不打也要交不少钱。

用手机是方便，但是会遇上没有信号的时候。

张禾发动了车子，一边开着一边看手机显示的信号，等到终于有了信号，他才把车子停在路边，拨了个号码出去。

"张总啊，你可算是给我打电话了。"

电话里传来一个爽朗的男子声音。

"刘局长，你要体谅体谅我们这些困难群众嘛，我为了打这一个电话可是翻了半座山，再坐了半个小时的牛车。"张禾笑道。

电话那边的人是高中时候的舍友刘兴武，两人关系不错，刘兴武后来考进了师范大学。

不过现在他在县文化局工作，混个清闲。

"张总，做生意归做生意，骗人可就不对了，毕竟我还是买得起有来电显示的手机的。"刘兴武笑骂道，随即好奇地问道，"最近工作怎么样？"

座机号码是七位数，手机号码是十一位数，来电显示上看得清清楚楚。

"也就那样了，凭借一腔热血一猛子扎下去，要不是以前大学的老师朋友帮衬着，估计也坚持不了多久。"张禾谦虚道。

"你小子就是太谦虚了，高中同届，别的不敢说，你现在绝对混得不差，现在毕业又不包分配，你敢狠下心干事情，我老刘服气。"刘兴武笑道。

当年的张禾也是众人羡慕嫉妒恨的榜样，从小长在老腔世家，有曲艺天赋，长相也不算差，深受女生喜欢。

"你有没有空，我回来了一趟，一起吃顿饭。"张禾将话语拉进了正题。

"张总邀请，没空也有空，你定个地方，我随后就到。"

张禾挂掉电话，开车进了城里，将车子停在了饭店门口的空地上，张禾走了进去。

这个点吃饭的人也不多，张禾直接叫了个包间。

这个年代开车的人还是不多，服务员看到张禾居然是开车进来的，服务态度很是到位。

没过多久，一个二十多岁的男子从外面走了进来，一头短发，身材微胖，面色圆润，看起来无比健康。

"坐。"张禾拉开椅子，让刘兴武坐了下来。

"怎么有空回来了？"刘兴武也没客气，直接坐了下来，顺手拿出烟。

但是转念一想，张禾不抽烟，这又是个包间，刘兴武将烟放在鼻尖闻了闻，随后放在了桌上。

"我叔爷爷去世了，回来一趟。"张禾解释道。

"节哀顺变。"

"没事，叔爷爷这辈子活够了，一辈子没有得什么大病，就已经是最大的幸福了。"

刘兴武将桌上的香烟拿在手里，用过滤嘴敲打着桌面，缓缓道："我记得你这位叔爷爷，是唱那个什么老腔的。"

"你想抽就抽吧,看你这样我难受。"张禾没好气道。

刘兴武嘿嘿一笑,以迅雷不及掩耳之势点燃了香烟,深吸了一口。

"你和唐琼打算什么时候结婚?"刘兴武笑道。

关系好,毕业之后没少聚会,刘兴武也见过唐琼。长得很水灵,人也有本事,不是傻白甜,家里条件也不错,和张禾在一起算是郎才女貌。

"应该快了,我最近也在想这事。"张禾叹息道。

结婚不是两个人的事,是两家人的事。

唐琼的父母都是知识分子,两口子一个在正儿八经政府单位,一个在国字头的国企里面上班。

这要是看家庭条件,张禾无论如何都无法匹配。

先天条件不足,人就没有底气,即便混得好一点,但是张禾总觉得差些什么。

唐琼的父母倒是看得开,但是上一辈人却不那么想。

唐琼的爷爷和奶奶这一关过不了,有些事还很难说。

"等着喝你的喜酒。"刘兴武笑道,他相信张禾会处理好这些事情的。

等到菜开始上来,两人开了啤酒喝了起来。

"你今天找我来不光是吃饭吧?"酒过三巡,刘兴武主动说道。

"是有件事找你。"张禾笑道。

"啥事?直说吧。"

"关于老腔的事。"

张禾将老腔的事情给刘兴武说了一遍,刘兴武心里也有了数。

"我在文化局工作,给你透个底吧,国家正在准备非物质文化遗产申报工作,我觉得你可以争取一下。"刘兴武吸了口烟,缓缓道。

第章

/ 申遗 /

"什么非物质文化遗产?"张禾愣了一下,他倒是第一次听说这个词语。

"专业一点,就是联合国教科文组织定义的,指被各群体、团体、有时为个人所视为其文化遗产的各种实践、表演、表现形式、知识体系和技能及其有关的工具、

实物、工艺品和文化场所。"刘兴武解释道。

"我们国内目前还没有明确规定，估计要过几年才能完善起来，但是这项工作马上就要开始进行了。"刘兴武紧接着说道。

在文化局上班，耳濡目染，一些政策的变动就体现在细节之中，更何况他们还是直属部门。

有些东西要发出去，底下的人都是开了不少会之后才决定的，就如同人事调任一般，当事人早就知道要发生什么，那份通知只是走个过场而已。

"你的意思是，老腔也算是非物质文化遗产？"张木惊疑不定。

非物质文化遗产，这个名头听起来就不错，最起码像模像样，而且还是国家扶持的。

"当然算了，我们中国历史悠久，地大物博，先人留下的东西数不胜数，这次的工作将是一个长期工作，要一直进行下去。"刘兴武语气也有些激动。

常年以来，文化部门的同志们被其他单位的人笑话，这件事情一旦开始，功绩足以登上史册，造福后人，谁还敢瞧不起他们？

刘兴武在文化局上班，也想做点事情出来。

"那要怎么弄？"张禾询问道。

专业问题一定要去找专业的人。

"我给你引荐我一位领导，你和他谈吧。"刘兴武笑道。

张禾也没有推辞，刘兴武如今在文化局地位不高，手里还没有太大的权力。

等到吃过饭，张禾在街道上找了个网吧，进去搜了一下关于非物质文化遗产的事情，总算是彻底搞清楚了。

非物质文化遗产名录正在准备中，全国各地都在搜集这些资料，他也算是正好赶上了，说不定这一次正好，直接入选第一批。

不过还要等刘兴武的消息。

在家里待了几天，张禾陪着张德林几个老头子聊天说话，将老腔的历史渊源搞清楚。

要去见文化局的领导，心里不能没数，要是说话都不利索，人家也不会理你。

张禾虽然长在虎沟村，但是对老腔还真不是特别了解。

张德林他们从来不逼迫村里的年轻人去学老腔，按照老爷子的话说，这门手艺必须喜欢才能学下去。

"爷，等着我的好消息，这次说不好能办件大事。"张禾神神秘秘地说着。

刘兴武给他发了短信，已经订好了地方。

张禾开了车，进了城里，在一个酒店里面，张禾见到了刘兴武。

"这次来的是非物质文化遗产普查小组的人,叫冯浩,是我们局的副局长。"刘兴武小声说道。

非物质文化遗产普查领导小组,在全国各地已经逐步建立。

组长一般是由主管文化工作的县领导担任,副组长由文化局局长担任,其他的成员也都是各个单位的局长或者副局长。

非遗普查,文化局才是走在最前面干事的,自然占的位置要多一点。

张禾闻言肃然起敬,跟着刘兴武走了进去,包间里面坐着一个中年男子,大腹便便。

"冯局长,您好,我是刘兴武的高中同学,我叫张禾。"张禾礼貌道,伸出手。

冯浩从座位上起身,也伸出手握了一下。他没有小瞧面前这个人,早就听刘兴武说了,正儿八经本科大学毕业,在厂子里做过几年,现在在城里开的厂子,绝非等闲人物。

"张禾同志,你好,小刘应该已经说了我的情况了,我就不多介绍了,我很高兴今天能见到你。"冯浩缓缓道。

"都坐下吧,坐下说。"刘兴武在一旁给两人面前的杯子里都倒上了茶水。

找冯浩的目的是为了华阴老腔还能活下去,张禾对这个目的很清楚。

"你给我说的这个不就是皮影戏吗?"冯浩听完张禾的讲述,疑惑道。

冯浩清了清嗓子:"要是皮影戏的话,老腔就不能单独拉出来,要归在皮影戏里面。"

张禾脸色微微一变,心里也有些焦急起来。

老腔确实是皮影戏的一种,只是唱腔不一样而已。

张德林他们表演的时候,先是搭起一块幕布,准备表演皮影,剩下的伴奏和主唱都在幕后,从不露面。

签手负责全场的皮影表演,前手怀抱月琴,一旁放着剧本,进行全场的唱奏,其他人也是各司其职,要将整个故事情节展现出来,将情绪表达给观众。

其实华阴老腔就是张家的家族戏,除了张家以外,没有人再会,十分狭隘。

"冯局,您听过老腔吗?"张禾询问道。

冯浩笑笑道:"听说过,但要说听的话还真的没有听过。"

"我可以组织一场表演,表演华阴老腔,给大家看一看。"张禾眼神坚定。

非遗是必须拿下的,是任务,是目标。

华阴老腔是独特的唱法,属于皮影戏,但不能归于皮影戏,应该有属于自己的名字,属于自己的位置。

既然领导同志没有见识过,那就让他见识见识。

"张禾同志，你也是关中人，应该知道在我们关中戏剧种类很多，最起码有几十种都是老腔这个级别，他们全都濒临断绝。"冯浩缓缓道，"家族戏不是不行，你先证明了自己的能力，最起码具有一定的水平，我再考虑考虑。"

他没有把话说死，但是也没有直接答应。

这个时候的老腔影响力并不大，不少人都没有听说过，更何谈欣赏。

想要让别人认可，先把真家伙拿出来。

这个道理张禾还是懂的，看来这个申遗没有那么简单啊。

"冯局，那我就着手准备了，到时候请你过来看戏。"张禾笑了笑道。

几人吃过饭，张禾开车将冯浩送回去，随后才和刘兴武离开。

"第一批名额有限，大家全都争着抢着要上去，这一批进不去就要等下一批了，不知道要到什么时候。"坐在车上，刘兴武解释道。

早进去非遗，早拿到政策上的保护和倾斜，一旦进入非遗，就会得到相关部门的认可，保护工作等也会陆续进行。

没有进非遗，传承保护暂时只能靠大家，靠自己。

这是第一批，所有人都瞄准了这个机会。

任重而道远，张禾在心里叹了口气。

刘兴武摩挲着下巴，想了想道："你想要表演，岳庙有活动，去那边表演不错，正好可以看看受不受欢迎。"

西岳庙，就在华阴市，每逢过节的时候都人来人往，是个好地方。

"可以。"张禾点了点头。

最近这段时间还不能离开华阴了，事情处理完再走。

在西岳庙表演肯定是要花钱的，这些钱他自然不在乎。

不过新的问题又出来了，表演是要几个老爷子出马的，他一个人可不管用。

回去之后，张禾组织了一下语言，将事情告诉了张德林。

"非物质文化遗产？"张德林闻言脸色诧异。

长这么大，没有听说过。

"一旦进入了非物质文化遗产名录，我们老腔就断不了。"张禾笑道。

一旁的王云霞埋怨道："我说你这几天出去弄啥去了，就弄了些这？"

"爷，妈，这是第一批，我已经联系好了领导了，只要我们表现得好，一旦拿下来，对我们老腔的帮助很大的。"张禾激动道。

老腔想要留下来，一个名分是必需的。

只是张禾也没有想到这么轻松，一路下来都很是顺利。

对于老腔，张禾有着自信，这门艺术肯定是有喜欢的观众群体的，要不然当年也不会那么火。

"你一天天弄这个，不管你厂子的事情了？"王云霞语气严厉。

"厂子的事情有其他人负责，我可以抽开身子。"张禾给母亲解释道。

那个厂子又不是他一个人开的，还有其他的合作伙伴。

生产线只要有电有材料就能转，张禾在还是不在也不会影响，除非出现了什么巨大的问题，他才需要紧急回去一趟。

"要去西岳庙表演啊。"张德林靠在椅子上，将一旁的月琴拿在了手里。

已经不知道多少年没有出去表演过了，两行热泪从眼角流了下来。

"爷，成败在此一举，你就信我一次吧。"张禾给老人做思想工作。

"行，我就相信我孙子一次，试一下。"张德林答应道。

如今虎沟村张家族人，还能真正拉起一个完整的戏台班子的班社，就剩下了德林班一个。

他们要是不去，就没有其他的班子能够表演。

非物质文化遗产名录，最起码是个好事。

张德林心里不傻，也没有那么倔，只要能将老腔发展下去，他这个老骨头再战几年也没有问题。

要去西岳庙表演的消息传了出去，虎沟村全都动了起来，家家户户开始议论这件事情。

以前还有戏班的时候，不是没人去西岳庙表演过，但是效果并不理想，关中人谁不知道皮影戏？就算没看过，也都听说过，除了一些七老八十的老人，没多少年轻人喜欢。

张禾在心里琢磨过这件事情，现在虎沟村里面，真正会唱老腔的人都是老人，想要把老腔传承下去，必须有年轻人愿意去学，但是村里的年轻人没人愿意去学。

唱戏挣钱吗？

这个问题很现实，不是每一个人都爱钱，只是大家都活得比较现实。

钱不是万能的，但没有钱是万万不能的。

在大学里面上思想课，张禾就听过老师讲的马斯洛需求理论，人只有满足了最基本的需求，才会去追求更高级别的追求。

面朝黄土背朝天，连饭都吃不饱，谁会去学这个。

关键学了也不挣钱啊。

不过这个问题不是现在应该去想的，最起码要等到申遗成功之后。

到时候国家级非物质文化遗产的名头放出来，说不定能吸引一部分人。

张禾自己都没有学，也不会去强迫别人学，家里的长辈们也从来不强迫小辈们去学。

老腔发展到现在，大家都看得很开，但这次的机会摆在面前，必须抓住了。

晚上，村里的院子里，一张白色的幕布搭了起来，幕布将整个舞台遮挡得严严实实，从观众席看过去，只能看到白色的幕布。

华阴老腔属于皮影戏，这话没错，只是唱法是老腔的唱法。

表演者在幕后吹拉弹唱，签手控制着皮影表演。

不同于以往的表演，因为要准备去西岳庙，这次村里来的人也不少，端着板凳坐在地下，等着看热闹。

张德林老爷子手里提着月琴缓缓走来，不同于圆形的月琴，张德林手里的月琴是八角形的，上面带着沧桑的痕迹。

这把月琴是他自己手工做出来的，年代久远。

张禾记得家里还有一把小月琴，那是他小时候练月琴的时候，因为身子太小，抱不住大的月琴，张德林专门给他做的。

只是如今，那把月琴也只能放在屋子里吃灰了。

一个老腔的戏班，最少要五个人，张德林是"前手"，要负责说唱全本台词，怀抱月琴，配合表演进行唱奏。

"签手"是张德云老爷子，操作了全场的皮影表演。

"后槽"，也叫做打后台，主奏马锣、勾锣、梆子和碗碗，武打中还要呐喊助威，帮唱。

"板胡手"以前是张德海老爷子，还要兼奏小铙喇叭，助威帮唱、吹哨。

"坐档"，也叫做"贴档"、"帮档"、"择签子的"，根据剧情的进展，提前安装皮影人物道具，随时供签手使用，帮签手"绕朵子"，排兵对打、拍惊木、呐喊助威。

不过德林班人员众多，不需要一个人身兼数职，可以将表演展现得更好。

张禾坐在台下，盯着那张幕布。

此刻，幕布后面已经亮起了灯，将整张布照得一片明亮。

突然，一声洪亮的嗓音响了起来。

"军校！备马！抬刀伺候！"

张德林的声音一瞬间响起来，刹那间，整个现场都安静了下来。

这一场戏名叫《将令一声震山川》，是老腔表演的传统曲目。

紧接着两声呐喊响起，伴奏声也随之而来，一个将军模样的皮影人物出现在了幕布之上。

对于虎沟村的众人来说，老腔是百看不厌的，即便是众人已经知道接下来要唱的是什么。

"将令一声震山川！"

"人披盔甲马上鞍！"

"大小儿郎齐呐喊！"

"催动人马到阵前！"

众人仿佛回到了那个时代之中，看到将军站在点将台上一声令下，台下的大小儿郎齐声大喊。

雄壮威武。

华阴老腔必须用当地方言去唱，才能唱出那股气势来，才能唱出那种感觉。

张禾心里感慨万千，这么好的东西，绝对不能断了。

"正是豪杰催马进！"

"前哨军人报一声！"

一场表演结束，众人从幕后走出。

"爷，我们到时候就演这一场，有气势。"张禾笑着道。

张德林没什么主意，一切全凭孙子做主，只是点了点头。

"各位爷爷都辛苦了，这一次申请非物质文化遗产，是我自作主张，倒是连累了大家。"张禾转过头，对其他的老爷子说道。

"小禾，你有这份心就可以了，在哪儿唱不是唱，要是真的留下来，我几个巴不得能到处去唱。"张德云爽朗地笑道。

"你就是不说，我们还不是每天都在村里唱。"其他的老人也笑道。

能配合是好事，要是不配合的话张禾恐怕还要做一下思想工作，但是给这些长辈们做思想工作，张禾的头都要大了。

"德云爷爷，西岳庙那边我去处理，你们准备好就行了。"张禾缓缓道。

他心里觉得这个表演是没有问题的，最起码挑不出毛病了。

老爷子们表演经验丰富，一场戏不知道唱了多少年了，不会出岔子的。

在村里待了几天，等着刘兴武的消息。

电话响起，张禾接起来。

"张禾，你来城里一趟吧，消息都传出去了，这次的庙会要热闹了。"刘兴武的语气有些为难。

张禾没让这家伙等太久，直接开车过去了。

文化局在县政府旁边，是一栋小楼。

车子开到门口，刘兴武从里面走了出来。

文化局事情不多，而且刘兴武也算是做公务，上班时候出来也不影响。

"怎么回事?"张禾询问道。

刘兴武叹了口气道:"非遗的事情已经传出去了,现在大家全都盯着这个位置,我们想到了在庙会上表演,别家也想到了。"

西岳庙是华阴的著名景区,相传建于汉朝时期,占地面积124000平方米,供奉的是西岳华山兵神金天王,是道教全真派的圣地。

每到庙会的时候,岳庙街上人潮涌动,以前街上都是各种杂耍,行走江湖的人都会在街上讨一口饭吃。

有人的地方就有江湖,大家互相竞争。

"都有谁家?"张禾询问道。

知己知彼,方能百战百胜。

"秦腔就不说了,人丁兴旺,领导已经亲自过去考察了,秦腔肯定是要入选的。"刘兴武缓缓道。

张禾点了点头,跟秦腔没必要竞争,家大业大,根本没有没落,只是听的人少了,年年都能上省级电视台的春晚。

"最关键的是皮影戏,老腔也是皮影戏。"刘兴武脸色有些不太好看。

"没事,兵来将挡,水来土掩,要是真的运气不好,我们还可以另想法子,这件事你到时候不要告诉我家的老人。"张禾脸色淡然。

这一次本就是试水,不要抱太大希望。

跟这些大佬比起来,老腔还是太弱了,人少钱少,又没有太大的受众群体。

"你心里有数就好,我这边就安排了。"刘兴武点了点头。

张禾回到了村里,心里有些沉重,但是没有告诉其他人。

等到过几天,刘兴武的短信发了过来,张禾从村里找了个牛车,拉着装备进城。

他只有一辆车,坐不下那么多人,更何况还要带着道具。

庙会上人也多,张禾干脆就没有开车,坐着牛车就奔向了城里。

老牛任劳任怨,速度是慢了,但是胜在拉的东西多,离城里也就几公里的路程,牛车也能到。

村里的老人早就习惯了这个样子,倒也没有什么难处。

坐牛车,对张禾来说倒是稀罕物。

自从上了大学之后,他就很少坐牛车了,等到毕业参加工作,后来再创业,城里面最次都是自行车、摩托车。

攒了点钱,二话不说上了一辆桑塔纳。

当初买车的时候还心疼了一会儿,全套下来也花了几万块,但是有了车就是不一样,通过车子去挣的钱早就超过了车子的价值。

张禾有远见，有能力，为人又谦虚，典型的别人家的孩子，是村里的榜样人物。

现在要带着德林班进城表演，村里一些小孩也吵着闹着要跟过来。

这些小孩只能坐在自行车后座上，或者坐在前面的横梁上，家里长辈骑着自行车进城。

等到了岳庙街的时候，一片喧哗。

到了街口，牛车就进不去了，村里有人专门在这儿看着，其他人也把车子停在这里，让人看车。

早上出门，八点到了岳庙街。

街道上人挤人，路边的摊贩占道经营，大家都是混口饭吃，没人去管。

庙会是传统，城管人员也在一旁维持秩序。

张禾已经有些日子没有来过这里了，这年头还能看到那些在路边光着膀子玩杂耍的江湖艺人。

路边的理发店，支个板凳，手里一个推子加剪刀，剪个头发一块两块钱。

路边还有一些卖小玩意儿的。

随着中国加入了世贸组织，进入国际市场，来中国旅游的老外也多起来，外地人也有过来玩的。

本地人不在乎这些特色产品，外地人外国人买回去留个纪念，恐怕这辈子都不会再来第二次了。

张禾一行人吸引了不少人的目光，毕竟一群老头子手里拿着家伙，十分引人注目。

一些同行警惕地看着他们，只是没有人主动出击。

等到了街道尽头，刘兴武大汗淋漓地从人群中挤了出来。

"张禾，你可算过来了，地方都给你找好了，不过时间不多，就一场，演完就走。"刘兴武脸色焦急。

搞一场庙会，自然要有表演。

这些表演既是为了丰富人民群众的娱乐活动，也是为了给来旅游的外地人看的，拉动经济发展。

华阴有着西岳华山这个名头，每年来旅游的人不在少数。

这些表演归文化局管，但是有些事情是旅游局负责。

文化局管文化，旅游局管旅游，两个部门互相协助，刘兴武是底下的小干部，累得满头大汗。

这次加上非遗的事情，各个传承人都看在眼里，奋力地表演，表演的戏台比以往要难搞到。

"就一场?"张禾愣了一下。

老腔一场戏几分钟,观众板凳还没坐热呢。

"是啊,冯局长也在那边,正和皮影戏的人说话呢。"刘兴武神色凝重。

两人聊天的时候躲在一边,没有站在老人身边。

"一场就一场!"张禾思索了一会儿,最后还是答应了下来。

不答应也没办法,上级部门安排的,人家说了算,谁让关中这个地方传统文化太丰富了。

只是老人们一路奔波,到这里就演一场戏,有些不划算。

"我去给爷爷们说。"刘兴武点了点头,转身看向张德林他们。

刘兴武组织了一下语言,缓缓道:"各位爷爷,我是张禾的高中同学,刘兴武,这一次时间紧迫,我们只能给你们安排一场表演了。"

"实在对不住,表演的人太多了。"刘兴武带着歉意道。

一群老人从山脚下来到城里,上台就几分钟,就连他也过意不去。

张禾在张德林几人面前提过刘兴武,老人们都听说过。

张德林沉思了一会儿,气氛有些压抑。

"不妨事,演一场就演一场,我们剩下的时间还可以在这里转一转。"张德林缓缓道。

刘兴武闻言松了口气。

"各位爷爷,等会儿演完了我请你们吃饭,水盆羊肉。"刘兴武微笑道。

张禾没有说什么,一碗水盆羊肉五块钱,十几个人也就小一百块,刘兴武还掏得起这个钱。

以前上学的时候刘兴武就经常在嘴上念叨,要是不好好学习就得回去继承家业,这家伙家里有钱。

至于有多少钱,张禾也没有刻意去问过。

刘兴武在文化局上班,死工资,也没有额外收入,能买得起一个彩色显示屏的手机,家底肯定厚实。

这年头就这样的功能机也要几千块钱。

"好,能吃上你这顿饭我们也不算白来。"张德林笑道。

"我带你们过去。"刘兴武满脸笑意。

带着一行人走到了戏台旁边,底下众人或是蹲在地上,或是站着,都在看着台上的表演。

此刻表演的是皮影戏,很少见,台下掌声雷动。

文化局副局长冯浩跟一群领导模样的人站在人群当中,对着上面指指点点,嘴里不知道说些什么。

"冯局长,我们又见面了。"张禾主动走了过去,一根烟一根烟递了出去。

冯浩也不客气,将烟接在手里,只是没有点着。

"张禾同志,你的人带来了吗?"冯浩凝声道。

"这些都是。"张禾指了指那头的老人们。

冯浩定睛一看,皱起了眉头。

"都是老人,没有年轻人吗?"冯浩轻声道。

张禾笑了笑道:"传承快断了,没有年轻人学这个,各位领导只要愿意扶持,肯定有年轻人愿意来学。"

冯浩闻言笑了笑,依旧没有打包票说什么。

"行,你们准备准备,下一个你们就上。"冯浩缓缓道。

"好嘞!"张禾点了点头。

刚来就能上去表演,不用等那么久,节省时间。

成不成就看这次表演了,张禾的心里既是激动,又有些忐忑。

非物质文化遗产,一定要拿下。

等到台上皮影戏结束,那些艺人将东西全都撤了下来,底下的观众也开始议论起来。

"下一个是什么表演?"

"不知道,看那个东西好像跟皮影有点像。"

"看看就知道了。"

台下议论,台上忙碌。

张禾和一群年轻人帮着把东西抬上去,幕布也搭了起来,板凳是现成的,根本没有撤下去。

张德林几个老人走上去,拿着乐器,坐在了板凳上。

不过他们的身影全都被挡在了幕布后面,没人能看到。

"刚才不是皮影吗?怎么还是皮影?"台下的观众疑惑道。

都已经表演过一次皮影了,众人都没了新鲜感,看到又是皮影戏,不少人直接离开了这里,去看其他地方的热闹。

张禾站在台上,看到这一幕心里慌了起来。

这还没开始表演,人就已经陆续走了,问题严重了。

张禾眉头紧皱,扫了眼幕后的老人们,没敢告诉他们这个情况。

"爷,我就在台下,有什么事我通知你们。"张禾缓缓道。

说完他赶紧走下去,一旁的刘兴武也走了过来。

还没开始表演，台下的人已经少了不少。

再一看，冯浩身边的几个领导也是眉头皱起，似乎很不满意。

"这可咋办？"刘兴武也有些着急起来。

"还能咋办，硬着头皮上吧。"张禾心里的激动已经消失了，剩下的只有紧张。

一个文化局的同志走上去报幕道："下面表演的是老腔皮影戏——《将令一声震山川》。"

张禾此刻也站到了冯浩的身边，和刘兴武一起盯着台上。

"刚才不是皮影戏吗？现在还是皮影戏？"一个领导疑惑道。

"这位同志就在这里，让他给你说吧。"冯浩指了指张禾。

张禾也不知道面前的人是谁，但肯定是非物质文化遗产普查小组的领导。

将老腔的来历再度叙述了一遍，张禾等着对方的回应。

"我们就先看一看吧。"领导同志缓缓道。

这时候，台上忽然传来一声嘶吼。

"军校！备马！抬刀伺候！"

一个将军模样的皮影人物出现在幕布上，伴奏之声响了起来。

"将令一声震山川！"

"人披盔甲马上鞍！"

"大小儿郎齐呐喊！"

"催动人马到阵前！"

声音好像是从肺里爆发出来的一般，带着一股沙哑的气息，一股浓浓的黄土味。

关中特色浓厚。

只是，底下的观众根本不吃这一套。

"这唱的是个啥嘛，咋这么闹腾。"

"听得我耳朵都快炸了，不咋样不咋样。"

"这跟皮影一点都不配嘛，吵吵闹闹的。"

观众们在底下说道，一边说着，一边离开了观众席。

人越来越少了。

"头戴束发冠，身穿玉连环！"

气势汹汹，但是并没有起到应有的效果。

这个年代，流行音乐丰富，各种音乐模式层出不穷。

老腔类似于摇滚一样的音乐，不少老人都听不下去，太吵了。

年轻人有更喜欢的东西，也不愿意留下来。

曲艺的表现形式和皮影戏有了重合，又弱了一筹。

张禾从头到尾没敢说话，只是站在一旁，他的眼睛里浮现着冯浩等人摇头的画面。

失败了……

艺人要靠卖艺为生，好不好观众知道，群众的眼睛是雪亮的。

现在台下的观众还没有台上的演员多，可不就是失败了。

"张禾同志，这场表演很不错，跟以往的皮影戏都不太一样，我们回去研究研究，再做考虑。"冯浩扭头缓缓道。

说完话，他也没有继续留在这里，而是和其他的领导干部走到了另一边，离开了这里。

冯浩没有明说，但其实已经是拒绝了。

张禾心里涌上一股失落的情绪，苦闷不堪，想要一拳把台子砸个粉碎。

"老腔怎么就不行了呢？"张禾心里不服气。

皮影戏都有人看，老腔怎么就没人看了。

"弯弓似月样，狼牙囊中穿！"

台上的表演还在继续，老人们也看不到下面的景象。

刘兴武拍了拍张禾的肩膀道："兄弟，没事的，没了这次机会，我们还有下一次。"

非遗是长期工作，不是一次性的，这次进不了还有下次，但是张禾不想等下次，想要这次。

"你说是老腔的问题吗？"张禾低着头，沉声道。

"绝对不是老腔的问题，我倒是觉得这个挺好听的，但就是感觉差了点什么。"刘兴武缓缓道。

"行了，我们上去吧，表演也快结束了。"

刘兴武拉着张禾，从一旁的台阶上走了上去。

他也是第一次听老腔，但是觉得还可以，为什么不受欢迎，原因很复杂。

月琴的声音、马锣的声音、板胡的声音等等交错在一起，萦绕在耳边。

刘兴武的心里也被感染了起来，但是差点东西，真的差了一点东西。

这股感觉浮现在他的心头，再也挥之不去。

刘兴武甩下了张禾，自己一个人冲了上去，他想要找到这个感觉，找到差的那点东西。

他猛然冲上去，看到了幕布后面的场景。

张德林抱着月琴，身子随着节奏摇摆着，嘴里喊着号子。

其他的艺人姿态各异，每一个人都有着自己的表情和动作。

在这一刹那，刘兴武感觉自己的脑袋彻底炸开了！

他的思想，他的情绪在这一瞬间爆发到了极点。

"催开青鬃马，豪杰敢当先！"最后一句唱词出来，一个老人手里按着枣木块砸在条凳上。

一声巨响夹杂在音乐之中。

刘兴武感觉浑身都被点燃了，嘴里兴奋地喊了起来。

"这才是老腔啊！"

第3章

/ 要钱 /

华阴一条老街道里，张禾等人坐在一个包间里面。

包间里面装修简陋，就一张大圆桌子，天花板上吊着一个风扇，夏天的时候吹着凉风。

桌上放着一个竹篮子，里面放着月牙饼。

水盆羊肉和羊肉泡馍不一样，羊肉泡馍实际上是煮馍，水盆羊肉才是泡馍，盛行于关中渭南一代。

羊肉泡馍用的是坨坨馍，半发酵半熟的面饼；水盆羊肉用的是月牙饼，半圆形。

五块钱一碗的水盆羊肉，两个月牙饼，再配着一碗羊腩肉。

月牙饼可以直接从中分开，把肉夹进去，现场做一个羊肉夹馍。

没等多久，服务员将羊肉汤端了上来，汤汁浓厚，肉香四溢。

每个人的面前都摆着一碟糖蒜，配上肉汤月牙饼，就是人间美味。

等到服务员把汤都端上来，包间里面也安静了下来，众人将饼掰成小块扔进面前的肉汤里。

之前的演出什么情况张德林他们已经知道了，不过老人们没有埋怨，对这个结果心里早有预料。

要是一上来观众就有很多的话，那才奇怪了。

张禾奇怪地看了看刘兴武，发现自己这个老同学从表演结束之后就一直处于亢奋状态，似乎有什么高兴的事情。

"老刘，你咋回事？"张禾好奇道。

刘兴武嘿嘿一笑："吃完再说，好事。"

"啥好事？"张德林也笑道。

他们对这个文化局的小同志已经了解了不少，办事认真，谈吐幽默，做事也认真负责，师范大学毕业，要什么有什么。

他说了有好事，那肯定是有好事。

可是之前文化局的领导都听不下去老腔，直接离开，申请非物质文化遗产恐怕都失败了，这能有啥好事？

刘兴武眉飞色舞道："爷爷们，容我卖个关子，等吃完了咱们再好好合计合计。"

他的眼神之中透着喜色。

"行，等我们吃完了再听听你这娃娃说有啥好事。"张德林拍了板，其他的老人也纷纷点头。

德林班，张德林是班主，是一个团队的核心人物，其他的艺人都要听张德林的话。

张德林既然说了等会儿再说，其他老人心里虽然好奇得痒痒，但也忍住没有追问，开始吃了起来。

专业的羊肉泡馍分五种，干刨、口汤、单走、水围城、水盆，张禾他们要的是最后一种，水盆羊肉。

而水围城就是馍在中间宛如一座小山，汤汁围绕在四周，宛如水围城，这才有了这个名字。

干刨的煮馍，煮好了要求汤汁完全渗入馍里，筷子插在碗里能立起来，吃完碗里没有汤没有馍没有肉。

口汤则要求煮好的馍吃完碗里只剩一口汤。

单走要求馍和汤分两碗端来，然后把馍一点点地掰在汤里吃，吃完了再单喝一碗鲜汤。

要求很多，但是随着时代的发展，除却一些老字号和特别讲究的店铺，已经没有这个样子的了。

张禾几人着急听刘兴武嘴里的好事，都着急忙慌地动着筷子，不多时一碗水盆羊肉就吃得干干净净。

嘴里嚼着糖蒜，配上一碗羊肉汤，吃饱喝足摸了摸肚子，不虚此行啊。

张禾心里满足地想道，城里也有水盆羊肉，但是他时间紧，没有闲工夫去城里专门吃一顿。

今天能和爷爷们一起吃饭，身心都很是舒坦。

众人眼巴巴地望着刘兴武，等着他吃完说话。

"得了，你们这么盯着我，我还是赶紧吃吧。"刘兴武加快了速度。

吃饱喝足，他往椅子背上一靠，将在心里憋了老半天的好事终于说了出来。

"老腔没有死，这次申遗有希望，不过需要改变。"刘兴武信誓旦旦道。

张禾心中微动，刘兴武敢这么说，心里肯定是有主意了。

以前在高中的时候，刘兴武就是学校的文艺骨干，搞文艺工作比他还专业，因为家里有钱，见多识广，了解不少曲艺活动。

要不然刘兴武也不会一头扎进文化局去，也没人逼着他，肯定是心里喜欢这个东西。

老人们没有接话的，场面一时有些冷漠。

不能让逗哏寒心啊，张禾主动做了个捧哏，追问道："怎么改变？"

"撤掉签手，从今以后只唱，不再演皮影戏了。"刘兴武脸上带着兴奋之色。

话音落下，包间里面的老人们脸色都不是太好看。

"不可能！老腔皮影是祖上传下来的，不表演皮影还是老腔吗？"张德云第一个不同意，一巴掌拍在了桌子上。

开玩笑，张德云是签手，不要签手了他还能干什么去？

人都有私心，大家都不例外。

张德云也喜欢刘兴武，但你一上来就要撤掉签手，你算什么东西，没有直接骂人，张德云就已经给足了刘兴武面子。

其他的老人也是纷纷摇头，嘴里窃窃私语。

老腔从来没有只唱不表演皮影戏的，张家族人一直是在幕后工作。

张禾也是被刘兴武的话吓了一跳，这小子语不惊人死不休啊。

不过他性格本就不冲动，刘兴武在艺术方面的造诣比他要深厚，这么说肯定有理由。

张德林敲了敲桌子，脸色淡然道："都别吵了，小娃娃，你说说为什么不让演皮影戏。"

刘兴武深吸了一口气，双眼盯着对面一群老人，没有丝毫的畏惧之意。

"爷爷们，我刚才看到了你们的表演，在看你们表演前我也做足了功课，我觉得，撤掉皮影戏后，老腔真正吸引人的地方才能展现给观众，这就是我们独特的地方，要发扬光大。"刘兴武缓缓道。

"还有呢？"张德林不动声色。

"老腔这种唱法是独一无二的，而你们在演奏过程中情不自禁表达出的动作，如果将其展现出来，观众一定会惊喜的。"刘兴武已经沉浸在了自己的想象当中。

张德云哼了一声道："我们皮影就不吸引人了？"

刘兴武连道不敢，解释道："我们的皮影和皮影戏有了重合，观众看了也会觉得是皮影，缺乏吸引力，但是我们最有特点的就是我们的唱腔，取其精华，去其糟粕，以我为主，为我所用。我觉得老腔大有可为，绝对不会局限于华阴这个小地方，还可以走向世界！"

刘兴武唾沫横飞，老人们不为所动。

早就过了热血的时候，怎么会被几句话就煽动？

"小娃娃，我们几个老头子一直都在幕后演出，要是到了台前，肯定会不习惯的。"张德林的话一针见血。

老腔艺人都是在幕后演出，现在让来到台前，心理上、身体上都有压力。

老人们年纪大了，从来没有这么做过。

"这不要紧，我们练一练就熟悉了。"刘兴武还是不死心。

"这活儿没法干，皮影都没了，老腔还是老腔吗？"张德云嘀咕道。他直接站了起来，走出了包间。

其他的老人也一个接一个起身，连个招呼都不打就离开了这里，包间里只剩下了张德林一个人还没有动。

刘兴武的心里也是五味杂陈，开口之前他也想到了这个结果，老人的反应超出了他的预料。

"德林爷爷，老腔想要传下去，必须做出改变，这个改变绝对没有问题！"刘兴武拍着胸脯道。

凭借他的审美观和艺术观，可以判断出老腔的潜力很大，不可限量。

张德林是班主，只要能把张德林说动了，其他人都不是问题。

等到演出效果出来了，大家都会打心底里认可他的决定。

"你确定？"张德林手上的动作停了下来。

"我……"刘兴武不敢说话了。

这个包票他不敢打。

"小娃娃，这是一次冒险，要是出现了意外，老腔就没有翻身的余地了。"张德林说完起身离开了包间。

刘兴武神色颓丧，被打击得不轻。

"行了，我爷肯定不会答应的，唱了几十年的老腔了，从来没有来到台前，你想凭几句话说动他们，难。"张禾安慰道。

刘兴武叹了口气："老腔一定要改变，张禾，我给局里领导做申请，再给我们一次机会，你做一做老人们的思想工作，让他们答应下来，我也要亲自登门拜访。"

"看你现在的样子比我还热心啊。"张禾揶揄道。

刘兴武笑了笑，心中回想起在台上看到的那一幕幕画面。

那个时候，他感觉他的血液沸腾了。

距离虎沟村大约五公里的地方，是渭河和洛河的交汇处。据说早在西汉时期，这里是一个军事粮仓的所在地，粮仓名叫京师仓，又名华仓、京师庾仓，一面依山，三面临崖，地势高敞，形势险要。

古代的时候，漕运发达，这里的漕运直通都城长安，每天都会有军人将粮食通过河道运往各地，老腔就诞生在这个过程之中。

带头的船工为了统一大家的动作，一边喊着船工号子，一边用木块敲击船帮，就是现在所谓的拉坡调。

拉坡调狭义的定义是逆水行舟时演唱的，广义的定义是大家一起吼的曲调，老腔就由此而来。只是后来，老腔成为了皮影戏的伴奏，隐居在幕后，渐渐被人们所遗忘。

刘兴武蹲在华阴市图书馆的地上，手里拿着一本书页泛黄的书籍正在查阅。

他的心里已经有了决断，那就是必须撤掉皮影，无论如何都要撤掉皮影，不然的话，老腔活不了。

但是想要说服这群年纪大的老人，没有那么简单。

刘兴武能看出来，张德林的态度模棱两可，张德云的反应比较激烈，最关键的就是张德云老爷子。

这几天，他每天在图书馆查阅和老腔有关的资料，就是为了搞清楚渊源，好能说服这群老人。

至于冯浩那边，他还没敢开口，打算等这阵的事情过去了再说。

非遗普查小组的同志们最近十分忙碌，没有工夫去管这些事情。

正在看着，手机响了，一看屏幕，是张禾打来的。

刘兴武将书放回去，赶紧出了阅览室，找了个没人的地方把电话接起来。

"你在哪儿？"张禾开门见山道。

"图书馆呢。"

"行，我来接你。"

"一来一回一个小时，我自己过去。"刘兴武缓缓道。

虎沟村离图书馆距离远，现在的路又不好走，就是开着车也要费时间。

刘兴武心里着急，不想浪费时间。

出了图书馆，刘兴武从停车场推出来一辆钱江QJ100，坐上座椅，扭动油门，发动机轰轰作响，十分拉风。

刘兴武有钱买汽车，但是不爱开汽车，倒是喜欢骑摩托车。

这年头骑摩托车比开汽车拉风。

排气口嘟嘟作响，刘兴武脚下一踩，挂上挡位，车子发动。

等到了虎沟村，张禾正在村口等着他，两人见面没有多说，直接走进了家里的院子里。

院子里，赵芸正在洗衣服，一旁放着一个木桶，里面是从井里打出来的清水，张星下地干活儿不在家，村里的小孩随处疯玩，四处转悠。

见到张禾带着客人进来，赵芸急忙站起来，两只手在身上擦了擦。

"我去给你们倒水。"赵芸连忙道。

村里很少来客人，更何况是张禾的朋友，肯定不是一般人。

"嫂子，不用了，你忙你的，我去给他弄。"张禾笑道。

虎沟村的风情还是比较老旧的，城里面的男女关系早就开始变化了，张禾也没有指挥女人的习惯，更何况还是他嫂子。

"嫂子好，我是张禾的高中同学，刘兴武。"刘兴武礼貌道。

"你好，你好。"赵芸回应道。

两人端了两个板凳，拉了一张小桌子坐在了院子里。

院子里空气好，屋里比较闷。

"我给我爷说了一遍，我爷没有说啥，其他的老人还是不太支持。"张禾苦笑道。

一辈子在皮影后面唱戏，怎么可能说改就改。

"小禾，德林爷在幕后唱了一辈子戏，咋能改过来，别说他了，叫我出去我也不愿意。"赵芸一边洗着衣服一边道。

"嫂子，你跟爷待的时间长，你有啥主意没？"张禾问道。

刘兴武也扭头看了过来。

赵芸一边在搓衣板上搓着衣服，一边道："德林爷一个月还能出去演上几场戏，他们不是不愿意，他们是害怕。"

乡里镇里有活动，德林班还有用处，出去演上几场戏，钱不多，分到手里一人十几块，也算额外收入。

平常德林班的老人们也会在村里自娱自乐，拉起家伙吼上一嗓子。

除了干农活，剩下的事情就是唱老腔。

这些张禾心里都清楚。

"这有啥好怕的，老腔要是没了才该害怕！"刘兴武拍了拍大腿。

"德林爷那天说，老祖宗留下的规矩，要在幕后唱老腔，没了皮影，这就是坏了祖宗留下来的规矩。"赵芸继续道。

规矩是规矩，老人们最重规矩。

老腔传到现在十几代人，从来没有改变过。

"规矩！"刘兴武眼前一亮。

"张禾，我知道怎么说服老人了！"刘兴武神色激动。

桌上的水都顾不得喝，刘兴武急急忙忙冲出去，骑上摩托车走了。

"等我回来！"

张禾和赵芸两人双目四顾心茫然，不知道刘兴武想去干什么。

晚上，门口响起摩托车的声音，刘兴武从车上跳了下来。

他急匆匆地推开门走进去，嘴里叫嚷道："张禾！"

听到声音，张禾也从屋里走出来。

刘兴武手里拿着几本书，冲进了屋里。

"我要见德林班！"刘兴武催促道。

老腔一天不改变，他的心里就痒痒得要紧，如同万千个蚂蚁在啃噬。

"有戏？"张禾不太相信。

"绝对有戏！"

刘兴武开着摩托一路飞奔，现在停下来，汗水瞬间冒了出来。

看到老同学这个样子，张禾去叫了德林班的老人们。

村里一间屋里，众人围坐在一起。

张德云的脸上充满了嫌弃之色，根本不正眼瞧刘兴武。

其他几个老人心思各异，也都各自聊着村中的琐事。

刘兴武清了清嗓子道："各位爷爷，我知道你们心里的顾虑，一是没有经验，担心演不好，二是坏了祖宗的规矩，三是训练要浪费时间，耽误做农活。"

话音落下，众人点了点头。

情况还好，最起码都在听他的话。

刘兴武继续道："没有经验不用担心，这方面我可以处理，老腔是表演艺术，人影比皮影好看，你们要对自己有信心。"

"小娃娃，你是说真的？"张德林眉毛一挑。

他们在后台都是凭着自己的心情手舞足蹈，难道还能比皮影好看？

"那我继续说第二点。"刘兴武卖了个关子。

"第二点，你们说坏了祖宗的规矩，可是我查了老腔的渊源，发现老腔本来就没有皮影，是后面才跟皮影结合起来，要是这么说的话，有了皮影才算是坏了祖宗留下来的规矩。"刘兴武正色道，将手里的书放在了桌子上。

扯起虎皮当大旗，老腔传承这么久，村里的记载都不全面，口口相传下来，谁知道当初怎么回事。

不过刘兴武的话没有说错，先有老腔，后有老腔皮影戏。

几个老人翻了翻书，脸色都是一变。

"这……"张德云也是哑口无言，想要反驳，却无法反驳。

"我们撤掉皮影戏，才是真正地回归老腔，各位爷爷，你们说对不对！"刘兴武神色欣喜，几个老人已经动摇了。

"再说第三点，我已经打听了，你们出去唱戏就挣十几块钱，你们跟着我，唱一次戏我给你们一人二十块，你们跟我练，不耽误你们干农活，但是你们就不用去外面表演了。"刘兴武大手一挥，活像一个暴发户。

一旁的张禾瞠目结舌，这小子疯了吗？

唱一场戏一人二十块，这么多人，一次也要几百块钱。

为了老腔，刘兴武下了大本钱啊。

这下，这些老人都犹豫了。

年轻人心思活跃，一下子把三个问题全都解决了。

想拒绝，没法拒绝。

全村上下就剩下一个德林班，能坚持到现在，都是因为喜欢老腔。

有所顾虑是正常，现在问题解决了，再拒绝也没有道理。

"好你个小刘啊，不愧是文化局的干部，大学生，你都说到这儿了我们还能咋办。"张德林笑道。

"德云爷爷，我知道你心里恨我，但是皮影不撤老腔不活，委屈你了，我提议，你换个位置，去砸板凳，我要把砸板凳融入到老腔里面，变成一个标志。"刘兴武缓缓道。

在村里也听了几场戏了，刘兴武心里已经有了成熟的计划。

砸板凳在老腔里面是必需的，但是并不是最主要的，却是能代表老腔特点的东西。

别的戏曲里面，没有用砸板凳当伴奏的，这就是特点。

在文化局工作，经受文艺工作的熏陶，刘兴武有眼光，有干劲，能看出问题，能解决问题。

这些是张禾所不具备的，两个人结合，一加一大于二。

"各位爷爷，我刚才说了，人影比皮影好看，皮影谁都能表演，老腔只有你们能表演，艺人才是最独特的，相信我一次吧。"刘兴武趁热打铁，将他的看法再度说了一遍。

"我跟你试试。"张德云最终还是答应下来了。

皮影不撤，老腔不活。

老艺人们都想让老腔活下去，自己委屈一点也不要紧。

众人敲定方案，刘兴武心情愉悦，跟着张禾进了屋。

两人开了一瓶老酒喝了起来。

"一人唱一次戏二十块，我给你出钱。"张禾缓缓道。

传承老腔是他先提议的，没有不出力还不出钱的道理。

"我是差钱的人吗，再说了，你给我钱，我给你爷，你爷知道了非得打死我。"刘兴武开玩笑道。

"那你的钱从哪儿来？"张禾询问道。

"我们手里捏着老腔，还怕没钱？"刘兴武嘴里带着酒气道。

"自古长安地。"

"周秦汉代兴。"

"山川花似锦。"

"八水绕城流。"

听着耳边的方言唱词，刘兴武满脸的激动之色。

每天听老腔已经变成了他的习惯，要不是张禾这里住着不方便，刘兴武还打算住在这里。

"张禾，我们俩去一趟文化局，你代表老腔，我代表文化局，去找冯局拉赞助。"刘兴武沉声道。

文化局负责这方面的工作，有自己的经费，以老腔的名义去要经费，有这个说法，张禾不知道这些内幕，刘兴武知道。

两人驱车前往了城里，这次正式登门拜访。

县政府旁的三层小楼里，文化局的同志们来来往往，十分忙碌。

非物质文化遗产不光是传统戏剧，还有民间文学、传统音乐、传统舞蹈、曲艺、传统体育、传统游艺与杂技、传统美术、传统技艺、传统医药和民俗。

消息传出去，人人都想申报，不管到底是不是，先报上去再说，万一入选呢。

文化局负责筛查、选择、考核、评估。

"有人自己编了个故事，非得说是传说了几百几千年，要这么说下去，去全国各地找一找，不少饭店里面的菜都说和乾隆爷有关，没这么算的。"刘兴武调侃道。

民间传说、民间故事属于民间文学的范畴，也需要考核、仔细地筛查。

对工作认真负责，避免闹出笑话，万一真让这种浑水摸鱼的东西凑进来，丢人事小，信誉丧失事大。

"华山传说，沉香劈山救母，这个应该算吧。"张禾问道。

"这个当然算，我们已经在搜集资料了。"刘兴武回应道。

说话间，两人到了冯浩的办公室门口。

门口挂着非物质文化遗产普查小组的牌子。

华阴的非物质文化遗产普查小组组长由副县长担任，副组长由冯浩担任，政府牵头，文化局辅助，各部门结合。

五指握紧了才是拳头，团结起来效率高，能干大事。

办公室就设在文化局里面，隔壁就是县政府，来来往往也方便。

敲了敲门，里面传来声音，两人推门走了进去。

张禾照例进去递烟问好，态度决定一切。

冯浩点了点头，从始至终张禾在他的心里印象都不错，他也一直没有把话说死。

"冯局，我这次来还是为了老腔。"刘兴武缓缓道。

"坐。"冯浩指了指一旁的沙发。

张禾和刘兴武坐了下来。

"小刘同志，张禾同志，上次的表演你们应该也感觉到了，是有一点问题的。"冯浩也坐下来，态度很是温和。

刘兴武点头道："冯局说得对，这是我们错误地判断了当前的形势，人民群众对艺术的追求是永远向上的，我们反思，改正错误。"

这一番说辞让冯浩笑了起来："你小子打官腔比我还利落，行了，你们直说吧。"

刘兴武在文化局工作勤勤恳恳，热爱传统艺术，有扎实的知识储备打底，在文化局里解决了不少疑难杂症，是一个好同志，继续干下去，上来只是时间的问题，要不然也不会每次刘兴武找冯浩，冯浩都会过来。

因为看重。

"冯局，这次我准备改一改老腔，适应现在的社会情况。"刘兴武缓缓道。

"你想怎么改？"冯浩好奇道。

"秘密。"刘兴武笑嘻嘻道。

在局里能和冯浩开玩笑的就他一个人。

"冯局，我向你保证，老腔绝对有资格进入非遗，我是在你手下的，这份工作做好了，还要多多感谢你。"刘兴武拍着胸脯道。

话里有话。

冯浩眼皮低垂，刘兴武这是想要拉他入伙，到时候老腔要是真的进了非遗，他也有一份功劳。

"小刘同志，既然你决定了，那老腔这边的工作就交给你了，你去负责。"冯浩也没太在意。

非遗的工作多，全县各地送上来的也不少，有人愿意主动挑起担子，求之不得。

"保证完成任务！"刘兴武欣喜道。

随后，他脸上露出可怜之色，缓缓道："不过冯局，我给艺人们承诺了，每个人唱一场戏二十块，这个经费问题……"

"经费？"冯浩脸色阴沉了下来。

"小刘，你应该也知道，我们文化局资金有限，现在因为非遗的事情不少同志要去各地考察，财政室里面一大堆发票还没有报销。"冯浩卖惨道。

他的表情就差说"要钱没有，要命一条"了。

文化局本来就不怎么挣钱，基本靠财政支持，再要往出送钱，绝对不可能。

这个时候，老腔还没有被重视起来，要身份没身份，要名气没名气，也没办法给钱。

要是秦腔皮影戏的话还可以考虑考虑，家大业大。

投钱要冒险，国家的钱不能乱花，冯浩有着自己的顾虑。

刘兴武闻言有些沮丧，但是在意料之中。

想从文化局这里化缘，难于登天。

文化局底下的图书馆、文化馆、博物馆等等的收入也只是勉强糊口，自己花还不够。

年轻人有态度，有决心，冯浩不想打击，更何况刘兴武还真是一个干实事的。

"小刘同志，我们华阴哪个单位最挣钱？"冯浩轻声道。

"当然是华山管理局啊。"刘兴武随口就道。

华山管理局有华山这棵摇钱树，自然是最挣钱的部门。

"艺术要跟商业结合起来才能挣钱，你回去想一想。"冯浩出言提醒。

点到为止，不能继续说了，他相信刘兴武能明白。

文化局跟华山管理局比起来那就是乞丐跟大老板的区别。

刘兴武脑子不笨，转念就想通了。

"谢谢冯局了。"刘兴武说道，脸上的颓色也消失了。

此路不通，再走一条路就是。

反正老腔现在就是一个光脚的，不怕穿鞋的。

"冯局，钱的问题我不劳烦咱们了，但是我们文化局总得表示表示吧，要不然让老艺人们寒心啊。"刘兴武不死心。

钱没要到，总得要点其他东西。

老东家不能什么都不出，要么出力，要么出钱，要么出人。

人有了，钱没有，那就出点其他的东西。

这时候，张禾微笑道："冯局长，老艺人们每天在村子里唱戏，刮风下雨就没法唱了，我们村子的虎沟小学现在正处于废弃状态，您看能不能把这块地划给我们？"

来之前商量好的，这话得让张禾去说。

"那个小学地方不大，废弃了好几年了，放着也是放着，我们就借用几天，要是申遗失败了，马上还回去，绝不占用。"张禾义正词严。

冯浩也是笑了出来，钻进套里了。

之前已经拒绝了经费，现在要是还拒绝的话，没有这个道理。

为人民服务，人民有困难了不能总是推诿，有困难干部要自己克服。

"你们两个啊。"冯浩摇了摇头。

他走到办公桌前，拿起电话，从号码本里翻出了一个号码打了过去。

"行，那就这么说定了，改天请你吃饭。"冯浩挂掉了电话。

冯浩走过来，笑道："行了，那块地方归你们了，到时候有人过来把钥匙给你们，不过丑话说在前头，里面的东西必须保证完好无损，再破再旧也是别人的东西，我们只是借用。"

"冯局请放心！"刘兴武当即道。

"多谢冯局长！"张禾也是感谢道。

真心的感谢。

最起码，老腔现在有了自己的根据地。

村里的小学是乡镇上管的，空着也是空着，冯浩一个电话打过去，搞定这件事很简单。

为传统艺术做贡献，说出去也有光。

"非遗工作的第一阶段就要结束了，留给你们的时间最多只有两个月，这两个月能不能搞出名堂就看你们了。"冯浩提醒道。

"我们知道了。"

两人从办公室里走出来，感觉外面阳光明媚。

"走，去吃碗水盆，找个日子去华山！"刘兴武开心道。

"我请客！"张禾也不客气。

两兄弟勾肩搭背走了出去，说不出地开心。

第二天，乡镇上的领导亲自来了虎沟村。

虎沟村属于双河镇管理，双河镇镇政府来人，村里的人都跑了出来。

来的还不是其他人，是镇长卢长东。

其他地方的人不知道，双河镇的人怎么能不知道老腔，卢长东自己平时还过来听戏。

"卢镇长，送个钥匙而已，你还亲自跑一趟。"张禾感谢道，请卢长东进屋里说话。

卢长东模样就像个老农民，打扮也很朴素，没有什么官架子。

赵芸拿杯子泡上茶端上来，在一旁等着吩咐。

"小张啊，你们虎沟村搞这么大的事情居然不给我们说一声，直接去找文化局，是不相信我们镇上吗？"卢长东淡笑道。

张禾心里一咯噔，没想到弄巧成拙，惹老干部生气了，怪不得老干部要亲自来一趟，这是要兴师问罪啊。

"卢镇长，这也是我们临时起意，打算申报非物质文化遗产，还没有确定下来，实在是不敢劳烦你。"张禾急忙道。

卢长东点了点头，不愧是本科大学毕业的，没有丝毫慌乱。

他本来也没有其他想法，只是因为冯浩一个电话打过来，心里有些吃味。

我们镇上自己的事情，怎么搞到文化局去了。

"卢镇长，我是文化局的刘兴武。"刘兴武也上来打招呼。

"你好。"卢长东礼貌道。

"卢镇长，这次我们实在是冒险，想要把老腔改掉，我们担心改失败了，辜负了镇上的人民群众对我们的期待，所以才直接找上了文化局，刘兴武正好也是我的高中同学。"张禾解释道。

有话直说，是张禾的性格。

卢长东的心里也舒服了不少。

第4章

/ 开始训练 /

卢长东年纪已经五十多了，在双河镇执掌一方，自然也有点水平。

虎沟村小学之所以废弃，是因为卢长东在镇上建了镇小学，教育资源统一管理，统一计划，提高了工作效率，也提高了学生的素质。

镇里有个虎沟村，村里有个张家，代代相传老腔皮影戏，卢长东到任的那天就知道了。

现在虎沟村几个人不声不响居然谋划了这么大的事情，要不是文化局的副局长打电话，连他都蒙在鼓里。

这可不是随随便便的东西，这是非物质文化遗产！

一旦老腔申报成功，成为非物质文化遗产，虎沟村要出名，双河镇也要出名。

到时候挂一个牌子，老腔发源地，老腔传承地，双河镇的经济也能高出周围乡镇一大截。

这是大功一件。

"小张，我们都是自家人，你要是提出来，我们难道还不会帮你？"卢长东语重心长道。

"卢镇长说得对。"张禾不敢反驳，心里倒是觉得有些后悔。

早想到这点的话早就去找卢长东了，何必去找冯浩，还能从冯浩那里去开其他的条件。

不过事情已经过去，后悔也没有用处了。

张德林几个老人这时候也赶过来了。

"卢镇长。"几个老人打着招呼。

卢长东急忙起身，现在在他的眼里，这几个老人可是宝贝，是能不能让双河镇出名的关键。

老艺人需要尊重。

"德林，这下要辛苦你们了，我们全镇上下全力以赴，支持你们，你们以后在虎沟村唱戏，饭就由我们政府出了。"卢长东说道。

张德林几人笑着点了点头，连声道谢。

卢长东管了他们的饭，也算是表明了态度，但也透露出了镇上也给不了其他的了。

双河镇没有其他的收入来源，财政也很紧张，能从指缝里露出来几口饭已经不错了。

卢长东将钥匙放在了张禾的手里。

"小张，这把钥匙我就交给你了，你们随便用，不用客气，这个地方放着也是放着，等你们什么时候不想用了，再把钥匙还回来就行。"

"谢谢卢镇长。"张禾接过钥匙感谢道。

卢长东拍了拍张禾的肩膀，心里十分感慨，物是人非。

张禾是虎沟村的第一个本科生，当年考上大学的时候，全村坐席，卢长东还来过。那个时候张禾还是一个小孩子，十七八岁，脸庞稚嫩，如今已经变成了一个大老板。

虎沟村出能人，就是没人学老腔。

时代在变化，传统文化还能坚持多久，谁的心里都没有数。

"镇上过些日子举办文艺晚会，你们要是改好了就先参加我们镇上的文艺晚会，咱们自己先看看，要是没问题了我们就上报。"卢长东叮嘱道。

这句话倒也点醒了刘兴武。

改了就好只是他的一厢情愿，还要经过市场的检验，人民群众说好才是真的好。

艺术在展现自身魅力的同时也要为大众服务，孤芳自赏带来的只会是消亡。

"卢镇长请放心，要是改好了第一个就给你看。"刘兴武笑道。

"行了，那我就走了。"卢长东说完拍了拍屁股，准备离开。

赵芸急忙道："饭都在锅上了，吃顿饭再走。"

说罢，赵芸直接拉住了卢长东的胳膊，嘴里劝说了起来。

"卢镇长，你大老远跑一趟过来，要是连饭都不吃，别人要说我们张家抠门了。"赵芸劝说道。

脑子灵活，嘴巴能说，要不是嫁给了张星这个闷葫芦，说不定还能闯出一番事业，赵芸在村里深受长辈们的喜欢。

张德林摆了摆手道："卢镇长，留下来一起吃顿饭吧。"

老人开口了，赵芸急忙跑去厨房，将一盘盘菜往出端。

张禾和刘兴武也去厨房搭了把手，帮赵芸把东西全都弄好。

一张大圆桌子，众人围坐在四周，上面放着一瓶西凤酒。

"等会儿还要回镇上，酒就不喝了。"卢长东拒绝了。

不喝酒没有关系，毕竟是国家干部，虽然在外也不能随便乱来。

张禾拉住一个在四周玩闹的小孩，从兜里拿出一张十块钱纸票出来。

"去买两大瓶鲜橙多，剩下的钱你自己留着。"张禾吩咐道。

小孩一见居然是十块钱，喜笑颜开，拿着钱马上就跑了出去。

统一鲜橙多，多C多漂亮，大瓶装的四块五毛钱，买两瓶九块钱，还能剩下一块钱当跑路费，小孩子都愿意。

他一跑出去，其他的小孩全都追了上去。

这一块钱对他们来说是一笔巨款，见者有份，都要沾光。

张禾几个人坐在了桌子边上，桌上摆着满满的菜。

没过多久那群小孩就回来了，一只手提着饮料，一只手拿着零食，一个个的表情跟抢了银行一样。

开饮料，一人一杯，众人吃着馒头夹着菜，面前的碗里是包谷糁熬成的粥，家常菜，接地气，卢长东也吃得开心。

"小张，这件事你们好好搞，申遗成功了镇里给你们开庆功会。"卢长东继续说道。

老腔能不能申遗成功大家都不知道，年轻人想要做事，总需要一点鼓励。

吃饱喝足，送卢长东离开，众人才返回了村里。

张禾和刘兴武两人顾不上休息，直接跑到了村里的虎沟小学。

小学破破烂烂，一扇老旧的大铁门，上面挂着一个锈迹斑斑的锁。

将钥匙插进去，嘎吱嘎吱，张禾试了好几次都没有拧动，差点把钥匙拧断。

最后跑到车里找了润滑油，给锁孔里灌了一点，这才把锁打开。

"找时间买个新锁，这地方暂时是我们的了，就要好好收拾收拾。"张禾说道。

虎沟小学地方不大，里面就一栋房，有三个房间，一个办公室，一个储物间，一个教室，外面有一个小空地，空地上有个方台，上面矗立着一个旗杆。

房子的围墙是用土砌成的，顶是用瓦搭起来的，老旧不堪，门上窗台上也是布满灰尘，窗户是木头做的，上面绿色的漆也掉了不少，十分斑驳。

两个人走进去，拿钥匙把三个房间门全都打开，检查了一下里面。

教室里面倒是空荡荡的，里面的桌椅早就搬到了镇小学里面，储物间里面还剩下两个笤帚，一个扫帚，一个簸箕，一个水桶，一个用碎布条扎在一起的拖把，还有一些废弃的杂物。

办公室里面倒还有一张坏了的办公桌，勉强能用。

"好地方啊。"刘兴武感叹道。

走进这里，想到这里以后就是他们的地方了，心里都十分的激动。

两个年轻人精力旺盛，提着水桶去井里打了一桶水，将房子里里外外打扫了一遍，把里面的东西都擦得干干净净。

"教室以后当做训练室，大小正好，办公室还可以摆张床，忙的时候可以睡觉。"刘兴武计划道。

虽然见识过大场面，但是张禾望着这里面的样子，心中也是欣喜无比。

两个人去城里置办了一些东西，买了锁，动手将三个房间的门锁和大门的挂锁全都换掉。

张禾是个工科生，在工厂里待了好几年，动手能力不在话下，换个锁而已，就是拆门都没有问题。

等到两人收拾好已经晚上了，晚风从空中吹过，月亮挂在天空，繁星点点。

地上正好扔着刚买的彩条布，两个人直接把它摊开，躺在了地上，双眼望着天空。

"老刘同志，今天我宣布，任命你为老腔艺术团的团长兼艺术指导！"张禾调侃道。

"老张同志,我宣布,任命你为老腔艺术团的后勤部部长!"刘兴武也不客气。

说罢,两人哈哈大笑起来。

"凭什么我就是后勤部部长?"张禾不服气。

"你又不懂艺术,又不会唱老腔,你说你除了钱还剩下啥,不对,就你那破厂子也挣不了几个钱,还是老老实实打扫卫生吧。"刘兴武笑道。

张禾一听来了气,从地上起身。

"谁说我不会唱老腔?"张禾不乐意了。

"你会?"刘兴武不相信。

"我给你唱一小段。"

"你来。"刘兴武瞪大了眼睛,急忙起身。

虽然知道张禾是老腔世家出身,可从来没有听过他唱老腔。

张禾清了清嗓子,深吸了一口气。

"他大舅他二舅都是他舅!"

唱声响起,刘兴武瞠目结舌,还真能唱啊。

"高桌子低板凳都是木头。"张禾继续唱道。

"太阳圆月亮弯都在天上。"

"男人笑女人哭都在炕上。"

刘兴武听得津津有味,虽然和张德林几个老人相比,唱腔上还差了一截,但是也很不错了。

"怎么没了?继续啊。"刘兴武急忙道。

听到痒痒处,居然就没了。

张禾正色道:"后面的我不会唱了。"

"那你还说你会唱?"刘兴武脸上露出一丝不屑。

"一段也是唱。"

"老张家后继无人啊。"刘兴武仰天长叹。

张禾一把推上去,两人扭打在一起。

待到夜深,刘兴武推上摩托车,一个人离开了村子,张禾也返回了屋里。

路过张德云的屋子时,张禾发现里面的灯还亮着。

他走过去,发现门开着一条小缝,打算帮忙关上门。

刚走到跟前,他侧头看了眼。

屋子里面,张德云坐在桌子前,手里拿着皮影正在仔细地端详着,满脸的不舍。

这些皮影陪伴着张德云走过了几十年的岁月,对这些皮影张德云不可能没有感情。

现在要撤掉皮影，说不定以后登上舞台都不能要皮影了，张德云的心里有些难受，有些舍不得。

望着这一幕，张禾没有说话，不忍心打扰老人的心情。

他缓缓将门拉上，从门口退了出来。

这一次一定要成功，张禾心里下定决心道。

老腔是这些老人一生的牵挂，是中华传统文化的瑰宝，对老人们而言，他们不想让老腔断绝。

对整个国家整个民族而言，传统文化不能断绝。

渭水河畔，老腔一声吼，千百年都没断，不能到我们这一辈就断了。

必须传承下去！

申遗只是第一步！

第二天清早，刘兴武骑着钱江摩托早早就到了虎沟村。

"来，一起吃个早饭。"张禾招呼道。

以前村里一天两顿饭，早上十点一顿，下午三四点一顿。

现在七点，本来是不做早饭的，但是张禾养成了一日三餐的习惯，让家里也保持这个习惯。

一日三餐，才能保证每天的精神，两餐怎么能够。

虎沟村再穷，还没有穷到吃不起饭的地步。

刘兴武手里拿着文件袋，给凳子上一坐，给周围的老人们打了招呼。

"好家伙，伙食够可以啊，正好没吃早点，我就沾个光。"刘兴武笑道。

事情进展一切顺利，刘兴武心里也舒坦。

小桌子上摆着豆腐脑、油条、包子等等东西，老人们也围坐在四周，一起吃饭。

桌上放着碟子，里面是醋水，还有一碗油泼辣椒，香气四溢。

关中十大怪，油泼辣子一道菜。

包子有韭菜馅、酸菜馅，还有大油馅。

张禾拿起一个大油馅的包子咬了一口，露出里面的馅，葱和猪油混在一起，一点也不腻。

拿勺子给里面浇上醋和油泼辣椒，咬一口，嘴角流油。

在城里待的时间久，啥馅的包子都见过，唯独没有找到过大油馅的，要么就是味道不对，也只有在家里才能吃到这个味道。

刘兴武也不客气，端起一碗豆腐脑，伸手抓着油条吃了起来。

"这些早饭都是我嫂子做的。"张禾笑道。

张家大部分都住在一个大院里面，赵芸忙里忙外，将家里操持得井井有条。

"这个味道绝了,不如让嫂子去城里开个早餐店,绝对赚大钱。"刘兴武提议道。

"我也正准备这件事,我打算先在镇上的学校门口试试水,推个车摆个摊,投入小,收获大,等到做起来再进城。"张禾缓缓道。

做生意,张禾在行。

虎沟村离城里远,路上费时间,城里也有不少人做早餐店,竞争也激烈,现在去城里太冒险,步子太大容易扯到裆。

张禾在外面过得好,村里人不把他当大老板,整天还是小禾小禾地叫。

他直接给钱,村里没人要,更何况,大家也不是贫穷。

想要全面进入小康社会,还是要靠自己勤劳的双手,张禾能帮都会帮一把。

"小禾,不用那么麻烦,到时候让你哥去弄几块木料,自己做个车就行。"赵芸笑道。

儿子都是张禾帮忙安排的工作,她不好意思再麻烦张禾。

"这样不行,我看人家城里都是不锈钢的保温桶,车子最起码也得是个三轮车,推车多费力,木料做的不容易打扫,卫生上出问题了影响生意。"张禾直接道。

"嫂子,这事你不用管,我去找人定做一个。"张禾没给赵芸继续说话的机会。

赵芸笑了笑,连忙感谢了几句。

张禾说一不二,决定的事情不会再变。

镇上的学校都离虎沟村不远,早上早起一点准备好了早饭,最晚十点就收摊了,剩下的时间还可以干其他的事情。

等到几人吃饱喝足,刘兴武和张禾就出了村子,直接去了华山。

华山景区现在属于陕西旅游集团管理,下设了华山旅游管理局,负责华山景区的事情。

想要谈合作,要去找到华山旅游管理局的领导。

国内外游客来华山景区,不可能只爬一个华山,还有其他的娱乐项目,当地民俗的表演也是一部分的收入来源。

这就是刘兴武的打算。

问文化局要钱,可以空手套白狼,但是向华山管理局要钱,就必须拿出东西来。

这个时候,华山景区虽然比不上国内其他景区的人流量,但是顶着西岳华山的名头,来的游客也不少。

"你好,我是文化局的干部,我叫刘兴武,我找一下王忠同志。"

亮明身份,一路畅通,直接进了华山管理局里面。

接待的工作人员狐疑地看了看两人,道:"你们稍等一下,我去问一下。"

没过多久，一个中年男子走了出来，穿着简单，衬衣扎进裤腰里。

"刘兴武啊，你怎么有空来我这里了?"男子笑道。

"王忠，这次有个好事来找你。"刘兴武伸出手。

两人握了握手。

工作人员看到两个人认识，也就自觉地退去。

"这位是?"王忠疑惑道，目光看向一旁的张禾。

"你好，我是双河镇虎沟村的村民，我叫张禾。"张禾伸出手。

两人握手。

随后，在王忠的带领下，几个人进了接待室里面。

王忠拿出一次性杯子，给两个人一人泡了一杯茶，坐了下来。

想要和华山管理局谈合作，要找到相关的人员。

刘兴武回去专门查了一下，发现负责这块的人居然是他的初中同学王忠，只是两人已经很久没有联系了，略有生疏。

但是有熟人总比没有熟人好，说起话来也方便一点。

"王主任，冒昧前来，实在是打扰。"张禾笑着道。

王忠为人和善，坐在对面，询问道："不碍事的，你们说吧。"

"那我就说了。"张禾点了点头。

将准备好的文件拿出来，张禾将其递了过去。

之前刘兴武手里的文件袋装的就是这些东西，里面有关于华阴老腔的一些简单介绍。

"王主任，我们虎沟村是华阴老腔的发源地，村里的艺人们都有几十年的从艺生涯，我个人觉得，老腔是最能代表我们华山景区风貌的艺术作品。"张禾缓缓道。

王忠拿着文件正在仔细翻阅，没有说话，半晌之后，他把文件放在桌子上缓缓道："你想让老腔在我们景区表演?"

"是的。"张禾点了点头。

想要从华山管理局化缘，必须要拿出点东西。

华山景区有开设这个项目，给一些外地来的游客表演当地的曲艺节目，只是从前一直没有老腔。

老腔不出名，没名气，除了双河镇以外，就连很多华阴人都不知道。

"刘兴武，张禾，你们的提议我也看到了，但是……"王忠话锋一转。

"老腔没有群众基础，我们在宣传方面很难做，每一次表演，场地器材工作人员，每一项都是成本，景区是要盈利的。"王忠缓缓道。

张禾瞬间明白了意思。

老腔没有群众基础，要是表演了很有可能没有人看。

"王主任，我们老腔正在准备申报非物质文化遗产，而且有很大的概率成功。"张禾坚定道。

他相信老腔能申报成功。

"如果你们真的想要和我们华山景区合作的话，我想可以等你们申报成功之后再来，我们华山管理局的大门到时候一定为老腔敞开。"王忠微笑道。

不行就是不行。

华山景区曲艺表演，一场收一场的门票费，和上山的票不一样。

要是把老腔挂上去，没有人来看，或者只有很少的人来看，都是失败，是亏损。

有秦腔等等传统曲艺打底，现在也可以了，没必要增加新的曲艺项目，更何况还是一个名不见经传的老腔。

以前就有一些浑水摸鱼的人过来想要套钱，吃过亏，不能再吃亏了。

王忠不想冒险，也不能冒险，要是真的失败了，对景区造成的负面影响无法预估。

看在刘兴武的面子上，他才没有把话说死。

"王忠，我们老腔可以专门准备与华山有关的曲目，我们在外面表演也可以唱这些曲目，你要相信我的判断。"刘兴武说道。

这可是最后的机会了，不能失败。

王忠叹了口气道："这个不是我能决定的，非物质文化遗产我也听说了，还是那句话，只要你们申报成功，华山景区一定欢迎你们。"

继续争取，依旧失败了。

没有继续说下去，张禾和刘兴武从华山管理局离开了。

来时信心满满，走时悻悻而归。

一厢情愿要不得，没有实力，谁都瞧不起。

站在华山景区的门口，张禾一拳捶在了车上，把周围的人吓了一跳。

"张禾，没事，不行就算了，我们先训练。"刘兴武安慰道。

没有拉到赞助，大家心里都不爽。

"连华阴人自己都不相信老腔。"张禾叹息道。

"我们这次好好搞，绝对没有问题。"刘兴武眼神坚定。

"申遗必须成功。"张禾打开车门坐了进去。

两个人的心里都铆足了一股劲，不撞南墙不回头。

一定要让老腔出名！

虎沟小学，老艺人们坐在教室里面。

原先的教室里面没有桌椅，板凳都是从家里搬出来的。

教室里面一共八个老人，组成了德林班这个小集体。

主唱兼月琴手，张德林，也是德林班的班主。

负责后槽、梆子和钟铃的，是村里的另一位老人张德禄。

张德禄从小就喜欢老腔，也同样唱了几十年的戏。

张德云坐在一张长条凳上，闷闷不乐，心里还是有些堵得慌。

老腔艺人一专多能，没有说谁只会什么，张德云打起板凳来也是可以的。

负责喇叭的是张德民老爷子，五十多岁的年纪，朴素的装扮，就好像下地干活的老农民一样。

拉二胡的，拉低音斗胡的，打锣的，还有拉板胡的。

之前是没有这么多的，但是刘兴武要求了，什么都要有，在其中加入了低胡，有高音有低音。

众人都穿着平时的装束，关中老农的打扮，十分接地气。

教室里面，墙上用黑色的油漆刷了一块，四周用木条钉上，就是一个黑板，以前的学生就是看着这块黑板上课的。

一旦光线不好，一反光，黑板上的字迹都看不清晰。

"各位爷爷，这一次就请你们配合我的工作了。"刘兴武礼貌道。

面前的艺人们都比他年纪大，不能随便教训，但是他既然要接手这个团队，就要起作用，不能你一句我一句，要听从他的吩咐。

有意见可以商量着来。

"我几个说你这是胡整，你现在给我看看你想咋整。"张德禄不服气道。

他手里拿着一个梆子，脚下放着一个钟铃。

"爷爷们放心，我能整。"刘兴武神色平静。

"咱先来对个弦。"刘兴武缓缓道。

老腔里面，对弦以月琴为主。

月琴是老艺人们自制的，上面有三根弦，一根子弦，两根中弦，这两个中弦扎在同一个轴上。

刘兴武专门学过曲艺，对这些有了解，这几天还把这些乐器全都熟悉了一遍，心里有了数。

张德林抱着月琴拨动起来，发出声音，二胡，斗胡，板胡跟着调试。

对不准。

老艺人们谁还管这个，差不多就行了。

刘兴武只好亲自上手，对好了之后，音乐声响起。

"不对，味道变了。"刘兴武眉头皱起。

张禾在一旁也听出来了不对。

以前艺人们唱戏都是随着性子来，搞这么专业，有了桎梏，就不自然了。

"小娃娃，你这样整不行，我都没感觉了！"张德林也喊了起来。

失去了韵味，老腔也就不是老腔了。

"重新来，我再听一遍。"刘兴武继续道。

众人放开了再来一遍，刘兴武在其中听着调子。

一整天就在搞这个东西。

刘兴武也是一边听着，一边做笔记。

"定弦为do，老弦为sol。"第二天，刘兴武终于搞清楚了，将调子定了下来。

"各位爷爷，演奏的时候不必拘泥于调子，你们即兴发挥就好。"刘兴武紧跟着道。

老腔要的是自然纯朴，不拘束的气息，老艺人们的发挥才是最重要的。

这些有了，其他的差不多准备好，众人也开始训练节目。

对于老艺人们来说，撤掉皮影布，直面观众，最难过的是心里的坎。

以前在皮影布后面，想怎么唱怎么唱，想怎么拉怎么拉，现在撤掉了，心里也不自在了。

刘兴武要做的就是让老人们放轻松。

准备的节目，老腔经典的曲目，也是上一次表演过的《将令一声震山川》。

之前有皮影戏，现在没有皮影戏，将老人们的动作神态加进来。

刘兴武累得满头大汗，就差和这些老人们打起来了。

他是科班出身，但是老人们不是。

老腔的很多东西都是口口相传，一代传一代，徒弟练得好不好，师父说了算，师父说你可以了，徒弟才能上台去表演。

没有那么多的条条框框，有的只是一腔热血，一颗赤子之心。

"行了行了，等会儿再说，先吃饭。"见两帮人又要打起来了，张禾赶紧上去劝住，让众人吃饭。

要是没有他在的话，恐怕这里整天都要吵起来。

不过刘兴武也是胆子大，硬是扛着这些老人的压力，要把他们的臭脾气给改掉。

饭是镇上送来的，关中烩菜，包谷糁米汤，馒头。

老人们端着一个大洋瓷碗，一大碗包谷糁，用勺子给上面舀上些烩菜，一只手端着碗，一只手拿着筷子。

吃一口菜，吃一口馒头，吃一口包谷糁。

众人就蹲在院子里，丝毫不在乎形象，反正大门紧锁，也没有人过来看。

刘兴武和张禾蹲在一起，老人们蹲在一起。

"唉，你说这咋整？找不到那种感觉。"刘兴武叹息道。

"不要着急，还有时间。"张禾安慰道。

之前冯浩给他们说了，只剩下一个月的时间，前几天刘兴武也从局里得到了消息，事情要定下来了。

一个月后，华阴人民剧院，举办非物质文化遗产申报情况的汇报演出。

到那个时候，筛选之后还留下的这些节目都要上去进行汇报表演，老腔也在其中。

到时候来的不光是非遗普查小组的人，还有一些新闻媒体，上级部门的一些相关领导。

汇演的表现将决定能不能继续上前一步，争取到更多的资源。

留给老腔的时间就是这么多，如果这次不行就真的只能等下次了。

"我也是第一次，确实有些困难，但我觉得，老腔可以。"刘兴武沉声道。

他的心里憋了一口气，一定要让那些觉得老腔不行的人看一看，老腔可以，让更多的人知道这门艺术，愿意去听。

吃过饭，马上开始训练。

"军校！"张德林唱。

"唉！"众人应和。

"备马！"张德林唱。

"唉！"众人应和。

"抬刀伺候！"张德林唱。

众人的声音汇聚成一道洪流，激荡人心，乐曲之声响了起来，张德林坐在中间的位置，抱着月琴开始高声吟唱。

"将令一声震山川！"张德林唱。

"人披盔甲马上鞍！"

表演有些生涩，不尽如人意，唱的方面没有问题，老艺人们都是专业的。

刘兴武在本子上记录着一些分析和感悟，用专业的角度去解析这个音乐。

在他的眼中，老腔属于唱腔音乐，要从唱腔和吟诵调两方面去研究。

陕西的戏曲剧种中几乎都有吟诵调，但要是说特殊的话，只有老腔的吟诵调最有特点，使用的范围更广。

正是因为这点，刘兴武才被第一次吸引了。

在老腔里面，上场诗、下场诗、插白及科子板中的带韵而富有强烈节奏的韵白，都是吟诵调。

科子板是唱腔的一种，用干鼓、梆子、钟铃合击节拍，以快板的形式说念或者说唱的特殊形式，节奏明快，语言风趣、诙谐。

通过当地语言来吟诵，拖长字声的调值，形成一种带韵随腔搭调的特殊形式，是音乐化的语言，语言化的音乐。

看了这么多书，终于有了用武之地，刘兴武颇有一股成就感生于心中。

刘兴武早上在图书馆看书，下午在学校训练，有时候晚上还不一定能早休息，训练完，骑着摩托车赶回城里，实在来不及就睡在办公室。

他的诚心也让老人们感慨，也都收起了心里的怨气，跟着他好好练了起来。

"张禾，出个主意，我们既然把皮影撤了，就搞一个情景剧，舞台剧，艺人们一边唱一边演，这个绝对好看！"刘兴武询问道。

张禾想了想道："还记得我们那天去文化局的时候吗？"

"记得啊。"刘兴武目光疑惑。

"我们路上不是说了民间传说，华阴最出名的就是华山，华山的民间传说最有名的就是沉香劈山救母，搞情景剧，我觉得可以搞这个。"张禾经过了深思熟虑提议道。

非物质文化遗产是按地区申报的，想要表达能代表当地气息的东西，华山绝对没有问题。

如果华山都不能代表华阴的话，那就没有什么东西可以代表了。

"好主意，沉香劈山救母，老腔里面应该也有这个唱词。"刘兴武眼睛一亮。

张禾笑了笑道："这几天辛苦你了，我要回城里一趟，这里的事情就暂时交给你了。"

"你也该回去了，有段日子没见小女友了。"刘兴武笑道。

两人说了几句，张禾就离开了这里。

回到村子里，张禾进了赵芸的家里，问道："嫂子，你给张川说一声，明天出发。"

"好，我给他说。"赵芸擦了擦手，急匆匆走了出去。

没过一会儿，赵芸抓着张川就走回来了。

"妈，我那把游戏刚开始，你把我拉回来我没法耍了！"张川嘴里嘟囔道，一脸的委屈。

"跑游戏厅打游戏你还有理了？"赵芸嘴里训斥道。

"我那是挣钱去了，他们打不过那一关，让我帮他们耍，全镇就我能过，他们几个人凑钱叫我打关，我不光不花钱，打一关还能挣五毛钱。"张川辩解道。

在一旁听着的张禾肃然起敬。

这小子可以啊，打游戏不光不花钱，还有人给他送钱。

第5章
/ 上电视台录节目 /

"不好好学习，打游戏还长本事了？"赵芸一巴掌抽过去，落在了张川的屁股上。

张川高中毕业，现在也十八岁了，年纪不大，个子比赵芸还要高，赵芸也没真打，就是吓唬吓唬。

再者说了，以赵芸的力气也奈何不了张川。

"嫂子，我看张川这小子机灵，去了大城市肯定能混出个名堂。"张禾笑道。

张川闻言急忙道："妈，你看我叔都这么说了，我聪明着呢！"

"就你能！"赵芸松开了手。

张川赶紧跑到了张禾的身边，笑嘻嘻道："禾叔，是不是要走了？"

"明天去，你今天把东西都收拾收拾，我可告诉你，到了之后你给我好好干，要是被我知道了你在外面给我瞎搞，我马上就把你送回来。"张禾严肃道。

对付张川这种人就得来硬的，正处于叛逆期，谁都不服，崇拜强者。

张禾在他的面前就是一个强者。

"禾叔，你放心，我肯定好好的。"张川嬉皮笑脸道。

家里，张禾看了下也没什么好带的，王云霞非要给他塞上些馒头，张禾也只好收下。

第二天，张禾开着车，带着张川去了城里。

西安市，是陕西的省会城市，十三朝古都，历史悠久，据说一锄头下去就是一个古墓，当然这样的描述是有些夸张的。

一路上，张川兴奋地左顾右盼，神色好奇，一会儿在车里摸一摸，一会儿看一看外面，有时候高速路跟铁路线并行的时候，还要朝着火车吼上几嗓子。

这年头能完完整整地把高中念完也了不起，只是张川不愿意再上学，说啥都不听，让去当兵也不愿意，就想去外面闯一闯。

大城市有多难闯，张禾自己心里清楚，要不是手里有一个文凭在的话，他的难度要上升好几倍。

有了文凭，啥都好说，难度直线下降，好好学习是穷人家庭的孩子最好的出路。

车子进了西安，一路直奔，最后到了一个工厂门口。

工厂的大门不大，就十几米宽，普通的大铁门，可以让货车从门口通过。

门卫看到老板的车子过来，急忙从门房走出来，将铁门拉开。

里面是水泥地面，迎面而来一股化学药剂的味道，不是很刺鼻，但是能闻到。

这里四周都是工厂，荒凉一片，人迹罕至，张川的心也挖凉挖凉的，剧本不太对啊，说好的大城市呢，怎么跑到荒郊野岭了？

"禾叔，这就是你开的工厂？"张川声音颤抖，眼神期盼，期盼这都不是真的。

张禾点了点头，脸上带着微笑。

"禾叔，我想回家。"张川无精打采道。

以为要来大城市了，一路上经历了各种繁华，到头来一切都只能过个眼瘾，回归了本真，到了工厂里。

"我早就说了，我这里生活艰苦，你之前也答应了，男子汉大丈夫，说话要算数。"张禾笑道。

车子缓缓开到了一栋办公楼下。

这栋楼四层高，一二楼办公，三四楼住宿，节约空间，降低成本。

工厂是一个造纸厂，生产的产品是瓦楞纸，就是做纸箱子的那种纸。

这种纸不要求多么好的纸浆，大都是用废纸回收再利用制造的，产品生产出来之后供给包装企业，下游企业把瓦楞纸加工成各种规格的纸箱子，供给客户使用。

厂子不大，总共就几十个人，一条完整的生产线，产量也只是一般，属于中小企业。

将张川带到员工宿舍，宿舍里面是上下铺，架子床，还有一张桌子，一个小吊扇，插座灯泡等东西，除此之外，再无他物。

赵芸给张川带了被褥，专门去弹棉花的店里弹了棉花，都是新做的被子。

督促张川自己动手铺好床，张禾叮嘱道："等会儿有人来找你，我就不多说了，有我在，这里也不会让你干什么脏活累活，生产线上有个维修工，是我挖过来的宝贝，车间里的设备没有他搞不定，你跟着他学点东西。"

"没有文凭，就要学到一门手艺，要不然以后寸步难行。"张禾继续道。

大学一直在扩招，以后还要继续扩招下去，到时候就会出现大学生遍地走的情况了。

竞争的难度会上升，周围都是大学生，拿着高中文凭是没办法竞争的，先天条件就已经落后了。

张川不愿意学习，打也打了，骂也骂了，也说不动，就让他体验一下生活，体验一下没有文凭有多累。

要是迷途知返知道学习了，也算是大功一件。

要是还这么浑浑噩噩下去，在这儿学一门手艺，以后也饿不死。

"禾叔，你要干啥去？"张川的神色忽然变得有些可怜起来。

坐在宿舍的床上，一向天不怕地不怕的张川怕了。

"我还有事，要出去一趟。"张禾笑道。

张川有些怯懦道："你能不能陪我一下。"

眼神期盼，十分可怜。

张禾面色平静，沉默良久。

"不能。"

话音落下，张禾转身离开，一点情面都没有留。

在翅膀底下怎么能成长，他不喜欢老是罩着别人，帮一把，不是帮一生。

等到张禾离开，张川还一直望着宿舍的大门。

四周静悄悄的，啥也没有，张川第一次感觉到了孤独这个词的意思。

眼眶有些晶莹，好像快要哭出来了，张川死命地挤了挤眼睛，把眼泪挤了回去，没让流下来。

张川站起身，走到了宿舍的阳台上。

阳台上有一个水池子，有晾衣绳，透过窗户能直接看到外面的景象，俯瞰整个厂区。

一旁的空地上，废纸堆积成山，一辆推土机来来回回移动，将废纸一堆一堆地推在一起，送进机器里面。

碎浆机轰鸣，将废纸打成纸浆，进行脱墨处理，进入下一道工序……

工业机器的力量一次次地敲打在张川的心脏之上，让他的血液也沸腾了起来。

和村里的传统文化完全不同，这里是纯正的现代味道。

望着窗外的场景，张川的脑袋瓜不知道在想些什么，直到看到那辆黑色的桑塔纳驶出了厂区的大门，他才离开了阳台。

开着车，张禾一路飞奔，直接进城。

至于为什么不留下，还有另一个原因，因为今天已经约好了见唐琼。

一个熊孩子和女朋友相比哪个重要？毋庸置疑。

今天正好是周末，唐琼没有上班，在家里休息。

张禾去花店买了一束玫瑰花，再买了点小礼品，将车子直接开到了唐琼家楼下。

这栋小区十五层，这个时候高层建筑还不多，一个十五层的楼房足以让人仰望。

唐琼家里两套房，她爸单位分一套，她妈单位分一套，现在住的这个房子是她妈单位分的。

发了条短信，没过多久，唐琼就从单元门门口走了出来。

长发如同瀑布一般披散在双肩，漆黑如墨，眼睛大而有神，一张脸看起来十分温柔舒适。

下身穿着一条牛仔裤，上身是白色的开衫，里面打底的白色T恤下摆扎在裤腰里，显得双腿十分修长。

张禾的眼睛挪不开了，直勾勾地盯着自己的女朋友。

唐琼走到近前拉开车门，看到了放在副驾驶的一束鲜花和一个礼盒，脸上的笑容更加热烈。

"走，带你去吃好吃的。"张禾笑道。

将花和其他东西抱在怀里，唐琼坐进了副驾驶的位置。

车子发动，一路飞奔，到了一个商场里面，找了一家餐厅进去吃饭。

"你回去都干什么了？"唐琼询问道。

"你在文化部门工作，应该知道非物质文化遗产的事情吧？"张禾缓缓道。

"你是想给老腔申请非物质文化遗产？"唐琼顿时明白了意思。

"没错，还记得刘兴武吧，他现在就在忙这个。"

"他还懂这个？"

"以前高中的时候他就自封文艺小王子。"张禾笑道。

没过多久，服务员开始上菜。

两人一边吃一边聊着平日里发生的事情。

吃饱喝足，张禾和唐琼一直玩到了晚上才回家。

他们住的房子是租的，面积不大，七十平米，两个人住已经足够。

麻雀虽小，五脏俱全，电视冰箱空调，该有的都有。

张禾睡了一觉，第二天早上起来，将唐琼送到了单位里，自己坐在车上想着事情。

昨晚看电视，电视上面已经开始播报有关非物质文化遗产的事情，有几个传统的曲艺走上了舞台，或者接受了采访，引起了一部分群众的关注。

老腔从来没有上过电视，也没有人来采访过，最多就是上一上当地的小报纸。

造势不是必需的，但是总比没有好。

知道的人多了，申遗也就更有把握，总不能等上了汇演的舞台，结果底下的观众还是一脸茫然，都不知道老腔为何物。

说干就干，张禾直接开车前往电视台，路上给唐琼打了个电话，联系了一个熟人。

这个时候，陕西省最火的电视台是陕西频道，收视率高，面向整个陕西区域。

家里有电视，只要拉根天线，基本上都能收到陕西频道。

找了个地方将车子停好，张禾带着一些资料走进了陕西电视台。

省级电视台不是那么轻易可以进去的，外人除非是过来录节目或是有其他的特殊情况，不然禁止进入。

唐琼正好有一位老同学在电视台里面上班，张禾见过几面，有她的带领，事情也能方便一点。

到了电视台门口，等了片刻之后，一个穿着职业装，绑着马尾的女子就从里面走了出来。

"你好，曾小姐。"张禾笑道。

曾卉，唐琼的老同学，现在是陕西电视台都市生活频道一个节目的主持人。

"你好。"曾卉微笑道。

有了曾卉的带领，张禾在门口做了登记，随即走进了电视台的大门。

进入了电视台里面，入眼看到的就是陕西电视台新启用的台标，黄色"S"变形，蓝色矩形陪衬组成的图案，具有象征意义。

"我听唐琼说，你是想请电视台宣传一下华阴老腔？"路上，曾卉询问道。

"是的，我们虎沟村张家户族是老腔的传承人，正在准备申请非物质文化遗产。"张禾回应道，将手上的资料顺势递了出去。

电视台里面，工作人员的脖子上都挂着工作牌，外人很少，也会有一些应邀而来的嘉宾从这里路过。

"秦腔我倒是听过，老腔我还真没听说过。"曾卉接过资料打开一看，里面有老腔的一些基本资料，还有老艺人们的信息。

"你这愿望恐怕很难实现。"曾卉看完了介绍，心里下意识地将其和秦腔比较起来。

这时候，陕西最火的就是秦腔，在秦腔面前，老腔是一位弟弟，陕西电视台有专门为秦腔开设的节目，这么多年都没有间断过。

老腔是什么？大家连听都没听说过。

"不碍事的，有这个机会，我还是想要争取一下。"张禾不愿意放弃。

"行，我带你去找编导。"曾卉微笑道。

如果不是因为有唐琼的关系在，她是不会理会张禾的。

自从非物质文化遗产的消息传出去之后，这几天电视台已经接到了不少的电话了。

人人都想上电视，连她们都市生活频道都有人打电话过来。

可是有那么容易吗？

电视台是要考虑收视率的，除了秦腔能保证收视率，其他的曲艺节目很难保证。

"曲艺节目要去找新闻综合频道，他们有一个节目叫做《秦声璀璨》，传统曲艺都在这里面，非遗工作的宣传也是他们负责，想要宣传只有他们能做，我带你过去。"曾卉介绍道。

"谢谢。"张禾应道。

没过多久，两人来到了《秦声璀璨》节目组的办公区域，曾卉看起来轻车熟路，似乎没少来这里。

将张禾带进了会客厅，曾卉淡淡道："我帮你去找《秦声璀璨》的编导，剩下的就靠你了，不过我劝你还是不要抱太大的希望。"

"十分感谢。"张禾神色真诚。

要没有曾卉带他进来的话，他连大门这一关都过不了。

陕西电视台新闻综合频道，陕西一套，占据一整层楼。

会客厅四周用磨砂玻璃隔开，张禾好奇地在四周巡视着，第一次来电视台里面，心里有些好奇，有点忐忑。

每个节目组一个办公区域，互不影响，都有自己的演播厅。

张禾在心里思索了一下，想好了等会儿要说的话。

不要抱太大希望，还是要抱一点希望的。

过了一会儿，一个看起来四十多岁的男子推开门走了进来，头上戴着一个鸭舌帽，穿着深色的衣服。

"吴导演，你好，我在电视上看到过您，我们村的人都很喜欢你的节目。"张禾从沙发上站起身道。

《秦声璀璨》的编导吴岳，一手操办了这个在陕西家喻户晓的节目，将曲艺文化传播了出去，对这个人，张禾很是敬重。

两人握了握手，吴岳坐在了张禾的对面。

"张禾，刚才小曾把你的情况已经给我说过了。"吴岳缓缓道，面色平静，看不出丝毫的异样。

"吴导，这是关于老腔的一些资料，是我们当地文化局的同志和艺人们总结出来的，您看看。"张禾将资料再度递出去。

吴岳将其拿在手里，有些心不在焉地翻看着。

"我们正在筹备申请非物质文化遗产的事情，希望能通过陕西电视台以及《秦声璀璨》这个影响力巨大的节目，让更多的人知道老腔。"张禾在一旁缓缓道。

"这是个皮影戏啊。"吴岳很快将资料看完,随即笑道。

"是的,老腔属于皮影戏,不过我们正在进行改良,老腔会展现出与皮影戏不同的风貌,具有自身的特点,与其他的戏曲不一样。"张禾不卑不亢,如实道来。

老腔的特点很明显,听过的人都知道,在全国几乎都找不出第二个这样唱的。

吴岳笑了笑,将资料放在了茶几上。

"我看了你的资料,老腔看上去的确很有意思,要是有机会的话我想我会去听一听的。"吴岳缓缓道。

"吴导要是想听的话,我可以带着艺人们来电视台。"张禾紧跟着说道。

"不必了,我要是想听的话去华阴就是了。"吴岳脸上依旧带着微笑。

"张禾同志,我就实话实说了,最近这段日子很多地方的曲艺都在申请非物质文化遗产,我们节目也接到了不少的消息,你不是第一个。"吴岳缓缓道。

张禾能想到上电视,别人也能想到,这个年代,互联网没有普及,电视的受众是最广的,城里的家庭几乎家家户户一台电视,村里的虽然少一点,但是也有。

村里面没有电视的,到了时间点就去有电视的人家里蹭着看。

电视上一旦报道了,大多数人就都知道了,影响力十分大。

"很多地方的小曲种,还有一些想要蒙混过关的,我都见过。"吴岳继续说道,"我能看出来,华阴老腔的确是一门有着自身特点的戏曲,只是它毕竟属于皮影戏,我们《秦声璀璨》做过有关于皮影戏的节目,但是效果并不理想。"

"你应该知道,《秦声璀璨》上人们最爱看的是什么。"吴岳笑了笑。

张禾嘴里道:"秦腔,京剧,相声,小品。"

秦腔和京剧满足老年观众的喜好,相声和小品能够同时吸引从低年龄段到高年龄段的观众,两者结合,无往不利。

"我们要保证收视率,保证我们节目的影响力,我不能冒险。"吴岳脸上带着歉意道。

虽然没有直说,但是张禾已经明白了意思。

拒绝了。

"吴导,我们可以自费来西安,不用劳烦电视台出任何钱,只要能上电视就好。"张禾神色焦急。

"张禾啊,这不是钱的问题,我们要对得起赞助商和我们的观众,如果真的把老腔播出来,万一观众不喜欢,那怎么办?所以,对不起了。"吴岳不容置疑道。

"可是……"

"如果你们老腔真的成为非物质文化遗产了,我亲自去华阴采访你们,为你们做一期节目。"

"我们节目马上要录制了，我先走了，你继续在这里坐一会儿吧，我就不送你了。"吴岳抬起手腕看了下手表上的时间，随后沉声道。

"吴导慢走。"张禾回应道，站起身来，准备送送吴岳。

吴岳没等张禾走出会客厅，自己直接拉开门走了出去。

一声轻响，房门关闭。

张禾叹了口气，心里有些失落。

操之过急了，《秦声璀璨》可以说是陕西境内最大的戏曲类节目了，哪有这么容易就能上去的。

老腔的一切电视台都不清楚，上电视，能不能收回效益都很难说。

一个保证不了收视率的东西，一些新节目或许敢做，但是像《秦声璀璨》这种老节目不能冒险。

"要是我手里有钱，自己不就能砸一个广告了？"张禾心里自嘲道。

这时候，房间门打开了。

曾卉一副"我早就知道结果"的表情，缓缓走了进来。

"怎么样，我说过了，不会有节目平白无故为你做宣传的，你还是放弃吧，不要挣扎了。"曾卉冷声道。

"虽然没有成功，但还是谢谢你了。"张禾神色平静。

"行了，我带你出去吧，其他的频道你也不用去了。"

"好，麻烦你了。"

张禾走出陕西电视台的大楼，回到了自己的车上。

在电视上投放广告容易，花钱就行，奈何工厂根本没有那么多钱。

造纸行业是高污染行业，废纸回收造纸更是如此。大部分资金要花到处理污染上面。

厂子的规模也不大，利润不高，张禾也不是多么有钱，没有财大气粗到自己砸钱买广告的地步。

此路不通，还得去想其他的办法。

除却陕西电视台以外，还有西安电视台，以及渭南市的渭南电视台，华阴本地及周边县市的电视台，不过不用想，肯定也是同一番说辞，所以电视台就算了。

张禾开上车，再去找了几个当地的报社。

虽然张禾自己没有人，但是唐琼在这边都有一些关系在，张禾虽然进去了，但是得到的回答都是一样的。

陕西日报、华商报、西安日报等等，回答很是统一，要么是版面已经安排好了，要么就是不能冒险。

有一句话倒是都一样，等申遗成功之后，都会报道的。

技不如人，没有办法。

要是老腔已经有了群众基础，完全不需要那么麻烦。

去厂子里转了一圈处理工作，张禾开车到了唐琼的单位门口。

下班时间一到，众人纷纷从单位里走了出来。

唐琼走在人群中间，和几个同事说着话。

"你男朋友来了，我们先走了。"女同事笑道。

"唐琼，我们什么时候能吃到你的喜糖啊？"一旁一个看样子已经结婚的女人调侃道。

单位里面工作不是很重，大家都带着十分的热情，唐琼作为单位里面首屈一指的美女，婚配情况牵动着众人的心。

"等到时候我通知你们。"唐琼笑道，也不害羞。

有这么优秀的男朋友，有什么不满意的？在她看来，结婚也是迟早的事情，要是家里的老人不同意，还能真的不让她结婚不成？家里可就这么一个女儿。

跟众人道别之后，唐琼来到车前，坐进了副驾驶的位置上。

"辛苦了。"张禾笑道。

"单位的事情不多，平日里弄一弄文件，现在有了电脑，很多事情比以前方便了不少。"

"走，我们回家，今天我做饭。"

买菜，回家。

张禾是会做饭的，只是平常不怎么做饭，这次有时间，正好展现一下厨艺。

唐琼坐在沙发上看着电视，张禾在厨房里忙活着，等到差不多了，餐桌上也摆上了一盘一盘香气四溢的菜肴。

米饭在电饭煲里，还煮了一个西红柿鸡蛋汤，十分丰盛。

"今天的收获怎么样？"唐琼询问道。

"失败了。"

"没事的，这不很正常？"

唐琼微微一笑道，没有讽刺自己的男朋友。

张禾的性格如此，不撞南墙不回头，要是不让他去试一试，心里就不舒服。

"上不上电视都不影响，非物质文化遗产考量的标准不在这里。"唐琼回应道。

唐琼所在的部门虽然和非遗工作没有直接的关系，但还是知道一些情况的。

"这我清楚，但是老腔需要群众基础，需要更多的人知道，这一步迟早都要迈出去。"张禾缓缓道。

这时候，唐琼放在茶几上的手机响了起来，她走过去将电话接起来。

"曾卉，怎么了，是张禾今天干什么惹你生气的事了？"唐琼笑道。

"没有没有，你男朋友可是一表人才。"曾卉笑道。

餐桌上的张禾打了个喷嚏。

"你找我肯定有事，你直说吧。"

"我们节目正要做一期创业青年的节目，我想起来你给我说过，你男朋友现在在创业，我想要采访采访他。"

"啊？你要采访他啊？"唐琼乐了，扭头看了眼张禾。

张禾目光狐疑，有些摸不着头脑。

"是啊，他应该不会拒绝吧？"

电话对面的曾卉原本也没有想到这茬，后来想起来唐琼曾经提过这件事情，张禾是一个新时代的创业青年。

"好，我给他说一声，问一下。"

唐琼拿着手机转过头，询问道："今天你见过的，曾卉，她想让你配合她做一期节目，关于创业青年的，你去吗？"

长这么大，没有上过电视，不爱在人前显摆，基本上能推的活动都推了。

不过今天刚麻烦了人家，直接拒绝自然不行。

而且，今日的经历让张禾也感觉到了一些不足，以后老腔的发展离不开新闻媒体，电视台的朋友们也很重要，搞好关系是很关键的。

"我去。"张禾答应道。

"行，我给她说。"唐琼点了点头。

"我男朋友答应了，什么时候去？"唐琼询问道。

"那就明天，明天早上九点，我在电视台门口等他。"

对着电话说了几句，唐琼笑着将电话挂断。

回到餐桌上，唐琼道："想不到你比老腔要先上电视。"

"我先帮老腔迈出一步，以后带着老腔继续向前进。"张禾嘿嘿一笑。

山重水复疑无路，柳暗花明又一村。

本来以为上电视都没有希望了，没想到居然有人要采访他。

张禾头一次觉得自己厂老板这个身份还是有点用处的。

这个时候，创业的人并不多，但是社会上隐隐已经有了创业的热潮。

社会上流传着"考清华也是给别人打工的，不如创业自己当老板"这样类似的话语，多少人南下闯荡，碰得头破血流。

只是随着大学生越来越多，已经不是随随便便的人都可以创业成功了，电视台做这样的节目，也切合了实际。

张禾才不管你是什么节目，只要能上电视就行了，不为自己，为了老腔。

晚上，张禾心情激动，想着明天的事情，虽然没上过电视，但是没吃过猪肉总见过猪跑，照猫画虎，不必担心。

不过是陕西电视台而已，又不是中央电视台。

第二天，将唐琼送到单位，开着车子前往陕西电视台，到了门口没有犹豫，直接走了进去，身上什么都不带，一身轻。

上这个节目，只要有这一张嘴就够了。

到了电视台门口，曾卉已经在门口等他了。

在门口登记之后，两人直接走进了电视台的大楼。

"张禾，很感谢你今天能过来，昨天没能帮上你什么忙，实在抱歉。"曾卉微笑道。

"你能带我进来就已经帮了大忙了。"张禾客气道。

曾卉只是一个小小的主持人而已，和《秦声璀璨》也不是一个频道，能帮他这么多就已经足够了，张禾是一个知恩图报的人。

两人穿过办公区，来到了曾卉所在节目组的办公区域。

曾卉所在的是陕西电视台都市生活频道，以前也叫陕西电视台经济资讯频道，节目是一个访谈节目，采访一些当地中小企业的老板和优秀的青年创业者。

张禾的身份和节目匹配，正好。

录制之前，在办公室里，曾卉已经把要问的问题全都准备好了，将稿子递给张禾，让他先看一下。

张禾仔细将问题看了一下，除却一些不好回答的问题直接改掉，或者删除掉，其他的问题全都留下来了。

再看了十几分钟，张禾将文件递过去。

"我没有问题了，可以开始了。"

"好。"

准备好仪容仪表之后，两人前往了演播室，里面已经布置好了，其他的工作人员严阵以待，准备录像。

张禾坐在了沙发上，面前是一个茶几，周围是好几台摄像机，还有灯光照耀，调节光线。

一切准备就绪，录制开始。

"凝聚时代力量，把握青年脉搏，欢迎大家收看由陕西电视台都市生活频道出品，聚焦新时代的经济节目《时代青年》，我是主持人曾卉。"

专业的播音腔，字正腔圆，坐姿挺拔，身上带着一股气质。

曾卉随后介绍了一下张禾的背景，到时会有视频素材插入进去。

张禾是厂长，工厂还有几个副厂长，大家分工合作，共同为企业做贡献，谈不上谁高谁低，张禾也只是被众人推选出来担任了这个职位。

今天的事情已经给几位朋友说过了，全都鼎力支持。

能上电视，大家心里都愿意，要是真能为厂子带来一些订单，也算意外收获，要是不能带来订单，宣传一下也没有问题。

广告广告，厂而告之就够了。

"张厂长，您为什么会生出自己创业的想法呢？"曾卉询问道。

张禾笑了笑，心中一动。

"我出生在华阴农村，村里大部分人都姓张，我们张家是一个老腔世家，老腔是一门传统的曲艺……"张禾开始扯淡。

"等一下！"曾卉听出来不对劲，马上喊停。

"你怎么说到老腔去了？"

"我的人生是老腔塑造的，没有老腔就没有我的今天，我创业的想法也源于老腔，这么说没有问题。"张禾回应道。

有理有据，使人信服。

曾卉神色凝滞，无话可说。

"我们是访谈节目，重点在时代青年的创业经历上，不是背景上，下不为例。"曾卉提醒道。

不是她不想帮忙，而是这个节目她不能帮忙，就算她同意这么说，编导也不同意。

"我明白了，我会注意的，只是我从小在这个氛围里面长大，老腔或多或少对我有一点影响，这个我不能否认。"张禾缓缓道。

好不容易上一次电视，总要提上几句老腔。

这时候，底下的导演喊道："张禾同志，说是可以说的，不过尽量少一点，不要影响到节目效果。"

"谢谢导演。"张禾感激道。

节目总算是可以继续录制下去了。

曾卉继续提问，一问一答，从生活到工作。

大部分答案都是事先商量好的，就算没有商量好也不用担心，随时调整，录制的节目而已，又不是直播，底下也没有观众。

张禾借着机会给里面塞了一些有关老腔的事情，心里总算是舒坦了。

节目录制完成，曾卉站起身，伸出了右手。

张禾也伸出手，两人轻轻一握，互相感谢。

后面节目组还要去厂子里采集一些素材，张禾直接带着他们过去了。

工厂里没有任何违法乱纪的事情，一切全都按照规定去走。

张禾是穷苦人家出身，在工厂干过，知道工人的不容易，福利上面能好一点是一点，哪怕是利润少一点。

厂里的人看到能上电视，一个个都很好奇，凑到摄像机跟前。

等到录制完素材，张禾和节目组的几个人交换了名片，总算是把事情搞定了。

《时代青年》每周四晚上播出，这一期录制的节目处理好之后，下一期马上播出，也就剩下几天了。

到了周四晚上，张禾守在电视机前，锁定了都市生活频道。

节目十点播出，到点之后，开场动画率先出现，最后到了演播室。

说的话都是经历过的，张禾记忆犹新。

之所以守在电视机前，是想看看老腔出现了没有。

将近一个小时的节目，张禾硬是从头到尾给看完了，这在以前绝对不容易。

整体来说还算不错，里面插了一点关于老腔的东西，不多，但总算有一点。

第二天，将唐琼安顿好之后，张禾返回了虎沟村。

虎沟小学。

老艺人们在训练室中训练，月琴声、二胡声、锣声此起彼伏，交相辉映。

刘兴武站在台前，指挥着众人的动作。

"舅父杨戬礼不端，华山压母受可怜。沉香放下破天胆，为救母亲奔华山。"张德林怀抱月琴，坐在板凳上念着开场诗。

这部《劈山救母》是老腔的传统片段，很多东西是现成的，刘兴武将其改编了一下，化作了情景剧。

取消了皮影戏，就要有人来扮演故事里的人物。

张德林作为主唱，扮演主角沉香。

故事的剧情和民间传说大概相仿，因为时间的限制和舞台的限制，将其简单化，主要人物只有沉香、吕洞宾、吕洞宾化作的老翁、三圣母和两个仙童。

沉香前往华山救母，得到西岳吕祖大仙点化，脱胎换骨，大仙化作的老翁赐他神斧，随即上山，在西峰找到母亲，打败两个看守仙童，劈开巨石，救出生母，母子团聚。

其他的角色依旧是老人们担任。没有年轻人，只能让老人们上场。

这也是老腔的可悲之处，老人们如果全都离开，那就真的断了。

"辞别家人离洛州，直奔秦地入潼关。心急犹如离弦箭，要奔华山救母还。"张德林嘴里唱道，众人在一旁伴奏。

"张禾，你终于回来了，来看看我们练得怎么样！"刘兴武兴致勃勃，活力四射，好像有使不完的力气。

"这个要用道具吧？"张禾疑惑道。

"道具我去文化局里面借，借不到的就自己做一个。"

文化局经常会举办活动，那些道具都在，刘兴武要是出面去借肯定能借到。

说话间，外面响起了敲门声。

众人起身走过去，发现卢长东和几个镇上的工作人员一起走过来。

手上提着东西，来给老艺人们送饭来了。

"卢镇长，又劳烦您亲自跑一趟。"张禾笑道，拿出烟递了过去。

"我心里实在是好奇得很，就过来看一下。"卢长东笑道。

"卢镇长，镇上的晚会是啥时候？"刘兴武问道。

"你不说我差点忘了，晚会就在后天，你们六点到就行了，我们镇上自己的晚会，简简单单，过去彩排一下节目顺序，八点就开始了。"卢长东吩咐道。

镇上的晚会舞台是小，但也是一个舞台。

老腔刚刚改变，或者说是回归原本的面目，需要群众的认可。

刘兴武希望这一次开门大吉，心里也觉得这一次会开门大吉。

只要这次稳了，大家的心里也就有底了。

两天之后，下午六点，众人前往晚会地点。

镇上的晚会在镇小学的操场上举办，搭了一个简单的舞台，从外面请了一些人负责这些东西，虽然简陋一点，但也勉强能用。

双河镇的资金不富裕，没有自己专门的舞台。

还没到六点，村里的闲人们就端着板凳过来观看，露天而坐。

第 6 章

/ 上台表演 /

以科学的理论武装人，以正确的舆论引导人，以高尚的精神塑造人，以优秀的作品鼓舞人，培养有理想、有文化、有纪律的社会主义公民，提高全民族的思想道德素质和科学文化素质，团结和动员各族人民把我国建设成为富强、民主、文明的社会主义现代化国家。

这是基本的国策。

以提高农民素质、奔小康和建设社会主义新农村为目标，开展创建文明村镇活动。双河镇的文艺晚会正是基于此而举办的。

物质文明建设和精神文明建设要同时进行，文化活动是重中之重，卢长东把这个看得也很重要。

双河镇位于华山脚下，种地比不上平原地带，大都是在山坡上种些花椒树，赖以为生。

人民群众的物质生活也比较匮乏，需要各种各样有意思的东西来满足日常的生活。

文艺晚会，可以团结群众，建设精神文明，隔一段时间就会举办一次。

各个村子出节目，个人也可以主动申请，来者不拒，只要不是太不堪入目的都可以上台。

张禾和刘兴武推着一辆架子车从虎沟村赶了过来，车上放着一些道具，其中有一个半人高，用纸做的华山模型。

情景剧，众人必须要有道具，凭空表演对于老艺人们来说很有难度。

这不是说相声，通过语言和动作能将要表达的东西表达出来，两者区别很大。

老艺人们的专业还是唱。

"老张，你来了，晚上准备给咱唱啥？"认识张德林的村民打着招呼，主动问道。

每次文艺晚会，虎沟村的德林班必不可少，在双河镇的地位很高，镇上的人都知道。

除了双河镇，其他地方知道的人就很少了。

"今晚给咱演个新东西！"张德林笑道，手里提着月琴，兴致勃勃。

与其他老人不同，他的身上有着一股闯劲，如果他是一个人的话，会毫不犹豫地跟着刘兴武走的。

张德林的心里也希望老腔能够发扬光大，只有这样，德林班才能火起来，老腔才有可能不断绝。

张德云将长条凳从架子车上取下来，手里拿着一个枣木块，这是独属于他的乐器。

敲击条凳的动作来源于古时的漕运，船工在拉坡的时候会用船桨敲打，现在走上舞台之后，逐渐演变为了条凳和枣木块。

张德云手中的枣木块也很有来历，已经传了很长时间，他不是第一个掌控者。

"那我几个都等着看。"村民们笑道。

张禾和刘兴武将架子车推到了舞台后面，上面的东西老人们也全都拿在了自己的手里。

"小禾，德林爷，你几个来了，咱拾掇拾掇，准备彩排。"一个中年男子走了过来，穿着一件皮夹克，在众人中比较耀眼夺目。

双河镇文化站站长王高伟，镇上的文化活动都要由他出面。

不过跟着过来的赵芸却是对这个文化站的站长没有什么好脸色。

镇上的游戏厅就是文化站管理的，要不是这个游戏厅，张川也不会成天往镇上跑。

对于这样的干部，赵芸热情不起来。

张禾急忙掏出烟递了过去，笑道："王站长，今晚辛苦了。"

"有啥辛苦的，大家一起耍一耍，你们也辛苦。"王高伟脸带微笑，将烟接在手里。

这可是张老板递的烟，比他平日里抽的烟要好上许多。

张禾拿出打火机帮王高伟点着，这个文化站站长笑了笑道："卢镇长说了，全镇上下一条心，全力支持德林班，务必要拿下非物质文化遗产，为双河镇争取荣誉，我觉得你们很有希望。"

"王站长，今天我们也是第一次尝试，什么结果我们也不知道。"刘兴武回应道，嘴上虽然谦虚，但他的语气带着一股自信。

刘兴武和德林班一起训练，他心中相信这次的表演万无一失。

"那就好，好了，彩排要开始了，你们不用上去表演，没那么多时间，你们的实力我也知道，试一试声音就行了，八点晚会准时开始，我先去忙了。"王高伟叮嘱道。

等到王高伟离开，众人按照这里工作人员的吩咐，静静等候着。

刘兴武满脸的兴奋之色，溢于言表，双拳紧紧地攥在一起。

"各位爷爷，今晚就是咱们扬眉吐气的时候了，咱们一定要好好整，叫他们看看老腔真正好看的地方！"刘兴武给各位老人打气。

"好，我们就一起好好整一场。"张德林开怀大笑。

张德禄一手拿着钟铃，一手拿着梆子，等会儿开始表演之后，他需要坐在地上，一手敲梆子，一手敲钟铃。

张德民手里拿着喇叭，等会儿要站在里面，负责吹喇叭。

张德云坐在凳子上，神色平静，看不出来心里在想什么。

刘兴武也没再说什么表演前再来回顾一遍的事情，这群老艺人都有几十年的表演经历，比他的年龄还要大，没必要说这些。

老艺人们私下已经全都练好了，舞台上的表现只能看现场了。

彩排很快结束，等会儿给上面放置道具还要靠张禾和刘兴武。

八点一到，舞台下面已经挤满了观众。

双河镇全镇人也不少，大家全都挤到这里来看晚会。

老人们和小孩在前排，年轻人们在后排，演员们在后台。

"下面我宣布，咱们双河镇这次文艺晚会就正式开始了。"卢长东发表致辞，说完最后一句话，台下响起了热烈的掌声。

第一个节目，歌伴舞。

第二个节目，唱歌。

第三个节目，小品。

小品是村里的几个年轻人准备的，还算不错，引起阵阵笑声。

小品结束之后，主持人走上舞台，几句过渡的语句之后，就直接开始报幕。

"下面请欣赏，由虎沟村德林班为大家带来的节目，老腔情景剧《劈山救母》。"

镇上不知道从哪里叫来的女主持人，化着在半夜能吓死人的妆容，声音尖锐，带着一股浓郁的播音腔。

话音落下，主持人离开舞台，灯光变得昏暗起来，老腔艺人们登场。

张禾和刘兴武两人急急忙忙地将道具给舞台上摆放，引起了台下观众的热烈讨论。

"老腔不是要皮影嘛，这会咋没皮影了？"

"能整很啊，还咥的道具！"

"这是想弄啥嘛？"

双河镇的人们议论道。

以前大家都看过老腔表演，幕布搭上去，艺人们在幕布之后吹拉弹唱，大家只能看到幕布上的皮影舞来舞去，这次居然没有了幕布，搞的什么情景剧，顿时勾起了众人的好奇心。

卢长东、王高伟坐在下面，目不转睛地盯着舞台，心里也十分期待。

这可是县里文化局的同志亲自操办的，代表着专业，说不定能给众人带来惊喜。

艺人们各就各位，道具也摆放整齐，张禾和刘兴武赶紧跑下去。

这时候，台下不知道谁忽然喊了一句。

"这得是要表演劈山救母，你弄的华山还没有人高，这用劈吗？"

随之而来的是哄堂大笑。

张禾二人的脸色顿时大变。

两人站在舞台侧边，望着台上。

那个纸做的华山的确没有人高，但这也是无奈之举，实在是找不到道具，就这个纸华山还是去寿材店让人给做的。

太假了，真的是太假了。

"开始吧！"刘兴武比了个手势。

工作人员开始打上灯光，然而，灯光笼罩在舞台上，一些地方是亮的，一些地方有点暗。

舞台效果实在是差，不过只能咬牙坚持下去了。

"舅父杨戬礼不端，华山压母受可怜。沉香放下破天胆，为救母亲奔华山。"张德林念起了开场诗。

字正腔圆，倒是很顺，不过动作很是僵硬，完全没有表达出沉香的那股精神出来。

台下的王高伟和卢长东两人眉头皱起，和老腔的水准不符啊。

"我乃沉香，洛州人氏，父亲刘玺字彦昌，母亲乃是玉皇大帝之女三圣母……"接着是一段冗长的人物自述，张德林将其完整地念了出来。

只是，台下的反响平平，观众的情绪没有丝毫的波动。

"辞别家人离洛州，直奔秦地入潼关。心急犹如离弦箭，要奔华山救母还。"大量的伴奏声响起，张德林唱了起来。

随后张德云站出来，嘴上念道："枕山带河云龙盘，奇石险路鸣飞泉。洞穴崖龛揽光翠，奇险天下第一山。"

最后一个字落下，张德云猛然将手里的枣木块砸在了条凳上。

"嘭！"

一声脆响。

"吾乃华山吕祖大仙。闲下无事，蒲团打坐，闭目养神，忽然灵感一动……"又是一段冗长的自述。

"沉香生性真慈善，他是人间大孝男。凡胎肉体难救母，吾会助他渡难关。山脚之下云头按，但等沉香到此间。"张德云唱。

他的动作十分不自然，完全没有放开来，僵硬无比。

台下已经响起了一些窃窃私语的声音。

刘兴武和张禾两人的额头上都冒出了一层细密的汗珠，跟预想的效果完全不一样。

舞台上，老艺人们也察觉到了不对劲。

情景剧表演和老腔能一样吗？

虽然表演皮影戏的时候，众人在幕后也会分饰角色，但是此刻是幕前。

"这啥东西嘛？不好看！"

台下，一个人突然站起来，大声喊道。

随着这一嗓子响起来，观众就好像炸药被点着了一样，掀起了轩然大波。

"就是嘛，这还不如以前的皮影戏好看！"

"几个老汉子在上面有啥看的！"

"演得不咋样！"

观众们开始你一言我一语叫喊起来。

王高伟赶紧站起来大喊道："不要乱叫了，等演完再说！"

文化站站长大家不怕，但是王高伟这么说肯定是卢长东的意思，那些站起来的人又坐了下去。

刘兴武和张禾都是脸色难看。

老腔是皮影戏，这是第一次尝试，在虎沟小学训练的时候，刘兴武觉得还可以，但是等到真正上了舞台，就发现了很多问题。

这个样子，别说申遗了，就连获得观众的喜爱都难。

一门能够传承下去的传统艺术，必然有其特点，能够获得观众的喜欢，不管是多是少。

观众可以不喜欢，但大多数也不会说讨厌，观众要是讨厌了，那说明是艺术本身出了问题。

台上还在继续表演，但是老艺人们也明显不在状态，动作都不自然。

终于坚持到了最后，张德林怀抱月琴，大声唱道："一见娘两眼泪滴，提舅父把人气煞。母亲华山把罪受，孩儿心中乱如麻。今日救母神指点，全家团圆心喜欢。母子在此莫久站，速回洛州保平安。"

沉香劈山救母，母子团聚，皆大欢喜。

老艺人们如释重负，全都长出了一口气。

"演得不行，还不如皮影！"

"这有啥看的嘛！谁想出来的这个节目？"

"道具假，灯光也不行，演得也不行！"

台下的观众起哄道。

张德林等老艺人们脸色难看，对于一个艺人来说，这是最大的打击。

艺人们在台上卖艺，底下的观众却说不好，说明表演得是真的不好。

以前表演皮影戏的时候，大家都在幕后，管他前面观众说什么，反正都看不到。

如今在幕前，观众的表现尽收眼底，没有在舞台上出岔子就已经是大家功力深厚了。

"不演了，走！"张德云一把抓起条凳，向着舞台下走去。

其他的老艺人也同样拿着他们吃饭的家伙，离开了舞台。

张禾和刘兴武赶紧上去将道具撤了下来，不能影响后面的节目。

舞台下面，王高伟连连叫了几声，傻愣住的主持人这才反应过来，上去报幕，等到下一个节目上来，情况才好了一点。

舞台后面，德林班众人站在一起。

刘兴武和张禾急忙跑过来。

"各位爷爷，你们咋回事？咱们在台下不是排练得好好的，咋上了台就成这了？"刘兴武神色愤怒。

这一次的表演，失败了。

他满怀希望，耗费了无数心血制作的节目失败了。

虽然有其他的原因，但是他觉得，大部分的原因还是出在老艺人们的身上。

"我们从来没有到过幕前，这次确实紧张了。"张德禄神色无奈道。

情景剧有故事，想要完整地演下来不容易。

"确实，我们一点感觉都没有。"张德民也说道。

没有感觉，艺人就无法在作品中灌注情感内核，无法将作品完美地展示给观众。

原本的老腔，大家在幕后随便吼来吼去，将心里郁结的怨气、闷气全都一嗓子吼出去。

但是到了现在，全都没有了。

老腔的特点，老腔的豪放，不知不觉就消失了。

"没有感觉怪谁？"刘兴武勃然大怒。

张禾赶紧拉住了他，劝道："没事没事，我们还有时间，不着急。"

"有个屁时间！"刘兴武一把把张禾推开，大声吼道。

"离汇演就剩下十来天了！要是这十来天搞不好，我们就申遗失败了！"

"你们一个个咋回事？就不能认真一点表演？"

一直沉默的张德云也是火冒三丈，大吼道："你光在这说，你有本事上去演！"

张德云脾气本来就直，心里也有着怒气。

大家辛辛苦苦排练了挺久，舞台上却反响平平，差点砸了老腔的招牌，谁心里都不舒服。

"你咋了？你演不好我还不能说了？"刘兴武作势要冲上去，张禾赶紧上前拉住了他。

张德禄和张德民把张德云也拉住，没让两个人打在一起。

还好这里是后台，这会儿没有几个人，要不然就要搞出笑话了。

"我不演了，谁爱演谁演。"张德云怒声说道。

他挣脱开几个老人的手，自己抱着条凳和枣木块远去。

"德云，你路上慢些，我跟你一块儿。"有几个老艺人也追了上去，一起离开。

"演完了，我也走了，小伙子，我看你这条路走不通，我们还是回去继续唱我们的皮影了。"张德民拍了拍刘兴武的肩膀，笑了笑，随即离开了这里。

"算了吧，申不申遗无所谓，老祖宗的招牌不能砸了。"张德禄也说道。

老艺人们各自找着理由，一个接一个离开了这里，到最后，这里就只剩下了张德林一个人。

"小禾，你过来。"张德林摆了摆手，走到了一边。

张禾走过去，听候张德林的吩咐。

"小禾，你给你朋友说吧，该配合的我们也配合了，该演我们也演了，现在结果也出来了，我几个老伙计都不演了，我一个人也没办法，你叫他回去好好想想。"张德林缓缓道。

"爷，我知道了。"张禾点头。

"行了，我先走了，你两个看着办。"张德林坦然一笑，转身抱着月琴离开。

老艺人们全都离开了。

"老刘，不要生气了，这不很正常嘛，走，咱俩回小学，转一转。"张禾宽慰道。

虽然他的心里也有些难受，但是理智让他冷静了下来。

这个时候，不能两个人都意气用事，不然造成的后果是无法挽回的。

张禾从兜里拿出一根烟递过去，看到好朋友将烟接在手里，望着烟盒犹豫了片刻，又拿了一根出来。

打火机呲的一声响起，这个时候的打火机大多是火石钢轮打火机，用手指拨动上面的钢轮，摩擦下方的火石升温，产生引燃火，点燃里面的可燃性气体。

火花多，燃点率高，好看。

张禾点燃了嘴上的香烟，再度打着火苗，递到了刘兴武的面前。

抬头看了眼张禾，刘兴武也点着了嘴里的香烟。

"回吧。"刘兴武的声音有些颓然。

演出失败，他已经没有心情继续留在这里了。

"回，我去给镇长和站长说一声。"张禾点头道。

他走到卢长东二人面前，沉声道："卢镇长，王站长，我们辜负了你们对我们的期望，我请求批评，做自我检讨。"

卢长东脸色也不太好看，之前还夸赞了文化局的同志，夸赞了德林班，现在搞出这样的事情，他的脸也没地方搁。

"小张啊，艺术表演切记不要操之过急，我看这个情景剧的模式就很不适合老腔，你们回去再想想吧。"卢长东严肃道。

"检讨就不必了，你回去给人都说说，不要再乱整了。"王高伟也说道。

表演失败，后果很严重。

这个水平是绝对不可能申遗成功的，而且还引起了观众们的反感，对于老腔来说，这是一个很大的打击，对于各位艺人和张禾两个人来说，也是一个巨大的打击。

汗流了，力气下了，时间也费了，结果失败了。

张禾给两位领导打过招呼，和刘兴武返回了虎沟小学。

两人坐在院子里，地上放着一扎啤酒，还有一条烟，都是张禾准备的。

啤酒打开，一人一瓶，张禾破天荒地抽着烟喝着酒，不容易。

心里太难受了……

刘兴武还是没有说话，地上的烟头越来越多。

刚才一时冲动，跟老艺人们吵起来，心里有点后悔。

"张禾，你说这下咋整啊，马上就汇演了。"刘兴武愁眉苦脸。

该生的气也生了，该发泄也发泄了，现在该反思，该检讨了。

成功不是随随便便的，成功也很少有一蹴而就的，刘兴武现在心情平复，开始正式思考起了以后。

"情景剧是不能再表演了，此路不通。"张禾沉声道。

镇上的舞台虽然低级，但是也是舞台，演出效果不理想。

抛开道具的原因、舞台的原因，剩下的就是演员的原因。

演员们虽然演得不太自然，但是就算自然了其中也有一些问题。

老腔的味道没了，那就不是老腔了。

"没错，这是一次试错，证明了这条路走不通，之前是我犯了错误，有些一厢情愿了。"刘兴武喝了口酒，缓缓道。

"不自然，那就让艺人们自然，舞台上随性发挥，想怎么来就怎么来，先看看效果，再进行微调。"张禾提出意见。

"撤掉皮影，我本来想着还要讲故事，现在看来不需要讲故事，老腔的唱腔和唱词应该就是吸引人的地方。"刘兴武分析道。

"我明天要重新想一下，哪怕只剩下一天，我也要尽力！"

"好！"张禾应和道。

两人手里拿着啤酒瓶碰了一下，将瓶子里剩下的酒水一饮而尽。

月光皎洁，洒落在地上。

两人开始重新制定计划。

"一颗明珠卧沧海。"

"浮云遮盖栋梁才。"

"灵芝草倒被蒿蓬盖。"

"聚宝盆千年土内埋。"

每天早上，张德林都会前往村子后面的山坡上开嗓子，这个习惯从他学艺开始就一直坚持到了现在。

先是"嘿嘿嘿，吼吼吼"之类的声音，后脑勺和下颌的肌肉一起用力，一个个音节从喉咙里蹦出来。

随着年龄的增大，他的声音也越来越沙哑了。

唱了几段之后，张德林离开了山坡，准备去地里干活。

到了家门口，刘兴武和张禾蹲在门口，两人等着他回来。

"德林爷，昨天的事怪我，我给你道歉。"刘兴武手里提着礼物，说道。

"进来吧。"张德林平静道，走进了门槛里。

刘兴武和张禾跟了上去。

两人今日的打算就是说服德林班继续训练。

遇到困难不要紧，关键是要迎难而上，克服困难。

如果遇到困难就退缩，就躲避，那就永远无法战胜困难。

只是昨天和德林班的老艺人们吵了架，刘兴武的心里有些过意不去，不好意思主动去找那些老艺人。

张德林是张禾的爷爷，有这层关系在，好说话一点。

不过张德林进去之后直接去墙背后拿起了锄头，径直走出了门，没有理会他们两个人。

刘兴武看了眼张禾，将手上的礼品往桌上一放，也去墙背后掏了一个锄头跟了上去。

张禾无奈地摇了摇头，也拿了家伙追了上去。

这个点，张德林要去地里做农活。

两人紧跟着张德林下了地，在地上刨了起来。

刘兴武是头一次下地，以前从来没有过，动作笨拙，使了大力气但是不讨巧。

锄头翻地也是有技巧的。

张禾在一旁出言提醒，小的时候他经常跟着爷爷下地，这方面有点经验。

一早上，张德林都没有理他们。

两人帮忙锄完地，总算是结束了。

刘兴武是文化局的人，大学读的师范学校，干不了体力活，两条胳膊累得酸溜溜的，都快瘫痪了。

等到几人回到了房子里，张德林泡了一杯茶，优哉游哉地坐在院子里。

他怀里抱着月琴，随着心情随意地弹着。

琴声从他的手下产生，宛如汩汩清泉一般，沁人心脾。

老腔的味道自然而然地浮现在其中。

刘兴武听得一时也痴了。

"骂声……韩龙贼奸小。"

"你此时……不亏该吃刀。"

张德林嘴里唱道，月琴弹奏，音乐配合。

"进朝来……为王对你表。"

"我三弟……生来火性焦。"

琴声回荡在院落之中，风儿一吹，音乐飘向了四面八方，飘向了远处。

老艺人们听到了声音，一个个从房子里面走了出来。

众人的眼神都带着一股热切之意。

昨日的表演失败，老艺人们深受打击，但是这个时候，听到张德林的声音，心里的火焰又再度燃烧了起来。

已经有段日子没有真真正正地唱过老腔了。

"伙计们，咱把家伙拿着，跟班主一块儿唱！"张德禄一摆手，叫喊道。

他回屋将钟铃和梆子拿在手里，向着声音传来的方向走去。

张德民也拿着喇叭紧随其后。

其他的艺人也纷纷拿起家伙，众人向着同一个方向汇聚。

"你不该……闯了他的道，打得你见了寡人哭嚎啕。"

"也怪寡人酒醉了，王不该糊里糊涂论律条。"

张德林继续弹，张禾和刘兴武两人在一旁细细地品味着。

"屈斩我三弟你不保，反对监斩执钢刀。"

随着月琴的声音越来越响，张德林继续唱道："转面我把常随叫。"

这时候，一个老艺人走了过来，一屁股坐在了旁边，拉动了二胡。

张德民来到了后面，将喇叭放在嘴边，大声地吹奏起来。

老艺人们从四面八方走了进来，自觉地找位置坐下，伴随着月琴的弹奏，一起拉动了手里的乐器。

"哎嗨……"几个老艺人从四周走出来，嘴里开始一起唱了起来。

"把韩龙尸首掩埋了。"张德林的眼角泛起了些许泪花，一边弹琴，一边唱道。

"哎嗨……哎嗨……嗨……"众人合唱。

老腔的特点之一，拉坡调。

众多老人围绕在张德林的身旁，摆弄着手里的乐器。

唯有张德云没有办法，拉着条凳走过来，一脸郁闷地坐在后面。

没办法，这个曲子里没有板凳的用武之地。

"哎嗨……哎哎哎……"

众人齐声唱起来，声音汇聚成一股强大的精神，冲进了刘兴武的脑海里面。

这一瞬间，刘兴武仿佛着魔了一般，跟着应和起来。

等到他缓过神来的时候，伴奏声已经结束了。

这首歌是老腔里面的经典选段，《王不该糊里糊涂论律条》。

德林班的老艺人们或是坐着，或是站着，全都在张德林旁边。

"各位爷爷，就是刚才的感觉！"刘兴武手舞足蹈，大喊道。

刚才的一番表演，没有丝毫的做作，很是自然，很是打动人心。

老艺人们没有皮影，却依然唱得如此的好，这就是本事！

"情景剧全都给我滚蛋，我们只要唱就足够了！"刘兴武兴奋地喊道。

"各位爷爷，昨天的事情我向你们道歉，是我的不对，我们从今天开始调整策略，重新训练！"刘兴武恳求道。

距离汇演就剩下十天出头，时间紧迫，要是拿不出成绩来，就要放弃这次机会了。之前的努力全都白费了，刘兴武不想浪费，他想要再拼一次，让世上的人知道老腔的优秀之处。

"你说得简单，要是还练不好咋办？"张德云嗤笑道，他的手上拿着一个烟杆子，只是里面根本什么都没有，只是做个样子。

"这次要还是练不好的话，我就不缠着你们了。"刘兴武笑道。

张禾也道："德云爷爷，咱们都练了这么多天了，现在放弃的话之前都白练了，咱再坚持坚持，最后十来天，一弄就结束了。"

之前的问题是因为刘兴武对老腔不太了解，错误地判断了形势，但现在找出了错误，以后就可以改正。

如果不练的话，汇演的时候就真的没有机会了。

"我们祖祖辈辈学老腔，唱老腔，不能到我们这一代就把老腔唱没了，我同意继续练，你们呢？"张德林率先道。

张德禄摇了摇头道："有地方唱老腔，有钱挣就行了。"

"我无所谓，跟着德林哥走。"张德民说道。

其他几个老艺人也纷纷开口。

张德林是班主，他都已经决定留下来了，众人没不留下来的道理。

作为班主，张德林想的比其他人要更多。

老腔的处境十分危险，急需非物质文化遗产这个身份，张德林不在乎改变，也不在乎改成什么样子，只要老腔的核心不丢掉就足够了。

固有的思路无法成功，那就换一条思路。

张德林是班主，是正儿八经的老腔传人，不想老腔断绝。

"德云，你咋想？"张德林询问道。

张德云和刘兴武一直都不对付，这次的事情一出，两个人之间的火药味更加浓郁。

"练嘛。"张德云拿着烟杆子在脖子上挠着，蹲在条凳上，心不在焉道。

众人全都回应了，达成了一致的意见，继续练。

刘兴武十分地高兴，看过了这一场《王不该糊里糊涂论律条》之后，他的心里已经有了一些新的想法，迫不及待地想要去尝试，能够得到艺人们的配合是最好的。

张禾在一旁欣慰地点了点头，心里的石头也落了地，还好没有打起来，打起来事就大了。

"那就走。"张德林站起身，缓缓道。

"走！"

众人前往虎沟小学。

刘兴武这次开始认认真真地研究老腔的剧本。

张德林的家里，存放着从明清时期一直传下来的老腔剧本，一些书页都变得破破烂烂起来，稍微一碰似乎就要坏掉。

只有偶尔回忆过往的时候，张德林才会把这些剧本拿出来看一看，大多数时候，这些本子都被放置在木盒之中。

本子里的内容，老腔一代代地口口相传下来，张德林的脑袋记得比谁都清楚。

"以前唱戏的时候，给幕布后面一坐，管他前面多少人，我们唱自己的，七八点开始，一直唱到晚上十二点收工，美滴很！"张德林开怀大笑。

在刘兴武没有来之前，这就是德林班的日子。

辛辛苦苦忙活一晚上，收工的时候那些雇主给他们结账，一共不过一百块钱左右，平均到每个人头上就很少了。

但是那个时候，他们可以随便唱，想怎么唱就怎么唱。

老腔皮影戏，真正要把一场戏完整地唱完也要很长的时间，只是如今生活节奏越来越快，已经没有人能够耐心地听完一场几个小时的戏了。

老腔也在变革中成长。

"这次我的意见，保持老腔原本的味道，在其中增加一些演员的自然表演，增加趣味性。"刘兴武分析道。

众人围坐在一起，找出问题，分析问题，解决问题。

老艺人们经验丰富，年轻人思路活跃，知道年轻观众的想法。

两者结合起来，百利而无一害。

"咋可叫我们演？"张德禄疑惑道。

刘兴武赶紧道："是我表达不准确，实际上不是演，就是你们平常在后面怎么样，就怎么样，就好像我们看见凳子就自然地蹲上去，这就是自然。"

关中十大怪，板凳不坐蹲起来。

"你说这我们也搞不懂，咱们先来练一练。"张德林提议道。

"好，咱们先试一下。"刘兴武摩拳擦掌，退到了一边。

老艺人们各就各位，都坐在了板凳上。

"德禄爷爷，你不要坐在后面了，你坐在最前面，让观众能看到你。"刘兴武指挥道。经历过这一次挫折，他也明白了不少东西。

第7章

/ 震撼 /

张德禄一脸茫然，他本来是在后面的，跑前面干吗？

"这不合适吧？"张德禄疑惑道。

"爷，你听我的，你就给这坐。"刘兴武上前指挥道。

张德禄移动到了众人的前方，但不是正前方。

从观众的角度看去，张德禄的位置在右手边，最前面。

"德林爷，你就坐在最中间，以后谁主唱，谁就坐在中间。"刘兴武继续安排。

"德云爷，你先站在最里面，没有你的时候，你就蹲在凳子上，或者坐在凳子上，跷着二郎腿，那个烟杆子我觉得正好，以后上台就带上！"

"德民爷，你也站在后面，如果是上电视，轮到吹喇叭的时候会给特写镜头，到时候咱在舞台上也可以专门让你站出来。"刘兴武一个接一个指挥道，拉二胡的应该坐在什么位置，拉低音斗胡的应该坐在什么位置等等。

这一次，将这些人全部安排好位置，整个老腔团队的气质风貌都变了一个样子。

最起码一眼看上去极有条理，主次分明。

张禾在一旁微微点头，已经好看多了。

剩下的就是要编剧了，撤掉幕布和在幕布后面表演是完全不一样的。

老腔现有的戏码都是在幕后的，没有在幕前的，都需要自己去摸索。

不过今天早上，张德林唱的那一出戏已经深深地烙印在了刘兴武的脑海之中。

"咱再把今早唱的那个《王不该糊里糊涂论律条》唱一遍，就按照现在这个样子。"刘兴武开始指挥起来。

众人闻言，开始弹奏起了音乐。

当音乐响起的时候，众人就仿佛回到了自家的院子里，摇头晃脑，彻底地沉入进去。

"骂声……韩龙贼奸小。"

"你此时……不亏该吃刀。"

张德林拉着月琴开始唱了起来，嗓音仿佛冲破了一切关隘，一下子跃到了众人的面前。

看着众人的样子，刘兴武急急忙忙拿出笔记本和圆珠笔，在本子上记录起来。

兴致到了，就想唱一曲，不然心里不舒服。

刘兴武想要的就是这种状态，只有这种状态才能表现出老腔最根本的韵味。

一连三天，众人全都在虎沟小学训练。

这次，刘兴武没有给他们安排什么剧情，而是按照老腔独特的路数去走，调整舞台上的表演。

距离非物质文化遗产的汇演时间也越来越近了。

"将令一声震山川，人披盔甲马上鞍，这首是我目前为止听到过的最有气势的。"刘兴武夸赞道。

如今耳濡目染，他也能吼上几嗓子，水平自然是普通水平。

"催开青鬃马，豪杰敢当先！"刘兴武双手挥舞，比画道，嘴里继续哼着曲子。

忽然，他眼前一亮。

"对了，这块可以加上一个震撼性的动作！"刘兴武嘴里说道。

他径直走过去，道："德云爷，这下就要靠你了，你在最后拉坡拉到最高的时候，把板凳往地上一砸，然后再用木块敲上去，你看这咋样？"

"啥时候有这号演的？我老腔里面没有这！"张德云当即拒绝道。

这几天，刘兴武这边指挥一下，那边指挥一下，搞得他好像是班主一样，张德云心里很不爽。

他本来想着原先的路子走不通，就可以继续玩皮影了，结果还是不能玩皮影。

现在让他又去砸板凳又去敲板凳，张德云就是不想干。

"德云爷，咱之前可都说好了，你咋回事？"刘兴武脸色阴沉了下来。

"砸板凳就砸板凳，哪有把凳子拿起来再砸下去这动作，我来不了。"张德云怒气冲冲道。

刘兴武眼神之中闪过一丝怒火，但是强忍了下来。

如今正是关键时刻，团队之间还是不要内讧。

"德云爷，我给你演一遍，你看着。"刘兴武缓缓道。

他走上前，将条凳拿在手里。

原本张德云的位置是在团队的最后面。

这时候，刘兴武双手举着条凳突然冲到前面，猛然将条凳给地上一摔，然后挥起胳膊，将手里的枣木块狠狠地砸在了凳子上。

"嗵！"

一声巨响回荡在训练室当中。

刘兴武演示完毕，将枣木块放在条凳上，缓缓道："德云爷，就是这个样子，你看行不行？"

"不行。"张德云哼了一声道。

人一旦钻了牛角尖，不管说什么他都不会听。

"德云爷，你就试一下吧。"刘兴武规劝道。

张德林不在这里，其他的老艺人不好说什么。

"咱们就练一下就行，咱这个节目就差不多了。"刘兴武继续道。

"你想练你练去，反正我不练。"张德云依旧冷漠。

就算是脾气再好，这会儿也被气得不行了。

刘兴武神色愤怒，走上前去。

"德云爷，我再问你最后一遍，你到底是练还是不练？"刘兴武的语气带着一股怒意。

张德云猛然把条凳抓起来给地上一扔，大吼道："不练了！"

说完，张德云直接走出了训练室。

"爱练不练！"刘兴武直接一脚踹出去，将板凳踹出去几米远。

整个训练室刹那间死寂一片，众人面面相觑，几个老艺人跑了出去，追张德云去了。

几个老艺人走到了刘兴武的旁边，纷纷规劝起来。

"小刘啊，你不要放在心上，你德云爷就是这暴脾气，你体谅一下。"

"他现在没时间耍皮影，心里本身就难受，你给他一点时间，让他好好想一想。"

"别生气了，别生气了。"

刘兴武掏出一根烟，直接走出了训练室，蹲在门口一边抽烟一边思考。

其实到现在，他也不知道撤掉皮影究竟对不对。

只有经过市场的检验才能说明一切。

张德云老爷子最喜欢耍皮影，现在不让他耍皮影了，心里肯定不舒服。

这几天因为赶时间，大家训练也都辛苦，不容易。

一根烟抽完，刘兴武又点着了一根烟。

他虽然年纪小，但是现在却是这些老人们的主心骨，指挥着这些事情。

"又跟德云爷吵起来了？"张禾这时走过来，蹲在了他旁边。

"其实我也怕，要是撤掉皮影老腔没活，我就太对不起德云爷了。"刘兴武黯然道。

"撤掉皮影老腔活不活咱不知道，但是不撤掉皮影，老腔肯定会死。"张禾语气坚定。

这个教训是这么多年表演中总结出来的。

"咱陕西人，有啥大不了的，能干了干，干不了就算了。"张禾笑道。

他故意激了一下刘兴武。

"不行，必须干！"刘兴武当即不愿意了。

他抽完烟，赶紧回到了训练室。

此刻，张德云坐在条凳上，脸上带着怒色。

"德云爷，我知道你对我有意见，但是咱们现在是为了同一个目标，有啥事等申遗结束了再说。"刘兴武沉声道。

"这个动作要加上去，你就把这个板凳当我，一木块子砸下去，把我刘兴武的脑浆砸出来，你看着咋样？"刘兴武朗声说道。

一旁的张禾闻言瞪大了眼睛，这家伙还真敢说啊。

张德云听到这句话也是一愣。

他在这些老人里面还算年轻的，时常会意气用事，但他心里明白，刘兴武所做的一切也都是为了老腔好，这一点毋庸置疑。

既然刘兴武已经给了这个台阶，他要是还不下去，那就太不给情面了。

"行，我试一下，我这会儿就要把你的脑浆砸出来！"张德云站起身，冷冷地道。

"你随便，只要你愿意做这个动作，你把我咋都行！"刘兴武喜笑颜开。

"开始训练！"

众人各就各位，开始唱起了曲子。

等到拉坡到了最高的时候，张德云猛然双手抬着条凳跑出来，跑到了整个乐队的最前面。

他将条凳狠狠地摔在地上，然后手握枣木块，砸了下去。

"嘭！"

一瞬间，心里的愁绪都好像在这一砸之下烟消云散了。

"好！"刘兴武鼓起了掌。

张德云脸色舒畅，心里积攒了几十天的郁结之气在一砸之下也全都消散了。

不得不说，加上这个动作之后，整个曲子的冲突更加强烈了，更能对观众产生影响。

张德云望着手里的枣木块，忽然觉得，这个木块很重要。

枣木块是老腔皮影戏里面的拟声道具，皮影戏里多武戏，遇到两军交战短兵相接，艺人们就用枣木块去砸座下的门板来模拟战况的激烈。

他猛然拿起枣木块，一下接着一下，向着板凳上砸去。

"嘭！"

"嘭！"

"嘭！"

……

清脆的声音不断响起，张德云心里的郁闷之气越发地减少。

周围的老艺人们已经明白了张德云的做法，没有人上前去阻拦他。

张禾本想上去，被张德林拦住了。

"就让他砸吧，砸着砸着就舒服了。"张德林缓缓道。

张德云是真的把板凳当成刘兴武了，砸起来没有丝毫手软。

砸板凳也需要力气，张德云在家里还种着十几亩地，都是力气活儿。

随着最后一下，枣木块落在板凳上。

"嘭！"

张德云收回了手上的动作，神色也平静了下来。

"各位爷爷，万事俱备，只欠东风，我们汇演之上，一定要好好表现。"刘兴武神色坚定道。

一个月时间很快就到了，非物质文化遗产的汇演也将要开始了。

非物质文化遗产里面，能在舞台上表演的有传统音乐、曲艺、传统游艺与杂技等等。

这次的汇演是华阴的非物质文化遗产普查小组主办的，艺人们都前来参加，带着各自的传统技艺。

一大早，虎沟村就热闹了起来。

张德林他们早早起床，收拾东西准备进城，能在人民剧院这样的大舞台上表演，对他们来说也是一份极大的荣誉。

刘兴武昨晚上更是没有回去，就住在虎沟小学里面。

不过这一次，他没有像以前一样那么自信满满，经历过失败，他的心态也稳重了许多。

"咱们好好表现，把平常的状态拿出来就行。"刘兴武一手油条一手豆腐脑。

众人围坐在桌子前，吃着早饭，早饭依旧是之前的老样子，品种丰富多样，想吃的都有。

院子里，一旁放着一辆三轮自行车，上面摆放着不锈钢的大小桶、案板等东西。

这辆车是张禾找了个铁器铺定做的早点摊子，赵芸已经去镇上学校门口摆了几天摊了，生意还算不错。有张家老人这层关系在，也没人敢赊账。

今天是众人要去参加汇演的日子，赵芸也就没有出摊，在家里给众人好好做了一顿早饭。

"过去耍一耍，不要有压力，申请不上就申请不上，咱们自己玩得开心就行。"张禾也说道。

两人现在都看得很开。

该做的努力都做了，该改变的也改变了，要是还是不行的话，那就只能等下一次了。

老艺人们能好好地唱老腔，他们就已经很高兴了。

吃饱喝足，众人将乐器全都装进了木盒里面放好，随后再一人带一个板凳。

之前训练的时候，有人用其他的板凳，但是找不到感觉，只有坐在村里最常见的这种板凳上，大家才比较自在。

这个板凳，也变成了众人道具的一部分。

村口的路边上，停着一辆东风汽车，这年头在村子里能有一辆汽车也是很拉风的，是有钱人。

"你们终于来了，这辆车就借给你们了，把你们东西都搁在上头。"卢长东沉声道。

德林班要去县里参加汇演，镇上不能不表示。

镇上没钱，不能提供钱，想来想去给叫了一辆车，帮他们拉东西。

这些乐器和板凳也是道具，张禾的车子也装不下，坐牛车太慢。

既然是代表双河镇出去，就要有点排面。

打开车厢，车厢里面干干净净，里面还专门铺了毡子。

"谢谢卢镇长了。"张禾笑着道，上去递了个烟。

卢长东接过香烟，笑道："你们都不要有压力，我还是那句话，成功了镇上给你们开庆功会，失败了我们再接再厉，来年再来。"

镇上的文艺晚会已经演过了，整个表演彻底垮掉了，卢长东对此不抱什么希望。

老艺人们需要尊重，卢长东依旧过来了，表达了态度，话语间都是诚恳之意。

"卢镇长，我们尽力。"张禾微笑道。

随后众人上了车，张禾和刘兴武都坐在车厢里，陪着老人们。

华阴人民剧院在城中心，县上有什么活动都在这里举办。

华阴电视台、渭南电视台、渭南日报，新闻媒体全都集中在这里，时刻准备着报道第一手的资讯。

这是一件大事，是最近一段时间政府工作的重中之重。

政府、文化局、宣传部门等部门领导也全都来到了这里。

车子开到附近，众人将东西全都搬下来，准备进入剧院。

门口停着各式各样的小轿车，看起来气派十足。

一条横幅悬挂在人民剧院的大门口，上面写着"非物质文化遗产普查文艺汇演"一行大字。

来来往往的人们都十分好奇，只是没办法进去，剧院门口都被公安干警严格把守着。

这次的汇演是内部的表演，不对外，除却相关部门的领导干部之外，只有获得邀请的群众才可以进去观看，这些群众也大都是一些亲属，不会影响里面的正常工作。

张禾和刘兴武拿着最重的道具，一起向着剧院门口走去。

"你好，我是文化局的刘兴武，我们代表华阴老腔来参加汇演。"刘兴武上前道。

看守的公安民警查过证件之后，放大家进去。

刘兴武已经来这里不止一次，以往县里举办活动，他们文化局的干部就要负责这些东西。

带着老人们到了后台，将东西安顿好，刘兴武和张禾一起去了前面，找冯浩。

剧院的观众席上坐了不太多的观众，非物质文化遗产普查小组的人们坐在第一排的最佳观赏位置。

张禾和刘兴武走到前面的时候，看到冯浩正在和一旁的一个男子聊着天。

见到张禾二人，冯浩扭过头笑道："给你们介绍一下，这位是市文化局的同志，专门负责我们渭南市非物质文化遗产普查工作的宋斌，宋组长。"

刘兴武脸色微变，来了个大人物。

华阴有华阴的普查小组，市里面也有市里的普查小组。

"宋组长你好！"刘兴武态度谦和，伸出右手。

宋斌笑了笑，伸出手握了一下。

"这位是我们文化局的得力干将，刘兴武同志，他这次自告奋勇，专门前往我们的乡村，将老腔带到了这里。"冯浩介绍道。

"老腔皮影戏啊，我听说过，不过据我听闻，皮影戏已经被隔壁拿下了。"宋斌淡淡地说道。

冯浩闻言心里一紧。

华阴隔壁是华县，那边也有皮影戏的传承，到了现在过了几千年，到底谁是皮影戏的祖宗，都搞不清楚。

非物质文化遗产是要分地区的，要是皮影戏被隔壁拿走了，出名的就是他们了。

一个声名显赫的传统文化不光能代表当地文化，也具有极大的经济效益。

"我们跟他们不一样。"刘兴武讪讪道。

"宋组长，你好，我是华阴老腔艺人们的代表，我叫张禾，老腔的主唱张德林是我的爷爷。"张禾也伸出手，缓缓道。

面前的人居然是市里的领导，需要慎重对待。

今天能来到这里的领导干部，手中都掌握着一部分生杀大权。

"你好。"宋斌同样握手道，没有什么架子。

"刘兴武，你说你要改老腔，改得怎么样了？"冯浩好奇道。

"改的情况还不错，不过还需要等表演之后，请领导们指正。"刘兴武微笑道。

宋斌眉头一皱，疑惑道："你改了老腔？"

"是的，宋组长，我们对老腔做了一些调整，恢复了老腔最原始的样貌，请你拭目以待。"刘兴武虽然没有之前那么张扬，但是话语之中依旧透着一股自信。

"哦，那我倒是很好奇了，就这么一个皮影戏，你们还能改成什么样子。"宋斌笑道。

老腔属于皮影戏的一种，宋斌是市里的干部，专门对市里面的传统文化做过调查，老腔他有所耳闻。

局限性大，名气小，受众小，濒临断绝，这么一门小曲种，改又能改成什么样，宋斌心里是不太相信的。

冯浩摇了摇头道："这小子连我都瞒着呢，等会儿我们看表演就行了。"

打过招呼，拜过山头，刘兴武和张禾也都回到了后台。

华阴本地的传统艺术也有很多，华山太极拳、华阴迷胡等等，这一次的汇演上都可以看到。

这些艺术都各自有各自的支持者，不同的干部有不同的喜好，但是关键还是要有实力，能赢得观众朋友们的喜爱。

表演后台，老艺人们坐在自己带的板凳上，身上穿着的衣服全都是平日里在村子里穿的，和后台其他演员的打扮比起来，落后了不少。

不过这些都是刘兴武的安排，老腔就要这么穿，不需要搞什么花里胡哨的东西，只有这样，才是真正的农民。

老腔就是黄土地上农民最朴素的吼声。

时间一到，汇演正式开始。

"第一个节目，桃花村选送的秦腔。"报幕员报幕。

后台里，一群穿着秦腔戏服的人迈步从两侧走了进去。

观众席上，张禾和刘兴武都坐在第二排的侧边，望着舞台。

他们也想看一看其他曲艺的表演情况，心里有个数。

秦腔在陕西地区分布广泛，华阴也有自己的传承人。

随着秦腔开始唱起来，底下的工作人员都是纷纷点头，观众们也是目不转睛地盯着舞台。

大家都是关中人，对秦腔很是熟悉。

"秦腔果然家底厚实，水平还是有的。"张禾点评道。

台上的表演者功底深厚，一举一动之间都带着气势，将人物活灵活现地展现出来，唱腔更是有一把刷子。

一个接一个的节目上去，台下的领导干部们手里拿着本子和笔，在上面记录着东西。

等到快轮到老腔的时候，张禾和刘兴武赶紧跑到了后台，安排老艺人们准备上台。

"下一个节目，由双河镇虎沟村选送的华阴老腔《将令一声震山川》。"报幕员报幕。

台上灯光黑暗，众人借着中间的空档，将需要的道具全都摆放完毕。

老腔艺人们上场了。

台下的领导们手边都放着资料，上面印刷着每一个节目的基本资料。

非物质文化遗产要从多方面去考察，首先必须得是世代相传而留下的传统文化；二是非物质这个特点，要以非物质形态存在，以人为本的活态文化遗产，不依赖于物质形态；三是文化，必须要有着浓厚的文以化人的礼乐作用，从文化的最根本处入手；四是遗产，是先辈们通过日常生活的运用留存到现代的文化财富。

这些方面的要求，老腔都符合，所以今天才能来到这个舞台上。

听到报幕员报幕之后，众人将手边的资料都翻看了一遍，上面有着老腔大概的介绍。

这些资料都是刘兴武抽空整理，上报给文化局准备的。

"又是一个皮影戏啊，这有啥看的？"观众席上，众人窃窃私语。

宋斌和冯浩等人好奇地望着舞台，等待的幕布却迟迟没有出现。

"怎么回事？没有幕布了？"冯浩神色讶异。

"不是皮影戏吗？怎么没有幕布了？"一些人也疑惑道。

"就算撤掉幕布，也还是一个皮影戏，就是没有皮影的皮影戏，改变不了啥。"

"华阴老腔，我之前没有听说过，估计不咋样。"

"应该是一个小曲种，有待商榷，我们先看一看吧。"

众人在台下互相交流道。

随着舞台上的灯光逐渐亮起，众人看清楚了台上的景象，脸上都露出疑惑之色。

张德林怀抱月琴坐在中央，张德禄一手梆子，钟铃放在地上，另一只手放在上面，坐在右前方。

张德云坐在条凳上，手里拿着一个烟杆，像是一个老农民一样。

其他的老人或是怀抱二胡，或是怀抱低胡，都分散坐在四周。

每个老人姿态各异，就仿佛村中的老人们谝闲传话的时候，围在一圈，虽然看起来人多，却井然有序，主次分明。

"这怎么跟我见过的老腔不一样啊？"宋斌嘴里喃喃道。

他对老腔的印象还停留在以前的时候，望着幕布，这下子幕布撤掉，只剩下了演员。

很新颖，很独特。

"这不会就是他们改的吧？把幕布撤掉？"冯浩神色惊讶。

他再怎么想也想不到刘兴武居然这么大胆，直接撤掉了皮影！

此刻，张禾和刘兴武已经跑到了观众席，两个人的心情十分激动，十分忐忑。

这是他们改编之后的第一场真正意义的战斗，相比在镇上文艺晚会上的表演，这一次明显成熟了许多。

听着周围那些人或是疑惑，或是讥讽的话语，两个人此刻心里的念头是一致的。

那就是不管是谁，都会记住接下来的这一场表演。

然而，过了好几十秒，台上却没有丝毫的动静，几位老艺人似乎是有些紧张了，不知道下一步该干什么。

张禾和刘兴武互视了一眼，察觉到了一丝不对。

底下的观众席顿时也吵闹了起来。

"这咋回事？还不表演，是等着我上去表演吗？"

"装模作样。"台下的其他艺人嗤笑道。

宋斌和冯浩的眉头一皱，这个表现可不太好啊。

虽然非物质文化遗产的审查和这个没有关系，但是这个表现让人的印象分大减，很难获得人民群众的欢迎。

"怯场了，我过去！"刘兴武没有生气，径直冲到了最前面。

他直接冲到了第一排的领导干部面前，一个人矗立在那里，十分地显眼，引人注目。

"这咋回事？他来干什么？"宋斌脸色一沉，正准备叫人把刘兴武拉走。

这时候，刘兴武忽然大声地喊道："各位爷爷，咱都准备好了么？"

这句话是用关中的方言说出来的，带着一股浓郁的地气。

台上的张德林恍然清醒过来，他刚才的确是紧张了，这会儿被刘兴武一嗓子给叫醒了。

他转念明白过来，也同样用方言对喊道："准备好了！"

"准备好了，咱就把咱那家具拿出来给大家热闹热闹！"刘兴武摆着双手，比画着手势。

底下的观众全都被刘兴武这几句话给逗笑了。

这简直太接地气了！

"好！"这一下，不光是张德林反应过来，其他的老艺人也反应过来了。

这一下，不用刘兴武继续说了，众人也全都进入了状态。

有什么大不了的，就当在院子里唱戏！

张德林轻轻拨了几下琴弦，发出几声鸣响，台上的其他老人好似都放开了一样，身子在板凳上挪了挪，似乎是坐得有些不太舒服。

自然，太自然了。

台下的观众们也全都被这样的表演吸引了一点注意。

随着台上的老人们进入状态，一切都安静了下来。

就在这个时候，张德林忽然站起身，双手抓着月琴挥舞道："军校！"

"唉！"其他的老艺人齐声喊道。

这一嗓子，就好像天地之间忽然响起的惊雷一般，其他的人全都应和起来，整个剧院里的气氛陡然一变。

"备马!"张德林大手一甩,这个动作根本不是排练的,全都是临场发挥!

"唉!"其他老艺人应和道。

"抬刀伺候!"张德林喊。

"唉……嗨!"众多老人齐声道。

三声拉坡,一瞬间,就仿佛将众人带进了古代的点将台上,将士出征,严阵以待!

紧接着,乐曲的声音响了起来,苍拙古朴,老人们的身子随着乐曲声音摇摆着。

台下,宋斌和冯浩都是脸色一变。

冯浩之前在西岳庙听过这首曲子,现在虽然还是那首曲子,但是给人的感觉完全不一样了!

刘兴武看到老人们进入了状态,心中松了一口气,赶紧退到了一边,不敢影响观众们的观看效果。

"啊……唉……嗨……唉……嗨!"

众人齐声喊道,在最后一个声音即将结束的时候,艺人们的脚齐齐跺在了地上。

"嘭!"

这一声轰响,踩在了所有观众的心头上。

张德云在后面,手中拿着枣木块在板凳上狠狠地砸了两下,声音清脆,夹杂在乐曲之中。

"将令……一声震山川!"张德林边弹边唱。

"嗨!"众人齐齐跺脚。

"人披盔甲马上鞍!"张德林唱。

"唉……嗨!"众人齐跺脚。

乐曲声音继续回荡在整个剧院之中,原本那些不看好老腔的观众也全都死死地盯着舞台,脖子伸得老长。

从未见过这样表演的戏曲,老腔是独一份的!

"大小儿郎齐呐喊!"

"嗨!"

"催动人马到阵前!"

"唉……嗨!"众人齐跺脚。

乐曲之声继续,张德云拿着枣木块在后面一下接着一下砸着。

观众们的目光全都集中在了舞台上,再也无法挪动。

张德林等人的表演仿佛重现了唱词中的画面一般,虽然没有皮影,但是带给人的感觉比之皮影更甚!

"头戴束发冠!"

"嗨!"

"身穿玉连环!"

"嗨!"

"胸前狮子扣!"

"嗨!"

"腰中挎龙泉!"

"唉……嗨!"

"弯弓似月样!"

"嗨!"

"狼牙囊中穿!"

"嗨!"

"催开青鬃马!"

"嗨!"

"豪杰敢当先!"

"嗨!"

众人的身体也随着节奏晃动着,随着老腔艺人的吼声晃动着,心里也在吼着,哼唱着。

突然,原本在后面的张德云端着板凳冲了上来。

他猛然把凳子给地上一摔,一木块砸了下去。

"嘭!"

"嘭嘭嘭!"

张德云把凳子当成了刘兴武的脑袋,自然砸得十分的卖力!

一瞬间,整个剧院的气氛被点燃了。

第一排的领导干部们全都站了起来,被这一幕所震撼,久久不能忘怀。

"正是豪杰催马……进!"

张德林的身子随着节奏扭动了起来,最后一个字,所有人全都齐声唱了起来。

"前哨军人报一声!"

张德云一下接一下砸下去,砸在了每一个观众的心头上。

"唉嗨……唉嗨……"

乐曲声还在继续,声音还在继续,老腔艺人的嗓音还在回荡,一切还没有停止。

张禾和刘兴武两个人神色激动，望着舞台上的表演，他们知道，成了！

不管申遗能不能成功，单单就这个表演来说，就没有任何的问题！

值了！

观众席上的众人也全都站了起来，死死地盯着舞台。

曲声到了末尾，台上的老艺人们齐声呐喊起来，在张德云的一砸之中，整曲唱毕。

"啪！啪！啪！"宋斌率先开始鼓掌。

冯浩紧随其后。

其他的领导也开始鼓起了掌，观众席上的观众们也紧跟着开始鼓掌。

掌声回荡在剧院之中，久久不能平息。

"这个老腔是我长这么大听过最好听的戏曲！"

"我是华阴人，我以前听过老腔，但是从来没有今天这么好听！"

观众们毫不吝啬赞扬之声。

张德林、张德云等人站在舞台上，看着台下的众人，一群老人此刻却是目光晶莹，收拾了东西急忙离开了舞台，生怕在舞台上出丑。

一直等到老艺人们下台，报幕员也迟迟没有上来报幕。

所有人都被这个表演所震撼了。

宋斌双手停了下来，嘴里长叹了一声。

"华阴老腔一声吼啊，这一声吼恐怕要震惊全国了。"

第 8 章

/ 等待结果 /

汇演结束，宋斌和冯浩一起前往了后台，找寻这几位老腔艺人，他们心里有着太多的疑问和话语想要对这些老人说。

等到了后台，张禾和刘兴武坐在那边，老艺人们也坐在一边。

刘兴武的脚下丢了一地的烟头，不知道抽了多少根了。

"小刘啊，你还真的是能忍啊，这么大的事情居然瞒我到现在。"冯浩笑道，脸上满是欢喜。

刘兴武急忙起身，一人递了一根烟过去，笑道："冯局，你这么说我就不对了，要是我早告诉你，不就没有今天的惊喜了？"

"小刘，我刚才已经听你们冯局说了，老腔今天的改变全都是你一手促成的，你是我们文化部门的精兵强将，日后大有可为啊。"宋斌夸赞道。

"宋组长，这不是我一个人的功劳，就算是论功劳我也不是最大的那一个，最应该感谢的还是这些老艺人，如果没有他们，老腔就活不到今天。"刘兴武话语真诚。

宋斌点了点头，不愧是大学生，能力有了，为人也谦虚和善，是个人才，不愧是能搞出大事的人。

刚才的汇演众人全都看在眼里，老腔一出，后面的节目全都黯淡无光，没有了任何的吸引力。

到现在为止，观众们还在讨论刚才的老腔表演。

"你们好。"宋斌走过去，给张德林几人打招呼。

宋斌的威严在这里放着，一看就是个领导，老艺人们不敢托大，全都站了起来。

"宋组长，这位是德林班的班主，张德林老爷子，是班社里的主唱兼月琴手。"刘兴武介绍道。

"张老爷子，你好。"宋斌主动伸出手。

张德林何尝遇到过这样的场面，一时间有些手足无措起来。

"爷，人家跟你握手你就握吧。"张禾在一旁笑道。

张德林这才伸出手和宋斌握了一下。

和德林班的艺人们一个个聊完，宋斌站在了中央，面色肃然。

"我首先要说的是，你们刚才的节目表演得很好，是我目前为止看过最精彩的老腔节目。"宋斌语气肯定。

"我们非物质文化遗产普查小组已经决定，将你们这个节目上报至中央，进行国家级的评定，其他的你们就不用管了，我们会处理好的。"宋斌缓缓道。

之前的表演不光有新闻媒体现场录像，还有非遗普查小组的人录像，存档备份，给上一级部门汇报。

上面做评定，这个视频也很重要。

"谢谢宋组长。"张禾感谢道。

"不客气，这是你们应得的。"宋斌笑了笑。

"具体的结果还要过一阵才能出来，不过肯定是好消息。"宋斌说完，给冯浩低声说了几句，转身离开。

冯浩并没有跟上去，而是说道："非物质文化遗产的评定总共有四个级别，分别是县级、市级、省级和国家级，你们这一次的表演这么好，最起码可以拿到市级的非遗资格了，国家级的可能还有点困难，不过也可以想一想嘛。"

张禾之前在查资料的时候就已经知道这些了。

每个级别光听名字就知道，政策上的倾斜程度是不一样的。

县级只能获得县级的政策支持，市级就能有市级的，省级更要庞大，如果是国家级的话，那就更厉害了。

国家级的下一步就是世界级，不过这个很难达到。

"我们力争国家级！"张禾开玩笑道。

能拿到市级的资格就已经足够了，他不想奢望太多。

"好了，我先走了，你们回家去等消息吧。"冯浩笑道。

说完，他也离开了这里。

张禾和刘兴武两人开怀大笑起来，其他的老艺人更是如此。

一切的付出终于有了收获，总算没有白费！

更何况，今天在这么大的舞台上唱老腔，对艺人们来说也是一个机会，一份荣誉。

"我们搬东西，准备走！"刘兴武兴奋道。

他一手拿起一个板凳，浑身好像有使不完的力气。

"我来帮你们！"几个剧院的工作人员主动凑过来。

开玩笑，这个老腔之前名不见经传，现在却被市级非遗普查小组的领导点名表扬，日后不可限量。

他们华阴人民剧院以后举办活动，肯定少不了老腔的身影，不如现在趁早打好关系。

有了剧院工作人员的帮忙，德林班的东西很快就被搬到了车子里。

坐着东风货车，一群人先在城里吃了顿饭，随后回到了虎沟村。

忙碌了一整天，之前发生的一切就好像梦幻一般，是那么的不真切。

坐在虎沟小学的院子里，张禾和刘兴武两个人心里都有些感慨，好像心里的什么重担突然间就卸下来了，一时之间空落落的。

当天晚上，大家伙儿全围坐在电视机跟前，电视上播放的是渭南电视台，正在播放的是渭南新闻。

华阴非遗汇演的新闻理所当然地上了渭南电视台的"新闻联播"。

在新闻里面，专门留出了一分钟的时间播放华阴老腔，表达了对这门传统艺术的震撼。

只是，非遗的结果一天不出来，没有人会这么急着下注。

"德林爷在电视上还蛮帅的。"赵芸轻笑道,一边织着毛衣,一边看着电视。

"那是,你也不看看我是谁。"张德林昂首挺胸。

今日的表演已经证明了刘兴武选择的道路没有错。

皮影撤掉,老腔就可以活。

张德林已经记不清上一次有这么多观众鼓掌是什么时候。

"各位爷爷,万里长征才走了第一步,结果还没有出来,咱们还不能松懈,以后继续训练,咱多准备几个节目,以后上台不能光唱一首。"刘兴武提议道。

"这没有一点问题,咱一天干完活也没事,不唱老腔唱啥。"张德林当即说道。

从十几岁就开始唱老腔,唱到了现在,对他们来说,老腔是融入到骨子里的东西,无法分离,就算刘兴武不说,他们也会继续唱。

这时候,刘兴武忽然想到了什么,他从兜里掏出来一大叠纸票,给老人们每个人发了几张。

"各位爷爷,咱们之前说好的,你们跟着我唱戏,唱一次二十,这是我给你们的钱,你们不能不要,这都是我当初承诺给你们的。"刘兴武笑道。

老人们本来不打算要的,但是也不得不收下。

将事情了结,刘兴武的心里也舒坦了不少。

"你这钱哪来的?"张禾十分好奇,悄悄问道。

从文化局、华山管理局都没有要到钱,拉到赞助,这些钱也不少啊。

"我是缺钱的人吗?这点钱而已,小意思。"刘兴武满不在乎道。

"不行,你是艺术团团长,我是后勤部部长,这个钱没有你出我不出的道理。"张禾一本正经。

刘兴武闻言乐了。

"你还真当咱们这是艺术团了啊,咱们现在就是一个民间的戏台班子,有名无分,离艺术团还早着呢。"故意岔开了话题,没想要张禾的钱。

艺术团有国家和行政机构的艺术团,这些是官方的,也有各个组织的艺术团诸如学校和工会的,也有民间的艺术团。

老腔现在想要组建艺术团,就只能是民间艺术团,一切的收支全靠自己。

就凭老腔现在的名气,入不敷出是肯定的,所以需要非遗这个身份站台,拿到国家的扶持。

知道刘兴武不差钱,但是刘兴武又出力又出钱,全身心为了老腔服务,不能就这么完了。但是直接给钱,刘兴武肯定不要,张禾还得另外想一个办法。

不过现在也没什么好主意,先放着,以后再说。

非遗的风波来得快,去得快,具体的工作已经结束,就连刘兴武也回到了文化局，协助处理后续的事情。

张禾在家也没事，开着车回到了西安，回到了工厂里。

工厂上下一切运行正常，张禾白天在办公室办公，晚上去城里和唐琼过二人世界，日子也是一阵悠闲。

"张厂，我们最近得到了一点消息，不知道是不是真的？"

坐在办公桌前，张禾看着电脑上的资讯，随时关注着行业动态，一个男子走了进来。穿着一身深蓝色的工装，头上戴着鸭舌帽，脸上戴着一副黑框眼镜。

造纸车间的主任，李文，三十岁的年纪，是张禾从另一个工厂专门挖过来的。

"什么消息？"张禾询问道。

"我有一个朋友在环保局，听说西安要出台政策，要关停主城区内的污染企业，如果消息属实的话，我们造纸厂首当其冲。"李文缓缓道。

张禾眉头一皱，这个消息很关键啊。

环保局的朋友说的，绝对不是空穴来风。

这几年环保和卫生抓得很严，造纸厂排放热气、污水，绝对是污染大户，哪怕是一个小造纸厂。

"你这个消息很及时，你再去打听打听，需要什么经费，到时候拿着发票找财务报销，事情搞清楚了你是大功一件。"张禾大手一挥。

在厂子里，他向来是用人不疑，疑人不用，也不会什么事都事必躬亲。

既然李文已经说出来了，肯定心里已经有了一丝想法。

"放心吧，张厂，我保证查到具体的消息！"李文信心十足。

等到李文离开，张禾也琢磨起来。

他干这一行是因为大学学的专业，专业对口，干起来比较得心应手。

关停主城区内的污染企业，是迟早的事情，现在不关，以后也要关，哪怕是排放的污水全都符合标准也不可以。

李文现在去查探具体的情况，他也要谋划一下后续的事情。

摆在他面前的有两条路，一个是搬迁，一个就是关闭工厂。

想来想去，张禾觉得头有点大，还是先放一放吧。

走出办公室，张禾从办公楼走出去，一路上人也不多，都在车间里。

厂里的工人们都穿着统一的工装，戴着鸭舌帽，防止纸尘落在头上，使用一些危险的设备的时候才需要戴上安全帽。

一辆推土机将废纸推进碎浆机里面，张禾戴上帽子，从生产线的开头到最后仔细地巡视了一遍。

心里总是感觉有什么事情放不下，申遗的结果还要过段时间才能出来，张禾心里的牵挂都放在那边了。

生产线轰隆隆地作响，废纸被打成纸浆，除掉杂质，加入其他的化学物质，经过流浆箱落在网部上，随后经过烘干，随后卷在一起，变成超大号的卷纸。

生产线尽头，一堆堆大卷的纸堆积在地上，人根本抬不动，只能用叉车叉走。

张禾心里有些不舍，有些难过，要是工厂关停的话，这些东西也就全没了。

他爬到造纸机上，检查了一下主要的设备，顾不上身上的脏污，那些工人心里也是十分地佩服。

一个厂长能做到这个份儿上，也算可以了。

检查完设备，张禾离开了车间，开车去了城里，接了唐琼下班之后，两人一起回到了房子。

"整天心不在焉的，结果还要过段时间才能出来，你着急也没用。"饭桌上，唐琼微笑道。

"放不下啊，这可是爷爷们一辈子的念想。"张禾缓缓道。

唐琼没再说什么，张禾喜欢就让他去干，反正也不影响什么。

张德林是张禾的爷爷，结了婚以后就是她的爷爷，都是亲得不能再亲的长辈。张德林要是真的有了身份，有了地位，结婚的事情也好说。

到现在，唐琼的爷爷奶奶还没有主动提出来要见张禾，可不就是因为不待见。

想到这儿，唐琼忽然灵机一动。

"我爷爷和奶奶喜欢听戏，要是有机会可以让他们听德林爷爷唱戏。"唐琼提议道。

"你家的人听的可都是京剧，老腔能听进去？"张禾面露诧异。

"试试不就知道了，你还想不想过这关了？"唐琼撒娇道。

张禾心中一酥，点头答应下来。但是刚才被一撩拨，心里跃跃欲试，吃完饭连桌子都没收拾就拉着唐琼进了卧室。

第二天大早，张禾从睡梦中醒来。

床头柜上放着一张纸条，上面写着"早饭放在锅里，热一下再吃"。

张禾心里一暖，昨晚有些劳累，今天居然没能早起，罪过。

去把餐桌收拾了一下，吃过早饭，张禾开着车去了工厂。

刚进办公室，李文急匆匆地跑了进来。

"张厂，不好了，出事了！"李文神色焦急。

正准备烧壶水，这一嗓子吼得张禾差点把壶丢在地上。

"怎么了？"张禾询问道。

李文有些欲言又止。

"说吧,别吞吞吐吐的。"张禾催促道。

看这样子是出大事了,可今早过来工厂也没什么大变动啊。

"张厂,昨晚在员工宿舍里,张川跟几个工人打了一架,搞得鸡飞狗跳,一宿没睡,我没敢处理,就等你来了。"李文想了想道。

张川是张禾的侄子,别人不知道,李文知道,当时张禾走后,带张川进车间的就是他。

李文心里有些忐忑,老板的侄子在宿舍里跟人打架,这个影响大了去了,要是搞不好是要惹出人麻烦的。

"为什么打架,跟谁打的?"张禾的脸色阴沉了下来。

"都是几个年轻人,都住在一个宿舍里,晚上因为一个烧水壶谁先用打起来了。"李文有些无奈。

年纪大了,无法理解这些年轻人的想法,一点小事都会擦出火花。

"人没事吧?"

"人没事,这几个家伙下手还是有分寸的。"

"行了,我去看看。"张禾摆了摆手。

张禾把烧水壶给桌上一放,出了办公室,沿着楼梯走上去,去张川的宿舍。

李文还是有些不放心,赶紧跟了上去。

两个人到了宿舍门口,推开门,看到张川一个人坐在床边上,左眼顶着一个熊猫眼,脸上带着怒意,嘴角噘着都快能挂油壶了。

听到门开的声音,张川扫了一眼,又把头扭过去了。

"你在门口等着,我给他说几句。"张禾吩咐道。

李文点了点头,站在了门口等候。

进去关上门,张禾坐在了张川旁边。

"打架打赢了没有?"张禾笑道。

张川嘟着嘴不说话。

"来工厂之前给你说过了,让你在厂子里好好干,学一个手艺以后好有口饭吃,说的话全都当耳旁风了,一句都没有记住。"张禾语气严肃。

"手艺没学到,倒是先和人打架,打架就打架,还没有打赢,你说你有什么出息?"

"他们人多!"张川大吼道。

他在村里是跟人到处疯玩,但是有赵芸看着,张川不敢打架。这次来了厂里,一下子没了大人管教,就好像离了笼的鸟,有点不知道东西南北了。

张禾心里也是笑着,厂里的普通工人都是附近村里的年轻人,不好好上学,过来混日子的，他也知道。不过能干活儿就行，张川刚从学校出来，跟这些在社会上混了一段时间的人比起来还是嫩了一点。

"人多怎么了？人多是理由吗？"张禾笑道。

"有本事你上啊！"张川神色委屈。

"他们不敢跟我动手。"张禾缓缓道。

张川的声音顿时凝滞，有些委屈道："我没告诉他们你是我叔，我也想在这儿好好干……"说着说着，张川哭了起来。

本来打架没打赢，心里就委屈，现在被张禾一顿训斥，顿时忍不住了，不断地抽泣起来。

"你为什么不说啊？"张禾笑道。

他虽然给李文说过，不要让别人知道张川是他的侄子，要不然的话，厂里的人看在他的面子上都要让着张川，但是他倒是没有想到，张川居然自己也不说出来，这让他高看了几分。

"我妈说了，让我不要在厂子里借着你的名头做事。"张川哽咽道。

张禾本想夸赞的话语重新收回了肚子里，如果是赵芸的缘故那就没有任何问题了。张川在家里天不怕地不怕，唯独害怕赵芸。

"行了，男子汉大丈夫，不许哭了。"张禾厉声道。

张川急忙止住了眼泪，伸出手抹着眼角。

"张川，你现在能在工厂干活儿，是因为有我，不是因为你多有本事。他们敢对你动手，就是因为你没本事。车间主任李文，你看看他们敢不敢多说一句废话？"张禾苦口婆心。

之前去帮老腔拉赞助、找宣传不也是因为如此？没有本事，就不要怪别人不帮你，不是每一个人都是慈善家，张禾心有所感。

"虎沟村不是小岗村，张家也不是豪门大户，我们都是普通人，不好好上学没有出息。给你两条路，要么在厂子里给我老老实实地干，要么就滚回去上学。"张禾训斥道。

张川摇了摇头，正准备说话，却被张禾打断。

"你别急着给我答案，现在跟我过去，给昨晚那几个人道歉，都是一个宿舍的，以后还要继续住。"张禾厉声道。

他打开门，问道："李文，宿舍其他人在哪儿呢？"

"他们在车间呢，我去把他们叫来？"李文急忙道。

"不用了，我过去。"张禾一把抓住张川，将他从床上拉起来，向着外面走去。

从办公小楼走出来，直接前往车间里面。

几个身穿工装的男子正在操控机器，用行吊将超大号卷纸从纸架上取下来，看到张禾带着张川过来，几个人顿时都有些慌乱。

张禾是厂长，厂子里几乎没人不认识，就算不认识，看到李文跟在张禾的背后，也应该知道张禾的身份绝对不一般。

"怎么办？"几个男子心里都慌了。

"站住，都别跑！"见到那几个男的想溜，李文赶紧喊道。

等到张禾到了跟前，也看清楚了这几个人的长相。

都是二十来岁的年轻人，比他小不了几岁，面色有些稚嫩，带着一丝故作成熟。

"张川，给他们道歉！"张禾沉声道，将张川推到了前面。

那几个小伙子顿时傻眼了，张川居然是来道歉的？

"对……对不起！"张川虽然心里有些不情愿，但仍旧说道。

"各位，昨天晚上的事情我也代张川给你们道歉，年轻人之间发生点矛盾很正常，不过我不希望以后你们还是用这种方法去解决。"张禾缓缓道。

"是，厂长！"小伙子们急忙道。

厂长拉着人家过来给他们道歉，已经给足了面子，况且昨晚也没发生什么事，只是打了一架而已。

都是男生，没那么小肚鸡肠。

训也训了，互相之间也道歉了，按理说这件事也就这么算了，但是张禾并没有打算这么结束。

他把李文叫过来问道："按照厂子的规定，员工之间打架斗殴要怎么去罚？"

听到这句话，其他人的脸色都是一变，还以为不会处罚了，看来都是想多了。

"按照厂子的规定，打架斗殴，没有造成严重损失的，初次违反，取消当月奖金和补贴，并在全厂进行通报批评。"李文沉声道。

公司里面，每个工人每个月都有奖金和补贴，奖金是安全奖金，当月没有任何安全事故发生，会奖励一定的金钱，补贴则是饭补之类的。

这两样合起来也不少，取消了不至于伤筋动骨，但也让人很心疼。

"好，就按这样去处理，剩下的事就交给你了。"

说完，张禾扫了眼一旁的张川，道："愣着干什么？跟我走。"

等到两人离开之后，周围的那些工人才纷纷围了上来，一个个好奇地问东问西。

"都别问了，一个个不知道消停点，就知道惹事。"李文脸色肃然道。

"李主任，那小子什么来头啊，跟厂长走这么近？"一个工人好奇道。

李文猛然抬起手掌，真想一巴掌抽死面前这个工人。

"你们能不能不要问这么无聊的问题了，他们都姓张，你还看不出来吗？"李文一脸无语。

"不会是张厂的儿子吧？"众人神色诧异。

张厂可还不到三十岁，儿子居然都这么大了？

"是侄子，别废话了，全都给我干活儿去！"李文怒斥道。

真的是服了这群人了，这都哪跟哪啊，还儿子，就是再早熟也没有这么大的儿子啊！

那几个之前跟张川打架的小伙子满头大汗，这下大水冲了龙王庙了，早知道有这层关系的话，他们打死都不会动张川的。

"李主任，我们咋办啊？"几个小伙子慌了神，没敢离开，想要请求支援。

李文在车间里面人缘很好，将车间里的工人都收拾得服服帖帖的，没有工人对他不服气的，大家生活上有什么困难都愿意去找李文。

厂长是什么，厂长再小也是个厂长，是老板，众人都觉得有些生疏，不敢接近。

"张厂既然让张川给你们道歉，就是没事，你们不要担心了，张厂不是那种不讲道理的人，该打该罚一切按照规定走。你们也不要觉得害怕，以前怎么样，以后继续怎么样，错误的地方改正就行了，手艺要学到，人际关系也要处理好。"李文叮嘱道。

这几个小伙子进厂子没有多久，见到跟张川年纪相仿，李文才让他们住在一起的，结果没想到出了这档子事情。

李文的心里有些感慨，恐怕这些人都等不到手艺学会的那一天了，这个工厂也坚持不了太久了。

"李主任，真的没事？"小伙子们还是有些不相信。

"放心吧，干活儿去吧。"李文笑道。

那几个小伙子这才松了一口气，赶紧回到了自己的工作岗位上，认认真真地开始干活儿。

张禾带着张川从车间的厂房里走出来，外面依旧是机器轰隆隆的声音，依旧可以听到。

张川跟在后面，低着头，一句话也不说，还在生张禾的气。

"今天放你一天假，跟我去城里，带你玩一玩。"张禾淡淡道。

话音刚落，张川的头瞬间就抬了起来。

就算是再生气，在面对进城的诱惑的时候都不堪一击，生气哪有进城重要？

"走。"张禾轻声道，带着张川走向了车那边。

一手大棒一手糖，恩威并施才能让人服气，带着张川去城里玩了一遍，吃了些好吃的，玩了一些以前从来没玩过的东西，高高兴兴地返回了工厂。

"张川，我今天说了，你有两条路可以走，我想起来，你还有第三条路。"张禾缓缓道。

"禾叔，哪还有第三条路啊？"张川有些摸不着头脑。

"唱老腔。"张禾嘴里吐出来这三个字。

"行了，下车吧，滚回宿舍，少给我惹事了。"张禾催促道。

张川没有多想直接下了车，一路哼着曲子回到了宿舍里。

想让他唱老腔是绝对不可能的，连读书都不愿意读，怎么可能耐着性子每天练嗓子，唱曲子，记唱词。

坐在驾驶座上，张禾有些出神。

虎沟村年轻人已经没人学老腔了，他说这句话也是想试探一下张川的态度，现在看来并没有什么作用。

老腔说白了，就是他们虎沟村张家的家族戏，局限性很大，想要走出去，必然要扩张，人手不够，没法扩大影响力。

这件事还是要从长计议。

回到家里，日子照旧，张禾时不时地看着新闻，望着手机，等着消息传过来。

十几天后，晚上七点，张禾准时守在了电视机面前，这个时候要播放的是中央电视台新闻联播。

随着一阵熟悉的音乐声响起，新闻联播正式开始。

张禾目不转睛，盯着电视屏幕，唐琼坐在他的身边，也同样如此。

与此同时，全国各地，不知道多少人都守在电视机面前，等待着，期待着。

刘兴武也在自己家里，看着电视屏幕。

今天，是第一批国家级非物质文化遗产名录公布的日子，万众瞩目。

虽然国务院已经在政府门户网站上发布了通告，但是这个时候，很多人是不上网的，大家接受信息的来源大部分还是电视机。

等到新闻播放到了文化遗产有关的新闻时，主持人简单介绍了一下情况，一共有五百一十八个项目入选，成为了第一批国家级非物质文化遗产。

因为时间的关系，新闻上不可能一个个说出来，只是提了几个具有代表性的东西，例如苗族古歌、昆曲、京剧等等大家已经略有印象的东西。

"国家级的出来了，省级、市级和县级的应该也出来了吧？"张禾询问道。

"那是肯定的，都会出来的。"唐琼点了点头。

下一个节目，专门为非物质文化遗产举办的节目，宣布五百一十八项非物质文化遗产的内容。

众人全都屏息凝神，看着屏幕。

"苗族古歌原来属于民间文学，我还以为是一首歌。"张禾疑惑道。

这个节目是国家级的非物质文化遗产名录的宣布，他没有其他的想法，只是因为好奇想要看一看。

这不看不知道，一看吓一跳，中华文明博大精深，居然有着这么多有意思的传统文化。

"济公传说也是民间文学！"张禾神色惊讶，盯着屏幕。

这时候，上面的人继续宣读着。

"三杠十三，安塞腰鼓，申报地区或单位，陕西省安塞县。"

此刻，已经念到了民间舞蹈的范围，下一个就是传统戏剧，也就是老腔所属的分类。

"四杠一，昆曲，申报地区或单位，中国艺术研究院，江苏省、浙江省、上海市、北京市、湖南省。"

终于，民间舞蹈结束，轮到了传统戏剧，第一个就是大名鼎鼎的昆曲！

张禾紧张地看着电视，他的手心里已经全都是汗水了，他也不知道他为什么还在看着，或许是在心里期待着什么，期待着那个遥不可及的梦想。

刘兴武也看着屏幕，心情激动，眼神之中透着一股渴望。

"四杠十六，秦腔，申报地区或单位，陕西省。"

秦腔在整个陕西省都有分布，已经不是哪个城市可以独占了，划给陕西省，由省政府处理。

"四杠十七，汉调桄桄，申报地区或单位，陕西省汉中市。"

又是一个传统戏剧出现，依旧是陕西省的。

"四杠三十一，汉调二簧，申报地区或单位，陕西省安康市。"

又是一个陕西省的项目出现。

随着继续念下去，之后过了很久都没有陕西省的项目了。

张禾的心里也有些失落，或许真的是没了吧。

没了，那就算了。

就在这时，电视里传来声音。

"四杠六十一，商洛花鼓，申报地区或单位，陕西省商洛市。"

"我去睡觉了，算了。"张禾有些遗憾道。

传统戏剧项目不过九十二项，现在已经第六十一项了，剩下的里面也不会有了。

电视里还在继续宣布着，转眼间就到了第九十项。

"四杠九十，安顺地戏，申报地区或单位，贵州省安顺市。"

"四杠九十一，皮影戏，因为皮影戏的种类众多，所以我们单独介绍。"

"皮影戏，唐山皮影戏，申报地区或单位，河北省唐山市。"

皮影戏在全国各地都有分布，每个地区因为地理位置和生活习惯的差异，造就了不同的皮影戏。

"皮影戏，冀南皮影戏，申报地区或单位，河北省邯郸市。"

……

一个接着一个冒出来，张禾这才知道原来有这么多的皮影种类。

就在这时候，电视里传来一个声音。

"皮影戏，华县皮影戏，申报地区或单位，陕西省华县。"

"皮影戏，华阴老腔，申报地区或单位，陕西省华阴市。"

"皮影戏，阿宫腔，申报地区或单位，陕西省富平县。"

……

张禾的大脑从听到那四个字之后就一片空白了。

第9章

/ 庆功 /

"皮影戏，华阴老腔，申报地区或单位，陕西省华阴市。"

刚才听到了什么？是真的吗？

张禾的心里不断地冒出来这个想法，到底是真的吗？

电视机不能回放，没有这个功能，电视节目里的人继续念了下去，没有太多的停留，然而那句话却停在了张禾的脑海里。

"亲爱的，华阴老腔进非遗了？"张禾盯着身旁的唐琼，沉声问道。

唐琼此刻也是目光诧异，听到问话点了点头道："不但进非遗了，而且还是国家级非物质文化遗产。"

国家级！

真的是国家级！

张禾从来没有想过，华阴老腔有一天居然能够进国家级非物质文化遗产名录，当时开过玩笑，没想到居然成真了。

张禾的手机忽然响了起来，他有一些慌张地跑过去，一看屏幕，是刘兴武打来的。

电话刚一接通，一声激动的吼声从里面传了出来。

"张禾，你看电视了没有？华阴老腔进非遗了，还是国家级的！"刘兴武大吼道，从听筒里传出来的声音震得张禾的耳朵差点聋了。

"我看到了。"张禾也同样兴奋道。

高兴，是真的高兴。

非物质文化遗产分为四个级别，最高等级为国家级，最低等级是县级，本来想着进入市级就已经满足了，没想到进了国家级。

全国第一批非物质文化遗产名录，总共五百一十八个，但是在华阴却独独只有一个老腔进入了。

"张禾，你啥时候回来？"刘兴武问道。

"我明天就回来，咱先不要告诉德林爷，明天给他个惊喜。"张禾笑道。

"好，明天再说！"

电话挂掉，张禾兴奋地在房间踱来踱去，根本停不下来。

"国家级有什么好处？"张禾问道。

唐琼想了想道："可能就是说法不一样吧？"

具体的都不清楚，到底有什么区别也不知道。

不过大体上是没有什么区别，非物质文化遗产都是祖先留下的宝贵财富，没有高低贵贱之分，有的只是一些资源上的倾斜度不同，产生的经济效益不同。

等到电视机里的那个人全部念完，继续重复了一下非物质文化遗产保护的方针"保护为主、抢救第一、合理利用、传承发展"十六字真言，张禾心里才平复了下来。

一晚上激动得翻来覆去没有睡着，全都是因为太兴奋了。

之前的努力都没有白费，付出得到了收获。

华山脚下虎沟村这个小小的曲种，原本只有村里人知道的华阴老腔，一跃成为了国家级非物质文化遗产，是一件值得人欣喜的事情。

第二天一大早，张禾起床，赶紧收拾了之后马上开车回村子。

一路狂飙，没敢耽误，就想把这个好消息告诉村里的长辈们。

等到进了华阴城了，张禾把车停在文化局门口，刘兴武早就等着了，急匆匆跑过来，拉开车门坐了进去。

两人都没有说话，张禾立即发动车子，前往虎沟村。等到了村口之后，从车上下来，向着家里跑去。可是，还没有走到家门口，就远远地看到了地上散落着红色的炮仗碎皮，一堆一堆的，看起来还放了不少。

"这是被人捷足先登了？"张禾心里一紧，急忙进屋里。

院子里，德林班的老艺人们坐在一起，每个人的脸上都洋溢着喜悦之色。

双河镇镇长卢长东，文化站站长王高伟坐在桌子边上，桌上摆放着满满当当清洗干净的水果，地上还有一堆一堆的炮仗没有放。

"张禾回来了啊，小刘同志也来了，你们是来报喜的吧，不过你们可来晚了，我已经告诉德林了。"卢长东笑道。

"卢镇长，你这可就不地道了，我们从外地赶过来可比不上你从镇上走过来。"刘兴武笑道。

心里没什么怨气，大家都是来报喜的。

张德林摆了摆手，示意两人坐下，道："卢镇长今天一大早就跑过来，我还在山上练嗓子呢，我都不知道还有这事。"

"镇上出了这么大的事情，我们咋能坐得住？这次咱们双河镇绝对要出名了，全华阴那么多申报项目，就咱们华阴老腔进入了国家级非物质文化遗产名录，我们这是仗着离得近，才能来得早，不然的话，估计门都进不去了。"王高伟开怀大笑。

张禾过去给两人递烟，笑道："卢镇长，你看你这个炮还没放完，要不要让我帮你放了？"

"好你个小子，看上我这炮了，你去放吧，要是不够了，我再让人去镇上拿！"卢镇长大手一挥，气势雄浑。

张禾急忙抓着几串鞭炮跑出去，拿着打火机一点，噼里啪啦的声音顿时响起，回荡在整个村庄之中。

虎沟村不大，一转眼，所有的人都知道了发生的事情。

一瞬间，无数的人踏破了门槛，来到张德林家里。

虎沟村如今就剩下了"德林班"一个戏班，其他的戏班要么解散，要么已经消失，没有留下来。

如今，在华阴里面还能够代表华阴老腔的，也就只有德林班。

这下华阴老腔出名了，德林班也要出名了。

众人手里拿着鸡蛋、面、肉等东西往家里面送。

华阴老腔入选，虎沟村与有荣焉。

十点多，赵芸刚从外面回来，看到这一幕顿时傻了眼。

三轮车也放不进去了，只能停在门口，外面一群小孩在地上的炮仗碎皮里捡还没有炸的小爆竹，用火柴点着玩。

赵芸找了个地方把三轮车停好，都在村里也丢不了，随后急忙跑进院子。

院子里摆满了桌子，一群人坐在桌子边上吃着东西，谝闲传。

最后的桌子上，德林班的老人们，张禾和刘兴武，还有卢镇长和王站长坐在一起。

"这是咋了？"赵芸一脸茫然。

早上五六点就出门，十点回来，根本不知道发生了什么事。

"嫂子，华阴老腔入选了国家级非物质文化遗产，卢镇长和王站长过来给我们道喜了。"张禾笑道。

赵芸虽然不懂什么遗产之类具体有什么意思，但是配上国家级这三个字，一下子就显得分量十足！

"真的啊？"赵芸再问了一遍。

"是真的。"

赵芸赶紧把手在身上搓了搓，有些激动起来。

"我去给咱做饭。"说完，赵芸跑进了厨房。

"小芸，我们帮你一块弄，这么多人你一个人咋能忙得过来！"

"就是嘛，咱一块弄！"

几个闲得没事的妇女喊道，追了过去。

东西都是现成的，就算不够大家也都去家里拿一些过来，做饭的菜反正是够的。

一大笼一大笼的馒头从锅里出来，热好之后端上桌子。

有馒头和菜就已经足够了。

就在众人吃饭的时候，门外来了几个人。

冯浩走了进来，他满脸的喜悦之色，身后跟着两个文化局的同事。

"看你们这么热闹是都知道消息了？"冯浩走进来，脸带微笑。

"冯局！"刘兴武赶紧跑过去。

"加几张凳子。"张德林吩咐道。

凳子加上，冯浩和文化局的同志坐了下来。

"张老爷子，虽然你们都已经知道了，但我还是要再恭喜你们一次，华阴老腔这次入选国家级非物质文化遗产，是我们全华阴的荣誉，我要感谢你们。"冯浩郑重地说道。

这一次名录之中，华阴其他的项目全部没有入选，要不是华阴老腔横空出世，说不定华阴这一次一个非遗都没有。

没有非遗就是他们的工作不力了。

"冯局客气了，咱就是一个破唱戏的！"张德林等人说道。

村里的人都很谦虚，大家唱戏之前根本没有想过要申请什么非遗，只是想要好好唱戏，将老腔传承下去，非遗只是一个附带品而已。

"不能这么说，戏曲文化是我们国家的重要财富，唱戏的不是普通的唱戏的，是艺人，是艺术家，应该尊重，我敬各位老艺人一杯！"冯浩端起面前的酒杯。

众人一饮而尽。

"我这次来呢只是打个前哨望望风，大部队还在后面，到时候不光文化局，还有政府机关的人都要过来。"冯浩缓缓道。

"这么麻烦？"张德林有些无奈。

村里平静的生活要被打破了。

"非遗这么大的事不可能随随便便的，我们还要对虎沟村进行实地考察，研究保护计划，你们就不要想着消停了。"冯浩笑道。

吃得差不多了，众人到了兴头上，张德林回屋里将月琴拿了出来。

"噔噔……"

拨了拨弦，传出几声琴音。

四周都安静了下来，大家都知道，张德林要开始唱戏了。

"一颗明珠卧沧海！"张德林扯着嗓子大声唱道。

冯浩神色好奇无比，他这还是第一次在除了舞台以外的地方听张德林唱老腔。

"浮云遮盖栋梁才！"张德林继续唱道。

歌声里，一股带着浓郁的黄土风情的味道，众人都能从中感受到张德林心中的喜悦。

"灵芝草倒被蒿蓬盖，聚宝盆千年土内埋。"张德林继续唱着。

琴声继续，张德林闭上了嘴巴，望向了其他人。

张德禄心中会意，站了起来，朗声唱道："怀中抱定山河柱，走尽天下无处栽，清早打粮仓未开，束手空拳转回来！"

这首《一颗明珠卧沧海》，选自《秦琼打粮》中秦琼的唱段。

张德禄唱完最后一句，目光看向了张德云。

冯浩和卢长东一众人眼含期待也望了过去，等待着张德云唱接下来的唱词。

"那我来吧。"张德云站起身来，从腰间摸出了一个木头块，正是他的道具，枣木块。

此刻没有长条凳，张德云直接把屁股下面的板凳拉出来。

他的脑海中回想起之前和刘兴武之间发生的矛盾，此刻申遗成功，过往的一切倒是让人有一种梦幻般的感觉。

如果没有刘兴武坚持下来，他们华阴老腔就不会有今天了。

张德云的双眼变得有些晶莹，朗声唱道："是古人都有兴和败。"

一句唱词结束，张德云一木块砸了下去。

"嘭！"

枣木块和板凳亲密接触，发出一声脆响。

冯浩等人的双眼之中露出了光彩。

近距离之下听老艺人们唱老腔和看舞台上的表演是截然不同的感受，这种感觉更为真实，更为贴切。

大家都是华阴本地人，听着耳边的曲子，就好像回家了一样。

"何况我秦琼运不来。"张德云继续唱道。

"嘭！"

"那一国里犯地界。"

"嘭！"

"四楞双铜把马排。"

张德云唱毕，脸色红润，整个人似乎都年轻了不少。

其他几个老艺人不知道什么时候跑进了屋子里，从里面拿出了二胡和其他的乐器，一起伴奏起来。

"上阵杀得人几个，唐主圣旨降下来，大小封个乌纱戴。"张德林继续唱了起来。

作为德林班的主唱兼月琴手，他的唱功是所有人里面最好的。

曲调之声越发地激昂起来，让众人的心里都是为之一振。

"方显秦琼有奇才。"老艺人们齐声一起唱道。

"唉……嗨……"

张德云一下接着一下将枣木块砸在板凳上，气势高昂。

众人齐声唱着最后的曲调，随着一阵哼唱，这个选段逐渐结束。

待到声音消散，全场的人全都鼓起了掌。

"好！"冯浩大声叫道。

今日近距离观看老腔，不愧为非物质文化遗产，老艺人们的功底深厚，唱腔丰满，都是国家的宝藏。

华阴有这样的人物，华阴老腔有这样的艺人，何谈不能兴旺？

方显秦琼有奇才，老腔也正是如此。

大浪淘沙，真正的艺术绝对不会被埋没。

"好一个一颗明珠卧沧海，我看我们华阴老腔以前就是一颗明珠卧沧海，浮云遮盖栋梁材，今日上阵杀得人几个，方显我们老腔有奇才！"冯浩朗声笑道。

发自内心地高兴。

秦腔是陕西省的，其他的非遗申请暂时没有通过，怀抱希望的皮影戏因为不是正统，被其他地方拿走，没想到拨开云雾见光明，来自华山脚下小山村的华阴老腔居然杀出重围，入选非遗。

是皮影戏，但现在已经脱离了皮影本来的面貌。

华阴老腔是华阴的，真正诞生于华阴，属于华阴的，华阴的领导干部们与有荣焉。

冯浩看得更长远，入选非遗也只是一个起点而已，根本不是终点。

入选非遗不代表一种传统文化就不会消亡了，曲谱可以抢救性保护，但是艺人留不住。

国家不会强迫人们去学习非遗，只能凭借大家的内心驱动。

一顿饭吃到了下午，众人才全都离开。

张禾和刘兴武将冯浩送到了村口，两个人满怀期待。

"小刘，这次老腔能够进入非遗，你居功至伟，我会向上面汇报的，你也写一份报告出来，把你这段时间的工作总结一下。"冯浩吩咐道。

"是，冯局！"刘兴武激动道。

"张禾，你是张德林老爷子的孙子，我就不多说了，但是你也需要想一想，老腔以后要怎么发展，你们自己家的事情还是要自己做主，国家也不能强迫你们。"

"冯局长，我会去想的。"张禾点了点头。

传承和发扬非物质文化遗产是一条艰难的道路，入选非遗也只是万里长征的第一步，以后的路还长着，但是不管遇到什么样的困难，张禾都不会退缩。

"我刚才接到短信了，明天市里的领导要来这里，你们不用紧张，心里有个准备就行。"冯浩微笑道。

说完他转身坐进了车里，离开了虎沟村。

"居然是市里的领导要来？"刘兴武有些惊讶，这下可有意思了。

"怕啥，还能吃了我们不成？"张禾笑道。

不在政府机构工作，没有这么多顾忌，不像刘兴武。

"我先回城里了，写报告，走了。"刘兴武摆了摆手，离开了这里。

张禾也返回了村子里。

晚上，德林班已经搭起了舞台，在村子里的空地上唱戏。

原先这个位置就是他们平日里唱戏的地方，平日里只有寥寥几人，然而今晚来的人尤其多，各家各户的人带着小孩，自备板凳过来听戏。

了不得，村里出了大事，老腔成了国家级非物质文化遗产。

德林班起了带头作用，以前的班社成员也起了心思。

虎沟村虽然现在只有德林班一个班社，但是以前不是，只是不少会唱老腔的人没有再唱了。

现在看来老腔要火了，一些村里的人都过来取经，想要一起唱戏。

"自幼儿学艺在云蒙山，我师父名讳叫王禅。有一个魏国人姓庞名涓，悔不该与短贼同把香拈。在一个窗下把书看，在一张架上捡衣穿。"

台上，张德林正在卖力地高唱，不过他在幕布后面。

张德云今日当了个签手，回到了老本行，操作起了皮影。

不想念是不可能的，平日里张德云还会把皮影拿出来看一看，今天终于有机会表演皮影，兴奋得不能自已，整个人都年轻了不少。

一场戏直接从八点唱到了十二点。

到这个时候，众人才收拾了摊子，打道回府。

第二天，一行车队缓缓驶入了双河镇，虎沟村。

渭南市非物质文化遗产普查小组组长宋斌带队，他本人也是渭南市文化局的局长，分量足够。

华阴市市政府、华阴市文化局等部门的人一起来到了虎沟村。

华阴电视台、渭南电视台、渭南日报、华商报等新闻媒体全程拍摄报道。

一下子，虎沟村陷入了一片热闹之中。

昨天有冯浩的提醒，张禾回去之后就给爷爷们全都告知了这件事情。

一大清早，众人早早起床，洗漱得干干净净，从衣柜里翻出来过年的时候才穿的衣服，打扮得整整齐齐。

"上电视咯！上电视咯！"村里的小孩们在路上一路奔跑，跟在车队后面。

卢长东今日也是打扮整齐，穿上了一身崭新的衣服，站在村口等候。

等到车队停下来，一行人从车上缓缓走下。

"张德林老爷子，上次在人民剧院一别，我回去之后还一直在想老腔，将令一声震山川，你这一声震动了整个渭南啊！"宋斌微笑道。

"我们就是唱戏的，要是没有国家的发展，也没有我们老腔的发展。"张德林笑道。

老爷子平日里唱戏锄地，不代表老爷子不会说话，只是懒得搞这些事情而已。

宋斌点了点头，几个华阴市的领导也走上来和几位老人亲切地交谈起来，华阴市主管文化工作的副市长、文化局的局长、非物质文化遗产普查小组的小组成员一个接一个上来。

张禾和刘兴武陪着老人们一起和这些领导交谈。

今日的主角是这些老艺人，不是他们。

聊完了之后，众人一起和德林班的人合影留念。

看到那一个个只在电视上看到过的电视台标志出现在自己的眼前，张德林的心中感慨万千。

在他的手上，老腔走上了电视，没有愧对师父对他的教导，没有愧对祖宗留下来的宝贵遗产。

村里的路是土路，房子也都有很长的年代，看起来很是老旧。

棵棵树矗立在土地上，如同傲然挺立在黄土地上的老腔。

双河镇双河酒楼，这个酒楼是双河镇上最高档的饭店，平日里镇上接待一些重要来宾都是在这里吃饭。

中午，宋斌一行人从虎沟村离开，前往了双河酒楼。

酒楼的老板都快笑开了花，饭店来了大人物，他也很是高兴。

"宋组长，真是辛苦你了。"张禾笑道。

"不辛苦，这些都是我们该做的，这顿饭可是你们的卢镇长请客，你要感谢还是要感谢卢镇长。"宋斌笑道。

一旁的卢长东缩着头坐在椅子上，这么多大领导在这里，他的地位顿时变成了最低的那一个，不过他心里也没有多害怕，双河镇是他的地盘，在这里他才是地头蛇。

"宋局，这顿饭是我之前答应了小张他们的，申遗成功，必须要举办庆功会！"卢长东沉声道。

"嗯，是该庆祝，不光你们要庆祝，我们市里面也要庆祝。"宋斌点了点头。

饭桌上的菜品一盘一盘摆上去，全是正宗的关中菜。

葫芦鸡、酿皮子、枣沫糊、黄河鲤鱼等等一个接一个摆上来，琳琅满目。

因为有媒体在四周，众人吃得还是比较拘谨的，没能放开膀子大吃一顿。

"这一次申遗成功，我们也看到了老腔的魅力，我们华阴除了华山以外，还可以矗立起老腔作为我们的名片，这边可以着手准备后续的事情了。"华阴市主管文化工作的一个副市长说道。

"我觉得可以把虎沟小学这个地方划给老腔，成立一个保护基地。"冯浩缓缓道。

这件事是刘兴武做的，做得好他脸上有光，必须争取一下好处。

"卢镇长，你怎么看？"冯浩询问道。

虎沟小学的地盘是镇上的，归镇政府管理，要不要还得卢长东说了算。

"那肯定没有问题，现在镇上的小孩子都在我们镇小学上学，虎沟小学那块地暂时没有用处，划给老腔可以。"卢长东点了点头。

虎沟小学已经荒废了好几年了，最近一个月都是德林班在使用，卢长东本来就没有打算收回来，空着也是空着，有人在里面打扫卫生，省了他的工夫。

现在老腔成功申遗，镇上不能只说不做，请吃顿饭根本不够，肯定要表示表示。

要钱？没有，双河镇不是富裕的乡镇。

要人？全镇除了张家，没人会唱老腔，更何况老腔这块需要的不是帮忙的人，而是愿意去学老腔的人。

想到最后，卢长东也只能给一片地盘了。

虎沟小学正好，反正德林班已经在用了。

"那就好，但是这块地盘借用是可以借用，如果想要正式交给老腔的话还需要经过正规的手续，经过政府的批准。"冯浩缓缓道。

"那是自然，我卢长东帮不上什么忙，只要你们定好了，我马上签字。"卢长东朗声道。

"好，那你们全都抓紧时间，尽快把这件事情落实。"那位副市长吩咐道，身后的秘书将这些事情全都记在了心里。

一旁的张禾和刘兴武两人感觉脑袋醉醺醺的，这还没怎么着呢居然先有了一个地盘了，而且还是虎沟小学这个位置绝佳的地盘！

虎沟小学就在虎沟村旁边，距离十分近，老艺人们来来回回行走也十分方便。

更何况，一旦这个地盘给了他们的话，用四个字形容，那就是"为所欲为！"

到时候想在里面怎么搞就怎么搞，不会再有人管他们。

张禾急忙举起酒杯，站起来道："谢谢各位领导，感谢你们！"

几人笑了笑，都端起面前的酒杯来，众人一饮而尽。

卢镇长刚才见到众人有些拘谨，已经让王高伟把这些媒体全都想办法带走了。

吃顿饭还在旁边拍照，太倒胃口了。

"一旦入选国家级非物质文化遗产，就相当于既是省级，也是市级县级的非物质文化遗产，保护工作就要提上日程了。"宋斌缓缓道。

上级领导发话，冯浩点了点头道："我已经让小刘写报告了，开会决定之后，马上提上日程。"

"好，你们心里有数就好，我明天还要去富平县，就不多留了，我先走了。"宋斌说道。

昨天去了华县，今天来了华阴，明天就该去富平了，渭南这一次出了四个国家级的非物质文化遗产，华县的华县皮影戏、华阴的老腔、富平县的阿宫腔，三个传统戏剧，最后再加上澄城县的一个传统技艺，澄城尧头陶瓷烧制技艺。

宋斌是非物质文化遗产普查小组的组长，这些东西他全都亲自考察过，如今也要过去报喜，给传统艺人们安慰。

该奖励的奖励，该保护的保护。

众人全都站了起来，将宋斌送了出去，外面停着车。

宋斌摆了摆手道："不用送了，你们回去吃饭吧。对了，张老爷子，改天我一定请你们来渭南市里演出，让渭南的人都看看什么叫做老腔。"

说完，宋斌直接进了车里，随后车子就离开了这里。

等到车子远去，众人才返回饭店的包间。

吃过饭，庆祝完，摆好姿势合影，华阴市各个单位的人也离开了。

文化局副局长，不可能一整天都待在虎沟村，还有其他的事情要做。

等到中午过后，一行人返回了虎沟村，领导干部们的正事干完了，新闻媒体们就凑上来了。

之前领导们和张德林说话他们逮不到机会，终于等到德林班的艺人们落单，一个个全都跑了过来。

几个记者同志互相争抢着想要第一个采访张德林老爷子，谁都不愿意落在后面，最后还是刘兴武出面。

"你们大家商量一下问啥，咱一块儿采访，抓紧时间。"刘兴武缓缓道。

"我们想听德林班唱一场戏！"一个女记者大声道，是渭南电视台的记者。

几个渭南市内的媒体倒是都无所谓，大家可以说都穿的一条裤子，西安的几个媒体是市外的，几个人站在一起。

"我们也想听德林班唱戏！"华商报的记者也喊道。

这两个人一喊，其他的记者也纷纷叫喊道。

"德林爷，你们想不想唱戏？"刘兴武询问道。

张德林笑了笑，眼神精明，望着记者们道："你们拍的这能上电视不？"

"能上，我们就是渭南电视台的！"一个记者喊道。

"我们能上华商报！"几个报社的记者着急了。

这也没办法，他们又不能让视频在报纸上播放。

"能上电视就行，唱，你们跟我过来！"张德林朗声道。

"德林爷，你注意下身体。"刘兴武语含关切。

从早上忙到现在还没有停过，现在还要去唱戏，他担心张德林的身体受不了。

"我身体一点问题都没有，一天在地里干活儿又不是白干的。"张德林迈开步子，向着院子走去。

德林班的其他人也都跟了上来。

张德云最是兴奋，一边走还一边和那些记者在聊着天。

众人来到院子里，德林班的艺人们将台子搭起来，准备好手里的家伙，准备开始演唱。

"征东一场总是空，难舍大国长安城。"随着伴奏声开始，张德林开始唱了起来。

"自古长安地，周秦汉代兴，山川花似锦，八水绕城流。"这一首和《将令一声震山川》是截然不同的感觉，整体比较平和。

因为喝了一点酒，张德林此刻十分地兴奋，嗓音也更为豪迈。

其他的老人摇晃着身子，也是极为兴奋，拉着二胡、板胡等乐器，配合着张德林的演唱。

"该拿什么当笔尖，无奈口把中指咬。"张德林唱。

伴奏声继续。

这一场足足唱了六分钟，让媒体记者们一饱耳福。

这段节选自老腔的剧本《薛仁贵征东》。

老腔一场完整的剧本唱下来几个小时，现在的人们根本没有耐心去听了。

张德林私下里早就发现了这个问题，将不少剧本的唱词都进行了节选，选取其中有意思的部分唱给观众听。除了是老艺人之外，张德林还是德林班的班主，他也具有一定的管理能力。

唱完之后，记者们也都商量好了说辞。

采访的地点选在了张德林的房间，这里是张德林放置剧本的地方。

张禾和刘兴武也跟在后面。

记者们就好像好奇宝宝一样，什么都没有见过，就连张德林手上的月琴都要仔仔细细地问一下。

"我手上这个月琴你到外面是买不到的，是我找木工专门做出来的。"张德林自豪道。

手上的月琴是八边形的，其他地方的月琴大都是圆形的。

"这个木块是什么？"记者们又问张德云。

"这是枣木块，最早是砸板凳，现在我们演出都是砸长条凳。"张德云解释道。

"请问你们唱的这些歌词都是你们自己写的吗？"记者们继续问。

老腔是一门突然冒出来的曲艺，在此之前，只有虎沟村张家在唱，外人根本就不知道。

记者们也查不到多少资料，对老腔的认识可以说是一片空白，只能一个个去问。

"这些剧本都是祖上传下来的。"张德林缓缓道，他坐到床边，拿出一把钥匙，将床头的木柜抽屉打开，从里面取出来一个木头盒子。

他的脸色凝重，双手将木头盒子端在手里，随后放在床上。

摄像师将镜头对准了木盒。

张德林将木盒打开，里面摆放着一些老旧的书籍古本，上面的字迹全都是用毛笔书写的，看起来已经有了很长的年头。

"这些就是祖上留下来的剧本原本，我现在基本上都不咋看了，已经全都记住了，这些剧本不敢乱翻，你看这都快破了。"张德林从中拿出来一本，让记者们拍了拍。

"里面都是什么内容呢？"记者们好奇道。

"这些戏，其实也没有啥内容，说到底就是奸臣害忠良，相公爱姑娘，我们手里面的剧本，大部分是讲三国时期的，剩下的基本上历朝历代都有上一点，唱戏么，唱的都是历史。"张德林笑道。

活了大半辈子了，从来没有这么高兴过。

一旁的刘兴武倒是有些惊讶，他没有想到，原来张德林的手里还藏着这么多好东西。这些剧本在他的眼中已经不是什么剧本，而是非物质文化遗产，必须马上保护起来！不保护的话，万一哪天忽然出现意外，这些剧本全部消失，那就真的消失了。

不过他也没有着急出马，先等这些记者采访完了再说。

记者们紧张地记录着，这些东西以前可从来没有人知道，现在他们拿到的都是第一手的消息。

"德禄爷爷，现在华阴老腔已经成功入选非遗，你接下来有什么打算呢？"华商报的记者扭头问一旁的张德禄。

"能有啥打算？白天种地，晚上唱戏。"张德禄朴实地笑了起来。

那群记者也全都被逗笑了。

老艺人们憨厚的样子感染到了他们每一个人。

记者们继续问了几个问题，把这些老艺人全都采访了一遍，旋即转头看向四周，发现了张禾和刘兴武的踪迹，一群人立刻扑了上去。

"张先生，据说你是张德林的孙子，你以前为什么没有去学老腔，现在又想发展老腔了呢？"记者问道。

问题很尖锐啊，张禾在心里感叹道。

第10章

/ 邀请演出 /

  本来张禾是没有多少存在感的，也没有要接受采访的想法，但是那群记者和老艺人们聊天的时候，知道了张禾这个人。
  如果不是张禾在背后努力，说不定老艺人们到现在还不知道非物质文化遗产为何物。
  不过，张禾是张德林的孙子，不是一般的人物。
  刘兴武在一旁偷偷笑了起来，刚笑出来，另外几个记者也注意到了他。
  "你好，你就是文化局的刘兴武同志吧，请问是什么让你一眼看中了老腔，选择和张禾一起去推广它？"另一个记者同志问道。
  采访张德林几个老艺人，了解了老腔的一些历史渊源、文化渊源。
  现在要采访张禾和刘兴武，探寻老腔申遗背后的事情。
  张禾和刘兴武虽然不想接受采访，但依旧正襟危坐，嘴上说不要，身体却很诚实。
  "我和张禾是高中同学。"刘兴武笑道。
  "之前是张禾过来找我的，我以前没有听过老腔，第一次听就被吸引了，老腔是皮影戏，之前是有皮影的，但是表现效果不好，我提议撤掉了皮影，老艺人们答应我，才有了今天的老腔。"
  "你为什么会觉得撤掉皮影之后，老腔就可以焕发生机？"记者们追问道。
  这可以说是一次大胆的尝试了，以前根本没有人这么干过，甚至没有人这么想过，刘兴武能想到这点，也是个人才。
  "我大学学过戏剧，很喜欢戏剧，我那天看到幕布后面的老艺人们的时候，我就感觉到了，人影比皮影好看。"刘兴武缓缓道。
  记者们记录着信息，人影比皮影好看，这句话要划重点。
  "张禾同志，你还没有回答我们的问题呢。"记者们没有漏掉张禾。
  张禾清了清嗓子道："以前只想上学，去外面看看大世界，考上大学出来工作，后来我叔爷爷去世，我才起了这个想法。"
  记者们闻言脸色变得肃然起来。
  "张德海是我弟，一个多月前去世了，他平生最大的愿望就是能看到老腔火起来，但是没有看到。"张德林在一旁补充道。

张禾继续道："老腔是我们中华文明的宝贵财富，一定要传承下去。"

"请问张先生，老腔现在入选非物质文化遗产名录，您是怎么看待非物质文化遗产的呢？"记者们问道。

"非物质文化遗产是一项功在当代，利在千秋，造福万代的事情，上不愧对祖先，下不愧对后人。如果没有非物质文化遗产，很多民间的传统艺术得不到重视，说不定很快就会消失在社会上。"

"你觉得老腔的发展现在面临着哪些问题？"

"知道的人太少了，你们今天采访了我们，一定要给我们好好宣传一下。"张禾笑道。

以前他求爷爷告奶奶都没有媒体愿意采访，现在入选非遗之后，记者们都过来了。

陕西电视台倒是还没有过来，但也是迟早的事情。

虽然已经入选了非遗名录，但是知道的人还是太少了。

这个时候，除却一些相关的人员会专门去关注这些消息，普通的老百姓根本不会注意这些。

入选非遗不是结束，只是开始，以后的路还长着呢。

这个时候没有智能手机，大家不能看到一个不知道的东西就马上上网去搜。

所以老腔需要打响知名度，让更多的人知道老腔，这样才能宣传出去，最关键的，只有这样，以后表演才有观众去看。

如果演戏的时候台下只有寥寥几人，对一个艺人来说，这是失败的。

"宣传是肯定的，我们一定会宣传的。"记者们纷纷点点头。

"老腔是一门起源于西汉时期的艺术，你们可以去看一看，在村子后面的高坡上，有一个地方叫做'瓦渣梁'，地上全都是西汉时期留下来的瓦碎片，这里以前是军事粮仓，老腔最早就是漕运军人们和船工一起唱的，演变到现在变成这样的形式。"刘兴武开始说起来，这些都是他专门去找寻资料，查探出来的。

"我们这里不光有华阴老腔，还有华阴素鼓。"刘兴武继续道。

这一次申遗的工作，华阴素鼓错失良机，没人知道，没人申报，事情就这么不了了之。

刘兴武有心无力，负责一个老腔已经精疲力尽，实在是没有精力去处理华阴素鼓的事情。

华阴素鼓和华阴老腔可以说一脉相承，都是从当年驻守京师仓的将士们这里发源出来的，最早可以追溯到上古先民的渔猎时代。

刘兴武此时说出来，也是想着能不能帮一把，老腔不能断，其他的传统文化也不能断。

记者们点头示意，也不知道到底记住了没有。

"请问你们接下来有什么打算呢?"记者们询问道。

在他们看来，这个时候老腔这么火，应该借着机会赶紧安排演出，大笔地捞上一把钱，至于以后的事情以后再说。

"接下来的工作是整理剧本，进行改编，多准备一些适合现在社会的老腔戏曲。"刘兴武说道。

这是他接下来打算做的事情。

"张先生，你呢?"记者们一个都不放过。

"给我爷爷他们做好后勤保障。"张禾笑道。

现在具体的政策还没出来，他还没有具体的打算。

"你们觉得老腔需要怎么去保护，怎么去传承下去呢?"记者们询问道。

张禾思考了一阵道:"保护做起来容易，传承是最难的，没人愿意学的。"

"除非打破规矩。"张禾说道。

说出这句话，张禾瞥了眼张德林。

打破规矩，打破的是传男不传女，传内不传外的规矩。

如果老腔还死守这个规矩，那就真的距离灭亡不远了。

张德林听到这句话却没有什么反应，神色很是平静。

记者们再问了一些问题之后，也都离开了这里。

第二天，一位访客突然到访，让张禾和刘兴武都有些意外，来的人是华山管理局的王忠，还带着一群人一起过来的，声势浩荡。

"王忠，你怎么来了?"刘兴武疑惑道。

"我来兑现我的承诺来了。"王忠笑道。

他的手上拿着文件，直接走进了屋里。

"这是?"张禾目光疑惑。

"上次我就说过，只要华阴老腔入选非遗，华山管理局定然欢迎你们的到来，我已经给我们领导说过，领导已经同意，我们华山管理局希望能请老腔艺人们在华山演出!"王忠诚恳道。

以前拒绝是因为华阴老腔没有名气，现在这几天，华阴电视台从早到晚轮着播放这些新闻，就差直接把华山和老腔连在一起。

华山是华阴的招牌，但是有这一个还不够，需要有一个文化方面的招牌，老腔是最佳的选择。

"真的啊?"刘兴武神色惊喜。

不愧是老同学，说话算话，本以为是敷衍，还亲自上门。

赶紧请王忠进屋坐下，张德林等人亲自出马，和华山管理局的人交谈。

牵扯到商演的具体细节，张禾和刘兴武都傻眼了，都没有这方面的经验。

和华山合作，在华山的舞台上演出，面对的观众是国内外的游客，对众人来说都是头一遭。

"我们每一场给艺人们一场的钱，一场三百块。"王忠微笑道。

张德林等人的脸上都露出了笑意。

这个价钱比他们以前唱戏要高出不少，一场三百块啊，大家一人分下来每个人都有几十块钱。

"德林爷，你觉得怎么样？"刘兴武询问道。

"好，能去华山唱戏，是我这辈子都想不到的事情。"张德林当即答应下来。

和王忠签订了合同，约定好了下一场演出的时间，华山管理局的同志也离开了这里。

"小刘啊，以后的演出费用我就交给你和小禾管，把我们工资去掉，剩下的钱你们留着，自己处理，我就是唱戏的，不会管钱，也不会花钱。"张德林缓缓道。

"爷，你这是什么意思？这都是你们自己挣的钱，跟我们没有关系。"张禾连忙拒绝。

刘兴武也是拒绝了。

老艺人们辛辛苦苦登台演出挣这些钱，他们也不好意思留下来。

"不要废话，老腔想要发展，没有钱绝对不行，你们想一想，看咋把这些钱花到刀刃上，我们只是唱戏的，只好好唱戏就行。"张德林神色严肃。

其他的老艺人都没有什么意见。

让他们把钱拿在手里没有用处，不如想想怎么发展老腔。

"德林爷，你就这么信我？"刘兴武问道。

"我信你。"张德林语气坚定。

三个字，简简单单。

刘兴武的心里忽然涌现出一股感动。

和老腔艺人们接触的时间不长，但是能感受到艺人们的纯朴。

他们是真真正正的农民艺人，扎根在黄土地上，唱着属于农民的歌谣。

"各位爷爷，既然你们相信我，我就一定会好好干，咱们要把华阴老腔打出名头来！"刘兴武攥紧了拳头，沉声说道。

一连好几天，村里面就没有停下来过，大媒体来了有小媒体，大领导走了有小领导，要么过来祝贺，要么过来采访，要么过来指导工作，总之都是奔着非物质文化遗产的名头来的。

国家级非物质文化遗产，全国才五百一十八个，全国三十四个省级行政区，平均下来每个省十几个，根本不多。

因为是第一批，不少传统技艺的传人都不知道这个消息，这次新闻出来才知道，一个个摩拳擦掌准备着申报，等待着下一次的机会。

华山的演出需要准备时间，需要找准时机，打好华阴老腔的第一战。

几天时间没有下地干活儿，张德林几个老人手上痒痒，跑到地里干了一阵农活，心里才舒坦了下来。

大家本来没有想过老腔会火，还当自己是个农民。

唱老腔的，可不就是农民嘛。

这天，卢长东手里拿着文件，兴致高昂地来到了虎沟村，眉飞色舞。

"从今天开始，我把虎沟小学就交给你们了！"卢长东将市里下发的文件给桌子上一摆，朗声道。

顺水推舟做人情，卢长东脸上有光。

要不是上面的政策还没有下来，卢长东已经想把"国家级非物质文化遗产"的牌子挂在双河镇的大门口，让来来往往的人民群众都看到。

不过这个牌子别说他没有资格挂，就是华阴市的文化局也没有资格挂，只能在心里忍着。

张禾和刘兴武两人看了这份文件，喜出望外。

虎沟小学这块地方划给了华阴市文化局，文化局将其交给虎沟村暂为管理，命令一路下达，目前暂定的负责人是刘兴武。

冯浩在文化局找了一圈，找来找去发现没人能比刘兴武更合适了。

老腔的工作从头到尾都是刘兴武一个人在处理，现在安排下来，总不能找其他人去做，这肯定会让干部们寒心。

不过具体的任命还要等政策下来了再说，现在只是一个代职。

"卢镇长，你老是自己跑来跑去的，你给我们说一声，我们去镇上取不就行了。"张禾笑道。

卢长东也五十来岁了，估计要在双河镇这个位置上坐到退休，但是他也无所谓了。

在任期间虽然双河镇穷，但也没有穷到老百姓吃不起饭的程度，现在镇上又出了一个华阴老腔，想不高兴都难。

"不用这么麻烦，我这次来还要考察一下华阴素鼓的事情，我得想个办法，让华阴素鼓也能评上非物质文化遗产。"卢长东笑道。

老腔的出现给了众人定心丸，华阴素鼓也要提上日程了。

"卢镇长辛苦了。"张禾说道。

事情结束，卢长东直接离开，步伐矫健，好像年轻了不少。

张禾和刘兴武两人忍不住心里的激动，一溜烟向着虎沟小学跑过去。

掏出钥匙打开门，里面的院子打扫得干干净净。

"从今天起，这个地方就真真正正地属于我们了。"刘兴武激动道。

"这几个房子要重新收拾一下，之前只是暂时借住无所谓，现在地方是我们的了，必须好好收拾。"张禾缓缓道。

"那必须的，还有这个旗杆上，我们也要挂上国旗，像个样子，院子里收拾一下，可以搭个台子，以后老腔可以在这里专门给附近的村民演出。"

"原来的窗户全都拆了，换上铝合金的，结实耐用，墙也要刷一遍，房顶也要修葺一下。"

两个人你一言我一语地说着，计划很丰满。

说完之后，刘兴武从兜里掏出烟盒，取了一根烟出来点着。

两个人坐在教室门口的台阶上，满脸忧愁。

理想很丰满，现实很骨感。

进行改造是要花钱的，这边花一点，那边花一点，全都是钱，这些钱对于刘兴武和张禾来说也不是小数目。

更何况，他们两个就算想要给钱，也没有理由给。

公家的东西私人出钱，公家也不敢要。

"算了，还是等等吧。"张禾无奈道。

两个人将门锁好，回到了村里。

过了几天，冯浩的电话打了过来，让刘兴武和张禾一起过去。

刘兴武代表文化局，张禾代表老腔艺人。

轻车熟路，两个人到了文化局的办公楼里。

非物质文化遗产普查小组的牌子依旧没有撤掉，虽然目前还没有正式的政策发布，但是非遗普查是一个长期的工程，远不是一段时间就结束的。

冯浩办公桌上放着茶缸，脸色有些憔悴。

"你俩来了，一个好事。"冯浩摆了摆手，让两人坐下来。

"冯局，什么好事啊？"张禾疑惑道。

冯浩嘿嘿一笑，从桌子里拿出一份文件。

"按照国家规定，县级以上人民政府文化行政部门应当积极争取当地政府的财政支持，对在本行政区域内的国家级非物质文化遗产项目的保护给予资助，正式文件还没有发布，不过已经有了苗头，现在已经开始实施了。市里的财政情况不乐观，你们应该知道，华山旅游管理局是有钱，但人家的财政直接从省上走，跟我们没关系，我昨天去隔壁哭穷，给你们搞了点经费。"

冯浩将文件递过去，上面写着内容。

华阴市政府从艰难的财政中给华阴老腔拨了五万块钱的保护经费。

五万块，这个时候五万块也很值钱的，不是一个小数目。

张禾和刘兴武拿到手一看，感动莫名，五万块，也不少了，足够将虎沟小学收拾了。

"谢谢冯局，谢谢市政府。"张禾感激道。

"没事没事，还有，小刘啊，我再给你派两个人，协助你的工作。现在申遗成功，很多工作就要提上日程了，一个是对老腔进行实物、资料的收集，整理建档；二是要准备老腔的活动场所，虎沟小学就是地点。"冯浩吩咐道。

事情多，还杂，没有那么简单。

申遗成功还真只是一个开始，你忙我也忙，大家一起忙。

冯浩叫来了两个同志帮忙，都是来文化局工作没多久的，也就一年，华阴本地人。

门打开，一男一女从门外走进来。

男的身材魁梧，身体很结实，戴着一副眼镜，看起来二十岁出头的样子；女的穿着一身连衣裙，打扮时髦，模样可爱。

"冯局，您找我？"两人齐声道。

"就不多介绍了，刘兴武，你们的前辈，以后你们两个就跟着他，多学习多看。"冯浩吩咐道。

"刘前辈好。"两人急忙道。

刘兴武已经是文化局的老人了，有经验有能力，一手创造了老腔申遗的事情，升官是迟早的事情。

两个新来局里工作的年轻人把刘兴武当成榜样去学习，要大干一番事业。

"这个是林雄，大学学的档案学，这个是吴小倩，大学学的是行政管理，都是两个好苗子，你可要带好了。"

刘兴武站起来，和两个年轻人握了握手，说道："感谢你们两位能来协助我的工作，以后就要辛苦各位了。"

"我们一定会认真完成工作！"林雄和吴小倩斩钉截铁道。

来了一趟文化局，拿到五万块钱，有了两个手下，有了身份就是不一样。

国家级非物质文化遗产的名头好用，虽然钱不多，人只有两个，但总比以前要好，这些工作已经不是刘兴武一个人可以干的了。

"林雄，吴小倩，给你们介绍一下，这位是老腔艺人的代表张禾，你们以后有关于老腔艺人的事情就联系他。"

互相介绍完，互相认识。

冯浩继续道："国家级非物质文化遗产要确立保护单位，到时候我们文化局肯定会组建一个新的部门，你们几个好好干。"

言外之意，新的部门需要新的人手，到时候在座的各位都有机会。

这是一项很累的事情，但也是一个机遇。

张禾和刘兴武离开了这里。

虎沟小学现在没有收拾好，林雄和吴小倩暂时在城里办公，等到那边收拾好之后再过去。不过他们还是要来虎沟村熟悉情况，准备对老腔的资料进行整理和存档。

张禾两人走出去，手里拿着冯浩交给他们的存折，赶紧跑到银行去把钱全都取出来。

整整五万块，厚厚一沓钱。

这年头小偷多，还好张禾是开车，路上不用担心被偷。

带上钱返回了虎沟小学，张禾和刘兴武马上起草具体的计划，再找施工队，将虎沟小学收拾一下。

张禾常年不在家里待，刘兴武是城里人，对这些也不懂，最后张禾想起来，张星就是干这个的。

与其把这个活儿让别人干，不如让自己人干，还放心。

"哥，你看这能不能搞？"张禾拿着纸，上面画了些草图。

画图的本事是大学学的，做毕业论文的时候也需要画图，张禾能懂造纸设备，能画机械图，没理由画不了这个图。

张星一向话不多，拿起图纸看了看。

"能弄，我去把我们那个施工队叫上就行。"张星点了点头。

要施工的地方不多，不至于把整个房子拆了重新盖，要盖钱也不够，就是修缮一下，重新装修装修。

"好，哥，那这事我就交给你了。"

找张星去做这件事刘兴武没有任何意见，他反正也找不到什么人。

制定最后计划的时候再去询问了一下老艺人们的意见，看看他们有什么好的建议。

以后这个地方是为老艺人们准备的，不是给他们准备的，老艺人们的建议才是最重要的。

张德林几人有舞台演出的经验，而且，他们这些老艺人手底下也有徒弟，知道建立这样的地方需要什么东西。

一切准备妥当，刘兴武走不开，直接给吴小倩打了个电话，让她在城里买一些需要的东西，买好了来村子的时候带上，拿上发票报销。

整理老腔的剧本、建档都是细致的工作，需要专业的人员。

老腔艺人们给徒弟传授技艺的时候都是口口相传，从小就开始练，练不好就打，张德林就是这么过来的。

现在想要把这些东西整理成文档极有难度。

非物质文化遗产的工作目前只是一个基础，具体的规定还没有下来，在法律保护方面也有缺陷，但是今后规定的完善、法律的完善只是时间问题。

虽然没有正式的文件，但是一些注意事项、细则早就下发到了相关负责人的手中。

作为老腔的负责人，刘兴武手里也有资料。

国家级非物质文化遗产由国务院文化行政部门负责组织，省级以下的各级政府负责组织、监督该项目的具体保护工作，确认保护单位，具体承担该项目的保护与传承工作。保护单位要履行收集该项目的实物、资料，登记、整理、建档，为该项目的传承和相关活动提供必要的条件，保护相关文化场所，积极开展展示活动。

事情多且杂，刘兴武累得觉都没睡好，但是乐在其中。

"林雄，我们现在要统计的是老腔艺人的信息，具体到每个人的具体信息，这些你去做，我就不多说了。"刘兴武将事情安排给了新来的小同志。

他的面前摆放的是一大堆古籍，全都是不知道多少年流传下来的剧本。

老腔的剧本。

剧本要拍照存档，要记录存档，拍照就得要照相机，刘兴武把自己的相机都拿过来了。

专业的事情，林雄帮不上忙，记录老艺人们的信息，他可以做，就让他去做。

"好。"林雄拿着东西就出了门。

他们现在在张禾房子这里，没在虎沟小学。

那边正在装修，张星带着一帮工人在那边忙活，从早到晚。

虽然活儿是张星接的，但是工钱也要按照当地的标准去给，材料上也全都按照标准去走。

农村里干活儿，中午也要管一顿饭，平常给工人买点烟什么的都是必须的，提高工人的积极性。

张禾把这些事交给张星去处理，跟这些工人打交道是张星的长处，他们文化人不好说话。

钱到位了什么都好办，就是这五万块钱也不经花。

到现在，刘兴武还没敢举办一场什么样的活动，都是没钱给闹的。

要是他们自己举办活动，上面没钱，只能靠自己，总不能又在村里搞，那就没意思了。

林雄出了门，转了个弯就找到了张木，全村他也就只认识张木了。

张禾正拿着手机在打电话，给了个手势，林雄没有发出声音，停在了一边。

"我知道了，你继续打听消息，工厂的订单放一放吧，最多接到今年年底，明年的订单就不要接了，收购废纸的工作也要和废品站的人说好，一旦出了什么变化，最起码不能让工厂出现什么意外。"张禾在电话里吩咐道。

挂掉电话，张禾挠了挠头发，好几天都没洗头了。

工厂那边的事情现在也多了起来，环保政策还没下来，含糊其词，各个部门互相扯皮。

一个想要环保，一个想要经济发展，这些张禾插不上手，只能等上面出来结果。

政策上的变化必须及时掌握，不然一旦出现什么突发变化，对于小企业来说是灭顶之灾。

暂时停下来是最好的选择，但是后续的生意该怎么做，张禾还没有太好的想法。

暂停订单，对于客户来说也很突然，已经接到的订单要继续做，张禾到时候还要去给客户们说清楚情况，不能随便乱来。

李文主内，其他的副厂再去处理一些事情。

"小林，怎么了？"张禾扭过头问道。

"张哥，武哥让我收集一下老艺人们的信息。"林雄说道，态度温和。对张禾和刘兴武不知道该怎么称呼，索性把两个人都叫做哥。

"行，我去叫他们，你跟我来。"

张禾走出门，去叫了张德林一大帮人。

张德林、张德云、张德禄、张德民都是一个辈分的，是兄弟。

其他的老艺人是村里其他家的，但是都姓张，有几个还是张德林的徒弟。

"各位爷爷，我要整理你们的资料，存档，还要请你们配合我的工作。"林雄缓缓道。

众人坐在院子里，张禾找了个桌子，好让林雄把文件放在桌上。

"都要啥东西？"张德林问道。

"姓名，年龄，家庭情况，学历，民族，学艺的时间，掌握的技能……"林雄一个一个说道。

比户口的资料还详细。

老艺人们是遗产的传承人，必须仔细收集资料，一个都不能漏掉。

这时候，门外走来一个老人，看起来五十岁左右。

张禾几个人听到声音都看了过去。

张玉胜，也是村里的老人，年轻的时候也唱老腔，但是因为不挣钱就放弃了，在外面打了几年工，年纪大了之后回到村里，家里的孩子也长大了，没什么操心的。

"德林哥，我……"张玉胜欲言又止。

他的形象是典型的关中农民风格，一头短发，中间夹杂着些许灰白，身上的衣服都是自己家里缝制的，脚下踩着的也是布鞋，鞋面鞋底都是泥点子。

林雄神色尴尬，不知道怎么回事，倒是张德林一副冷淡的模样，似乎很不想看到张玉胜。

"你想说啥就赶紧说，我们还有事要办。"张德林的语气有些不耐烦。

张玉胜的样子就好像要奔赴刑场一样，沉默许久后说道："德林哥，你这还缺不缺人？"

林雄一脸茫然，难不成村里还有其他人会唱老腔？

只是张玉胜这句话说出来后，没有人回应他。

张家德字辈的几个人都心不在焉，仿佛不想理他。

"德林哥，以前的事情我给你道歉，我现在只想能继续唱老腔。"张玉胜满脸真诚。

"你不是说以后都不唱老腔了吗？"张德林脸色嘲弄。

一旁的张禾急忙回想了一下，脑海中搜索着有关的信息，想了一会儿，终于想起来。

据说张德林和张玉胜年轻的时候分别是不同的班社，两个班社之间有着冲突，在一场演出之中两人结下仇怨，蔓延至今。后来张玉胜的班社解散，两人到现在也没有联系。今日张玉胜找上门来，摆明了要冰释前嫌，重新唱老腔了。

张禾可是记得，这个张玉胜也是有点本事的，他手里有几个剧本，是德林班所没有的。

"玉胜爷，你先坐。"张禾站起来，将身下的板凳提过来，放在了张玉胜面前。

"把凳子放下。"张德林严肃道。

张禾笑了笑："爷，玉胜爷大老远来一趟，咱总不能还不让人家坐了？这要是传出去，村里人要说咱进了非遗连村里人都不放在眼里了。"

看到张德林的表情缓和下来，张禾急忙招呼张玉胜坐下来。

老人犹豫片刻，终究是坐在了凳子上。

"德林哥，我虽然嘴上说不唱老腔，咋能真的不唱老腔，我看见你们在台上唱，我心里也痒痒，我现在想跟着你们一起唱老腔，做个伴奏的都行。"张玉胜态度诚恳。

他是第一个来的，但不会是最后一个。

老腔如今风头正盛，出去演出是迟早的事情。

村里面一些人都开始自发地组织班社，准备另立门户。

老腔是非遗，唱老腔的人又没有规定，不管是谁唱都是非遗。

这些文化部门自然是喜闻乐见，唱老腔的人越多，保护起来越是容易一点，不会突然消亡。

"爷，你看玉胜爷都这么说了，肯定是想唱老腔了，咱们现在刚刚入选非遗，要为了老腔以后着想，人越多才越好。"张禾劝说道。

"爷，你是班主，以后就是老腔的代表人物，你要大度一点啊，咱这传出去也是一段佳话。"张禾笑道。

张德林脾气倔，爱面子，这么多年过去了，心里早就放下了。

张玉胜肯定也早就放下了，不然不会过来说这些话。

听到张禾的话语，张德林的面色缓和下来。

好歹也是一个公众人物了，是跟市领导合过影的，还接受过电视台的采访，是应该大度一点。

身份不一样了，现在是德林班班主，是老腔的代表人。

"行，张玉胜，这是我孙子说的，不是我说的，你可以过来跟我们一起。"张德林缓缓道。

张玉胜的脸上顿时露出欣喜之色。

"谢谢德林哥！谢谢小禾！"张玉胜连忙说道。

"玉胜爷，正好现在在登记老腔艺人的信息，你来登记一下吧。"张禾招呼道。

一旁的林雄从头到尾都处于茫然状态，直到现在才反应了过来。

该登记了。

第 11 章

/ 华山演出 /

张玉胜加入老腔的团体，是一个好消息，张禾马上就把这件事告诉了刘兴武。

老腔艺人们越多越好，永远都不会嫌多，人多了之后，一些活动也能展开。

假如就那么几个人，万一哪天有人生病的话，岂不是就直接少了一个人？

要出去开展活动，人多是必须的。

登记完老腔艺人们的信息，进行建档处理，刘兴武记录剧本，一下子就过去了很长时间。

虎沟小学的改造工程也彻底结束。

墙面粉刷得一片洁白，窗台下面用深绿色的油漆再刷了一遍，上下分明，看起来十分自然。

窗户全部换成了铝合金的，推拉式的，还带上了纱窗，夏天开窗的时候可以防止蚊虫进来。

房顶全部修缮，铺上了新的瓦块，结实耐用，就是下雪下雨的时候水滴会从屋檐流下来。

张星在下面还弄了排水道，排水道一直延伸进小学外面的地里。

外面的院子也重新修整了一遍，地上是水泥，平平整整，中间的升旗台和国旗杆也打磨了一遍，崭新无比。

进了房子里面，主教室粉刷一新，天花板也是干干净净，将原来的白炽灯全都换成了荧光灯管，以前都是黄光，现在是白光了。

杂物间也整理了一下，里面增加了置物架，可以把东西放在上面。

办公室里面放了办公桌，一大两小，都是刘兴武吩咐的。

大的办公桌他用，小的办公桌给林雄和吴小倩使用。

还有两个铁皮文件柜摆在一旁，可以上锁的那种。

看到虎沟小学发生了这样的变化，众人都是神色激动。

林雄和吴小倩两个人更是按捺不住，跑进办公室来来回回翻看着，就跟小孩一般。

"武哥，这就是我们以后办公的地方啊。"林雄兴奋道。

"这两个桌子，你们俩自己看着办，一人一个，文件柜一个用来放重要资料，要上锁，一个是我们公用的，吊扇过几天就来，到时候直接安上就行了。"刘兴武吩咐道。

两个年轻人跟着他大老远过来，看到虎沟小学从一个破烂废弃的小学大变模样，内心油然而生出一股成就感。

"我这下可以把那些资料搬过来了，在这比在局里面舒服。"吴小倩笑道。

局里面大家办公坐在一起，有领导在旁边不自在。

刘兴武比大家的年纪大不了几岁，合得来，没有压力，工作起来也轻松。

"外面的旗杆不能空着，我们去把国旗挂上去！"刘兴武提议道。

"我都准备好了。"外面传来张禾的声音。

张禾走进来，手里端着叠得整整齐齐的国旗。

国旗是用烈士的鲜血染红的，不管什么时候都要对国旗保持尊重，没有那些人民英雄，就没有中国的今天。

中国要是被列强侵占的话，老腔也就不复存在了。

传统文化是基于华夏文明而存在，华夏文明若是消亡，那些伴随而生的传统文化也不可能保存下来。

皮之不存，毛将焉附。

望着张禾手上的国旗，每个人的脸色都变得凝重起来。

"我去找个棍子！"林雄喊道。

他跑出去，过了一会儿，不知道从什么地方找了一根笔直的木杆回来，用杂物间的工具将木杆削好，穿进了国旗一侧的洞里，随后用针线、绳子将其固定好。

一个迎风飞舞的国旗正式成形。

林雄找到细铁丝，在旗杆的绳子上分别绑上两个，在国旗上面绑上两个，再一固定，旗子就固定在绳子上了。

吴小倩找了个盒式录音机，把一盘磁带放了进去。

这盘磁带就在杂物间放着，是以前虎沟小学升旗的时候用的，现在正好便宜了他们。

随着国歌的声音响起来，林雄拉动旗杆上的绳索，将国旗徐徐升到了旗杆顶端。

张禾几人站在下方，行注目礼。

"前进，前进，前进进！"

随着国歌结束，国旗正好升到了顶端。

众人的心情都激动无比。

"房子已经装修好了，剧本我记录好了，你们两个人也把信息记录好了，下面我们就要录像、录音了。"刘兴武开始安排工作。

建立档案，除却整理曲谱剧本之外，还要录像、录音进行存档。

后人学习的时候，不仅可以看到曲谱剧本，也可以对照录像录音进行学习，这才能将非遗保存下来。

不过这些设备他们可都没有，要让文化局派专业的人过来录像录音，地点就选在了虎沟小学里面。

录像录音的工程很是浩瀚，不是几天可以做完的。

刘兴武给文化局打了报告，让那边组织工作，派人过来。

几天之后，工作人员抵达虎沟小学。

专业的摄像师、录音师，设备也全都是高级设备。

虽然文化局穷一点，但是在这件事情上不敢怠慢，用最高规格去整理老腔的影像资料。

张德林等人带着乐器来到了虎沟小学，也被这里的变化惊呆了。

以前来到这里还是破破烂烂的样子，如今却变得崭新一片，令人惊讶。

老艺人们感觉到了国家对他们的重视。

"德林爷，从今天开始，你们每天抽时间在这里唱戏，把老腔所有的剧本都要唱一遍，我们要录像。"刘兴武解释道。

"我还以为啥呢，简单。"张德林好不得意。

张玉胜倒是很新奇，第一次来到这里，面对的都是专业的摄像机，这在以前是从来没有过的。

"老腔的春天要来了吗？"张玉胜在心里问道。

申遗成功，老腔迎来了名声大噪的时刻，以后是什么样子谁也说不准，当务之急是做好分内之事。

众人准备完毕，全部落座，摆好姿势。

摄像团队调整光线明暗、镜头角度，以便能够将每个人的样子都能清晰地录下来。

一旁的录音团队配合工作。

条件有限，但也要在有限的条件中做到最好。

张禾几人站在后面看着显示器上的画面，都很好奇，这要是放以前的话他们是没有这个精力和资源去搞这些事情的。

"准备！"摄像师轻声道。

老腔艺人们严阵以待。

"开始！"

一声令下。

张德林怀抱月琴，大声喊道："军校！"

"唉!"众人齐声应和。

"备马!"

"唉!"

"抬刀伺候!"

……

第一首是《将令一声震山川》,是老腔剧本《借赵云》中的选段。

这几天刘兴武整理老腔的剧目,一共整理了将近二百本,大多数取材于《封神演义》《东周列国志》《三国演义》《隋唐演义》《西游记》等,主要演示的是古代征战讨伐的军事题材和神话传说故事,以武打戏见长。

而且,20世纪50年代以来,老腔艺人们还陆续移植改编了一批历史剧、现代戏。

一曲唱毕,足足几个小时,今天也就只能录这一首了。

虽然没有观众,但是老艺人们依旧表演得十分卖力。

以前在幕布后面的时候,他们也正是如此,哪怕皮影布前面只有一个观众,也会尽力去唱好唱完这一场戏。

摄像团队从头看到尾也是十分地惊讶,惊喜交织在一起。

他们之前也只是听说了老腔的名号,真正看老腔的表演还是第一次。

如今亲眼所见,亲耳所闻,众人都是感动莫名,这才是真正的属于黄土地的呐喊之声。

往后的日子里,众人全都围绕着录像存档的工作进行。

张德林他们要下地干活儿,刘兴武就陪着他们下地干活,好让他们有更多的时间去唱戏。

这天,王忠打来了电话。

"老刘啊,准备好了没有?"王忠在电话里笑道。

"你这个问题问得就很没有水准了,我们时刻准备着。"刘兴武开玩笑道。

"那就好,我们把老腔安排在了这次的国庆假期,连着七天,每天一场,老艺人们吃不吃得消?"王忠有些担忧道。

马上就要到国庆假期,也到了华山的旅游旺季,游客数量变得比往日多上好几倍。

这个时候,华山需要组织更多的除却爬山以外的活动去吸引游客的注意。

"吃得消,放心吧,老艺人们的身体比你好。"刘兴武调侃道。

老腔艺人的信息统计完毕之后,政府就安排了老腔艺人们去医院体检,每隔一段时间做一次检查。

这些老艺人都是国家的瑰宝，需要谨慎对待，是国家对他们的尊重。

老艺人们检查完，身体都很健康，没有什么大毛病。

"好，那就华山见了！"王忠笑道。

两人约定好了时间，就等华山上的表演了。

刘兴武挂掉电话，立刻将这个消息告诉了张禾和张德林他们。

"爷，咱这可是第一次去华山表演，你可不要紧张。"张禾笑道。

"紧张算个啥，咱咋可能紧张。"张德林浑不在意。

自从老腔越来越好之后，张德林的心情也好了不少。

"林雄，吴小倩，这次我就不带你们俩过去了，你们好好在这里将已经录好的资料和剧本整理一下，林雄是学档案学的，有什么好的建议就提出来。"

"华山表演只是第一次，以后的机会还多着呢，不要失落，下次要是有机会去渭南，去西安表演，我保证带上你们。"刘兴武做出承诺。

两个年轻人正是精力旺盛的时候，干劲满满，不让他们跟着队伍去，或许心里有些不舒服。

"没事，武哥，我们就待在大后方，保证后勤！"林雄率先道。

"我也愿意！"吴小倩紧跟着道。

心里不舒服是肯定的，但是去不了也没有关系。

录像存档的工作是个大活儿，办公室找了一台从文化局退下来的电脑，只有他们两个能操作。

建档归档是长期的任务，摄像团队只负责录像，不负责存档，具体的工作都要他们去干。

"好，你们好好干。"刘兴武安慰道。

众人走出虎沟小学，快走到大巴车旁边的时候，张德林好像想起了什么，他道："我有事去一哈，你们要不先走吧。"

"爷，你要干啥去？"张禾询问道。

"我去看看德海。"张德林缓缓道，脸上有些忧愁。

没等人回答，张德林一个人向着村子后面的山坡走去。

"刘兴武，你给司机说一声，我去看看。"张禾赶紧道。

说完，他追了上去。

张家德字辈的几个老人都跟随着张德林走了过去，张禾紧随其后。

望着老人们的背影，刘兴武心里好像被什么触动了一样，跑到大巴车跟前给司机打了个招呼。

时间还早，虎沟村离华山不远，司机也不着急。

张禾跟着张德林来到了村子后面的山坡上，老艺人们来到了张德海的坟墓前。

几位老人神色肃穆，站在张德林的身后。

张德林是班主，是老大，是他们的大哥。

张德林缓缓蹲下身子，望着墓碑上镌刻的字迹，双眼泛起了晶莹。

"德海，老腔死不了，你的心愿我们帮你完成。"张德林沉声道。

"我们要去华山演出了，你在的时候我们从来没去过，要不是小禾和那个文化局的小刘，我们估计也去不了。"

"现在老腔也是国家的非物质文化遗产了，我们唱过的曲子全都存下来了，哪怕我们以后都死了，老腔还在。德海，你就好好走吧，在下面等我们，等我们唱够了，下来和你一块儿唱。"

说完这些话，张德林站起身来，他伸出手擦了擦眼角，眼眶通红。

"走吧。"张德林摆了摆手道，身后的老人们都已经湿润了眼眶。

张禾望着这一幕，深吸了一口气。

张德海没有看到这一幕，但是如果他能看到，能听到的话，心里一定很欣慰。

众人离开了山坡，向着村口走去。

黄土地上，那个坟茔矗立在那里，只剩下墓碑上的字迹在告诉着来人这里埋葬的是谁。

大巴车停在村口，车子是华山管理局给安排的，有多少人都能坐下。

老艺人们将乐器装进木盒里，放在腿上。

张玉胜的乐器也是月琴，加入之后，表演团队里面多了一个月琴手，以前只有张德林一个弹月琴，现在多了一个人之后，月琴的层次感也就出来了。

2000年国庆放假开始，决定春节、"五一"和"十一"的休息时间为前后两个周末四天和法定假期三天集中休假，从而形成七天的长假。

自从第一年"十一黄金周"开始之后，每年国庆节假日的旅游热潮便席卷全国，是拉动内需、促进消费的一大举措。

作为华夏文明当中的五岳之一，西岳华山在国庆假期间也是游客选择旅游的重要目的地。

老腔能在这里表演，将起到极大的宣传作用，也是对老腔地位的认可。

众人来到华山的时候，门前的大海报上就已经挂上了"非物质文化遗产汇演"的字样。

秦腔是非物质文化遗产，老腔也是非物质文化遗产，都在华山里面有表演。

说是非遗汇演，不能说不对。

不少来华山旅游的游客都被这个名头唬住了，在售票处打听了半天，就想看看非遗的汇演。

非物质文化遗产几个字在电视台上天天播，日日讲，几乎没有人不知道非遗，只是具体什么是非遗，普通的群众都不是很清楚。

每个人都有好奇心，不好奇是不可能的。

演出的票很快就卖出去了。

早上众人抵达华山，王忠亲自出门接待了他们。

给老腔艺人们专门安排了一个房间休息，中午再管一顿饭，在华山的食堂吃。

食堂大锅饭，便宜实惠，都是关中菜，老艺人们都能吃下去。

众人坐在桌边，一边聊一边吃。

"今年来的游客还是比较多的，我们早先宣传的时候就把非遗的名号打出去了，有一些游客来了不为爬山，就是为了看你们演出。"王忠笑道。

"能有这些游客，也是我们的荣幸。"张禾回应道。

中国不乏曲艺爱好者，有很多曲艺爱好者自发地组织活动，自费前往全国观看曲艺表演。

正是因为有这些人，很多小曲种才没有消亡，坚持到了今日。

"下午两点开场，演到六点结束，三个小时，我给你们安排了一个小时的演出时间。"王忠沉声道。

"这么多？"刘兴武完全没有想到。

四个小时的演出时间，专门给了他们老腔一个小时，不可谓不重视。

要知道，华山的演出不光是曲艺，还有歌舞、小品等表演，都需要时间。

"一个小时我还觉得有点少呢，要不是还要给其他节目留时间，我都想全让你们老腔表演，就是不知道你们能不能坚持四个小时。"王忠笑道。

"别说四个小时，就是四十个小时，只要你敢让我们演，我们就能给你演！"张德林朗声道。

"就是么，王主任，只要你发话，演多长时间都不是问题。"张德云也笑道。

"你们华山管理局太小瞧我们了，你以为我们是被吓大的？"张德民也笑道。

老艺人们的态度让王忠的脸上布满了笑容。

"各位老艺人，只要你们这次国庆假期演好了，我给领导打报告，给你们申请专场演出！"王忠拍着胸脯道。

他就是管这块儿的，老腔演好了他脸上也有光。

更何况，华山管理局现在是归省里管，省里支持非物质文化遗产的活动是理所应当的。

"老王，说话就要算数！"刘兴武急忙道。

要是这件事情决定下来，对华山，对老腔都是有利的。

想要把老腔打造成华阴的另一张名片，离不开华山的支持和帮助，两者结合起来，相辅相成，能更上一层楼。

在食堂吃过饭，众人前往演出大厅。

华山的演出大厅在山脚下，一个酒店的宴会厅。

这个酒店也是华山管理局的资产，华山除却门票收入以外，还有旅游衍生行业的收入。

华山这样的景区，单单凭借门票收入是无法支撑景区维护的高额成本的。

老艺人们来到后台，也不用像其他的演出还要换衣服，他们身上穿着的朴素的衣服，就是最适合老腔的演出服。

后台的不少人看到老腔艺人们进来，全都凑过来询问情况。

"请问你们就是老腔的演出团队吗？"

"我在电视上看到过你们，今天居然能在现场听一遍。"

"将令一声震山川，爷爷，你看我这句唱得咋样！"

一个个或是老艺人或是年轻人全都凑过来问东问西。

张德林等一众艺人笑得嘴都合不拢了，老腔何尝享受过这么高的关注度。

"唱得好，唱得好。"张德林笑道。

两点，时间到，台下的观众席上足足有几百个人。

这可不是普通的几百个人，全都是花钱买票进来的，这是真正的愿意为艺术付钱的人。

艺术的发展需要金钱，艺人们的生活需要金钱，没钱是万万不能的。

老艺人们没有紧张，刘兴武倒是紧张了。

这可是老腔第一次在这么多人的舞台上表演，而且观众席上还有不少国外的游客。

这些游客能听懂唱的是什么吗？肯定听不懂。

外地的游客能听懂吗？也听不懂。

老腔是用方言唱的，除了本地人恐怕没几个人能听懂。

之前在人民剧院表演，台下都是当地的领导，大家都懂方言，但现在台下大都是外地游客，刘兴武的心里也有些打鼓。

老腔的表演安排在三点开始，唱到四点结束，中间唱什么，自由发挥，华山管理局没有做硬性的规定。

待到前面的表演结束，主持人上去报幕。

"下面表演的是国家级非物质文化遗产，来自虎沟村德林班的老腔表演团。"

话音落下，观众席上一片喧哗。

"我这次来就是专门为了老腔过来的，在电视上就只听了几分钟，根本不过瘾！"

"终于等到老腔了，这次来正好看看非物质文化遗产到底是个啥。"

"不就是一个唱戏的，有什么好听的，还非得来听一下。"

有人好奇，有人激动，有人不屑。

有些人是被硬拉过来看的，本来就对戏曲不感兴趣。

主持人走下舞台，舞台上的灯光也黯淡下来。

"爷，加油！"张禾比了个手势。

张德林嘿嘿一笑，也伸出了两个手指，像是一个老小孩。

众人一手拿着乐器，一手提着板凳走上了舞台。

看到这群打扮跟老农民没什么区别的演员，台下的观众席更加热闹起来。

"这打扮不会是刚从地里回来吧？"有人疑惑道。

只是，没有人回答他们。

张德林位居中央，坐在板凳上，双腿自然分开，月琴搭在左腿上。

张玉胜坐在他的旁边，月琴伴奏。

观众席也安静了下来，等待着华阴老腔的表演。

"军校！"张德林一声大吼。

"唉！"众人齐声应和。

全场沸腾了。

第一首唱段，张德林选择的依旧是《将令一声震山川》，这首曲子作为开场来说最有气势，最能调动观众的情绪。

在这样的舞台上表演，不适合把全段唱出来。

时代在发展，老腔也要发展，发展的过程中要舍弃一些东西。

现代社会的节奏越来越快，需要那种简短有力的曲子。

要是把《借赵云》整个剧唱出来的话，未免太过冗赘，不适合在这样的舞台上演出。

观众来听戏看戏，付了钱，就要让观众看到精华，把票钱值回来。

先让大众喜欢老腔，再想办法去发扬光大，让观众们知道更多关于老腔的消息。

随着张德林一声令下，观众席上的众人都打了一个激灵，仿佛回到了千军万马的战场之上。

一声声吼声，一声声唱腔，如同巨锤一般敲打在众人的心头上。

"催开青鬃马！"

"嗨！"

"豪杰敢当先!"

"嗨!"

随着老腔艺人们的吼声响起,整个舞台都沸腾了起来。

"Very Good!"几个老外也在下面鼓掌叫好。

借着缝隙,刘兴武和张禾透过后台盯着观众席。

看到这样的一幕,两个人的心也放下来了。

"担心演不好?"张禾问道。

"我怕这些人听不懂就说不好。"刘兴武松了口气。

"人类的情感是相通的,听不懂难道就会觉得不好吗?"张禾笑道。

大家还听英文歌呢,可是有多少人真的能听懂英文歌的歌词呢,都是同样的道理,可以感受到歌曲里面表达的那种情绪就足够了。

老腔也正是如此。

方言说唱不是艺术传播的阻碍,而是传承的阻碍。

一曲唱毕,台下掌声雷动。

外地的游客和外国游客都在下面呐喊着。

"再来一个!"

"再来一个!"

众人还以为唱完一曲就结束了,赶紧叫喊道,生怕这群老艺人们下台。

张德林在台上哈哈大笑,太高兴了,实在是忍不住,其他的老艺人也同样满脸的喜悦之色。

张玉胜的心中感慨万千,他是第一次上这样的舞台,虽然之前大家已经训练过,磨合过了,但他的心里还有些打鼓。

现在看来,之前的考虑完全是多余的。

老腔大有可为!

"伙计们,咱还能不能唱了?"张德林朗声道。

"能唱!"众人齐声应和道。

"那咱把家具拿好,再唱一个!"张德林站起身,手里抓着月琴,大手一挥道。

"好!"众人齐声道。

台下的观众更加地沸腾起来。

"再来一首!再来一首!"观众们大喊道。

"伙计们,准备好!"张德林坐下来,神色激动。

月琴声骤然响了起来,二胡声、板胡声、低胡声、梆子声、钟铃声……

无数的声音交错在一起。

张德云手握枣木块，狠狠地砸在了长条凳上。

"嘭！"

张德林忽然开口唱道："世界本是个混球蛋！"

"我祖劈开地和天！"张德林唱。

"嗨！"众人应和。

"阴阳分割为两半！"张德林唱。

"我祖化作莲花山！"

"嗨！"众人应和。

"我祖眨了一下眼，一道闪电划天边！"

"我祖打了一声鼾，一声霹雳震山巅！"

"我祖撒了一泡尿，九曲黄河始咆哮！"

"我祖日子太孤单，拉来我母和泥团！"

"捏群娃娃满山川……满山川……"

最后一句唱出，众人齐声应和。

后台的王忠眼神闪烁，也被这一幕震撼到了。

这首唱的是华山，唱的是民间最朴素的传说，唱到了每个人的心中。

"好，再来一首！"台下，观众鼓掌呐喊。

"嗨嗨嗨！"几个老外争相模仿着台上老艺人们的唱腔，做出千奇百怪的动作。

"伙计们，咱再来一首！"张德林挥手道。

月琴起，曲声响。

老艺人们一听曲调，就知道张德林准备唱哪一首了。

这场表演，事先没有任何的排练，全都是现场发挥。

"啊……"张德林大声喊道。

"嗨！"众人齐声应和。

张德林的声音直插云霄，响彻在整个演出厅当中。

"手指开道叫着骂！"

"嗨！"众人应和，同时跺脚。

"我把你无知匹夫骂几声！"

"嗨！"

"昨日梁王吩咐你！"

"嗨！"

"为何过耳全不听！"

"嗨！"

"失了沧州还有可！"

"嗨！"

"兖州地面风里灯！"

"嗨！"

"勿还不看梁王面！"

"嗨！"

"推出辕门问斩刑！"

"嗨……嗨！"

一首《骂开道》，选自老腔剧本《收五虎》，讲的是隋唐演义中发生的故事。

台下的观众被接二连三的高唱引得心潮澎湃，不少人都站了起来。

这唱的都是真功夫，是真正的卖力在唱。

王忠心中感动万分，老艺人们真的用心了。

等到老艺人们唱到了四点，音乐停下，众人准备下台。

台下的观众不干了。

"不要下去！继续唱！再来！"

"再来一首啊，我们还没有听够呢！"

"Come on！Come on！"几个老外也叫道。

主持人神色尴尬，不知道该怎么办。

王忠立即走过去道："不要报幕了，让老艺人们继续唱！"

"王主任，这不合适吧？"主持人有些为难。

后面还有其他的节目，现在让老腔霸占舞台，让其他的演员怎么想？

"我的命令，我去处理，你尽管说。"王忠态度坚定。

主持人只好走上去，到了舞台上，走到张德林的耳边道："爷爷，领导说让你继续唱。"

"啊？我们还能继续唱？"张德林神色惊讶。

主持人点了点头。

"行，我们继续唱！"张德林直接将凳子给地上一放。

唱了一个小时，根本没有唱够。

继续唱，正合心意。

后台，张禾急忙走过去道："王主任，这样不合适吧？"

"你不用管，我做主，给你们加钱，这一场给你们翻倍，六百块！"王忠朗声道。

大手笔，说好的三百块，直接翻倍成了六百块，都是因为老腔的火爆。

王忠也无可奈何，老腔把观众的热情都调动起来了，你现在让他们下去，观众可就不干了。

"王主任，太谢谢你了！"张禾感激道。

他赶紧走到一旁，给接下来要演出的演员们一个一个地赔罪。

"我是老腔的代表人，实在是对不住了，等会儿结束了我请你们吃饭。"张禾笑道，该发烟的发烟，该打招呼的打招呼。

人际关系最重要。

王忠下的命令，他们这些演员不会怨恨王忠，但是肯定对老腔不爽。

凭什么抢了我们的演出时间？

但是看到张禾这样的态度，众人心里的怨气也消失得无影无踪，自己心里就想通了。

他们都是华山的演出人员，大都是二十多岁的年轻人，领工资的。

不上去唱就不上去唱，正好清闲下来。

"没事没事，我觉得老腔唱得挺好的，你们就继续唱吧，我们听领导的。"众人笑道。

老腔艺人们在台上继续演唱。

一直到了五点，艺人们口干舌燥，从台上走了下来。

观众们再想继续听也没办法啊，艺人们也不容易，你总得让人家喝口水啊。

老腔艺人们下场，王忠亲自拿着话筒走了上去。

"各位观众，刚才为我们表演的是我们华阴市的国家级非物质文化遗产，华阴老腔，我已经看到了大家的热情，从明天开始直到假期结束，每天都有一场老腔的演出，欢迎大家明天继续观看！"王忠心中全是欣喜，但还是要忍住笑容，平静地说道。

"明天继续来！"观众们大呼小叫。

后台，张禾赶紧端出一杯一杯水给各位艺人，都不容易。

连着说两个小时话都累，更何况连着唱两小时老腔。

唱到最后，张德林他们嗓子都快喊哑了，但是仍旧卖力演唱，要对得起观众，对得起非遗这个名头。

不能在外地人面前丢了华阴的人，不能在外国人面前丢了中国的人。

第二天，演出大厅座无虚席。

仔细瞧着，还有不少是昨天来的，今天又来了。

好家伙，了不得。

王忠喜出望外，昨天还没有坐得太满，今天直接爆满了，连过道都是观众坐的小马扎。

票卖完了，没买到演出票的观众不乐意了，差点在售票处打起来。

王忠临时决定，加板凳，后来的人一人一个小板凳，坐在过道。

再没位置了，那就真的没办法了。

一连七天，座无虚席。

华阴老腔的名头彻底打了出去，就连电视台都报道了这一盛况。

来华山干啥？爬华山，太累，先来听个老腔，打起精神了，晚上就爬山，早上爬到山顶正好看个日出。

七天结束，老艺人们也是累得不行。

以前从没有这么演过，连着七天的演出，每次一个多小时，是人都累。

临走之际，华山管理局的领导亲自送别，欢迎老腔下次再来，还邀请了老艺人们专门创作有关老腔的曲目。

老艺人们自然是满口答应。

创作曲目是基本功，张德林有这个本事，20世纪他就改编了不少现代曲目。

回到家里，张禾把钱一算，将近三千块钱，还只是这七天赚的。

刨去给老艺人们的工钱，还能剩下一千块左右。

第12章

/ 工厂变故 /

"这些钱留作经费，保存起来。"张禾把钱交给了刘兴武。

张德林他们早就拒绝了这些钱，只要了工钱，多给死都不要。

"嗯，留作经费，以后我们去外面演出，路上花费什么的都是钱，这些正好可以用上。"刘兴武没有客气，将钱收起来。

现在他们这个根据地还没有正式成立一个部门，他现在还是领着文化局的工资，也不差钱。

多余的钱肯定要用在老腔身上，用在老腔的艺人身上。

乐器不能一直用，总会有坏的时候，修复也是钱，这些钱以后都由文化局出。

这些就是经费。

华山演出，轰动华阴。

冯浩专门跑过来，说了上级的决定。

"领导已经决定了，华阴老腔开始进行全华阴市的巡演，先在华阴的各个乡镇开始巡演，要让我们全华阴人都知道这门曲艺！"冯浩兴奋异常。

华山管理局试水演出，给大家吃下了一记定心丸。

非遗的活动是可以顺利展开的，而且可以给老艺人们带来丰厚的报酬，改善艺人们的生活。

非遗的目的不是金钱，但是让老艺人们过上好日子，是其中的目的之一。

艺人们要是连最基本的生活都保障不了，谁还会去传承这门艺术。

"冯局啊，巡演可以，艺人们的演出费怎么弄？"刘兴武没有进这个圈套。

体会过拥有演出费的感受，花自己的钱不用看别人眼色，刘兴武可不想再过上没钱的日子。

冯浩摇了摇头道："好你个小刘，我看你不是搞文化工作的，你适合去财政局上班啊！"

"我这也是为老艺人们着想啊，去哪儿都得花钱，电费水费车钱饭钱电话费都是钱。"刘兴武觍着脸，反正一张老脸豁出去了。

"演出费由各地乡镇政府出，你放心吧，绝对不会亏待艺人们的。"冯浩笑道。

他没有因为这件事情生气，要是搁在他身上他也会说这些事情。

平白无故给你演出？开玩笑，绝对不可能。

可以不挣钱，但是不能亏钱。

老艺人们地里还有农活儿要干，出去演出就要耽误农活儿，这部分损失谁来补？

"那就好，那就好。"刘兴武松了口气。

"第一场去城镇，人民剧院，以这里为起点，开始全华阴市巡演。"冯浩吩咐道。

两人随后聊了聊具体的事项。

刘兴武负责联系各个剧院和乡镇部门，张禾负责老艺人这边的事情，和老艺人们对接。

两个人忙里忙外，都是不可开交。

这次巡演，刘兴武带上了林雄和吴小倩。

两个小同志没有外出的经验，这次正好去各地乡镇转一转，熟悉情况，增长工作经验，正好也能看一看属于华阴的各项传统节目。

这次的巡演不是只有老腔，还有其他的曲艺节目，都是华阴本地扎根的传统节目。

借助老腔的名气，让其他的曲艺先露一露脸，积攒人气。

第一站，华阴人民剧院。

城镇的居民不似乡镇，大家都有工作，要上下班，演出的时间放在了周六晚上。这个时候大多数人都没有事情。

门票也就几块钱一张，便宜，广告宣传则是直接挂出来国家级非物质文化遗产的名头。

这个名号打出去，门票很快就售罄。

有些人第一次非遗汇演的时候看过老腔的表演，一传十十传百，城镇里面不少人都听说了老腔。

众人都十分好奇，来到了剧院里面。

张德林等人的舞台演出经验已经越发的丰厚起来，没有丝毫的怯场。

这段时间来，大家也都没有闲着。

老艺人们进行老剧本的改编和重新编曲，以适合现在的社会情况。

大家心里都明白，一味的守旧是不可取的，改变是必须的，但要在改变的基础上保留老腔原来的味道，也是很重要的。

根据舞台上观众的反应进行艺术的变化，是每一个艺人的基本功。

如同传统相声演员在舞台上抖包袱一样，如果抖出来的包袱没响，他就会根据观众的表现临场对后面的包袱进行一些调整。

一晚上过去，两个小时的时间，表演结束。

掌声雷动，各单位领导们起立鼓掌，带着热情接待了各位老艺人，在华阴市的招待所里请老艺人们吃饭，指导了后续的工作。

下一站，西罗镇。

西罗镇镇政府领导热烈欢迎老艺人们的到来，党委书记、镇长等先招待了一众老艺人们，再行表演。

演出取得了圆满成功。

一站又一站。

张禾每天也跟着爷爷们跑来跑去，这群老艺人们年纪大了，身体虽然还结实，但是大家也不敢掉以轻心。

这些人每一个都是国家的宝藏。

"我知道了，工人们走就走吧，但是要保证工厂运转，我这几天事情实在是太多了，等闲下来我就去工厂。"张禾满脸疲惫道。

工厂那边烽烟四起，各种小道消息传出来，不少工人以为工厂要倒闭了，纷纷离职，准备另谋他处。

但是这边演出的事情又压在头上，张禾脱不开身，只能远程操控，让其他几位副厂多费费心。

"张禾，你要是太忙就回去吧。"刘兴武在一旁道。

"不碍事的，等演完全华阴再说。"张禾摆了摆手。

他的头发里已经出现了几根白头发。

"演完了华阴还有渭南，结束还早着呢。"刘兴武劝说道。

张禾身体一颤，额头上冒出了冷汗，身体有些吃不消了。

"你好意思说我，你不也一样？"张禾苦笑道。

刘兴武也是一样，忙前忙后从来没有停下来过。

大家要陪着各地的人喝酒，还要处理演出的事情，林雄和吴小倩两个人跟着到处跑，都很累。

想要让老艺人们轻松一点，他们就要多费点心。

艺人们只要负责把戏唱好，传承曲艺文化就够了，不要想太多。

"抽根？"刘兴武掏出一根烟递过去。

张禾接在手里，本来不抽烟，此刻也想点上一支了。

两个人坐在地上，也不顾干净不干净，一边抽烟一边聊起来。

没人能想到老腔现在会这么火，每一场戏都有很多人来观看，一场不过瘾还要看第二场。

各地乡镇政府颁发奖项，华阴市颁发奖项，张德林几个人已经拿奖拿到了手软。

但这一切还只是开始，没有停下来。

现在虎沟村几乎每隔一段时间就有外地慕名前来的游客，专程在村里听老腔，可是艺人们都不在村里。

那群游客也不在乎，在城里找了个地方等着。

两人吞云吐雾，聊着一些琐事。

演出结束，换下一场。

等到全华阴巡演结束，一个月都过去了。

一上秤，每个人都瘦了几斤，四个人里面最高兴的就是吴小倩了。

累是累点，没想到还能减肥。

张禾抽空返回了工厂一趟。

工厂里面，原先堆积如山的废纸已经少了许多，工厂仓库堆积的纸卷也变少了。

暂停接新的订单，工厂需要对后期的工作进行重新规划，收购废纸也要谨慎行事。

不少废品收购站似乎听闻了消息，该供应还是供应，但是少了许多，而且不许赊账，必须一手钱一手货，生怕工厂突然倒闭老板跑路了。

李文面色忧愁道:"张厂，厂子里就剩下十几个工人了，其他人都走了，剩下的工人一个人要干好几份工，压力巨大。"

"按照工作量发工资，该给工人的一点也不能拖欠。"张禾吩咐道。

"公司的现金越来越少了，收购站要现金支付，但是底下的包装企业要等订单结束后才付尾款。"李文继续道。

困难越来越多。

按照合同规定，是要等全部交货之后支付尾款，张禾不能硬要。

"我去给客户们说，能付一点是一点。"张禾有些发愁。

去了车间里面，一个将近四十岁，身上的工服满是油污，头上的帽子也是脏兮兮的男子正在设备跟前忙碌着。

身边的地上放着一个工具箱，男子正拿着工具，在对一个设备进行调试。

听到脚步声，男子扭过头，笑道:"张厂。"

"徐师傅，你忙你的，不用管我。"张禾不敢托大。

这位师傅名叫徐伟昌，是工厂里的老员工，老师傅，是维修工的老大，是工厂的定海神针。

有徐伟昌在，工厂就从不担心停机。

不过片刻后，徐伟昌就将设备调试完毕，设备开始正常运转。

工厂里面生产纸卷，一旦有一点的问题，产品就是不合格，打回去重新做。

刚才就是有一段生产的产品质量不达标，徐伟昌在对设备进行检查调试。

设备一旦停机，造成的损失巨大，有徐伟昌在，能把损失降到最低，所以说，徐伟昌是定海神针。

他是张禾专门从其他工厂挖过来的，是个高手。

一旁张川的头冒了出来，看到张禾在，他兴奋道:"禾叔，你来了!"

"徐师傅，张川这孩子最近表现怎么样?"张禾询问道。

徐伟昌将工具一收拾，笑道:"张川这孩子机灵，跟你一样，性子也活泼，学东西学得快。"

老维修工也"沦陷"了，张禾心想，这马屁拍得是不声不响。

"该打该骂您说了算，这小子不好好学习，就该让他吃点苦。"张禾严厉道。

这话是说给张川听的。

"禾叔，我可是很认真跟着师傅学东西呢，有些小问题我自己已经能处理了!"张川不乐意了。

"行了，知道你能。"张禾完全没有表扬的打算。

"徐师傅，您跟我来一趟吧。"张禾缓缓道。

徐伟昌闻言有些奇怪，但是仍旧跟着走过来。

工厂车间里有一个独立的办公室，是车间主任和工厂的统计，工艺管理办公的地方。

张禾叫上了几个主要的工作人员，几个人一起进了办公室，将门反锁，众人围坐在一张小圆桌旁边。

"这次我叫大家过来，有一件重要的事情要通知各位。"张禾面色严肃。

在场的除却李文之外，没有人知道具体发生了什么事情。

不过大家都有所耳闻，心里隐隐有种猜测。

张禾看着面前的这几个人，心中也是感慨万千。

这些员工都是从工厂开始就一直干下来的，直到现在，也有好多年的时间了。

"各位，你们应该也已经听说过一些消息了，这次我就明说了，根据可靠的消息，西安已经决定要开始对主城区范围内所有的具有污染性质的企业进行关停和搬迁，你们也应该能从公司最近的变化上看出一些端倪。"张禾缓缓道。

"张厂，工厂真的不能办了吗？"徐伟昌焦急道。

一辈子都扑在工厂设备上面，徐伟昌在人际交往上是弱势，其他的人早就明白了这件事，唯有他还要问一句。

但是张禾依旧回答道："这是政府的决定，保护环境，人人有责，我们的选择除了搬迁就是关停，这个没有任何斡旋的余地。"

"我今天叫大家过来，一是说一下这件事情，二是有关于你们的未来，不管工厂以后做出什么样的选择，但是不能在这里继续干是肯定的，有些人结婚了，房子已经买在这儿了，走不开，这些我只能争取政府给你们安置，但不能保证。"

"有些还没结婚，也没买房，孤家寡人，你们去找，只要在中国，你们听过的同行业企业，你们想进哪一个给我说，我帮你们安排。"

张禾不是吹牛，他是真有这个本事。

上的大学学的专业，师兄师姐大半部分都在这一行上班，全国都没有几个学校学这个专业的，全国做这一行的企业哪个都有他的师兄师姐，有些企业甚至都被他们学校的学生包圆了。

关系网复杂，每年同学聚会，校友聚会，张禾都过去拉了拉关系。

一个行业就这么大，大家总能认识的。

在座的这些人都是工厂的骨干，是有真本事的，张禾对他们的能力有清晰的认知，所以才敢说出这样的话。

那些混日子、没有能力的，张禾也不会对他们说。

这种人出去是砸自家的招牌，丢不起这个人。

"张厂，我已经成家了，不想再跑了，我就待在这了。"一个男子缓缓道。

刘明，是工厂的工艺管理，一把好手，他简化工艺，制定工艺流程，为工厂节约了不少成本。

"好，你的工作我尽量为你争取。"张禾道。

"不用了，张厂，我已经找到下家了，等工厂关停了我随时都能过去。"刘明有些不好意思道。

"是个好事，找到工作就好，你要是急着走的话现在就走也可以，我去让财务给你结算工资。"张禾笑道。

老员工有下家，以后吃饭没有问题，他也放心。

"张厂，我在工厂待了这些年，你是我见过最好的老板，我会坚持到最后的，哪怕工人们都走光，我也不会走的。"刘明神色坚定。

一时间，张禾有些哽咽。他不知道该如何去说，如何去面对，他觉得有些对不起这些员工。

"好。"张禾点了点头。

"张厂，我也结婚了，我老公现在在湖北，要是这边不做了我就回湖北了。"一个女人道。

邓霞，工厂的统计，在工厂也待了几年，和老公在西安认识，后来老公去湖北发展，没在这边，她还是选择留了下来。

"好，你放心，湖北那边有我的朋友，你想好去哪里之后给我说。"张禾点了点头。

两个人解决掉，还剩下徐伟昌和李文。

"徐师傅，你是我们工厂的大功臣，是重器，我不少朋友都问我要你，给你开的不是月薪，是年薪，你想去哪儿就说吧，我给你找门路，他们肯定会要你的。"张禾这下没敢说安排。

徐伟昌不用他安排。

他本来就是张禾挖过来的，晓之以理动之以情。

现在工厂办不下去，张禾只想让徐师傅能更上一层楼。

"唉，到时候再说吧。"徐伟昌摆了摆手，没有做出选择。

张禾扭头看向李文。

这家伙眉毛一挑，笑道："你别想赶我走，你什么时候结婚我什么时候走！"

"那你有本事就别走。"张禾也不客气。

两个人在公司里是上下属，但是在外面都是好朋友，开玩笑是经常的事情。

李文和徐伟昌其实都不用担心，徐伟昌有本事在身，去哪儿都有人抢着要；李文这家伙精明能干，就是不在工厂待也能混出名堂。

"现在工厂人心惶惶，你们要做好安顿工作，工人们还是尽量留住，该说的消息就说吧，留下来的人，优先安置工作。"张禾说道。

这些政策都是李文打探到的。

政府要关停企业，企业员工的工作最重要，不能造成大量的失业人员，他们都会在周边找机会安排的。

"好！"众人点头。

安排好后续的一些事情，张禾几人走出了办公室。

门外，张川虎头虎脑，突然跳出来。

"禾叔，你们聊啥呢？"张川好奇道。

"跟你没关系。"张禾不耐烦道。

"怎么跟我没关系了，我是你侄子啊。"张川撇了撇嘴。

"好好干活儿去！"张禾抬起手，作势要打。

张川赶紧一溜烟地跑开了。

工厂的事情告一段落，张禾再去找几个副厂长说了说情况，大家都没有意见。

有意见也没用，工厂还是要关的。

张禾再去给几个客户和供应商一个一个地打电话，能亲自拜访的亲自拜访，一个没漏，等弄完都已经晚上了。

张禾回到房子的时候，唐琼已经睡着了，他轻手轻脚地去卫生间洗漱，然后睡在了沙发上，没有发出声音。

唐琼睡觉比较浅，容易被吵醒。

这个时间要是被吵醒的话，影响第二天上班，张禾选择了沙发，给肚子上盖了个毯子。

第二天，唐琼醒来看到在沙发上紧闭着双眼的张禾，将掉在地上的毯子捡起来重新盖在了张禾的身上，这才离开了房间。

老腔此时正在渭南剧院演出，面向整个渭南市的人民群众。

张禾醒来之后给唐琼发了条短信，就立刻前往渭南。

渭南市的一些景点也纷纷向老腔发出演出邀请，后面的日程已经安排得差不多了。

等到渭南剧院的时候，已经下午六点。

晚上八点演出开始。

张禾正好赶上大家一起吃顿饭。

"张哥，武哥，给你们说件事。"饭桌上，林雄悄悄道。

"什么事？"两人都很好奇。

林雄跟做贼一样走到两个人中间，小声道："我一个朋友最近在城里，他给我说，现在有好几个民间团体也在开表演，唱老腔。"

"唱老腔？"张禾和刘兴武都是脸色一变。

老腔可是虎沟村张家独门绝技，怎么可能有外人会？

"千真万确，我那个朋友已经听过了，说唱得不怎么样，但的的确确是老腔，好多人都去看了。"林雄继续道。

说话的时候他扫了眼另一边吃饭的老艺人们，见没有人注意他，这才放心。

"这……"张禾脸上露出思索之色。

忽然，两个人都反应了过来。

"山寨！"两人齐声道。

这个时候，"山寨"产品已经有了，街面上不乏山寨产品。

不光东西有山寨的，曲艺也有山寨的。

老腔登台演出，在电视上表演，大家都能看到，也都能学唱几句。

要说唱得咋样吧，其实不咋样，但要说是老腔吧，还真是，不能说不是。

只是大家没有想到，老腔居然会被山寨。

最近老腔风头正盛，看来有一些投机者选择了山寨，赚一笔快钱。

"怎么弄？"林雄询问道。

"你们继续跟着表演队伍吧，我回去看看。"张禾沉声道。

"我去吧，我有文化局的身份好说话。"刘兴武说道。

"文化局的身份咋了，你以为人家会怕你这个身份？"张禾嗤笑道。

"行了，就这么定了，我有车，来回也方便，你们就安心演出，我去和那些人说说。"张禾缓缓道。

吃过饭，看了一场演出，张禾离开了渭南，回到了华阴。

不看不知道，一看吓一跳，华阴居然已经有了三家民间团体唱老腔，谁在唱，不知道，都不姓张，听都没听过。

但是每一个演出团体都挂着非物质文化遗产的名头，挺唬人的，不少观众不清楚情况，都买票进去看了。

张禾走到门口，这个团体名叫关中风采，他去售票处花五块钱买了张票，走进了演出大厅。

演出大厅在华阴县城里面，说是演出大厅，其实就是一个小舞台，地方不大，里面满满当当也就能坐一百个人左右。

买票的时候售票处还要排队，一张票五块钱也不贵，几乎人人都付得起。

张禾不动声色，假装是一个普通的看戏的，就这么走进去了，拿着票检票之后，张禾进入其中。

座位上居然满满当当，座无虚席，实在是让人惊讶。

不少观众眉飞色舞，议论着接下来的表演。

张禾找了个空位坐下来，右手边是个带娃的妇女，一边哄着娃一边看着舞台。

左手边还好，是个中年男子，穿着夹克，戴着眼镜，头发飘逸。

"兄弟，我看你是头一回来吧？"中年男子主动搭讪。

张禾的样子有些局促，很明显是第一次来，第一次来的人态度都不自然。

"我还真是第一次来，大哥，你得是都来这好几回了？"张禾开始表演。

来这里打探消息，张禾没有冲动，直接去找人家管事的，而是打算先看一看表演得如何。

"那必须么，这场子头一天开我就来了，我都看了好几次了。"中年男子很是健谈。

"我上次是在人民剧院看的表演，哎呀那个表演嘹咋咧！"中年男子神采奕奕，手里兴高采烈地比画着动作。

有个人介绍，张禾多聊了一会儿。

这个中年男子在当地的粮食局上班，名叫王琛，在人民剧院和老腔结缘，从此一发不可收拾。

张禾编了个身份，说自己是个个体户，做点小生意，闲来没事看到这里有表演就来看看。

王琛没有怀疑，张禾的气度还算不错，像是个做生意的。

"其实说实话吧，这块儿的表演一般化，没有我在剧院看得舒服，也不知道这块儿的人跟剧院那边是不是一伙的。"王琛点评道。

这个年代互联网还不发达，信息并没有快速流通，众人获取信息的途径依然是电视。

老腔入选国家级非物质文化遗产，成为代表，张德林几个艺人却还没有出名。

观众们认什么？

观众们只认老腔这个名字，只看戏不看人，至于表演得好不好能感受到，但是不会有太多的想法。

正不正宗，观众们懒得去了解，也没法去了解。

"马上开始了，咱看着。"王琛指了指舞台。

张禾抬起头看了过去。

舞台上，一个女主持人拿着话筒走上来，道："老腔表演马上开始，开场戏《将令一声震山川》。"

观众席上响起一阵掌声。

女主持人退场,演员上场。

这群演员看起来最少也有五十岁,外表上的打扮倒是和德林班的人一个样子,只是手里的那些乐器、板凳看起来有些新。

"王哥,这个演出团从哪儿来的啊?"张禾打听起来。

王琛思索了一阵道:"我后来打听过,老板是华阴人,以前就是接演出的活儿的,像红白喜事人家都能搞,叫做刘千润。"

"不过这个演出团从哪儿来的我就不知道了,宣传的时候说的是来自老腔发源地虎沟村,可咱也没去过,也不知道。"王琛继续道。

这时候,舞台上面的演员已经开始表演起来。

一个演员拿着木头块砸在板凳上,一声脆响,表演开始。

主唱兼月琴手开始扯着嗓子喊道:"军校!"

山寨,就是山寨。

一开口张禾就听出来了,整天在老艺人们身边耳濡目染,虽然唱的功力差了点,但是品鉴的能力绝对不低。

张禾敢拍着胸脯说,他上去也比这些人唱得好。

"嗨!"其他的演员应和道。

"备马!"主唱继续喊道。

台下的观众有人鼓掌有人皱眉。

"这味道不对啊,跟我在人民剧院听的不太一样。"

"我前一阵到镇上看过表演,这块儿明显没有那个演出队唱得好!"

"估计是水平不一样吧,人家那个演出队现在还在渭南巡演呢,咱能听这个就行了。"

"我第一次听,我觉得还可以啊!"

"我觉得不行,还以为非遗多厉害呢,也就这个水平,下次不来了。"

观众席上,众人互相交流点评。

一曲唱毕,演员们继续唱戏,都是德林班在舞台上演唱过的曲目,没有什么新意,动作也不自然,可以说是模仿秀。

张禾心里有些生气,这是在糟蹋东西啊。

听过真正的老腔的观众还好,他们知道情况,没有听过的那就影响大了,这样会让人误解老腔的本来模样。

"唉,唱得不行啊,不过勉强能听,其他两个场子我也去过,还是这家最好。"

王琛一边听戏一边说道。

"王哥，其他两个场子跟这边也一样吗？"张禾询问道。

"都差不多，一个老板带着一群演员上台演出。"王琛说道。

"为啥不去听真正的老腔？"张禾继续问道。

王琛笑了笑道："那群人不都在到处演出嘛，我想听也没法听啊，要是他们在华阴专门开个场子表演，那我肯定天天来，也不来这儿了。"

说者无意，听者有心，张禾的心思也活跃起来。

现在老腔艺人们的表演还是跟政府单位联系起来，到处巡演，还没有自己开个场子、自己表演的先例。

哪里有活儿，就去哪里干，毕竟自己开场子是有风险的。

等到舞台上表演结束，王琛起身准备离开，见到张禾没有离开的意思，问了一句。

"伙计，你还不走？"

"王哥，你先走吧，我想找一下人家老板，我也想开个场子。"张禾笑道。

"你？"王琛有些奇怪，"那你去吧，这开场子不容易，你得先找地方，还得找演员，哥给你说句实话，你除非能叫来那群高手，不然的话你生意肯定做不过现在这几家。"

说完话，王琛转身离开，没有多留。

萍水相逢而已，说不定以后都不会见面了。

观众们陆续离开了座位，到最后就剩下了张禾一个人。

见到没人之后，张禾站起身，向着舞台方向走去。

一个三十多岁，打扮得好像下海经商的商人一样的男子从后台正好走出来。

"伙计，你咋还不走？"那人问道。

"我想找一下刘千润先生。"张禾态度恭敬。

那个男子眉毛一挑，将脸上的墨镜摘下来，带着一丝警惕道："我就是刘千润，你找我干啥？"

"刘先生，你好。"张禾态度温和。

他也不想一开始就和这些人闹翻。

"我是华阴老腔的代表人，我叫张禾，是双河镇虎沟村的人。"张禾缓缓道。

表明身份，刘千润的脸色明显变了一下。

别人不知道虎沟村和张姓代表什么，可是他知道。

真正的老腔找上门了。

但是刘千润敢做山寨，早就有这个心理准备，他轻笑道："咋了？你来是想说啥?"

"刘先生,按理说你开场子演出我是不该管的,但是你们在场子里演老腔就不对了,老腔不是你们这么唱的。"张禾沉声道。

"老腔不是我们这么唱的还能是咋唱的?就你们唱的是老腔,我们唱的就不是老腔了?"刘千润满不在乎。

后台的一些演员听到声音也走了出来,众人怒目而视,带着威胁之意。

张禾浑然不惧,没被这些人吓到,再胆大还能在这里打人不成?

"那些老腔艺人每个人都是从小唱戏才练出来的本事,你们这样唱,会让民众对老腔有误解。"张禾缓缓道。

"你到底想说啥?"刘千润点了根烟,有些不耐烦道。

"我希望你们以后不要在这里表演老腔了。"

"你凭啥不让我们唱老腔?老腔是你家的我们就不能唱了?国家哪条法律规定了只准你们唱,不许我们唱了?"刘千润咄咄逼人。

"小伙子,我看你还是太年轻了,老腔现在这么火,我演一场最少都能赚几百块钱,没有比老腔来钱快的了,你不叫我唱,咋可能?"刘千润冷笑道。

张禾深吸了一口气,有些无奈。

法律没有规定,非遗也没有规定。

老腔只是一门传统的戏剧而已,没理由说别人不能唱。

现在老腔正在风头上,投机者拉一批人唱山寨老腔,一晚上少说赚个几百块,一个月就是上万块,跟捡钱一样。

"你们要是有本事就把我这个地方取缔了,要是没本事就该回哪儿回哪儿去。"刘千润讥笑道。

说完,刘千润带着一帮人回到了后台,没再理会张禾。

张禾没有那么大的本事让有关部门取缔这个演出场地。

更何况人家没违法也没违规,没有理由取缔。

张禾心里有些失落,出了演出大厅,去了其他两个演出团那边,都是一样的回答。

坐在自己的车子里,张禾感觉心里有些堵得慌。

难受,真的太难受了。

老腔还没有真正火遍大江南北,墙内倒是先起火了,放过这些人,张禾心里不乐意,他们影响了观众对老腔的正常判断。

不放过,你也没有其他的办法。

张禾发动了车子,回到了虎沟村。

推开门准备要口水喝,听到门响的声音,赵芸正好从外面走进来。

"小禾,你咋回来了?德林爷呢?"赵芸目光疑惑。

张禾抬起手,浑身突然一软,眼前黑了一片,随后就什么都不知道了。

第13章
/ 选择 /

华阴人民医院的病房里,张禾悠悠醒转过来。

用力将合在一起的眼皮撑开,看到了眼前的景色。

赵芸正坐在病床边上,手上削着苹果,看到张禾醒来,赵芸急忙将苹果放在桌子上,询问道:"小禾,你感觉咋样了?"

"没事,好多了。"张禾缓缓道,嘴唇都有些发白。

手上插着针管,吊瓶里吊着的是葡萄糖。

"医生说你是劳累过度晕倒了,你看你这娃,一点都不注意身体。"赵芸埋怨道。

这时候,病房门被推开,唐琼紧张地从外面冲进来。

"张禾!"唐琼面色焦急道。

"你怎么来了?"张禾神色惊讶。

西安离华阴可有段距离啊,今天又不是周末,回来就要请假。

"刘兴武给我说你晕倒了,我放心不下,就来看看。"看到张禾已经醒来,唐琼的面色也柔和下来。

"这是嫂子,我给你说过的。"张禾给了个眼神。

唐琼望着赵芸,道:"嫂子好,我是张禾的女朋友,我叫唐琼。"

头一次见张禾的家里人,没想到会是在这个地方。

赵芸满脸欢喜,男朋友生病了知道第一时间赶过来,长得也俊俏,是个好姑娘。弟弟能找到这样的女朋友是福分,是祖坟冒青烟了。

"你来没有耽误你工作吧?"赵芸关切道。

"嫂子,不碍事的,她是公务员,请假很方便的。"张禾笑道。

公务员有公务员的好处,有事请假基本上都会批,节假日一个不落,福利该有都有,是一个稳定的职业。

见到女朋友过来，张禾心里也高兴，赵芸找了个理由离开了病房，把空间留给了两个年轻人。

"你看你，前天晚上睡沙发，毯子都掉在地上，没感冒也是你命大，又连着开车，你不晕倒谁晕倒？"唐琼语气埋怨。

"我身体好着呢，这次只是意外，意外。"张禾笑道。

连日连轴转，处理完工厂的事情处理老腔的事情，弄完又开车回华阴，看了山寨演出，气急攻心，心里郁闷，开车赶夜路返回虎沟村，终究是没坚持下来。

晕倒正常，正好可以休息一下。

"就你能，你这几天就别想了，安心休息，我陪你。"唐琼神色关切，给张禾拉了拉被子。

"没事，挂完吊瓶就好了，我还得去跟着演出队。"张禾满不在乎。

"你敢去我就和你分手。"

"别，我不去了。"

张禾瞬间怂了，在自己未来老婆面前，张禾不在乎形象。

两人的手握在一起，唐琼的手心都是汗水，都是紧张的，张禾的手一片冰凉。

温热和冰冷交织，唐琼给他暖手。

两人说了些情话，外面响起了敲门声。

"进来吧。"张禾道。

病房门打开，刘兴武走了进来。

"我没打扰你们吧？"刘兴武笑道。

他对张禾是一点都不担心，都是半大小伙儿，能有什么事，以前高中的时候两个人还一起从学校翻墙出去玩，跳水库里游泳都好好的。

"有话就说。"

刘兴武走过来，笑道："我这边接到文化局召唤，刚好赶回来，林雄和吴小倩跟着演出队，具体的事情他们都熟悉了，我先松口气。"

仔细看，刘兴武的脸色也有些憔悴，头上多了几根白头发。

"啥事？"张禾问道。

"好事。"刘兴武嘿嘿一笑，坐在了旁边空着的病床上。

他清了清嗓子道："国务院文化部已经通过了《国家级非物质文化遗产保护与管理暂行办法》，从十二月一日起正式实施。办法中明确指出，国家级非物质文化遗产项目应当确定保护单位，具体承担该项目的保护与传承工作，保护单位的推荐名单由该项目的申报地区或单位提出，经省级文化行政部门组织专家审议后，报国务院文化行政部门认定。"

"我听说了这个消息，这些部门现在已经在认定中了。"唐琼在一旁道。

她就在省里的文化部门工作，有所耳闻。

"想要成为保护单位，第一要有该项目代表性传承人或者相对完整的资料；二是要有实施该项目保护的能力；三是有开展传承、展示活动的场所和条件。"刘兴武眉飞色舞，兴奋异常。

"这不就是为我们量身准备的吗？"张禾的心里也有些激动。

虎沟小学，要什么有什么，该做的工作也全都做了。

"那是，今早开会，经过文化局决定，成立华阴市老腔保护中心，上级单位是文化局，老腔保护中心独立自主，不受其他部门影响。"刘兴武兴高采烈。

大事，这绝对是大事。

之前没有名分，开展工作全都是靠着文化局，现在居然要独立出来，自成一体。

"冯局在中间帮了不少忙，这次的老腔保护中心也有他的功劳，他是保护中心的主任，我是副主任。"

"刘主任，高升了啊。"张禾调侃道。

之前下的功夫没有白费，刘兴武也得到了应得的好处，摇身一变成了副主任。

"老腔的保护工作整个局里没有比你更熟悉的了，让别人干也干不了，冯局应该是挂职吧，具体的事情还是你管。"张禾询问道。

刘兴武点了点头，默认了此事。

"刘主任，你这要是不请客说不过去了，正好今天我们两口子都在，你就请我们小两口撮一顿吧。"张禾笑道。

"这肯定没问题。"刘兴武毫不犹豫。

不光是升职了，还升级别了，刘兴武在文化局干了这么多年都没升，现在终于升了。

不高兴是假的，难以掩饰的喜悦。

等到吊瓶挂完，张禾直接出院，本来就没什么大事，就是晕倒了而已，回家调养就好。

一群人去了华阴市的大饭店撮了一顿，刘兴武指着菜单按着页数点，都不看价钱的。

吃过饭，张禾在城里开了宾馆，和唐琼住了几天之后，送女朋友回到了西安。

没多停留，再度返回了虎沟村。

虎沟小学。

上面的认定已经下来，老腔保护中心正式成立，华阴市的领导们亲自过来摘牌。

大门两侧终于有了牌子，十分正式。

德林班的老艺人们眼含泪水，望着这个牌子。

从今天开始，老腔有了名分。

说是保护中心，还真没有几个人，刘兴武算一个，林雄和吴小倩算上，三个工作人员。

德林班的老艺人们全都进入老腔保护中心，领国家经费。

国家级非物质文化遗产需要代表性传承人，刘兴武准备了详细的资料，已经递交了上去。

不是每一个艺人都能成为代表性传承人，张德林算一个，如果张德海在的话也算一个。

不过目前只有张德林一个人。

搞定这件事情，领导们请老艺人们一起吃顿饭，去城里不方便，地点继续定在了镇上的饭店里。

卢长东在饭桌上专门给人倒酒，不亦乐乎。

张禾给各位领导发烟，碰杯，一杯接一杯，从不含糊。

老腔保护中心成立，不代表老腔就不会消亡了。

保护中心的工作做好了，老腔才不会消亡。

送走诸位领导，刘兴武带着众人开会，张禾作为老艺人们的代表，也参加了会议。

"山寨老腔的事情没办法管。"刘兴武听完张禾的讲述，只能叹息道。

张德林道："山寨就山寨吧，有人听总比没有人听好，这么多人听，也权当为咱宣传了。"

老艺人们看得开，心里有意见，但是既然解决不了，那就只能顺其自然。

"要是有机会的话，可以对演员进行培训，进行专业的训练，让他们唱出真正的老腔。"林雄这时候说道。

在他眼里，既然唱得不正宗，那就让他们唱正宗的好了。

"小林，老腔传承的规矩忘了吗？"刘兴武严肃道。

林雄明白过来，赶紧闭上了嘴巴。

华阴老腔，传男不传女，传内不传外，怎么能外传呢？

"小刘啊，小林说得对，唱得不正宗，就让他们唱正宗的。"张德林突然道。

"德林爷？"刘兴武和张禾都是面色惊讶。

张德林可以说是华阴老腔的执牛耳者了，他说这句话，代表的就是老腔艺人们的意思。

"小刘，我们也不是不懂道理的人，规矩是规矩，但实际上呢，我们村里其实已经外传了，有些外姓的人，有些女人也会唱老腔，这些大家都是睁一只眼闭一只眼，现在老腔发展到这个地步，光靠我们几个是撑不起来的。"张德林说道。

其他的老人点了点头，都没有提出反对意见。

"这些天到外面演出，我们几个也有些累，大家都是肉长的，不是铁打的，总有转不动的时候，传，一定要传出去，传不出去，到我们这一代老腔就真的没了。"

老艺人的语气诚恳。

他们也想要老腔能够发展下去，能够传承下去。

当站在舞台上，看到下面那么多观众欢呼雀跃的样子，听到那么多的掌声，众人的心态也在发生着变化。

老腔是家族戏，但是现在已经不是了，是国家级的非物质文化遗产，要为子孙后代着想，要为这门传统的曲艺着想。

"德林爷，你能同意，实在是太好了！"刘兴武惊喜道。

老腔想要传承下去，势必不能敝帚自珍，张家的人不愿意学老腔，就只能把老腔传给外人。虽然老艺人们也很希望自家的人能学老腔，但是孩子们不学也不能逼着孩子们去学。

刘兴武和张禾本来打算找时间和老艺人们专门说这件事情，没想到居然是老艺人们主动提出来了，这下省却了不少的功夫。

计划是计划，实施起来也很有难度。

去让那些玩山寨的搞正规的，他们肯定不愿意。

挣快钱比挣辛苦钱要舒服，人家可没有那么善良去传承老腔。

不过既然说了这些，刘兴武决定要准备一下关于继续传承的事情了。

"我们现在把全村会唱老腔的人都叫过来，我们摸摸底。"刘兴武让林雄叫人去。

有老艺人们指点，很快，一大批人就聚集在了老腔保护中心里面。

有男有女，有外姓，有内姓。

这些人大都是私底下跟着张家人学的，也会唱会弹会拉，但是跟老艺人们比还差了一点。

人数也不多，总共二十几个，这些人就是虎沟村最后会唱老腔的人了。

太恐怖了……

全中国十三亿人，一个国家级非物质文化遗产总共会唱的居然只有二十多个人。

要是这二十个人没了，那就断绝传承了。

刘兴武忽然感觉身上的担子更重了，老腔保护中心，要履行很多职责，其中有一项就是传承，让非遗传承下去。

如何让这二十个人变成两百个人，两千个人……

摸底结束，刘兴武带着大家一起来到会议室。

说是会议室就是用那间教室，也就是训练室，给里面摆上桌子椅子就是会议室了。

上级加大了投入，要在旁边继续盖房，扩大老腔保护中心。

这里是直接和老腔艺人对接的地方，是前哨，在华阴市政府的大楼里，老腔保护中心也有办公室，不过这个办公室不常住。

盖房在计划之中，还没有正式开始，所以不着急。

几个人暂时还在这个训练室兼会议室里面商讨。

"各位艺人，老腔保护中心已经正式成立了，你们就是我们工作的对象，我希望大家以后都能配合我们的工作，把老腔传承下去。"刘兴武说道。

"那没有问题，我们都听政府的吩咐。"众人纷纷点头答应。

张德林家里的墙上已经挂满了照片，都是和各地领导、各种奖项的合影。

这一切让村里的不少人心里都火热了起来。

原来老腔还真能挣钱，还能出名，还能受邀到各个地方演出。

以前在村子里，大家为啥不愿意唱老腔了，不就是因为不赚钱嘛。

要是唱老腔赚钱的话，大家也就继续唱了。

爱好不能当饭吃，人是要活着的，满足了最基本的欲望才会去追求精神上的满足。

如今，德林班用实力证明了自己的能力，老腔是可以做到的。

其他那些人的心思也活跃了起来，大家都想跟着德林班分上一杯羹。

"大家愿意配合，我很高兴，以后有演出的话，我们会安排你们的，不过你们现在也应该组几个演出团队，不然以后再去弄麻烦了，训练的话也可以在我们这里。"刘兴武说道。

统一管理，统一规划，要是能让艺人们都归老腔保护中心管最好，不能，也无所谓。

每个艺人都是自由的，德林班这些人是自愿和老腔保护中心合作的，其他的艺人还要看自己的意愿。

"山寨老腔那边先放一放，等我们把内部的事情处理完了再去说他们。"刘兴武做出决定。

会议结束。

吴小倩整理好了会议记录，经刘兴武检查确认之后发给冯浩审查。

冯浩挂职保护中心主任，是真正的老大，最终的决定还是要让冯浩去下。

张禾跟刘兴武一同走出了会议室，两人坐在院子里，刘兴武顺势点了根烟抽了起来。

"厂子打算怎么弄？"刘兴武问道。

"还没想好，这边的事情也忙完了，我准备回西安，专心处理工厂的事情了。"张禾笑道。

"这边暂时没有需要你的地方了，你去处理吧，不管你做出什么样的决定，兄弟我都支持你，放开手去做。"刘兴武坚定道。

"搞得像是生死离别，大不了就是关停工厂呗。"张禾坦然一笑。

"你小子当年工厂刚开的时候可是一把辛酸泪，你舍得？"刘兴武调侃道。

从企业离职，去银行贷款，找厂房，买设备，找客户，找供应商，张禾一路跑下来，不容易，那时候没有车，有些时候真的是靠一双腿去走。

刘兴武知道这些事情，张禾也说过，同学聚会上常常把这些当做笑谈，但其中的艰辛是真的，只有张禾自己能感受到。

张禾摇了摇头道："去了再说吧，舍不得又能怎样？"

"其实要我说，干脆你跟我们一起干吧，民间组织扶持非遗活动的展开，政策上是有优势的，有些事情我们保护中心没能力去做，你可以去做，也是给自家做事。"刘兴武笑道，眼神真诚。

他是在认真地说。

听到这句话，张禾的心里也有些动心。

从小就接触老腔，不可能没有感情，做了这么多事，其实张禾也想继续做下去。

特别是上次看到山寨老腔的表演之后，张禾的心里也有些想法。

与其让别人唱山寨，不如自己去做，让观众们听到正宗的老腔。

如今虎沟村的艺人也多了起来，足以支撑演出了。

"我考虑考虑。"张禾缓缓道。

老腔保护中心开始步入正轨。

张禾终于松了一口气，开车前往工厂，最近这段日子他都要待在工厂里了。

冬季，寒风凛冽，雪花飞舞，张禾身上穿着厚厚的羽绒服，小心翼翼地开着车行驶在工业园区的道路上。

这条马路四周都是一些工厂，如今看起来有些凄凉。

一辆辆大卡车拉着设备从工厂里面驶出来，不知道驶向何方。

一些老板站在工厂门口，望着招牌，久久出神，身上的雪花已经落了厚厚的一层。

路上和几个相邻企业的老板打了招呼，发了几根烟，大家都很默契地没有多说什么。

将车子停在路边，看着车水马龙，张禾没有下车，而是坐在座位上思考起来。

选择关还是选择搬。

张禾也曾经考虑过搬迁的事情，也考虑过继续做制造业，但是他此刻心里有一股强烈的念头。

脑海中浮现出过往的画面，老腔艺人们站在华阴陇上引吭高歌，深深地触动了他。

张禾闭上了眼睛，在心里回味着老腔的唱段。

"老腔不能丢啊，老腔也不能毁了，如果真要做，我愿意去做，把老腔做到让每一个人都知道。"张禾心里默默道。

他的心里已经有了决定。

发动车子，前往工厂。

车子抵达工厂，张禾将车子开进去，走下车，手里拿着一条好猫。

进了门卫室里，看门的大爷正在一边抽烟一边听收音机，看到张禾进来，大爷站起身。

"秦大爷，您坐下吧，这条烟我是给您带的，这些年您为我们看大门真是辛苦了。"张禾笑道，将烟放在了桌子上。

秦大爷一脸惶恐，连道不敢。

"秦大爷，工厂最近的变化你也应该知道了，要关停了，以后你就不用起早贪黑地给我们看门了。"张禾笑道。

这些年小偷还是很多的，有些小偷翻墙进工厂里找些破铜烂铁卖，要没有秦大爷带着人看门巡逻，工厂肯定也损失不小。

"张厂，你太客气了。"秦大爷操着一口地道的关中方言。

"不碍事的，其他几个人呢？"张禾询问道。

"那几个小伙子进去检查去了，过一会儿就回来了。"秦大爷笑道。

"那我等一等。"

坐在门卫室里，张禾和秦大爷聊着天，等其他的人回来。

过了一会儿，三个去厂区检查的保安回来了。

两个年轻人，一个年纪稍大，这三个人都是跟着秦大爷混的。

秦大爷做这个有经验，可以带他们。

这个厂子的保安可不只是一个保安，要看门，要负责厂区的安全，等到工人离开之后还要检查厂区的电源等等东西，不光是看大门的，还肩负了安全管理的职责。

几个人回来，看到张禾在这里都很惊讶，连忙问好。

"抽烟抽烟。"张禾没有架子，给他们每个人一人发一根烟，自己也点了一根抽了起来。

心里有些发愁，想要抽一根解解闷。

这些人都知道张厂平日是不抽烟的，今日居然破大荒地开始抽烟，都十分惊讶。

"多的我就不说了，你们也都知道，工厂越是到最后阶段，越是不能掉以轻心。附近有个工厂就是因为保安掉以轻心，晚上被人把一台设备直接拉走了，损失了十几万。我们的有些设备倒是别人拉不走，但要是被拆了零件带走，对我们也会造成损失，我希望大家能够为工厂站好最后一班岗。"张禾诚恳道。

"张厂，你放心吧，我们这几天加大了巡查力度，保证厂区安全！"众人态度坚定。

"好，等事情结束了，我请你们吃饭。"张禾笑道。

出了门卫室，张禾前往办公楼。

一二楼是办公的地方，还存放着一些资料、备件等等东西。

把大家都召集起来，一起讲了话，说了最后的工作，张禾去了车间，这次直接将一线的员工们召集起来讲话。

"环保局的人已经来了，就在你的办公室。"李文走过来小声道。

"好，我知道了。"张禾点了点头。

讲完话，张禾和李文一起前往办公室。

办公室里，几个穿着制服的男子坐在办公室的沙发上，手里拿着公文包。

"崔主任，你辛苦了，还大老远专门来一趟。"张禾笑道，递烟出去，给环保局的同志们一个一个发烟。

其他小同志不认识，坐在中间的是位领导，他认识，是负责这块区域的一位环保局干部，叫做崔云。之前工厂开业的时候张禾就已经和崔云打过交道了，两人早就认识。

"张厂啊，你也坐吧。"崔云面色肃然。

张禾和李文一起坐下来，两方人马面对面。

"张厂，我们之前一直和李同志在沟通，还没见过你的面，这次来是想和你专门谈一下后续的事情。"崔云缓缓道。

"请讲。"

"张厂，您想好是搬迁还是直接关停了吗？"崔云询问道。

崔云说完话，周围的几个同志的脸色都是一变，双眼死死地盯着张禾的表情。

问题很简单，是选择搬迁还是关停，只给了两个选择。

作为企业的老板，其实两个都不想选，他们想要的是可以继续做下去。

张禾微微一笑道:"崔主任,不管是搬迁还是关停,我们工厂的员工都要面临失业的困境,虽然是个小厂子,但是大家都是凭着双手去赚钱,不偷不抢,有些以前还是混混,现在也学好了。我这个厂子要是关停了,那些人一没事干,又走上了违法犯罪的道路怎么办?"

吓唬人谁不会啊?张禾也会吓唬人。

环保局想要花最少的代价完成转移工作,但是企业肯定不愿意啊。

企业的损失谁来承担?

这些不说了,最起码员工你要安置吧,张禾敢给员工们承诺,就是要在这里敲上一波竹杠。

"张厂,我知道你的苦衷,我向你保证,你们工厂的员工我们优先安置,绝对妥善处理,这是我们分内的工作。"崔云不慌不忙。

推进工作肯定会遇到困难,没有困难才奇怪了。

张禾不上当,空头支票谁都能开,落实起来很困难。

"我们厂里的这些员工都是跟着厂子一步步走来的,都很辛苦很伟大,为了建设祖国奉献了青春和汗水。崔主任,国家的决定我们一定严格执行,但是这些员工可怜啊,你们今天要是不给个准话,我这个厂子就不动了。"张禾耍赖道。

他心里早就有了决定,但是临走之前必须为员工们谋取一条后路。

崔云实在是没办法了,但是也试探到了张禾的口风。

"张厂,你们工厂还有多少人没有安置?"崔主任询问道。

一旁的李文眼前一亮,不愧是厂长啊,就是牛。

"李文,还有多少,告诉崔主任。"张禾一把鼻涕一把泪,跟真的一样。

李文立刻拿出准备好的资料道:"我们已经询问过所有员工的意思了,除却自己已经找好了下家的,需要安置的还有十九个人,都希望能继续留在周边区域上班。"

"十九个人啊。"崔云的神色舒缓了下来。

还好,十九个人不算多。

"张厂,这十九个人我保证给你安排妥当,我们现在就可以签订协议。"崔云朗声道。

"不过,你要起到带头作用,让我们的工作能够顺利推进下去。"

"没问题,绝对严格按照政府的要求走。"张禾点头答应。

不是每个工厂的老板都愿意离开这里的,凭什么说走就走。

工作已经说了将近一年了,现在才到了这一步。

但是到现在,厂区里面还没有任何一个工厂真正地说停产了,不干了。

需要一个带头的人去表态，环保局也需要这样一个代表。

"张厂，你这个意思是不打算搬迁，打算直接关停？"崔云有些奇怪道。

"是的，不开了。"张禾说道。

"你要是想搬迁的话我可以帮你联系渭南那边的部门，你可以把厂子放在渭南。"崔云提议道。

西安的主城区不要了，不代表其他的地区不要。

崔云想要给张禾争取一下，不想让一个工厂就这么关停。

"谢谢崔主任了，我已经有想法了，可能以后都不会做这一行了。"张禾微笑道。

一旁的李文神色惊讶，这些张禾可从来没有告诉他。

几人聊了聊，随后环保局的同志和工厂签订了协议，辅助工厂的撤离，和工厂的员工签订了协议，保证安置工作。

员工们后面的工作有了着落，心里也放松了不少。

等到事情处理完，张禾这边的事情也传进了其他企业老板的耳朵里。

张禾带头撤离，起到了重要的作用，其他的企业老板也开始谈条件，不再一副坏脾气，总算是能够和有关部门坐下来谈了。

雪一直在下，连着下了好几天，雪花铺天盖地地从空中落下。

随着最后一笔订单完成，生产线全线停止运行。

该处理的废料全部处理，改拆卸的设备全部拆卸。

张禾已经联系了一些收购设备的公司，将整条生产线打包处理。

"禾叔，厂子不打算开了？"张川一脸茫然。

来工厂还不到一年，现在厂子居然要没了，太突然了。

"不开了。"张禾戴着安全头盔，指挥工人对设备进行拆除。

"你咋就不开了，你给家里说了没有？"张川也有些舍不得。

"我是大人了，不用干啥事都给家里说。"

"那我也是大人了。"

"你不是，你就是个小屁孩。"

张禾扭过头望着张川，沉声道："工厂关闭是必然，你想好以后干什么了吗？"

"禾叔，我还没有主意。"张川挠了挠头。

才十八岁而已，思想稚嫩，在村里长大，接触的外界信息也少，不像城里的小孩想法多。

"等这边的事情忙完了你先跟我回华阴，以后的事情以后再说。"张禾吩咐道。

"好吧。"张川点了点头。

晚上，张禾让食堂大张旗鼓地操办了一下，做了食堂的最后一顿饭。

工厂的所有员工坐在一起，一起吃饭。

"很多员工家里离得远，打算提前离开，好能马上进入下一份工作，都能理解，所以呢，我们最后一顿饭就放在了我们的厂子里，条件有限，希望大家见谅。"张禾举起手里的酒杯，缓缓道。

众人举杯，将杯里的啤酒一饮而尽。

虽然是在厂子的食堂，但是条件根本不差，菜做得比饭店还要丰盛。

李文、徐伟昌、邓霞、刘明，他们四个人和张禾坐在一起，加上张川。

其他的员工坐在一起。

邓霞的工作已经有了着落，安排在了离家不远的一个企业里面，徐伟昌被张禾的朋友挖走，开的年薪。

李文不打算继续做这个行业，准备去汽车行业闯一闯，选择的企业是刚在西安建厂没多久的比亚迪，也是豁出去了。

大家都有了着落，到了最后，好像就自己没有着落。

邓霞好奇道："张厂，厂子关停了你打算干什么，还开工厂吗？"

"不开了，准备做点自己想做的事情。"张禾笑道。

"啥事啊？"众人都很是好奇。

"你们最近也应该看新闻了，非物质文化遗产，华阴老腔，那就是我们村的。我打算成立公司，专门负责老腔的活动，让更多的人知道老腔，愿意听老腔。"张禾缓缓道。

这个决定对于大家来说很突然，但是对于张禾来说很正常。

他已经在心里考虑了很久，最终还是做出了这个决定。

有刘千润"关中风采"演出团的影响，有老艺人们的影响，也有自己的思虑在其中。

"张厂，那个老腔原来是你们村的啊？"邓霞惊讶道。

"我还说老腔不来西安演出，只能在电视上看，没想到远在天边近在眼前。"刘明笑道。

老腔的事张禾没有告诉任何人，厂子里的人都不知道。

"张厂啊，你这可就太冒险了，这东西根本不挣钱。"徐伟昌肃然道。

"是有点冒险，我也知道不挣钱，但是做这一行，就不是为了钱。"张禾笑道。

他不是一个头脑发热的人，做事前肯定会好好准备。

为什么要开公司？与其让别人唱山寨老腔，不如自己唱正宗老腔。

市场如今一片火热，借着东风，宣传要趁早。

至于挣钱的事情，张禾不为挣钱，为了内心的追求。

"各位，我敬大家一杯，感谢大家在这些年来对厂子的支持，谢谢！"

最后，张禾喝得浑身发晕，但还是坚持喝完了最后一杯酒。

拖着疲惫的身子，张禾直接回了工厂的宿舍，找了张床睡下了。

早上醒来，整个工厂都已经变得空荡荡的，什么东西都没有了，就剩下空旷的车间。

"唉，走咯。"张禾叹了口气，叫上张川，走出了工厂。

踏出这一步，以后就再也不会回来了。

回到租的房子里，张禾将该整理的东西都整理了一下，顺带做了午饭给唐琼送到单位，让张川留在家里。

等到下午下班，将唐琼接回来。

"小琼，工厂已经关了。"饭桌上，张禾说道。

"我打算成立一个文化公司，专门为老腔服务。"张禾继续道。

唐琼的动作停顿了下来。

"你疯了？老腔有老腔保护中心去做，你瞎操心什么？"唐琼语气严厉。

男朋友正经事不干却去干些乱七八糟的事情，她不能理解，也不会支持。

"我想让老腔真正地能活跃在人们的视线之中，需要一个运营的团队，老腔保护中心没有能力这么做。"张禾缓缓道。

他是真的想好了。

"你……"唐琼不知道该说些什么。

"我先在西安买套房，这样保险一点，要是以后失败了也不至于流落街头，小琼，相信我好吗？"张禾望着唐琼。

吃过饭，张禾刷锅洗碗，回到了床上。

唐琼躺在一边，闷闷不乐。

"我想为老腔做点事情。"张禾轻声道。

"那你要什么时候和我结婚？"唐琼的声音传来。

"不会太久了，你是知道我的，做事肯定不会失败。"张禾笑道。

说了几个笑话终于将唐琼逗笑，两人才相拥而睡。

第二天，张禾带着张川在城里玩了玩，顺带去看了看房，用积攒下来的钱买了一套。

想要结婚，总不能老是租个房子。

第14章

/ 演出 /

敲定了房子的事情，张禾心里的石头也算放下了。

带着张川返回了华阴，正好赶上过春节，虎沟村非常热闹，家家户户都在置办着年货，准备迎接新年。

老腔艺人们刚从外面回来，暂时结束了演出，为此他们已经耽误了不少农活，家里的很多事情都是女人在操持。几个老艺人刚回来就到家里扛上锄头走了出去。一天不干活儿一天心里都不踏实，哪怕是如今演出的收入已经高出了种地的收入。村里按照惯例，春节老腔都会表演，不过今年老腔艺人们不能一直待在村里了。城里面组织的春节晚会需要参加，市里面组织的春节晚会也要去参加。等什么都忙完，年也过完了。

屋子里，张禾和家里的人坐在一起，桌上放着瓜子花生糖等东西。

"小禾，你准备干啥？是找工作还是继续开公司？"王云霞问道。

张禾关停工厂，几个人没意见，这个厂子累人却不怎么赚钱，如今年也过完了，要考虑接下来的事情了。

"我打算开公司。"张禾说道。

"开公司也行，那你准备开啥公司。"王云霞继续问道。

儿子这个岁数还没有稳定下来，虽然相信儿子的本事，但也有些担忧。

"文化公司，我要成立这个公司和老腔保护中心合作，全心全意地把老腔推广出去。"张禾神色平静。

王云霞的脸色大变。

"我不准！"王云霞厉声道。

什么文化公司？听都没听说过，这算什么工作？能挣钱吗？好不容易上了个大学，没有进国企也就算了，现在居然要搞这些莫名其妙的东西，绝对不能答应。

"妈，现在很多这样的公司的，我怎么不能做了？"张禾不服气。

"不能做就是不能做，你现在马上给我找个稳定的工作，赶紧结婚，你这个样子谁家姑娘愿意嫁给你？"王云霞怒声道。

一旁的张德林敲了敲桌子道："小禾，不是爷说你，你弄公司也没啥作用啊，老腔现在好好的，你弄公司没啥意思。"

老腔如今风头正盛，各地的表演接都接不完，老腔保护中心和其他的单位洽谈，忙得昏天黑地。

张禾开公司，有些不太明智。

但是张禾心里有数，如今开公司的基本上都是蹭老腔的热度，诸如刘千润那一伙人。但是他不是，他想要用这个形式将老腔推广出去，让更多的人知道老腔。

"我不同意。"王云霞已经赌着气。

"爷，妈，老腔现在还只是在咱们这块有名，外地人还不知道，正好趁着现在这个机会，把老腔推出去，让更多的人不光知道，还愿意来华阴听。"张禾说道。

"你随便。"张德林不在乎。

孙子有自己的想法，他年纪大了也懒得说了，倒是王云霞还赌着气。可是赌气也没用，钱在张禾身上，腿长在张禾身上，你也没办法控制。

年过完，张禾去了老腔保护中心，和刘兴武谈了这件事情。

"兄弟你想通了，这个可以搞，我们负责保护，你负责去外面演出，刚好合作。"刘兴武笑道。

他们人手不够，整理资料就已经很累了，目前都是一些单位来找他，还好一点。未雨绸缪是必须的，以后要是没人找老腔表演，就要自己想办法表演。

"山寨老腔的模式我们可以学习，他们表演假的，我们演真的，我们有这么多正宗的老腔传人，就不信比不过他们。"张禾激动道。

除却张德林以外，其他的人也能组成演出团队来表演，掌握的剧本也十分多。山寨老腔只能演老腔艺人们演出过的，演不了艺人们没演过的，他们没有真正的剧本。

"好。我去找人给你批。"刘兴武当即拍板。

张禾马上去工商局注册公司，取名就叫老腔文化。

等待营业执照的时候，张禾来到了村里。

公司成立了，需要艺人去演出，演出要盈利，利润要分给艺人们。如今经济发展得越来越快，人民生活水平越来越高，票价也要涨，老腔艺人们的工资也要涨。

老腔保护中心，艺人们都在这里面训练。

周围又盖起了几栋房子，可以让艺人们用来唱戏，交流老腔的改编。

刘兴武除却领导老腔保护中心的事情外，还要负责跟老腔艺人们一起改编曲艺，这段时间也搞出了不少新花样。

"各位乡党，我今天来呢，有一件事要给大家说。"张禾走进房子，说道。

房子里的几个艺人正在弹琴拉胡，听到声音都扭头看了过去。

"小禾啊，有啥事你说。"一个中年男子道。

他是虎沟村的外姓人，名叫王兴强，是拉板胡的。

大家都是一个村子的，互相都认识。

"强叔，是个好事。"张禾笑道，随后拉了个板凳坐了下来。

"我现在在城里注册了一个公司，以后负责老腔对外的演出，咱们老腔保护中心这么多艺人，不是每个人都有机会登台演出，没有舞台，我就为大家创造一个舞台。"张禾三言两语说道。

几个艺人都望了过来，其他的艺人听到声音也都来了房子里。

不多时，这里就聚集了大部分的艺人，张德云也走了进来。

"小禾，你说这是啥意思？我们也能上舞台演出？"王兴强有些不太相信。

现在外面的大单位邀请演出只认张德林这些人，不认可他们。谁不想登台演出啊？艺人们的艺术只有展现给观众才有价值。他们也练了挺久了，早就心里痒痒得要死，能登台演出再好不过。

"能，我准备在城里找个地方，做一个老腔的剧场，专门表演老腔，我们也学其他的那些表演，卖票挣钱。"张禾描绘着宏伟蓝图。

"我希望各位叔叔阿姨能在我这个剧场里演出。"

里面有几个妇女，长得都很朴素，不像城里的姑娘花里胡哨，很接地气，是伟大的农民阶级。张禾不敢小瞧这些妇女，她们可不是普通人，不仅会唱老腔，还会表演华阴素鼓，才艺多样。

"这样演能有人看吗？"王兴强有些不太相信。

"强叔，山寨老腔都有那么多人看，凭什么我们真正的老腔会没有人看呢？山寨老腔让人民群众对我们的误解很大，我们应该拿出真本事，让群众看看什么是真正的老腔！"

张禾说的都是实话。

大家都知道山寨老腔在华阴城里面表演得还不错，赚了不少钱，都眼红。能赚钱就能改善生活，改善了生活就能更好地唱老腔。

"小禾，你说吧，咋整？"王兴强说道。

张禾清了清嗓子道："第一，我们虽然是为了老腔的传播，但是在钱方面不能含糊。各位叔叔阿姨，我目前暂定的是演出的门票收入，除去运营成本之后，我们四六分成，你们六成，我四成，这四成收入我不会装进我的腰包，会继续投入进去。第二，新本子真老腔是我们的优势，需要大家发扬下去，多在戏曲上面下点功夫，要做就做到全华阴最好。你们要是觉得有什么问题尽管提出来，我马上就改。"

众人听了之后都没有意见，能有啥意见？张禾可是直接让了六成的收入给他们。挣十块钱，这个主办人却只拿四块钱，就这样四块钱还要继续投进去，从哪儿去找这样的人。

以前大家也出去演出过，一晚上一群人，连演皮影加唱戏，四五个小时，一共只能挣一百多块钱。

现在开了剧场，挣得绝对比以前多。

"小禾，就按你说的算，我们几个都愿意。"王兴强说道。

"我们也愿意！"

"我们也支持！"

众人纷纷道。

这时候，一旁没有说话的张德云站了出来，拿着长条凳给地上一放，一屁股坐了下来。

"小禾，到时候我们也去给你捧场，不要钱。"张德云沉声道。

"德云爷，你敢不要钱我也不敢不给啊，你想要我爷打死我？"张禾开玩笑道。

众人都笑了起来。

老腔剧场的表演团队定了下来。

以王兴强等人为一组的演出团算一个，他们是一个组合。还有村里的一个女人，张冬雪，既会唱老腔，还会表演华阴素鼓，她们有一个团队。张玉胜是以前班社的班主，将他独立出来，带着一批艺人，是第三个团队。加上张德林的团队，老腔的演出团已经有了四个。听起来多，但是人不多，不到三十个人。

这些就是老腔最后的瑰宝了。

处理好演员的事情，张禾回到了家里。

屁股刚坐下来，门外响起了敲门声。

张禾走出去打开门，门口站的不是别人，居然是张二宝。

张二宝一副泼皮无赖的样子，满身酒气。

"二宝哥。"张禾有些奇怪，这都快睡觉了，张二宝居然找上门来了。

"小禾，听说你准备在华阴开个公司啊。"张二宝轻笑道。

张禾一听暗道不妙，村里的消息就跟长了翅膀一样，一下子全村都知道了，张二宝这次来肯定不怀好意啊。

可是事情已经传出去了，张禾也不能否认。

"二宝哥，是有这回事，可我这公司是跟老腔保护中心合作的，是为老腔服务的。"张禾笑道。

"不要紧不要紧，张禾啊，我娃最近在屋闲得没事干，你就叫娃过去帮个忙嘛，又不是啥大事，我要求不高，你随便给娃点钱就行。"张二宝冷笑道。

不是来求人了，是来发布命令了。

张二宝得意扬扬,上次拒绝你有理由,这次你总没有理由了吧。公司都在华阴,老板就你一个人,不找你找谁?你要是不安排了,我今天就不走了。儿子在家鬼混,花他的钱,害得他都没办法好好喝酒打牌,恨不得赶紧把这小子丢出家门。

"你叫张欢过来吧。"张禾无奈道。

这下还真是没有办法拒绝了。

张二宝赶紧跑回去,揪着儿子急忙赶了过来。

和张川不一样,张欢长着一副混混的样子,一看就不学好。

"张欢,你以后就跟着你禾叔好好干,挣点钱赶紧给老子娶媳妇!"张二宝训斥道。

"你媳妇呢?"张欢猛然道。

张二宝一巴掌抽了过去,怒声道:"你怎么跟老子说话呢?"

一旁的张禾眼角抽搐,一家子没一个正常人。

"张欢,我们公司是在剧场演老腔的,平常没啥事情,你过去就打扫一下卫生,管饭,一个月给你二百块钱。"张禾说道。

他心里也想了一下,剧场里面不光他一个,还有其他的老艺人,这个地方张欢这个后辈估计也不敢乱来。他反正就让张欢干点杂活儿,也不用太多担心。

"禾叔,就打扫卫生有啥干的,我要上台表演。"张欢不乐意道。

"你会唱老腔吗?"张禾问道。

"不会。"张欢一副理所当然的样子。

"等你啥时候会唱了再说。"张禾严厉道。

对这个城里混迹的禾叔还是有点畏惧的,张欢低下头没敢继续说什么。

"臭小子,你禾叔让你干活儿就行了,你还想唱老腔,想得美,你以为老腔谁都能唱?等你啥时候有你德林爷的水平了再说!"张二宝不含糊,又是一巴掌招呼过去。

对其他的事情无所谓,但是对老腔,张家人都很尊敬。

可以不学,可以不会唱,但是必须要尊敬。

"小禾,那我就走了,你啥时候去城里就把娃带上。"张二宝转头笑嘻嘻道,带着张欢离开了这里。

张禾长出了一口气,总算送走了这两个瘟神。

不过他也想到了张川,这小子跟着他一起回到村里,现在也没事,不如带上一起在剧场帮个忙。剧场里面除了艺人,还需要打杂的,正好让他们两个去干。要是耳濡目染,谁愿意学老腔了正好。

说做就做，张禾把张川叫过来，问他愿不愿意。

张川满口答应，能在县城里面上班，还继续跟着"手段通天"的禾叔，张川求之不得。

"好，那你到时候跟我一起过去。"张禾吩咐道。

弄完这些事，总算可以好好睡一觉了。

第二天，张禾和刘兴武一起进了城里，找演出的地方。

这种演出要放在城里，比较方便大家前来观看，选地点是个技术活儿，需要有舞台。

找来找去，在城区旁边的一个地方找了一个废弃的小剧场，这个剧场以前是用来唱戏的，但是现在没人听戏了，也就荒废了下来。

张禾直接将剧场租下来，开始重新装修。

座位要安排，舞台要收拾，灯光要准备。

吃过灯光的亏，张禾不想再因为灯光导致演出效果不好了。

转眼间，营业执照也下来了。

营业执照下来之后，等到剧场装修好之后就可以开始营业了。

开业的时候，张禾无比兴奋，刘兴武带着老腔保护中心的人过来呐喊助威，虽然只有三个人，但总比没有好。

华阴不大，三个演出团队，如今冒出来第四个，其他人全都听说了。

"老腔文化？"刘千润神色惊讶。

一查，老板的名字叫张禾。

好家伙，老腔传人亲自出手了，这是想干吗？

"老板，人家正宗老腔上台演出了，我们咋办？"底下的演员担忧道。

"别害怕，华阴这么多人，还能都去听他们演出了？再说了，谁知道啥叫正宗啥叫不正宗？是老腔就行了。"刘千润冷哼道。

老腔文化正式开业，地点在城区的小剧场，宣传做出去了，第一天来的人也不少。

门口摆着一排排花篮，都是朋友们送的。

第一天开业，不少以前的同学都过来捧场。

"里面请里面请，座位管够！"张禾站在门口招呼道。

对剧场进行了一番改造，张禾手上的积蓄也花得差不多了，里面足足有三百个座位，不像其他剧场只有一百个左右的座位。

老腔文化的招牌挂在门口，一旁还有老腔保护中心的字样，这就是宣传。

打广告要去电视和报纸上，都要花钱，张禾也没敢大张旗鼓地打太大的广告，就在华阴和渭南电视台上投了广告，附近的人要是看到了也能赶过来。

"冯局，您也来了？"张禾拿出烟递了出去。

冯浩带着自家小孩一起过来的。

"晚上没事，听小刘说你这个地方开业了，带小孩过来听听，叫张叔叔。"冯浩对身边的小孩说道。

扎着羊角辫，一个长得粉粉嫩嫩的小姑娘，看起来就四五岁的样子。

"张叔叔。"小女孩有些害羞道。

"小姑娘真可爱，以后肯定是个漂亮大姑娘。"张禾笑道，让一旁的张川拿了几颗糖过来，塞给了小姑娘。

"谢谢张叔叔。"小姑娘接过糖果，满脸笑意。

"小张啊，那你继续忙，我就先进去了。"冯浩笑道。

"我送您进去。"

将冯浩带进去，安排好了座位，张禾再度回到了门口。

"禾叔，还真有这么多人花钱看老腔啊？"张川目瞪口呆。

他跟着张禾在门口迎宾，来来往往已经看了不下一百个人了，让他很是惊讶。

在他的眼里，老腔就是一个土到掉渣的艺术，这居然还会有人看，其中还有一小部分年轻人，刷新了他的认知。

"好的艺术总会有人看的，怎么样，想不想学？"张禾笑道。

张川摇了摇头道："现在不学。"

相比之前的态度，张川的心里已经有了动摇。

虎沟村老张家人都有老腔的基础，虽然不会唱，但也能哼哼几句，知道不少基础知识，要是学起来也会很快。

"什么时候想学了什么时候说。"张禾说道。

他是很看好张川的，脑子聪明，要是学老腔的话一定很快就能学会，张德林肯定也乐意。

说话间，一个中年男子走了过来。

是原先有过一面之缘的王琛。

看到张禾站在门口，王琛惊讶道："原来这个地方真是你开的？"

"王哥，好久不见啊，我当时不都说了，要向那位老板请教一下。"张禾笑道。

"没想到你还真敢弄啊，你说你这是正宗的老腔，你难道认识那些人？"王琛好奇道。

"我姓张。"张禾笑了笑。

王琛一拍脑袋，恍然大悟。

一个姓张的人开的演出厅，说自己的是正宗的，那就八九不离十了。

这里面居然是原汁原味的老腔，这次来赚大了。

"王哥，进去吧，我让人给你留个好位置。"张禾笑道，请王琛走进去。

看到里面的场景，王琛更加惊讶。

座席宽大，留出了距离，舞台装点得也不错，灯光比那些山寨的要好，这些东西花的钱肯定不少。

想不到张禾居然还是个有钱人，王琛心里隐隐有些期待接下来的表演。

刘千润混在人群之中，等张禾不在的时候悄悄混了进去，没有引起注意。

他是来打探敌情来了。

观众席没有坐满，第一次不可能坐太满，只要这一次表演宣传出去了，下次来的人肯定会更多。

不光是刘千润，其他两个场子的老板也都来了。

三个人坐在一起交头接耳，聊着事情。

等到观众们全都进来之后，剧场的大门关闭，张禾手里拿着话筒走到了舞台上。

"各位观众朋友，我是老腔文化的老板，我叫张禾，我们老腔文化今天是第一次演出，有幸能得到大家的捧场，我很高兴。"张禾捏着话筒，心里有些感伤。

"我是双河镇虎沟村的人，以前老腔在我们村里是张家的家族戏，除了村里，最多到镇上，就再也没有人知道这门曲艺了。我要感谢文化局的同志们，感谢政府，感谢国家，如果没有国家的支持，老腔是不可能拿到非物质文化遗产这份荣誉的。"张禾缓缓说道，都是真心话。

老腔当年的处境真的是不妙，张德林几个老艺人全靠着喜爱和责任在支撑，要是没有非遗的话，那老腔说不定真的坚持不下去了。

台下，冯浩点了点头，张禾说的话没有毛病，他心里也很舒服。

"非物质文化遗产是我们祖先留下来的财富，不能到我们这一代就断绝了，所以我选择开了这个剧场，让我们村子的艺人们为大家唱老腔。一场戏的钱对各位来说就是一包烟的钱，但是你们用这点钱养活了艺人们，艺人们能活下去，艺术就不会消失。"

"谢谢大家！"张禾鞠躬道。

台下响起了七零八落的掌声。

"今天大家来是听戏的，不是听我这个大老爷们儿在台上谝闲传的，下面我宣布，我们今天的表演正式开始，第一个节目，是由老腔艺人张德林、张德云、张德禄、张德民……"张禾自己担任了报幕员，"表演《将令一声震山川》！"张禾朗声道，声音传遍了整个剧场。

第一场戏是张德林团队亲自出马演出的，为的就是调动气氛。

一听到张德林的名字，台下的观众全都沸腾了！

"居然是张德林啊，这可是国家认定的老腔艺人！"

"好家伙，我就说去哪儿能听到真正的老腔，以后都来这儿了！"

不少了解老腔的观众们议论道。有些不知道的听周围的人一说也明白了。原来其他三个剧场演的都是山寨啊，这里才是正宗的啊。

观众席上，刘千润几个人的脸色都不太好看，这是抢生意啊。

"我们先看着，看看到底能表演个啥！"刘千润冷声道。

此刻，舞台之上灯光逐渐暗下来，张德林带着一群老艺人走上舞台，一看就是正规军，不是山寨军可以比拟的。

刘千润几人的脸色阴沉了下来。

"军校！"张德林一声大喊。

仅仅一声大喊，全场都轰动了。

张德林喊得极为卖力，给自己的孙子捧场，肯定要百分百的认真。

绝了，这才是真正的老腔啊，其他地方看的演的都是什么玩意儿？

"好啊，跟电视上看到的一样！"王琛惊喜道。

居然能看到专业的老腔艺人来演出，对他这种曲艺爱好者来说就是天大的好事。

"将令一声震山川。"

"人披盔甲马上鞍！"

……

歌声悠扬，如同一记记重锤砸在众人的心间。

"好！"

观众席上众人叫喊起来。

"这可咋办？"有人担忧道。

"他的票价比我们贵，我们票价便宜。"刘千润倔强道。

舞台上，张德林继续唱："催开青鬃马！"

"嗨！"

"豪杰敢当先！"

"嗨！"

舞台之上，众人的身体随着节奏晃动着，带着黄土地上最原始的喊声，他们的姿态自然，没有丝毫的做作，浑然天成，和歌曲成为了一体。

台下的观众们已经沉浸在了歌曲所描绘的画面之中，每个人的眼睛都瞪得老大，望着舞台上的表演，心里也在吼着。

华阴老腔一声吼，将心里的闷气怨气郁气全都吼出来！

这时候，张德云端着板凳冲到了最前面。

他一把把凳子给地上一扔，手握枣木块狠狠地砸了下去。

"嘭！"

观众们感觉心脏好像颤了一下，浑身散发着一股舒爽的感觉。

这才是老腔！

这才是真正的老腔！

这一砸，砸得人浑身清明，砸得人身心舒畅！

"嘭嘭嘭！"

张德云还在继续砸着，这个无意间创造出的动作已然成为了老腔的招牌动作，谁要是不砸凳子，那就不是老腔。

"正是豪杰催马……进！"

张德林弹奏着月琴，身体随着节奏扭动着。

最后一个字，所有的老腔艺人们一起唱了起来。

"前哨军人报一声！"

张德云仍旧在一下一下地砸板凳。

"唉嗨……唉嗨……"

众人齐声应和道，一直唱到了乐曲声消失。

一曲唱毕，台下响起了激烈的掌声。

专业就是专业，不是一般人可以比的。

见识了这样的表演，其他的表演都有些黯淡无光。

老腔艺人们表演完，直接下场了。

张禾走上舞台，拿着话筒道："刚才表演的大家应该都认识了，但是我们虎沟村可不光有他们，还有其他的艺人，接下来表演的是张玉胜的演出团队，为大家带来的是一首《骂开道》！"

这首在华山的剧场表演过，但是当时来看的大都是游客，本地人倒是很少。

今天在这里演出，不少观众都很好奇。

"这首没听过啊！"观众们疑惑道。

张玉胜手拿月琴，带着一帮艺人走上了舞台。

第一次在这样的剧场上演出，张玉胜的心里也十分紧张。

"玉胜爷，舞台交给你了！"张禾笑道。

说完他走下了舞台。

张玉胜深吸了一口气，将心里的杂念全都抛却，大声唱了起来。

"手指开道叫着骂！"

一声嗓音，轰动剧场。

观众们全都瞪大了眼睛，好家伙，这是真的卖力啊！

"嗨！"其他的艺人应和道，一起跺脚。

"我把你无知匹夫骂几声！"张玉胜心情激动，嗓音更大了。

激动，不能不激动，之前有张德林在，他没有机会开唱，现在当了主唱兼月琴手，是对他的认可。

"嗨！"众人继续跺脚应和。

"昨日梁王盼咐你！"张玉胜声情并茂，大声唱道。

"嗨！"

台下的观众全都被吸引了，原来老腔艺人不止张德林一个人唱得好，还有这么多人呢。

"为何过耳全不听！"张玉胜的眼眶晶莹，仍旧在唱着。

这是一个机会，是对老腔最大的福报。

"嗨！"

"失了沧州还有可！"

"嗨！"

"兖州地面风里灯！"

"嗨！"

"勿还不看梁王面！"

"嗨！"

"推出辕门问斩刑！"

"嗨……嗨！"

一曲唱毕，张玉胜激动地站了起来，所有的艺人全都站起身来。

他们全都鞠了一躬，随后才走下了舞台。

舞台要留给其他的演出团队了。

张禾开这个场子，也要培养大批的老腔艺人，让他们有舞台经验。

这些人上场之后，观众们也很给力，卖力地叫好。

虽然有张德林珠玉在前，但是后面的人也唱得不错。

最起码，这次在舞台上唱了好几个新曲子，是以前的观众都没有听过的。

"看来这小子真是张家的老腔传人啊，还有新曲，以后就来这儿了！"王琛喃喃道。

老曲子总有听腻的时候，新曲子出来有新鲜感。

台下刘千润等人的脸色更加难看了。

"下次演出，让我们的人带着录像设备进来，录下来看，录下来学，他们唱新曲，我们也唱新曲。"刘千润低声道。

几个老板商量好了，决定下次来偷师。

第一场演出很快结束，收获颇丰，诸位老腔艺人们体会到了卖艺赚钱的好处。

最重要的是获得了观众的喜欢，没有什么比这个更爽了。

"德林爷，咱们今天赚了不少钱，我请大家去吃饭。"张禾说道。

都是卖力气的活儿，德林班演了开场和压轴，其他的团队演了中间的场子。

老腔的曲调比较自由，有力气就喊大声一点，没力气就喊小声一点，都不影响。

几个村里头一次出来表演的艺人们兴奋异常，王兴强差点跳起来。

这个时候好几个饭店都关门了，找了一圈，最后还是找了个熟人介绍了一个饭店，众人才赶过去。

张禾带着张川和张欢，加上过来看戏的刘兴武，其他的艺人也有二十多个，开了一个大包间，占了三张桌子才坐下。

饭桌上，因为第二天还要忙活，张禾没有喝酒，以茶代酒，敬了各位艺人一圈。

"各位爷爷，叔叔婶婶，今天的表演我们都看到了，观众们对我们老腔还是很喜欢的，我们老腔是可以继续走下去的。"张禾说道。

众多艺人也是十分激动，有些抽烟的点着烟在抽，有些好酒的一杯接着一杯在喝。

"实在是没想到，唱老腔还能唱出名堂来！"王兴强开怀大笑。

他之前学老腔也是一次偶然的机会，遇到了虎沟村张家的一位先生，见他嗓门不错，将老腔传授给了他，他从而学到了老腔，但是从来没想到靠这个挣钱，每天还是该上班上班，该种地种地。

"今天的第一战咱们成功了，明天来的人肯定会更多，明天中午咱在村里说演出的事情，今晚上回去大家先好好休息。"张禾再度举杯。

众人吃饱喝足，然后各回各家。

第二天，等艺人们早上从地里回来，张禾叫上大家一起开了个会。

开会的内容就是有关晚上的演出。

昨天晚上的演出大家都是事先编排好的，绝不是临时起意。

今天晚上也同样如此，对待演出要负责，要用心，群众的眼睛是雪亮的，你有没有好好唱是能看出来的。

"昨天第一场是德林爷唱的，今天第一场就让玉胜爷唱，选一首比较能调动情绪的曲子。"张禾提议道。

一旁的张玉胜跷着二郎腿，想了想道："还唱《借赵云》？"

"这个唱了太多次了，这次把这段放在中间唱。"张禾说道。

老艺人口中的《借赵云》就是《将令一声震山川》的选段。

"那就唱《征东总是一场空》吧。"张玉胜继续道。

这段是《薛仁贵征东》的桥段，张德林等人之前都唱过，但是次数不多。

"那就这首，还是让德林爷他们唱压轴，希望大家没有意见。"张禾微笑道。

众人都没有什么意见，张德林的本事是几个人里面最厉害的，他去压轴大家都服气。

小剧场里是要有角儿的，张德林团队就是那个角儿，有角儿在，大家就都能吃饱饭，就如同明星一样。

不过老腔距离这一步还有很远很远的路要走。

第二天，老腔剧场门口挂上牌子，下午六点开始售票，八点开始表演。

张禾一整个白天都蹲在剧场里面，焦急地等候外面的消息。

刚到六点半，张川急匆匆地从外面跑进来，神色惊喜。

"禾叔，票卖完了，现在外面还有一些人没买到票，打算冲进来！"张川喊道。

"真的？"张禾激动道。

"真的啊！禾叔，你要是再不去看看，估计门口要打起来了！"张川焦急道。

张禾来回踱步，激动得手舞足蹈，转了几圈之后，他道："张川，你给咱找一找，看看还有没有小板凳，数一下还有多少，等会儿来门口找我。"

说完，张禾直接走了出去。

张川有些摸不着头脑，但是照做了，禾叔的话他向来是听的。

剧场门外，一大群观众守在门口，也不走，就在那儿一边抽烟一边谝闲传。

"你都站这弄啥呢？我们八点才开始啊。"张禾好奇道。

"老板出来了啊，你说你非得八点开始弄啥，七点开始不行？"一个人喊道。

"伙计们，不是我不想七点开始，咱们演员都是村里的农民，等屋里活儿做完吃个饭过来都七点多了，实在是没办法。"张禾笑着解释道。

门口这群人可都是蹲着等剧场开始的老腔爱好者，不是特别喜欢的也不会在门口等着。

"老板，我就来晚一分钟你就没有票了，这咋回事？我听我朋友一说，专门从镇上跑过来的。"一个男子叫嚷道。

出来就是解决这件事的。

张禾笑了笑，目光从门口众人的身上扫过，随即道："还有谁想看没有买到票的？"

"我！"

"我！"

……

几个人叫喊道，也不多，就十几个人，要是人多的话就难办了。

实际上想看老腔但是没有买到票的人更多，只是不少人一听没有票了就走了。

不是每个人都非老腔不看，不看就睡不着觉的。

这时候，张川跑了出来，跑到跟前气喘吁吁道："禾叔，咱里面还剩二十个凳子。"

张禾点了点头，心中安定下来。

十九个人没有买到票，有二十个凳子，够了。

"伙计们，你要是不嫌弃的话我给你们加个凳子，你们坐在过道听戏？"张禾试探地问道。

虽然是加的板凳，但是票价不会变的，要是观众不同意的话就算了，不强迫。

"还能加凳子啊？老板你早说嘛，我去买票了。"一个挺着大肚子的男子说道，直接去了售票处。

张禾给那边打了个招呼，让再继续卖二十张票，但是要告诉观众具体的情况，不许欺瞒。

即便如此，二十张票也很快卖出去了。

一切搞定，八点时间到，演出准时开始。

张玉胜团队率先唱开场，王兴强团队和张冬雪团队在中间，张德林团队压轴表演，形成一个具体的流程，观众们都很捧场，一个劲地鼓掌。

一晚上的表演收获颇丰，不光是张禾，就连老艺人们都觉得未来在招手。

第15章
/ 加上流行歌 /

第三天晚上,演出继续,依旧是六点开始卖票,八点开始演出。

等到七点的时候,张川从售票处跑了过来。

"禾叔,今天的票卖得没昨天好啊,只卖了二百多张。"张川说道。

"二百多张还不好,你膨胀了啊。"张禾笑道。

二百多张很正常,这个数字甚至超出了他的预期。

第一天演出是因为开业,第二天是因为有第一天的影响,第三天业绩肯定会下滑,都在预料之中。

"不影响?"张川不太相信。

"一点都不影响,你好好干活儿。"张禾安慰道。

张川能说出这样的话也是把这里真正当成自己的地方了,愿意去关心。

八点时间到,演出开始,一切正常。

后台里面,老艺人们坐在一起,张禾也在里面。

"今天观众的反应和前两天不太一样啊。"张玉胜疑惑道。

"是有点不一样,今天比较平淡。"王兴强也说道。

"估计今天是星期天,明天要上班,大家心情都不好。"张冬雪笑道。

话音落下,众人也是哈哈大笑起来,这是个很好的理由,解释了观众的情绪。

表演继续进行,下一场演出前,六点开始卖票。

七点一到,张川又从外面跑了进来。

"禾叔,今天的票还没上次卖得多啊,只有二百出头。"张川担忧道。

"别担心,你知不知道其他剧场连二百张票都卖不到,我们现在的情况很正常,只要能稳定在每天一百五十个人就可以了。"张禾笑道。

按照他的计算,只要演一场能有这些人来看戏,那么这个剧场就不会亏钱。

不亏钱就行了,张禾不指望用这个赚钱。

开剧场就是为了推广宣传老腔,不是为了金钱,要是为了钱,张禾干啥不好,非得去干这个吃力不讨好的事情。

刘千润那几个剧场他已经打听过了,这些天生意比他还难做,不少人都来他这边了。

张禾对此没有什么同情,你们唱山寨,我唱正宗的,各凭本事。

"好吧。"张川点了点头。

等到时间到，表演开始，观众席上明显少了许多人。

站在后台，张禾眉头紧皱，一直到表演结束都没有松开。

"应该没事吧？"张禾在心里问道。

后面几次表演，人数依然在减少，虽然张禾嘴上说只要保持在一百五十个人左右就行了，但是谁不希望来看戏的人能越多越好？

"小禾啊，你发现没有，来看戏的人变少了？"张玉胜说道。

后台里的其他艺人都扭头看了过来，大家在舞台上表演，将观众席看得是一清二楚。

"我发现了。"张禾叹了口气。

"是不是人家听腻了？"王兴强疑惑道。

"有可能。"张冬雪点了点头。

张禾的心里也很是疑惑，最近这些日子，老腔的风头已经彻底过去了，电视上和新闻上也几乎没有报道了，从人们的视线中淡去。

不是每一个人都有工夫每天来听老腔。

华阴城区就这么多人，能来听戏的人都已经听过了，不爱听不想听的没来听，那也没有办法。

张禾能做的就是尽量让剧场开下去，让艺人们有一个舒适的环境来表演。

接连好几场，门票卖得却是越来越少了，虽然每次少得都不多，但是经年累月下来也不少，就连剧场里面也出现了异样的声音。

老腔文化这个剧场里面，需要的人手也不少，打扫卫生的，整理舞台的，还有卖票的，还有会计等等，这些人都是虎沟村里的人。

张禾办这个剧场，免不了要招聘，有些活儿没有什么难度，村子里的人都主动过来帮忙，张禾也没法拒绝。

反正都是要招人的，不如让自家人去做。

这些人都是奔着剧场能赚钱才来的，如今剧场的营业额明显下降，大家心里都有些动摇。

"剧场现在人越来越少了，唱起来都没劲了。"王兴强坐在后台凳子上，脸色不太好看。

其他的艺人都在四周，或是站着或是蹲着。

"这剧场还能不能开下去了？"一旁的张欢讥笑道。

他本来就对这里没什么归属感，干活儿也是随便干一干，见到剧场要倒闭，他是最高兴的，就不用每天待在这里了。

"咋说话呢？开不开下去轮不到你说。"张冬雪训斥道。

张欢缩了缩头，神色不屑，但也没继续说话。都是张家的人，沾亲带故，张冬雪也是张欢的长辈，张欢不敢顶嘴。

"小禾，要是开不下去就算了，我们继续回去干其他的活儿。"一个村里人说道。

"不可能，咱们这个剧场绝对能开下去。"张禾坚定道。

这些变化是他没有预料到的，老腔明明很火，怎么现在就不行了呢？

现在每天的上座人数只有一百出头，对于这样一个剧场来说是有些少了。

给艺人们发工资，给员工们发工资，有些入不敷出。

"是不是咱们走这条路就错了？要不就有人了唱，没人就不唱了。"张玉胜提议道。

他的意思是接活儿演戏，继续到处跑，以前大家都是这么干的。

"我看这个剧场干不下去了。"一个村里人继续道。

几个人你一言我一语，心里都产生了怀疑。

不能不怀疑，营业额是真正的数据，表明了一切。

"大伙儿还是坚持坚持吧，有我在，你们不要担心。"张禾鼓舞道。

他是老板，他不能说放弃。

"行吧，咱先继续唱戏，等不行了再说吧。"张玉胜说道。

刚开始的热情已然没有了，面对着越来越少的观众，对艺人们的表演热情也有很大的打击。

张禾心里焦急无比，晚上连觉都睡不好，整天都在想这些事情。

降低票价？不行，票价已经很低了，再低的话艺人们的收入就无法保证，剧场也没有办法顺利运营下去了。

继续加大力度宣传？一是没钱宣传，二是该宣传的也都宣传出去了。

张禾想着这些事情，悠悠睡去。

接连好几天，来剧场看戏的人依旧越来越少，最终停留在了一百个人左右，不上不下，始终都是这个数量，其中大部分是真正的老腔铁杆迷。这些人是真的喜欢老腔，愿意花钱来听。但是这个结果和张禾的初衷相去甚远，这样下去，对老腔起不到任何的宣传作用，也无法将老腔推广出去。

"今天演完，大家明天先休息吧，等开业的时候我再说。"这天演出结束，张禾给众人说道。

"行，我们回去休息。"张玉胜几个艺人没有意见。

张欢一听终于不用在剧场待了，高兴得要死。

"小禾，没事的，咱们老腔以前不都没人知道？你也好好放松一下，最近大家都挺累的。"张玉胜拍了拍张禾的肩膀道。

等到众人全都离开了剧场，张禾一个人坐在观众席上，望着空荡荡的舞台。

灯光昏暗，他坐在第一排的位置，神色有些落寞。

做出停业的决定也是迫不得已，大家都挺累了，二是收入确实不太好，需要改变。

选择这条路，张禾没有后悔过。

想要让老腔走出去，必然需要商业化的运营，这只是开始，失败也是在所难免。

"禾叔，你一个人在这儿干啥呢？"张川从一旁探出头，悄悄道。

"你咋还没回去？"张禾笑道。

"禾叔，我等你，咱俩一块儿回去。"张川笑嘻嘻道。

不到二十岁的年龄，正是青春时期，有着使不完的劲头。

"给你放假你还不去玩，跟我有啥意思？"张禾拍了拍张川。

"有啥好玩的，华阴就这么大，能玩的我都玩过了，西安倒是没咋玩，渭南我也没去过。禾叔，要不你啥时候带我去渭南玩吧？"张川觍着脸道。

"想得美，还想去渭南玩，你就给我老老实实待在这儿。"张禾笑骂道。

"你看你，我还不如跟着德林爷，说不定还能出去玩。"张川嘟囔道。

不过此刻，张禾却没有工夫理会张川，刚才张川的话给了他一些启发，让他想到了一些问题。

"张川，我这个剧场要是关了，你可就又没地方待了，打算干吗？"张禾问道。

"回去念书，要不然……"张川的语气停顿了一下，"要不然唱老腔也可以。"

"你吹牛吧，就你还唱老腔。"张禾故意道。

"我咋不能唱老腔了？那是我没学，我要是学了肯定能唱！"张川不服气道。

"行了，知道你能，回去吧。"张禾从座位上站起身，带着张川离开了剧场。

合上剧场大门的门锁，张禾回到了虎沟村。

第二天，张禾开着车进了城，来到了刘千润的剧场，打算进去看一看情况，结果不看不要紧，一看吓一跳。

刘千润的剧场居然关门了。

大门紧锁，看起来有段日子了。

"大哥，这咋回事？以前这块儿不是唱戏吗？"张禾看到一旁有个男的，上前询问道。

"你说那个唱戏的啊？生意不好，都关门了，里面说是唱啥老腔，这年头大家都听流行歌了，谁还听这破玩意儿。"男子不屑道。

男子的声音很是刺耳，如同一根针扎在了张禾的心上。

"谢谢你了。"张禾微笑道。

没想到刘千润居然比他还早坚持不下去，说明现在的行情是真的不好了。

这时候，一辆黑色的轿车缓缓驶来，挂着本地牌照，停在了剧场的路边上。

"那车就是剧场老板的，他人正好来了，你有啥事就找他吧。"一旁的男子说道。

轿车车门打开，刘千润从车上走了下来，看到张禾站在门口，他神色疑惑。

"你来我这儿干啥？"刘千润神色警惕。

"刘老板，我想和你聊聊。"张禾说道。

华阴的一间茶馆之中，刘千润和张禾面对面坐着，两人的面前放着一壶清茶，阵阵茶香飘在空气之中。

"我本来还打算去你那儿偷师呢，不过没用了，老腔做不下去了。"刘千润笑道。

原本两人之间是竞争关系，但如今他的剧场已经彻底关门，这些矛盾自然消除，能和张禾坐在一起，刘千润就已经没有什么怨气了。

"你不用偷师的，你要是愿意学的话，我们可以教你。"张禾说道。

"教我？你们愿意教我？"刘千润惊讶道。

"当然愿意，只要能把老腔传播出去，教谁都可以。"张禾语气坚定，不似在作假。

"传播老腔？"刘千润被张禾这一番话震惊得无以复加。

这可是国家级非物质文化遗产啊，说传就传？

"没错，我开这个剧场的目的就是让更多的人知道老腔。"张禾笑道。

想法很疯狂，让刘千润很惊讶。

他们开剧场都是为了赚钱，没想到张禾居然是这个想法。

"你真是个疯子。"刘千润连连摇头。

说完，他话锋一转道："你的打算要落空了，你的剧场开业之后，我这边的顾客越来越少，最后只剩下十几个人还来听戏，门票钱连艺人们的工钱都不够，我只能关门了。其他两个剧场的老板我都聊过了，他们一个已经关了，剩下一个还开着，不过也快了，这一行做不了的。非物质文化遗产的名头只能坚持那么一阵，时间长了没人还会管这个名头的，电视剧电影流行歌，哪个不比老腔好看？你要是继续做下去肯定是亏钱。"

刘千润字字诛心，但是说的都是实话。

按照目前的趋势，老腔文化剧场的人数也会继续下降，到最后也只剩下几十个人。

"对不住了。"张禾抱歉道。

"没什么对不住的，我们是山寨，你是正宗，天然有优势，更何况有几个观众能分辨山寨和正宗，我们关门不是因为你，是因为老腔本身。"刘千润从一旁的烟盒里拿出两根烟，一根递给了张禾。

张禾犹豫了一下，将烟拿在了手里。

刘千润点着打火机凑了过去，给张禾点着了烟。

烟雾袅袅，两个人吞云吐雾。

"张禾，我劝你一句，不要再做这个了，非物质文化遗产又能咋样？该没人听还是没人听，你这样做下去只会人财两空。"刘千润劝说道。

"不，我要做下去，老腔不能断。"张禾坚定道。

"断？有国家在后面你害怕啥？肯定不会断的。"刘千润满不在乎。

在他看来，既然已经是非物质文化遗产了，国家肯定不会让这门艺术断绝的。但是事实并非如此，哪怕给再多的政策倾斜，再多的经费，没有人学，没有人听，艺术终究是会消失的。全国老腔艺人不到五十个人，平均年龄都在五十岁以上，一个年轻人都没有，这还怎么搞？迟早会消失的。

"刘老板，多谢你的好意了，但我还是会坚持下去的。"张禾感谢道。

"你就是个疯子，有钱干啥不好？非要搞这个。"刘千润有些生气道。

"我要让老腔火遍全中国，让全中国人的人都知道老腔，听到老腔。我相信我们的艺人们和我们一起，是可以做到的。"

"老腔要是能火遍全中国，我来给你打工，给你当司机！"刘千润不屑道，说完他直接拿着包愤而离席。他本想劝说张禾的，没想到一点用处都没有，跟这样的人没有什么好说的。

随着经济的发展，娱乐生活越来越丰富，传统的曲艺示弱是必然的，几乎全都处于半死不活的状态，吊着一口气，死只是时间问题。

张禾想要把老腔推广到全国，难于登天。如今非遗的风头已经过去了，凑热闹的观众也都离开了，剩下的人没有多少。谁会把时间放在听老腔上呢？

望着刘千润离开的背影，张禾的心里有些难过，有些失落。

"不可能吗？"张禾扪心自问道。

回到剧场里，敲定了下次开场的时间，放在了周五晚上。

这个时间大部分主城区的人都休假了，没有什么事情。

六点开始售票，剧场门口冷冷清清，来往的路人都只是看了一眼，随后就扭过头继续向前走去。

老腔，听过了就不会再听了，年轻人们有更好玩的东西。

几个老年人走过来，买了几张票坐进了剧场里面。

张禾和张川站在门口，两个人的神色都不太好看。

现在已经七点了，一个小时剧场只卖出了十张票，全都是老大爷老大妈。

过了一会儿，王琛从远处走来，看到门口冷清的样子，王琛安慰道："张禾啊，没事，生意一阵好一阵差都很正常，你要坚持下去。"

"王哥，你进吧，老位置，都给你留着呢。"张禾苦笑道。

"好好做，其他三家都关门了，你要是再关门了我们可就没地方听老腔了。"王琛笑道，走进了剧场里。

直到八点剧场开演，门票卖出去了三十三张，连今晚演出的成本都不够。

"禾叔，人越来越少了，要不我们关了算了。"张川丧气道。

张禾没有理会，转身走进了剧场。

后台的老腔艺人们也都看到了观众席的样子，神色都不太好看。

张禾走进来道："各位爷爷，叔叔婶婶，不管台下有多少观众，我们也得演下去。"

张玉胜点了点头，道："那是肯定的，就算只有一个观众，咱们也得好好演，好好卖力气。"

他是经历过老腔没落的时代的，那时候还是皮影表演，艺人们坐在皮影布后面，有的时候台前只有一个观众，但是大家依旧卖力地演出，没有丝毫懈怠。

因为喜欢，因为热爱。

艺人们为观众表演，一定要认真表演，对得起观众花的钱。

"小张啊，不是我说，要是亏钱的话就算了，你挣钱也不容易，咱们大不了回村里继续唱。"张冬雪说道。

都是长辈，也不忍心看到张禾这样遭罪。

"不要紧的，我们的剧场还能坚持下去。"张禾笑道。

"我也希望大家能坚持下去。"

八点到，演出开始，张玉胜带着演出团队走上了舞台，如同一个个老农民在田间散步一般，没有丝毫的做作，流露出自然的气息。

台下响起了稀稀拉拉的掌声。

"用手揭开红罗帐，床边站定小罗成。"张玉胜弹奏月琴唱了起来。

这段选自老腔剧本《罗成征南》，刘兴武从唱词里摘了一句话，取名叫《六月六日降雪霜》。

台上，张玉胜几人用心地唱着，舞动着，弹奏着。

台下人影稀少，没有了人多时候的火爆，只有安静。

"豪杰一见贤妻面，双足踏地手捶胸。"张玉胜继续唱。

一首曲子很快就唱到了尾声。

"无奈宿在合奉驿，六月六日降雪霜，本待与你多讲话，鸡鸣犬吠魂难行，临行床边击一掌，惊醒南柯梦里人。"

一曲唱毕，观众席上响起七零八落的掌声。

张玉胜带着团队再唱了一首才下台，随后是张冬雪的团队上台演唱。

虽然观众只有三十三个人，但是艺人们没有懈怠，仍旧卖力地演唱。

等到结束之后，观众们缓缓离开了剧场。

站在门口，张禾笑着送走一个个观众，嘴上道："欢迎下次再来。"

"小伙子，我跟我老伴最爱听你们唱老腔了，你们可千万不要关门啊，要不然我们都没有地方听了。"一对老年夫妇笑道。

"我们不会关门的。"张禾笑道。

听到这个回答，这对夫妇才缓缓离开了剧场的门口。

张禾叹了口气，等到艺人们离开，将剧场大门锁上，回到了村子里。

老腔保护中心，刘兴武在整理剧本，和老艺人们商量后续的表演，随后才回到办公室当中。

"张禾，我们最近的表演也变少了，现在基本上都不出去了。"刘兴武说道。

随着非遗的风头过去，老腔又再度陷入了沉寂之中。

虽然经过非遗这件事情之后，老腔的名气得到了极大的提升，但是根本上的问题并没有解决。

人民群众对老腔的了解所知甚少，对老腔的热爱就更不用提了，几乎没有。

刘兴武也是有苦难言，承接政府的公益演出是没有钱的，一切开销都是自付。

交通、住宿、餐饮和演出人员的花销都要从老腔保护中心的经费里面去走，这个小中心根本没有多少钱，要不是有华山那边的演出费用支撑，早就快不行了。

"我还以为老腔这次可以走出去，看来还是想得太多了。"张禾苦笑道。

"我们的路子是不是搞错了？"刘兴武有些疑惑。

他们现在说到底只是去了渭南，还没有出过渭南。

但是想要出去就要花钱，没钱就啥事都办不成。

"刘主任，调查报告我已经完成了。"这时候，林雄走进了办公室。

他手上拿着一张纸，上面记录着一些信息。

"好，我看看。"刘兴武将纸接过来。

他扫了一眼后，随后递给了张禾。

"你看看。"

张禾神色疑惑,将纸拿在手里看了看。

"这是你们对老腔的调查报告啊。"张禾神色惊讶。

调查报告的内容是对华阴主城区进行的调查,主要是围绕老腔进行的,结果显示,几乎整个华阴人都知道老腔这门曲艺了。

"我们的老腔已经陷入了发展的困境了,现在全华阴人都知道老腔了,真爱听的肯定会听,不爱听的也不会去听,大部分人都听过了。"刘兴武说道。

张禾仔细看了看这份报告,事实的确如此。

小剧场的演出有局限性,只能在华阴市里面,面向的大都是主城区的住户,其他离得远的人可能偶尔会来几次,但不会常来。

坐家里就可以看电视,为什么要跑这么远听老腔。

"华阴的人都听过了,只待在华阴里面,老腔没办法扩大影响力。"张禾点了点头。

"要让老腔走出去!"刘兴武说道。

"让老腔去外面演出,去参加各种活动,让外地人也知道老腔。"张禾点头同意。

如今之计,必须让老腔走出去,不然的话老腔只能成为一个华阴本地的曲艺,苟活下去。

张禾想要的是让老腔火遍全中国,他本来想稳扎稳打的,但是现在看来必须加快速度,让老腔尽快走出去,走出华阴,走到更广阔的世界。

"《国家级非物质文化遗产保护与管理暂行办法》第十七条,县级以上人民政府文化行政部门应当鼓励、支持通过节日活动、展览、培训、教育、大众传媒等手段,宣传、普及国家级非物质文化遗产知识,促进其传承和社会共享,我们可以接单子、做商业演出,这是可以做的。"刘兴武说道。

"演出团队要多往外走一走,不能只待在这里,你说得很对,没有活动我们就应该去找活动,我们主动去找,让别人认可。"张禾心思也活跃起来。

之前他一直想的是在剧场里演出,倒是没有想过这茬。

完全可以主动去找一些公司单位,组织活动的时候让老腔上去演出。

这年头已经有一些活动,主办方会花钱邀请人来表演,都是同样的道理,别的艺术可以,老腔凭什么不可以。

"我最近打算找一些政府或者国企组织的活动,让老腔参与演出,你可以找一些民间的企业,看能不能让老腔去演出。"刘兴武眼神闪烁。

"我们分头行动。"张禾当即答应下来。

这个时候,演出活动层出不穷,一些大型的商场开业就会请一些小有名气的表演团体前来表演,更有钱的还可以请明星过来,活动也不少。

不过没听说过有什么活动开业是请唱戏的，倒是红白喜事叫唱戏的多，张德林他们到现在还会接一些红白喜事的活儿，大都是认识的人介绍的。

一分钱也是钱，红白事，唱老腔，能挣钱，对老艺人们来说这就足够了。

和刘兴武商量好，决定分头行动，张禾的心里一下子舒坦了不少，之前那股压在心里的闷气也消散了。

回到剧场里，张禾宣布了剧场工作的调整。

"从今天开始，我们老腔文化剧场的演出时间改为每周三、周五、周天，其他时间都不用在剧场演出。小王，你记一下，等会儿做一个给观众看的公告，贴在外面的墙上。"张禾说道。

小王是村里的一个年轻小伙儿，二十岁出头，现在在剧场工作，听到张禾的话，小王点了点头道："等会儿就弄。"

"其他的时间并不是说就不用工作了，你们平时注意一下，外面有没有什么演出活动，如果有活动的话，我们老腔能不能参与，到时候全都向我汇报。"张禾继续说道。

要发动群众的力量，他一个人去找的话太慢了，这里人多，平常上街的时候就能注意到。

"张欢，你记住了没有？你喜欢在外面玩，就多注意一下，要是每成一个活动，我给你发五十块钱奖金。"张禾开出了大手笔奖励。

一听这个，一旁心不在焉的张欢顿时来了精神，有奖金不挣白不挣。

"放心吧禾叔，我朋友多，路子野，绝对能找到，你把钱准备好吧。"张欢信心满满。

"大家也都一样，找到活动，我们成功合作，五十块钱奖金。"张禾笑道。

他可以为了老腔无私奉献，但他不会要求其他人也这样。

大家都有各自的生活，能跟着他在剧场里都是听说了"张禾能干""大学生厉害""大老板"之类的话语，觉得跟着他有饭吃，能挣钱。所以，想要让这些人去帮忙，需要金钱上的奖励，是鼓舞人心的手段，也是必要的手段。

"小禾，那我们平常弄啥？"张玉胜询问道。

王兴强和张冬雪也都望了过来。

"你们要是没事，平时都可以在剧场里面练戏唱戏，反正这个房子空着也是空着，里面也能住人，也方便，不用再回村里了。"张禾笑道。

"那我们就在这儿唱戏了，有事了回村里跟德林他们谝一下。"张玉胜笑呵呵道。

年纪大了，也不干什么活儿，家里的儿孙都能自己养活自己，不需要操心，他们平日的事情就是种好一亩三分地，然后就是唱老腔。

既然没事了，那就继续在剧场唱老腔，这个舞台可比村里好多了。

"没问题，你们就在这儿待着。"张禾笑道。

"但是以后要是大家找到合适的活动，爷爷们，咱们可要去参加。"

王兴强笑呵呵道："这都不是事，在哪儿都是唱老腔。"

其他的艺人也纷纷表示了同意。

能得到艺人们的支持，张禾很开心，安排好了剧场后续的工作，张禾自己开着车进了渭南市区里。

华阴已经摸透了，一般不会有什么机会了，但是渭南还是一片尚未开发的土地，老腔在这里只在几个专业的会场上演过，也不过一两次而已，是因为收到了政府的邀请。

这里的人民群众对老腔的了解还限于新闻上的报道，能联想到的关键词也只有"非物质文化遗产"。

开着车在渭南转了转，张禾正好找到了一个刚开业的商场。

商场门口搭着一个红色的舞台，舞台背后是彩色的大幅宣传海报。

一群演员正穿着奇装异服，准备上前表演，里面有男有女。

周围倒是围了不少的人，都在等着看热闹。

这种情况屡见不鲜，张禾将车子停下，也混进了人群中，等待着表演。

过了一会儿，演员们陆续上台开始表演，有唱歌的，有跳舞的，也有表演杂耍的。

"伙计，上头演的人都是哪儿来的?"张禾问了下一旁的一个男子。

"我也不太清楚，好像是啥云海艺术团？"男子有些不太确定道。

"谢谢了。"

"没事，这个艺术团我们在渭南见了好几次了，基本上啥活动都有他们，这团里头能人多，不光能演这些，人家还能唱戏。"男子笑道。

曲艺爱好者是爱好者，专业曲艺演员是曲艺演员，两者没有可比性。

云海艺术团敢拿本事挣钱，是有点水平的。

台上唱流行歌的演员字正腔圆，能听出来里面的一些发音技巧是戏曲上面的。

"伙计，你知道他这团里头谁是主事的吗?"张禾继续问道。

男子沉吟片刻，在人群中扫了几眼，伸出手指指向了在演员当中站着的一个穿着整齐的男人。

"就那个人，回回都能看到他，见过他发号施令，应该就是这个人。"

"谢谢。"

张禾没有继续说话，认真看起了表演。

舞台上，演员们主要表演的是唱流行歌曲，台下的观众们也都能跟着哼哼几句，表演杂耍的时候观众们会欢呼呐喊，至于跳舞，台上的女演员穿得少一点，随便扭几下观众都不会走。

很心酸，但也很无奈。

普通的观众是看不出来好坏的，只能从表面去判断。

想要留住观众，只能用粗浅的办法。

等到表演结束，周围的人都散了一大圈了，张禾走过去，找到了这个演出团的团长。

"这位先生，你好，我是华阴市老腔文化的老板，我想和你聊一聊。"张禾自报家门。

那人愣了一下，旋即反应过来道："聊什么？"

"我想和你们合作。"张禾缓缓道。

想要演出，需要有人带一下。

云海艺术团在渭南跑了这么久，有自己的人脉关系，如果能有他们的帮助，老腔的路子好走一点。

"合作？"男子笑出了声。

"来来，你先坐。"男子招呼道，拿了个板凳放在地上。

其他的演员正在收拾舞台，时间还早。

两人先自我介绍了一下，互相知道了对方的姓名。

这个表演团体并不叫云海艺术团，而是云海文化传播公司，老板赵志刚，就是面前这个男子。

演出团体接活儿，安排时间，准备节目去演出，活动主办方付钱，这就是他们的盈利方式，如今生意还算不错。

"老腔啊，我听过，还不错。"赵志刚抽着烟道。

"赵老板，让老腔在舞台上演出，你觉得怎么样？"张禾提议道。

"张禾，不是我说，你看到没有，我们公司里面唱戏的现在都开始唱流行歌了，你觉得你的老腔有人听？"赵志刚笑道。

"总得试一试吧，赵老板，我们可是国家级非物质文化遗产，有了这个名头，你的生意也会好接一点。"张禾继续道。

老腔目前最大的优势就是有非物质文化遗产这个名头，而且只此一家，绝无第二家。

"非物质文化遗产，这不都遗产了吗？"赵志刚摇了摇头。

将烟头在鞋底一蹭，熄掉烟头，给地上一丢，赵志刚拍了拍手。

"我们平常接活动，主办方要求的都是吸引年轻人，什么能吸引年轻人呢？肯定是流行歌和刺激眼球的东西，所以我的公司现在已经不唱戏了，我们的演员一开口唱戏，观众就走了，观众走了，主办方就不买账了。"赵志刚说道。

"老腔是非遗，是很厉害，但也是戏曲，没几个人听的，你要是想上台表演，也可以。"赵志刚脸色严肃。

"什么方法？"张禾追问道。

赵志刚指了指一旁的架子鼓和吉他等现代乐器，道："让你的老腔当流行歌的陪衬，让我们把他改了就可以，这样肯定能吸引人，张老板，你敢不敢做？我可以向你保证，绝对能吸引一大批观众。"

"改了那还是老腔吗？"张禾轻声道。

"那肯定不是了，你这人咋回事，我不都给你说了，你光唱老腔根本没人听的，我一改，用你这个非遗的名头，加上流行歌，绝对没问题！"赵志刚有些不耐烦道。

"赵老板，容我考虑考虑吧。"张禾从兜里掏出名片递了过去。

赵志刚脸上带着嘲弄之色，也掏出名片，单手递了过去。

互换名片，张禾离开。

"也不看看都啥时候了，还守着老玩意儿不变，活该饿死。"赵志刚嘴里嘟囔道。

他是生意人，不是艺人，不会为艺人做考虑，想的只是如何赚钱，如何把生意做好。

但是张禾不是，他的首要目标是传播老腔。

传播的是真正的老腔，不是篡改之后的老腔。

赵志刚本来就是在刁难张禾，并没有答应合作的意思，给流行歌曲当陪衬，就算张禾真敢答应，赵志刚也不会同意。

白走一趟，张禾继续在渭南市里面转悠，跑了周边的几个县城，但是得到的回答都差不多。

想要上台可以，我们也可以借助老腔的名头，但是不能光唱老腔，我们要改。

他们需要的不过是华阴老腔"非遗"这个名头而已。

第16章

/ 端午演出 /

利用国家级非物质文化遗产项目进行艺术创作、产品开发、旅游活动等，应当尊重其原真形式和文化内涵，防止歪曲和滥用。

哪怕是没有这个规定，张禾也不容许别人把老腔改来改去。

最懂老腔的是这些生活在黄土地上的老艺人，他们明白什么是真正的老腔。

一番寻觅，一无所获，张禾返回了华阴，在剧场里面准备接下来的演出。

艺人们倒是都看得很开，虽然大家心里也都希望老腔能够火起来，但是没有到十分渴望的地步，只因老腔艺人们一直觉得自己就是个普通的农民，没有多少高贵。

今天是周五，需要准备演出。

在剧场的舞台上，老腔的表演不光只是唱曲子，还有一些夹带着小故事的剧本。这些剧本是老腔保护中心做出来的。

很早之前在双河镇的晚会上，情景剧的表演失败，刘兴武这次痛改前非，让故事为老腔服务，重新和老腔艺人们一起做了一个本子出来。

而张禾这个小剧场也变成了一个实验基地，在这里表演取得的反响不错，就说明这个本子可以拿出去了。

源源不断的新东西才能带给观众新鲜感，一味地炒冷饭也是不行的。

老腔有着传统的剧目，现在只要拿过来改编一下就可以用，没有任何问题。

下午六点，准时开始售票。

来买票的人零零散散，不是很多。

艺人们无所谓，不管任何时候大家都带着万分的热情在表演节目。就是其他的工作人员心里有些不舒服，工作的积极性和热情也不高，要不是张禾还给他们按时发工资，这群人早就跑了。

"王哥，里面请。"张禾站在门口笑道。

每天开场之后，他都会站在门口迎接每一个进来听戏的人。

"张禾，等会儿听完戏，哥有个事给你说。"王琛狡黠地笑道。

"啥事？"张禾好奇道。

"好事，不过我要听完戏再说，要是我听得不高兴，这事就算了。"王琛哈哈大笑。

"王哥，你放心吧，今天有个新本子，不可能不高兴。"张禾忍住了心里的好奇，笑道。

能让王琛说是好事的，那肯定是真的好事了。

等到所有人入场，剧场里面只坐了五十个人，这还是因为周五大家都不上班，其他时间剧场的观众更少。

王琛坐在第一排的位置，满脸的笑意。

随着报幕员报幕之后，舞台上一群人走了上来。

张玉胜、张冬雪、王兴强三个人一起走进来，还有一些各自团队的成员，这个表演团队是三个团队的人员结合起来的。

舞台上面居然还放着一些道具，一张村里最常见的方桌，还有一张张板凳，地上放着一个黑色的坛子，不知道有什么用处。

台下的观众都神色好奇，不知道台上打算表演什么，跟以前看的不一样啊。

这时候，张玉胜三个人也走到了中间，张玉胜坐在了桌子的左边，王兴强坐在了右边，张冬雪站在了桌子之后。

"这是要演啥啊？"台下观众纷纷好奇道。

等到众人全部落座，准备完毕，张玉胜扯开嗓子清唱道："什么宽得像裤袋，什么大得像锅盖。"

话音落下，台下的观众全都明白过来。

这唱的是陕西十大怪啊！

忽然间，台上的艺人们全都拉起了弦子。

"面条……宽得像裤带！"王兴强手拿月琴唱道。

王兴强弹了弹月琴，继续唱道："锅盔大得像锅盖！"

台上的艺人哈哈大笑，台下的观众们也是忍俊不禁。

"你这人尿脑子快，一人不能说两怪！"一个艺人指着王兴强说道，表情装作愤怒的样子。

"罚，罚酒！"几个人争相叫喊道。

张冬雪抱起了地上黑色的坛子，给桌上的酒碗里开始倒酒，只是道具而已，里面没有任何东西。

王兴强起身，一脚踩在板凳上，端起桌上的酒碗，连干三碗，喝完还抹起袖子擦了擦嘴角。

掌声响起，众人都笑了起来。

和之前的表演不同，现在的表演就仿佛在还原村中的生活。

喝完酒，王兴强大手一挥唱道："三碗老酒真过瘾！"

"嗨！"

"敢上刀山下火海！"王兴强唱。

众人齐声应和，一声大喝。

张玉胜将月琴给地上一放，手里端着个烟斗，笑眯眯地唱："该我了，晚上睡觉枕砖块，绣花枕头一边踹。"

"清凉解乏把火败，一觉睡到东方白。"张玉胜笑唱道。

艺人们纷纷笑了起来。

台下的观众眼前一亮，这个和之前的表演全都不一样啊，又是个新曲子。

以前的唱词都是传统的剧目，这次居然唱了新曲子，大家都觉得很是新鲜。

看到台下观众们的反应，后台的张禾脸带微笑。

"怎么样，这个本子不错吧，都是老艺人们想出来的。"一旁的刘兴武笑道。

"的确不错。"张禾点了点头。

老腔也在不断地改变和发展自己，保留自身的特点，推陈出新，老艺人们居功至伟。

台上，张冬雪摆了摆手，示意众人来听她唱。

"厦房两厢半边盖！"张冬雪唱。

"省工省料又气派！"一人跟着唱。

老艺人们多才多艺，一专多能，每个人都能唱。

"油泼辣子一道菜！"王兴强唱道。

"没它酒席宴难开！"另一人也唱道。

随着众人爽朗的笑声响起，伴奏之声也逐渐起来，开始进入了正题。

"花花帕帕头上戴，比我姑娘还风采。"张冬雪拿出花帕戴在了头上，唱道。

"遮风挡雨又防晒，走起路来柳枝摆。"张冬雪一边演一边唱。

观众们都纷纷鼓起手掌。

这还不光能唱，还能演啊！

"板凳本是为人望，可咱偏爱蹲起来。"另一个艺人唱了起来，仍旧按照唱词里面的演出来。

"锅碗瓢盆不分开！"那人又多唱了一句。

"罚酒！"众人齐齐唱道。

一人只能说一怪，多说就要喝酒。

台下的观众笑得前仰后合，看着这群老艺人在台上耍宝，都喜笑颜开。

等到喝完酒，老艺人装作醉了的样子，从桌上拿起了皮影舞动了起来。

一些知道老腔是皮影戏的观众眼前一亮，好家伙，要开始耍皮影了。

"老腔影子耍起来！"

最后一句唱词结束，艺人们齐齐呐喊，接连三声，让全场的气氛进入了高潮之中。

一曲唱毕，演员们下台，台下响起了接连不断的掌声。

开场曲是新曲，是老腔的一次大胆尝试。

不过从观众的反应可以看出来，这次的尝试还是成功的。

等到演出结束，张禾站在门口送走每一位客人。

王琛大腹便便，从里面走了出来。

"张老板，今天这出戏可以啊，不过你们现在生意不好，还有钱做老腔吗？"王琛笑道。

"没钱也要做，砸锅卖铁也得做下去。"张禾笑道。

"要是没你和这群老艺人，老腔恐怕真的活不下去了。"王琛神色变得凝重起来。

"都是我们自愿的。"张禾笑了笑。

王琛从兜里掏出烟盒，取出了一根烟点了起来。

"张老板，我有一个朋友在大荔，他们公司在端午节要举办一个活动，需要演出团参加，你愿不愿意？"王琛微笑道。

"王哥，你说真的？"张禾神色惊喜。

"当然是真的，他们想要搞一场大活动，吸引人过来，我觉得老腔可以，你要是愿意的话我就给他说一声。"王琛说道。

他是老腔的爱好者，真正的喜爱，看到老腔如今的样子，心里也有些不忍，想要为老腔做点什么。

"谢谢王哥了，我愿意。"张禾感激道。

没想到王哥说的好事居然是这个，找商演没有找到，居然能去大荔参加活动。

老腔还从来没有去过大荔演出。

"好，那就说定了，我把他手机号给你，你跟他聊一下。"王琛说道。

给张禾留了手机号，王琛就离开了。

张禾心里激动不已，恨不得现在就打电话过去，不过现在已经晚上了，打过去难免影响别人休息，忍住了心里的想法，张禾赶紧回去睡觉。

只要睡着了，时间就过得快了。

第二天早上起床，张禾赶紧打了电话过去。

"董老板，我是老腔文化的负责人张禾，王琛告诉我你们需要演出团队，所以我就打这个电话过来了，冒昧打扰，还望见谅。"张禾态度尊敬。

"张老板啊，王琛已经给我说了。"对面的男子笑道。

那人名叫董虎，是个南方人，在大荔县开了个商场做生意，很有钱。

两人迅速敲定了时间，张禾迫不及待地开车前往大荔县，想要赶紧把这件事决定下来。

等到大荔的时候已经中午了，张禾在饭店叫了一桌菜，这才给董虎打了电话。

第一场真正意义的外出演出，接的是私活儿，张禾十分慎重。

没过多久，董虎走了进来，穿着简单。

"董老板，你好！"张禾伸出手，两人轻轻握了握。

"你好，你还破费订这个饭店干吗，随便找个地方就行。"董虎微笑道。

"这可不行，第一次和董老板见面必须正式。"张禾不卑不亢。

张禾的态度很好，让他心里也很舒服。

"张老板，华阴老腔我听说过，不过一直没有机会见到，王琛在我跟前说过好几遍了，这次能和你们合作，我也很高兴。"董虎笑道。

不管他是不是真的想听，但最起码没有像赵志刚那样咄咄逼人。

"要是想听的话你可以来我们华阴，我们在城里有剧场，每周都有三场演出。"

"可以啊，等我下次有时间就来听。"董虎笑道，没有直接答应。

今日他能和张禾坐在这里，是看在王琛的面子上。

"我们公司把大荔的公园包了下来，在公园举办一场活动，做宣传，我们对演出的要求不高，但是有一点，就是演出的时间可能会长一点，我给你们的要求是早上演两小时，下午演两小时。"董虎说道。

端午举办活动，包下公园，地方大，人们都会过来。

董虎是大手笔，看来真的不差钱。

一整天四个小时，虽说分了早晚，但是对于老艺人们来说还是有点困难，大家年纪都大了。

不过人多，大家可以换着来。

"那费用呢？"张禾询问道。

"我们给大家的价钱是按团队给的，一个团队是六百块，不过你们是非遗，也是王琛介绍的，我给你们开八百块，中午管一顿饭，来多少人管多少人的。"董虎笑道。

一场八百块，说起来挺多的，但是张禾的演出团队人多，平均下来根本没有多少钱。

只是这个机会难得，是老腔走出去的第一场，钱再少都可以做，只要能演出。

"我答应。"张禾缓缓道。

董虎笑了笑，道："你们好好演，我就不多说了，我带你去看一下。"

"桌上的东西先吃吧，不然都浪费了。"张禾抬起手，请道。

两人吃过饭，董虎带着张禾去认了认地盘，顺带将合同定下来。

虽然只是一个简单的合作，但是也要规规矩矩。

一切搞定，张禾的心里激动无比。

演出的地点在大荔最大的公园里面，人流量巨大，而且董虎那边也会宣传起来。

第一场去外面演出就能参加这样的大活动，张禾很是兴奋。

去了老腔保护中心，张禾和刘兴武说了这件事情。

"可以啊，去大荔演出，我们去多少人？"刘兴武也很高兴。

"人肯定是不能全都去的，不然的话钱不够大家分的，而且去那么多人也没有意义，德林爷必须去，他是我们的代表人。"张禾说道。

"德林爷他们一起，张玉胜也可以跟上，两个团队换着演，演一天没问题。"

"给大家说一下这件事情，好好演出，让大荔人都知道我们老腔！"刘兴武说道。

叫来林雄和吴小倩，安排下去，到时候两个人一起跟着演出团队过去。

"德林爷，这次我们要去大荔演出了，就是要演一整天。"张禾把消息告诉了张德林。

"行嘛，终于可以出去演了，演一天不是问题。"张德林也有些感慨。

老腔在华阴这个小圈子待着，总算是可以走出去了。

大家的兴致都比较高昂，跃跃欲试，想要打好老腔在外演出的第一枪。

回到剧场里，张禾叫来张玉胜他们，给他们也说了这件事情。

老腔艺人们对此都很有兴趣，比张禾的热情还要高。

张禾和董虎聊天，能感受到对方的热情并没有多高，对老腔没有那么大的热情。

华阴老腔，盛行于关中一带，实际上很多关中人都不知道老腔的存在。

经过张禾他们的努力，总算是让华阴人知道了老腔，可是华阴外还是很多人都不知道。

老腔走出去，让外地人知道，这是头一次。

众人准备乐器，调整状态，将手里吃饭的家伙都仔仔细细地检查了一遍，确保没有任何问题。

老艺人们全都聚集在老腔保护中心，一起商量演出的具体事项。

等到全都准备完，几天也就过去了。

时间一到，大家一起坐大巴车过去，从华阴到大荔，一路向北走，沿着马路，跨过渭河就到了。

到了大荔县城的公园，众人下车，此刻里面已经装点得红红火火。

董虎有钱，比张禾之前开工厂的时候还有钱。

南方人脑子机灵，会做生意，在大荔县城打下了一片事业。

公园里面有充气的红色门楼，上面写着"端午庆典"等字样，董虎公司的商标也在上面，是主办方。

今天是周末，大家都没事，村里的人也进城游玩，大多数都带着小孩老人向着这边走。

逛公园又不用花钱，里面还有免费的表演看，大家都乐意在这里浪费时间，来城里就是为了玩。

公园里面搭着一个大舞台，那是主舞台，张禾他们没有资格上去，舞台上是董虎请来的一些小明星表演。

在大舞台的四周，有一些小的舞台，说是台子，实际上就是在地上铺了一块红色的地毯，一人一块地，每个地盘一旁有个牌子，写着表演的内容。

工作人员已经抵达，张禾他们一行人走了进去，引起了很多人的关注。

很多表演的都是年轻人，张禾这边全都是老人家啊，一看都是群农民。

这能演吗？

"您好，你们就是华阴老腔的演出团吧？"一个工作人员走来问道。

"我们是。"张禾微笑道。

"请跟我来。"

那人带着张禾几个人走到了老腔的地盘上，位置不算偏僻，但也谈不上多好，不在正中央，在侧边的地上。

没有登上大舞台不要紧，张禾也不在乎，老艺人们更不在乎，上过城里的剧院，对这些倒还真无所谓，有地方唱就行了。

"你们就在这里表演，想要喝水的话可以去那边的帐篷那里领，中午吃饭的时候我们会把饭送过来，演出十点开始。"工作人员说道。

"麻烦你了。"张禾说道。

具体的事项在合同里都有写过，从早上十点开始唱戏，到十二点结束，这是早上的，下午是两点开始，四点结束，中午有两个小时的休息时间，这些钱不好挣。

端午节的活动大都在夏天，太阳火辣辣地照在地上，炎热的天气一般都坚持不下来。

"这个天气现在还能唱，等会儿要是热了的话就没办法唱了，要是老艺人们中暑了问题就大了。这位同志，你看能不能给我们安排一个帐篷？"张禾给工作人员说道。

工作人员是个男的，年纪看上去就二十多岁，也是个打工仔，听到张禾的问话，男子脸上露出为难之色。

"帐篷不多啊，你们坚持坚持，要是实在热得不行，再来找我，我给你们找帐篷。"

说完没多停留，赶紧离开。

演出团队多了去了，总不能都安排帐篷。

更何况在他的眼里，老腔艺人们根本不需要帐篷。

这种活动原本就是为了吸引眼球，找这么多演出团队就是为了覆盖不同人的喜好，真正的主场还是在中间的主舞台上，那边才是重点。

主舞台一开，谁还在周边看戏。

到时候找个阴凉地儿待着就行，他们也不会管的。

"算了，我们在地里干活儿也没见有帐篷，就这点太阳没事。"张德林笑道。

众人将板凳给地毯上一放，几个人纷纷坐下来，乐器都放好。

大家从包里拿出吃的，开始吃早饭，大清早起床赶车，根本来不及吃早饭，这会儿才有时间。

吃过饭，快到十点，公园里面的人更多了，都好奇地在四周转悠。

有一边还摆着各式各样的东西在售卖，来玩的人路过都会看上一眼，花钱买下东西。

其他小舞台的艺人也都来了，有杂耍的，有唱戏的，也有一些跳舞的，唱歌的……

都是陪衬，重点还在主舞台上。

"爷爷们，准备好了么？"张禾笑道。

"准备好了！"

"那咱就开始了，给大家热闹热闹！"

"好！"

随着众人一声大喊，曲声响起，演出正式开始。

不少人看到这边一群老艺人在唱戏，都驻足听了听。

"这是非物质文化遗产啊！"

"听着还可以。"

"这群人有意思啊，还能这样唱戏。"

观众们议论纷纷。

看到面前逐渐聚集起了观众，张禾和刘兴武的脸上也露出了笑容。

"大家好，我们是来自华阴的国家级非物质文化遗产华阴老腔，给大家介绍一下，你们以后要是想听可以来我们华阴，我们在那边有剧场。"张禾脸带微笑，给观众们介绍道。

在大荔表演，机会难得，必须好好把握。

"将令……一声震山川！"张德林扯着嗓子唱道。

一些小孩子的脸上露出笑脸。

"妈妈，他们唱的好有意思啊！"小孩子笑嘻嘻道。

"想看的话你就在这儿看。"家长说道。

这时候，另一边忽然响起了一阵喧闹之声，所有人全都下意识地望了过去。

一边跳舞的舞台上，一群身材姣好的女郎在那边扭动身姿，一瞬间，一大群人全都扑了过去，将那里围得水泄不通。

老腔这里的人瞬间少了一大半，只剩下一些小孩子还在这里。

小孩子之所以没走，也是因为那边的表演不太适合小孩子看。

张禾几人的脸瞬间失落了下来。

没人看了。

来这里之前，大家都抱着极大的希望，想要老腔一鸣惊人，然而事实上并非如此。

娱乐活动丰富，老腔唱得好也比不过一些专门吸引眼球的活动。

老腔的舞台前孤零零地站着几个观众，除此之外再无他人。

"几个老汉子唱戏有啥看的，别看了，我们走，那边有人唱流行歌，我们过去。"家长拉着小孩道。

"我要听歌！"小孩子也叫嚷起来，向着另一边走去。

张禾想要说什么，最终却还是忍住没有开口。

观众们想要看什么是他们的权利，是他们的自由，总不能逼着人家在这里听老腔。

一个个观众路过，停在这里听了听，随即又离开了这里，去其他的地方看演出。

"唉。"刘兴武叹了口气，神色无奈。

结果是没有预料到的，虽然有心理准备，但是没有想到真的会这样。

张禾的心情如同被一盆凉水从头浇下，身体凉了，心里也凉了。

如果是单独放出来，可能还会有人来看，但是处在这个舞台上，周围还有其他的表演，老腔一点优势都没有。

张德林等人也注意到了这些，但是他们依旧卖力在台上表演着。

"催开青鬃马！"

"嗨！"

"豪杰敢当先！"

"嗨！"

老艺人们齐声唱道，一起呐喊着。

没有人来看不是第一次了，大家早已习惯了。

对于老艺人而言，能唱老腔就已经可以了，不用在乎别人的眼光。

一曲唱毕，张德林等人稍微休整了一下，旋即开始了下一曲。

"我三弟生来火性焦……"张德林自顾自地唱了起来。

随着时间到了中午，太阳越发毒辣起来，没有遮阴的地方，老艺人们就坐在炙热的阳光下，但是每一个人的脸上都洋溢着热情。

众人好像感觉不到空气的热浪一样，高声唱着老腔，身体摇摆着，哪怕是没有一个观众。

主舞台那边，董虎亲自上台，那边请来了一个小明星在演出，不算多有名，至少张禾只是隐约记得听说过这个明星的名字。

等到这个明星出来之后，周围的那些舞台全都没了观众。

一些表演的团体直接停了下来，找了个阴凉的地方休息，谝闲传。

唯有老腔这边还没有停下来，面前可是一个观众都没有。

周围的那些人全都一脸戏谑地望着这边。

"兄弟，你们是非物质文化遗产啊。"一旁的舞台，带头的男子走过来发了根烟，问道。

"是啊。"张禾接过香烟，笑道。

"非物质文化遗产都是些老玩意儿，没啥意思，现在的人都不爱听了。兄弟，不是我说，你们不用唱了，观众都没了，还有啥好唱的。"那个男子劝道。

大家都去主舞台那边了，没人在这边待。

老腔现在唱就是对牛弹琴，毫无用处。

"你们不唱也没事，咱们本来就是陪衬，人家主要是卖东西，不是来宣传咱们的。"男子继续道。

张禾摇了摇头道："合同上规定了，我们要唱到下午四点。"

"规定是规定，现场是现场，你们现在唱也是白唱么，没人听，浪费这时间还不如赶紧找个凉快地方待着，就这点钱要是中暑了连药钱都不够。"男子有些生气。

他看着张禾这群人顶着大太阳心里不忍，好心好意过来劝说，没想到居然是个一根筋。

"你也不想想，老人们身体受得了吗？"男子无奈道，他扭过头看向张德林他们喊道，"伙计们，咱别唱了，休息一下，这会儿没人管的！"

"你让我停下咋可能，我们唱老腔心高兴。"张德林直接把回答唱了出来。

那个男子摇了摇头，实在是服了这群人了，敢情是一群疯子啊。也不再劝说，和张禾聊了起来。

现在不用表演也没什么事,好奇之下聊一聊。

还是头一次看到非物质文化遗产的表演,有些新鲜,听起来有点意思,可惜这里不是地方。

等到主舞台那边活动结束,观众们逐渐散开,其他的小舞台这才开始表演起来。

一直演到下午四点,众人将东西一一收拾。

董虎带着工作人员走了过来,看到一群人全都晒黑了一圈,脸色讶异。

"怎么没给老艺人拿帐篷?"董虎语气冰冷。

"老板,我们帐篷不够了,没有多余的了。"工作人员急忙道。

"董老板,不碍事的,我们身体都好着呢。"张禾笑道。

虽然心里很沉重,但是表面上还是要微笑。

"张老板,今天实在是太忙了,是我照顾不周,要是下次有活动的话我还请你们来,小刘,去给他们把钱结了。"董虎吩咐道。

身后的那人上前,从兜里掏出钱。

一整天的演出,挣了八百块钱。

值吗?

要是只看钱的话,对老腔艺人来说是不值当的。

但是艺术是无法用金钱衡量的,虽然今日表演反响平平,但是最起码让一部分人知道了老腔这个东西,要是只在华阴演出的话,大荔的人是永远不会知道老腔的。

"谢谢董老板了,下次有机会继续合作。"张禾笑道。

"再见。"董虎回应道。

张禾等人带着行李缓缓离开了这里。

望着这行人的背影,董虎的眼神微眯。

刚才老腔的表演他虽然没有看,但也多注意了几眼,老腔艺人们即便是没有观众依旧在认真表演,让他心生敬佩。

"希望你们能成功吧。"董虎在心里默默道。

坐上大巴车赶回华阴,将老艺人们送回村里,来回奔波,众人没有任何怨言。

张德林他们能在这种环境下还坚持唱老腔,心态都很不错。

老腔现在再坏能坏到什么地方去,总比他们以前要好,最起码现在还是一个国家级非物质文化遗产。

老腔保护中心,张禾和刘兴武两个人蹲在院子里,两个人的脸色都有些苦涩。

"要走的路还长着呢,不要着急,这才是咱们第一次出去演出,这个结果很正常。"刘兴武安慰道。

只能说是张禾的期待太高了，可是这次的演出本来就是陪衬，是给人家公司做活动的陪衬。

"你说我们老腔能走出去吗？"张禾心里有些打鼓。

"不知道。"

两人陷入沉默之中。

晚上，张禾把钱算了下，八百块钱，除去路上的开销，再把钱给老艺人们一发，可以说一分钱都没有剩下，这一趟是白干了。

满怀信心接了个活儿，发现没咋赚钱，还搞得大家都很累。

要不是老艺人们身体好，说不定这一趟下来还得病倒几个，这样搞划不来。

张禾心里总结经验，总结教训，在心里反思。

以后这种活儿接之前需要慎重地考虑一下，不能因为是去外地就急着过去。

国家级非物质文化遗产还是要有点样子的。

剧场的工作继续进行，张禾组织开剧场的工作，收支都不平衡，后面再有活动，张禾考察之后才接下来，去的艺人每次都不多。

出去跑一趟，起到的作用没有多少，挣的钱也没有多少。

宣传大计就此止步。

走出去的路途没有想象的容易。

地方政府可以扶持，但是总不能天天搞活动，经费有限，没有那么多钱做这些事情。

老腔保护中心都没有多少经费可以使用，到现在刘兴武的很多想法都只能落于纸面之上，无法实施。

一天，刘兴武接了一个电话，神色微变。

"冯局，没必要吧，我们这是过去自找没趣啊。"刘兴武有些不情愿道。

一旁的林雄和吴小倩两人纷纷侧目，不知道是什么事让刘兴武这个表情。

"好吧，那我们过去看看吧，不过我丑话说在前面，只负责表演，其他一概不管。"刘兴武无奈道。

挂掉电话，从座位上站起来，刘兴武长叹了一口气，神色疲惫。

"刘主任，咋回事？"吴小倩好奇道。

"你们去叫张禾，算了，我去给他说吧！"刘兴武沉声道，自己走了出去。

"这里不是有电话吗？刘主任怎么不打电话啊？"林雄茫然道。

刘兴武一路小跑，直接跑到了张禾的屋子里。

张禾手里正拿着华商报在看，听到声音扭头看去。

"咋了,有啥事?"张禾疑惑道。

"冯局给我们派了个任务,渭南师范学院要举办传统文化进校园的活动,冯局推荐了我们老腔过去表演。"刘兴武缓缓道。

"进校园?"张禾脸色平淡。

渭南师范学院是渭南市的一所本科院校,有着几十年的历史,全渭南的人都知道。

"我也不太想去的,可是这是任务,不能不去,冯局已经给那边说过了。"刘兴武没有多么高兴。

之前的演出都没有取得多么好的结果,这次进校园,他更觉得不会有什么好结果。

老年人都不喜欢,年轻人怎么会喜欢。

之前的演出都是政府组织的,面向的都是官员。

进校园意义重大,可以在年轻人面前表演,要是能让年轻人喜欢上老腔,老腔传承有望,传播有望。

可是,没人觉得能成功。

"随便吧。"张禾打不起精神。

他对此也是不抱什么希望的,进校园表演倒是轻松,不过经历过之前的事情,在他的眼中这只是一次普通的表演而已。

连普通的人民群众都无法吸引,更何况这些年轻人呢。

"兄弟,我们准备一下吧,你跟我一起,我们和德林爷他们一起过去,不行也得去啊。"刘兴武说道。

第17章

/ 意外惊喜 /

老腔已经尝试过很多次了,可以说没有翻起什么样的浪花。

去大学校园里面表演是破天荒头一遭,投入的希望越大失望越大。

张禾点了点头道:"行,我们就去试一下,德林爷他们还没有去过大学校园呢,正好让他们看看大学长什么样子,带上张川一起。"

大学校园是一个比高中校园丰富无数倍的地方，张川高中读完就不读了，不知道大学里面什么样子，正好带他过去看看。

"那就说好了。"刘兴武说完走了出去。

回到老腔保护中心，等老人们训练的时候将事情宣布。

"咱们还能去大学表演啊？"张德林有些诧异。

一个小小的家族戏居然还能去大学里面，给这些大学生表演。

在村里人的眼中，每一个大学生都是真正的人才，那是遥不可及的存在。

村里要是有谁家考上了大学，那是能吹一辈子的事情，出一个大学生，村里其他人都不敢瞧不起他们家了。

现在他们这群农民居然要给大学生表演，还是传统文化进校园的活动，老艺人们都很惊讶，心里也有些惶恐。

大学生都是人才，万一演得不好咋办？

"爷爷们，你们不要害怕，咱们现在是非物质文化遗产，咱们给市上县上都演过了，一个大学有啥害怕的？"刘兴武笑道，做老艺人的思想工作。

众人一听都乐了。

道理是这个道理，在渭南的人民剧院都演出过，还能害怕在大学里面演出？

"德林爷，大学里面都是年轻人，咱们要是能把年轻人吸引过来，咱们老腔就成功了一半。"刘兴武打着鸡血道。

这种话已经说了很多次，老艺人们的耳朵都起茧子了。

看到老人们不说话，刘兴武讪讪地笑了笑。

"咱好好准备，能演个啥就是个啥，能不能吸引咱们但凭良心，用心演唱总是没错。"张德林笑道。

德林班的班主，胸怀气度眼界都是有的，张德林是老人之中最优秀的一个，当得起这个地位。

如果不是张德林坚持守住老腔，对那些老腔外传的事情睁一只眼闭一只眼没有去管，说不定现在堂堂国家级非物质文化遗产会的人还不到十个。

和老腔艺人们敲定了演出的事情，刘兴武也放下心来，安安心心准备去渭南师院演出的事情。

这次的演出是冯浩介绍的，是市文化局下发的任务，不过刘兴武不是吃亏的人，老艺人们也不容易，不能总是让大家白跑一趟，来回路费都得自费。

渭南师院可以提供一部分，市文化局也提供一部分，这次的演出老腔保护中心不用花一分钱，需要提供的只是艺人。

但也不能说不用花一分钱，乐器的损耗也是钱，这些就需要老腔保护中心自费。

老腔剧场里面，张川拿着一把笤帚，在座席之间清扫垃圾，张欢嘴里吹着口哨，就在一旁坐着，嘴里嚼着一个泡泡糖。

张禾过去一把拍在张川的肩膀上，叫道："臭小子，回去收拾东西，明天出发，带你去个地方。"

张川急忙抬起头，兴奋道："去哪儿？"

一旁坐着的张欢虽然想表现出不屑的神色，但眼神还是出卖了自己。

"带你去渭南，去大学里面玩。"张禾笑道。

"真的啊？"张川眼睛一亮，虽然不爱学习，但也对大学很好奇，现在终于有机会过去了。

"废话，啥时候骗过你？看你表现，表现好了带你在渭南玩一玩。"张禾鼓励道。

"好！我马上就把这里扫干净！"张川手上的速度都变快了。

一旁的张欢顿时不乐意了，喊道："禾叔，你凭啥带他去不带我去？"

"你？"张禾的脸色平静。

他看张欢本来就不顺眼，这小子在剧场里懒得要死，啥活儿都不干，要不是看在都是村里人的面子上，张禾早就把他开了。

今天张川一个人在这儿打扫卫生，张欢也不知道帮个忙，就你也想跟着去，也不撒泡尿照照自己。

"禾叔，一碗水要端平，张川都能去我也能去，要不然你就是偏心。"张欢摆着一张臭脸说道，径直走到了跟前。

"你要是想去也可以。"张禾脸色淡然，"去了就要干活儿，不干活儿的话不能出去。我叫张川是因为他比较勤快，你要是想去也可以，我就不让张川去了，我带你过去。"

张川听着还有些不乐意，凭什么把我的资格给他？干活儿我也愿意啊。

一听这个，张欢缩了缩脑袋。

让他干活儿还不如杀了他，这几天在剧场，因为有张禾发钱不缺钱花，要不然他就要继续去干一些偷鸡摸狗的事情了。

"那就算了，你让张川去吧，我就待在剧场挺好的。"张欢嘿嘿一笑，说完转身离开。

等到张欢走远了，张川才冒出头道："禾叔，他怎么走了？不就是干活儿吗，能有多少活儿干的，还能在渭南玩一次，这都不愿意，不会是个傻子吧？"

"他是小聪明，你是大聪明。"张禾笑道。

一大一小，张川觉得是在夸自己，有些不好意思地摸了摸头道："我觉得我还行。"

"为什么一个人干活儿,不让他帮忙?"张禾问道。

"张欢脾气大,认识不少混混,我怕惹麻烦,再说了,场子里活儿也没多少,我一会儿就干完了,我只是不想学习,不是懒。"张川憨笑道。

挺机灵一个人,遇到张欢却怂了。

"好,你好好干,叔不会亏待你的。"张禾笑道,随即在心里思量起来。

张欢放在剧场里面就是一个祸害,得找机会把这小子搞走,要不然不知道要搞出什么乱子。不过现在要去渭南师院,暂时没有时间,等到回来再说。

剧场里面经济本来就拮据,不能养一个整天吊儿郎当不务正业的闲人,不然的话对其他的员工没有办法交代,哪怕大家都是一个村子的。

另一边,张欢嚼着口香糖走出了剧场,在街道上转悠了一圈,进了一个游戏厅里面。

游戏厅里,众人在游戏机前面疯狂地打着游戏。

见到张欢进来,有几个认识的还打着招呼,叫"欢哥"。

"欢哥,今天又有空来玩。"一个染着黄毛的混混模样的男子走过来,搂着张欢道。

"那必须,老子在剧场又没事,整天听戏耳朵都快聋了。"张欢自傲道。

"那是,一个唱戏的剧场有啥干的,要我说不如搞个会所都比那个强,我看你那个叔就是个傻子。"几个混混全都凑过来,一边抽烟一边叫嚷道。

张欢进去找了个机子和几个人玩了起来。

"你们谁身上还有钱,借我点,发工资了就还。"张欢喊道。

"欢哥,你还差钱啊,你叔能开这个剧场,肯定不差钱啊,你从他那儿拿点不就行了。"一个混混叫嚷道。

"他一个月才给你二百块,就跟打发叫花子一样,我要是你就从他那里搞点钱。"另一个人也撺掇他。

这些人都是这一带混迹的无业游民,小偷小摸不断,都是进过局子的,张欢跟他们打成了一片,没有一个是学好的。本来张欢还没有这个想法,被他们一说顿时来了兴致。

这个叔干啥都不带他去,还只发二百块钱,还真是跟打发叫花子一样。他也不想想他啥都不干混吃混喝一个月还能拿二百块,这年头农村人口的全年平均收入才不过三千多块钱而已。

"也是啊,他之前在西安开工厂,手里肯定有钱,我从他那里搞一点他肯定也发现不了。"张欢点了点头。

"正好明天他要出去,估计最少在外面待上一晚上,我到时候就在剧场里找找看。"张欢嘿嘿笑道。

"你要是一个人搞不定可以叫上我们一起。"几个混混不怕事道。

反正偷鸡摸狗的事情没少干，偷谁不是偷。

"不用，我一个人就行。"张欢说道。

随后几人再度开始玩起了游戏。

第二天，早上在虎沟村吃过赵芸做的早饭，张禾和刘兴武叫上车子准备出发。

"我看我这个桑塔纳不实用啊，咱们这么多人，我觉得我得搞个能坐多人的车子。"张禾缓缓道。

桑塔纳撑死了坐五个人，连一个演出团队都坐不下，艺人们平常出去也很麻烦。

要是坐车买票的话，要花的钱比油钱多不少。

"那你去搞一辆面包车？"刘兴武提议道。

张禾露出思索之色，觉得大有可为。

现在又不需要车子撑面子，可以以实用为主了，不过目前还没有那么快，先去了渭南再说。

张禾把车钥匙给了林雄，让他开车带着吴小倩和张川，加上张德林和张德云一起。他、刘兴武和其他的老人坐长途车过去，约好了一起在车站会合，那边渭南师院派了车接。

从华阴去渭南也不慢，可以直接走高速。

林雄他们先行一步，比较快地抵达了车站，张禾他们紧随其后。

渭南师范学院专门派了一辆校车在车站外面等候，张禾和刘兴武带着人走了出来，打了个电话。

"你好，我是渭南师范学院的老师，我叫马博文。"一个戴着眼镜的男人站在车下迎接道。

马博文戴着的眼镜是圆框的，颇有一股复古风，在这个年代不多见，一看就是一个老师。

"马老师，你好，我是老腔保护中心的刘兴武。"刘兴武主动上前，伸出手道。

两人握过手，张禾也伸出手道："马老师，你好，我是老腔文化的张禾，这位是我的爷爷张德林，老腔团队的主唱兼月琴手。"

毕业之后已经有很多年没有叫过谁老师，见到大学里的老师，张禾心里有点感慨。

马博文眼睛望着张德林，急忙伸出双手，郑重其事，态度比见到刘兴武和张禾还要高一个档次。

"张老师，我们在学校里就听说过你了，上次你们在渭南人民剧院演出的时候我就在台下，我很喜欢你们的表演。"马博文开心道，脸上的表情不似作假。

"谢谢，谢谢。"张德林和马博文握手。

一个一个介绍完，老艺人们上车离开，林雄开车跟在后面。

车子直接从渭南师范学院的大门开了进去，林雄也开着车跟在后面。

车子里，张川瞪大了眼睛望着面前的一切，高大的校门，里面郁郁葱葱的绿化，一个个青年男女朝气蓬勃，昂扬向上走在校园里……

"这就是大学啊？"张川嘴里嘟囔道。

似乎是比他想象的要好上一点，但也没太过夸张。

"小川，这就是大学，怎么样，有没有上大学的冲动？"林雄一边开车一边道。

"有一点。"张川轻声道。

"渭南师范学院是省属普通本科院校，是全渭南最好的学校，你要是能考进去也不错。"吴小倩笑道。

他们两个人都是大学生，读过大学，知道高中生和大学生在思想上是有差距的。

张川没有上大学是个遗憾，两个人都为他可惜，希望张川能回心转意。

"好大啊！"张川感叹道。

车子一直向里面开了很久，停在了一个礼堂的前面，张禾一行人都从车上走了下来。

路上来来往往的一些学生好奇地看着这边，不知道发生了什么。

"刘主任，张老板，里面请。"马博文招呼道。

一行人沿着台阶走进了礼堂之中，张禾等人帮着老艺人们把乐器和板凳拿好，林雄几个人也从车上走下来。

传统文化进校园活动已经举办了有一段时间了，这一次的进校园是专门为老腔举办的，作为全渭南市仅有的几项国家级非物质文化遗产之一，老腔有这个资格。

渭南师范学院的公告栏已经张贴了海报，一切准备就绪，就等老腔艺人们到来。

众人进入礼堂之中，里面广阔无比，比张禾的剧场还要大，舞台更是庄严肃穆，是典型的大学礼堂模样，上面正好可以当作舞台。

听说老腔艺人们到了，渭南师院的校长过来看了一下，和几个人聊了聊，随后请大家在外面的饭店里一起吃了顿饭。

之后的工作完全由马博文和张禾他们交接。

老腔艺人们上了舞台，将板凳摆好，全都坐在了上面。

"老先生们，咱们先来试一试音响和灯光的效果。"马博文安排道。

渭南师院里面不少老师都在协助帮忙，张禾和刘兴武第一次觉得有点轻松。

不愧是大学啊，果然让人比较省心。

众人开始调试。

"音响没有问题!"

"灯光没有问题!"

几个站在不同位置的人喊道。

马博文点了点头道:"大家可以调音了,我们先来彩排一下。"

传统文化进校园是大活动,必须彩排,不能临场。

其实马博文不知道的是,对于老腔艺人来说,彩不彩排意义不大,只要能熟练地唱下来,那就必然每次都能唱下来,张德林他们唱歌是从来都不要曲谱的。

曲谱都没有,每次演唱都是信口就来。

张德林拨动琴弦,其他人听声音开始调整,所有人的音以他为准。

张德云蹲在长条凳上一言不发,毕竟条凳是没办法调音的。

调音结束,试着弹了一下,唱了几句词,确定没有什么问题之后,众人就都休息了下来。

台下的观众席上,几个人坐在座椅上。

"我们这次在大学里面宣传了老腔进校园的事情,同学们的热情都很高。"马博文笑道。

"是吗?看来学生们对非遗也很喜欢啊。"刘兴武笑道。

张禾不以为然,年轻人大都对不了解的东西抱有新鲜感,一旦他们了解了之后那就说不准了。

流行歌才是现在的主流,其他的都要靠边站。

"学生们的口味不好说,我们这些当老师的也说不准。"马博文笑笑。

演出在晚上八点,渭南师院已经提前通知了学生,按照校方安排统一进场落座,校领导也来到现场,坐在前几排的位置,光线充足。

礼堂舞台的上方挂着横幅,写着"传统文化进校园"的字样。

学生们陆续走进礼堂,脸上都很不情愿,这个时候本来可以在外面玩或者是干其他的事情,结果被带到礼堂听戏。

戏有什么好听的?多少年都没有听过戏了。

不过也有一小部分学生的脸上带着好奇之色,似乎很有兴趣。

礼堂的座席有将近一千个,坐得满满当当,学生、老师、校领导,最起码样子是有了。

老腔艺人们很高兴,能在大学里面给大学生演出。

开演前都已经彩排好了,按照正常的流程,领导上台讲话,讲解活动举办的意义,讲完话,宣布演出开始。

主持人随即登台。

这个活动的主持人都是学校里的学生，是专业的，不论是外表还是声音都很标准。

"下面有请来自华阴市的老腔表演团队上场。"主持人缓缓道。

"爷，好好表演，不要有啥压力。"张禾鼓励道。

反正也没抱什么希望，就这么演就行了。

"咱也是见过大场面的，看我的。"张德林笑道。

他手拿八角月琴，迈步走上舞台。

张德禄、张德民几个人紧随其后，张德云则是将长条凳给肩膀上一架，摇晃着身体走了上去。

"这位爷爷是老腔演出团队的主唱兼月琴手，他的名字叫张德林。"主持人介绍道。

介绍的过程通过问答的方式进行，都是一些简单的问题。

台下的学生都很给力，掌声从头到尾响个不停。

等到全都介绍完，时间也过得差不多了，一些学生都等得昏昏欲睡了。

主持人掌控全场，微笑道："想必大家已经等得不耐烦了，下面就有请老腔艺人们为我们带来他们的节目，第一首《将令一声震山川》。"

选择这首歌开场的好处意义非凡。

正是因为这首歌，老腔才成功进入非遗，也是在这首歌上，刘兴武进行了大胆的改编且成功。

每次出去，必然要唱这一首。

主持人下台，台下学生表情各异，望着舞台，神色好奇，好奇这群农民打扮的人能唱出什么样的歌来。

舞台灯光变暗，张禾、刘兴武和林雄三个人一人手里几根板凳，将板凳送上舞台摆好，老腔艺人们纷纷落座。

等到灯光再起，台上的样子已经大为不同。

张德林怀抱月琴坐在中央，张德禄坐在地上，一手梆子一手钟铃，引得学生们纷纷侧目。

"这是啥造型啊？挺别致啊！"一些学生在下面模仿着春晚小品里的话语说道。

唱戏的不应该都是穿着戏服，脸上还要涂抹东西嘛，这样唱戏还真是头一次见到。

这时候，张德林上半身忽然伸展开来，一只手挥舞道："军校！"

这一嗓子就好像划破黑暗的一束光芒，顷刻间，整个礼堂之中所有的声音都消失了。

"嗨!"艺人们齐声应和。

"备马!"张德林继续唱道,整个人都站了起来,脸上是纯粹的笑容。

"嗨!"老艺人们应和。

"抬刀伺候!"张德林屁股落座。

众人齐齐还是弹奏乐器,嘴里发出呐喊之声。

乐曲激昂,一下子将观众拉回了那个古战场上。

台下的学生们全都惊呆了,傻眼了,瞪大了眼睛不敢相信耳朵里听到的,眼睛里看到的。

突然间,艺人们同时跺脚,好像炸弹爆炸了一般,所有人都感觉心头一震。

"将令……一声震山川!"张德林卖力唱道。

"嗨!"众人轰的一声将脚跺在地上。

校领导嘴角抽了抽,礼堂的舞台不会被跺塌吧。

"人披盔甲马上鞍!"张德林的吼声越发地顺畅起来。

"唉……嗨!"艺人们跺脚唱道。

台下的学生们都傻眼了,这是唱戏吗,怎么跟想象的不太一样?

马博文站在后台笑嘻嘻的,闭着眼睛品味着乐曲中的力量,摇头晃脑。

"好!"不知道什么地方,一个学生大喊了一声。

这一嗓子忽然将后台眯着眼休息的张禾给惊醒了,他看了看四周,发现没什么事,躺倒继续睡。

对这场表演张禾没有抱多大的希望,只想着赶紧演完赶紧回去,不必在这里浪费时间。

"大小儿郎齐呐喊!"张德林唱。

"嗨!"

……

台下的学生们全然没有了之前的颓丧之色,不少学生甚至嘴里也跟着哼哼了起来。

"这首歌真刺激啊!"

"跟我想的不太一样,不过挺好听的。"

学生们互相交流着看法。

"正是豪杰催马进!"

"前哨军人报一声!"

"唉嗨……唉……唉……唉……"众人齐声唱道。

一首曲子结束，观众席上响起了热烈的掌声。

大学校园里面，可以说汇聚了整个社会最时尚的东西，学生们的穿着时髦靓丽，手里拿着的东西也都是最新款，听的歌也要是最新发行的，但是让这群学生听老腔，绝对是头一次。

掌声很热烈，学生们都很给力。

"老艺人们的演出精彩不精彩？"主持人走上台问道。

"精彩！"台下的学生们大喊道。

张禾也被吵醒了，心里挺高兴的，学生还挺捧场，脑海里想起了以前上大学的时候，他也是这个样子。

学校里要是来了什么名人，一个个不管认识不认识，先去了再说，掌声和喊声反正不要钱，大家一起能玩就行了。

"那要不要再来一首？"主持人继续问道。

"要！再来一个！"有几个男生叫得最欢，喊完了还要看看一旁的漂亮女生有没有注意到他们。

"好，下面就请老腔艺人们为我们继续表演。"主持人说道，走下了舞台。

校领导们脸带微笑，默许了学生们的行为，大学里面，需要一点朝气，老腔是传统艺术，代表着古老，代表着旧，学生们代表新。

新和旧的碰撞能带来什么，校领导们也很期待。

传统文化进校园的活动举办的目的就是让少年们感受中国的传统文化，引起大家的重视，培养学生对传统文化的喜爱。

学生们愿意看，目的达到了，校领导们心里很欣慰。

"手指开道叫着骂！"张德林唱道。

"嗨！"众人应和，同时跺脚。

"我把你无知匹夫骂几声！"张德林继续唱。

"嗨！"

"昨日梁王吩咐你！"

"嗨！"

……

"推出辕门问斩刑！"张德林身体摇摆，手指比画，唱出了最后一句。

"嗨……嗨！"其他的演员们纷纷应和唱道，张德云奋力地将枣木块砸在了长条凳上。

老腔艺人们表演得十分卖力，恨不得把毕生的功力都展现出来。

台下的观众听得津津有味，等到演出结束，时间也到了九点钟。

除了老腔以外，校方也准备了一些其他的节目，诸如诗词朗诵和舞蹈类的节目。

活动的内容十分丰富多彩，充裕了大学生的课外时间。

"我们收拾收拾，准备走了。"张禾招呼道。

将乐器装进盒子里，板凳全都拿上，众人准备离开。

每次出去演出，必须要带着自己的板凳，一是为了节目效果，二是坐了其他的板凳，艺人们的心里不踏实，表演也不自然。

张禾和刘兴武只把表演当成了任务去完成，表演完了就要离开。

要是没什么事情，老艺人们也不打算在这里过多停留。

华阴和渭南距离并不远，真要是铁了心回去，晚上也能赶回去。

收拾好东西，众人准备从礼堂的后门离开。

这时候，几个学生从外面跑了进来，有男有女，脸上都带着热切之色，很是激动和兴奋，好像遇到了喜欢的人一样。

"各位老艺人，请留步。"为首的一个男生大声叫道。

张禾一行人听到声音都停下了脚步。

回头看去，全都愣住了，这群学生扑上来，将他们的去路全都堵住了。

"你们好，我是渭南师范学院音乐协会的会长，我叫郑文忠。"为首的那个男生朗声道，举止大方得体，眼神很是欢喜。

"你好，请问同学你有事吗？"张禾询问道。

"刚才我在台下听了老艺人们的表演，我感觉很震撼，我没有想到在关中的土地上居然还有这么原生态的音乐存在，我想和老艺人们交流一下，我想知道更多关于老腔的情况，希望你们能答应我，我的同学们也很想知道。"郑文忠神色激动道，说话的语速很快。

话音落下，他身后的几个男男女女也纷纷开口道："我们还想继续听老腔，还想了解更多，希望老艺人能答应我们这个要求！"

几个学生虽然这么说，但是都害怕老艺人们不答应，心里有些打鼓。

只是，听到这些话，张禾傻眼了，刘兴武傻眼了，林雄和吴小倩也都愣住了。

"你们不是在开玩笑吧？你们真的想了解老腔？"刘兴武急忙道。

"是真的，在我们的眼中，老腔有着其最独特的特点，是不可多得的艺术，也是不可复制的艺术。"郑文忠态度诚恳。

刘兴武扭头看了眼张禾，看了眼老艺人们，双眼逐渐变得晶莹起来。

渭南师院这一站是他们最不看好的一站，根本没打算能有什么收获，可是没想到，居然在礼堂被学生们拦住了，居然有学生主动要了解老腔。

"你们几个，艺人们要回去了，你们拦着像什么样子？赶紧回宿舍吧，不要耽误时间了。"马博文训斥道，生怕几个学生冲撞了这些国宝级的老艺人。

"还请你们能给我们一个了解老腔的机会！"郑文忠急忙道。

马博文还要说话，张禾摆了摆手道："你们真的想了解？"

"是的！"几个学生眼睛放光道。

郑文忠摇了摇头，有些不好意思道："要是能学一下就更好了。"

他也没抱什么希望，老腔这门曲艺想必艺人们是不会随便传授的。

"可以，我们不光可以给你们讲，还可以教你们！"张禾斩钉截铁道。

他的脸上洋溢着喜悦，一改之前的颓色。

幸福来得有点突然，居然有大学生主动要了解老腔，还要学习老腔。

事先没有想到不代表没有准备，张禾等这一天等了太久了，每一次表演完之后都希望有观众能过来问上几句，但是从来没有过。

"我是老腔保护中心的刘兴武，认识一下。"刘兴武伸出手道。

郑文忠诚惶诚恐，急忙伸出手。

马博文眉头紧皱："刘主任，张先生，你们这样搞可以吗？"

他指的是老腔外传。

"当然可以，既然学生们这么有兴趣，我们马上就给他们讲解。"刘兴武笑道。

"那好，既然你们不愿意藏私，我们渭南师院也不能落后，学生们想要学习，对传统文化有兴趣，我们就要支持。"马博文当即道。

他是老师，负责这方面的工作，看过一些资料，知道这个"传统文化进校园"活动的目的。

这是第一批国家级非物质文化遗产，以后还会有更多，非物质文化遗产的法律也会健全起来。

渭南师院要是能和非遗合作，对于一所高校来说只有好处，没有坏处。

"郑文忠，你是音乐协会的会长，应该知道我们学校的声乐教室在什么地方吧？"马博文扭头询问道。

"马老师，我知道。"郑文忠点了点头。

音乐协会经常会在声乐教室训练，他们去过好多次了，知道地方。

马博文看向张禾他们，询问道："张先生，刘主任，各位老艺人，现在时间已经不早了，还是先回去休息吧，今天晚上学校做东，给你们安排食宿，明天早上在声乐教室，请各位老艺人为我们学生讲课。"

既然学生们想要学习了解，那就干脆做得正式一点，渭南师院以前也从来没有来过非遗，这也是头一次。

马博文觉得可以这么做，对得起老艺人们的辛苦，也能表现出渭南师院的态度。

"你们觉得怎么样？"马博文询问道。

说到底也要看老艺人们同不同意。

"爷，你说咋样？"张禾催促道。

看似在询问，实则恨不得能帮张德林答应下来。

自家孙子的想法张德林岂能不明白，他笑了笑道："没问题。"

郑文忠一众学生的脸上都露出喜色，连忙道："谢谢各位爷爷！"

"那好，明天早上声乐教室见，时间就定在九点钟，郑文忠，你把这件事情宣传出去，有兴趣的同学都可以来听。"马博文吩咐道。

"马老师，你放心吧，我给你保证明天教室里面坐得满满当当。"郑文忠拍着胸脯道。

敲定了明天的事情，马博文给校长那边说了一声，随即带着张禾一行人去校外的招待所住下。

"本来你们今天就能回去，明天还要辛苦你们了。"马博文说道。

"不辛苦，能将老腔传播出去我们也很高兴。"张禾笑了笑。

"那好，我们明天见。"

张禾和刘兴武住在一间，两个人心情激动，在房间里面来回地走动，激动得睡不着觉。

第二天，马博文早早地来到了招待所里面，带着一行人吃过饭，随后前往声乐教室。

等到众人抵达的时候，声乐教室里面果然坐满了学生，最起码有三四十个人，郑文忠没有吹牛。

看到老艺人们到了门口，学生们自觉地让开了一条道路。

声乐教室是特制的，周围的墙壁都是一些特殊的隔音材料，里面没有摆放整整齐齐的座位，大家都是随便坐。

灯光明亮，装点得很高端，张德林反倒有些紧张起来。

"欢迎各位爷爷！"郑文忠站起身，率先拍起手掌来。

随着他的动作，其他的学生们也开始鼓掌，掌声回荡在整个教室之中。

"今天我就给各位先说一下老腔的来历和形成过程，最后再给咱说一下咋唱。"张德林几个人坐在板凳上，周围围绕着学生。

坐在中间，张德林笑着说着。

传道授业解惑，他带过徒弟，对他来说不是难事。

给大学生们讲课，才是难的地方。

第18章
/ 处理小偷 /

"老腔传到我这一代也不知道过了多少年了，我有印象的都有十几代人了，再往上还有，以前我们虎沟村是建军事粮仓的地方，我们祖上都是船工或者军人，所以我们的剧目里面军事题材的最多。"张德林侃侃而谈。

对这些东西他可谓是信手拈来，心里存了不知道多少故事，好不容易有人听，肯定要好好讲一下。

周围有几个学校广播电视台的学生，手里拿着相机拍照，有人专门做记录。

大学里面都有广播台，平日里播放一些新闻时讯，播报一些校园里的新闻，老腔这等大事必然不能错过。

张禾和刘兴武站在一旁，两个人和马博文有一搭没一搭聊着天。

今天的主角是老艺人们，不是他们。

张禾他们一开始就对自己的定位很准确，他们是老腔艺人的保姆，是助理，给老腔的发展创造环境，给老腔艺人的生活创造有利条件。

"爷爷，可以给我讲一下你们手里的乐器吗？"郑文忠询问道。

老腔的乐器主要是月琴，加上其他的乐器，刘兴武给其中增加了几个乐器，使得老腔的音乐调子也有高有低。

学生们对乐器最是好奇，特别是张德云手里的那条凳子。

"我手里这个是月琴，是八角的，市面上买不到，都是我们找木工做的。"张德林将手里的月琴拿起来介绍道。

"我们可以看看吗？"郑文忠跃跃欲试。

"拿去吧。"张德林直接递了过去。

伸出双手，恭恭敬敬地将月琴拿在手里，郑文忠仔细地端详了一会儿，随后正襟危坐，自己弹了几下。

清脆的声音响起，郑文忠的脸上露出喜色。

"会长，我也想看看。"周围其他几个学生说道。

郑文忠看向张德林，毕竟乐器是老艺人的，不是他的，他做不了主。

"拿去看吧，你们随便看。"张德林摆了摆手笑道。

这还是头一次有年轻人围在他身边问来问去，一个月琴而已，能让年轻人喜欢上老腔，就是送他们一把也可以。

几个大学生好像拿到了心爱的玩具一样，把玩着月琴。

大部分是音乐协会的学生，有着一点音乐的底子，还有一些不懂的学生，但也很想了解。

有个学生拿着月琴，还能弹出一些简单的曲子，之前根本没有练过，可见这些人的基础都很不错。

"爷爷，你手里的是什么？"郑文忠继续问道。

张德禄把手里的东西亮出来，笑道："这个是梆子，这个是钟铃，也是我们自己做的。"

张德禄是后槽，掌握的乐器就是这两样，平日演出的时候坐在地上，在前面，大家都能注意到。

"两个手一起操作，有点难啊。"郑文忠试了一下，但是很不熟练。

"你这些娃娃们，这要练才能行，你都没练过肯定不行。"张德禄笑道。

教室里面，大家都笑了起来。

郑文忠是学生们的带头人，他询问着每一个老艺人手里的乐器，还询问了使用方法，一个个全都试了一下。

等到最后，还剩下张德云的乐器没有试过。

"爷爷，我能不能砸一下？"郑文忠试探道。

"行嘛，你来，我教你。"张德云站起身，将屁股下面的条凳露出来。

看到这一幕，学生们的目光全都集中过来。

郑文忠更是站了起来，将手上的笔记本也放在了椅子上。

张德云右手拿着枣木块，左手抓着条凳的一边，将条凳抬起来，倾斜于地面。

他猛然挥手，将枣木块砸了下去。

"嘭！"

一声脆响响起来，张德云身子一摆，摆出了一个姿势，右手高举着枣木块。

"小伙子，来，试一下！"张德云笑道。

郑文忠赶紧接过枣木块，站在了张德云的位置上。

"会长，你可别给我们丢人啊！"

"千万不要砸到自己的手了！"

几个好事的学生喊道。

郑文忠笑道："把心放肚子吧，要砸也是你们砸到手，我不会的！"

他将条凳抓起来，模仿着张德云的样子。

"嗨！"郑文忠嘴里喊道。

他猛然一把将枣木块砸下去。

"嘭！"

刚砸下去，郑文忠的脸色变得五颜六色起来，赶紧撒开了手，捂着右手龇牙咧嘴。

响是响了，把手给震麻了。

众人全都笑了起来。

"砸这个不是随便砸的，像你们这样用蛮力去砸，砸不了几下手就麻了，要讲究技巧，还有多锻炼身体，要不然没力气。"张德云在一旁解释道。

他拿过木块和条凳再给大家演示了一遍。

"会长，你要是不行了就让我们来吧。"一个男生说道。

"谁说我不行了，我可以的。"郑文忠急忙将条凳和木块抓在手里，生怕被别人抢走。

他是真的喜欢上了老腔。

渭南师院音乐协会的会长，喜欢音乐，听过很多种类，听到老腔是第一次，郑文忠心里明白这些老艺人有多么珍贵。

能和这些老艺人交流老腔是很难得的机会，要好好把握。

郑文忠再度拿起来木块，砸了下去。

"嘭！"

这下还好，没有把手震麻，摆出的姿势也像模像样。

张德云的姿势是浑然天成的，是自然的，是先有了这个姿势，才有了将姿势融入进表演当中。

郑文忠不是农村人，没有这个经历，只能模仿，能做到这些已经可以了。

"会长，该我试试了！"一个男生上去将东西夺过来，自己也试了试。

"嘭！"

疼得龇牙咧嘴，没关系，再来一次。

砸板凳，砸出了心里的郁气和闷气，砸得人心情舒畅，大家都很喜欢这个动作。

刘兴武也没想到，当年他只是觉得这个动作好玩，有意思，可以加在老腔里面，因此还和张德云吵了一架。

没想到，这个动作居然是大家最喜欢的。

可能也只有砸板凳是最没有技术难度的吧。

"爷爷们，你们教我们唱曲子吧，虽然时间有限，但是我们也想学一学。"郑文忠提议道。

好不容易能和老腔艺人面对面，必须"榨干"他们。

"好，你们想学我就教。"张德林点头答应。

老艺人们将乐器拿在手里，摆出了姿势。

"军校！"张德林大喊道。

"其实我们唱戏是没有曲谱的，全凭着心情和感觉。"张德林逐字逐句地给学生们讲解。

一个合格的老腔艺人，从小时候开始学习，开嗓子，练嗓子，每天都要坚持不懈。

艺术造诣不是凭空得来的，背后有着巨大的努力。

凭心情和感觉唱戏，这个感觉是经年累月唱出来的。

张德林不指望这些学生能唱出什么花样，只要能够喜欢老腔就行了。

一旁的张川有些摸不着头脑，想不通这些学生为什么对老腔这么感兴趣，他每天都听，都听腻了，也没觉得有什么好的。

只是他的心里已经有些动容了，学了老腔就能让大学生也当他的学生，这个感觉貌似还不错。

那边的学生已经开始唱了起来，一个比一个嗓门大，要不是这里是声乐教室，外面早就吵死了。

等到学生们唱得心满意足，郑文忠笑道："爷爷们，我打算在学校里成立一个专门唱老腔的社团，传承我们这门艺术，你们觉得怎么样？"

话音落下，张德林他们都很惊讶。

"你要成立一个唱老腔的社团？"张禾难以置信道。

"没错，老腔是华阴的，也是渭南的，我们渭南师院应该有这样一个社团，传承我们的老腔，也为校园里面的老腔爱好者建立一个地盘。"郑文忠正色道。

态度坚定，不似在说笑。

建立老腔的社团，需要老腔艺人们的认可，不然的话老腔社团只能是一帮外行人的自娱自乐。

"不可以吗？"看到张禾的表情，郑文忠有些担心道。

"不是不可以，是太可以了！"张禾激动道。

一连串的意外收获让他有些不敢相信，能在一个高校里面留下一个老腔社团，对老腔的宣传意义重大。

"我批准了，我们老腔保护中心可以和你们社团合作！"刘兴武当即道。

"真的？"郑文忠大喜过望。

"当然是真的，你们社团的学生可以来我们老腔保护中心进行实地调研、学习，我们为你们创造条件。"刘兴武说道。

"郑文忠，你小子还真是能想啊。"马博文也笑道。

他都没有想到这一茬，倒是被学生想到了。

渭南师院有了老腔社团，有了非遗单位的认可，这是一份巨大的荣誉。

全国第一个学生组织的老腔社团。

社团的经费学生自费，学校只需要提供场地就可以，这些都是小事情，但是在渭南师院里面能搞出这个社团，好处多多。

"我也支持，郑文忠，你回去就写申请，提交到学工部，我给那边的老师说，马上让社团成立！"马博文朗声道。

"社团需要乐器，我们老腔保护中心可以赞助一套乐器。"刘兴武紧跟着道。

一套乐器花不了多少钱，但是意义非凡。

"谢谢马老师，谢谢刘主任，谢谢各位老艺人。"郑文忠连忙道。

说"老艺人"不能说不尊重，张德林他们的确是老艺人。

老腔艺人平均年龄都在五十岁以上，都是老人，都是抱孙子的人了。

孩子们不愿意学老腔，现在有其他的年轻人愿意学老腔，张德林他们倾囊相授也无不可。

只是社团成立，老腔就需要专业的教材，这样才能让学生们学习。

跑了一趟渭南师院，给老腔拉了些年轻的粉丝，还顺带成立了一个老腔社团，收获巨大。

回到华阴，刘兴武开始准备编写教材的工作，还好他之前大学读的师范，对这些略懂一点，知道个大概，正好可以用上。

以前老腔是口口相传，传内不传外，但是现在要改变。

渭南师院的学生们是不可能时时都在华阴学老腔的，只能远程指导，剩下的就等老腔社团的学生们来华阴调研的时候再说。

人逢喜事精神爽，张禾的心情也变得好了起来。

回到剧场里，将工作都安排了一下，继续表演，亏钱也要继续演出。

要是这个剧场关了，老腔在外面的招牌就没了。

虽然老腔的"粉丝"现在不多，也不能放弃。

"张哥，有件事要给你说一下。"剧场里面的小王走过来道，神色有些难看。

小王叫做王淼，二十岁出头的年纪，在剧场里面干些杂活儿，张禾很是器重。

"什么事？"张禾问道。

王淼叹了口气道："张哥，我先要承认错误，你出去这两天，剧场演出照常，我前一天晚上关掉剧场的门就走了，结果来了之后我一检查，我们一个音响不见了。"

"不见了？"张禾顿时打起了精神。

虽然剧场的设备简陋，是他从二手市场淘过来的，但是也值不少钱。

"是的，我已经找了一天了，还是没有找到，咱们剧场也没有进来外人。"王淼愧疚道。

张禾临走的时候将剧场交给他保管，结果才出去两天，一个音响就丢了。

王淼不知道音响值多少钱，但绝对不便宜。

"张哥，你罚我吧，以后的工资我不要了，什么时候把音响的钱抵回来了你再给我发工资。"王淼态度诚恳。

"不要着急，音响又不是你弄丢的，我扣你钱干什么，再说了，现在应该先找到谁拿走了音响。"张禾站起身道。

丢了音响是大事，但是现在也不能慌。

"说下具体情况。"张禾沉声道。

"前一天晚上，我检查了一下剧场，确定了里面没有人，设备全都好好的，然后我就锁上门走了，第二天早上过来，我再检查设备的时候，就发现少了一个音响，但是门窗都好好的，没有撬开的痕迹。"王淼回忆道。

剧场的大门一关，就没有地方能进来，除非溜门撬锁，但是门窗都完好无损，说明小偷不是从外面进来的。

"行，我知道了，我们去看看，不要担心，丢东西找警察就行了，警察会帮我们找回来的。"张禾缓缓道。

两个人走到了剧场的舞台处。

在舞台的两侧各有两个音响阵列，将声音放到全场。

小剧场后排的视听效果和前排不能比，只能尽量满足。

两个音响阵列，电源是独立的三相电源，主音响在舞台台口的前外侧，可以防止低频啸叫，而且可以通过墙面对于低频的反射，加强扩声强度。

一旁的地上，音响架子上空了一块，少了一个音响，音响上的线都被拔下来扔在地上，小偷只搬走了音响。

"张哥，你看，就是这里。"王淼指着道。

剧场没有监控，没办法翻监控录像，不过随便想想就知道，肯定是自己人干的。

张禾心中很快就有了人选。

剧场里面除了演员，剩下的工作人员不到十个人，张川跟他一起去了渭南，其他的人都没有前科，不会偷东西，只能是张欢了。

张禾只是猜测，不会乱来，没有证据不能随便污蔑别人。

"张哥，你没回来我不敢随便做主，你看现在要不要报警？"王淼提议道。

一个音响几千块，价值不菲，放在现在也很值钱。

"先不报警，叫上剧场的人，集合，我要问问情况。"张禾吩咐道。

还好这几天没有演出，不用担心音响的事情，要不然这个处理不好，音响效果不好，影响观众的体验。

王淼没有二话，赶紧把剧场的人都召集起来，直接在舞台集合，在作案现场集合。

看场子给看丢了一个音响，王淼心中有亏，虽然张禾不追究他的责任，但他也要做出点事情来。

除了老艺人们，其他的人全都到了。

清点人数，全都在，唯独少了张欢。

"谁知道张欢去哪儿了？"张禾冷声道。

"张欢这几天都在街上游戏厅里面，我去叫。"一个男的说道。

"行，去叫。"张禾脸色冰冷。

气氛很压抑，大家都不敢乱说话。

过了一会儿，跑出去那个男的悻悻而归，脸色难看。

"张哥，那小子说打游戏忙着呢，没空过来。"

"好，没有就没有，我就给大家先说。"张禾冷声道。

话音刚落，张欢喘着气跑了回来，神色紧张，眼神有些飘忽不定。

"禾叔，我刚打游戏呢，这不就来了。"张欢嬉笑道，站在了人群中。

"打游戏不要紧，不要影响剧场的工作就好。"张禾神色冷淡。

"既然大家人都到齐了，那我就说了，咱们剧场前天晚上丢了一台音响，是王淼发现的。"张禾说道。

有些人的脸色变了变，有些人的脸色如常。

这件事情早就传出去了，不少人都知道，个别几个是今天刚来的，还不知道。

"居然丢了一个音响？"张欢惊讶道。

看着众人的反应，张禾一个一个分析着。

以前在工厂里面，就有工人中饱私囊，拿了厂里的东西回到自己家里。

今天厂里丢了一个扳手，明天丢了一个羊角锤，经常发生，张禾处理过很多次这样的事情。

"大家都是虎沟村的人，都是我们的邻里，我相信大家不会干出这样的事情，今天说这件事也只是给各位说一声，以后一定要注意，要保管好剧场的东西。今天丢了一个音响，我想办法还能搞一个补上，要是丢了灯，丢了其他东西可就补不上了。"张禾语气严肃。

见到张禾没打算追究责任，众人都松了一口气。

张欢的身体向后缩了缩，装作和其他人一样的神色。

看到这一幕，张禾的心里也有了主意。

小偷小摸，能干出这种事情的只有张欢了，看这小子的表现肯定是他干的。

"这个音响价值五千块。"张禾缓缓道。

"五千块？"张欢震惊道。

没人说话，就他说话，众人都看了过去。

张欢赶紧捂住嘴，小声道："这个音响这么贵，谁偷的赶紧交出来吧，不要让禾叔为难。"

"你们不用着急，我等会儿就去报警，五千块足以立案了，到时候等警察找到小偷，肯定是要坐牢的，大家都不用担心，剧场的演出照常进行。"张禾不动声色道。

众人全都义愤填膺。

"谁偷的音响啊，赶紧交出来，偷东西哪还有偷自己家的？"

"赶紧报警，让警察处理，必须严惩！"

"就是，不管是谁，要是让我知道了饶不了他！"

几个村里的男人撸起袖子道，神色愤怒。

张禾在村里人缘不错，大家都很欣赏，而且张禾给了他们一份工作，让大家衣食无忧，闲下来还可以在地里干农活，两份收入，改善了家庭情况。

虽然张禾没有明说，但是大家都能猜到，小偷就在他们中间。

听着耳边的声音，张欢的脸色越发苍白起来，满头冒着冷汗。

"禾叔，是我偷的，你千万不要报警！"张欢急忙道。

他完全没想到那个音响居然价值五千块，要是他现在不说，等到警察抓过来，那他就完蛋了。

"张欢，你个臭小子，老子就猜到是你！"王淼怒声道。

众人全都用冒着火焰的眼神盯着他。

"禾叔，我就是一时财迷心窍，没有钱打游戏了，才偷了音响拿出去卖，我打算等发了工资就赎回来！"张欢赶紧道，就差跪在地上了。

"你把音响卖了多少钱？"张禾冷声道。

"卖了二百块。"张欢不敢抬头，低声道。

好家伙，一个五千块的音响你拿去卖了二百块，败家子也没有这么败的。

这人就是个傻子啊。

张禾心里对张欢的最后一丝感情也破灭了。

他不是老好人，能让张欢在这里工作已经给足了面子，现在犯下这样的错误，没有理由还放过他。

"张欢，禾叔对你好不好？"一旁的张川怒声道。

"好，对我好！"张欢连忙道。

"对你好你还偷东西？"张川直接冲了上去，抡圆了胳膊一拳砸了过去。

拳头落在了张欢的脸上，他直接倒在了地上，但是没有一个人过去扶他。

张二宝在村里就不受人待见，没想到儿子还是这个样子，没人愿意帮他。

虎沟村张家可以穷，但是不可以做犯法的事情，人穷要有志气。

"这种人就该打！"王淼呸了一口。

在场的都是长辈，不好动手打人，张川和张欢是一个辈分，打起来也不会有人说闲话。

张川又是几拳砸了过去，这才被人拉开。

"张欢，禾叔一个月给你两百块，你在剧场里啥都不干，你摸着自己的良心问一问，你对得起这两百块吗？"张川怒吼道。

没有谁的钱是大风刮来的。

张川跟着张禾时间久，知道张禾的辛苦。

在工厂里面，那些工人都对张禾赞不绝口，一个厂长每天在一线跑来跑去，查疑解惑，和工人们一块儿在食堂吃饭，不顾脏，不顾累。

以前在张川的眼里，张禾是大学生，又是厂长，工作体面，开着小车，有钱。

后来他明白，张禾也只是表面风光而已，不去社会上走一走，不知道人过得有多艰难，大家都是混一口饭吃，要对得起良心。

老腔文化，剧场月月亏钱，要不是有张禾以前挣的钱支撑着，早就关门了，就这样，张禾也从来没有说过给他们少发点钱，过节的时候大家还有一些小福利。

大家看在眼里，记在心里，知道张禾的好。

虎沟村想要脱贫致富，肯定要靠老腔，张禾愿意贴钱去做，大家都很愿意帮忙，剧场要是真的火了，虎沟村也就火了。

只是没想到，剧场内部出了个败类。

"我偷东西咋了，禾叔那么有钱，我就偷一个音响怎么了？我这不都承认了！"张欢怒道，被张川打了几拳，心里不舒服。

他还想要上去抢回去，被人拉住了。

"张欢，这些话留着回村里说吧，我这里容不下你了。"张禾冷声道。

"音响卖到哪儿去了？"张禾走过去，面色严厉。

被这股气势一压，张欢全都说了出来。

音响就卖给了街上一个收二手用品的店铺，老板见他是个小孩，骗了他一把，说这个音响不值钱，只花了两百块收了一个五千块的音响。

张禾直接揪着张欢，一行人气势汹汹地走出了剧场，来到了那家店里面。

店铺老板坐在躺椅上，拿着扇子扇着风，一旁的收音机正播放着新闻，桌上还放着一杯热茶。

"老板，我来赎东西。"张禾进去之后厉声道。

老板定睛一看，来的人不少，里面有个年轻人，是他那天坑过的。

不好，家长带人过来了。

这年头小偷多，他这里经常会处理一些赃物，谁来卖东西都行，来路不管，他只管收，转手一卖就是钱。

见到这群人倒也没什么害怕，反正事情见得多了。

"你们想赎什么？"老板站起来道。

中年男子，挺着一个大肚子，目光讥讽。

"老板，我这个侄子上次在你这儿卖了一台音响，你应该不会忘吧？"张禾缓缓道。

"你说这个啊，是在我们这儿卖了一台。"老板淡定道。

"我们现在要把音响赎回来，当时你二百块钱收的，我现在给你三百收回来。"张禾笑道。

老板一听眉毛一挑道："不好意思啊，这个东西我都卖出去了，你赎不回来了，你要是想要的话你看我这个店里，什么东西值二百块你直接拿走吧。"

态度很坚定，摆明了不想还回去。

转手卖能赚几千块，要是现在还回去只能挣一百块，老板肯定不愿意。

一切都在预料之中，张禾揪着张欢的脖子道："老板，你别开玩笑了，一台音响，昨天刚收今天就卖出去了，你扯淡呢，要不然你告诉我是谁买走了，我去找他。"

华阴就这么大。音响这种设备除非专业的地方不然没人会买，他的音响又不是家用的。

睁眼说瞎话谁不会？张禾又不是初出茅庐的小年轻。

"这位兄弟，我都给你说卖出去就是卖出去了，你这人咋不听呢？"老板苦口婆心，好像跟真的一样。

张禾目光在店里扫过，后面的架子上摆着一台音响，正是他剧场里的。

"那个是什么东西？"张禾望着那边道。

老板脸色一变，急忙道："那是另一个客户放在我这里的。"

"是吗？老板，我就直说吧，我是旁边老腔剧场的老板，我叫张禾，我这个侄子缺钱花把音响拿了卖到你这里，你要是交出来我就当啥事没有，咱俩也交个朋友，要是你不愿意呢也无所谓，我马上报警，让警察处理，这是赃物，你能留住？"张禾淡淡道。

先礼后兵，是中华民族的传统美德。

"这可是你侄子，你愿意报警？"老板难以置信。

"我侄子怎么了？让他去监狱里面好好反省一下正好。老板，你可不想尝尝监狱里的饭菜什么味道吧？"张禾轻笑道。

表情不似作假，张欢在他手里就跟小鸡一样，瑟瑟发抖。

报警，这事张禾还真能干出来。

就算他不报警，村里的老爷子都得把张欢打死。

"算我倒霉，二百块，东西拿走，我当啥事没有。"老板急忙跑到后面把音响抱出来。

张禾丢下两百块，带着音响转身离开。

要是重新买一个音响花的钱可就不止这些了，能赎回来最好，至于损失的两百块就算了。

花钱买教训，正好把张欢这个刺头丢出剧场。

剧场的人看着张禾的表情都带着钦佩，一来一回没多久，音响就找回来了。

不愧是大学生，有能耐。

将音响放回剧场里面，重新接好电源和音频线，张禾直接揪着张欢回了虎沟村。

村里面的老人知道这件事情勃然大怒，张家院子里，一场批斗会直接召开。

"我们虎沟村没有这样的孩子，要是张欢还继续留在这里，我第一个不同意！"张玉胜怒声道。

"把张二宝给我叫过来，让他把这个孽种带回去！"张德林也喊道。

两个长辈说话，众人站在旁边一句话也不敢多说。

张二宝急急忙忙跑过来，一巴掌抽在了张欢脸上。

"臭小子！老子让你好好干活儿，是让你偷东西去了？"张二宝大骂道。

生气，太生气了。

张二宝虽然在村里活得窝囊，但还真没干过偷鸡摸狗的事情，就是饭没少蹭，但那都是凭本事蹭来的。

自家儿子偷东西，还偷到了村里最优秀的大学生身上，不能忍。

"爸，我……"张欢还想说什么，张二宝又是一巴掌抡了过去。

两个巴掌印落在脸上，张欢一声不吭。

"今天是你禾叔心里有数没有报警，要是报了警，你这辈子都毁了，还不赶紧给禾叔道歉！"张二宝骂道。

张欢赶紧道歉。

"禾叔，我错了，我以后不敢了！"张欢连忙道。

他知道，他这次是真的闯了大祸了。

被游戏厅的混混们蛊惑，偷了音响拿去卖，二百块钱没花几天，一分没剩下，全都砸在了游戏厅里，或者跟狐朋狗友厮混。

"德林爷，这事你处理吧。"张禾淡淡道。

家里的事情，让长辈做主。

张德林坐在椅子上，缓缓道："张禾这么多年都不容易，关工厂，开剧场，这一路咱们都看在眼里，二宝，你说是不是？"

"是，是，德林爷，你说得是。"张二宝头也不敢抬。

"张欢不学老腔，也不上学，也不愿意好好在剧场干活儿，既然这样，以后就不要来剧场了，让他去外面打工吧。"张德林说道。

"没问题，我马上回去让这小子收拾东西，滚去打工！"张二宝连连点头。

"爸，你要我出去打工？"张欢惊讶道。

出去打工就要离开华阴，没人照料，嚣张不起来，只能缩着尾巴做人，张欢不乐意。

"以后不要在村里待了，什么时候学好了什么时候回来。"张二宝厉声道。

长辈们意见统一，全都点头，决定了张欢的命运。

以前大家对张欢都是睁一只眼闭一只眼，现在出了这件事，必须严惩。

还好现在是新社会，放在以前的时候，按照张家的家规，张欢这是要被抽藤条的。

张二宝带着张欢离开了这里。

"小禾，辛苦了。"张德林叹道。

要是张禾真的报警了，那就是不留情面了。

偷了五千块的东西，不可能不生气，但张禾还是忍住了。

"没事，村里的孩子们需要好好教导，我给他一个机会。"张禾笑道。

"以后剧场里要立规矩，虽然大家都是邻里，但是也要按规矩办事。小禾，你放手去干，我们这些老头在背后给你撑腰。"张德林说道。

张禾点了点头，公司是该有规矩了。

回到剧场，清理了张欢出去，大家的心情也变得好起来。

以前在剧场里，就这个家伙不干活儿白领钱，这次他一走，大家感觉干活儿也有了精神。

一场接一场的演出，剧场正常经营，接了一些小活动，演出不累，但也挣得不多，勉强算得上外快。

给渭南师院的学生们准备了一套乐器，从老腔保护中心的经费里出，钱又变少了。

张禾和刘兴武打了个商量，决定去西安。

"我对西安熟，在西安打个前站，渭南的演出差不多都接过了，该继续走一走了。"张禾说道。

"好，那就去西安。"刘兴武坚定支持。

出人的出人，出力的出力，张禾可以借助老腔保护中心的名头和外面谈合作，好谈一些。

"剧场这边目前还算稳定，大家都熟悉了运营情况，我隔上几天回来看看就行。"张禾缓缓道。

将剧场的事情安排下去，张禾开着车去了西安。

买的房子已经弄好了，可以直接入住。

叫上唐琼一起看了看新房，以后就搬进这里面了。

第19章

/ 中秋晚会 /

新房的装修全权让装修队去做的，张禾最后只检查了一下。

装修队老板张禾认识，以前开工厂的时候有过交情，质量上也放心。

晚上，张禾在厨房里一阵捣鼓，做了满满一桌菜。

周末休假，唐琼也在家里，两人刚好享受一下二人世界。

坐在餐桌上，虽然在厨房忙了一阵，张禾还是感觉浑身轻松。

面对剧场里面一大帮人，这边要处理，那边要处理，还要维护每个人之间的关系，心累身体累。

这次来西安，除了要传播老腔，也正好放松一下。

"我来舀饭，你快吃吧。"唐琼温柔地道。

从电饭煲里舀出米饭，一人一碗。

关中人不是天天吃面，也不是天天吃馒头，也吃米饭和菜。

两个人吃过饭，缠绵了一晚上，第二天张禾开车出去找路子。

西安已经有一些成熟的剧场了，做得比他的要好，但要说生意好不好的话，也就那样，勉强苟活。

做传统曲艺不挣钱，是众所周知的道理，能一门心思扑在上面的大都是一些真心喜欢的人。

陕西非遗入选的也多，秦腔之前掀起了一股热潮，现在也不温不火。

华县的皮影也是勉勉强强活着，靠着一些学校的文艺活动支持，反倒是光卖皮影赚的钱比演出的钱多。

有些人买了皮影拿着框子裱上挂在墙上，图个好看。

老腔没办法搞这个收入，只能靠唱，唱一场是一场。

在城里转了几天，活动没找到，跟几个朋友叙叙旧，最后等到了一个电话。

"张厂，我听说你来西安了？"李文在电话里笑道。

消息流传得真快，才刚到西安没几天他就知道了。

"我现在在西安，怎么，李经理要请我吃饭？"张禾打趣道。

李文一进比亚迪，直接就任部门经理，手下上百个员工，比以前要威风许多。

三十来岁的年纪干到这一步已经可以了，再往上走就是副厂长了。

看到以前的老员工能有今日的成就，张禾心里没有嫉妒，有的只是高兴。

"那是，张厂，你挑个地方，咱们喝点。"李文提议道。

"好，地方就你选吧，我就不选了，我选的地方怕把你吃穷。"张禾笑道。

挂掉电话，晚上找了个饭店吃饭。

两个人知道要喝点酒，默契地都没有开车。

点了菜上了酒，两个人叙起了旧。

虽然工厂关停，但是依旧保持着联系。

"工业区那边已经开始改造了，原有的厂房全部拆除，要建房地产，要搞商业运营。"李文说道。

以前的工厂在主城区，城区现在要去掉工厂，西安也在摸索着转型的路子，搞经济金融，搞尖端科技，工业转向隔壁的咸阳，转向外地。

以历史名城为卖点，转向旅游经济一体的城市，带动发展。

西咸一体化是未来的必经之路。

早关停也好，以后关停更麻烦。

经济发展越来越快，加入WTO以后中国就好像坐了火箭一样节节攀升，每个人都能感受到这个国家的变化。

"打造历史名城，需要传统文化的支持，张厂高瞻远瞩，我觉得老腔日后大有可为。"李文恭维道。

两个人端起酒杯碰了一下。

"开玩笑，我现在剧场天天赔钱，不指望赚钱，只希望能给老艺人们留个地方唱老腔。"张禾笑道。

"张厂，别的不多说，要是有用得到我的地方你尽管开口。"李文说道。

"对了，张厂，我们公司要举办中秋晚会，想不想来？"李文忽然想道。

"中秋晚会？"张禾疑惑道。

"这种大公司逢年过节都要搞些活动，很正常，每年都会请外面的人来表演，厂子里的员工再出点活动，凑成一台晚会。"李文笑道。

"可以啊，求之不得！"张禾欣喜道。

他还真的没想到这茬，不过也正常。

央企国企里面经常会有这样的活动，还专门有文工团全国各地巡回演出，丰富员工的业余生活。

民营企业也有，小公司很少搞，大公司就会搞这些，既能让员工放松，也能凝聚士气。

"你们是非物质文化遗产，我上去说一声，厂里领导肯定会同意的。"李文笑道。

"好，那我可得敬你一杯了。"张禾举起酒杯。

李文直接拿起手机给厂里打了电话，事情直接敲定。

中秋晚会，非物质文化遗产演出，厂里的领导也很惊喜。

平日里都想着是请外面的人来唱歌跳舞，唱戏倒是没想到，就算想到了也没有门路去请。

华阴老腔大家都没听过，有这个演出，能够丰富晚会的表演。

敲定了时间，敲定了费用。

不愧是大公司，出手阔绰。

就在晚会上演出一场，不过十几分钟，就给一千块钱，来回路费和食宿全包。

时间在中秋节前一天晚上，演出完后工厂放假，员工们回家过中秋，不耽误艺人们的团圆时间。

张禾赶紧跑回了华阴，把消息告诉了老艺人们。

"张总，你现在都成个体户了路子还这么野。"刘兴武调侃道。

比亚迪是大厂子，大家都听说过，城里面已经有人开着比亚迪的车了。

"那是，这次就让德林爷他们去吧。"张禾说道。

老腔几个团队，谁去表演谁不去表演很难处理。

还好老艺人们不在乎这些，关系倒也还融洽，没有闹出矛盾。

张德林掌握的剧目最多，实力也是最强的，可以担得起大任。

"没问题,这次你带队,我就不去了,还要整理教材。"刘兴武说道。

张禾点了点头,给张德林他们一说,准备好之后即刻出发。

前一天晚上到西安,厂子那边直接给安排,全程公司内部人员采访跟拍,给足了面子。

"欢迎非物质文化遗产来厂表演"横幅也拉了起来。

李文接待了他们。

"德林爷,我是张厂以前的员工,我叫李文。"李文笑着道,伸出手握着。

"我知道你,小禾经常提起你,说你很不错。"张德林笑道。

李文的年纪是比张禾要大的,但是在厂子里是上下属的关系。

"各位爷爷,你们请。"李文招呼道。

安排在公司附近的酒店住宿,隆重的招待晚宴,拍照片,录视频,进行厂内新闻报道。

一位副厂长也亲自出面,和各位老艺人一起吃饭。

第二天早晨,彩排直接开始。

晚上八点开始表演,彩排一整个白天,确保晚上的演出没有问题。

这场演出是要录像存档的。

舞台就在附近的一个演出大厅里面,花钱租下来的。

演出的员工们来这里彩排,不演出的继续在工厂上班。

老腔艺人们来到这里,引起了众人的好奇。

"这是啥啊?"众人疑惑道。

还真不知道,没听说过。

一听名字叫做老腔,众人恍然大悟。

不过还是没听过。

看过新闻,知道非遗的,起码知道华阴老腔这个东西,没看过新闻,没听过的,只能跟旁边的人打听。

"据说这个老腔是第一批国家级非物质文化遗产,我在电视上看到过,还真没听过,这次倒能听一下了。"一人说道。

"好听么,不会是唱戏吧?"

"可不就是唱戏。"

"那唱戏有啥好听的,等会咱们厂花还要上台跳舞呢,还是厂花好看。"

舞台后面,大家互相聊着天,看着老腔艺人们。

张禾和李文有说有笑,李文专门找了个小房间给老腔艺人们休息,其他的艺人都只能在后台的公共区域活动。

彩排开始，先是标准的开场舞，然后四个主持人上去对照着手里的卡片念台词。

"尊敬的各位领导，各位来宾，亲爱的同事们，大家晚上好。"

走了这么多演出了，张禾也见识了不少主持人，不过这次晚会的主持人还真不是专业的，都是厂子里的职工。

选男主持人，要长得端正，个子要高，普通话要标准，要是实在找不到合适的，那就在普通话这里放宽松一点，但是个子一定要高长得要正。

选女主持人，身材要好，个子同样要差不多，长得好看。

厂子里面争先恐后，都想在这个位置上露脸，先天条件就能筛选掉一部分人。

然而巧就巧在李文是主持人。

全工厂找主持人，厂长安排下去，行政部的找到各个部门经理，让推荐，李文找了半天发现没合适的，只能亲自上场。

等到说完第一段台词，李文从舞台上走下来。

"看不出来啊，你小子也有主持的天赋。"张禾笑道。

"真是累啊，我的眼睛就没有聚过焦，从头到尾都飘着。"李文松了口气道。

紧张倒不至于，都是经历过风雨的人了，只是看着台下密密麻麻的观众席有些晕头。

一个一个节目上去，终于轮到了老腔上台。

"李经理，我提个建议，老腔彩排的时候就不用唱了，老艺人表演经验丰富，不会出什么意外的，把精彩的表演留在正式演出的时候吧。"张禾提议道。

"也好，要是现在唱了等会儿就没有意思了。"李文深以为然。

安排下去，负责晚会的领导还有些不太相信，非得让老腔艺人们走一遍。

"渭水汤汤，流淌在关中土地上，在这片土地上诞生了无数古老的传统艺术，华阴老腔就是其中之一，它是第一批国家级非物质文化遗产，下面请欣赏由华阴老腔保护中心的艺人们为我们带来的表演。"这场的报幕是一个女主持人，台词都是事先安排好的，不存在临场发挥。

话音落下，老腔艺人们开始入场。

几个打杂的负责将板凳搬上去。

这下就轮到张禾开始指挥了。

这次来的人只有他一个，以前放板凳都是他们自己放，现在他一个人做不了，需要厂子的人协助。

"这个凳子放在这里。"张禾指挥道。

知道张禾是李文的朋友，还是老腔保护中心的代表，工作人员不敢怠慢。

一般人听非遗都觉得很厉害，这些人心里就是这么想的。

"这个凳子要放在这里，这个条凳要放在最后面。"张禾一个一个指挥道。

这要是不彩排的话，等会儿表演的时候就要耽误很多时间。

工作人员就是做这些的，都是工厂的小年轻，踏踏实实地将板凳摆好位置，也不用太过精确。

第一遍结束，开始第二遍。

艺人们进场之前，工作人员将板凳摆好，位置没有太大问题。

老腔艺人手里拿着乐器走上舞台，随后坐在了板凳上。

刚一坐下来，张德林几人面色都是一变，腿上放着月琴二胡等乐器，一股气势从身上显露出来。

什么叫专业，这就叫专业。

不用唱了，根本不用唱，负责晚会的领导当即就同意了张禾的意见。

"各位艺人果然是久经沙场，我还是头一次看到台风这么正的演员。"领导夸赞道。

"多谢夸奖，留个悬念，等会儿表演才会精彩。"张禾笑道。

"我很期待你们的表演。"那人说道。

彩排了入场和退场两个过程，张德林他们返回了后台的房间休息，谈笑风生，没有丝毫的紧张。

李文当主持人，走了一遭，累得口干舌燥。

其他的节目继续彩排，生怕出现什么问题。

中午饭是找的饭店送来的，三荤三素，米饭馒头面条烧饼，加上一份西红柿鸡蛋汤，拿着一次性饭盒自己打饭，管饱。

晚上七点多，人员陆续进场，来的人不少，厂长、副厂长、当地的有关部门领导。

"果然没有来错。"张禾心里说道。

这里这么多人，对老腔能起到很大的宣传作用。

表演开始，李文上台主持，没有时间处理这边的事情。

随着一个个节目演出过去，台下的掌声呐喊声此起彼伏，最终轮到了老腔的表演。

"老腔?"台下众人目光疑惑。

看到舞台上，工作人员将一些只有村子里才会有的板凳摆在舞台上，众人全都笑了出来。

张德林手拿月琴，一步步从后台走进来，走路的姿势就带着一股气势。

张德云手拿空着的烟杆子，翻了个花，随后笑嘻嘻地走到了条凳旁边，将烟杆给脖子后面的衣领里一插，从腰间摸出来一个枣木块。

"哟，这个好玩啊！"台下众人笑道。

张德禄走进来，一看没有自己的座位，茫然了一会儿，随即一屁股坐在地上，一手拿着梆子，将钟铃放在地上敲。

台下的观众都被这一幕吸引了，纷纷笑了起来。

张禾站在后台，脸带微笑。

观众能笑是好事，最起码说明大家在认真看，被吸引了，总比昏昏欲睡要好。

"这个老头是因为没地方坐了所以才坐地上的吗？"有人问道。

"不是，是为了演出效果。"张禾解释道。

台上的艺人们全部落座。

台下观众神色好奇，全都盯着舞台上，眼睛都不敢眨一下。

随着老艺人们开始演奏手里的乐器，音乐之声渐渐响起。

张德林一边弹着乐器一边唱道："一颗明珠卧沧海！"

一嗓子喊出来，全场一片死寂，随即响起了掌声。

震撼，有点震撼，跟想象中的不太一样。

后台的演员也全都傻眼了，这一嗓子声音回荡在整个舞台之中，就好像在众人的耳边响起一样。

老艺人的功底可见一斑。

"浮云遮盖栋梁才！"张德林继续唱道。

这一下，观众席上全都安静了下来，静静地看着舞台上的表演。

正坐在板凳上休息的李文瞪大了眼睛，竖着耳朵听着。

"灵芝草倒被蒿蓬盖，聚宝盆千年土内埋！"张德林继续唱。

音乐之声继续萦绕在众人的耳边。

地上的张德禄跟着唱道："怀中抱定山河柱，走尽天下无处栽。"

"清早打粮仓未开，束手空拳转回来。"张德禄一心三用，一边敲梆子，一边敲钟铃，一边唱，震惊四座。

张德禄唱完，轮到下一个艺人。

这首老腔可以让大家一起过一把嘴瘾。

张德民唱道："是古人都有兴和败，何况我秦琼运不来。"

"那一国里犯地界，皮愣双铜把马排！"张德民唱。

字正腔圆，虽然是在吼，但是观众依然能听清楚唱的是什么。

这里的人大部分还都是陕西人，能听懂歌词。

张德民唱完，张德林继续唱了起来。

后面的张德云用枣木块砸着板凳敲节奏。

"上阵杀得人几个，唐主爷圣旨降下来，大小封个乌纱戴。"

最后一句唱出，所有艺人一起应和起来。

张德云突然拿着条凳从后面冲了出来，吓得全场的观众心里一跳。

他将条凳狠狠地砸在了舞台地板上，随后将枣木块狠狠地砸了下去。

"嗨……嗨……嗨……"众人嘴里齐声喊道。

张德云面色严肃，砸了几下之后摆出一个姿势，右手高抬，举着枣木块，身子挺直，左手抬着条凳静止下来。

一瞬间，台下响起了激烈的掌声。

众人全都被这一幕所感染了。

"方显秦琼有奇才！"随后，老腔艺人们一起唱道。

"唉……唉嗨……唉嗨……嗨……唉嗨……唉……"

一段长长的拉坡调，最能代表老腔的曲调从艺人们的嘴里发出。

唱到高潮处，张德云又继续抡着枣木块向着条凳上砸去。

"唉嗨……嗨……唉嗨……嗨……"

声音渐渐消失，最后只剩下了月琴的声音，张德林弹出最后的结束音符，一曲结束。

台下一片轰然，掌声雷动。

"好！"不知道什么地方的观众大喊道。

老艺人们脸上露出喜色，扭了扭屁股，调整了一下姿势，继续开始弹奏。

表演还没有结束，还有第二曲。

来一次不容易，唱一次就结束对不起一千块钱，老艺人唱曲是要对得起手里拿的这份钱的。

后台，李文瞪大眼睛。

"张厂，这就是老腔啊，真好听。"李文喃喃道。

"你觉得这个在西安能不能商演？"张禾询问道。

"应该可以吧，我听着挺带劲的。"李文不敢保证，他就是个音乐的外行。

台上的艺人们继续唱着。

曲子选得好，演出效果好。

这个中秋晚会上不能唱伤感的曲子，要唱一些热闹的曲子，才能调动观众的情绪。

演出结束，掌声响彻大厅。

本场最佳是肯定的，独特又好听。

老艺人们带着乐器走下舞台，心里也是长出了一口气。

台上一分钟，台下十年功，这句话绝对不假。

唱了一辈子的老腔，才能有今天的成就，分寸拿捏到位。

唱老腔说是凭感觉，你的感觉也得先是对的，要是感觉都错了，唱出来的也都是问题。

李文听得着迷，差点忘了主持节目，要不是一旁的女主持人提醒，恐怕要闹笑话。

晚上十点，演出结束。

李文代表公司，安排车辆将艺人们送回酒店住宿，明天一早回渭南。

"爷，你明天先回去，我就留在西安了。"张禾说道。

"行，你一个人在西安把自己照顾好，年纪大了我们也懒得管了。"张德林点了点头。

"小禾，啥时候抱孙子回来啊，爷还等着喝你的喜酒呢。"张德民笑道。

"喜酒不着急，迟早会有，各位爷爷你们等着就是。"张禾笑道。

现在村里像他这个年龄还没有结婚的已经不多了，也是时候提上日程了。

不过老腔现在还没有稳定下来，结婚之后恐怕无暇顾及，张禾还是想缓一缓。

"我们可等着呢。"

第二天，公司直接安排厂车将老艺人们送回了华阴，表现出来极大的尊重，这在以前可从来没过。

"张厂，现在厂子里不少人都在打听在哪儿还能听到老腔，我告诉他们想听要去华阴，有个剧场专门演老腔。"李文笑道。

能帮忙打广告就要打一把，有没有用先打出去。

广告，广而告之就够了。

"多谢了，我也要看看能不能在西安搞一个剧场。"张禾笑道。

是个办法，老腔现在演出团队有四个，完全可以分开来。

一个在华阴，一个外面跑，一个在西安，还能剩下一个备用，不过德林班现在归老腔保护中心管，张禾指挥不了。

要是能在西安搞一个根据地，那就真的厉害了。

"行啊，要是搞好了记得通知我，我一定过去捧场！带着我们员工！"李文笑道。

离开了这边，回到城里，张禾查了一下西安的一些剧场情况。

租房是租不起的，省会城市的租金和小县城完全不是一个档次。

不过张禾还有其他的办法。

剧场演出有两种，一种是在自己的剧场演出，一种是在别人的剧场演出。

自己开剧场，需要承担所有的费用，要自负盈亏，观众不管多少都要咬着牙坚持下去，老腔文化在华阴的剧场就是这么干的。

去别人的剧场演出那就类似于雇佣的关系，收入要两方分成，一般剧场要拿大头，想要进去演出条件也很苛刻。

张禾在西安转悠，要找的就是一些传统曲艺的剧场，让老腔加入进去。

从头打拼太困难，也没有必要，能方便就方便一点。

找了一家名叫"关中曲艺"的剧场，张禾买了票坐了进去。

大城市的票价果然比小县要贵，一张十块钱。

不过想来也是，大城市的消费水平本身就高。

进去之后，张禾在里面扫了一圈，不是什么大剧场，算是一个中型的剧场，观众席上能坐几百个人。

舞台上面摆着一些唱秦腔用的道具，看起来像模像样。

来之前在大厅看过宣传海报，这个剧场演出的主要是秦腔，来的大都是一些退休老干部。

至于年轻人，一个都没有，张禾就是里面最年轻的了。

传统曲艺光靠老年人听不管用的，老年人都走了之后岂不是就没人听了。

这是一个很严重的问题，但是大家都没有好的办法。

张禾坐下来，望着舞台上的表演。

剧场里面人不多，就一百多个人，按照一个人十块钱来说一晚上票价收入是一千多块钱，就算是每天都演，每天都有这么多人来看，一个月也就三万多块。

这些钱对一个人来说可能很多，但是对于一个剧场来讲太少了，都不够养活艺人们。

表演很快就开始了，一个穿着戏服的人迈着步子走上来，正宗的秦腔戏，有高人风范，张禾不是很懂，只能看个大概。

等到演出结束，观众离场，张禾走到了舞台前。

"你好，我是老腔文化的人，我想找一下你们的老板。"张禾叫住一个后台的工作人员道。

老腔，听说过，是非遗之一。

想找老板，不知道有什么事，工作人员不敢乱说，让张禾等一下，跑到后面叫来了老板。

剧场的老板是个女人，三四十岁的样子，保养得还不错，身上颇有一股气场。

"自我介绍一下，我是'关中曲艺'的老板，我叫朱兰。"女人伸出手笑道，举止大方得体。

"你好，我是老腔文化的老板，我叫张禾。"张禾伸出手。

"这里不方便，跟我到后面说吧。"朱兰伸出手道。

能开一个剧场，管理这么多人，朱兰也很有能力。

张禾跟着走进去，到了一个类似于会客室的地方。

"这个剧场是我们这一脉开的，我是最后一个传人，现在我们这一脉已经没有人学了。"朱兰笑道。

居然是艺人自己开的剧场，张禾肃然起敬。

一边唱戏一边管理剧场，是真的累人，朱兰能做到这些真的很不错。

"虽然已经入选了非遗，但是对于传播没有多大的用处，即便大家都知道了这些也没有用，不喜欢听还是不喜欢听。"朱兰叹息道。

"这个我知道，我在华阴有一个小剧场，生意还不如你。"张禾苦笑道。

做这一行都苦，没有舒服的。

"张先生来是想干什么？"朱兰好奇道。

"我想和你合作，让我们老腔能在你的剧场里面演出。"张禾直接道。

朱兰笑了笑，道："你们华阴还不够吗，还想来西安。"

语气变得有些尖锐起来。

"非遗要一起发展，朱老板，如果能让我们老腔在你的剧场里表演，既可以吸引喜欢老腔的观众，也可以吸引喜欢秦腔的观众，一举两得，利大于弊。"张禾缓缓道。

"那你有没有想到，如果表演了老腔，让喜欢秦腔的观众感到厌烦怎么办？表演了秦腔，喜欢老腔的观众也会厌烦。"朱兰沉声道。

张禾面色一滞。

"这个情况会有，但肯定很少。"张禾继续道。

"那还是会有的。"

朱兰话锋一转："张先生，你是老腔的代表人，掌握的是正宗的老腔，全国只有你有，我们这里庙小，容不下你这尊大佛，您还是另请高明吧。"

秦腔也分传承，老腔暂时还没有，究其原因，是会老腔的人太少了，根本分不出来。

唱腔、板眼等等，大家都在一个村子里，学的东西都是一样的，唱的东西也都是一个，没有区别，张禾手里还真是掌握着最正宗的老腔。

但是其他的大曲艺就不一样了，分了派系，各派之间有所区别。

秦腔、京剧、昆曲等等。

朱兰不想和老腔合作，不想冒这个险。

"朱老板，请你再考虑考虑吧，不用这么着急给答案的。"张禾急忙道。

"不用考虑了，我的心里永远都是这个答案。"朱兰笑道。

不是不帮，是不能帮，帮不起。

老腔进剧场演出，要是演好了，剧场能多赚一点，要是演出效果不好，剧场会亏钱。

要是年轻的时候，朱兰或许真的会答应下来，闯一闯，但是现在不行了，她年纪大了，不敢继续折腾，要养活剧场里面这么多人，要以稳定为主。

要是失败了，这个后果是剧场承受不起的。

"谢谢你了。"张禾眼神黯淡下来，放弃了继续劝说的打算。

"不用谢，也没帮上什么忙。"朱兰笑了笑。

送张禾离开剧场，外面已经天黑了，夜色昏暗，因为路上的灯光，天空泛着些许深蓝色。

"张先生，我希望你能成功。"朱兰笑道。

"我希望我们都能成功。"张禾淡淡道。

说完离开了这里，朱兰摇了摇头，没再说什么，走进了剧场里面。

张禾坐在车子里，开着车窗，收音机播放着广播。

他和朱兰还是比较相似的，只是他没有传承老腔而已。

从小五音不全，想要传承也没有办法，唱不好，现在再学倒是不晚，但是会耽误其他的时间，让他去负责老腔的推广，比他唱老腔作用更大。

开车回家，第二天继续出门，跑遍了东南西北几个地方，该找的地方全都找了，一个个小剧场全都拒绝了老腔的入驻。

大家都是在勉强苟活，没人敢冒险在自家剧场唱老腔。

张禾处处碰壁，还好有着丰富的经验，摆正了心态，没有被现实击垮。

"老刘，西安不是很顺利，剧场全都拒绝了老腔，我准备自己搞一个场地，先演一场试一试。"张禾打了电话说道。

"自己租场地？你的意思是先租一次，就演一次看效果？"刘兴武好奇道。

"没错，我是这个意思。"

"可以试一试，西安要是能打通的话，其他的城市也就好说了。"刘兴武比较支持张禾的行动。

交流完工作，张禾开始找地方。

演出试水，租的场地最多也就租几天的时间，要是快的话一天时间就够了，像这种是需要找一个可以直接进去表演的场地的。

张禾翻报纸上的广告，找街上贴的小广告，最终在一条老街上找到了一个空着的地方。

站在门口,张禾目光惊讶。

门居然是木头的,还是那种一木头片一木头片拼起来的,上面刷着蓝色的油漆,已经有些斑驳了。

要开门,先把第一个木头片那里的锁打开,然后把小门打开,打开大门就要一片一片地把木片抽走。

年代感很强,现在已经很少见了。

大门上挂着一个老旧的牌子,上面的字都掉得差不多了,完全认不出来是什么字。

房东把门打开,推开门走了进去,里面倒还可以,是一个小剧场的样子,座椅和舞台比较简陋,但也勉强能用。

这里以前就是一个剧场的地盘,剧场倒闭没多久,房东还没有来得及收拾。

找不到合适的地方,也就这里还可以,张禾勉为其难租了下来。

找人要花钱,现在要把钱省着用,张禾自己动起手来,把里面打扫一遍,正儿八经地忙了一整天。

想要表演还需要宣传出去,张禾弄了海报在门口贴着,花了钱在报纸上打了广告,是最大的开销,张禾的钱已经快要见底了。

等到表演的那天,张玉胜带着团队来到了这里,张德林因为有政府安排的演出没有时间。

门口的人来来往往,看到门上的海报都会多看几眼。

下午六点,张禾站在门口,激动地等着第一个客人过来。

"老板,你们这里是不是有老腔的演出?"一个男的走过来问道。

"是是是,我们这里有老腔演出。"张禾热情道。

"我要一张票。"男的说道。

一张票他的定价是八块钱,没有太高。

能主动过来问的都是想听老腔的人,这点钱肯定会出的。

张禾撕了一张纸票给男子,让他走进去,张川在里面接待。

他一个人忙不过来,把张川专门叫过来搭把手。

等了一会儿,又来了一对中年夫妇,买了票走进了剧场里。

陆陆续续都有人过来,已经六点之后了,不少人吃完饭都出来遛弯。

一直到七点,演出就要开始了,张禾手里的票也才卖了四十几张出去。

第 20 章
/ 主动请缨 /

报纸上打了广告,花了不少钱,但是效果一般,准备了一百张票,卖出去的不到一半。

张禾心里很失落,但是不能表现出来,等会儿还要上去主持节目。

正准备进去,脚步声从远处传来,"关中曲艺"的老板朱兰穿着一身卡其色的风衣缓步走来,身后还跟着两个年轻人。

"张老板,我来给你捧场了。"朱兰笑道。

"朱老板,你能来真是让小店蓬荜生辉。"张禾苦笑道。

朱兰扫了眼张禾的手里,准备好的票纸还有一多半没有卖出去,厚厚一叠。

"给你钱,我买三张票。"朱兰从兜里掏出钱来,递给张禾。

"朱老板,你的钱我可不能要,你直接进去就行。"张禾推辞道。

三个人二十四块钱,根本不差这点钱。

这个时候,朱兰能过来捧场,他已经很满足了。

"这可不行,你们演出团在西安没有落脚的地方,演出一趟也不容易,花的钱不少。我是过来人,我知道你的辛苦,钱虽然少,不要嫌弃。"朱兰将钱塞进张禾的手里。

"关中曲艺"刚开业的时候也是这样,全场就三个观众,里面还有一个是看门的,朱兰知道做传统曲艺的辛苦,能理解。

"谢谢。"张禾这下没拒绝,将钱拿在手里,撕了三张票出去。

"里面请。"张禾在四周看了看,没人来了。

带着朱兰三个人走进去,借着灯光找到座位坐下。

"张老板,我是第一次看老腔表演,加油吧。"朱兰微笑道。

"谢谢。"

说完话,张禾扭过头,向着舞台走去。

台下观众不多,大家都在等候表演开始。

看到张禾离开,两个年轻人好奇道:"师父,这老腔有什么看的,还专门来一趟?"

"大家都是同行,能帮一把是一把,他走的路何尝不是我们走过的路。"朱兰平静道。

"这也火不了吧。"另一个年轻人说道。

"一门艺术想要火起来,难,好好看戏,别说话了。"朱兰淡淡道。

两个年轻人扭过头，看向了舞台。

他们想不通朱兰为什么看到报纸上的广告之后决定来这里看看，或许是好奇，或许是感同身受。

只是看到剧场里冷清的场面，他们都不知道老腔能走多远，说不定，走的路还没有他们远。

剧场的灯光关闭，只剩下舞台上的灯光还亮着。

张禾和张川两个人站在后台。

"张川，现在只有你一个人了，等会儿处理好后勤，我要上台了。"张禾吩咐道。

"禾叔，放心吧，我没问题的！"张川笑道。

在小剧场干了那么久，没吃过猪肉也见过猪跑，张川脑子聪明，熟悉了剧场的运作，知道该怎么办。

"玉胜爷，等会儿辛苦你们了。"张禾转身道。

张玉胜带着一帮艺人坐在后台，屁股下面是从村里带过来的板凳。

"小禾，尽管放手去做，我们都会好好演的。"张玉胜摆了摆手道。

张禾点了点头，握着话筒走上了舞台。

"大家好，我是老腔文化的老板，我叫张禾，感谢大家能来捧场，谢谢大家！"张禾深深地鞠了一躬，脸色真诚。

台下响起了稀稀拉拉的掌声，朱兰也在缓缓鼓掌。

"艺人以卖艺为生，能获得观众的喜爱是我们最大的追求，大家能来这里想必都听说过老腔，今天给我们表演的是来自华阴的老腔表演团，希望大家能够喜欢我们的表演。"张禾缓缓道。

"下面请欣赏第一个节目，《将令一声震山川》。"

张禾说完离开了舞台，掌声继续回荡在剧场之中。

台下的观众只是鼓掌，没有其他的反应。

听说过老腔不代表听过老腔，来这里大部分人都是抱着好奇的心理，想要来尝尝鲜，看看非物质文化遗产到底是什么水平。

舞台上，张玉胜老爷子带着一群艺人走了进来。

张川在一旁帮忙把一个挂在木架上的锣铃抬了进去。

板凳，老艺人们自己拿在手里。

看到这么朴实的一幕，台下的观众也很好奇。

老腔艺人落座，表演开始。

开场曲，《将令一声震山川》。

张玉胜的实力是很不错的，当年和张德林是同时带着班社演出，走南闯北留下名号。

"军校！"张玉胜朗声唱道。

嗓音回荡在剧场之中。

"嗨！"众人应和道。

等到开场几嗓子吼完，观众们都鼓起了掌。

朱兰身边的两个年轻人眼前一亮，嘴里喃喃道："有点意思啊。"

"老腔不是皮影戏吗，居然改成了这个样子，有高人指点啊。"朱兰心里暗道。

据她所知，老腔属于皮影戏的一种，没想到现在在舞台上没有看到皮影戏的影子，有的只是人影。

人影比皮影好看。

朱兰蓦然浮现出这句话出来。

老腔变了，变得更符合当前时代的需求了，她的心里也有所启发。

"催开青鬃马，豪杰敢当先！"

听着耳边的歌声，看着舞台上老腔艺人的表演，朱兰仿佛来到了古代千军万马的战场上。

老艺人实力很强。

只是可惜了，现在没人再听曲艺了。

几十个观众，有人鼓掌有人没鼓掌，但是张玉胜他们依旧旁若无人地尽情演出，自我表演，自我欣赏，将老腔最好的一面展现了出来。

一场演出结束，张玉胜等人没有下台，张禾拿着话筒走了上去。

"各位观众，我们今天的演出到此结束，感谢大家能来观看，如果以后大家想要听戏的话，可以来华阴的老腔文化剧场，我们每周都有三次演出。"张禾歉意道。

"你们不在这里继续演出了吗？"观众席上有人问道。

"是的。"张禾点了点头。

"我还没听过瘾呢，你们怎么就不演了，平常没时间去华阴，你们就在西安继续演啊。"观众席上的人喊道。

张禾心中有些动容，不是他不想演，是不能演了。

站在舞台上，观众们的表情尽收眼底，很多人的眼神之中都饱含期待。

对于喜欢的人来说，听一场根本不够。

"你们还想听吗？"张禾问道。

"想听啊，当然想听了！"台下的观众喊道。

"那你们等我的消息，老腔下次的演出我会把广告登在报纸上的。"张禾深吸了一口气道。

台下的朱兰脸色微变，神色诧异无比。

舞台上做了承诺就一定要兑现，要是不兑现的话是对观众的不负责。

在这种情况下，张禾还敢做出这样的承诺，令人惊讶。

这是要亏钱的，还是亏大钱的！

听完老腔，观众们纷纷离席，等待着张禾下一次的表演。

"禾叔，你疯了，我们这次都亏了好多钱了，你还要继续演？"张川神色急切。

在华阴小剧场演出和在西安演出需要的成本完全不一样，张川心里明白。

"观众们喜欢，不能不演。"张禾说道。

"小禾，你太冲动了。"张玉胜也劝说道。

长辈们不想看着小辈为了老腔又是出钱又是出力，还没有什么收获。

"玉胜爷，有人喜欢，我们不能不唱啊。"张禾笑道，有些无奈。

"小禾，我们都知道你的性格，既然这样，那你要办演出，我们几个老家伙就陪你唱，我们不要钱。"张玉胜语气严肃。

"这可不行，你们的演出费我必须给！"张禾摇头拒绝。

张玉胜站起身，怒声道："小禾，你想为老腔做点事情，难道我们不想吗？我们是老腔艺人，你还不是，你都能这样做，我们不做要让人笑话，这事就这么定了，你不准拒绝！"

几个老艺人在一旁也训斥道，一个比一个严厉，也只有这样才能让张禾同意。

"谢谢大家了！"张禾鞠了一躬。

老腔艺人们最希望老腔可以变得好起来。

外面传来脚步声，张禾扭头看去，朱兰站在门口，轻声道："我能进来吗？"

艺人的后台是禁地，不允许其他人进来的，里面可能会有一些艺术的机密。

不过老腔没有这个说法。

"进来吧。"张禾笑道。

朱兰缓步走进来笑道："各位老艺人的表演很精彩。"

"谢谢女娃子了。"张玉胜几人说道。

打过招呼，见过了艺人们，朱兰和张禾走到了一边。

"张老板，老腔的演出我看了，问题不在于老腔的身上，而在于大家的口味上，你们大胆地将皮影布撤掉让我很惊讶，也让你们的表演变得更加精彩起来。"朱兰笑道，"观众们口味多样，有人喜欢有人不喜欢，只有让听过的人变多了，喜欢的人才会变得多起来，要靠实力，有时候还要靠一点运气，我祝福你们。"

"谢谢朱老板的夸赞。"张禾回应道。

朱兰沉思了一会儿道："张老板，你如果想要继续演出的话，我可以把我的剧场租给你，我们的演出是每周四场，其他的时间可以租借给你使用。"

说是租借，肯定是要租金的，大家不是慈善家，没有钱施舍。

朱兰能帮的就是这些了，有了租金，她们的剧场也能好过一点。

能在这个时候帮一把，张禾心里十分感动，要不然他还要继续去找地方。

现在这个地方只是临时租借，不能租太久。

"朱老板，我请你吃饭。"张禾道。

吃完饭，安排完老腔艺人们的事情，张禾焦头烂额。

虽然朱兰给了他场地，但是租金也不便宜，一个月下来也要几千块。

"关中曲艺"所在的位置是黄金位置，要是张禾想要自己租的话一个月还要更贵，还要自己承担设备的资金，能有场地就已经不错了，还能借用朱兰他们的设备。

朱兰帮了忙，张禾不好意思再提什么要求，承诺交了租金再来剧场演出，张禾回到家里，坐在沙发上。

客厅的电视放着新闻，不过张禾无心去看。

钱已经不够了，即便是这些租金。

老腔保护中心也没有多余的资金，没钱给他。

张禾长这么大除了从银行贷款还真的没找谁借过钱，借钱，钱是小事，人情是大事。

在剧场演出，需要的钱不是小数目，有很多的事情要处理，艺人们住宿的地方，吃饭和交通，都是消费。

当一个老板很累，做这一行更累。

靠在沙发上，张禾在客厅扫了一圈，心里忽然冒出来一个念头。

卖房！

当时买这个房子付的是全款，花了不少钱，一百多平米，一平米三千多块，装修和家电花了几万块，是他最大的一份开销。

现在要是卖出去可能会折点价，但也能卖个几十万。

西安如今商品房市场火热，销售面积年年增长，卖出去不是问题，肯定有人要。

有了这几十万就能让老腔继续唱下去了。

张禾不敢赌，把房子抵押贷款，这样搞可能还不了钱，但是卖出去可以接受，大不了以后继续租房子住，要不然就买一个小房子，他和唐琼两个人也不需要太大。

真要是在西安待不下去了就回华阴，人还能活不下去了？

对于张禾来说，现在老腔的事情排在第一位，其他都要靠后。

张禾如同着了魔一般，满脑子都是这个念头。

他赶紧站起身，在房间的抽屉里翻找起来，想要找到房产证。

看到他这个样子，唐琼的神色有些担忧。

"你在找什么？"唐琼问道。

张禾没有说话，他翻找了一个又一个抽屉，终于找到了房产证。

"就它了！"张禾嘴里道。

"张禾，你要干什么？"唐琼询问道。

"我要卖房！"张禾说道。

"你要卖房？"唐琼傻了眼。

房子新买的还没住几天，你说你要卖房？

"为什么要卖房？"唐琼轻声道。

"资金链断了，要想让老腔能继续唱下去，只有卖房了。"张禾平静道。

虽然房子是他的，但是以后的日子是两个人过的，张禾没有自作主张，还是打算和唐琼商量一下。

"张禾，你冷静一点，你知道你在干什么吗？"唐琼的语气变得严厉起来。

"我知道。"张禾点了点头。

他不顾形象地坐在地板上，脚上的拖鞋丢在一边，头发凌乱，神色憔悴。

打拼了这么多年，好不容易在大城市买了一套房子，卖出去，说是为了老腔，心里也疼，每一分钱都是辛辛苦苦赚出来的。

就这么突然卖出去，张禾的心里也有些难受。

但是如今老腔需要传承下去，万里长征走了一半了，要是这个时候放弃就相当于前功尽弃，所有的一切都将化为乌有。

想着想着，眼泪就从眼眶里面流了出来。

张禾的表情苦涩，靠在床边，任由眼泪沿着脸颊流淌，一滴一滴顺着下巴滴在地上。

男儿有泪不轻弹，只是未到伤心时。

看到这一幕，唐琼急忙从床上爬起来，坐在了地上，将男朋友抱在了怀里。

"张禾，你这么做值得吗？"唐琼轻声道。

这么多年，没见过几次张禾流泪的样子，上次看见他哭还是工厂刚开业的时候，几个好朋友通宵达旦，唐琼在一旁陪同。

等到凌晨三四点，一群人喝得烂醉，唐琼顶着寒风把张禾往房子拖，路上张禾分不清东西南北，差点掉进井里。

回到家里，张禾趴在马桶上吐了十几分钟，然后就靠在唐琼的怀里哭了起来。

那时候是开心，这个时候呢，是伤心。

"值得吗？我不知道。"张禾缓缓道，声音有些无力。

"不管怎么样，你都不能卖房，房子的钱是你辛辛苦苦挣的，要是房子卖了你前面这些年就白干了，我不同意！"唐琼的语气不容置疑。

男朋友多辛苦，有时候大半夜才回到家里，怕洗漱有声音，只敢用清水擦把脸，然后睡在沙发上。从大学到现在，唐琼看到过太多了，好不容易能享福了，张禾又扑在了老腔上面。

以前不管做什么事情唐琼都支持，这一次她不能支持。

"可是不卖房，钱从哪儿来？"

"我问我爸妈要，他们就我一个女儿，肯定会给我钱的。"唐琼态度坚决。

爸妈老西安人，家里两套房，父母都是铁饭碗，真的不差钱。

"不行，还没结婚就问你爸妈要钱，我还想不想当女婿了？"张禾笑道。

不哭了，哭也没用。

不过唐琼说得对，房子的确不能卖，卖了对不起前面这些年的努力。

"你是我男朋友，又不是他们男朋友，我问他们要钱，然后我给我男朋友怎么了？"唐琼狡黠一笑。

男朋友心情好了，她心里也舒服。

"这事你就别说了，不可能。"张禾摇了摇头。

"我看你最近就是太累了，太忙了，我现在要发布命令。"唐琼噘着嘴道。

张禾急忙挺直了腰杆，脸色肃然道："请首长吩咐！"

唐琼清了清嗓子，正色道："张禾，你最近这段时间为了华阴老腔殚精竭虑，夙兴夜寐，废寝忘食，表现突出，我现在奖励你，从明天开始，陪你的女朋友唐琼外出放松心情！"

"是，首长，保证完成任务！"张禾凝声道。

话音落下，两个人都笑了出来。

是该出去玩一玩了，两个人有段时间没有出去了。

自从工厂关停，张禾一心扑在老腔上面，就连见面的时间都少了，还怎么出去玩？

第二天一大早，唐琼早早起床，在衣柜里挑选衣服，足足花费了一个小时才选好，这个时候张禾还躺在床上呼呼大睡。

等到选好了衣服，唐琼才去洗脸刷牙，随后坐在梳妆台跟前化妆，顺带叫醒了张禾。

睡眼蒙眬，睁开双眼，看到梳妆台前面坐着一个美女，仔细一看，是自己的女朋友，这才想起来，今天要陪唐琼出去玩。

赶紧起床，上个厕所，十分钟时间搞定洗漱工作，衣服往身上一套，全部搞定，一看卧室，唐琼还在梳妆台面前。

张禾已经习惯，去厨房做了个简单的早饭。

吃好喝好，两个人手挽手走出了门。

今天是周末，唐琼不用上班，背着一个小包，打扮得清丽有致，和张禾站在一起可谓是郎才女貌。

找了车子，两人坐了进去。

没打算去多远游玩，就在西安市内，张禾和唐琼都是不喜欢剧烈运动的人，两个人选择的地方也都比较平和。

钟鼓楼、回民街、大雁塔、小雁塔、大唐芙蓉园，转了一圈又一圈。

这些地方都是西安标志性的地方，要说有啥好玩的，对于西安本地人来说还真没啥好玩的，更多的是一种怀念和习惯。

城区里面转了转，赶时髦看了场电影。

时间紧迫，还有下一站。

唐琼的一个朋友在当地一个传媒公司上班，是一个小负责人，这个公司今天和明天正好在纺织城艺术区承办一场音乐节活动，送给了唐琼两张门票。

张禾开车过去，到了纺织城艺术区那边。

去的时候天空中还下着小雨，等到开车过去之后雨已经停了，空旷的街道十分的萧瑟，一堵墙上挂着纺织城艺术区夸张的字牌。

这里曾经是一些工厂，厂房原本是要拆除的，后来因为创意产业园区的兴起，这里走上了一条别样的道路。

张禾和唐琼都是头一次来这个地方，两个人都很好奇。

刚进去的时候路上人很少，沿着小路向里走，两边是破旧的厂房，里面空无一人，等到进了深处，一些穿着奇装异服、打着鼻环、满身亮闪闪锁链的不良少年从路上走过，朋克青年、哥特女郎人头攒动。

道路两侧卖CD的、卖T恤的一字排开，吃的喝的应有尽有，都是附近路边摊赶过来的，小卖部的老板吆喝着，卖力地推销产品。

人很多，有点吵，张禾感觉年纪大了，有些无力接受，但是唐琼想来看看，只好陪着过来。

这里大都是年轻人，从四面八方赶过来，就是为了看这场音乐会。

手里有票，没有耽误，直接走进去。

舞台是露天的，在厂房外面的空地上搭建了一个舞台架子，灯光音响摆放整齐，档次很高，看起来很专业。

他们来的时候表演已经开始了，舞台上面是一个摇滚乐队正在表演，下面的人跟着扭动着身子，嘴里欢呼着，有些还能跟着唱。

"究竟摇滚是累坏你的身子呀，还是累坏了你这个人儿呀，看那爱情他像个瞎子儿，它必须找到位置说话……"

耳边是歌声，有些吵，听着听着身子不由自主地动了起来，张禾感觉脑海中空了不少，忘掉了些许的烦恼。出来一趟是对的，整天听老腔真的能憋死人，不是老腔不好，是应该换换口味。

张禾跟着节奏扭动身体，连带着唐琼一起，两个人都年轻了不少。

一场接着一场的演出，乐队也是一个接一个上去，每个乐队都有着自己的粉丝。

张禾心里舒服了不少，顿觉心胸开阔，颇有一股广阔天地大有可为的豪情壮志，充满电还能再战三十年。

要到晚上十点音乐节才结束，这些不到二十岁的小年轻能熬到这么久，但是张禾不行，再拖一拖就要而立了，精神允许身体也不允许。

"来都来了，我去给我的朋友打个招呼，说几句话我们就走。"唐琼笑道，眼神之中好像放着光。

张禾点了点头，白蹭人家两张门票，是该过去打声招呼。

两个人绕过了人群，来到了舞台后面。

今天这场音乐节活动的主办方是一个文化传媒公司，专门负责演出事项，和当地的传媒公司合作。当地的传媒公司是承办方，工作人员都在附近看守，一起办公，在这里还有一个临时办公处，找到很容易。

张禾两个人来到了办公室门口，也是一间破旧的厂房，门口站着人，不少人进进出出，很是忙碌。

"你好，我是刘心怡的朋友，麻烦你给她说一声，我找她。"唐琼给门口的保安说了一声，两人静静等候。

保安闻言转身走进去，很快就和一个女孩一起走出来。

张禾一看，听名字就有些耳熟，现在见了面果然是个熟人，以前在大学里面认识，和唐琼在一起的时候没少跟着蹭饭，当个电灯泡也丝毫不在乎，没想到她现在居然在传媒公司里面上班。

刘心怡的穿着很是时尚，是一种张禾无法用语言形容的时尚。

看到门口的两个人，刘心怡笑着走过来，望着张禾道："学长，你把你的学妹拐了这么久了打算什么时候结婚？"

"你结婚了没有？"张禾毫不客气。

"没有。"

"等你结婚我就结婚。"张禾没好气道。

"切。"刘心怡鄙夷道。

"走吧，我们进去说。"

拉着唐琼的胳膊走进去，再不正眼看张禾。

没办法，是有代沟的，更何况刘心怡和唐琼是同专业的同学，不代表和张禾很熟，再加上不是一个年级，没有共同语言。

张禾自己跟上去，走进了办公室里面。

一个个工位整齐地摆放在里面，每个人都很忙碌，大部分的工作人员还都在外面，办公室里的人倒不是特别多。

"我今天和他一起来看音乐会，多谢你的门票了。"唐琼笑道。

"说的什么话，门票对我来说很随意的，你看桌上还扔着不少我都没送出去。"刘心怡笑道。

办公桌上果然还扔着不少门票。

两个女孩在一起话说不完，张禾在里面下意识地随处看了看。

"老板，我已经按照名单联系了五个乐队了，人家都说没有时间过来，我马上就去联系其他乐队。"

正聊着天，刘心怡的手机响起来，不敢耽误赶紧接起来，一连串的吼声从电话里面响起。

"继续联系吧，按照主办方给的名单再问一问。"

"知道了，我马上找。"刘心怡悻悻地挂掉电话。

"怎么回事？"唐琼疑惑道。

刘心怡挠了挠头，不顾头发的凌乱道："本来今天这两场有二十个乐队要演出的，今天倒还正常，可是明天有一个乐队因为有突发的事情来不了了，明天的演出最少有一个小时是空白的。"

"我们老板让我联系其他的乐队把这块补上，可是这怎么可能？"刘心怡叹息道。

虽说音乐节的乐队都是和主办方签订了合同，但是也难免会有一些突发情况，实在来不了也不能逼着人家来。

可是临时想要找乐队，难度不是一般的大。

明天就要演出，离得远的乐队没时间赶过来，离得近的乐队就那么多，大的已经请了，小的不够资格，请过来掉价。

"唉，你们稍等一下，我再打几个电话。"刘心怡焦急道。

照着名单，拿着手机拨打了一个号码。

"喂，你好，我们是……"刘心怡在电话里说道。

"不好意思，我们没有时间。"

一个接一个被拒绝，刘心怡的神色都变得憔悴了起来。

看到刘心怡打了好几个电话都没有找到合适的，张禾目光深邃，脸上露出思索之色。

他在四周看了看，回想了一下刚才在舞台下面听到的音乐。

心里忽然冒出来一个想法，就好像一朵小火星落在了干草上，轰然之间燃烧了起来，火光照耀在整个心里。

"刘心怡，你们对乐队有什么要求？"张禾急忙问道。

"要求，第一肯定是要有名气的，第二就是要有特点的，那些大众的音乐我们也是不要的，至于其他的倒也没什么要求了，怎么，学长还认识搞乐队的？"刘心怡下意识地以为张禾是要给她介绍乐队。

猜得不错，不过猜错了人。

张禾是要给她介绍乐队，不过不是认识搞乐队的，张禾自己就是搞乐队的。

"小学妹，不是我说，你找我啊。"张禾兴奋道。

"找你？你还真的认识搞乐队的？"刘心怡神色古怪。

"不是我认识，我就是搞乐队的！"张禾大言不惭。

老腔演出团怎么不算乐队？我们也有主唱和其他的伴奏人员。

要名气，第一批国家级非物质文化遗产够不够名气？都上了新闻了；要特点，华阴老腔难道还不够有特点？

理由充分，让人无法反驳。

听完之后就连刘心怡也蒙了。

"你好好的工厂不开居然去做传统艺术？"刘心怡直接傻眼。

"怎么不能搞了？学妹，你就说这事能不能办吧！"张禾胸有成竹。

必须把这个机会拿到手里。

刚才在舞台下面看别人表演就觉得这个舞台不错，要是能搞到自己家里去就好了，老腔要是能在这样的舞台上表演，先不说结果了，绝对是打开了一条先河。

死马当活马医，反正也找不到其他的演出机会，不如死皮赖脸贴上去，万一让老腔上了音乐节，也能起到宣传作用。

一旁的唐琼埋怨道："人家这是摇滚音乐节，你一个老腔凑什么热闹？"

"我这不是看刘心怡可怜想要帮她一把嘛。"张禾笑道。

"老腔不是摇滚吧？"唐琼狐疑道。

"老腔咋不是摇滚了，我们是黄土地上的摇滚。"张禾不服气。

总之不管结果如何，这个舞台要是能争取上就要争取一下，反正老腔现在已经混成这样了，再差也不会差到哪里去。

张禾心里其实也有些打鼓，但是总得试一下吧，不试一下怎么知道行不行。

"刘心怡，你别听他胡扯，别理他。"唐琼笑道。

结果这时候，刘心怡一拍大腿，大声道："我觉得可以！"

一嗓子吼出来，全办公室的人都听到了，全都扭头看了过来。

"刘心怡，老板让你找乐队你找好了没有？大呼小叫像什么样子？"

"马上就找好了，快了，快了。"刘心怡满不在乎。

"学长，我还真是没想到你居然走上了搞艺术的道路，我可以勉为其难地给你引荐一下那边的音乐总监，最后选不选还要他们说了算。"刘心怡笑嘻嘻道。

"你还拿不定主意啊？"张禾诧异道。

"我只是一个小负责人，联系归联系，最后确定谁来演出是需要主办方答应的，我可以带你过去，让他们看一看。"刘心怡心里也是松了一口气。

最起码张禾给了一个思路，一个方向。

她已经尽力去找了，实在是找不到，张禾主动请缨，正好符合她的心意，等会儿见了总监必须好好说说。

她们只是负责协助工作的，具体的事情要由主办方决定。

"好，你带我去。"张禾当即道。

"不回去了？"唐琼颇有些无奈，说好的出来放松，结果又扯到老腔身上了。

"机会难得，等我。"张禾安慰道，跟着刘心怡走了进去。

"这位总监在音乐圈名气很大，和很多明星都合作过，手里捏着不少资源，这次能请来这么多乐队也是因为他，你进去之后不要乱说话。"路上，刘心怡提醒道。

音乐总监的办公室在里面一个房子里，这里只是一个临时的办事处，不是总公司的位置。

"韩总监，这位是华阴老腔的代表人张禾张先生，他得知我们音乐节的事故之后希望能够让老腔代替原先乐队的位置，在音乐节上演出。"刘心怡一本正经道，没了之前的调皮劲。

坐在办公桌前的男子留着长头发，在脑后扎了个小辫子，看起来很有艺术范儿，年纪不小，但也不老，身上透着一股高深的气息。

张禾上前道："韩总监，你好。"

韩乐安，主办方公司的音乐总监，公司经常在各地开展音乐节活动，背后都有他的参与，具有很强的音乐造诣，在国内很有地位，是一位专业的人士，是音乐圈的大拿，没有表面那么简单。

听到刘心怡的声音，韩乐安抬起头。

"华阴老腔?"韩乐安有些惊讶。

在音乐圈里混了这么久还真是没有听说过所谓的华阴老腔。

"韩总监,我这次也是偶然遇到,没有准备资料,我给你简单地介绍一下吧。"张禾缓缓道。

"华阴老腔是国家级非物质文化遗产,艺人们都有几十年的演出经验,我们在华阴有专门的剧场用来演出,我们也在市人民剧院为领导干部演出过。"

"你可能听到之后会对我们老腔有什么误解,觉得我们是那种老掉牙的戏曲,不过我们不是这样,我们在渭南师范学院的演出获得了很多学生的喜欢,校内的学生目前已经组建了老腔的社团。"

韩乐安本来双腿搭在桌子上,听着听着就自动放下来了,缓缓站起身,眼神之中带着敬意。

没想到来的居然是国家级非物质文化遗产,还有着丰富的演出经验。

第21章
/ 排练 /

张禾说的都是实话,没有半分虚言。

再怎么说老腔也是国家级非物质文化遗产,地位在这里放着,给领导干部和人民群众演出是家常便饭,不是一般的音乐形式可以比拟的。

韩乐安是搞流行音乐的,不是搞传统音乐的,不懂老腔,也很正常,但他很喜欢涉猎各种不同的音乐形式,听到一种没有听过的音乐形式,心里很是好奇。

"张先生,请坐。"韩乐安伸出手请道。

虽然没有听过华阴老腔,但是韩乐安听说过非物质文化遗产的名头,很有分量。

"谢谢。"张禾坐了下来。

一旁的刘心怡神色惊讶,不敢相信刚才耳朵里听到的话。

她本来以为张禾说的老腔就是小打小闹,没想到还挺有名堂的,最起码听起来感觉很厉害。

"刘心怡,现在还能不能联系到乐队了?"韩乐安问道。

"韩总监,我能联系的已经都联系了,大家的日程都已经安排好了,没有时间过来。"刘心怡小声道。

得了，这下也没辙了。

一个乐队突发意外来不了，空下了一个小时的时间。

没有其他的乐队补上的话就只能让已经演出的乐队多演一会儿，把这段补上来。

可是不到万不得已，韩乐安也不会这么做。

要是这个时间让其他的乐队去做，不管人家愿意不愿意，其他的乐队也不愿意干。

凭什么你能多上台演一个小时，凭什么不是我？

露脸的事情大家都想干，多唱一会儿没人嫌累，能多赚钱为什么不做呢？

现在正好遇上张禾，只能说是运气好了。

"张先生，你手上真的一点资料都没有啊？"韩乐安询问道。

音乐节的演出要慎重，不能随随便便。

"我这次本来就是出来玩的，没有带资料。"张禾无奈道。

谁能想到会碰上这种事情。

"韩总监，我们的演员就在西安，离这里不远，您要是同意的话我带你去看一看，开车过去很快的。"张禾急切道。

老腔艺人还在华阴，哪能在西安，不过事到临头了，必须这么说，要不然过了这个村就没有这个店了。

韩乐安闻言脸色闪过一丝喜色道："你们的演员就在西安？"

"是的，就在西安，你随时可以看到表演。"张禾点了点头。

"那好，十点音乐节结束，结束之后我们马上过去。"韩乐安站起来，斩钉截铁道。

喜欢音乐，遇到了一种没有听过的音乐，有机会肯定是要听一下的，就算张禾不提出来，韩乐安也要提出来。

择日不如撞日，早看早回来，韩乐安当即做出决定。

一旁的刘心怡看得目瞪口呆，这两个人不按套路出牌啊，不应该直接拒绝吗？

"刘心怡，你等会儿跟我一起过去吧，我们去看看老腔。"韩乐安询问道。

他在这里面还就跟刘心怡接触得比较多，有个熟人在不会尴尬。

"好！"刘心怡赶紧答应下来。

她对老腔也很好奇，能出去求之不得，留在这里事情反倒更多。

音乐节现在还没有结束，韩乐安还要继续坐镇这里。

不过还好，要是韩乐安说马上要看，张禾也变不出来这么多人。

走出办公室，张禾赶紧给刘兴武打了个电话。

"老刘，马上带着德林班来西安，我们要争取一下上音乐节演出！"张禾急迫道。

三言两语赶紧把事情说清楚，一听这个刘兴武根本坐不住，马上就安排下去，带着德林班的艺人前往西安。

十点音乐节结束，时间还来得及。

华阴那边安排下去，张禾心里松了一口气。

"老艺人根本不在西安，你还真敢说啊。"唐琼笑道。

"管他呢，总之必须抓住这个机会。"张禾笑道。

"我们现在去剧场。"张禾说道。

要忙工作，唐琼能理解，没有多说什么，游玩计划到此终止，开始新的征程。

张禾开上车，拉上唐琼，来到了"关中曲艺"的剧场。

牛皮吹出去了就要实现，想让老艺人表演首先要有地方，之前那个剧场已经退租了，再想拉回来时间不足，"关中曲艺"的剧场是现成的，正好拿过来借用。

"关中曲艺"今天没有演出，朱兰和徒弟们在里面练戏。

张禾急匆匆跑进来说明了来意，朱兰欣然答应，带着徒弟们离开了剧场，将地盘让给了张禾。

给刘兴武发了条信息，告诉他地点，张禾在这里等候起来。

没过多久，刘兴武就带着老腔艺人来到了这里，大家都是满头大汗，带着道具和乐器。

"张禾，怎么样？"刘兴武赶紧问道。

"全部搞定，就等你们了。"张禾喜悦道。

看向身后的老艺人们，张禾心里一阵感动。

这都大半夜了，往常这个时候老艺人们都已经休息了，只是今天这个事情必须放在心上，不能懈怠。

让刘兴武和老腔艺人们在这里熟悉舞台，张禾赶回了音乐节那边。

等到十点，演出结束，韩乐安也清闲了下来，张禾开着车带着韩乐安和刘心怡赶往剧场。

张禾没敢耽误，一路开的都是最快的速度，争取能尽快赶到"关中曲艺"的剧场。

刘心怡坐在后座位上，都将安全带系了起来。

"张先生，你可以慢一点，我们的演出明天中午才开始，来得及。"韩乐安一只手抓着车里的把手，声音颤抖道。

"好，我慢一点。"张禾这才反应过来，有点激动得过头了。

一路飞驰，张禾稳重了一点，没敢开太快。

半个小时之后，终于抵达"关中曲艺"的剧场。

剧场门口，张禾将车子往路边一停，打开车门走了下去。

"韩总监，这里是我们演出的剧场，里面请。"张禾抬起手道。

剧场里面空荡荡的，老艺人们都在后台，等候张禾到来。

给韩乐安简单介绍了一下情况，张禾带着韩乐安走了进去，找了个还算不错的位置。

"韩总监，你稍等一下，我给他们说一声。"张禾笑道。

他急忙跑到后台里，看到了已经准备就绪的张德林老爷子。

"爷，这次来了个大人物，是一个音乐总监，在音乐圈子很有名气。"张禾笑道。

"该咋唱就咋唱。"张德林站起身，带着月琴向着舞台走了过去。

台风越发成熟，老腔艺人们已经习惯了在聚光灯下面演出。

看着德林班的艺人们走了出去，张禾的心脏也怦怦怦地跳动了起来。

太紧张了。

观众席上，韩乐安疑惑地望着舞台。

当看到几个老腔艺人走出来的时候，韩乐安目光疑惑，不知道这是打算干什么。

"手指开道叫着骂！"张德林大声唱道。

"嗨！"众人齐齐跺脚，一起喊道。

一瞬间，韩乐安的眼睛都直了，身上起了一层的鸡皮疙瘩，每一个毛孔都在欢呼雀跃。

"这……"韩乐安彻底震惊了。

一旁的刘心怡被这一嗓子吓了一跳，但是仍旧目不转睛地盯着舞台，期待着老腔艺人的下一句唱词。

"我把你无知匹夫骂两声！"张德林继续唱道。

"嗨！"又是众人齐齐喊道。

韩乐安浑身打了个激灵，毛孔舒张。

"这就是华阴老腔啊！"韩乐安嘴上赞叹道。

"昨日梁王吩咐你！"张德林继续唱。

"嗨！"众人应和，一起跺脚。

舞台之上传来轰的一声，夹在乐曲声音之间，和众人的喊声汇聚在一起。

韩乐安目不转睛，盯着舞台，眼神之中闪烁着异样的光芒。

精彩，实在是太精彩了。

从未听过老腔的他这一次彻底地动容，音乐形式很有特点，演员很有特点，有着独特的唱腔，自然纯朴。

韩乐安也一直在中国寻找有趣的音乐，没想到居然能在这里遇上。

他已经决定了，一定要让老腔在音乐节的舞台上表演。

观众席上，唐琼也坐在这里，她是第一次亲眼看到老腔的表演，很惊讶，也有些钦佩。

"兖州地面风里灯！"

"嗨！"

"勿还不看梁王面！"

"嗨！"

"推出辕门问斩刑！"

"嗨……嗨！"

最后是一段比较长的拉坡调，随后一首曲子结束。

一首《骂开道》，选自《收五虎》。

韩乐安鼓起了掌。

也许在普通的观众眼中，已经听了很多遍的老腔似乎没有什么新奇之处，但是在韩乐安的眼中，老腔不简单。

这不是一个普通的非物质文化遗产，而是音乐界的宝贵财富，具有很大的潜力，可以创造出不一样的东西。

既然是展示，不可能只唱一首，张德林等人没有下台，继续拉弦开始唱下一首曲子。

曲调上有所改变，唱词也多有变化，不变的是老腔独特的风格。

"没想到关中居然还有这么好听的音乐。"韩乐安赞叹道。

张禾这时候坐在了他旁边，笑道："韩总监，这就是我们华阴老腔，你觉得怎么样？"

"很好，真的很有意思。"韩乐安不吝啬赞美之词。

"那你觉得我们？"张禾试探道。

韩乐安沉吟了一会儿，舞台上的表演还在进行，随着老腔艺人们一声大吼，宛如拨开云雾见光明。

"我不能肯定你们可以上，但是我很满意，具体的事情我们还需要商量商量。"韩乐安缓缓道。

张禾的脸上露出喜色。

没有拒绝就是有希望，至于商量商量，那自然不影响，凡事商量着来才能尽善尽美。

"谢谢韩总监，我们不会让你失望的！"张禾的语气坚定。

一旁的唐琼望着他这个样子，眼神也很感慨。

虽然她嘴上偶尔会埋怨几句，但是心里一直是支持着张禾的，看到张禾成功拿下演出的机会，心里也高兴。

展示了几首曲子，韩乐安心满意足。

"韩总监，我们去后台说。"张禾起身道。

一行人来到了剧场的后台，张德林他们正在后台收拾东西。

"韩总监，给你介绍一下，这位是华阴市老腔保护中心的副主任，刘兴武。"张禾说道。

刘兴武伸出手，和韩乐安轻轻一握。

"韩总监，欢迎你来观看我们的演出。"刘兴武笑道。

"不客气，如果不是张禾的话，我还不知道这里会有老腔这么独特的音乐存在，你们的音乐是我听过的最接地气的音乐。"韩乐安回应道。

他的眼神移向了老艺人的手上，目光盯着那些各种各样的乐器。

这些乐器有些是见过的，有些是没见过的，最独特的就是张德云手里的长条凳。

"韩总监，这位是我的爷爷，演出团的主唱兼月琴手，张德林。"张禾一个一个给韩乐安介绍。

面对这些传承非遗的老艺人，韩乐安的态度友好，十分尊敬。

如果没有这些老艺人的话，老腔活不到今天。

等到大家都互相认识之后，韩乐安好奇地问道："德云老先生，我能不能看一下你手里的东西？"

"你看，随便看。"张德云将东西递出去。

接过枣木块，另一只手拿着条凳，韩乐安心里十分惊奇。

在村中再常见不过的东西，在老腔艺人的手中居然能成为一个乐器，而且还意义非凡。

他拿着枣木块砸了砸，感受着其中的脉搏。

"各位老艺人，我们的音乐节主要以摇滚为主，如果你们想要上音乐节演出的话，我有一个建议。"韩乐安放下手里的东西，笑道。

"什么建议？"几个老艺人问道。

不用管音乐节是什么地方，能有机会唱老腔就足够了，在什么地方唱都一样。

不过建议倒是第一次有人提，大家都很好奇。

"张先生，那我说了。"韩乐安话锋一转。

"您请讲。"张禾缓缓道。

刚才就说要商量，现在是要说正题了。

"在我看来，老腔的表演形式上并不是无可挑剔的，很多地方还可以做得更好，我觉得可以在其中加上一些现代的音乐元素，使它更能贴近年轻人，在舞台上的演出效果也会更好。"韩乐安缓缓道。

他是专业做音乐的，有自己独到的视角去看待老腔。

音乐节需要炸裂的感觉，老腔因为乐器的原因有些地方还做不到位。

既然要上音乐节，就要有所改变，符合时代的潮流。

"不行。"张禾当即拒绝道。

"老腔是非物质文化遗产，是传统曲艺，一旦加入新元素，就会失去本来的面目。"张禾解释道。

他想起了之前在渭南的时候，那个演出团的老板耀武扬威的样子，想让老腔当陪衬，开什么玩笑。

张禾想要传播的是原汁原味的老腔，可不是随便改动之后的。

"韩总监，按照文化部的规定，利用国家级非物质文化遗产项目进行艺术创作、产品开发、旅游活动等，应当尊重其原真形式和文化内涵，防止歪曲与滥用，我们也不是不同意，只是不能这么去做。"刘兴武在一旁补充道。

韩乐安看到两个人警惕的眼神，笑了起来。

"张先生，刘主任，你误会我的意思了，我不是想要改编，而是打算以老艺人们的演出为主，在其中加上现代的元素而已，喧宾夺主的事情我不会做，更不是你们想的那样。华阴老腔是国家级非物质文化遗产，这么独特的东西我怎么会随便改呢？以我的能力就算改也改不好啊。"韩乐安笑道。

张禾摸了摸鼻子，敢情是错怪人家了。

"这件事还是要让爷爷们做主，只要他们同意，我们就没有意见。"张禾笑道。

"老艺人们，你们觉得我的提议怎么样？我们可以先试一试，不行了再说。"韩乐安缓缓道。

张德林他们眉头紧皱，随即舒展开来。

"我们虽然年纪大了，但心还年轻着，咱们可以试一试，我也想看看你咋把我们老腔和那些现代元素融合。"张德林说道。

他是班主，他没有意见，其他的老人也没有意见。

"谢谢你们对我的信任，时间紧迫，我们就不耽误了，马上开始准备！"韩乐安肃然道。

现在已经晚上了，明天就要演出，不能打无准备之仗，必须提前准备。

剧场已经清空，就剩下张禾他们一群人。

和老艺人们交流老腔的一些情况，刘兴武在一旁做着补充，他在整理老腔的剧本，也是专业的，和韩乐安相比，术业有专攻。

韩乐安挑选了几个剧目，让老艺人们在舞台上表演起来，手里拿着本子写写画画，将心里的灵感记录下来。

今天来这里给他带来的惊喜实在是太多了，脑海中有无数的想法想要实施。

首先要选定明天表演的内容，韩乐安经过挑选，选择了几个适合明天在音乐节上演唱的曲目。

剧场的舞台上摆放着架子鼓，一群打扮时髦的乐手手里拿着吉他、贝斯等乐器站在舞台上。

这些乐手是他们公司乐队的人，也在这次的演出当中，韩乐安直接叫过来，让他们配合老腔艺人的演出。

乐手们对韩乐安都很尊敬，虽然心里不觉得这些老艺人能唱出什么样的好东西，但是表面上都很配合。

众人落座，张德林他们依旧坐着的是自己带来的板凳，乐手们站在老艺人的背后。

张禾和刘兴武两个人站在一旁观看，专业的事情他们插不上手。

音乐之声响起，张德林开嗓唱了起来，一声嗓音直破天际，背后的那些乐手全都愣住了。

心里就一个感觉，这群艺人不简单。

时间紧迫，晚上就要有一个雏形，让乐手们和老腔多磨合磨合。

韩乐安在中间指点迷津，调整演出的节奏。

不知不觉时间就到凌晨一点了。

"时间已经很晚了，各位老艺人，你们快回去休息吧，我现在要赶回办公室，我们明天早上在音乐节会场会合。"排练得差不多了，心里有了答案，韩乐安赶紧道。

他倒是经常熬夜，但是老人们不行。

"韩总监辛苦了。"张禾说道。

众人没有耽误，全都找地方休息。

半夜叫不到车，张禾直接开车拉着几个人返回了住处。

音乐节的演出是两天，开演都在下午一点，早上有的是时间。

晚上必须好好休息，明天才有精力大干一场。

张德林他们也十分慎重，在音乐节上演出对他们来说是头一次，要做好万全的准备。

一路疾驰，连口水都没有来得及喝。

将韩乐安放在了办事处那里。

"张先生，你快点回去休息吧，明天早上七点我们在这里见面。"韩乐安急切道。

"韩总监，听你这意思你还不打算休息吗？"张禾疑惑道。

"没时间了，明天来了之后我们直接开始在舞台上彩排，我今天晚上就要把最后的细节处理好。"韩乐安说道。

"韩总监，你辛苦了。"张禾诚恳道。

一个之前素不相识的人能为老腔做到这一步，实在是不多见。

"不辛苦，能听到这么好听的音乐是我的荣幸，黄土地上的摇滚乐，我觉得你说得没错，老腔就是黄土地上的摇滚乐，是最古老的摇滚乐，我已经迫不及待想要将它们融合在一起。"韩乐安笑道。

"刘心怡，你也直接回家吧，明天再来。"

吩咐完，韩乐安没有停留，直接走进了办公室里。

喜欢音乐，痴迷于音乐，做音乐不会感到累，韩乐安不是为了自己，是为了音乐。

"韩总监就是这个样子，你以后习惯了就好，我们走吧，再不回去睡觉我的黑眼圈都要出来了。"刘心怡在一旁道。

张禾马上开车，将刘心怡送回了家里，这才和唐琼一起回家。

等到了家里的时候，时间已经是凌晨两点了。

不敢多耽误，赶紧休息睡觉，明天早上还要干大事。

办公室里，韩乐安坐在椅子上，随身听播放着老腔的音乐，是他带着设备过去录下来的声音，虽然有些嘈杂，但也可以听。

拿着纸和笔在本子上写写画画，嘴里哼唱着曲调。

外面的天色昏暗，他一个人在办公室里，忘记了一切，不知道什么时候趴在桌上睡着了。

等到醒来的时候，天空已经亮了起来。

不知不觉一夜已经过去，有些工作人员已经抵达了这里，准备中午的演出。

还没有到七点，刘兴武和老腔艺人们就来到了这里，张禾随后也抵达了这里。

彩排节目对于唐琼来说很无聊，张禾就没有让女朋友过来。

"大家先吃早饭，吃完早饭我们上舞台开始排练。"韩乐安缓缓道。

时间紧迫，必须抓紧每分每秒，让工作人员去买早饭，几个人坐在会议室里开始交流。

一些刚来的年轻人看到一群老头坐在这里面都很好奇，玩摇滚的都是年轻人，这群老头难不成也是玩摇滚的？

只是看他们这个样子也不像玩摇滚的啊。

"德林老爷子，这是我的一些想法，你们看一看。"韩乐安拿着张纸递过来，上面是五线谱。

张德林摆了摆手道："不用给我看，我也看不懂，你就给我说怎么演就行。"

都是正儿八经的农民，上学也没上多久，没有经过现代专业性的系统性的音乐学习，让他们看这些东西还真是看不懂。

一旁的张禾闻言心中思索了起来，这倒是老腔的一个短板。

刘兴武在准备教材的时候也难在了这里，老腔是口口相传的，甚至连曲谱都没有，很难传授出去。

不过他们现在也没有好的主意，只能等以后再说。

韩乐安表情凝滞，摇了摇头，有些无奈。

老腔艺人们的学艺之路和他们完全不一样，需要找寻合适的办法。

没过多久，早饭到了。

众人赶紧吃过早饭，来到了音乐节的舞台上。

中午之后开始演出，早上都是各个乐队的彩排，张禾他们来得早，其他的乐队还没有过来。

"准备准备，开始排练！"韩乐安拍了拍手。

那些乐手也全都各就各位，站在了舞台上。

调整每个乐器的摆放位置，调整音响，布置舞台，选择站位，这些东西全都是韩乐安一手指导。

"老人们都是国家级非物质文化遗产华阴老腔的传人，这次和现代元素合作很冒险，但也很值得期待，你们这次的任务就是配合艺人们的演出，该说的我之前已经说过了，我们现在开始。"韩乐安叫来几个乐手吩咐道。

话音落下，彩排正式开始。

等到其他乐队来临之前，正好结束彩排。

张禾等人都满脸喜悦。

"该做的我们都做了，就看下午的一战了。"韩乐安笑道。

下午一点钟，音乐节正式开始，很多人已经提前抵达了现场，等候演出。

舞台下面汇聚了不少打扮奇异的年轻人，大家穿着时髦，男男女女聚在一起，欢呼雀跃。

这个舞台是属于那些音乐人的，随着第一个乐队的上场，全场的气氛达到了一个顶点。

吉他声、贝斯声、鼓声等等交错在一起，空气之中都好像出现了一圈圈肉眼可见的涟漪，从人群中划过。

台下的人们扭动着身体，放松着心情，和旋律一起起起伏伏。

"BY乐队出了意外，今天来不了，不知道是哪个乐队接他们的位置？"人群中，有人疑惑道。

"主办方口风很紧啊，一点消息都没有透露出来。"

"我有个在里面上班的朋友，据说他们联系了好几个乐队都没有时间，这下好玩了。"

三三两两的人聚在一起抽着烟，手里拿着罐装啤酒，一边聊一边喝，都在议论这件事情。

BY乐队虽然不是很有名的乐队，但是也有那么一小部分粉丝，这一部分粉丝买票就是冲着偶像来的，如今这批人买了票却看不到偶像。

没办法，意外这种事情太过偶然，谁都不能怨，但是票都买了不能浪费，还是得继续过来听，中间那段时间谁来演就成了众人嘴里的谈资。

"估计是让别的乐队帮个忙。"一个人说道。

"现如今他们也只有这个办法了。"旁边人应道，他抬头看向舞台，脸色一变，催促道："快看快看，下一个就是了！"

几个人将手里的烟头丢在了地上，看向了舞台。

此时此刻，因为上一个乐队的离开，舞台已经恢复了平静。

然而，令人诧异的一幕出现了。

几个工作人员手里拿着那种乡村里面才会有的板凳跑上了舞台，将凳子摆放在了舞台上。

"这干啥嘛？放这个凳子啥意思？"台下的观众神色茫然，全都目不转睛地盯着舞台上的动静。

几个工作人员将凳子按照一定的位置摆放好，随后将架子鼓也向后抬了一下。

还没等众人反应过来，一个工作人员举着一个木头架子走了上来。

这个木架是四方形的，下面有两个底座，上面的横梁上悬挂了一个锣。

"这是哪个乐队啊，居然还用锣当伴奏。"看到这一幕，观众都很新奇，以为来了个没有听说过的乐队。

看到舞台上的变化，所有人的注意力都被吸引到了这里。

等到一切准备就绪，主持人手里拿着话筒，一步一步地从旁边走上了舞台。

"首先，我要给大家说一声对不起，因为BY乐队突发意外，无法参加这次的音乐节活动，希望大家能够见谅。"主持人带着歉意道，他微微一笑，继续道，"下面有请'华阴老腔'为我们带来精彩表演！"

说完之后，主持人走下舞台。

舞台一侧，韩乐安的神色虽然憔悴，但是双眼熠熠生辉，他的目光移向舞台的入口处，那里是上场的地方。

台下响起了一片哗然。

"华阴老腔，这是哪个乐队，怎么从来没有听说过？"

"这个名字怎么感觉有点耳熟啊，华阴老腔……"

"老腔是啥啊？"

观众大多数都是疑惑，根本没有听说过老腔。

虽然入选了非物质文化遗产，但是根本没有多少人去了解。

全国五百多个非遗，没几个人会专门去看，除非偶然在电视上或者其他地方看到。

这个时候，舞台入口处，一个穿着红色对襟短打的身影出现在了那里。

张德林手持八角月琴，迈步走上舞台，步伐稳健。

看到张德林走出来，台下轰然一片。

"这个乐队的主唱是个老爷子，这都多大年纪了还玩摇滚？"

"华阴老腔，不会是因为都是老人所以叫华阴老腔吧？"

随着张德林走上来，张德云紧随其后，他的手里拿着一个烟杆子，装模作样比画着。

张德禄、张德民几个人紧随其后，每个人的衣服都是洗干净了的，是他们的演出服。

为了这一次的表演，德林班众人也做出了努力。

看到这群老爷子走上舞台，舞台下面已经彻底嘈杂一片。

"这是搞笑呢？叫来一群老头演出？"

有人好奇，有人不屑，四周还有其他乐队的人盯着这边，似乎是要探听对方的虚实。

张德林等人此刻也纷纷落座，稳稳地坐在板凳上，乐器拿在手里摆正位置，瞬间气氛就变得不一样了，像唱戏的，不像唱摇滚的。

几个乐手这时候也各就各位，做好老腔的伴奏工作。

全场逐渐变得寂静下来，不管大家来这里是干什么的，此刻都被张德林他们所吸引住了。

每一个人都想知道，这几个老人能为大家带来什么样的表演，连韩乐安都这么迫不及待。

这个时候，台上的那个老人忽然站起身，大手一挥，嘶吼道："军校！"

宛如一颗炸弹在众人的耳边炸开，四周的那些老人齐声喊道："嗨！"

台下的观众全都傻眼了，这一道吼声，震得人浑身热血沸腾，仿佛将心里万年积压的怒气全都喊了出来！

"备马！"张德林继续嘶吼道。

声音拥有着极强的厚重感，带着一股黄土地上独有的沧桑之感，没有人能模仿出来。

"嗨！"四周的老人再度齐声喊道。

又是浑身一震，舞台下面一片死寂，所有的观众都紧盯着张德林，等待着下一声。

"抬刀伺候！"张德林吼道，喊完坐在了板凳上。

"嗨！"

随着这一个喊声响起，所有人同时抬起脚，猛地落了下去。

"嘭！"

舞台震动，巨响回荡。

台下的观众感觉自己的心脏也随之颤动了一下。

忽然间，音乐之声响了起来，张德林弹开月琴，张德禄摇着梆子，敲着钟铃，二胡声、板胡声交织在一起。

背后的那几个乐手也弹了起来，伴奏声音变得更加丰富起来，让每个人的心都和音乐连接在了一起。

"嗵嗵嗵！"架子鼓的声音响起，伴随着月琴和吉他贝斯的声音。

"唉……嗨！"乐曲声刚走了一段，众人再度抬起脚跺了下去，嘴里还在喊着。

"嗨！"

最后一声呐喊，众人再度跺脚踩下去。

一瞬间，全场沸腾了。

这些老艺人的表演实在是太让他们惊讶了。

舞台下面大都是些年轻人，他们之前根本没有关注过所谓的老腔，只当是传统的戏曲，带着陈腐和老旧的气息。

但是他们没有想到，今天居然在一个摇滚音乐节的活动上听到了老腔，纯正的老腔。

这哪是什么陈腐和老旧，这是最中国的摇滚乐！

"将令……一声震山川！"张德林大声唱道。

背后的张德云手拿枣木块砸在了长条凳上。

艺人们一起大声喊道："嗨！"

"人披盔甲马上鞍！"张德林继续唱。

"唉……嗨！"艺人齐声喊道。

看到这一幕，台下有些观众已经反应过来了。

"华阴老腔，非物质文化遗产，我想起来了，我在新闻上见到过！"一个观众大声道。

"传统曲艺居然和摇滚结合在了一起，这也太好听了……"众人赞叹道。

"大小儿郎齐呐喊！"台上，张德林继续唱道。

"嗨！"

"催动人马到阵前！"

"唉……嗨！"

老艺人们的情绪彻底感染到了每一个观众。

望着台上的表演，台下几个观众也跟着一起喊了起来。

看到这一幕，张德林心有所感，他身子一摆，望着台下的观众。

"伙计们，咱们一块儿来？"张德林用关中方言说道。

"一块儿来！"观众们一听都乐了，大喊道，老艺人居然还开始互动了。

张德林一笑，伴奏之声越发地紧凑了起来。

"头戴束发冠！"张德林唱。

舞台下面，有几个观众大声喊道："嗨！"

不会唱词，拉坡总能现学现卖，反正热闹就够了。

乐手敲着架子鼓配合着张德云，一听大家居然跟着一起喊，连他也不由自主地一起应和起来。

"身穿玉连环！"张德林唱。

"嗨！"

台上台下一起唱道，这次跟着喊的观众多了起来。

这首词本来就没有太多的旋律变化，比较容易掌控。

"胸前狮子扣！"

前面的观众都跟着一起喊道："嗨！"

"腰中挎龙泉！"

不光是前面的了，中间的观众也跟着一起喊了起来，人越来越多起来，大家大吼道，跟着老腔艺人们一起吼出属于黄土地的摇滚。

属于农民的声音！

几百个人一起拉坡，场面极为壮观。

"唉……嗨！"

张德云抬着条凳冲到了前面，抡圆了胳膊拿着枣木块狠狠地砸了下去。

一声接着一声，观众们也跟着节奏在一起走。

"弯弓似月样！"

"嗨！"

舞台下面的观众一起吼道，声音震耳欲聋，全场都炸裂了！

"狼牙囊中穿！"

"嗨！"

这一刻，所有的观众都跟着喊了起来。

几百几千人的喊声汇聚成一团，将四周的昏暗全都打破。

声音回荡在整个厂房旧地之中，回荡在了每一条小巷之中。

第22章

/ 节目邀请 /

这个场景就算是做梦张禾也没有想到过，然而今天却发生在了他的眼前。

那些呐喊声敲击在他的耳膜上，回荡在他的脑海之中，似乎是在告诉着他，老腔没死！

一条胳膊将他搂住，扭头一看，是刘兴武，神色感慨，有些感动。

此刻，舞台之上，张德林唱到了最后几句。

"催开青鬃马！"

"嗨！"

"豪杰敢当先！"

"嗨……嗨嗨嗨……嗨！"一声更比一声响亮。

台下的观众们听着老腔，心潮澎湃。

张德云站在最前方，手里的枣木块一下一下地落在条凳上，节奏分明。

站在后面的那些乐手每一个都在认真地弹奏乐曲，脸上也带着一丝喜悦。

在排练的时候他们就被老腔艺人的表演惊讶到了，他们的演出之中天生带着摇滚的感觉，是真正属于中国的摇滚。

老腔艺人的舞台表演功底深厚，没有人不被折服，如今看到台下的观众欢呼的样子，听着观众们跟着音乐一起呐喊的声音，乐手们的情绪也被调动了起来。

"正是……"张德林站起身，朗声唱道。

乐曲的声音越发地激进起来。

所有老腔艺人一起唱了起来："豪杰催马进！"

"啊……啊哈嘿……"

观众们跟着一起唱着，喊着。

"前哨军人报一声！"张德林唱完了最后一句。

老腔艺人们齐声应和了起来。

"啊嘿……啊嗨……啊……唉啊……啊嘿啊啊啊啊……"众人唱着，台下的观众跟着一起唱着，每一个人都跟着旋律在扭动。

这是真正属于中国的古老音乐，属于黄土地的音乐，属于人民群众的音乐。

张德林的脸上全是笑意，嘴里哼唱着最后的曲调："啊嘿……啊……啊……啊啊啊啊啊啊啊！"

曲声逐渐低沉，即将结束。

台下的观众开始鼓掌，掌声雷动，回荡在废旧的厂房之中。

音乐声消失。

掌声经久不息，台下的年轻人们嘴里叫喊道。

"好！"

"唱得好！"

"再来一首！"

四面八方的声音响起来，张禾眼含热泪。

演出成功了。

和韩乐安的合作不能说十分完美，但是绝对远超之前，观众的反应做不了假。

"老腔居然也能这么好听，我以前居然从来没有听到过。"

"票钱值了啊，听着太舒服了！"

全场的欢呼声不绝于耳。

表演没有结束，还有曲子。

一个乐队演出的时间就算短一点也要四十分钟左右，老腔艺人们和韩乐安有所准备，可不光只有《将令一声震山川》一首曲子。

老腔艺人们站在台上，一声接着一声，一曲接着一曲，整个音乐节进入了一个高潮。

等到表演结束，老艺人们拿着东西走下了舞台，下一个乐队上场。

因为老腔在前面表演，后面的表演即便再精彩，都比不上传统曲艺和现代音乐结合起来的感觉。

全新的东西带给人的体验总是其他无法比拟的。

"谢谢你们的表演。"舞台后面，韩乐安笑道。

"好久没有唱得这么舒服过了，我们也要谢谢你！"张德林满脸舒爽道。

舞台上连唱好几首曲子，摇滚和老腔的结合，台下观众反应热烈，是对艺人们最好的回报，老艺人们十分开心。

"韩总监，谢谢你能给老腔这个机会。"张禾感激道。

真心感激，如果不是这次能上台表演，张禾还发现不了老腔的魅力所在。

不管其他人如何，今天在这里观看音乐节的观众一定都会深深地记住"华阴老腔"这四个字，对以后老腔的宣传将起到不可磨灭的作用。

更重要的是，这些观众大都是年轻人。

世界是属于年轻人的，获得年轻人的喜爱，是一个传统艺术很难做到的事情，而老腔现在就做到了。

"不客气，你们也帮了我们一个忙，要不然我还真不知道从哪里去找乐队演出。"韩乐安笑了笑。

"韩总监，你看什么时候有空，我请你吃饭。"张禾笑道。

"我们时间太紧了，现在脱不开身，明天早上我就要坐飞机回去了，张先生，下次有机会我们再一起吃饭吧。"

韩乐安也很想和艺人们好好交流一下，但是时间很不充裕。

公司的事情很多，还要赶往下一个地方组织一场新的音乐节活动。

"那好，韩总监，这顿饭我可记着呢，下次再见一定要请你。"张禾笑道。

韩乐安笑了笑，大家一起返回了办事处。

虽然是和韩乐安合作演出，但是这一趟也不是白来的，同样有收入。

不过这些收入张禾并不在乎，这场表演重要的收获是老腔在音乐节上露了个脸。

坐在回华阴的车上，张禾心里无比地感慨。

"怎么，兄弟，还不开心？"刘兴武笑道。

"任重道远啊，现在钱不够，在西安开不了剧场，没法演出，只能靠华阴的小剧场撑着了。"张禾叹道。

虽说在音乐节上表演了，但是目前对华阴的剧场没有实质性的帮助。

"没事，钱的事情我们一起想办法，总能解决的。"刘兴武缓缓道。

老腔从村子里的小曲种走到今天这一步已经很了不起了，想要再向前一步何其困难。

不能急，急了就容易出问题。

到了虎沟村里，张德林他们继续开始每天种地、晚上唱戏的日子。

因为资金的关系，张禾决定暂缓老腔前往西安的脚步，先稳扎稳打，经营好渭南这一亩三分地。

老腔文化剧场内，舞台上，艺人们正在卖力地表演着。

台下的观众有五六十个，比之前多了一点。

张川手里拿着一本小说翻看着，坐在剧场的大门口。

外面忽然响起了一阵杂乱的脚步声，张川下意识地抬起头，脸色一变，手里的书也掉在了地上。

"小伙子，你认识张禾吗？"一个女子缓步走来，手里拿着一个话筒，上面写着陕西电视台的字样。

"认识，张禾是我叔。"张川茫然道。

女子的身后，跟着一个举着摄像机的男子，后面还跟着好几个记者打扮的人。

"你好，能不能让我们进去？"女子继续问道。

一听这个，张川马上起身，挡在了门口。

"不好意思，剧场现在在演出，你们没有买票，不能进去。"张川不容置疑道。

没有买票就进去看戏，让那些买票的观众怎么办。

"我是陕西电视台的记者，我来是采访张禾的。"

"我是西安电视台的记者，我也要采访张禾，小伙子，你让一下，让我们进去！"

"我是华商报的记者，让我们进去吧！"

一群记者作势要扑上来。

"谁知道你们是不是电视台的？"张川挡在门前，拦着了这些人，一个都没放进去。

这群记者都蒙了，我们可真是电视台的啊，来采访你们居然连门都不让进。

"小伙子，我们真是电视台的啊，要不然这样，你把你的叔叔叫出来，我们和他说。"最前面的记者说道。

"你们别想使诈，我要是去叫人了你们肯定就闯进来了！"张川一副视死如归的神色道。

反正不买票，不能进！

一个记者终于反应过来了，赶紧道："是不是买了票就能进去？"

张川点了点头。

"好，我们买票，我要三张！"

"我也买，我要两张！"

"我要……"

一群记者急忙道，从兜里掏出钱递了出去。

张川笑眯眯地将钱收起来，给这些人全都发了门票。

"一下就卖出去这么多票，禾叔肯定会夸我的，我简直是个天才！"张川在心里笑道。

数完了手里的钱，张川正色道："你们跟着我进来，里面已经开始演出了，不要喧哗。"

记者们都快着急死了，但是为了能进去，只好满口答应下来。

张川将钱给兜里一塞，神色警惕地盯着这群记者，随后才转身向着里面走去。

记者们连忙跟在后面走进去。

舞台之上，张玉胜正好一曲唱毕，观众席上响起稀稀拉拉的掌声。

记者们走进来，顿时眼前一亮，找对地方了！

这时候，张禾正好从后台走出来，看到张川后面跟着一群人，神色惊疑。

这可是记者啊，怎么跑到这里来了？

"禾叔，你看，这些人都是想进来找你的，我让他们都买票进来了，卖了不少钱了！"张川炫耀道。

那群记者听到声音，目光全都集中在了张禾的身上。

正主来了，他就是张禾！

一群记者直接越过张川扑了过来，一个接一个说了起来。

"张先生，我是陕西电视台的记者，我想采访你一下！"

"张先生，我是西安电视台的记者，老腔在音乐节上的演出火爆西安，请问你有什么感想？"

"张先生……"

嘈杂的声音响彻在耳边，张禾瞬间蒙了。

"你们是来采访老腔的？"张禾疑惑道。

"张先生，你还不知道？"一个记者疑惑道。

"知道什么？"张禾神色奇怪。

那群记者左看右看，神色惊讶。

华阴老腔已经火遍西安了，这个正主居然还不知道？

一大群记者来到老腔的剧场专程采访，是件大事，必须慎重对待。

张禾根本不知道到底发生了什么，听完记者的介绍他才知道。

音乐节的演出是有新闻媒体在关注的，老腔在音乐节上的演出震撼全场，被一个媒体发了出来。

一瞬间轰动了整个西安城，几乎所有的西安人连同周边县市全都知道了老腔的存在。

音乐节上，老艺人们表演的《将令一声震山川》的视频更是被人争相传播，不敢说尽人皆知，但也绝对轰动了西安城。

"张川，你刚才拦住人家，还逼着人家买票？"张禾抚额长叹。

"是他们主动要买的，我可没逼他们。"张川有些悻悻道。

闯祸了，来的人真的是记者，来的还不是一家电视台，是好几个电视台的人。

"没关系的，张先生。请问我们现在可以采访你和那些老艺人吗？"记者询问道。

票钱不重要，反正可以报销，采访才是关键。

"可以，当然可以，不过现在剧场还在演出，还请你们见谅。"张禾笑道。

"没关系。"记者们点了点头。

演出就演出，正好可以录下老腔演出的视频。

记者们站在舞台下面，摄像师对着舞台找各种角度拍摄。

那些观众也发现了这个异常，十分疑惑。

等到演出结束，观众开始离席，王琛就在其中，一个记者正好将他拦住。

"你好，我是陕西电视台的记者，请问你是从什么时候开始来这里听老腔的？"记者询问道。

王琛一看麦克风上的标志，果然是陕西电视台。

没有多想，王琛已然明白，老腔可能要火了。

能让电视台亲自过来采访，上一次这样的场景还是老腔刚申遗成功的时候。

"我从这个剧场开业第一天就在这里听戏了。"王琛应对自如。

看着老腔一天天从人多变成人少，王琛心里也很失落。

如今能有电视台采访，自然是有多好就要说多好，推老腔一把，让老腔火起来。

"那您是老戏迷了。"记者笑道。

"是啊，我给你们讲，这个老腔可不一般，据说是汉朝时期……"王琛口若悬河，抓着话筒死不放手，硬是给记者扯了一段老腔的历史渊源。

他常听戏，和张禾交流，这些情况全都清楚。

记者迫于无奈，不好意思打断王琛的讲话，只好全都录了下来。

采访完观众，采访艺人。

张禾不敢居功。

"这次能在音乐节上表演，首先要感谢韩乐安韩总监，如果不是他愿意给我们一次机会，华阴老腔是无法登上这个舞台的，和摇滚合作也是韩总监的提议，因为有他的技术指导，我们才能为观众展现一场视听盛宴。"张禾对着镜头说道。

事先没有准备，所有的话都是脱口而出的，张禾等这一天等了很久了，这次是一个很好的机会，能把老腔真正地宣传出去。

"再就是要感谢我的长辈们，老腔艺人们，如果没有他们的话，老腔已经断绝传承了。"张禾感慨道。

"最后要感谢我们的政府，我们的国家，他们也是我最应该感谢的，是政府创造了和平稳定的环境，加大了在政策上的倾斜，我们老腔才有机会被其他人看到。"

一番话说得漂亮，记者们瞠目结舌，这个老腔文化的老板不是一般人啊。

记者们继续询问，张禾对答如流。

老艺人们也十分惊喜，操着一口关中方言回答记者们的问题。

"张先生，你说华阴老腔源于双河镇的虎沟村，我们可以去你们村里采访吗？"记者询问道，每个人都满脸期待。

"可以，我们热烈欢迎。"张禾点头同意。

你们不去我也要拉着你们去，老腔保护中心就在虎沟村，虎沟村是老腔的出生地，无法改变，也不会忘记。

第二天，记者们驱车前往虎沟村，在老腔保护中心开始了新一轮的采访。

老腔保护中心震动，刘兴武和林雄两个人活儿也不干了，忙着接待记者们。

冯浩也专程赶了过来，他是老腔保护中心的主任，又是文化局的领导，有着丰富的应对经验，对付这些记者。

陕西电视台，西安电视台，华商报，陕西日报……

虎沟村彻底热闹了起来。

面对着镜头，刘兴武挺起了胸膛，老腔保护中心自成立以来还没有干过什么大事，这次终于是干成了一件大事！

村里头一次来了这么多大的新闻媒体，镇上也被惊动了，卢长东设宴招待了记者们。

这些记者来这里可不是简单地采访，是要搞大事来了。

探寻老腔的发源地，了解老腔艺人们的生活，调查老腔的生存情况。

"华阴老腔是我们双河镇自古流传的传统曲艺，是国家级非物质文化遗产。这一次能有这样的表现是他们应得的，欢迎你们常来虎沟村采访。"卢长东对着镜头说道。

想要挂"华阴老腔发源地"那块牌子已经很久了，但是到现在还没有挂上，需要上面的部门开会同意。

这次上了电视，想必也能得到上级部门的关注，抓紧时间推进非遗周边工作进展。

"华阴老腔是我们华阴目前唯一一个国家级非物质文化遗产，我们为此做了很多的保护工作，但是在传播上面还需要你们的帮助。"冯浩也对记者一个一个说道，没有丝毫的不耐烦。

老腔保护中心经费有限，一直拿不到多少，现在老腔要火了，就可以找机会争取一下更多的经费了。

一连忙了好几天，终究是将媒体们全都招待好了。

坐在老腔保护中心的地盘上，张禾长出了一口气。

没想到老腔居然真的火起来了。

晚上大家打开电视，陕西电视台的新闻也播报了老腔在音乐节上表演的盛况。

万人齐吼，场面壮观，百看不厌。

电话响个不停，全都是来祝贺的。

以前工厂的老员工也是赞不绝口，老腔保护中心被大家知道了，老腔文化也被人知道了。

老腔艺人们在电视上露了脸，时间还不短。

"你好，请问你是哪位？"张禾接起电话，询问道。

有些号码是陌生的，但是不知道是什么人打来的，都要接一下。

"张禾，你好，我是吴岳。"电话里响起一个中年男子的声音。

"吴导？"张禾惊讶道。

居然是《秦声璀璨》节目的编导，上次见面还在很久以前。

"张禾，我在电视上看到你们的新闻了。"吴岳笑道。

"谢谢吴导的关注。"张禾诚恳道。

对面的人可是执掌大节目的编导，能亲自打电话过来已经表明了态度。

"你这个电话我还是从曾卉那里要到的，冒昧打扰了，还望见谅。"

"吴导，你说的什么话，你能给我打电话是我的荣幸。"

"太客气了，你现在也是一个名人了。"吴岳调侃道。

张禾笑了笑。

勉强算个名人，毕竟上了电视，但是张禾一直没有炫耀自己。

真正需要出现在众人眼前的是那些老腔艺人，他们才应该被观众记住。

"张禾，你当时找我的时候，我曾经说过要为你们做一期节目。"吴岳缓缓道。

张禾心里一动，隐隐有些期待起来。

"现在时候到了，我正式邀请华阴老腔艺人参加《秦声璀璨》节目，希望你们能够答应。"吴岳诚恳道。

以前老腔不火，电视台不会做节目，如今老腔已经火了，可以尝试做一期节目了。

陕西本土的曲艺始终都是要上《秦声璀璨》这个舞台的，吴岳想借这个机会，让老腔更上一层楼。

"谢谢吴导，我们愿意。"张禾赶紧答应下来。

他都快忘记这件事了，没有想到吴岳还记在心里。

"张禾，之前的事情希望你能理解，这次节目我一定为你们好好做一期。"吴岳有些歉疚道。

"没事没事，那时候连我们华阴都没有多少人知道老腔，做一期节目太冒险了，我能理解。"

"那好，就这么说定了，你们什么时候有时间？"

"我们随时都有时间。"

除了唱戏种地就没有其他的事情了，能上陕西电视台的节目，老艺人们肯定愿意。

他们这些人平常在家里也看这个节目。

和吴岳约定了时间，张禾马上将这件事告诉了张德林他们。

"我们还能上这个节目呢？"张德林有些难以置信。

本来就是一个普通的村民，没有觉得有什么厉害的，结果又是邀请演出，又是电视台采访。

现在还邀请他去参加电视节目，还是他一直在看的《秦声璀璨》这个节目。

"申遗之前我去找过吴导，不过吴导没有同意，这次专门打电话过来邀请咱们呢，爷，你就准备好吧。"张禾笑道。

张德林摸着手里的月琴，叹息了一声道："小禾，陪我去山上走走吧。"

"好。"

爷孙两个走出院子，沿着村里面的土路向着山坡走去。

张德林的步子走得极为稳重，双手背在身后，张禾站在后面望着自己的爷爷，已经猜到了张德林想要干什么了。

虎沟村后面的山坡上，一个孤单的坟茔矗立在地上。

一个普通的墓碑，一个小土包，除此之外便没有其他的东西了。

张德林站在坟墓前，凝望着墓碑已经有十分钟了，但是还没有移开目光。

张禾站在身后，一言不发。

从村子离开之后就到了这里，张德林想要看一看自己的好兄弟。

老腔如今的成就相比之前已经超出太多，张德海却没有机会见到这一幕了。

从始至终，张德林没有对着墓碑说出一句话。

他抬头看了看，远处的崇山峻岭隐没在浓重的雾霭之间，隐约能在其中看到华山险峰的影子。

转过身，张德林轻声道："走吧。"

两人离开了张德海的坟墓。

等到了录制节目的那天，一辆大巴车开到了老腔保护中心的门口。

大巴车是文化局安排的，专门负责送老腔艺人们前往西安。

如今老腔的身份地位，出去参加一个节目要是都没有专车接送的话实在是太掉价了。

冯浩看不下去，以老腔保护中心的名义申请了一辆。

以后只要是在渭南周边的演出，都直接专车接送，不用老艺人们再专门跑到长途汽车站了。

除了德林班的艺人们，一起去的人还有刘兴武和张禾，顺带还带上了张川。

张川最近在剧场表现优异，张禾给了他一个机会，让他去节目现场看看，反正他也没去过。

众人拿着道具和乐器坐上了大巴车，前往西安。

大巴车直接开到了陕西电视台的大门口，说明来意，亮明身份，再给吴岳打了个电话，电视台直接放行，大巴车开了进去。

似曾相识的画面，但是变了的是来的人。

吴岳早已站在了电视台大楼的楼下等着他们。

见到张禾一行人过来，他赶紧走上去道："欢迎你们。"

"吴导，你好。"张禾伸出手握了握。

吴岳的打扮跟以前没什么变化，他转头看向了张禾身后的几个人。

"这几位就是老腔艺人吧？"吴岳询问道。

"吴导，我给你介绍介绍。"张禾主动道。

将所有人给吴岳一个一个介绍完，一行人走进了节目组的办公室里。

在会议室中，吴岳将准备好的节目安排给几人看了一下。

《秦声璀璨》每天都会播放，周一到周四，周五到周日播放的内容不尽相同，大部分时候是直接请一些艺人来表演。

不过每周还会有一期有互动性的节目，里面的内容分为三个板块，分别为"声之源"、"声之美"和"璀璨之声"。

老腔要参加的就是这个有互动性的节目。

吴岳安排得很是详细，具体到了每一个环节的具体表现。

"张先生，你也看看吧。"吴岳将另一份递了过去。

张禾摆了摆手道："我就不用看了，节目让刘兴武和艺人们上去就可以了，我就在台下安安心心地当一个观众。"

"张禾，你不打算上电视？"刘兴武惊讶道。

这可是上电视的机会，张禾居然不愿意。

"我不喜欢在人前露脸，你是老腔保护中心的主任，你必须上去，你代表我就好了。"张禾笑道。

张禾从来都不喜欢上电视，要不是为了老腔，恐怕这辈子都不会踏入电视台的大门，陪着老艺人们走到了这里就够了。

"张先生，你既然不愿意上，那我们也不勉强。"吴岳缓缓道。

"行吧，那就我和德林爷他们上去。"刘兴武笑了笑，拿着手里的文件翻阅着。

吴岳在会议室里给大家讲解一些录制中要注意的事情。

搞定之后，众人来到了录制厅，准备开始录制。

来的人不少，还有其他曲艺的人，不过都是一些普通的演员，不是什么角儿。

"声之源是我们和你们的互动，这里基本上是我们问问题，你们回答就可以了。"吴岳解释道。

"声之美就是你们的才艺展示了，在舞台上唱老腔，这些就不用我多说了，我想老艺人们一定很擅长。"

"璀璨之声是要由现场的观众投票选出一个最佳的节目，这里面我们将按照结果进行后面的录制。"

全都说完，观众席上还没有观众，大家先来彩排一遍。

"爷爷们，你们好，我是《秦声璀璨》的主持人，我叫林筱。"女主持人自我介绍道。

穿着一身职业装，年纪看起来不大。

林筱好奇地望着面前的这些老艺人，她也看了音乐节的视频，无法将这些老人和音乐节上表演的老人联系在一起。

单从外表上看去，张德林他们就如同农民一般，没有任何其他的东西在身上显露出来。

"你好你好。"张德林等人回应道。

林筱脸带微笑，忍住了心里的好奇，反正等会儿录制节目的时候可以看到老艺人们表演，不用着急。

"禾叔，你说我们老腔以后会不会天天上电视啊？"张川好奇地在录制厅里看来看去，眼睛里亮着星星。

"你当电视台是咱家开的啊，怎么可能天天上电视。"张禾没好气道。

张川左看右看，对一切都很好奇，但是心里能忍住不去碰。

录制厅里面有规矩，看可以，但是不能乱动，不能影响人家正常录制。

等一会儿那些观众也要进来，所以吴岳就放张禾和张川提前来了现场。

"我看也差不多了，我要不也学老腔吧，这样就可以上电视了。"张川嘀咕道。

"行啊，只要你愿意学。"张禾笑道。

要是张川真的能开始学老腔的话也算是一个小小的突破，可以拉低一下老腔艺人的平均年龄。

目前只有渭南师院的老腔社团在学习老腔，也不能说是学，只是对照着视频和一些简单的资料自己摸索。

教材没有准备好，学校还有事，学生们也不可能随时来到老腔保护中心听老艺人们讲解。

"我再看看。"张川嘻嘻一笑。

舞台上面，刘兴武有些局促地坐在沙发上，老艺人们在四周。

刘兴武也是第一次上电视，他来这里可以说是上级的命令，不能推辞。

还有两个配合老腔参演节目的曲艺。

吴岳站在台下，宣布彩排开始。

主持人开始念开场词，介绍来到这里的嘉宾，一切顺畅，没有什么大问题。

要问的问题大都不会现在问出来，等到真正录制的时候才会去问。

吴岳不愧是有名的编导，在他的指挥下，节目内容变得明快了起来。

等到需要老腔表演节目的时候，吴岳提议要加上现代元素。

韩乐安都能加，凭什么我不能加？

"吴导，那你就得自己找乐队了，我可没有乐队供你使唤。"张禾苦笑道。

之前的乐队是韩乐安自己公司的，韩乐安一走，乐队也随身带走了。

吴岳眉头紧皱，这倒是个问题，不过不要紧，去隔壁的频道借一个过来。

陕西电视台这么多频道，这么多节目，总有会搞音乐的能人在，配合演出一下，不耽误多少时间。

彩排节目花的时间最长。

等到第三个板块就没有什么可以彩排的了。

录制正式开始。

观众都是本地人，大都是自愿过来的，老人居多，年轻人比较少。

张禾和张川坐在了最好的位置上。

节目开场，主持人念词。

第一个板块名叫"声之源"，主要是通过和老艺人们的交流，还有一些视频资料的播放，告诉观众老腔的来源，能起到很好的科普作用。

台上，林筱手里拿着卡片，问道："德林爷爷，现在村子里没有年轻人学习老腔了，你不着急吗？"

"着急有啥用，年轻人不愿意学咱也不能逼人家，现在都是新社会了，不是旧社会了。"张德林微笑道。

"没想到德林爷爷看得这么开，我们今天的现场就坐着一位虎沟村的年轻人，他的名字叫做张川。"林筱忽然说道。

观众们迅速在席位上寻找起来，很快发现了张川的踪迹。

还真有一个虎沟村的晚辈在这儿啊。

镜头对准了张川坐着的位置。

张禾也是惊讶无比，扭头看向不远处的吴岳，吴岳对着他笑了笑，笑容中带着深意。

张禾立刻就明白过来，这一段是吴岳加进去的，事先是没有的。

张川这小子真倒霉，还好不是我……张禾在心里庆幸道。

"张川，你有没有想过学习老腔呢？"林筱站在台上询问道。

台下的工作人员递给了张川一个话筒，他急忙握在手里，浑身都因为紧张有些发抖。

全场的人注意力都集中在他的身上。

这一刻，张川忽然觉得唱老腔没有那么容易。

要在舞台上，在所有人的关注之下自如地表演、唱曲子，很难，至少对他来说很难。

"张川可能是有点紧张，到现在都没有说话。"林筱打着圆场。

张德林笑道："你个犀娃，平时在村里挺机灵的，咋上了节目就成这样了？人家问你你直说就行了。"

"张川，你不要紧张，有什么就说什么。"林筱微笑道。

张川看了看四周，禾叔坐在他旁边，给了他一个鼓励的眼神，其他的观众或是好奇或是惊讶地瞅着他。

他深吸了一口气，心里对这个问题有了答案。

"我想学老腔。"张川缓缓道。

第23章

/ 剧场火爆 /

听到这个回答，张禾愣住了。

"我以前没有想过学老腔，但是从今天开始，我要学老腔，唱老腔，继承老腔。"张川语气坚定。

　　林筱点了点头道："德林爷爷，你觉得怎么样？"

　　"他既然愿意学老腔，那我们肯定会教给他，不管啥时候学老腔都不会晚，我们也很高兴。"张德林缓缓道。

　　他对此早有预料。

　　张川耳濡目染，不可能对老腔不动心，更何况今日的老腔已经今非昔比，是可以挣钱的，可以养活人的。

　　"张川，你请坐。"林筱说道。

　　因为张禾提前说过不想上电视，吴岳也就没有安排张禾的采访。

　　台上的交流也主要围绕在老腔艺人们和刘兴武之间。

　　等到第一个板块结束，第二个板块开始。

　　"声之美"，主要是表演，将声音的美丽之处展现给观众。

　　其他两个作为陪衬的曲艺先上场，随便表演了两个节目，最后的时候才轮到华阴老腔登场。

　　张德林他们一登场，观众们就激动地鼓起掌来。

　　大家都已经在新闻上听过了老腔，但是还没有亲眼看过老腔的表演，都很是激动。

　　张德林等人依旧坐在家里的板凳上面，手中乐器拿好，随即开嗓唱了起来。

　　第一首依旧是《将令一声震山川》，配合着一点现代元素的演出，而第二首就撤掉了这些东西，演唱了一首《一颗明珠卧沧海》，演唱的是纯正的老腔风味。

　　观众们对比之后，发觉两者各有特点，不分伯仲。

　　年轻人喜欢一些新元素，年纪大的人喜欢原汁原味的老腔。

　　表演结束，进入第三个板块的节目录制。

　　"璀璨之声"板块，通过观众的投票选出当晚的璀璨之声。

　　舞台下的张禾和张川理所当然地将票投给了老腔。

　　投票的过程很跌宕起伏，吴岳通过设置一些悬念，吊足了观众的胃口。

　　舞台上，林筱手拿话筒站立，她看着手上的卡片，上面写着工作人员统计的票数。

　　林筱微笑道："我们的投票结果已经出来了。"

　　"德林爷爷，你觉得你能拿到第几名呢？"

　　张德林闻言爽朗地笑道："名次不重要，能有这么多人喜欢老腔，咱就没有白唱！"

　　全场响起了掌声。

老腔艺人们不光是艺术功底深厚，而且每一个艺人都没有名利之心，所作所为都是因为对老腔真正的喜欢。

"下面我宣布观众的投票结果！"林筱缓缓道。

"第一名，华阴老腔，一百零三票！"

全场观众不过二百人，拿到过半数的票，第一名实至名归。

大家全都开始鼓掌。

等到名次全部宣读完毕，林筱为老艺人们颁发了一个奖杯，上面写着"璀璨之声"的字样。

这是一份莫大的荣誉。

其他的两个曲艺代表人知道自己这次来其实只是陪衬，都纷纷恭贺起来。

录制结束，观众开始离场。

张德林擦了把头上的汗水，叹息道："这录一场节目比我唱三个小时还累。"

"你看你这熊样，录个节目就成这了，还能干啥！"张德云调侃道。

他的性格在老艺人们之中是比较活跃的，录节目的时候不仅没有怯场，而且还妙语连珠，有时候还会让林筱接不上话来。

"就你能。"张德禄在一旁笑道。

几个老艺人都很是兴奋，一起走出了录制厅。

"这个节目后期制作之后，我们尽快下周发布。"吴岳缓缓道。

"不着急，只要能发出来就够了。"张禾笑道。

反正已经录制好了，发出来是迟早的事情，不用着急。

吴岳想的是借着现在老腔的热度，让《秦声璀璨》也能被更多的人观看，提高收视率。

要是晚点发的话，热度过去，关注的人也变少了。

"走，我们一起去吃饭，饭店已经订好了。"吴岳招呼道。

"不用了吴导，我们还赶着回去呢，就不用您破费了。"张禾推辞道。

"那么着急干什么，等吃过饭再回去也来得及，这顿饭是我代表陕西电视台请你们的，可以报销，以后我们合作的时候还多着呢。"吴岳笑了笑。

华阴老腔是陕西本地的传统曲艺，如今的影响力已经逐渐扩大。作为陕西当地的电视台，日后肯定还要继续和老腔合作，不光是上一个《秦声璀璨》那么简单。

张禾推辞不过，只好答应下来。

一行人在饭店吃过饭，张禾和老腔艺人们返回了虎沟村。

吴岳说好下周，果然就是下周。

晚上，虎沟村的众人围坐在电视机面前，等待着《秦声璀璨》的播放。

开场视频过去，节目正式开始。

电视机的画面里，张德林等人缓步走上舞台。

赵芸笑道："爷爷们很帅啊！"

"那必须帅！"张德云一脸得意道。

"这唱老腔居然还能唱到上电视？"张二宝有些狐疑道。

他好吃懒做，自然不会去学老腔，喜欢来钱快的。

以前村里唱老腔，哪能获得这么多的关注？如今看到这一幕，虎沟村的人都很是惊讶。

在村里唱戏，唱到了人民剧院里，还唱到了陕西电视台。

"咋不能，咱老腔可是国家级非物质文化遗产，别说电视了，以后说不定还能去北京呢！"赵芸呵斥道。

张二宝缩了缩头，没敢继续说什么。

唱到北京去？

张禾心里一愣，唱到北京去恐怕还早着呢，老腔现在也不过是在陕西火起来了而已。

不过那一天，应该不会太遥远。

看完节目，众人回房睡觉，心里的激动是难免的，一宿翻来覆去，全是因为高兴。

第二天大家打起精神，来到了剧场，准备晚上的演出。

张玉胜他们知道了德林班上电视的事情，不过众人没有什么嫉妒的。

德林班是唯一坚守下去唱老腔的班社，是他们将老腔带进了国家级非物质文化遗产名录，如今的一切都是他们应得的。

老腔火了，看的人多了，对大家都有好处。

下午六点，剧场门口开始售票。

张禾打开剧场的大门，顿时惊呆了。

剧场的门口站着密密麻麻的人，看起来有好几十个。

"你们在这里干什么？"张禾询问道。

"我们来看老腔啊，你们剧场开门了吧？我要买票！"一人大喊道。

"为了听老腔我可是专门从西安过来的，大老远来一趟不容易，先卖给我。"一个男的作势要冲上来。

"西安咋了？我还是从宝鸡跑过来的！"

"我还是从延安过来专门听老腔的，我才应该第一个买票！"

众人开始推搡了起来，都想第一个进去。

看到面前的一幕，张禾急忙道："不要抢，不要抢，票管够，一个一个来！"

这些人都是从外地赶过来专门听老腔的，实在是太让人惊喜了。

"张川，出来帮忙，卖票了！"张禾招呼道。

张川赶紧跑了出来，看到门口的场景面色震惊。

"禾叔，都是来听老腔的？"张川难以置信道。

上次这么多人还是刚开业的时候啊，但是现在看来，这次的人比那一次还要多。

"少废话，开始卖票，买好票大家可以直接进场等候。"张禾喊道。

说完他赶紧钻进了售票厅里，给观众们撕票纸。

张川没敢耽误，也立刻进去。

一个接一个观众买票进场，每个人都很激动。

等到七点的时候，三百个座位，居然已经卖出去了二百多张票。

销售成绩简直恐怖。

等到演出正式开始的时候，三百张票已经全部卖完了，剩下的人只好坐着小板凳，在过道里面观看表演。

晚上的演出，张玉胜他们心情激动，已经很久没有见到这么多观众了。

为了给观众们演好这一场戏，剧场多演出了一个小时，让这场表演对得起票钱，对得起观众们大老远跑过来一趟。

演出结束后，剧场开始散场，观众们陆陆续续离开，不少观众还跑上台来要和老腔艺人合影。

放在以前，这是从来没有过的。

"你说咱一个农民，就是会唱个戏，咋还搞得跟明星一样？"几个老艺人笑道。

累是累点，但是心里高兴。

等到全部弄完已经很晚了，收拾好东西，张禾返回了虎沟村。

第二天大清早，张禾睡眼蒙眬地从床上爬起来，看了下手机上的时间，正好八点钟。

起床洗漱，张禾准备开车到剧场里，安排后续的事情。

"小禾，这是早上卖剩下的早点，你估计还没吃吧，拿着吃点，不吃就浪费了。"赵芸骑着三轮车回到了院子里，将车上卖剩下的早饭拿了下来。

还剩一碗胡辣汤和几根油条。

"谢谢嫂子。"张禾没客气，坐在院子里的小桌子上吃了起来。

正吃着，外面响起了汽车发动机的声音。

一辆黑色的小轿车停在了院门口。

张禾疑惑地抬起头看了过去，轿车上走下来了两个中年男子。

两个人的穿着打扮一看就是城里过来的，不是县城里，是大城市里的。

一人敲了敲门，看到张禾坐在里面，轻声询问道："请问这是张德林老先生的家吗？"

"是。"张禾点了点头。

听到回话，两个男子缓缓走了进来。

"你们是？"张禾站起身问道。

家里来了两个看起来就不一般的男子，实在是让人有些摸不着头脑。

虽说如今老腔火爆，但是该来的人也都来过了，不知道面前这两人是谁。

两个男人进来之后扫了眼院子里的模样，微微颔首。

这两人身上气质不凡，带着一股浓郁的学者气息和艺术气息，在张禾的眼中，只有在上大学的时候才见过这样的人。

只有大学里的一些教授学者身上有这样的感觉。

其中一个头发黝黑、戴着一个金丝边框眼镜的男子走上前道："你好，我是西安音乐学院民乐系主任，我叫梁秋，这位是我们西安音乐学院的陈少阳陈教授，他是专门研究我们民族音乐的教授。"

张禾目瞪口呆，赶紧伸出双手，可是刚才摸了油条，手上还全是油，顾不上太多，直接将手在衣服上蹭了蹭，伸了出去。

"陈教授你好，梁主任你好，我是张禾，张德林是我的爷爷。"张禾尊敬道。

这可是西安音乐学院的老师啊。

西安音乐学院创建于1949年10月，前身是"西北军政大学音乐部"，是为适应解放大西北战略，培养文艺干部而诞生的，和共和国是同龄。

整个西北地区，西安音乐学院是唯一独立建制的高水平高等音乐学府。

他们是专业的学院派，具有很高的艺术造诣。

没想到小村子里居然来了一个教授和一个系主任，场面不可谓不大。

"你就是张禾啊，我听说过你，你在华阴开了一个剧场专门进行老腔表演，为老腔做了很多努力。"梁秋笑道，伸手握住。

"不敢当，都是我应该做的。"张禾谦虚道。

他只是一个后勤人员，不敢和两位老师相提并论。

"张禾，你做得很好，如果没有你的话我们可能还不知道老腔。"陈少阳也伸出手握了握。

老腔之前只在虎沟村里面演出，他们还真的不知道。

"陈教授，梁主任，你们是来找我的爷爷？"张禾询问道。

"没错。"梁秋点了点头。

"我爷爷还在地里呢，我去给你们叫去。"张禾急切道。

陈少阳闻言笑道："不用了，我们跟你一起去。"

没有丝毫的架子。

"嫂子，我跟客人出去了，你帮忙收拾一下碗。"张禾对着里面吼了一声，赶紧带着两个人走了出去。

陈少阳和梁秋都是第一次来这里，走在路上问了张禾很多问题。

"民族音乐有着其独特之处，这个小小的山村能诞生华阴老腔这样古老的皮影戏，是必然的。"路上，陈少阳点评道。

之前对老腔的了解停留于媒体的介绍上，今天前来一看，发现老腔的魅力远比媒体介绍的还要有意思。

村子里面有土房，有砖瓦房，原先的土路早已被收拾掉了。

以前张禾开车只能开到村口，现在也能开到院子门口了。

路上遇到一些村民，看到陈少阳二人都很是好奇。

等到了田野里面，一个老人正拿着锄头，在地里翻地。

人影还没有看清楚，声音率先传了过来。

"自古长安地，周秦汉代兴，山川花似锦，八水绕城流。"

嗓音浑厚，带着黄土地上独有的苍凉之感，带着农民才有的纯朴之意。

陈少阳和梁秋眼前一亮，脚下的速度也加快了几分，赶紧走进了田野里。

两个人脚上都是黑色的皮鞋，但他们没有丝毫的在意，直接踩在泥土里，就连张禾都有些跟不上他们的脚步。

"张德林老先生，你好。"两人走到了近前，急忙说道。

张德林闻言停下了手上的动作，疑惑道："你们是？"

"爷，这位是西安音乐学院的陈少阳陈教授，这位是音乐学院民乐系的系主任梁秋。"张禾赶过来，急忙道。

"张德林老先生，我们看过了你在《秦声璀璨》和音乐节上的表演，我们这次是想专程邀请你来我们音乐学院演出。"梁秋缓缓道。

张禾心里一震，之后取而代之的是无比的惊喜之情。

两位老师前来居然是邀请老腔去音乐学院演出的，这代表了专业的认可。

张禾从来没有想过老腔可以去专业的音乐学府里面演出。

"张老先生，华阴老腔是我们民族的瑰宝，学校里的师生们都很想听一听，希望你能答应我们的邀请。"陈少阳诚恳道。

术业有专攻，或许在其他方面两人胜过张德林，但是在老腔这一曲种当中，张德林才是真正的大家。

张德林顿了一秒钟，没有反应过来。

他自然听说过西安音乐学院的名头，但是去那里演出还真是没有想到。

"张老先生，不着急，我们可以回去慢慢谈。"梁秋说道。

"爷，你跟他们去老腔保护中心吧，地里的活儿我先干。"张禾赶紧上去将锄头接过来，催促道。

这件事情他插不上手，德林班是属于老腔保护中心的，要让刘兴武出面。

"行，那我去看看。"张德林点了点头。

在地里干完活儿，张禾赶紧将锄头放家里，来到了老腔保护中心。

陈少阳几个人正在办公室里和艺人们交流，刘兴武也在一旁补充一些东西。

"非常感谢你们能够答应我这个请求，这场演出我想一定会让学校的师生们惊喜的。"陈少阳笑道。

西安音乐学院有很多关于音乐的专业，作曲、声乐、管弦、民乐等等，老腔属于民乐系，全称叫做民族器乐系，所以梁秋才会亲自陪同陈少阳前来。

"不客气，能在音乐学院演出也是我们的荣幸。"刘兴武笑道。

"那好，我们这就回去准备了，我们在学校等你们过来。"陈少阳起身道。

"陈教授、梁主任，留下来吃顿饭吧。"张禾赶紧道。

客人来了还没多久，就这样走了不合礼数，得留下来吃顿饭。

"不用了，我们还要赶回西安，将这个好消息告诉大家。"梁秋解释道。

几番推辞，留不住两位大佬，张禾将他们送到了车上，司机开着车带着两位大佬离开了这里。

"准备准备，去西安音乐学院吧。"刘兴武笑道。

是要准备准备，这次的演出比较正式，是要给音乐学院的师生们展示的。

外行看热闹，内行看门道，这次表演的观众都是内行，需要全心全意地表演。

演出的曲目，选用的乐器，演出的人员都需要好好琢磨琢磨。

刘兴武就和老艺人们开始商量具体的事宜。

"我觉得可以让张冬雪老师来我们的队伍之中，一起演出，我们现在的队伍只有男的，没有女的，不合适，有些唱腔让女艺人去唱更好。"刘兴武提议道。

"张冬雪会唱迷糊戏，也学过老腔，唱功没有问题，让她加入我同意。"张德林点了点头。

"我们需要再加一个主唱，张禾，你看张玉胜老爷子愿意来吗？"刘兴武扭头问道。

张禾不假思索道："我之前就问过了，上次去大荔回来，玉胜爷身体不太舒服，他不愿意出远门了，就想在剧场里面唱戏。"

年纪大了，有些人不愿意出去，这都很正常。

"那王兴强老师呢？"

"王兴强应该没有问题，我现在就去问问。"张禾出去打了个电话询问。

过了一会儿，张禾走进来，道："王兴强同意加入这边。"

"德林爷，你觉得怎么样？"刘兴武试探道。

张玉胜合作还好，都是张家本家人，但是王兴强不一样，他是个外姓。

张德林叹了口气道："要是以前我估计不会同意，不过现在嘛，我同意，大家都是为了老腔好，多一个人少一个人都无所谓。"

敲定了演出的人员，一共十一个人。

主唱两位，张德林和王兴强。

后槽张德禄，签手张德云，还有张德民、张冬雪负责打锣，在一些剧目之中也要开嗓唱戏，还要担任一些表演的任务。

其他艺人负责喇叭、二胡、板胡和低胡等乐器。

"德云爷，我有个提议，咱们这次要在音乐学院表演皮影戏。"刘兴武这时候突然道。

张德云闻言愣了一下："不是唱老腔吗？咋还演皮影？"

"我们是为了推广老腔出去才撤掉了皮影，但是我们华阴老腔是属于皮影戏的，这点不可否认，我们是最早的皮影戏。"刘兴武说道。

华阴老腔在国家级非物质文化遗产的分类里属于皮影戏的一种。

"现在老腔已经推广出去了，我们的皮影戏也可以拿出来了，做人不能忘本，我们搞艺术也不能忘本，皮影是老腔的根。"刘兴武信誓旦旦道。

听到这些话，张德云沉默了许久。

他也想表演皮影戏，但是机会很少，现在要去音乐学院演出，刘兴武居然主动提出，让他很是感动。

"好，那这次我就带上皮影一块儿过去，给那些学生看看咱华阴的皮影！"张德云朗声道。

刘兴武笑了起来。

"我们先在这里排练一下，免得上台出纰漏。"张禾说道。

这次不同于以往，需要慎重对待。

一喜不够，文化局那边又传来了消息，张德林被认定为华阴老腔代表性传承人，是一份巨大的荣誉，是要颁证书的。

这个身份，其他的老人都很服气。

国家级非物质文化遗产项目代表性传承人要符合三个条件，一是完整掌握该项目或者其特殊技能；二是具有该项目公认的代表性、权威性与影响力；三是积极开展传承活动，培养后继人才。

虎沟村里，也只有张德林能担此大任。

双喜临门，虎沟村专门热闹了几天，摆上酒席大肆操办。

众人的演出也在有条不紊地准备当中。

大巴车开到了村子里面，车窗前塞着一张牌子，白底红字，写着"老腔艺术团"的字样。

作为老腔保护中心的老腔艺人，张德林他们已经是属于老腔艺术团的人，是经过国家认可的。

老艺人们带着道具走上了大巴车，准备前往音乐学院。

"祝各位一切顺利。"卢长东带着双河镇的领导班子亲自来为老腔艺人们送行，场面壮观。

"卢镇长，你快回去吧，要不然书记要骂你了。"张禾调侃道。

双河镇上毕竟还是书记说了算，卢长东是镇政府的领导，不是镇党委的领导。

"你小子越来越皮了，等回来收拾你，你要是不在镇上演上几场戏我就不让你走。"卢长东笑道，丝毫不在意。

人逢喜事精神爽，这段时间已经有不少人专程来双河镇这里了。

双河镇出了名，卢长东也刚从外面调研学习回来，想学人家搞一些老腔周边产品，来拉动经济发展。

"卢镇长，我们走了。"刘兴武摆了摆手道。

大巴车缓缓离开，向着西安前进。

西安音乐学院大门口，隆重非凡，一些老师站在门口迎接，安排学生统一着装，手里拿着鲜花。

大家刚一下车，一个学生就拿着鲜花跑上来。

"欢迎老腔艺人！"

张德林他们有些手足无措，被这一幕给搞蒙了，赶紧将鲜花接在手里。

其他的老艺人走下车，也分别有学生送来鲜花。

陈少阳和梁秋两个人一脸笑意走了过来。

"我代表西安音乐学院欢迎老腔艺术团来我校开展演出！"陈少阳字正腔圆道。

一旁还有校内的新闻站学生拿着相机拍照，迎接的场面很隆重。

终于摆脱掉这个场合，西安音乐学院组织了一场招待宴会，让老腔艺人们饱餐一顿。

吃什么不重要，老艺人们最爱吃的其实是油泼面，要多放油泼辣椒的那种。

宴席上，西安音乐学院的校领导也来到了这里，欢迎了张德林他们。

刘兴武、张禾和这些领导们交谈，受益匪浅。

"这场表演我们起名是'老腔原生态音乐会'，面向我们全校的师生，在我们学校的音乐厅举办。"陈少阳缓缓道。

吃完了，该说正事了，演出就在晚上。

专门搞音乐的学校，表演大厅少不了，设备比张禾的小剧场要专业得多。

"这么专业？"张禾惊讶道。

音乐会，这可就高级了。

"这是应该的。"梁秋笑道。

吩咐了学生去抬老腔表演需要的道具，众人前往音乐厅。

音乐厅比张禾的剧场要大好几倍，可以坐上千人，舞台的地板都是实木的，上面悬挂着一个横幅，写着"老腔原生态音乐会"的字样。

等到道具都过来，张禾指挥学生们将板凳摆好，布置皮影幕布的架子等会儿也要抬上来。

"张先生，你们在音乐节上的表演真的很精彩，我和我的同学都很喜欢。"一个学生说道。

年轻人，朝气蓬勃，干活儿不嫌累，能和老腔艺人们一起，他们觉得是很荣幸的一件事情。

"谢谢你们的夸赞。"张禾笑道。

有些日子没有来过大学了，见到年轻人的样子，感觉自己也年轻了不少岁。

梁秋询问道："需不需要再排练一下？"

"不用了，试一下声音就可以了，我们已经准备好了。"刘兴武自信道。

提前在老腔保护中心演练了很多遍，来到这里没有丝毫的怯场。

"那我就等着你们的演出了。"梁秋笑道。

既然他们说没有问题，那就是没有问题，梁秋相信老腔艺人们的实力。

等到六点半，学校的师生开始进场。

座无虚席。

所有的学生都屏息凝神、全神贯注地望着舞台上的那些东西，等待老腔的表演。

晚上七点钟，老腔原生态音乐会正式开始。

主持人上台宣布音乐会开始，老腔艺人们一个接一个登台。

为师生们介绍了每一个艺人的姓名和在演出中的位置之后，演出随即开始。

张禾和刘兴武坐在观众席上，和校领导们坐在一起。

舞台下面还有专门的摄像师录像，一切都是最高的标准。

第一首曲子是《将令一声震山川》。

张禾在剧场演出的时候没有闲着，统计了观众对节目的喜爱，发现最受观众欢迎的剧目就是《将令一声震山川》和《骂开道》，也就是所谓的《收五虎》。

这两首曲子节奏激昂，震撼人心。

其次还有《征东一场总是空》和《一颗明珠卧沧海》等节目。

舞台上面，张德林大笑道："伙计们，咱都准备好了么？"

说的是关中方言。

"好了！"众人大喊道。

"准备好了那咱收拾收拾，给大家唱一段！"张德林继续喊道。

"好！"众人应和。

艺人们将手里的乐器摆好，脸上带着笑意。

"军校！"张德林随即一声大吼。

观众席上众人仿佛连心脏都颤动了一下。

"嗨！"艺人们齐声道。

"备马！"张德林继续道。

即便在座的有些观众已经听过了这首曲子，但是依旧感觉到了身上的血液沸腾起来。

真正的艺术是经得起时间考验的，能够经久不衰的才是真金。

"抬刀伺候！"张德林大吼道，嗓门高了好几个度。

"嗨！"众人齐声应和，抬脚跺脚一气呵成。

观众席上，陈少阳赞不绝口。

"拉坡号子冲天响，枣木一拍鬼神惊，老腔的特点实在是让人难以忘记。"

"陈教授，您谬赞了。"刘兴武笑道，但是眼神之中带着得意。

能得到陈少阳的认可很难得。

一首《将令一声震山川》结束，下一首紧跟着的是《收五虎》。

张德林眉飞色舞，大声唱道："手指开道叫着骂！"

"嗨！"

"我把你无知匹夫骂两声！"张德林继续唱。

台下的师生们全都目不转睛，生怕一眨眼就错过了精彩的片段。

这些老艺人表演得十分卖力，就连脖子上的青筋都迸了起来。

这种豪放激昂、阳刚雄浑的唱腔让这些"学院派"的师生都惊呆了。

掌声从开始一直到结束，几乎没有中断过。

一曲接着一曲，等到表演完传统的剧目之后，皮影戏的幕布被抬了上来。

"下面请欣赏华阴老腔艺术团为大家带来的皮影戏《三英战吕布》。"主持人的声音传遍了会场。

"你们还准备了皮影戏？"陈少阳惊讶道。

"陈教授，如今的老腔脱胎于皮影戏，虽然观众们不喜欢看，但是作为一项表演艺术，我觉得应该在这个音乐会上表演出来，给你们展示展示，希望你们能提出一些意见。"刘兴武谦虚道。

意见，能有什么意见？

这些传统剧目久经磨炼，留下来的都是珍品，瑕疵可能有，但也不是陈少阳可以指点的。

不过话说得漂亮，陈少阳心里舒服。

皮影幕布搭上去，灯光关闭，一盏灯照耀在幕布之上。

老腔艺人们全都躲在了幕布后面，隐藏了身形，只将皮影幕布展现给观众。

曲声逐渐响起，一个骑着战马，手持丈八蛇矛的皮影人物出现在了幕布之上。

他灵活地移动，栩栩如生，好似真的一般。

"白袍……马甲素包巾！"张德林的嗓音从后面传来。

他唱的是三英战吕布中的张飞唱词。

"嗨！"众人齐喝，中间夹着一声砸板凳的声音。

张德云去弄皮影了，还有其他的艺人可以来砸板凳。

"丈八蛇矛手内握啊……"张德林的声音继续传了出来。

"啊……嗨！"艺人们齐声道。

幕布之上，人影变化，张飞骑着战马开始奔腾起来。

"今与吕布去交战，贼命难逃张翼德！"张德林继续唱着。

"啊……嗨嗨嗨！"

"催马来至两军阵！"

"嗨！"

"叫骂吕布早出征！"

"啊……嗨！"

曲声消失。

张德林念起旁白："吕布我把你三姓家，奴出关大战来。"

刹那间，曲声突然响起，锣声阵阵。

幕布之上出现了两个人影，一个是张飞，另一个是吕布。

"哪里这个黑贼，敢来狼叫。"张德林喊着吕布的唱词。

几声锣声和钹声响起。

"吕布你三爷，张飞字翼德，我把你三姓家奴，董卓逆天，尔等焉敢助恶行凶。"张德林嗓音浑厚，把一段旁白念得气势轩昂。

"黑贼慢发狂言，待我擒汝。"张德林念完最后一句。

幕布之上，张飞和吕布的影子交错在一起，上演了一场精彩的战斗。

第24章
/ 到北京 /

幕布之上，两个皮影翻滚沸腾，战斗在一起，配合着鼓声、锣声、钹声，牵动着观众的内心。

正所谓"一声吼的千古事，双手对舞百万兵"。

台下的观众们目不转睛，望着台上的表演，在心中和自己所学相互对照揣摩，希望能从中学到一些东西。

陈少阳和梁秋两人频频点头，不停地在交流着各自的看法。

"我和你对个输赢来！"张德林唱道。

"嗨！"艺人们一声长号，随即一脚跺在地上。

曲声继续。

"一见黑贼心怒起，叫儿一命归阴曹。"张德林继续唱道，其他的艺人配合着。

幕布后面的张德云眉飞色舞，双手舞动皮影，得心应手。

虽然没有再怎么演过皮影戏，但是手上的功夫没有落下。

这一场皮影戏是刘兴武专门处理过的，但即便如此，皮影戏的长度也要远长于其他的曲目，要八分多钟。

一场皮影戏完整地表演下来要三四个小时，观众是不可能等候这么长时间的。

这次的《三英战吕布》只到三人会合之后，张飞当先叫骂吕布就结束了。

待到皮影戏表演结束，观众们都开始鼓起掌来。

老腔艺人们心满意足地将手里的东西放下来，皮影幕布也被撤掉了。

一群学生赶紧上前将道具全都撤掉，将舞台再度空了出来。

主持人缓缓走出道："感谢老艺人们为我们带来的表演，各位同学，明天早上有一场交流会，时间和地点已经写在了音乐厅门口的海报上，欢迎大家前来。"

老腔原生态音乐会到此结束。

明天早上的交流会是专门为老腔召开的。

西安音乐学院要将华阴老腔作为研究对象开始研究，需要建立合作机制。

"张老爷子，你们的表演很精彩。"等到老腔艺人们走下舞台，陈少阳赞叹道。

"的确不错，作为我们陕西本土的曲种，是一个很有特点的民乐。"梁秋也说道。

两个人还有很多问题想要问，只是如今天色已晚，只能等第二天了。

晚上大家全部休息，第二天先去了西安音乐学院的民乐系办公室。

会议室里，老腔艺人们坐在一边，张禾和刘兴武也都在场，而另一边是以陈少阳和梁秋为首的音乐学院的老师们。

"刘主任，我希望我们音乐学院民乐系可以和你们合作，开展一些研究工作，我们的老师、我们的学生也可以帮助你们发展。"陈少阳说道。

高等学府里出来的是学院派，或许没有民间艺术的那种自由之感，但是他们拥有科学系统理论的方法，而这些正是老腔所欠缺的东西。

"陈教授，我有一个要求，我看到你们对音乐都有系统的研究，所以希望你们也能把老腔的一些东西做出来，我们可以全力配合。"刘兴武回应道。

他在一线工作，知道老腔目前的问题在哪里。

老艺人们唱歌没有曲谱，但是做整理和研究工作不能不把这些东西整理出来。

刘兴武只是个半吊子水准，简单的还可以，专业的就搞不了了。

"可以。"陈少阳直接答应。

这些都不是事，就算刘兴武不说他们也要去做。

"陈教授，我还有一个请求。"刘兴武有些不好意思道。

"什么请求，你尽管说。"陈少阳笑道。

"我想请你们帮助我们编写一本老腔的教材。"刘兴武说道。

他本来打算自己搞的，结果失败了，有些东西根本不是他能搞定的。

今日来西安音乐学院，发现高校之中的教学模式很值得借鉴，需要他们学习，只是这个请求有些唐突，故才不好意思。

"我当是什么，原来就是这个，刘主任放心吧，这个教材的工作就交给我们了，不过我们可能要派人常驻在你们老腔保护中心了。"陈少阳爽朗道。

编写音乐教材他们在行，在研究的过程中这些东西自然会出来，只是整理一下而已。

"谢谢陈教授。"刘兴武满脸喜悦。

这一趟没白来，举办了老腔原生态音乐会，还和西安音乐学院达成了合作，还解决了教材的问题。

几人继续交流着对老腔的看法，各抒己见，思想在这里碰撞起来。

大家都对音乐稍有研究，即便是张禾后来也恶补了很多知识。

双方签订了协议，老腔艺人们走出会议室，前往教学楼，为学生们答疑解惑。

有些喜欢老腔，对老腔感兴趣的学生是不满足于只看昨晚的表演的。

张德林一群人站在讲台上给大学生讲课，心里也有些豪迈。

上次是渭南师院，那时候还是给学生在排练室讲，但这次直接是站在西安音乐学院的教室里，非同小可。

交流会结束，本次西安音乐学院的演出彻底结束。

陈少阳和梁秋一起将艺人们送到了门口，大巴车一直在等候。

"刘主任，你们的表演我觉得很不错，我打算将你们举荐到中央音乐学院，让你们在那里演出。"陈少阳沉声道。

听到这句话，刘兴武神色一滞。

"陈教授，谢谢你。"众人都感谢道。

中国音乐学院的档次可就更高了，要是能在那里演出就真的是对老腔的一种认可。

虽然不觉得能去，但是心里也很期待。

回到虎沟村里，没过一阵，西安音乐学院就派人来到了这里，开始进行对老腔的实地调研，进行系统的研究，还要写成论文发布。

老腔文化的剧场里，生意也还不错，每场都有一百个人左右来观看演出，但是张禾知道这种情况不会持续太久的。

以前就是火一阵，冷一阵，等到这一阵的热度过去之后，老腔还会继续沉默下去。

张禾已经打消了在西安开办剧场的想法，而是决定在全国接演出。

现在已经有很多演出邀请从全国各地发了过来，德林班根本演不过来，到时候还要仔细研究一下。

一个月之后，一个陌生的电话出现在了老腔保护中心的电话机上。

号码的开头是010，北京打来的。

刘兴武不敢怠慢，赶紧将电话接起来。

"你好，请问是华阴老腔保护中心吗？"电话里的人问道。

"对，这里是老腔保护中心，我是保护中心的副主任刘兴武。"刘兴武说道。

"刘主任你好，我们是中央音乐学院，西安音乐学院的陈教授向我们推荐了华阴老腔，我们学校很希望能够和华阴老腔合作，想请老腔艺人们来我校演出，我们已经做好了准备，希望你们能够答应。"电话里面的那人说道。

声音传入耳朵的一瞬间，刘兴武整个人都蒙掉了。

电话是中央音乐学院打来的，邀请老腔艺人去他们学校演出，不是在做梦。

刘兴武半天说不出一句话来，整个胸腔里面都充斥着一股喜悦，想要发泄出去。

这可是去北京！

去首都！

去全中国最高的音乐学府演出！

相比在西安音乐学院演出，毫无疑问，中央音乐学院更有分量。

"刘主任，您想好了吗？"电话里面的人说道。

刘兴武这才反应过来，连忙道："我想好了，我们答应！"

"那好，刘主任，我们商量一下具体的事项吧。"

"好。"

按捺住心里的激动，刘兴武当即和中央音乐学院敲定了具体的事项。

挂掉电话，刘兴武蓦然站起身，在办公室里来回踱步，搞得林雄和吴小倩有些摸不着头脑，这是干吗了？

本以为陈少阳只是随便提一嘴，刘兴武也没抱什么希望，但没想到竟然成功了。

去中央音乐学院演出，这个待遇可是不一般，就是自费去北京也要去。

当然，既然是邀请，自然不会让老腔艺人们破费。

"刘主任，你怎么了？是谁结婚了？"林雄疑惑道。

"结婚？这事可比结婚大！"刘兴武开心道。

他伸出手，准备给张禾打个电话，不过又收回了手，急匆匆地跑了出去。

打电话不够明确，这事要当面说。

一路跑到张禾家里，闯开门进去。

今天剧场没演出，全部放假，大家都在家里，张禾正在看电视，一台崭新的彩色电视，后面顶着一个大屁股，在村子里面算是先进的。

"张禾，好消息！"刘兴武大喊道。

一声大吼，吓得张禾一个激灵。

"啥事？"张禾问道。

"中央音乐学院给我打电话了，请我们去他们学校演出！"

话音落下，张禾猛然站起身。

"爷，你快出来！"张禾喊道。

没过多时，德林班的老艺人们全都来到了这里。

"真要去北京演出啊？"张德云惊疑道。

"中央音乐学院打来的电话还能有假？"刘兴武笑道。

一旁的赵芸端茶送水,轻声道:"德云爷,我当时就说了你们肯定能去北京演出,你看这不就去了。"

"好好好!我们德林班从来没有去过北京演出,这次终于完成了这个心愿!"张德林激动道。

在他们这一辈人的心中,北京的分量是很重的。

以前德林班最多只在山西和河南演出,再远就没有了。

这次去北京演出,是一个巨大的荣耀,更何况还是在中央音乐学院演出。

"爷爷们,咱们这次就让北京人看看咱们华阴老腔!"刘兴武笑道。

"正好可以把那首新曲子拿出来了。"张禾也说道。

老腔保护中心一直在进行老腔的改编和创作,现在演出多了起来,经费也多了起来,很多事情可以做了。

"嗯,是该拿出来了。"刘兴武点了点头。

给老艺人们报喜结束,刘兴武赶紧拿出手机,给陈少阳打了个电话,专程道谢,能去北京演出还是沾了陈少阳的光。

"没关系,我们都要想办法让陕西的音乐走出去嘛。"陈少阳回复道。

电话挂断,老腔艺人们开始准备去中央音乐学院的演出。

有了上次的经验,这一次大家轻车熟路,编排好节目,一行人坐火车前往北京。

从华阴到北京,坐火车要一天多的时间,买的是卧铺票,老艺人们的东西只能随身带着。

不过还好一路都在卧铺车厢,就那么睡过去了。

等到了北京的火车站,众人都有一股长见识的感觉。

在场的人还都是第一次来北京,以前都没有来过。

火车站门口,一辆大巴车停在路边,上面写着"中央音乐学院"的字样。

看到老腔艺人们的打扮,车边跑过来一个女生,手里举着一个牌子,上面写着"华阴老腔"四个字。

"各位爷爷你们好,我是中央音乐学院的学生,老师让我来接你们,车就在这边。"女生缓缓道。

"你怎么认出来的?"张禾疑惑道。

"我在电视上看到过你们。"女生笑嘻嘻道。

老艺人们忽然有一种自己已经是名人的感觉。

众人坐上了大巴车,几个前来迎接的学生一起帮忙,将东西放进了车上,随即前往了中央音乐学院的校区。

这次在中央音乐学院的表演依旧是专场演出,老腔原生态情景音乐会,面向的是全校师生。

因为长途跋涉，中央音乐学院这边没有要求老艺人们一来就表演，先是休息了一个晚上之后第二天才开始演出。

演出地点在中央音乐学院的音乐厅。

"这里就是我们学校的音乐厅了，各位艺人，请。"民乐系的系主任亲自在前面带路。

"李主任，我们今天来还带了一首新曲子，希望你们能够指点指点。"刘兴武笑道。

"还有新曲子？"李主任又惊又喜。

老腔艺人们愿意把新曲子放在这里演出，也说明了态度。

"没错。"刘兴武点了点头。

众人走进了音乐厅，舞台已经布置完毕，同样很是高端，比西安音乐学院的设备还要专业。

将表演需要的东西准备完毕，演出正式开始。

舞台比以前演出的地方大了好几倍，舞台背后是一块彩色的大屏幕，可以显示图画。

在这样的舞台上表演，大家都是第一次，这次要排练排练，不然有些紧张。

民乐系的李主任名叫李湾，他本身也是一名音乐教授，对民族器乐很有研究。

这次老腔能来，他在会议上的支持，起到了一定的作用。

舞台下的观众席上，密密麻麻地坐着上千名师生，还有校领导，其中一些人物都是曲艺界有名的前辈。

老腔艺人们为他们表演，压力也很大。

"爷，你就放宽心，好好演就行了。"张禾鼓励道。

这次他们没紧张，倒是老艺人们紧张了。

一群农民站在舞台上，为一群专业的音乐人士演出，表演国家级非物质文化遗产，不紧张是不可能的，一向调皮的张德云也有些沉闷。

"爷爷们，不就是一个中央音乐学院，咱们都是国家级非物质文化遗产了，是国家认定的曲艺，你们的实力绝对没有问题，把咱们渭南人的精气神拿出来，不能在人家首都人面前丢脸啊。"刘兴武打着鸡血。

果然，一听这个，老艺人们都打起了精神。

这次来中央音乐学院虽说是表演，但是他们代表的是华阴老腔，代表的是渭南，代表的是陕西。

不能在首都人跟前露怯，要展现出关中人的精气神。

"伙计们，咱们上台！"张德林喊道。

几个老艺人全都站起来，向着舞台迈步走去。

张禾和刘兴武望着老人们的背影，也从后台走下去，来到了观众席上就座。

下面的时间将是属于老腔艺人们的。

"下面请欣赏，由华阴老腔艺术团为我们带来的《关中古歌》！"

主持人直接在后台报幕，不需要上舞台。

老腔艺人们走到舞台上，纷纷落座。

看到他们脸上洋溢的笑容，台下的观众们都齐齐鼓起了掌。

华阴老腔是下里巴人还是阳春白雪，这个并不重要，能站在这个舞台上，大家的态度已经很明确了。

刘兴武和张禾都很期待下面的表演，因为这首曲子是老腔在舞台上的首秀。

歌词是陕西省作家协会一位作家听过老腔之后，专程赶到虎沟村拜访听戏，得知老腔在做创新之后，专门为老腔题写的歌词。

刘兴武他们立刻安排谱曲的事项，在保护中心里面练了很多遍，但是在外面还没有表演过。

不过凭借经验，这首曲子绝对没有问题，所以刘兴武才敢把这首曲子放在第一个表演。

台下的摄像机已经架好，好几台摄像机多角度拍摄舞台。

随着张德林开始拨弦，众人的手全都动了起来，曲声回荡在音乐厅之中。

"女娲……啊啊啊……"张德林唱道。

其他的老艺人们一起应和道："啊啊啊……"

"娘娘补了天……"张德林唱道。

老艺人们应和道："补了天……"

因为有王兴强在一旁弹月琴，张德林右手撒开，挥舞手臂，一边演一边唱道："剩块石头成华山……"

"成华山……啊……"

"鸟儿啊……背着太阳飞，东边飞到西那边……"张德林唱道。

老腔的曲调在众人的耳边回荡着。

台下的观众们都开始鼓掌。

刘兴武和张禾也是满脸喜悦，老艺人们的表现比他们想象的还要出色，种种情绪拿捏到位，唱腔更是不必多说。

这首词写得更是好。

李湾笑道："你们这首曲子真是让我耳目一新，既有创新，又没有失去老腔原本的味道。"

"都是因为老腔艺人们的功底深厚。"刘兴武客气道。

台上，张德林摆弄着手中的月琴，满脸笑意，唱道："天黑了，又亮了。"

其他艺人们跟着互相笑道："天黑了，又亮了。"

也是拉坡，但是是不一样的拉坡。

众人的后面，张德云和张冬雪两个人坐在条凳上，张德云手中拿着烟杆装模作样，张冬雪微笑地望着众人，就好像在村头听戏一般。

表演十分自然，将观众带入了那个场景之中。

"人睡了，又醒了。"张德林继续唱道。

"人睡了，又醒了……啊啊啊……"

"太上啊……老君犁了地……豁条犁沟成黄河……啊啊啊……"张德林唱。

台下的掌声经久不息。

"风儿吹，月亮转，东岸转到西岸边。"

"麦青了，又黄了。"张德林继续唱。

所有的唱词全都是用华阴本地的方言演唱出来的，虽然有些口音大家听不懂，但是其中的味道都可以感受得到。

"麦青了，又黄了！"

"人兴了，又张了。"张德林唱。

"人兴了，又张了。"众人应和。

张德云起身走到台前，跟着大家一起喊了起来。

"啊……嗨……嗨……啊嗨……"一段众人齐声哼唱出来的曲调。

这个曲调在老腔是最经典的曲调，节奏起伏，在几个曲子之中都有，是老腔的代表曲调。

随着声音到达最高点，张德云跑回去，将条凳抬起来，拿着枣木块砸了下去。

"嘭嘭嘭！"

这里使用的是科子板，节奏明快，类似于快板。

"天空大地做伴了，鸟儿太阳打转了！"

"华山黄河做伴了，田里谷子笑弯了！"

"男人女人做伴了，镢把抡得更圆了！"

"女人娃娃做伴了，尻子拧得更欢了！"

"女人娃娃做伴了，尻子拧得更欢了！"

最后一句喊完，老人们高声大笑起来。

掌声齐刷刷地响了起来。

每一个人都被老艺人们的表演所震撼到了。

"好听啊！老腔居然这么好听，我居然现在才听到！"

"太震撼了，一群老人在舞台上表演，演出了最精彩的中国！"

李湾也是一个劲地鼓掌，赞叹道："华夏文明发源于黄河流域，理性和野性相互制衡，宗法社会让理性得以发扬，但也造成了野性的失衡，我在老腔里面看到了这种野性，张扬的生命力，这就是老腔的魅力！"

高度的评价，让刘兴武和张禾的嘴巴从头到尾都没有合起来。

下一首曲子表演的是《劝孝歌》，张冬雪作为主唱坐在中间。

这次在中央音乐学院演出，不光是表演，而是要将老腔具有代表性的一些曲目展现给专业人士，让他们点评记录。

台下的摄像机是用来录像的，录像之后要保存，要存档，存档起来作为教学资料保存，随时能拿出来给学生讲课。

或许在普通观众眼里，《劝孝歌》没有那么激昂，但是在专业人士的眼中完全不一样。

等到表演结束，掌声雷动。

随后工作人员将一个鼓抬了上来。

要表演的这一首曲子名为《十样景》，张德林敲鼓，锣也被放在了最前面，这是一场纯粹的打击乐演奏。

表演到激动处，张德林甚至跳跃起来，在舞台上舞动，众人呐喊着，为大家展示了原生态的老腔音乐。

一曲弹奏结束，下面才是《将令一声震山川》。

随后又是一场纯乐演奏《大汉遗韵》。

表演一个接着一个，中央音乐学院的师生们都惊呆了。

全都是第一次看到老腔，原本以为老腔只是单纯的唱腔而已，但是他们看到了很多不一样的惊喜。

最后的演出依旧是皮影戏《三英战吕布》。

表演全部结束，民乐系系主任，中央音乐学院教授李湾亲自登台点评。

"华阴老腔是我们中国最古老的音乐之一，距今已经有两千多年的历史，也是首批国家级非物质文化遗产，这是一种板腔体戏曲剧种。"

李湾现场为学生们讲解老腔，很是专业，私底下下了很多功夫。

"我们可以看到，老腔的伴奏乐器有惊木（枣木块）、自制的月琴、胡琴、梆子、钟铃、战鼓、大锣、马锣等，还有没有固定调的长号，和陕西地区的秦腔相比，老腔最大的特点就在于它的原生态。"

李湾字字珠玑，说得很是到位，刘兴武也频频点头。

不愧是中央音乐学院的教授。

"老腔呈现出由说唱向戏曲过渡的明显痕迹，很多东西值得我们去研究。我们的学生们、老师们有兴趣的都可以去做这方面的研究，老腔有着独特的艺术价值和史学价值，我说老腔是'中国戏曲的活化石'应该不过分。"

台下的师生们都微微颔首，很是认同。

老腔之所以能获得这么多人的喜爱，就是因为它具有独特性，是其他的曲种所没有的。

李湾说到最后笑道："外国人玩摇滚乐，我觉得我们才是最早玩摇滚乐的，老腔就是我们中国最早的摇滚乐。"

自己说和别人说是不一样的，李湾这么说，就是定下了调子。

张禾满脸惊喜，没想到李湾的评价居然这么高。

这一下，老腔不火天理难容。

台下再度响起掌声，很多师生都跑过来要和老腔艺人们做交流，合影留念。

等全都搞完，众人疲惫不堪，返回了酒店休息。

第二天，众人来到学校里，在一个会议室里面交流。

"刘主任，昨天晚上的录像我们已经全部整理好了，光盘也已经刻录完毕，这是我们送给你们的。"李湾将一个盒子递了过来。

刘兴武打开一看，里面装的是一沓光盘，一共有十份，这里面存着的就是老腔昨天表演的内容。

刻录光盘的事情早就商量好了，给中央音乐学院留下来作为教学资料，又没有什么损失，刘兴武和老艺人们都答应了。

"谢谢李主任。"刘兴武将光盘收起来。

这份礼物以后可以留着，也可以送人，老腔保护中心送这个礼物再合适不过。

"刘主任，我们想和你们谈一谈合作的事情，有关于这个光盘的销售。"李湾缓缓道。

几个人闻言眼前都是一亮。

"销售？"张禾惊讶道。

"没错，昨天我回去之后，我们一个老师提议说刻录光盘完全可以销售出去，卖的钱大家一起分，也能为你们增加收入，我听陈教授说过，你们的经济条件并不是很好。"李湾缓缓道。

"这能卖出去吗？"刘兴武有些狐疑。

这年头是有好多人买光盘看电影，看电视剧，也有人买光盘听歌。买光盘听老腔，这倒是没有。

"不卖怎么会知道呢？要是售卖了我本人一定会买的。"李湾笑道。

"这些就让我们老师跟你们谈吧，我不太懂。"李湾说完，看向了另一边的一个老师，这件事情就是那位老师提议的。

几人开始商量起来，刘兴武和张禾最终都答应了。

既然不用出成本，那就可以做，老腔艺人就这么多，就算是每天都演出也不可能满足全国的观众，光盘一旦开始销售，肯定会有人买的，只是卖多卖少的问题。

出来一趟居然还找到了做生意的门路，这是一条财路，挣到的钱可以作为老腔保护中心的经费使用。

具体的事项还要等回去之后和冯浩商量一下，但是光盘的销售肯定是铁板钉钉的事情了。

开完会，去和学校的学生们交流，随后众人返回了陕西。

然而，中央音乐学院的这一场表演已经传了出去，在小范围内引起了讨论。

回去也没闲着，《关中古歌》表演成功，得到了最专业人士的认可，可以拿到舞台上表演了。

其他的老腔艺人也很快将这首曲子学会了。

华山那边的演出也没有耽误，这首曲子也被放上去了。

以前很多人来华山是为了爬华山，现在还真有一些人不为爬华山，就为看老腔。

时间久了，热度略有削弱，但是老腔剧场里面人依然不少，足以满足剧场的开支。

等到光盘上市，销售成绩果然不错。

有些外地的人在电视上看到了老腔，但是又来不了陕西看演出，现在有了光盘，在家就可以看了。

中央音乐学院录制的光盘画面清晰，声音也很真实，几乎还原了现场。

张禾也彻底熄了在外地开剧场的想法，剧场有华阴这一个就已经足够了，没必要再开那么多。

华阴老腔要以艺人为主，而不是以剧场为主，艺人们在，老腔就能传播出去。

抽着空，张禾前往了一趟西安，专程请"关中曲艺"的老板朱兰吃了顿饭。

那天晚上，要不是朱兰将场地借给了他们，指不定现在老腔还是什么样呢。

老腔走到今天，有很多贵人的帮助，不是某一个人的功劳。

"朱老板，上次的事情十分感谢。"张禾笑道。

两个人面前摆放的都是茶水，没有喝酒，面前是简单的关中菜，朴实无华。

"我已经把剧场关了，那块地方租出了，租金比我唱戏还挣得多。"朱兰笑道。

看起来很开心，但是眼神中有些苦涩。

明明是唱戏的，结果租金比唱戏挣得多，有些可怜，有些可惜，但是又无能为力，如今的社会就是这样。

"朱老板，那你现在还唱戏吗？"张禾询问道。

"当然要唱了，唱戏都进了骨子里了，丢不下，就是死了，骨灰里面都是戏。"朱兰回应道，神色很平静。

"张老板，我现在在关中民俗艺术博物馆上班，那边现在还不错，每天都有很多国内外的游客来旅游，每天的戏曲表演是我和我的徒弟们负责的，现在也是领工资的人了。"

"博物馆？"张禾疑惑道，赶紧在脑海中搜寻了一下。

好像是有这么个地方。

一个民间闲散的艺术家被收编进队伍当中，开始驻扎在博物馆里演出，虽然有些不自由，但是比以前要好，以前可是连观众都没有。

来关中民俗艺术博物馆游玩的游客将里面的东西转一圈，看戏是肯定会看的。

"张老板，你要是有兴趣的话我可以帮你联系一下。"朱兰说道。

"谢谢朱老板了，我有兴趣。"张禾感谢道。

有朋友好办事，之前还不知道这条路子，现在知道了肯定不能错过，想尽一切办法提升老腔的知名度。

知道的人多了，喜欢的人也就多了。

"我给那边说，到时候给你电话。"朱兰缓缓道。

虽然剧场关门了，但是有其他地方可以表演，她现在也看开了。

一顿饭吃完，张禾回到了虎沟村。

回去没几天，朱兰的电话就打过来了。

"张禾，博物馆对老腔很感兴趣，已经决定了请你们来演出。"朱兰笑道。

"真的啊？"张禾惊喜道。

"还能有假，你准备准备，他们要来华阴考察。"

聊了聊具体的情况，张禾挂掉了电话。

关中民俗艺术博物馆可不一般，地点在秦岭终南山南五台脚下，主要建筑有四十院复建的明清古民居、民俗展览馆、展厅、展廊、文物库房、戏楼、店铺、工艺作坊、研究中心、人工湖、祭坛广场和园林景观等。

里面的这些古建筑都是经过拆分、标号之后运到博物馆里面，按照砖瓦上的标号逐块按照原样垒成，院落中的绿植都是按照原样种植。

这个博物馆收集、抢救和保护从古至今关中地区的一些民俗艺术，藏品分为民间艺术、关中民居、民俗风情、名人字画四大系列九个类别。

华阴老腔也在他们的收藏范围之内。

不光是张禾他们在做，很多组织也在做非物质文化遗产保护的事情，而关中民俗艺术博物馆就是其中之一。

第二天，一辆车就来到了虎沟村里面，车上下来一队人马，都是关中民俗艺术博物馆的人。

张禾早已告知了刘兴武这件事，一起在老腔保护中心接待了他们。

"刘主任，张先生，我们博物馆非常欢迎老腔艺人们能够入驻。"一个男子说道。

看起来四十岁左右，着装很正式。

这个人是博物馆派来的代表，名叫齐汉瑜，是博物馆的一位副馆长。

第25章

/ 培训 /

齐汉瑜文质彬彬，说话慢声细语。

"博物馆需要老腔艺人的入驻？"刘兴武疑惑道。

刚见到齐汉瑜，还不知道具体怎么回事。

张禾解释道："博物馆需要有一批老腔艺人永久性地驻扎在那里，而不是像我们平常的演出。"

这次不是去演出，是要派人过去，说白了是博物馆问老腔借人来了。

关中民俗艺术博物馆是一个组织，有着自己的工作人员，有着自己的营利方式，他们要的不是老腔在这里演出一场，而是要一直演出，吸引游客。

"那不行，我这边不能出人。"刘兴武当即摇头。

张德林他们现在属于老腔保护中心管理，刘兴武负责老艺人们的一切演出工作，不可能将德林班拱手相让。

齐汉瑜笑了笑："刘主任，我来之前已经打听过了，张德林老先生是华阴老腔代表性传承人，他能在我们博物馆演出一场我们就已经满足了，我们不敢奢望能让张老先生常驻我们博物馆。"

博物馆之所以一直没有联系华阴老腔，就是在做一些研究工作。

朱兰的电话只是给他们提了一个醒,正好借着这个机会过来。

博物馆慢了一步,至今没有老腔艺人在其中,现在老腔艺人都和老腔保护中心达成了合作,他们想要人,何其困难。

德林班不可能,只能把主意打在张禾的身上。

目前全中国,除了老腔保护中心以外,其他的艺人可都在张禾的手里。

来之前做好了准备工作,齐汉瑜看向张禾道:"张先生,我想请几位老艺人在我们博物馆演出,你看可以吗?"

张禾顿了一秒,缓缓道:"薪资待遇怎么样?老艺人在那边吃什么,住在什么地方,工作环境如何?"

每一个点都是和老艺人们密切相关。

让艺人们去博物馆演出张禾是支持的,不然也不会让朱兰帮忙联系,但首先老艺人去了能过得舒服。

齐汉瑜眼前一亮,看来有戏,朱兰没骗人,张禾很好说话。

"张先生,我们博物馆是事业单位,福利待遇都很不错,老艺人们在博物馆肯定过得舒服,这点你放心。"齐汉瑜缓缓道。

他让后面一个人拿来一个档案袋,打开之后从里面取出来一沓文件。

这里面有照片,有文字介绍,全都是有关博物馆的资料。

"你请看。"齐汉瑜递给了张禾。

拿在手里翻看了一下,环境果然不错,在山脚下,空气清新,每天都有游客过来。

博物馆里面更不用多说,据说花了好多钱将博物馆重修了一下,建筑鳞次栉比,古物琳琅满目。

博物馆20世纪就有了,到了今天才成了规模。

刘兴武也凑过来一起观看起来。

博物馆的照片就在里面,十分好看,十分的精致,也很有档次,住在里面就好像住在皇家园林一样。

"齐馆长,我和艺人们也是合作关系,我同意他们离开,但是去不去还要看他们自己了,我帮你叫他们来。"张禾说道。

"谢谢。"齐汉瑜回应道。

等到老艺人们来到老腔保护中心,齐汉瑜上前一一握手问好。

他搞这方面的工作,知道这些老艺人的珍贵。

"各位爷爷,叔叔婶婶,情况我已经给你们说清楚了,就是这个样子,薪资待遇你们也看了,剩下的你们自己决定,我不会做任何干涉。"张禾说道。

众人陷入了沉默当中，这下是要去西安工作了，不是出去跑一趟那么简单。

"我不去，年纪大了懒得出去，我就想在华阴唱唱老腔就行了。"张玉胜率先道。

齐汉瑜脸色一沉，张玉胜他认识，是老腔里的一位高手，不去实属遗憾。

其他的人面面相觑，没有人说话。

王兴强和张冬雪现在都是老腔保护中心的人，已经离开了。

"谁想去就说吧，没事的，在华阴唱，我们老腔唱不出去，博物馆唱，能把老腔唱给国内外的游客，打响知名度。"张禾说道。

还是一片沉默。

博物馆毕竟是个陌生的地方，说不去容易，但是说去难。

"各位艺人，我们博物馆是按照国家规定放假的，你们去了之后，吃饭和住宿都跟在家没什么区别，离得也不远，放假了也可以回家来。"齐汉瑜赶紧道。

要是这一趟出来一个艺人都没拉回去，那就是他的不对了。

不过想要唱老腔，叫一个人也不够啊。

这时候，一个老艺人站了出来，道："你那边有没有油泼面吃？"

齐汉瑜愣了一下，赶紧道："有！有！油泼面管够！"

这个老艺人穿着一身深棕色的衣服，头发之中略有灰白夹杂，但是精神矍铄，身体看起来很是硬朗。

张玉喜，是张玉胜的弟弟，跟着张玉胜一起在老腔文化的剧场里面演出，负责的是二胡。

这位年纪有五十多岁，在老艺人之中算是年轻的。

"那我去。"张玉喜说道。

他转身看向张玉胜道："哥，你不出去，我出去，我要把老腔唱给外人听。"

张玉胜眼神凝重，听完摆了摆手道："去吧。"

长兄已经同意，张玉喜卸下了心里的负担。

张玉喜站出来，也有几个老艺人站了出来，提出想要去博物馆演出。

大家大都是面朝黄土背朝天的农民，现在有机会可以去西安工作，心里都是很想去的。

能去外面工作上班，还能唱老腔，还有油泼面吃，这些就足够了。

这下，好几个人站出来，和张玉喜一起凑成了一个表演团队。

演出最少也要五六个人，这些人够了。

"小禾，多谢你这段时间的照顾，以后老腔文化但凡有需要我们的地方，我们随时回来。"张玉喜缓缓道。

如果不是张禾的话，他们很多人都不会唱老腔了。

"玉喜爷，你们去就行了，这边有玉胜爷在没有问题。"张禾笑道。

问题不大，张玉喜带着人离开剧场，还可以减轻一部分剧场的负担。

"谢谢各位老艺人，谢谢张先生。"齐汉瑜感谢道。

虽然没有拉过来最厉害的几个人，但是有张玉喜他们在，博物馆也能开展华阴老腔的表演了。

几人一起敲定了具体的情况，齐汉瑜当场和老腔艺人们谈好了待遇。

"各位老艺人，你们到时候人来就可以了，其他什么东西都不用带，我们全部为大家准备好。"齐汉瑜说道。

乐器他们提供，板凳他们提供，演出场地他们提供，需要的只是艺人。

"好，齐馆长，我们博物馆见。"张禾笑道。

送走了博物馆一行人，张禾笑道："大家可以回去收拾东西了，到时候我开车送大家过去。"

"小禾，今晚来家里吃饭，我让你奶给你做好吃的。"张玉喜说道。

"行。"张禾答应道。

等到艺人们都离开，刘兴武拍了拍张禾的肩膀，宽慰道："好事啊，老腔这下走出去了，你就别愁眉苦脸了，你自己找博物馆过来，这下又不愿意了？"

"没有不愿意，就是觉得有些不真实。"张禾笑道，"以前只想着申遗，申遗成功了，想着可以多演出，现在演出也多了，还演到北京了，这下还能进博物馆，我都不敢相信。"

"不敢相信也得相信，只要我们一直在向前走，想要的都会得到的。"刘兴武轻声道。

张玉喜他们收拾好东西，张禾开着一辆面包车进了村子。

原先的车已经卖掉，也没什么用，现在这辆车反倒还能多拉一点人。

"小禾，路上慢点。"几个长辈叮嘱道。

"放心吧，奶，我开车很稳的。"张禾笑道。

"去了那边要是吃不惯就吃馍，我都在袋子里面装着呢。"张玉喜的老婆一个劲拉着手说着。

"我是去西安，又不是去外地，吃饭还能吃不惯了？"张玉喜有些不耐烦，但是眼神却是欣喜的。

"地里的农活有我干，你好好在外面唱老腔就行，家里不要操心。"奶奶继续道。

张玉喜一下子愣住，随即转过身，向着车子走来。

送别之后，一路高速，等下了高速进入山路之中，来到了南五台的山脚下。

不远处是崇山峻岭，上面覆盖着绿色的树林，郁郁葱葱，深吸一口气，感觉整个胸肺都清爽了不少。

博物馆就矗立在下面，高大的石门，古典建筑风格，看着十分的有味道，像是来到了古代的庭院。

齐汉瑜早已在门口等候，见到车子过来，连忙跑过来道："欢迎老腔艺人们。"

朱兰也站在旁边等候，看到张禾下车，轻轻地笑了笑。

"我们在这里面有专门的舞台，你们请看。"齐汉瑜在前面带路，众人跟着进入了博物馆。

里面是真的大，不是一般大，到处都是石雕、木雕、砖雕等艺术品，有一个猴形的拴马桩后背已经被人摸得发亮，只因寓意是"辈辈封侯"。

张禾看得眼花缭乱，对关中的古代艺术有了更深刻的认知。

表演的地方在一个宅院里面，这个地方名叫梨园，泰定元年建造，明、清时期返修，现在还保存的戏楼等建筑都是明清时期的风格，原址位于陕西合阳。

齐汉瑜带着众人走进去，给大家一一介绍。

梨园，最早的定义是梨树园子，喜好艺术的唐玄宗经常在太极宫的梨园里教习宫廷乐坊，于是后人才把梨园跟戏曲、舞蹈、器乐演奏联系到了一起。

梨园门前的卧兽门礅石上铭文"泰定元年正月吉日立"，门礅上的狮子呈趴卧状，时刻保护着梨园的安宁。

张禾站在门楼下方，入眼处即是一副对联，"国史流芳赐酒之恩荣如昨，家风继美联珠之作述依然"。

"这个戏楼是古戏楼，我们将戏楼复建，现在用来在这里演出戏曲，对面那个是看戏楼，顾名思义。"齐汉瑜缓缓道。

戏楼也很是高档，高大的石基，整个戏台都是彩绘装饰，看上去非常立体。

戏台的两侧也有一副对联，上面写着"游游古院看看秦腔三尺舞台幻万象，品品香茗聊聊文化一壶龙井说千秋"。

比华阴的小剧场要豪华多了，张禾不服不行。

张玉喜那些艺人看到这一幕也是很惊讶，想到以后能在这里唱老腔，满脸都是喜色。

当天下午就有演出，齐汉瑜本来只是提了一嘴，没想到老艺人们要求在下午就马上演出，试一试感觉。

齐汉瑜没有拒绝，马上让工作人员将道具全部搬上来。

乐器是新做好的，板凳也是新做好的，仿照着原本的样子一比一制作，表演使用的皮影也有，既可以唱老腔，也可以演皮影。

等到演出的时候，梨园里面已经有了不少的游客，有的是外地人，休假来这里游玩，也有一小部分外国人，专程来这里感受中国的文化。

看戏楼和戏台下都是人。

齐汉瑜和张禾坐在看戏楼上，面前是一张古色古香的小桌子，桌上放着一壶龙井茶。

"张先生，我们已经临时将华阴老腔在这里表演的事情宣传出去了，这些游客都是第一次过来，其他地方都不逛了，专门过来听老腔的。"齐汉瑜笑道。

舞台下面，游客们议论纷纷。

"没想到这里居然还能听到老腔，以前都没有听说过啊。"

"我本来还打算去华山那边听的，既然这里都可以听，我就不用专门去华山一趟了。"

"我还买了老腔的光盘，唱得确实不错，现场听感觉肯定更好。"

众人好奇地望着舞台，等待老腔的表演。

没过多久，讲解员开始讲解起来。

"下面即将表演的是国家级非物质文化遗产华阴老腔。老腔起源于两千多年前，是以当地民间说书艺术为基础发展形成的一种戏曲剧种，老腔朴实而高亢的唱腔犹如关西大汉咏唱大江东去……"

本来不知道情况的游客听完讲解员的讲解也对老腔有了认识。

后台，张玉喜等人调试好了手里的乐器，随即缓缓登上了舞台。

看到这些老艺人的模样，观众们都惊讶起来，打扮得都很朴素，没有丝毫的花哨。

张玉喜望着台下的观众，神色带着些许感慨。

他坐在了摆放在中央的板凳上，将手里的月琴放在了腿上。

虽然他之前在团队里是拉二胡的，但是月琴也会，如今来到这里，毫无疑问地担任了主唱的位置。

其他的艺人也纷纷落座。

等到其他人也全都准备好之后，张玉喜一声大吼道："伙计们，都准备好了没有？"

"好了！"众人齐声喊道。

"准备好了，那咱就给大家来上一段！"

"好！"

几声吼声，将观众全都吸引了过来。

张玉喜手指在弦上一拨，唱道："军校！"

"嗨！"众人齐声喊道，一脚跺在地上。

"嘭！"

响声从舞台上传来。

观众们的脸上都露出了惊讶之色，几个外国人更是傻眼了，嘴里喊着一些诸如"Good"之类的英文单词。

"备马！"

"嗨！"

"抬刀伺候！"

"嗨！"

演唱正式开始。

待到一曲唱毕，观众们的掌声也纷纷响起。

齐汉瑜神色欣慰，观众们喜欢老腔，说明他这一步没有走错。

不过，即便是观众不喜欢老腔，关中民俗艺术博物馆依旧会义无反顾地将老腔带到这里来，保护起来，防止老腔断绝。

这就是成立这个博物馆的目的和意义。

"齐馆长，以后这支队伍就交给你了。"张禾微笑道。

"张先生，请放心，我们博物馆一定会担起责任，将老腔传播出去。"齐汉瑜说道。

张禾站起身，道："齐馆长，不用送了，我就先回去了。"

"请。"齐汉瑜和张禾一起从看戏楼上走下来。

推辞了齐汉瑜继续相送的请求，张禾一个人走出了梨园。

身后的戏台上，张玉喜正在唱着《六月六日降霜雪》的曲子。

"六月六日降霜雪，本待与你多讲话，鸡鸣犬吠魂难行。"

随着张禾的远离，耳边的曲声也渐渐变得越来越小，直到最后消失不见。

回到华阴，剧场重新安排。

张玉胜是主唱，担起大任，以后剧场就只有这么一支团队表演了。

有些观众是专门来看其他艺人表演的，张禾要亲自上台解释，安抚观众。

剧场的生意目前还算可以，也有一些外地游客来华阴旅游，顺带来这里看一场老腔。

去一趟老腔保护中心，刘兴武手里拿着一本书，兴高采烈。

"怎么回事？"张禾问道。

"不愧是专业的，教材已经搞定了，已经联系了印刷厂印刷，不过经费有限，数量不多，先拿了一本样书过来看看。"刘兴武笑道。

手里拿着的书封皮是白色的，只简单地写了一行字"华阴老腔教材用书"。

翻开一看，里面的内容有理有据，十分的详细，很专业，只有对老腔有研究的人才能做出来。

"我已经向文化局提议，开设华阴老腔培训班。"刘兴武继续道。

张禾点了点头，现在教材已经搞定，是该开设培训班了。

现在老腔的演出越来越多，一个团队去了博物馆，张德林他们不光要在华山演出，还要去外地演出，张玉胜他们在剧场演出。

就这些队伍，再也分不开了。

老腔的艺人极度缺乏，更重要的是需要年轻人来学习老腔，年轻人不学，就这些老人也支撑不了多少年。

"你看看，这是暂定的招生广告。"刘兴武拿出一张A4纸。

张禾接过来一看，上面写得比较简单，介绍了华阴老腔和开设培训班的意义，介绍了课程内容和老师，学制一年，学费全免。

年龄要求在十五到五十五岁之间，男女不限。

条件是品德优良，嗓音洪亮，初中以上文化程度。

报名地点在华阴市文化局那边。

"你要免费？"张禾惊讶道。

刘兴武摇了摇头道："我考察了其他地区的曲艺教学，发现必须免费，不免费肯定没有人学，只有免费才能吸引人过来学，这是没办法的办法。现在中心的资金还算充裕，上面还拨了一些经费，趁着有钱赶紧搞，要不然就没法搞了。"

"林雄，你再修改一遍，我在上面标出的红色圈里面的你再修改一遍，修改好了给我看一眼，重点要突出免学费，改好就送到电视台，让多播上几遍。"刘兴武吩咐道。

林雄将招生广告拿过来，回到自己的办公桌上去修改了。

堂堂国家级非物质文化遗产，居然要免学费才能有人学。

这不是老腔一个这样，全国很多地方都是这样，没有办法的办法。

广告是面向全国招生的，但是没有经费去全国打广告，只能放在华阴电视台，最多放在渭南电视台播放一下，十分简短。

"从今天开始，老腔保护中心要精打细算，把钱都省下来投到培训班上，学生不管多少，他们的乐器我们要提供，教材我们要提供，中午再管一顿饭。"刘兴武安排道。

钱如同流水一般花了出去。

不光是乐器和教材，还有老腔艺人们的工资，不能让艺人们白白出力教学，乐器坏了要更换，要买新的，都是钱。

隔壁的几个新建的老腔保护中心的建筑已经投入使用，正好可以当做教室使用。

一算账，老腔保护中心的钱少了一大半，还在不断地减少，但是这一步迟早要迈出去。不过还好，招生广告投放出去之后，每天都有人打电话过来询问情况，刘兴武和林雄几个人忙活着，张禾也加入其中帮忙。电话里面，不少人都对老腔很好奇，以前大家听老腔，没想到还可以学老腔，是专业的艺人们教导。更重要的是学费全免，这打消了很多人的疑虑。

让林雄和吴小倩坐镇老腔保护中心，刘兴武来到了市文化局，准备报名工作。

报名要的东西不多，身份证原件和复印件两张就够了。

报名第一天，一大群人来到了文化局里面。

"你好，我是来报名的。"一个男子怯生生地推开门走了进来，询问道。

"你是来学老腔的吗？"刘兴武赶紧问道。

那个男子看起来二十来岁，算年轻人，很稀少。

这几天报名，大部分来的都是年龄比较大的人。

"我是。"男子说道。

"我叫刘兴武，是老腔保护中心的副主任，请坐。"刘兴武赶紧招呼道。

没办法，人手有限，只能他亲自出马处理报名的事情。

"我叫黄汉。"男子说道，将身份证原件和复印件摆在了桌面上。

"我是从电视上看到你们的广告，这才过来的。"黄汉说道。

刘兴武微笑道："你听过老腔吧？"

"听过，很喜欢。"黄汉激动道。

"那你能不能唱上几句？"

"唱？我试试。"黄汉站起身。

他清了清嗓子，随即唱道："将令一声震山川！"

声音回荡在房间之中，很是响亮。

听完这一嗓子，刘兴武心里有了数。

按照规定，学习者嗓音洪亮是首要的。

检查完一些东西，刘兴武为黄汉报好了名。

"七月一号上课，你来虎沟村老腔保护中心上课，我们的教室就在那边，宿舍也都有。"刘兴武说道。

黄汉感激涕零，离开了办公室。

他只是来报名的人其中之一。

"怎么样，还是有年轻人愿意来学吧。"刘兴武很是开心道。

"但愿这个培训班能开成功！"张禾也笑道。

等到报名结束，第一期培训班总共招收了二十三个学员，其中有十个都是年轻人，剩下的十三个人年纪稍微大一点。

能有人学老腔就已经足够了，刘兴武没挑剔什么。

老腔这个曲种，年龄越大唱得才越有味道。

七月一号，培训班正式开课。

刘兴武和张禾他们满脸喜悦地在保护中心等候学生们过来。

陆陆续续有学员来到这里，黄汉也在其中，来得还挺早。

学员们在教室里等候，刘兴武站在讲台上，数来数去都只有二十个人。

"这都九点半了，不会不来了吧？"吴小倩小声道。

"我们再等等。"刘兴武眉头紧皱。

约好的时间是九点，但是人还没有来齐。

再等了半个小时到十点，最后三个人依旧没有到来，不过等来了一个电话。

"刘主任，实在不好意思，我妈说学老腔要一年，浪费时间，让我赶紧娶媳妇，我就不来了。"

"没事，长辈的话还是要听的。"刘兴武缓缓道。

挂掉电话，心情沉重。

打来电话还是好的，剩下两个可是连招呼都没有打，不用再等了，肯定不来了。

开局失利，刘兴武心情不太好。

"各位学员，我们这里是老腔保护中心，是为了保护这项国家级非物质文化遗产成立的，招收大家来学习老腔，是为了能够让老腔传承下去。老腔现在的演出很多，以后你们学会了这门手艺，我们可以推荐你们去外面演出，也能挣钱，只是学习的过程可能会辛苦一点。"刘兴武全都如实相告。

这些来学习的人，不能指望人家对老腔有多么的热爱，抱着什么心思大家都清楚。

老腔现在在各地演出，上电视，肯定是挣钱的。

可能有人是热爱，但是大部分来学老腔都是为了学一门手艺，好混口饭吃，毕竟这里不用交学费。

刘兴武告诉他们的就是，学老腔，能挣钱，这样才能留住人。

一些老人坐在下面心不在焉，根本没把这个毛头小伙儿当回事，有几个都是可以做爷爷奶奶的人，更不会把刘兴武当回事。

"各位学员，既然来到了培训班，我们就要有规矩，每天早上七点练嗓子，必须起床……"刘兴武语气严厉道。

第一次干这个事，有些生疏，但是硬着头皮也得上，第一期培训班不管结果如何，都要开下去。等到说完规矩，刘兴武让张德林过来，开始讲授老腔的一些知识。

"每个人一本书，这个书要保存好，这是我们的教材，用完了要还回去。"刘兴武叮嘱道。

不要钱的东西不会珍惜，要是搞丢了也是损失，能省一点是一点。

黄汉的学习热情很高，在课堂上频频提问。

第一天讲的是乐理，没有实践。

课程结构是和西安音乐学院那边商量过的，梁秋梁主任专门指导，还给老腔艺人们来了一次岗前培训，张德林这才能踏踏实实地讲课。

第二天，开始实战，发乐器。

人手一把乐器是必需的。

月琴课上教月琴，二胡课上教二胡……

培训班还算正常，刘兴武的心也能放下来了。

过了一个多月，黄汉走进了办公室。

"刘主任。"黄汉有些不好意思道。

"怎么了？"刘兴武疑惑道。

"你最近学得都很不错，德林爷还在我跟前专门夸过你，等学成毕业之后，你肯定是这一批人里面最出色的。"刘兴武笑道。

不过黄汉闻言脸上没有丝毫的喜色。

"刘主任，很抱歉，我不能在这里学习了。"黄汉缓缓道，不敢和刘兴武对视。

"不学了？"刘兴武惊讶道。

黄汉是他招进来的，学得很不错，以后肯定是能出去演出的。

"刘主任，我家里不让我继续学了，说是在这里耽误挣钱，在外面打工一个月能挣好几千，在这儿不挣钱，等到能挣钱不知道要什么时候，我……"黄汉说道。

不是第一个，也不会是最后一个。

之前已经有一两个因为各种原因离开的学员。

年纪大的是因为要种地、要带孩子走了，年纪小的因为结婚、要出去打工走了。

不是真心喜欢老腔的，留不到最后。

刘兴武沉默了，不知道该说什么。

"刘主任，等我挣到钱了我会回来学老腔的，可是现在我学不了了，村里的同龄人都出去打工，挣到钱回来盖房娶媳妇，我要是再不挣钱，我爹娘就要把我赶出家门了。"黄汉说道。

"行吧，那你办一下手续，走吧。"刘兴武有些颓然道。

"谢谢刘主任。"黄汉鞠了一躬。

一旁的吴小倩给他办了手续，黄汉很快就离开了这里。

家里催只是理由，其实是自己不想学了，刘兴武能看出来。

学老腔的过程是十分枯燥的，要耐得住性子，要有毅力，要能吃苦……

年轻人有几个能坚持下来？就算能坚持下来，那些年轻人也不会来学老腔。

张德林小时候学艺的时候，因为按照老腔的规矩，开嗓前要喝自己的尿。

那时候张德林也犹豫过，但是在师父的鞭策下还是将尿喝进去了。

如果坚持不下去，今天就少了一位老腔大师。

现在是现代社会了，很多迷信的东西被摒弃掉了，好的东西留下来，用科学的方法去传授老腔。

为此张德林尽心尽力，打破了老腔传男不传女，传内不传外的规矩，但即便如此，免费教学还是有人离开。

每个人都是个体，都有选择权，刘兴武限制不了他们。

陆续有人离开，到最后年轻人全都走了，一个人都没有留下来，只剩下一些老人还留着。

"林雄，你有什么想法？"刘兴武问道。

按照目前的态势，培训班开展下去，培养不了多少艺人。

林雄想了想道："他们不是因为不挣钱才走的吗，要不我们给他们发补贴学老腔，他们不就能留下来了？"

"你敢这么想，我不敢这么做。"刘兴武摇了摇头。

发补贴可以，钱从哪儿来？

没钱万事难为。

很多想法因为资金短缺就只能想，免费提供乐器和教材已经是老腔保护中心的极限了，想要再进一步，必须拿到政府的补贴扶持。

提议很不错，刘兴武写了份报告交上去，打算试一试，没过多久就被批回来了，拒绝理由是资金不足，没有那么多钱投给老腔。

社会在发展，各行各业都需要资金，政府首先会将钱投入到基础建设当中，基建的钱都不够，更不可能拨经费给老腔了。

没办法，只能先这么搞着，能留住多少人就留住多少人。

第一期培训班肯定会有很多问题出现，出现问题是好事，总比发现不了问题要好。

张禾也知道了培训班的困境，但是他也没法帮忙，只能在剧场上贴一个广告，帮忙宣传一下。
　　老腔的演出逐渐变得少了起来。
　　热度过去了，该怎么样还是怎么样。
　　老腔剧场里，张川站在舞台上，跟着老艺人们一起演出。
　　他现在已经开始跟着培训班学习老腔了，张德林对他的教导比那些普通的学员更为严格，毕竟他是张家人。
　　如今，他就跟着玉胜爷一起熟悉舞台，能尽早出师就尽早出师。
　　张禾坐在观众席第一排，看着几个人的表演。
　　手机响了起来，张禾一看，打电话来的居然是北京的号码，赶紧跑出去接了起来。
　　"你好。"
　　"张先生，我是李湾。"
　　"李教授？"张禾惊讶道。
　　"换了号码，没来得及说，你正好存一下。"李湾笑道。
　　"李教授您客气了。"张禾回应道。
　　李湾顿了顿道："张禾，这次来是给你介绍一个好事情。"
　　"李教授，您请讲。"
　　"北京人艺话剧团正在筹划一场大型的话剧演出，导演是我的朋友，这个话剧是用小说改编的，作者是陕西的一位大作家，很有名气。"
　　"话剧表演需要陕西本地的一些戏曲，导演正在找合适的，我向他们推荐了华阴老腔。"李湾笑道。
　　"谢谢李教授。"张禾赶紧道。
　　事情已经过了这么久，李湾居然还记得他们，能在这个时候将华阴老腔举荐出去，这份恩情实在难以忘记。

第26章

/ 评选演出 /

"不用这么客气,这是每一个音乐人应该做的,华阴老腔不应该只在小舞台上表演,要登上大舞台。"李湾缓缓道。

"我给他们说了你们的情况,他们很有兴趣,但是规矩是规矩,不能随便就定下来,他们很快就要来你们陕西实地考察,进行评选,你准备准备,让老腔参与进去,争取拿下这个机会。"

"李教授,那个导演叫什么名字?"张禾询问道。

"导演叫做陈亿夏。"

张禾心里咯噔了一下,果然是这位大导演。

陈亿夏导演了很多部中国有名的话剧,是一位名副其实的实力派,和很多国家一级演员都有过合作,这个机会十分难得,必须把握。

华阴老腔要是能在这个导演的手中出现,那将是真正的更上一层楼!

"谢谢李教授!"张禾感激道。

要不是李湾提醒,他连这件事都不知道,会白白错过这次机会。

聊完一些情况,挂断电话,张禾在剧场门口来回转悠。

要表演,必须德林班出马,这样才有竞争力。

回到虎沟村,他将这件事告诉了刘兴武。

"什么?真的啊?"刘兴武大喜过望。

他学过戏剧,陈亿夏在他的心里就是大师级别的存在,一想到能和陈亿夏这个级别的导演合作,刘兴武根本坐不住。

"千真万确。"张禾说道。

别说刘兴武这么激动,林雄和吴小倩也坐不住,两个人上网搜了一下,都面露震惊。

这要是真的登上了话剧舞台,了不得!

"这下要和陕西本地的曲艺竞争了,大家各凭本事,我们老腔一定要拿下!"刘兴武坚定道。

他叫来张德林他们。

"德林爷,这位导演在话剧界很有名,和很多知名的演员都合作过,我们这次要是被选上的话就可以登上大舞台了。"刘兴武正色道。

之前上的舞台都是小舞台，这次的舞台是真的大舞台，首场就在北京的大剧院演出，有陈亿夏的名声，到时候肯定是人满为患。

"不管大舞台还是小舞台，我们用心演出，听天由命。"张德林淡然道，但是语气之中有股自信。

让老腔和话剧合作，这是第一次，给老腔带来的宣传也绝对是那一场音乐节无法比拟的，只会更大。

众人开始准备表演。

陈亿夏带着剧团的工作人员也来到了西安。

曲艺评选的地点在西安的人民剧院，这是一场大事，大家都很重视。

评选的日子到来，老腔保护中心一行人坐上大巴车，启程前往西安。

进了西安，路上还堵车，死活过不去，紧赶慢赶踩着点到了剧院。

到了西安剧院的门口，停车场已经停了不少辆车，一些气质斐然的人从车上走下来。

林雄和吴小倩盯着这群人，面色大变。

"刘主任，那个是陕西戏曲研究院的秦腔演员，我的天，那个是拿过梅花奖的名家。"林雄惊叹道。

梅花奖全称是"中国戏剧奖·梅花表演奖"，是中国戏剧表演艺术最高奖，每两年评选一次，表彰在表演艺术上取得突出成就的中青年戏剧演员。

能拿到这个奖项的必然都是戏剧表演的名家大家，有专业的，有民间的，但毫无疑问，大家都很有实力。

不光是秦腔，还有一些其他地方剧种的大家从车上陆续下来，全都向着剧院大门走去。

刘兴武的心一下子沉了一大截。

要和这么多名家大家竞争，搁谁谁都没有底气。

"重在参与。"张禾调侃道。

虽说是这么说，但是大家心里都憋着一股劲，一般不服输的劲头。

一行人带上家伙走进去，刚到门口，一个领导打扮的人就走出来了。

"华阴老腔，你们怎么才来？"领导有些生气。

"路上堵车了，来得有点晚。"刘兴武赶紧道。

"赶紧进去吧。"领导催促道。

一行人赶紧走进去。

演出大厅里面，观众席上坐着不少人，一个比一个厉害，都是戏曲界鼎鼎有名的大家，年年拿奖拿到手软的那种。

看到一群老农打扮的人走进来，众多演员纷纷侧目，随即私下议论起来。

"这是华阴老腔吧，他们也想上这个话剧？"

"老腔这种原生态的曲种恐怕不适合在话剧舞台上表演吧？"

"等着陈亿夏导演选择吧，我们的剧种才是最有希望的。"

大家自持身份，没有说太多的话，但是剧院里面，火药味已经弥漫开来。

每个人都想要拿到这个机会，上北京演出。

因为路上堵车，距离正式演出的时间已经不多了。

刘兴武赶紧安排老腔艺人们排练一场，之前虽说做了准备，但是到了现场心里也有些打鼓。

老艺人们也是干劲十足，一路奔波没来得及吃上热乎的饭，直接馒头就着火腿肠矿泉水就填饱了肚子。

刘兴武在观众席中寻觅着，看到了一个戴着眼镜、模样清秀的男子坐在中间，很多人都围在他的身边。

那个人就是陈亿夏，看起来年纪很大了，身上的气质都和其他人不一样。

不过围了那么多人，刘兴武也不敢贸然过去打招呼，只能等表演结束再说了。

正式演出很快开始。

首先上台的是秦腔的演员，穿戴整齐，举手投足之间都是一股浓浓的戏骨气势。

刚一开嗓，全场轰动。

刘兴武偷偷地坐在一旁的座位上，时不时地注意着陈亿夏的反应。

虽然台上的表演很精彩，但是陈亿夏坐在下面，脸上没有丝毫的波动。

台上的演员一个接一个上去，陈亿夏身旁的几个人连番询问，只能看到这位大导演连连摇头。

"好家伙，这些都不行，我们老腔能行？"刘兴武心里有些骇然。

他实在是摸不清楚陈亿夏的标准了，舞台上这些艺人一个比一个专业，但是陈亿夏居然无动于衷。

等到第一轮表演结束，陈亿夏直接起身站起，周围的那些已经表演的演员脸上露出失落之色，也有人愤愤不平。

那些还没有演出的人则是神色担忧，不知道接下来该怎么办。

"陈导演，已经表演了四个剧种了，您还是不满意吗？"一个当地戏曲研究院的人跑过来问道。

那个人脸色急切，这次的评选他们戏曲研究院来的人最多，要是没人选上的话那可就丢脸丢大了。

"不是不满意，各位艺人的表演都很精彩，但是不是我想要的那种。"陈亿夏回应道。

"陈导演，那你想要的是哪种？"那人急忙问道。

"我想要的是能让人眼前一亮的。"陈亿夏说道。

他迈开步子，去了洗手间。

戏曲研究院的人面面相觑。

眼前一亮，这说起来容易，做起来难，他们研究院的曲艺已经形成了标准的模式，想要改进何其困难。

众人叹了口气，只好返回了座位上。

这一幕全都落在了刘兴武的眼中，他们说的话也被听得一清二楚。

看到陈亿夏进了洗手间，刘兴武追了进去，也站在一旁解手。

"哎呀，陈导演，没想到居然在厕所碰到你了。"刘兴武扭头一看，假装惊讶道。

陈亿夏眉头一皱，也不能拒绝，只好轻轻点了点头。

"陈导演，我特别喜欢你导演的话剧，希望我们有机会可以合作。"刘兴武笑道。

陈亿夏提起裤子，道："但愿。"

见过打招呼的，没见过在洗手间打招呼的，陈亿夏不想在这里久留，立刻走了出去。

等到陈亿夏离开，刘兴武这才出了洗手间。

他也没什么想法，就是打算混个眼熟。

出了洗手间，陈亿夏回到了座位上，下一场的表演很快就开始了。

舞台上，不同剧种的代表艺人上台，有单人的，有多人的，陈亿夏的表情依旧，没有丝毫的波动，刘兴武心里大概有了数。

终于，轮到了华阴老腔上场。

张德林他们带着道具走上了舞台，这副打扮在一众艺人当中并不是很特别。

等张德云将条凳放在舞台后面的时候，陈亿夏忽然挺直了身子，仰着头望着。

这时候，他看到了舞台一侧，刘兴武站在一旁，给几个艺人说着什么。

"是这个人的团队？"陈亿夏来了兴致。

毕竟在厕所里面他对刘兴武的印象还是很深的。

评选表演，没有介绍，没有主持人，艺人们上去就演，演完就下去，成就是成了，不成就是不成。

嘱咐好几个老人，刘兴武和张禾来到了舞台下面。

"伙计们，咱都准备好了么？"张德林一嗓子吼道。

没有唱，居然是在说话，用的还是关中方言。

从北京来的一群人有些惊讶。

"准备好了！"其他的艺人应和道。

很新颖，一瞬间就将这群北京人吸引住了。

"准备好了，那咱就把家具拿出来给大家热闹热闹。"张德林继续道。

"好！"

像是在拉家常一样，没有什么特点，但好像又是特点。

陈亿夏目不转睛，盯着舞台。

突然间，张德林仰着脖子大吼道："军校！"

这一嗓子喊得所有人都吓了一跳。

还没等台下的人反应过来，舞台上其他的艺人蓦地齐声大喊道："嗨！"

伴随着声音，所有的艺人全都一脚跺在了地上。

舞台轰鸣。

台下的人眼睛都亮了。

陈亿夏一改之前平静的神色，双眼好似放出了光芒，盯着舞台一动不动。

跟随他一起来的话剧组的一个演员也看着舞台。

这位演员是国家一级演员，很有名气，坐在陈亿夏的身旁。

"备马！"张德林再度唱道。

"嗨！"众人齐声喊道。

"抬刀伺候！"

"啊……嗨！"

曲声骤然响起。

一声接一声，老腔艺人们还在大声地喊着，等到调子到了高点，张德林扯着嗓子唱道："将令……一声震山川！"

本以为要进入平静了，忽然间，那群老艺人又喊了起来。

"嗨！"边喊边跺脚。

有几个不知道老腔的人差点以为是砸场子来了。

"人披盔甲马上鞍！"

"唉……嗨！"

"大小儿郎齐呐喊！"

"嗨！"

"催动人马到阵前！"

"唉……嗨！"

……

一声接着一声，一声比一声高，舞台上面的老艺人们完全放开了在演，没有丝毫的怯场，就好像在自家的院子里一样。

"前哨军人报一声！"

"唉嗨……嗨……"

一曲唱毕，老腔艺人们收拾东西，准备下台。

陈亿夏忽然从座位上站了起来，他猛然喊道："这个节目是谁排的？"

一旁剧院的领导紧张无比，赶紧跑过来道："陈导演，这个是华阴老腔，是华阴那边出的，刘兴武，还不赶紧过来！"

刘兴武闻言脸色一喜，早就在一旁等着呢，几步就跑了过来。

华阴老腔？陈亿夏感觉这个名字有些熟悉，但是又没想起来。

"陈导演，又见面了。"刘兴武憨笑道。

"你就是华阴老腔的人？"陈亿夏有些不敢相信。

台上都是一群老头子，刘兴武明显年轻不少。

"陈导演，我们华阴老腔是国家级非物质文化遗产，文化局成立了老腔保护中心，我是保护中心的副主任，刘兴武。"一番自我介绍。

"你这个节目排得很不错，能不能把刚才的节目再演一遍？"陈亿夏询问道。

刘兴武本想问为什么要再演一遍，但是话到嘴边就咽了回去。

"能演！"刘兴武坚定道。

"好，那你就给我再演一遍，我还想看看。"陈亿夏笑道。

刘兴武马上跑到舞台边上，对着上面大喊道："德林爷德林爷，你们先别走，陈导演让你们再演一遍！"

张德林几人没有多问，直接回到了座位上。

本来他们唱一嗓子就没有唱够，再唱一遍没有关系，再唱几遍都不是问题。

刚才唱了《将令一声震山川》，这次换一首，唱《收五虎》。

看到老腔艺人们回到了舞台上，陈亿夏赶紧返回了座位，只是没有坐下去，而是站着。

陈亿夏站着，旁边的那些人也全都站着，没有人坐下。

曲声响起，陈亿夏的眼睛盯得更紧了。

"手指开道叫着骂！"张德林忽然唱道。

"嗨！"其他艺人大喊，跺脚。

"我把你无知匹夫骂几声！"

"嗨！"喊、跺脚。

听到这时候，陈亿夏忽然想了起来，中央音乐学院的李教授给他推荐的剧种好像就叫华阴老腔。

"就是他!"陈亿夏心里暗道。

本来对老腔没抱什么希望,连名字都没有记下来,但是没想到最给人惊喜的居然是华阴老腔。

舞台上,张德林继续唱道:"昨日梁王吩咐你!"

"嗨!"其他艺人应和道。

陈亿夏听得陶醉了,沉浸在其中不能自拔。

"为何过耳全不听!"张德林装作愤怒的模样,骂唱道。

"嗨!"众人齐喊,跺脚。

……

"推出辕门问斩刑!"张德林唱到最后一句。

其他的艺人开始一起唱了起来:"唉嗨……嗨……嗨嗨嗨……啊啊啊……嗨……"

整个剧院的人全都看着舞台,望着老腔艺人们的表演。

老腔现在看似很火,但还是有很多人没有听过,哪怕是一些戏曲研究院的人员。

今日,在场的很多人都是第一次亲耳听到老腔,亲眼看到老腔的表演。

所有人的心中都只有两个字——"震撼!"

这个表演在这个剧场之中就好像夜晚天空中皎洁的明月,引人注目,令人难以忘怀。

一曲唱毕,陈亿夏沉默了一会儿,随后缓缓走到了刘兴武的面前。

"刘主任,咱们爷俩合作一把怎么样?"陈亿夏突然说道。

刘兴武直接傻眼了,满脑子一片空白。

虽然在梦里面无数次梦到了和陈亿夏合作的事情,但是当真正发生在他面前的时候还是不敢相信。

陈亿夏居然真的邀请老腔和他们话剧合作!

周围的那些艺人全都脸色阴沉,甩袖离去。

陈亿夏看上了一个土里土气的老腔,看不上其他的剧种,让他们心里很不舒服。

不过今天的演出本来就是为了话剧准备的,就是心里再有怨气都不能直接表现出来,只能离开。

"陈导演,陈导演,我……"刘兴武有些语无伦次起来。

他的心里有无数的话要说,但当到了嘴边的时候却全都挤在了一起,一句话也吐不出来。

"不着急,你慢慢想,你小子在厕所不是还挺能说的,怎么这会儿就尿了?"陈亿夏调侃道。

刘兴武老脸一红，笑道："那时候我不是不知道能成嘛。"

"好了，你答不答应，你要是不愿意的话我就去找别人了。"陈亿夏装作不耐烦的样子道。

"我答应！我答应！"刘兴武赶紧拉住了陈亿夏的胳膊。

"答应那就赶快准备，我们一起去开个会。"陈亿夏缓缓道。

评选演出结束了，后面没演的也不用演了。

在陈亿夏的心中，老腔就是最完美的，最合适的，不用再找其他的了。

陈亿夏走到舞台上，拿着话筒道："感谢大家今天能够过来，你们的演出都很精彩，我很喜欢，很满意，但是，这场话剧需要的是合适的戏曲，所以各位，抱歉了。"

该说的话还是要说，这么多名家大家大老远跑过来捧场，不能让人家就这么走了。

讲完话，陈亿夏走下台。

话剧组的工作人员一起请大家吃了顿饭，这才将那些人送走。

评选结束，刘兴武带着老艺人们一起来到了一间会议室当中。

陈亿夏等话剧组的人坐在一边，老腔艺人们坐在一边。

一旁还坐着秦腔的演员，这次陈亿夏只选择了秦腔和老腔作为话剧中的音乐。

放眼望去，陈亿夏身边几个人都是演员，经常在电视上看到，很是面熟。

老艺人们不认识陈亿夏，但是认识这些演员。

一旁的刘兴武神色喜悦，作品能够得到认可很令人开心，更关键的是陈亿夏看出来这些戏是排出来的。

华阴老腔演出了无数场戏，从来没有人问过或者说过这个问题，都以为老腔自古以来就是这个样子。

陈亿夏能一眼看出来是重新编排出来的，眼光毒辣。

"刘主任，你们老腔有多少曲子？"陈亿夏询问道。

"我们有二百多个剧目，只要你要，我们都能演出来。"刘兴武信誓旦旦道。

虽然很多剧目没有演出过，但是以老腔艺人们的实力，多练一练还是可以演的。

"不用这么多，我们只需要十几段就够了。"陈亿夏缓缓道。

"台上演出的两场戏都很不错，我还需要再看一看其他的曲目。"

虽然已经确定了要老腔，但是陈亿夏还想多看一看，这样心里才有数。

想要将老腔和话剧结合起来，不是说直接强硬地插进去就好了，最关键的是要将其融合起来，不生硬只是最基本的，最重要的是要让老腔对话剧能有增幅的作用。

刘兴武本想让老艺人们在这里继续表演，但是陈亿夏提出要亲自去华阴看演出。

大导演对老腔十分重视。

一行人直接来到了华阴，演出的地点就定在了张禾的剧场里。

陈亿夏带着剧团的人坐在观众席上，每个人手中都拿着本子和笔，随时准备记录。

等到演出开始之后，张德林等人走上舞台。

先演出了《关中古歌》这首新曲子，陈亿夏目光闪动，很是惊讶。

刘兴武在老腔保护中心不仅是副主任的角色，他还是老腔节目的导演。

每一首要上台演出的剧目都是他亲自编排出来的。

一手《关中古歌》演出结束，接下来是一首《征东一场总是空》。

陈亿夏等人频频点头，对老腔的表演都很满意。

最后演出的则是皮影戏《三英战吕布》。

挑选了几个具有代表性的，成熟的剧目演出之后，陈亿夏的心里更为满意了。

这就是他想要的那种能代表关中，能代表黄土地风格的戏曲作品。

"刘主任，我们经过商议，决定使用华阴老腔作为话剧里面穿插的音乐。"陈亿夏缓缓道。

决定之后，正式开始开会。

"我觉得可以将华阴老腔作为一种音乐形式，放在话剧当中表演。"陈亿夏提议道。

老艺人们不懂，张禾也不懂，坐在一旁听着大佬讲话。

"陈导演，我觉得这样不好。"一个话剧组的人说道。

众人都看了过去。

"我刚才也看了华阴老腔的表演，华阴老腔的唱词之中带着一种'叙述'的感觉，是最原始的说唱，我们从中可以听出苍凉的韵味，这种味道是在其他戏曲之中所没有的。"男子振振有词道。

说得很有道理，陈亿夏点了点头。

"如果只是将老腔当做一种音乐穿插在话剧之中，那我们完全没有将老腔的最大作用发挥出来，我觉得可以将老腔作为故事的辅助，加入话剧之中，用唱词的那种苍凉之感，史诗之感让故事的展现更加出色。"

陈亿夏闻言陷入了思考之中。

见到华阴老腔第一眼就是被惊艳到了，如何使用却是一个问题，要是弄不好的话对不起这门曲艺。

"陈导演，我也觉得这样做更好一点。"有几个人也提议道。

陈亿夏脸上露出思索之色，随后道："借老腔来辅助故事的叙述，可以。"

决定了方法，几个人再度商议了一下具体的情况。

"刘主任，我们这次来没有带剧本，等我到北京之后把剧本给你寄过来你看一看。"陈亿夏缓缓道。

"好，谢谢陈导演。"刘兴武说道。

送走了话剧组的人，老腔艺人们回到了虎沟村。

过了几天，陈亿夏将话剧剧本寄到了老腔保护中心。

刘兴武郑重地把剧本捧在手心，生怕弄坏了。

回到办公室，打开剧本一看。

陈亿夏在剧本里面画出了十一个点，要求刘兴武在每一个节点上安排一段老腔的演出，要求只有六个字"苍凉、沧桑、苍茫"。

"怎么样？"张禾在一旁问道。

这种编排的事情他不在行，刘兴武是专业的。

"不难，很多地方我们可以用现成的剧目放上去。"刘兴武笑道。

能参与这样一场大事，就算是有天大的困难也要克服。

"那就好，这次要是成功的话，老腔可就真的走出去了。"张禾笑道。

连着好几天，刘兴武废寝忘食，一门心思扑在了节目的编排上。

这天，邮局送信的来到了老腔保护中心。

"刘兴武，有你的信。"邮递员喊道。

刘兴武头发凌乱，正在本子上写写画画。

"刘主任。"吴小倩叫了一声。

没有反应。

吴小倩也不叫了，直接出去替刘兴武把信收了。

一看信上写的寄件人，居然是"陕西省作家协会"。

"这？"吴小倩神色惊讶，赶紧拿着信跑进了办公室。

"刘主任，你的信，是陕西省作家协会寄来的。"吴小倩喊道。

这个时候，刘兴武才抬起头，一脸疑惑。

陕西作协给他寄信干什么？

"刘主任，你快看看吧。"吴小倩将信递出去，一脸的好奇。

林雄也凑过来，两个人的眼神都盯着信件。

"看你们俩着急得，我都不急，你们急啥？"刘兴武笑道。

"我们也不认识作协的人啊，你说他们给我们寄信干吗？"吴小倩笑嘻嘻道。

"看看就知道了。"

刘兴武将信封撕开，从里面取出了折叠整齐的信纸。

打开一看，信纸上面的字迹是用钢笔书写的，刚劲有力，有着大家风范。

"刘主任，你好，我是话剧原著的作者……"

看完第一句，刘兴武的神色已经变得震惊无比。

居然是话剧原著的作者寄来的信。

陈亿夏导演的话剧的确是陕西一位鼎鼎有名的作家写的，改编工作是陈亿夏负责的。

本来刘兴武跟这位作家是没有什么交集的，没想到对方竟然亲自寄信过来。

"听闻华阴老腔将参与话剧演出，倍感欣慰，虽为关中人，在之前却未曾听过老腔，实属遗憾，后观看录像，要是当初能将老腔加入原著当中定然完美，如今话剧即将排练，为弥补遗憾，特为老腔作词一首。"

信很长，全都是作家的肺腑之言。

刘兴武一字不落地将信件读完，信件的末尾附上了一首唱词。

"好啊！好啊！正愁有一个地方不知道该选用哪首曲子，真是雪中送炭啊！"刘兴武惊喜道。

大作家就是大作家，写出的歌词很有水准。

只是看上一眼，刘兴武就知道这首曲子一旦演出来肯定可以火！

别人写信，不能不回信。

刘兴武当即执笔，开始写信，感谢是必须的，还邀请作家来华阴看演出。

写完信，刘兴武赶紧让林雄把信寄出去。

写的唱词虽然字数不多，但是是一片心意，而且很符合老腔的曲调。

刘兴武当即开始谱曲，叫来老腔艺人们开始排练演出。

等到全部确定之后，众人启程，前往北京。

演出的地点在北京人民艺术剧院。

抵达北京，剧院的工作人员就在火车站等候，见到老腔艺人们走出车站，立刻上前问候。

第二次来到北京，每个人的心里都有些感慨，上次来还是受到中央音乐学院的邀请，这次来依旧是受到邀请，还是陈亿夏导演的邀请。

往常不敢想的事情如今已经成为了现实，对老艺人们来讲，能来这里演出是件好事。

这次来北京不是待个三五天就回去了，要居住很长时间，最少也要两个月。

刘兴武知道，这件事对老腔艺人们来说是很难的。

老腔艺人们虽然经常演出，但他们不是演员，他们的本质还是农民，要种地的。

两个月的时间不能照看地里的农田，一旦出了问题，也是很大的打击。

只是大家都怀着同一个信念，让老腔走出华阴，走到全国。

为了这一个目标，可以舍弃掉被大家视为命根子的庄稼。

车子缓缓从北京城驶过，路过天安门的时候，张德林几个老人透过车窗盯着不放。

"爷，等咱们闲下来的时候我带你们在北京逛一逛。"张禾在一旁说道。

别说老艺人们没逛过，他也没逛过，上次来中央音乐学院太着急了，根本没有逛，这次这么长的时间，有的是工夫。

"咱也没来过北京，这次必须逛一逛。"张德林点了点头道。

大城市就是大城市，小县城根本没法比。

一路车水马龙，路面宽阔，路上的人都昂首挺胸。

这里是中国的首都。

老腔将在这里，走向全国的舞台。

车子驶入了剧院停车场，老腔艺人们从车上走了下来。

陈亿夏早已等候在了外面，见到老艺人下来，他赶紧上去搀扶。

"各位艺人，咱们先把行李放了，一块儿吃顿饭。"陈亿夏说道。

几个工作人员上去一起帮忙提着彩条布做成的行李袋，里面装着的是换洗的衣服和演出的服装。

来北京，配合话剧演出，一应开销全部由剧团负责，老腔艺人们只用唱戏就足够了。

放好行李，一行人在饭店吃饭。

陈亿夏给老艺人们介绍了几位主要的演员，全都是经常在电视上出现的，老腔艺人们做梦都想不到有一天可以和这些演员合作。

张禾心里更是兴奋。

村里的家族戏登上大舞台，和知名演员合作，放以前真的是不敢想。

"今天休息一天，我们从明天开始正式排练。"陈亿夏说道。

第二天，众人来到剧院之中。

老腔艺人们一身朴素的行头走进剧院，不少话剧演员都好奇地望了过来。

很多人对老腔的印象还停留在名字上，具体是什么根本不清楚，今日一见，觉得也没有什么稀奇的地方。

凭什么华阴老腔能让陈亿夏看重？

"咱们第一场排练这个《太阳圆月亮弯都在天上》，这首是开场曲。"陈亿夏说道。

话剧表演，老腔直接演出开场曲，位置十分重要。

刘兴武紧张得手心里全都是汗水。

老腔艺人们登上舞台，板凳摆好，乐器拿好，坐在了舞台上。

张德林坐在正中央，王兴强坐在一旁。

张德禄坐在右前方，张德民拿着喇叭站在后面，张德云和张冬雪坐在板凳上。

几个老人们神色轻松，没有丝毫的紧张。

剧团的全体工作人员和演员都站在舞台下面，目不转睛地盯着上面。

现在的表演是排练后第一次上舞台表演，之前都只是在排练室里面。

刘兴武站在舞台下面，给老腔艺人指挥。

"开始！"陈亿夏一声令下。

刘兴武给了一个手势。

灯光照耀在舞台上，将老艺人们每一个人的样子都清晰地照在众人的眼中。

"伙计们，来了！"张德林一声大喝。

"唉！"众人大笑着回应。

"咋呼！"张德林继续挥手喊道。

"唉！"众人回应。

这几嗓子一下就把下面那群演员全都喊蒙了。

下一瞬，曲声瞬间响了起来。

张德云站起身，随后蹲在了条凳上面，一切动作都十分自然。

这个动作也是刘兴武安排好的，表现出关中农村的那种风貌。

"他大舅……他二舅都是他舅！"张德林大声唱道。

"嗨！"众人大喊道。

"高桌子低板凳都是木头。"张德林再度唱道。

"嗨！"众人应和。

张德林收回双手，开始弹奏手中的月琴。

"太阳圆月亮弯都在天上！"张德林继续唱道。

"嗨！"众人大喝道。

这时候，王兴强拨开月琴，紧跟着唱道："男人笑女人哭都在炕上！"

"呜……嗨！"众人齐声喊道。

开场的唱词是在关中土地上流传的俗语，被改进了唱词之中，十分贴切。

台下的演员们都是专业的，能看出老腔艺人们的实力，每一个人都在点头，眼神之中带着敬仰。

第 **27** 章
/ 名震京城 /

　　唱词结束，紧跟着的是一段念白。
　　张德禄敲着梆子打节拍。
　　张德林念道："男人下了塬，女人做了饭。"
　　其他的老艺人们一起念道："男人下了种，女人生了产！"
　　众人哈哈大笑，神态自如，台下的演员们就好像来到了关中的田间地头，来到了关中的农村之中，体会到了那种感觉，和话剧十分贴合。
　　本来这个话剧讲的就是关中农村，这个音乐完全将观众带入了进去。
　　待到曲声继续，张德林唱道："男人下了塬。"
　　"嗨！"
　　"女人做了饭！"
　　"嗨！"
　　"男人下了种！"
　　"嗨！"
　　"女人生了产！"
　　"呜……嗨！"
　　"娃娃一片片！"
　　"嗨！"
　　"都在塬上转！"
　　"嗨！"
　　"娃娃一片片！"
　　"嗨！"
　　"都在塬上转啊！"
　　"嗨……嗨！"
　　这时候，张德云抬着条凳骤然冲到了舞台的正前方，台下的观众全都吓了一跳。
　　张德云手握枣木块，狠狠地砸了下去。
　　枣木块猛烈地敲击木凳，演员全都看傻眼了。
　　一声声巨响激荡在众人的耳朵里。
　　陈亿夏心满意足地点了点头。

在老腔艺人的歌声之中，这一首曲子也缓缓结束。

台下的演员和工作人员们全都开始鼓掌。

老腔的表演实在是太精彩了，是他们从来没有听到过、看到过的精彩表演。

这场话剧彻底地拉开了序幕，随后是专业的话剧演员们上台演出，张德林他们终于可以喘一口气。

刚才的演出大家看似很轻松，但实际上心里的那根弦紧紧地绷着，差点就要断掉。

喘气归喘气，但是排练还不能停下来，陈亿夏和刘兴武沟通接下来的表演，随后刘兴武指挥这些老艺人。

老腔艺人们只会说方言，陈亿夏和他们交流略有困难，靠刘兴武在中间周旋，反而效率更高一点。

"下一场是《骂开道》，是我们老腔剧本《收五虎》里面的唱段，讲的是隋唐时候的故事。"刘兴武给陈亿夏解释道。

等到轮到他们上台的时候，将板凳再度搬上去。

"手指开道叫着骂！"张德林大声唱道。

"嗨！"

"我把你无知匹夫骂几声！"

"嗨！"

"昨日梁王盼咐你！"

……

那些话剧演员演完之后全都跑到了舞台下面，专门等着看华阴老腔的演出，自己手头上的工作都不做了。

整首歌都是用关中方言演唱的，唱到"日"这个字的时候，按照华阴本地的口音，日不能读作"ri"，要读作"er"。

这正是老腔演唱的一个特点，外地人学习的过程中很容易忽略这些小细节。

台下的观众们虽然有时候听不懂唱词，但是会被老腔艺人们的动作和嗓音吸引和影响，感受到那种"苍凉、沧桑、苍茫"的感觉。

一首唱毕，话剧演出继续。

老腔艺人们下台。

整整一个早上，全都在排练节目，这对于老腔艺人们来说是难以想象的。

中午大伙一起去食堂吃饭，陈亿夏和几个主演和老腔艺人们坐在一起。

食堂的饭菜是北京风味，虽说是碗面，但是张德林几个老艺人却是眉头都皱了起来。

陈亿夏注意到了这一幕，他轻声问道："老爷子，是不是饭菜不合胃口？"

老腔艺人们不远千里来北京，要是饭菜不合胃口的话肯定是要换的，毕竟还有两个月的时间。

"吃起来倒是还行，就是少了两样东西。"张德玉嘟囔道。

"啥东西？"陈亿夏赶紧问道。

周围的几个人都看了过来。

"少了油泼辣子和生蒜。"张德云哈哈笑道。

陈亿夏一拍脑袋，也对，老艺人们从陕西过来的，关中十大怪里面还有油泼辣子一道菜呢，他们居然忘了这茬。

"这个好办，老爷子们，你放心，我保证让你们明天就能吃上油泼辣子！"陈亿夏当即拍着胸脯道。

"油泼辣子要等明天，生蒜你们今天就能吃到，我这就让厨房去给你们拿。"一旁的主演也说道。

他给厨师打了个招呼，没过多久，一个厨师就拿着一盘生蒜走了过来。

"各位领导，你们要是对饭菜有什么意见尽管提出来，我马上改正。"厨师是个中年男子，脑袋大脖子粗，面相憨厚。

几个老艺人面色犹豫，似乎有什么要说，但又不好意思说出来。

"老爷子们，你们这次要是不说以后就没有机会了，咱们可是要在这儿待两个月。"陈亿夏故意如此说道。

果然一听这个，张德林总算坐不住了。

"意见倒是没有啥，就是以后你们给我们放瓶醋在桌子上，我们陕西人爱吃醋和辣子。"张德林笑道。

厨师笑道："我现在就给你们拿。"

油泼辣子现场做不了，醋，厨房里就有现成的。

整个剧院上上下下都是以话剧组为核心，只要他们提出来的要求都会尽量满足。

吃饱喝足，几个老艺人返回了剧院，准备下午的排练。

第二天吃饭的时候，陈亿夏手里拿着一个东西，包裹得严严实实。

坐在餐桌上，陈亿夏将怀里的东西放在了桌面上。

"这是啥？"张德云好奇道。

"打开看看。"陈亿夏笑道。

张德云伸出手将上面缠绕的塑料袋打开，露出了里面的东西。

这是一个废弃的罐头玻璃瓶，里面满满当当地装了一瓶油泼辣椒。

张德云的眼神一下子凝滞住了。

几个老腔艺人也全都愣住了。

"你这是从哪搞的？"张德林急忙问道。

说话间，张德云打开了瓶盖，一股浓郁的辣椒香味飘散了出来。

油泼辣椒，里面混着一股辣味，还有花生仁的味道，十分独特的辣椒香味，众人一下子就被吸引了。

北京可没有油泼辣子，陈亿夏这是从哪儿搞出来的？

陈亿夏笑了笑。

"这是我爱人做的，我回去给她说老艺人们来北京有些不习惯，想吃家乡的油泼辣子。我爱人是陕西人，会做，你们看看口味对不对，要是口味不对的话我再让她做一罐。"

"陈导演，谢谢你！"刘兴武赶紧道。

大家本来以为陈亿夏昨天只是说说而已，没想到今天真的带了一罐油泼辣子过来，能将老艺人说的话都记在心里认真落实，实在让人感动。

"陈导演，谢谢你了，我们几个老家伙一定会帮你把这场演出搞好的！"张德林说道。

"还愣着干什么？吃饭吃饭，快点尝尝我爱人做得怎么样！"陈亿夏催促道。

几个人拿来一个勺子，一人舀了一勺油泼辣子倒进碗里，津津有味地吃了起来。

"好吃好吃！"

"这跟我在屋里吃的没啥区别，就是这个味道！"

看着老艺人们喜悦的样子，陈亿夏的脸上也露出了笑容。

国家级非物质文化遗产，是祖先留给我们的宝贵财富，每一个遗产传人都是值得尊敬的。

他们或许每一个人都很普通，有些是整天只知道干农活的农民。

他们朴素而单纯，心里没有太多的想法，但是他们所学的东西是我们应该保护起来的，应该传播下去的，是每一个中国人都应该知道的。

陈亿夏帮不了太多的忙，能做的只有这些，让老腔和话剧一起表演，增加知名度。

吃过午饭，大家稍微休息一下，很快下午的排练就开始了。

几位秦腔大家站在舞台上，正在高声演唱着，这位是梅花奖的得主，演唱的唱段是《花亭相会》选段。

唱腔功底深厚，也很有味道。

众人一边休息，一边在台下观看。

这次的演出，秦腔也有十二位演员参与话剧表演。

以前在老腔艺人的心里，他们和秦腔是不能比的，然而如今老腔已经和秦腔站在了一个舞台上。

张禾在一旁为大家打着下手，处理一切后勤事务，真的成了一个老腔艺术团的后勤部部长。

不过他没有什么怨言，全都尽心尽力，让老艺人们能把所有的心思都放在表演上。

话剧早已排练完毕，这几天的排练都是为了将秦腔和老腔融合进话剧之中，需要的时间不多。

九天之后，排练正式结束，第二天话剧就要正式演出了。

"老爷子们，明天就是我们正式演出的日子了。今天晚上回去都好好休息，明天，我们在剧院见面。"陈亿夏缓缓道。

最后一天了，他不想给老艺人们太大的压力。

"陈导演，请放心，明天的演出我们一定不负众望。"刘兴武说道。

"我相信你们。"陈亿夏笑道。

这几天的排练当中，大家也都看到了老艺人们的实力。

从早上演到晚上，中间虽然有停下来，但是时间很短，老艺人们没有任何的抱怨，一首曲子唱好几十遍也从不厌烦，任劳任怨，向大家展现了什么叫做艺人的风范。

很多年轻的演员想要抱怨，但看到老艺人们都坚持下来，也都咬紧牙关走到了最后。

今天是最后一天，明天就是检验成果的日子。

待到众人全都离开了剧院，陈亿夏一个人站在舞台下面，他微扬着头，目光从舞台上每一寸地方扫过，这才离开了剧院。

话剧演出的事情很早就已经宣传出去了，因为有陈亿夏和好几个国家一级演员的名头在，门票早就销售一空。

这个招牌是北京人艺的招牌，还有经典巨著改编的名头在，话剧表演全部由北京人艺话剧团负责，华阴老腔和秦腔演员从旁协助。

开场首演，来这里观看的不光是普通的观众，还有很多专业的人士。

各个高校专门研究话剧的专家，中国戏曲协会、中国话剧协会的前辈，戏剧学院的教授，演艺圈的大明星等等，各行各业的一些有名有姓的人物都来到了现场。

演出时间定在了下午的七点半，演出时长三个多小时。

话剧演员们将在这三个多小时的时间里，为大家展现出一场波澜壮阔的故事。

七点钟，老腔艺人们坐在后台自己带的板凳上，每个人的脸上都没有了笑容，有的只是严肃。

张禾站在一旁，时不时和话剧团的工作人员沟通情况。

观众们已经开始陆陆续续地进场了，刘兴武偷偷摸摸地借着缝隙向下看去，满头大汗。

光是认识的大腕就有好几个坐在下面，里面肯定还有不认识的大腕。

不同于以往的演出，刘兴武这一次有些担忧，生怕出现什么问题。

来来回回转了好几圈，在脑海中把程序过了一遍又一遍，和老腔艺人们互相对照。

"刘兴武，你们准备上！"过了一会儿，后台的一个工作人员喊道。

"该我们上了？"刘兴武有些恍惚道。

"什么叫该你们了，你们就是第一个上，快点，我们把东西往上搬了。"

工作人员动了起来。

老腔艺人们的道具全都被放到了幕后。

灯光照耀在舞台上，从村子里面带来的板凳如今也出现在了这个舞台上。

张德林几人面无表情地走上了舞台，坐在了板凳上。

就连一向喜好嬉闹的张德云这次也没有玩闹，老老实实地带着烟杆和枣木块走上了舞台，坐在条凳上。

众人全部落座。

"爷，你们加油！"张禾鼓励道。

刘兴武这时候已经跑到了舞台下面，等会儿要给老艺人们指示，如果有突发状况他也要及时作出处理。

七点三十分，话剧表演正式开始。

剧院之中所有的灯光全都熄灭，只剩下舞台上的灯光还亮着。

随着幕布缓缓拉开，张德林等人的模样显露在了众人的眼中。

很多观众眼神好奇，望着台上这群农民打扮的人，猜测他们是干什么的。

等到幕布全都拉开之后，表演开始。

张德林忽然一声大喊："伙计们，咱都准备好了么！"

"准备好了！"众人大喊道。

一问一答，老腔艺人们已经习惯了用这种方式让自己进入演出状态。

"那咱把家具拿上给大家热闹热闹！"张德林喊道。

"嗨！"众人齐声大喝。

简短有力的几声对话，一瞬间将所有人的注意力都吸引了过来。

"这是在唱什么啊？还挺好听的。"

"我好像在啥地方听到过，好像是华阴老腔。"

"陈导演居然把华阴老腔都叫过来了，不得了啊。"

观众席上，众人议论纷纷。

张德林扯开嗓子唱了起来。

"他大舅……他二舅都是他舅！"

"嗨！"

"高凳子低板凳都是木头！"

"嗨！"

"太阳圆月亮弯都在天上！"

"嗨！"

"男人笑女人哭都在炕上啊……"

"唉……嗨！"

这四句在关中土地上流传十分广泛，此刻从老腔艺人的嘴里唱出来，将观众彻底地带入了那个世界当中。

艺人们的一举一动都散发着别样的魅力，他们本来就是关中黄土地上的农民，他们演绎着农民的悲欢喜乐，让所有的观众都感同身受。

张德林等人卖力地在舞台上表演着，众人悬着的心也放下来了。

开场没有问题，第一关已过，陈亿夏的心里也松了一口气。

"娃娃一片片！"

"嗨！"

"都在塬上转！"

"唉嗨……嗨……"

张德云手中抬着长条凳骤然从后面冲到了最前面，他手握枣木块向着条凳上砸去。

"嘭！"

"嘭嘭嘭！"

一声接着一声，仿佛敲打在每一个观众的心脏上。

开场曲正式结束。

观众席上，掌声雷动。

"演得实在是太好了！"

"我从来没有听到过这么好听的戏！"

"绝了，简直绝了，写这个词的人也是个天才。"

观众席上，几乎所有的观众都在惊叹。

随着开场结束，话剧表演正式开始，有了老腔的带领，观众已经进入了状态之中。

一群群专业的话剧演员在台上有声有色地表演着，展现着艺术的魅力，当演到激动的时刻，每个观众都鼓起掌来。

等到下一场轮到老腔的表演，老腔艺人们坐在板凳上。

下一首《收五虎》。

"手指开道叫着骂！"张德林唱。

观众席上不少人瞳孔一缩，全都被这一嗓子给惊讶到了。

"我把你无知匹夫骂几声！"张德林唱。

"嗨！"

"昨日梁王盼咐你！"

"嗨！"

……

一首结束，观众席上再度响起了热烈的掌声。

摄像师和摄影师也将镜头对准了老艺人们，拍照从来没有停下来过。

老腔的音乐完美地穿插在话剧表演之中，按照众人的预想体现着作用。

通过音乐带动故事进展，剧情跌宕起伏，观众们都被吸引了，再次轮到老腔表演。

这一首表演的是《征东一场总是空》。

这一场不是张德林主唱，而是王兴强主唱，一改之前磅礴的气势，却给人一种朴实无华的历史的沧桑感。

"征东……一场总是空，难舍大国……长安城。"王兴强扯着嗓子唱道。

曲声婉转而优雅，台下的观众眼神惊讶，原来老腔也可以唱出这么婉转优雅的曲调。

"自古长安地，周秦汉代兴，山川花似锦，八水绕城流。"王兴强继续唱道。

舞台灯四周坐着一些打扮成农民模样的人，看起来像是在听戏，都是话剧组安排的演员。

"临阵无有文房宝，该拿什么当笔尖。"

"无奈口把手指咬。"

"昏昏沉沉疼煞人。"

"中指咬破当墨水。"

"啊……手扯龙袍当纸张。"

王兴强的唱法和张德林的路数不一样，各有特点，不分伯仲。

"我父基业被我废,顷刻卖了唐社稷。"

一曲唱毕,掌声再度响起。

台下的陈亿夏等人都是满脸笑容。

目前为止,演出都没有出现什么意外,很成功。

中场休息十分钟,观众们也能休息一下。

几个老艺人坐在后台一动不动,脸上全都是紧张之色。

这一场戏是他们最认真地去表演的一场戏,也是他们最兴奋的一次,从来没有这样过。

工作人员也不敢贸然打扰,让老人们自己静一静。

舞台下,陈亿夏走到了刘兴武身旁,笑着道:"还记得给你写词的大作家吗?"

"记得啊。"刘兴武赶紧道。

"他今天也来现场了。"陈亿夏说道。

"在哪里?"

陈亿夏扭过头,准备给刘兴武指一指,却发现之前看好的地方已经没有了人影,只剩下了一个空荡荡的座位。

"咦,刚才还在那里坐着呢,咋就不见了?"陈亿夏狐疑道。

刘兴武闻言神情有些失落,他本想亲自去感谢一下,结果没看到人。

但是不要紧,大作家来到这里不可能一会儿就走,等演出结束了有的是机会。

十分钟休息时间很快结束。

话剧表演再度开始。

观众们上厕所也回来了,坐在座位上,等着看话剧。

等到一段话剧结束之后,情节推进到老腔上场的时刻。

老腔艺人们再度登台,这一首曲子乃是由张冬雪主唱。

张冬雪穿着一身粗布做成的蓝色衣服,走到了舞台前方,张德民跟着她一起走过去。

两个人好像村中的两口子一样,表演的是平日里的生活日常。

张冬雪一摆姿势,唱道:"用手揭开红罗帐,床边站定小罗成。"

"豪杰一见贤妻面,双足蹈地手捶胸。"张冬雪唱。

唱得不一般,以前是唱迷糊戏的,跟着学了老腔,唱功没有任何问题。

观众还以为只有男的能唱,没想到女的居然也能唱,全都鼓起了掌。

"自从别你征南去,咱与王家苦尽忠,三王挂了元戎印,你丈夫前步做先行。"张冬雪唱完之后站起身来。

张德民回到了后面,曲声全都停了下来。

张冬雪清唱道："两次打我八十棍，三次一百二十刑，无奈宿在合奉驿，六月六日降雪霜。"

清唱结束，曲声逐渐响起。

"本待与你多讲话，鸡鸣犬吠魂难行，临行床边击一掌，惊醒南柯梦里人。"张冬雪缓缓唱道。

最后一句唱词结束，大家全都开始鼓掌。

这首《六月六日降雪霜》，选自老腔传统剧目《罗成征南》。

台下的观众从结束之后开始鼓掌，几分钟都没有停下来。

华阴老腔的表演实在是太精彩了，让众人难以忘怀，放在话剧之中十分的合适。

陈亿夏和话剧组的工作人员看到观众们的反应，每个人的脸上都洋溢着笑容。

"什么时候是老腔啊，我想听老腔。"待到话剧表演的时候，一些观众目不转睛，就等着情节推进到老腔演出的时候。

这场话剧演出，老腔毕竟只是辅助，陈亿夏导演最终只选择了九首老腔曲子穿插在其中。

但这也很了不得了，占据了很长的时间，等到前一段表演结束，老腔艺人们再度来到了舞台，一旁的话剧演员对着话筒道："《王不该糊里糊涂论律条》，王兴强领唱。"

介绍完毕，表演开始。

曲声回荡在舞台之上，老艺人们吹拉弹唱，无所不能，观众们安静地坐在座位上，聚精会神。

"骂声韩龙贼奸笑，你此时不亏该吃刀。"王兴强一边弹着月琴一边唱道。

虽是外姓的演员，但是唱功和张德林比起来没有太大的差距。

"进朝来为王对你表，我三弟生来火性焦。"王兴强再度唱道。

曲声回荡在众人的耳边。

"你不该闯了他的道，打得你见了寡人哭号啕。"

……

一曲结束，紧接着是话剧表演。

三个多小时的时间很快过去。

等到话剧演到最后的时候，演员登台。

一旁的国家一级演员对着话筒道："《将令一声震山川》，表演者，华阴市老腔艺术团，主唱张德林！"

演出已经到了末尾，所有人都激动无比。

以《将令一声震山川》作为结束，是陈亿夏的主意，这一首唱词作为话剧落幕的演唱再合适不过。

之前已经表演了几个传统选段，还有几个改编的曲子，甚至连《三英战吕布》这场皮影戏也出现在了舞台上，观众一片叫好。

此刻话剧即将落幕，老腔艺人们将为大家完美收官。

舞台上，张德林抱着月琴站起身来，走了几步大喊道："军校！"

"嗨！"

众人应和道，除却老腔艺人之外，还有不少话剧演员在台上，众人的呐喊声汇聚成一道洪流，冲击在每个观众的心中。

"备马！"张德林回到板凳前，坐了下来。

"嗨！"

"抬刀伺候！"

"呜……嗨！"

曲声骤然响了起来。

"将令……一声震山川！"

"嗨！"

"人披盔甲马上鞍！"

"呜……嗨！"

张德云手持枣木块，向着长条凳上砸着。

整个剧院的演出彻底到达了一个顶点。

"胸前狮子扣！"

"嗨！"

"腰中挎龙泉！"

"嗨！"

张德云抬着板凳冲到了最前面，将条凳一边抬着，一下一下地砸在了板凳上。

一旁的主演忍不住，直接冲了上来，从张德云的手中将条凳接过来，一下一下地砸在了条凳上。

看到这个条凳，每个人都想像张德云那样砸一下，将心里的不平之气全都发泄出去。

"正是豪杰催马进！"

"前哨军人报一声啊！"

"啊嗨……嗨……啊啊……"

全场所有的观众全都站了起来，双手不断地拍击在一起，望着台上众人的表演。

待到曲声停止，这场话剧表演正式结束。

真正的掌声雷动。

华阴老腔的名字彻底留在了每一个观众的心间。

"下面有请所有的演员和工作人员上台。"音响里传来声音。

"刘兴武，走了，上去了！"陈亿夏叫道。

刘兴武还沉浸在震撼之中，没有回过神来。

陈亿夏拍了拍他的肩膀，这才反应过来。

"刘兴武，我们该上台了。"陈亿夏招呼道。

其他的演员和工作人员全都站在一旁，望着他们两个人。

陈亿夏是导演，要第一个登台。

"我也要上去？"刘兴武有些惊讶道。

"你是华阴老腔的音乐导演，你不上去谁上去？"陈亿夏笑道。

"不光是你，你们华阴老腔所有来的人都要上去，正是因为有你们的帮助，我们这一场演出才能这么完美！"陈亿夏肃然道。

不光是刘兴武蒙了，就连张禾都蒙了。

一直在后台工作，从来没有想过要上舞台。

这可不是一般的舞台，这是全北京鼎鼎有名的大剧院的舞台，舞台上面将站着好几位国家一级演员，还有陈亿夏这样的大导演，还有很多赫赫有名的人物。

华阴老腔何德何能？我张禾何德何能？

"陈导演，我就不去了，你们上去吧。"张禾赶紧道。

"不行，小张同志，你必须上去，这场表演很多后勤事务都是你处理的，你也是我们的工作人员，没有你我们要麻烦很多。"陈亿夏不容置疑道。

"都别愣着了，给我上舞台，要是不上去我就让人把你们抬上去，看看是自己走上去好还是被人抬上去好。"陈亿夏故作威胁道。

一旁几个工作人员挽起袖子跃跃欲试，随时准备抬人。

"我们上，我们上，不用劳烦大家了。"刘兴武赶紧摆了摆手道。

当着这么多大腕的面被抬上去可就太丢人了。

"那就好。"陈亿夏笑道。

他率先迈步走上舞台，刘兴武和张禾紧随其后。

其他的工作人员全都跟在了他们的后面。

舞台上面，张禾、刘兴武和老腔艺人们站在一起，而他们就站在陈亿夏的身旁，照片可以拍到全身的那种。

舞台下面，观众还在鼓着掌。

新闻媒体手里拿着"长枪短炮"来回跑动，拍摄照片。

"这位是陈亿夏导演，是这场话剧的总导演，这位是刘兴武，来自华阴市老腔艺术团，是我们的老腔指导导演，这位是张禾，来自华阴老腔文化剧场，是艺术团的后勤人员，这位是华阴老腔代表性传承人张德林，这位是……"一旁的工作人员给大家一个接着一个介绍道。

有些演员在台上出现的时间很短，但是仍旧给观众介绍了一遍。

这场话剧演出，每一个演员都起到了重要的作用，没有谁是不重要的。

望着台下欢腾的样子，听着耳边杂乱的声音，刘兴武心中感慨万千。

这是他第一次以导演的身份登上舞台，而且是一个大舞台。

当年在大学里面的小小少年已经成长了起来，如今有资格和行业内的翘楚站在一起。

不知不觉，刘兴武的眼角流下了一滴眼泪，他赶紧伸手擦掉，装作什么事都没有发生。

现在这么多新闻媒体在拍照，要是被拍到了就不好了。

扭头一看，张禾的脸上已经出现了两道泪痕，完全不在乎形象。

刘兴武瞬间笑了出来，他从兜里拿出一个手帕递了过去。

"你小子把你脸上的擦了行不行？别给我们华阴丢人。"刘兴武嘲笑道。

"嘿，你还好意思说我？"张禾不服气了。

他笑着将手帕接过来，擦掉了脸上的泪痕。

喜极而泣，正是如此。

张德林他们穿着一身朴素的装扮，站在舞台上。

老人们年纪大了，不会轻易地流泪，但是此情此景仍然让每一个人都激动无比。

"德海，你看到了吗？"张德林在心里默默道。

演员和工作人员集体登台谢幕，话剧表演彻底结束。

不过还没完，话剧演出不光是这一场，还有很多场。

然而这一场，彻底轰动了整个北京城！

第二天，无数的新闻媒体争相报道，华阴老腔的名字出现在了全国最大的几个新闻媒体平台上。

一瞬间，全北京城都知道了老腔的存在。

待到下一场演出，观众席依旧火爆。

整个北京城的人都知道了，在北京人民艺术剧院，有华阴老腔！

一场接着一场的演出，老腔艺人的名字彻底传了出去。

中间趁着空当，张禾和刘兴武带着老艺人们一起去了一趟天安门。

大清早，天还没亮就起床，乘车赶往天安门。

晨光微醺，天色暗沉，东方一片鱼肚白。

远处的桥上，国旗护卫队的战士们迈着整齐的步伐，带着全世界唯有中国军人才有的气质，迈步走到了升旗台。

随着国歌的声音响起，升旗仪式开始。

不需要任何人提醒，所有来这里观看升旗仪式的人全都行注目礼，这是烙印在每一个中华儿女心中的习惯。

"起来，不愿做奴隶的人们！"

"把我们的血肉筑成我们新的长城！"

"中华民族到了最危险的时候！"

"每个人被迫着发出最后的吼声！"

"起来，起来，起来，我们万众一心，冒着敌人的炮火，前进！"

"冒着敌人的炮火，前进！"

"前进！前进进！"

国旗飘扬，飞舞在顶端，鲜红的颜色烙印在每一个人的眼中。

几个老人眼角流下了泪水。

他们经历过苦难的年代，知道今日的幸福来之不易，若是没有新中国，老腔说不定早就在战火中消失，苦难使得大家珍惜现在。

老腔不能断，华夏文明也不能断。

皮之不存，毛将焉附。

看完升旗仪式，张禾和老人们在天安门继续转了转，随后去纪念堂、故宫、什刹海风景区游玩了一趟。

北京一天是转不完的，但是大家时间充裕，抽空就出来玩。

天坛、颐和园、清华北大、八达岭长城……

大家一个不漏地将著名的景点全都游玩了一圈。

两个月后，话剧演出正式宣告一个段落。

老腔艺人们也终于闲了下来，大家都牵挂着家里的农田，打算直接回华阴，但不是说走就能走的。

住宿的酒店门口，一群记者直接堵住了出口，摄像机严阵以待。

刚从里面走出来的刘兴武瞬间就被人围住了。

"刘导演，你好，我是中央电视台的记者！"

"刘导演，我是北京电视台的记者！"

……

一个接着一个冒出来，闪光灯照得人眼花缭乱。

"等会儿等会儿。"刘兴武赶紧道。

几个老腔艺人这时也走过来,但是全都被围住了。

这下一个都别想走了。

想走,先过了采访这关再说。

"家里地还没收拾呢,要不等我们先回去你们再采访?"张德林试探着问道。

但是记者可不会给他这个机会。

华阴老腔火遍京城,这时候不采访等着别人采访吗?

采访得一个一个来,行程也要改变了。

刘兴武只能去把火车票退掉,接受新闻媒体的采访。

第28章

/ 筹备春晚 /

"华阴老腔是张家的家族戏,以前只在村之间流传,现在能来到北京演出,是我们当时都没有想到的。"刘兴武缓缓道。

坐在板凳上,记者拿着话筒坐在对面,摄像机架在一旁。

采访完刘兴武,了解了老腔的渊源,采访老腔艺人,探寻老腔的表演,唯有张禾推掉了采访。

他不喜欢出现在电视上,而且他觉得他也没有帮到大家多少。

说到底,他不是老腔保护中心的人,刘兴武他们才是。

记者采访华阴老腔,是一个把华阴老腔宣传出去的好机会,他上不上都不影响。

做后勤工作,安排记者采访的顺序成了他这段时间的工作。

"禾叔,你们火了知道吗?这几天剧场天天爆满,玉胜爷说要不要改成每天都演出。"张川打来电话大呼小叫道。

人在北京,但是新闻早已传了出去。

很多人都知道了华阴老腔,专程从全国各地赶到华阴来听老腔。

张德林他们在北京,没有时间演出,华阴能演出的地方就剩下了张禾一个剧场。

"天天都爆满?"张禾又惊又喜。

"是啊,票刚一开售就被抢完了!"张川欣喜道。

"好，可以改，你给王淼和玉胜爷说一声，这几天每天都演出，让他们安排一下。"张禾喜悦道。

既然这么多人来看演出，那就趁热打铁，抓紧机会，能宣传一点是一点。

"好！"张川答应道。

挂掉电话，又是一个电话打进来，是以前的老朋友李文。

"张厂啊，你可太厉害了，电视上都看到你了。"李文笑道。

"我躲在角落你还能找到？"

"我认识你这么多年了，还能认不出来？"

李文顿了顿道："张厂，恭喜你了，什么时候回来请吃饭啊？"

"放心，回来就请你们。"张禾笑道。

老腔现在这么火，请吃顿饭没什么大不了的。

"行，那我就等你回来了。"

挂掉电话，又是一个电话打进来。

知道他现在在做老腔推广工作的全都打电话过来恭喜道贺。

最后接到了一个电话，是唐琼打来的。

"打你电话十几遍了，每次都在通话中。"唐琼语气有些埋怨。

"打电话的人太多了，实在忙不开，我到现在连口水都没来得及喝。"张禾语气柔和。

"在电视上看到你了，躲在一边，要不是我眼睛尖，还找不到你。"

"我这不是低调嘛。"

"低调点好，我爸妈也看了新闻，不过他们还不知道你在做这个。"

张禾搞老腔的事情唐琼没有给家里人说。

家里的长辈思想比较古板，要是知道张禾"不务正业"，恐怕心里都不乐意。

"什么时候回来？"唐琼问道。

"估计还有几天。"

"回来了直接来西安，我爷爷奶奶要见你。"

"啊？"张禾傻眼了。

"别啊了，都什么时候了。"唐琼笑道，她已经想到了电话对面张禾窘迫的模样。

挂掉电话，张禾心里思量起来。

和唐琼的爷爷奶奶还没有见过面，是该见一见了，而且现在华阴老腔的事情已经处理得差不多了，剩下的只要顺其自然去做就好了。

老腔保护中心才是最累的。

等到北京的采访全部结束，给话剧组的人全部道别后，众人坐着火车离开了北京。

华阴老腔已经和陈亿夏达成了合作，以后的话剧演出华阴老腔都会参与进去，以后可能还要全国巡演。

张禾和众人分别，直接来到了西安。

客厅沙发上，张禾坐在上面，唐琼躺在他的怀里。

"亲爱的，这次见你爷爷和奶奶，我想把婚事定下来。"张禾缓缓道。

唐琼闻言脸色波动了一下。

这么多年的恋爱总算是要有一个结果了。

之前张禾没有稳定下来，两个人谁都不敢提结婚的事情。

如今华阴老腔已经走上了正轨，剧场的事情也稳定下来，是该结婚了。

"想得美，说不定你还过不了我爷爷奶奶那一关呢。"唐琼笑道。

"过不了我就把他们的孙女抢走。"张禾伸出手，抚摸着唐琼的脸颊。

约好了第二天去拜访，一大早，张禾起床收拾，刮胡子，整理头发，唐琼拿出修眉刀给张禾修剪了眉毛，再从衣柜里给他挑了几件衣服穿上，打扮得整整齐齐。

去街上买了一些水果和保健品礼盒，不嫌少，一定要拿得手上都拿不下了才行。

唐琼的爷爷奶奶没有和她爸妈住在一起，老两口有自己住的地方，在一个老小区之中。

两人提着东西走进去。

唐琼的爷爷奶奶都在国企工作，早已退休。

老年人没什么爱好，平常早上起来就去环城公园溜达溜达，和老年人一起在公园里唱唱戏，听听小曲。

敲了敲门，没过多久门就打开了，唐琼已经给家里打过电话。

开门的是一个穿着家居服的妇女，看起来还挺年轻，一点也不像是六十多岁人的样子。

"奶奶好，我是唐琼的朋友，我叫张禾。"张禾恭恭敬敬道。

"进来吧。"奶奶摆了摆手。

唐琼的奶奶名叫林美淑，以前在单位里是文工团的，身上透着一股艺术的气息，说话的声音也很有特点。

张禾拎着东西走了进去。

林美淑的眼睛在两个人身上扫过，唐琼双手空空，只背着自己的一个包，其他的东西都是张禾带着。

还不错，知道不让自己孙女提东西，林美淑在心里思量道。

张禾进去打量了一番。

这个房子不大，也就六七十平方米，里面有两个卧室，反倒是客厅比较小。

这种老式的小区大都是这样，平日里也没有多少人来。

林美淑也不会在意这个，房子都是单位分的，大家都一样。

"张禾，你把东西放地上吧。"唐琼提醒道。

张禾这才想起来，将手里的礼品放在了客厅的地上。

客厅沙发上，一个老人正坐在上面，一旁的收音机正在播放着一段曲子，老人听得津津有味。

这个老人就是唐琼的爷爷，名叫唐朝辉，以前在石油系统工作。

唐琼的家里是从爷爷辈开始居住在西安的，到了她这一辈已经变成了土生土长的西安人。

家庭条件不能说大富大贵，但能住在城里也不会差太多。

"难舍大国长安城……"收音机里传来声音。

张禾一听心里乐了，唐朝辉居然在收音机里听老腔。

这下好办了。

"爷爷好，我是唐琼的朋友，我叫张禾。"张禾走过去问好。

唐朝辉抬起头扫了眼，缓缓道："坐吧。"

语气平和，没有表现出任何态度，张禾自有办法，一屁股坐在了旁边的沙发上。

来之前已经说过了，唐朝辉夫妇知道张禾的身份，是唐琼的男朋友，不是普通朋友。

唐琼自觉地进了厨房帮林美淑做饭，客厅里只剩下了张禾和唐朝辉两人。

"爷爷，你听的是华阴老腔吧？"张禾主动询问道。

唐朝辉眉毛一动，疑惑道："你知道？"

"爷爷，你在听的这首曲子是老腔的传统剧目，《薛仁贵征东》里面的一段。"张禾微笑道。

唐朝辉的脸色一下子就变了。

不是真的听过老腔的人，是不会知道这一段曲子的来历的。

他平日里在家没事，自从老腔火了之后就开始听了起来，每天只能在广播上听一听。

这门曲艺让他很是喜欢，只是无人倾诉。

现在遇到一个年轻人居然也懂这个，颇有一种遇到知己的感觉。

收音机里，曲声还在继续。

"中指咬破当墨水，手撕龙袍当纸张。"

真是巧了，这一段正是王兴强唱的。

这事张禾也知道，是广播电视台录制下来的，用于商业用途，老腔保护中心借此还挣了点钱。

"你也听老腔？"唐朝辉疑惑道。

"唐爷爷，我就是华阴人，华阴老腔就是我们当地的。"张禾缓缓道。

唐朝辉原本冷漠的神色变得缓和了下来。

他往沙发上一靠，缓缓道："华阴人啊，怪不得知道老腔，还知道得挺清楚的。"

这时候，在厨房里忙活的林美淑走了出来，厉声道："你这是问什么呢，小张第一次来家里做客，你怎么老问些无关紧要的问题。"

唐朝辉缩了缩头，张禾赶紧道："林奶奶，我和爷爷在交流关于华阴老腔的事情，爷爷不懂，在问我呢。"

给未来的爷爷一个台阶下。

"你对老腔很了解？"林美淑也好奇道。

"没有没有，只是略懂。"张禾谦虚道。

林美淑夫妇是真的喜欢听戏看戏，两个人家里的柜子里都摆放着一些光盘磁带。

"我突然想起来，我这次专门为你们带了一个东西。"张禾一拍脑袋道。

张禾赶紧跑到一旁的地上，那边是他提着的礼品。

翻找了几个塑料袋，张禾从里面取出了一个包装完好的小纸盒子。

他小心翼翼地将纸盒子拿出来，走到了林美淑的面前。

"奶奶，你看，这里面是华阴老腔在中央音乐学院表演的时候录下的影像。"

张禾递了过去。

林美淑的眼睛顿时亮了，沙发上，唐朝辉将老花镜给脸上一戴，也急匆匆跑了过去。

一个正方形的小纸盒子，上面画着一群老腔艺人的图画，盒子很新。

打开一看，从里面抽出来一个黑色的塑料的翻盖小盒子，以前的光盘都是装在这个里面的。

"这个东西我听说都卖断货了，要买还要去北京，你是从哪儿搞来的？"唐朝辉伸手夺了过来，急忙将盒子打开。

盒子里面是一张光盘，上面还写着"中央音乐学院老腔原生态音乐会"的字样。

光盘虽然早已销售，但是产量不大，并没有面向全国，只在北京销售。

张禾手里的这个不普通，是最早李湾送给他们的十盘之一。

"我一个朋友给我的，我知道你们二老爱听戏，专门带过来的。"张禾缓缓道。

要是以前，他这么搞只有一个结果，就是二老一边问着"老腔是啥"一边把他赶出了家门。

但现在不一样了，老腔已经火了，不敢说尽人皆知，但是最起码陕西的人都知道。

见到二老欣喜的样子，张禾就知道自己这一步走对了。

"这个光盘可不一般啊，谢谢小张了。"林美淑感谢道。

"没错，以前光能听声音，现在咱也能看视频了。"唐朝辉也笑道。

是真的高兴，有了这个光盘以后出去就可以在隔壁几个老头儿跟前挺起胸膛，耀武扬威了。

这个东西可没几个人有。

"我看你们电视底下有DVD，我给你们放出来吧，现在就可以看了。"张禾笑道。

"好好。"唐朝辉也不客气。

张禾赶紧跑过去，将电视下面的DVD打开，将光盘放了进去。

打开电视，调节信号频道，张禾轻车熟路，没几下就把视频调了出来。

光盘拿回来也没看过，张禾也是第一次看里面的内容。

两个老人很满意，对待张禾的态度也变了不少。

林美淑和唐琼去厨房忙活，没过一会儿，一桌香喷喷的饭菜端上桌子。

张禾不断地夸赞林美淑菜做得好，嘴巴好像抹了蜜一样。

等到吃得差不多了，张禾神色紧张，一副欲言又止的样子。

唐朝辉看到这一幕笑道："小张，你要说什么就说吧。"

"爷爷，那我可就说了？"张禾问道。

"说吧说吧，都是自家人，有什么不能说的？"林美淑也笑道。

两个人的态度已经变得太多了。

"爷爷奶奶，我想请你们去华阴看老腔。"张禾缓缓道。

"去华阴，看老腔？"唐朝辉感到有些意外。

虽然喜欢老腔，但是还真的没有在现场听过。

"你们华阴能看老腔？"林美淑狐疑道。

"能，我们华阴有剧场。"张禾点了点头道。

唐琼也跟着道："奶奶，爷爷，张禾好不容易邀请你们去一次，你们就去吧，我陪你们去看老腔，我也没看过呢。"

"那行吧，那把你爸妈也带上。"唐朝辉说道。

张禾心中一喜，全家人都去华阴，那就更好了。

事情敲定之后，张禾没有耽误，直接开车带着一行人去了华阴，晚上正好有一场演出。

路上，张禾赶紧通知了剧场那边，顺带让张德林他们来剧场表演。

这件事张德林自然是直接答应。

等到下午，找了饭店吃了顿丰盛的饭菜，张禾带着唐琼一家人来到了老腔文化的剧场。

"爷爷奶奶，爸妈，这个剧场是华阴最大的剧场，也是唯一一个表演老腔的剧场。"唐琼在一旁解释道。

"我去给咱买票去。"张禾笑道。

走过去，给售票处的人使了个眼色，里面的人一看是老板，将提前准备好的几张票从抽屉里拿了出来。

这几张票的座位是剧场里面最好的座位，张禾动用了私权将票截留了下来。

拿着票跑过去，笑道："爷爷奶奶，我已经买好了，我们进去吧。"

一路上，林美淑和唐朝辉都很好奇，看来看去，观察着剧场的样子。

这个剧场和以前相比豪华了不少，张禾已经将这个地盘买了下来，现在剧场已经是真正属于他的了。

"这要是能天天在这个地方看老腔确实不错。"唐朝辉点了点头道。

几个人按照票上的座位号码坐了下来，两个老人根本没有发现他们的位置是全场最佳位置。

张禾给几位老人介绍着这里的情况，假装是一个熟客。

等到七点钟，剧场的演出正式开始。

舞台上，张德林团队走上了舞台。

一瞬间，全场炸裂。

那些观众完全没想到今天居然是张德林出马。

这可是真正的华阴老腔代表性传承人啊！

全场欢呼声响起，张德林他们气定神闲地走上舞台，坐在了板凳上。

"剧场不是一直是张玉胜演出吗，怎么今天是张德林老爷子？"

"不知道啊，可能是老爷子想要上剧场吧？"

台下的观众议论纷纷，好奇地望着舞台。

林美淑和唐朝辉神色兴奋，就好像看到了偶像的年轻人一样。

"居然是张德林，这次总算没白来。"唐朝辉开心道。

"爷，等会儿我们去找他合张影吧。"唐琼提议道。

"人家会跟我合影？"

唐琼笑道："爷爷，你放心吧，他肯定会跟你合影的。"

这个时候，演出开始。

张德林他们在舞台上的表演越来越自然，演唱的是一首《关中古歌》，还有几个老腔传统剧目，场面轰动。

等到表演结束，观众们开始离席。

唐琼站起来道："爷爷，我们过去找他们合影吧。"

"好，我们这就走！"唐朝辉有些迫不及待道。

对他们来说，看到这些艺人就和追星族看到明星没什么区别。

带着两个老人来到舞台下面，张禾跟在他们的后面。

这时候，张德林和一群老艺人从后台走了出来，看样子是准备离开。

"德林爷爷，你好，请问我们可以和你合影吗？"唐琼微笑道。

"可以，可以。"张德林操着一口方言道。

唐朝辉和林美淑连忙上前问好，激动地和张德林握了握手。

"你好，我很喜欢听你唱的老腔。"唐朝辉嘴上说道。

"真是没想到会在这里见到你。"林美淑也说道。

老腔艺术团如今的名声如日中天，各地的演出接个不停，常人很难见到，能在这个小剧场看到可真是运气了。

几个人站在一起，唐琼将脖子上挂着的傻瓜相机举起来，给三个人合了张影。

见到时机差不多了，唐琼忽然道："爷爷，奶奶，今天带你们来，我还想让你们见一下张禾的爷爷。"

"见张禾的爷爷啊。"唐朝辉脸色变得阴沉下来。

"见也不是不可以，只是都这么晚了，我们也该回去了。"林美淑也说道。

"不用了，你们已经见到了。"唐琼低着头，小声说道。

"见到了？"两个老人惊讶道。

他们今天一整天唯一见过的老人就是面前这位老腔艺人了，也没有别人了。

难道？

两人同时看向了张德林。

"张禾的爷爷就是德林爷爷，这个剧场就是张禾开的。"唐琼紧跟着道。

这一下，唐朝辉和林美淑彻底想明白了，搞半天是孙女伙同着外人把他们给耍了。

林美淑二人哭笑不得。

为了能让他们接受张禾，唐琼真是煞费苦心。

"爷爷奶奶，对不起，我不是故意这样做的。"张禾赶紧解释道。

"不是你做的，这个计划肯定是唐琼想出来的。"林美淑淡淡道。

"我……"张禾本来还想把责任揽到他自己身上，还没开始就已经宣告失败了。

"小琼，我们不是不同意你的婚事，只是希望你能幸福，不过我还真是没想到，你男朋友居然是老腔艺人的孙子。"林美淑摇了摇头，无奈道。

唐琼的爸妈也是连连摇头。

来看老腔只是一个幌子，目的是见张禾的家人。

现在好了，也见到了。

张禾的家里人居然是老腔艺术家，这还有什么好说的？

没有多说什么，两家人坐在一起好好聊了聊，将事情定了下来。

如果是以前，老腔没有这么大的影响力，张禾也不可能这么轻易解决这个问题，但是现在不一样了。

张禾有这个老腔剧场，收入稳定，家里的长辈都是出没于电视上的人物，唐琼的长辈不能不喜欢。

后面的日子，张禾全都忙着准备婚礼，邀请了亲朋好友一起参加。

全都处理完，已经到年末了。

老腔保护中心里面，来来往往的人也变得多了起来。

自从话剧演出大火之后，很多人都打来电话，想要学习老腔。

虽然年轻人还是不多，但是一些老人都很踏实，在好好地学习。

第一批学员也快要学成毕业，以后就可以登台演出了。

学习老腔是一辈子的事情，只会唱舞台上那几段不算学会了老腔。

但是老腔保护中心也只能帮到这么多，剩下的还是要大家自己努力。

"陈导演邀请我们艺术团参加电影的拍摄，就是原先那个话剧改编的电影。"刘兴武笑着道。

"我爷要拍电影了？"张禾神色惊喜。

能演话剧就已经很不错了，能上电影更是意料之外。

"那不是必须的，现在这部话剧火爆全国，连带着我们老腔也火了起来，改编电影要是没有老腔，那还怎么演？"刘兴武颇有些自得道。

目前在中国，最能代表华阴老腔的就是张德林这个戏班。

除此之外，张玉胜的戏班算一队，在关中民俗艺术博物馆的算另一班。

大家虽然分散开来，但都是为了同一个目标而前进，将老腔彻底传播出去，传承下去。

不管谁去上电影大家都无所谓。

张德林能拍电影，大家都觉得与有荣焉。

刘兴武给老艺人们安排档期，准备去参与电影的拍摄工作。

华阴老腔在北京表演之后，邀请演出的地方越来越多。

虽然随着经济发展，演出的费用也在上涨，但是面对老腔保护中心高额的开销，资金依然捉襟见肘。

上级部门安排的行政演出没有经费，一切开销要中心自己负责。

按照当时的承诺，每一场演出都要给老腔艺人们演出费用。

演出费用必须给，不能不给。

如今虎沟村的农田已经被集中流转种了莲菜，每亩地一年给五百块钱流转费，每十年涨六十块钱。

虽然不用种地了，但是大家依旧要吃饭。

这些东西都要花钱，物价也在持续上涨，村里面很多人都外出打工挣钱去了。

要是因为是行政演出就不给老腔艺人们演出费，那老腔艺人们就没办法继续去唱了。

艺人们老了总有唱不动的一天，到那个时候，大家挣不到钱，养老怎么办？

刘兴武只能尽自己最大的努力去帮助老人们，其他的事情只能等国家重视起来，政策上面去帮助这些传统手艺的传承人才可以。

电影很快就开始拍摄，刘兴武带队，和老腔艺人们一起去参与拍摄工作。

时间不长，只有几天而已。

回来之后，再度开始忙演出的事情。

老腔艺人们越来越忙，全国各地到处跑，表演老腔，还有配合话剧在全国巡演。

年刚过完，华阴市文化局一个电话打了过来。

"冯局，怎么了？"刘兴武好奇道。

"省委宣传部按照中央电视台春晚剧组的要求，要准备出一个节目，钦点了我们华阴老腔作为陕西代表，准备竞争上春晚的资格。"冯浩缓缓道。

刘兴武一听顿时脸色凝滞。

"准备春晚的节目？"刘兴武有些诧异道。

"没错，这是上级部门要求的，你们准备准备，等到时候就直接去省电视台排练节目。"冯浩语气严肃。

春晚的时间有限，节目也有限，每一个节目都是精挑细选，堪称万里挑一。

能上春晚，才代表着认可，代表着被全国人民所熟知！

华阴老腔居然要上春晚！

哪怕只是参与进去，参加比赛开始竞争，这也了不得了。

和冯浩说完，刘兴武激动得一宿没有睡觉。

除却一些邀请演出的节目之外，想要上春晚要通过"直通春晚"的平台，在这个平台上和其他的节目进行角逐，站到最后的就有机会登上春晚的舞台。

代表陕西参加，华阴老腔要参加的是省市节目比拼。

办公室里，刘兴武琢磨来琢磨去，准备参演的节目。

想要上春晚，就不能把那些之前表演过的节目拿出来，而是要有新的节目出来。

更关键的是要符合春晚的主题，热闹红火是必须的。

只是想来想去，刘兴武都没有什么头绪。

等到了时间，文化局的车直接开了过来，拉着老腔艺人们准备前往西安。

带着相伴多年的家具，张德林和一众老人走进了大巴车里。

"爷爷们，咱们也是见识过大场面的人了，我们这次去陕西电视台，一定要好好地表演，争取拿下这次机会。"坐在车上，刘兴武给大家鼓励道。

"春晚咱们以前想都不敢想，这次能有这个机会，肯定要抓住。"张德林笑道。

老艺人们得知消息之后都很开心，二话不说就答应下来，上春晚的舞台表演节目是每一个艺人的梦想。

等到一行人来到了省电视台，电视台的领导们亲自出门迎接各位老艺人。

这次邀请过来的不光是华阴老腔，还有陕西各地的非物质文化遗产代表。

大家一起准备节目，一起竞争机会，到最后不管是谁登上了春晚的舞台，对陕西来说都能起到宣传的作用。

准备陕西节目筹备工作的不是别人，正是之前《秦声璀璨》的导演吴岳。

这次节目筹备工作是重中之重，电视台里临时抽调了吴岳这个老前辈来挑起重任。

众人坐在会议室当中。

吴岳缓缓道："我首先要告诉大家，虽然你们都来到了这里，都有希望登上春晚的舞台，但最终不是我们所有人都能上去的，大家要有心理准备。"

一旁还坐着陕北安塞腰鼓的艺人、陕南汉调的艺人，还有宝鸡竹马高跷的艺人。

文化厅将任务下发下去，让省电视台负责，省电视台联络各地文化局，抽选节目，最终选定了一些能代表陕西特色的节目。

在所有艺人当中，华阴老腔因为借着陈亿夏导演的话剧的东风，目前是最火的。

每一个非物质文化遗产都面临着不同的困境，华阴老腔能走到今天这一步，算是众多曲艺之中活得好的了。

"吴导，我们有这个心理准备。"刘兴武缓缓道。

"有这个准备就好，不过大家不要担心，中央台春晚不要你们的话，我们陕西自家的春晚不会不要你们的。"吴岳笑了笑道。

众人都笑了起来。

陕西春晚是自家的，要求也会相对低一点，上去是肯定的。

"你们有没有什么好的想法，咱先沟通一下。"吴岳说道。

各个演出团体各抒己见，每个人都想把自己优秀的一面展现出来。

大家都是上台演出过的，有舞台经验，知道要准备什么样的节目。

等到大家商议完毕，吴岳缓缓道："大家的意见都很有用，我们现在就开始准备节目。"

节目最终是要电视台定下来的，老腔艺人们不能随便来。

接连几天，大家一起碰头开会，通宵达旦地准备节目。

华阴老腔现在是最火的曲艺，于情于理这场表演都要以华阴老腔为主，其他的曲艺作为陪衬。

不是谁高谁低，只是这样更有希望登上春晚的舞台。

几天之后，电视台这边出了一个唱词出来。

"这是我们给你们准备的新唱词，你们看一看，我们在节目上就唱这个。"吴岳将一张纸递给了刘兴武。

拿在手里一看，里面的唱词果然是新写出来的，很符合老腔的特点，能写出这个歌词的人显然对老腔很了解。

"吴导，这个词比我们之前想的都要好多了。"刘兴武兴奋道。

传统剧目适合私下的演出，不适合登上春晚的舞台，电视台准备的这首词果然贴合实际。

将唱词给老腔艺人们传了一遍，大家都是连连点头。

"这个词写得好，既能展现我们陕西的特色，还和国家发展联系起来，而且还热闹！"张德林笑道。

让他们去写一些传统的词曲还可以，写这个还真写不了。

专业的事情交给专业的人做，提高效率，节省时间。

"那我们就开始谱曲，这场演出我想让竹马高跷和安塞腰鼓还有一些其他曲艺和老腔结合在一起表演，希望大家可以配合。"吴岳微笑道。

有了唱词，一切都好办了。

传统曲艺的很多曲调都是现成的，可以直接使用。

曲子谱好之后，众人马上开始排练。

省电视台节目排练室。

老腔艺人们坐在中间，两边是安塞腰鼓的艺人和竹马高跷的艺人。

"第一次排练，咱们先过一遍。"吴岳站在舞台前方指挥道。

刘兴武也站在一旁，给老腔艺人们作指示。

"开始！"吴岳一声令下。

坐在舞台正中央的张德林从板凳上站了起来，手拿月琴，满脸喜色道："伙计们！"

"嗨！"周围的艺人们一起喊道。

"饺子咥了酒喝了，开始！"

"嗨……嗨！"众人齐声道。

一声锣声骤然响起。

舞台上，大家欢快地舞动了起来。

"等会儿！"吴岳当即喊道。

大家全都停下了动作。

"德林爷，你说这个话的时候笑容还要再灿烂一点，其他的演员也是，我们这个节目是要在春晚上表演的，是过年的时候，不要皱着眉头。"吴岳提醒道。

"再来一遍！"吴岳喊道。

张德林回到座位，又把刚才的演出再来了一遍。

想要将安塞腰鼓、竹马高跷等多项艺术和华阴老腔融合起来，大家都是第一次。

没有经验就创造经验，吴岳也是硬着头皮上阵。

在同一个目标面前，每个人都很用心地在演出，争取将节目排练好。

"扭秧歌，闹社火，日子越过越红火！"

"唢呐吹红太阳脸，锣鼓敲得月儿圆，龙的故乡龙的梦，大国崛起在眼前！"

舞台上，所有演员齐声喊道。

在一片热闹之中，连续多日的排练也告一段落。

"明天我们就要上舞台参赛了，大家准备好了没有？"吴岳大声问道。

"准备好了！"众人操着一口方言笑道。

连日的排练大家虽然疲惫不堪，但是收获是有的。

几个不同曲艺融合在了一起，能够登上大舞台去表演了。

第29章

/ 直接离开 /

节目的评选要在中央电视台进行，来自各个省市的节目聚集一堂，角逐最终的机会。

省电视台带着老腔艺人们当即启程进京。

多次的长途奔波，老腔艺人们已经习惯了这样的生活。

等到了北京之后，吴岳带着众人进入了中央电视台的演播大厅。

今年的春晚节目从全国各地吸纳好节目，所以才有了华阴老腔代表陕西冲刺春晚。

节目要求凸显地域特色。

东北那边准备了舞蹈表演，江苏准备了当地传统民歌的演唱，广东准备了当地特色的杂技表演，天津则是准备了一段相声表演，还有各个省市地区出的节目，都有着浓郁的当地特色。

参演的节目一共二十六个，老腔只是其中之一。

二十六个节目分为五个队，每个队安排在一场，每一场通过投票选出最佳的节目，随后五场分场最佳将在一个舞台进行角逐，由春晚总导演现场观看表演，决定上春晚的节目。

等到刘兴武等人到了北京之后，张禾也赶了过来。

在陕西电视台排练的时候，王兴强因为身体原因无法参与排练，临时决定让张玉胜上台，代替王兴强的位置。

因此，老腔文化的名字也出现在节目上面。

众人来到北京之后，急忙调整状态。

这不是一场平常的演出，而是一场比赛，比赛就有输有赢。

老腔艺人们的内心也是前所未有的紧张，紧张归紧张，表演不能落下。

等到节目录制的那天，老腔艺人们穿戴一新，来到了节目现场。

张德林身穿着枣红色的衣服，剩下的人也都是红色或者金色、黄色的亮色衣服，喜庆热闹。

记者早已等候在后台，见到陕西代表进来之后就急忙跑了过来。

"吴导演，请问你们准备的节目是什么？"记者问道。

一旁的摄像机对准了吴岳，现在已经开始录制节目了。

"我们准备的节目是由我们陕西本地的老腔、社火、腰鼓和花馍一些传统艺术整合做出的一个节目，在其中也融入了一些现代文化的艺术元素。"吴岳不紧不慢道。

"您觉得这个节目能拿到机会吗？"记者继续问道。

"我相信观众的眼光。"吴岳缓缓道。

采访完导演，采访艺人。

记者们冲到张德林面前开始询问。

"德林爷爷，你上次在北京人艺的表演让我们大吃一惊，但是这也是你第一次来到春晚的舞台，有什么想法呢？"

"想法嘛，就一个，咱一定要拿到进春晚的资格。"张德林哈哈笑道，身上透着一股自信。

该做的努力都做了，舞台之上用心表演，尽力而为就是了。

"老艺人们的心态都很好，我们接下来去采访一下江苏的代表。"记者对着摄像机说道，离开了这里。

后台一片嘈杂，演员们都等在这里，准备上场。

上台要化装，老艺人们即便是不习惯也要化装。

弄好装扮，倒也真的像那么回事。

节目录制正式开始。

张德林代表陕西的节目登上舞台，参与录制过程。

抽签决定了比拼的对象，陕西和天津、黑龙江等省市组成一队，一共五个节目，登台比拼。

节目录制开始，吴岳和刘兴武还有张禾三个人虽然表面淡定，但是手心里都是汗水。

每一个节目上去表演之后，都要经过观众的投票和专业评委的点评。

随着一个接一个节目过去，终于轮到了老腔的表演。

"华阴老腔一声吼，八百里秦川抖一抖，让我们热烈欢迎由陕西省为我们带来的节目《日子越过越红火》！"舞台上，主持人高声说道。

全场的观众都鼓起了掌，对接下来的表演很是期待。

舞台之上灯光变暗，工作人员赶紧把道具抬上舞台。

"德林爷，加油！"刘兴武喊道。

"加油！"吴岳也说道。

张禾也给了爷爷们一个鼓励的眼神。

此番表演，就是决定命运的时刻。

张德林等人微微点头，随即缓缓走上了舞台。

待到灯光再度亮起，老腔艺人们和其他的演员已经摆好姿势，站在了舞台上。

在众人的期待之中，张德林站起来，招手喊道："伙计们！"

"嗨！"所有人齐声喊道。

"饺子咥了酒喝了，开始！"张德林喊道。

"嗨……嗨！"众人喊道。

这次的乐器之中不光是老腔原来的乐器，还加上了一架鼓。

随着曲声响起，周围的那些演员也开始扭动了起来，还有秧歌队在一旁表演秧歌，十分的热闹。

一旁张玉胜弹奏月琴，不同的乐声交织在一起。

张德林迈开步子走向观众，嘴里唱道："白绸子……黑缎子都闪贼光，长袍子短褂子都是衣裳，大麦面小麦面都能擀面，剩下的包谷面咱打搅团！"

"嗨！"众人齐声喊道。

舞台之上，众人欢声笑语，打闹在一起，营造出热闹的氛围。

张玉胜站起身来，走到了舞台中间。

虽然他不喜欢出远门，但是代表老腔上春晚，无论如何他都会做到。

下面这一段是由他演唱的。

张玉胜穿着一身明黄色表演服，朗声唱道："村东盖楼房！"

"嗨！"众人应和。

"村西开商店！"

"嗨！"

"南有卫生所！"

"嗨！"喊声之中还夹杂着鼓声。

"北有文化站……啊！"

"嗨！嗨！"

几个演员再度跳出来，开始快节奏念起一段念白。

"吃香的喝辣的还嫌不够！"

"开小车坐飞机谁有我牛！"

众人高声大笑，两个穿着红色演出服的女生走上台来，手里端着的是造型精美的花馍，是陕西独特的艺术。

"吃馍了！吃馍了！"演员们呐喊道。

全场的气氛都被艺人们的演出点燃了，好像真的来到了过年的时候。

"穿新衣，戴新帽，好日子，刚上道！"

"过年啦！"众人齐声喊道。

张德林再度唱了起来："过了一年又一年，一年更比一年好啊呀呼嘿！"

"呀呼嘿……呀呼嘿……呀呼嘿！"老艺人们一起唱道。

随着乐声，几个踩着竹马高跷的人走上了舞台，在舞台上转了一圈。

"扭秧歌，闹社火，日子越过越红火！"

"扭秧歌，闹社火，日子越过越红火！"

鼓声锣声胡声交织在一起，竹马高跷站在舞台中央为观众表演。

为了能让每一个特色都展现给观众，吴岳特意重新做了编排。

原先老腔的形式太过老旧，是上不了春晚的，现在改了之后果然热闹了许多。

"唢呐吹红太阳脸，锣鼓敲得月儿圆，龙的故乡龙的梦，大国崛起在眼前！"

"唢呐吹红太阳脸，锣鼓敲得月儿圆，龙的故乡龙的梦，大国崛起在眼前！"

众人齐声喊道，将整个表演带进了高潮。

随后，张德林站出来，将一根板凳放在了地上，一脚踩在了上面。

"民富了！"张德林唱。

"民富了！"众人应和。

"国强了谁敢小看！"张德林唱，"吼老腔过东海赛过八仙！"

"赛过八仙！"众人齐声唱道。

随着几声大喊，张德云举着条凳冲到了最前面，用手里的枣木块一下一下敲击在条凳上。

"唉嗨……嗨……唉嗨……唉嗨……嗨嗨嗨……唉嗨……啊啊啊啊啊啊啊……"

在众人的齐声高唱之中，整个节目彻底结束。

所有的演员们都站在舞台上，摆出热闹的样子。

观众们开始鼓掌，几个评委也是纷纷点头，对这个节目很是满意。

"感谢陕西老腔艺术团、宝鸡陈仓剧团、榆林小学的演员们为我们带来的精彩表演。"主持人缓缓走上台微笑道。

榆林小学的演员是打安塞腰鼓的，小孩子在舞台上代表着活力，这场节目有小有老，韵味和意义都是足够的。

等到了投票的环节，大家都紧张地等着答案。

五个节目里面只有一个能获得最终的入场券。

主持人宣布投票开始之后，台下的观众和专业评委一起投票，观众的投票会做一个参考，重点还是专业评委的投票。

投票结果很快被统计出来，送到了主持人的手中。

没有卖关子，直接宣布比赛冠军。

主持人手拿卡片，朗声道："陕西省，节目《日子越过越红火》，得票数三十二票，获得本场五省市节目比拼冠军！"

话音落下，全场响起了热烈的掌声。

站在舞台上，张德林他们神色惊愕，有些难以置信。

舞台下面，张禾和刘兴武激动地叫喊起来，两个人都攥紧了拳头。

五省市节目冠军，距离春晚舞台再进一步！

其他省市的节目负责人虽然神色惋惜，但是大家都很服气，输给老腔这样的对手也在意料之内。

等到老腔艺人们走下舞台，吴岳当即大手一挥道："走，今天我请客！"

拿到冠军，接受采访，新闻媒体全程报道。

陕西代表团出征北京，陕西电视台更是一直在跟着。

消息传回陕西，很多知道的人都开始在网上发帖呐喊助威，希望陕西能突出重围，拿到春晚入场券。

"明天就是总决赛的日子，我在此预祝我们成功！"吴岳举杯说道。

此刻，众人坐在一个饭店的包间之中。

老腔艺人们都很高兴，第一次冲击春晚舞台就能拿到这么好的成绩出乎大家的预料，哪怕到时候拿不到最终的入场券，但仍然站在了全国前五的位置。

通过"直通春晚"这个舞台，更重要的是给更多的观众展现了华阴老腔的魅力，将老腔再一次宣传了出去，收获很是丰富。

如今经常接受采访，张德林他们也习惯了这样的日子，面对镜头时也不再紧张，每一个老腔艺人都成熟了起来。但是他们的内心依旧没有改变，还是当自己是一个土生土长的农民，不是什么大明星。

一顿饭吃完，众人回去休息。

第二天，节目录制正式开始。

春晚总导演亲自来到了现场进行评定。

站在舞台上，五个省市的节目再度上台表演了一遍。

这一次的表演依旧至关重要，老腔艺人们和其他的艺人都很用心地在表演。

春晚总导演坐在评委席的正中间，仔细地观看每一个地方代表的演出。

等到五个节目全部表演完之后，宣布最终的结果。

这次的比赛选择了现场选择和网络投票一起的方式，春晚总导演不能说是谁就是谁，投票可以显得公平公正一点。

张德林等人站在舞台上，静静地等待着结果。

当结果出来之后，主持人走上舞台宣布了答案。

"……华阴老腔，第二名。"

声音传进了每一个人的耳中，后面主持人再说什么大家都听不到了，大家已然明白，这次的冲击失败了。

在网络投票中，华阴老腔以微小的差距排在了第二名，败给了第一名的节目。

节目录制完成，继续接受采访，随后一行人返回了陕西。

"大家不要气馁，咱们第一次冲击春晚舞台，能走到这一步已经很不错了。"吴岳安慰道。

大家心里都不服气，凭什么不能是我们？但是比赛就是比赛，结果出来了就要认。

"我们就是觉得有些可惜，好不容易练了这么久，都快到门口了结果上不去。"张德民摇头叹息道。

"陕西春晚你们要上啊，节目肯定不会浪费，这个节目你们过年期间都可以演出，你们就算不演出，你们市里都会要求你们演出的。"吴岳笑道。

华阴老腔如今这么火，等到过年的时候肯定是要作为演出队的角色去各地演出的，这是任务，必须完成。

"也是，咱们自家的春晚肯定是要上的。"张德林笑道。

从小村庄的家族戏一步步走来，华阴老腔如今也成了陕西春晚的常客，已经不光是华阴的一张名片，而是陕西的一张名片了。

"总结经验和教训，我们这个节目还是准备得不够充分，究其原因是我们没有做到最好，还是没有制作出一个适合春晚舞台的作品，以后我们还是尽力，要是有好作品的话就去试试，实在没的话就算了。"吴岳缓缓道。

没有被选上，可能有运气的成分，但是实力不济也是其一，老腔跟选中的那个节目比起来的确差了很多。

这次还是有些操之过急了。

众人回到了华阴，继续开始了忙碌的演出生活。

陕西电视台的春晚节目录制也立刻开始。

除了中央电视台的春晚是直播以外，其他地方台的春晚几乎都是录播，等到了播放的时候直接放出来就行了。

老腔表演的《日子越过越红火》也第一次出现在了观众的面前。

过年的时候，老腔艺术团代表市文化局，走进各地的村庄之中进行慰问演出，和当地的村民一起演唱老腔，热热闹闹的。

虽然没有上春晚是个遗憾，不过大家也没有放在心上。

走到今天这一步大家已经很满意了，没有什么不知足的。

年过完，该安排演出的安排演出，刘兴武忙得焦头烂额。

作为老腔中心的主人，他整天都要为各种杂事操心。

如今老腔保护中心已经不光是他和林雄、吴小倩三人了，市里还安排了几个人协助他们，老腔保护中心的规模也越来越大。

"老刘，给你带了点东西，留着吃。"张禾手里提着一个塑料袋走了进来。

将袋子放在地上，张禾神采奕奕，走了过来。

"有个综艺节目邀请我们上去，你觉得能不能搞？"张禾询问道。

"啥节目？"刘兴武问道。

"H台的节目。"张禾轻笑道。

如今综艺节目火爆全国，各种类型的节目层出不穷，极度地丰富了人民群众的生活，提高了生活质量。

H台本身就是走在综艺节目前列的电视台，主导了很多赫赫有名的综艺节目的制作，能邀请老腔过来，也是因为老腔如今比较火爆。

"去吧去吧。"刘兴武笑道。

作为一门苦苦挣扎的传统曲艺，老腔基本上不会放过任何一个演出机会，只要是能在观众面前露脸的都去参加。

因为一旦不参加了，观众把老腔忘了，老腔就会再度没落下来。

刘兴武不想让这样的事情再度发生，只能尽力而为。

"我爷有没有时间？我爷要有时间的话我就和德林班一块儿过去，要没时间我就只能让玉胜爷去了，玉胜爷不爱出远门。"张禾缓缓道。

是借人来了。

综艺节目这边的关系是张禾自己的路子。

这些节目才不管邀请到的艺人是谁，只要是唱老腔的就行了。

"一边儿去，我们艺术团的活儿还忙不完呢，没工夫管你这个，你就让玉胜爷去吧。"刘兴武摆了摆手道。

张禾笑着离开了这里。

如今老腔文化已经成立了一个华阴老腔文化传播有限公司，招牌在业界也很响亮，很多活动的邀请也会直接发到这里，而不是老腔保护中心。

要不是张玉胜很少愿意出去的话，"华阴老腔文化"也能代表老腔传播出去。

张禾没有耽误，回去之后直接说服了张玉胜参加综艺节目，在节目上将老腔的名头再度宣扬出去。

如今综艺节目的娱乐性高于一切，时代在发展，不可能让一个综艺节目也跟说教一样。

带着队伍抵达了H台，H台的节目组工作人员接待了他们。

对老腔艺人他们还是很尊重的。

"张先生，这次的节目我们会给老腔留出几分钟的时间专门用来表演，但是我也希望你能理解，节目毕竟是以明星为主的，老腔只能是陪衬。"节目组的导演缓缓道。

"我能理解。"张禾回应道。

不可能让人家一个娱乐性的综艺节目给老腔开一个专场，能上节目就足够了。

"你能理解最好，那张先生，我们就签订合同吧。"节目组的导演道。

电视台的工作人员带着合同过来，让张禾和艺人们一起在合同上签了字。

张禾对此也没有多想，直接就签了下来。

演出费用还是很高的，比老艺人们在家种地要高得多。

这场综艺节目邀请了好几个当红的明星前来参加，到时候会和老腔有一段互动，为观众带来一个节目。

"张先生，你放心，我们会权衡好老腔在其中的比重的。"导演缓缓道。

节目名字叫做《周末乐翻天》，是一档类似于脱口秀式的节目，导演名叫魏东，主持人也是几个家喻户晓的明星。

魏东虽然这么说，但是眼神之中有些不屑，并没有把老腔放在心上。

对他们这个节目而言，老腔只是一个噱头而已，但是他自然不会明着说出来。

"时间差不多了，我们这就开始准备彩排吧。"魏东缓缓道。

时间紧迫，不是老腔艺人时间紧迫，而是节目邀请的那些明星时间紧迫，人家档期排得都很满，能给电视台一天的时间已经可以了。

早上彩排，下午直接录制。后期的工作由节目组处理，制成可以播放出去的节目。

老腔艺人们带着乐器和板凳走向了演播大厅。

等到了后台，给老腔艺人们稍微化了一下装，随后众人就静静等候起来。

魏东走了过来，手里拿着一个文件夹，递给了艺人们。

"这是我们准备上台表演的节目，是华阴老腔和流行音乐的一个融合，你们在那场音乐节上的表演我们看过了，演出效果很好，这个融合是我们的一次尝试。"魏东微笑道。

张玉胜将其接在手里看了眼，眉头一皱。

"为什么我们老腔的唱词只有几句话，而且中间连曲子都没有了？"张玉胜肃然道。

张禾闻言也急忙拿过来看了下，果然，这个曲谱根本不是老腔的曲谱，只是借助了老腔的一点东西，重点还是流行歌手在唱，和之前说的完全不一样。

这个曲子当中，只有开头和结尾有一点老腔的东西在，中间甚至都没有老腔的演出。

"老艺人们，我们是融合，这是用一首流行歌改编的曲子，你们坐在那里就可以了。"魏东皮笑肉不笑道。

"那你这让我们怎么演？"张禾厉声道。

"你们开场的时候唱几句，中间的时候我们会把你们的麦克风掐断，你们在舞台上拉拉弦装装样子就可以了。"魏东缓缓道。

"这不就是假表演吗？"张玉胜当即说道。

年纪虽然大了，但是脑袋没有生锈，张玉胜很快就想清楚了其中的关键。

"魏导演，来的时候你可不是这么和我们说的。"张禾的语气冰冷下来。

"张先生，合同上面都写了，表演是由我们节目组主导的，也希望你能理解，我们的节目是面向年轻人的，请来的明星也都是最近很火的选秀节目的人，纯正的老腔表演，我们的观众不会看的。"魏东语重心长道。

从一开始就没打算搞老腔的表演，不是为了宣传老腔，只是用老腔当做一个噱头，重点是在明星身上。

"张先生，我们电视节目需要的是收视率，老腔这个点是可以增加我们收视率的，但是光表演老腔是不可能的。"魏东继续道。

将流行乐和老腔融合，需要花费的时间大了去了，魏东可没有闲心去准备这个事，随便搞一搞就行了。

他本来就不指望做一个好的音乐出来，只是打算火一把就够了。

但是张禾他们不这么想，他们本以为魏东是要做一款真正的融合音乐的。

有了音乐节的先例，张禾对这些已经不抗拒了，没想到在这里又遇上了这样的事情。

"你们在台上拉拉弦，也不用唱，轻轻松松就把钱挣到了，还不愿意？"魏东语气变得严厉起来。

"我们是艺人，表演要对得起观众，你们这么搞像什么话？"张玉胜说道。

其他几个老艺人也都愤愤不平。

唱了大半辈子戏了，从来没有唱过假戏，他们做不出来这样的事情。

"怎么就对不起观众了？你们坐在台上就是对得起观众，合同已经签了，你就必须按照我们说的去做！"魏东厉声道。

他实在是想不通，这个世上怎么还会有这种傻乎乎的人。

就让你们随便唱几句轻松就能挣到钱还不乐意了，总比你们跋山涉水一唱唱几个小时挣那么几百块钱强吧。

"能唱就唱，唱不了的话就按照合同去走。"魏东缓缓道。

张禾的面色阴沉了下来，脸色犹豫。

虽然大家都不愿意做这件事情，但是事到如今，不做也得做。

不按照合同走就是违约，违约是要付违约金的，不是一笔小数目。

"玉胜爷，对不起。"张禾歉意道。

"没事，唱就唱吧，我们丢得起这个人。"张玉胜缓缓道。

还好不是张德林来这里，要是艺术团来这里可就丢大人了，老腔艺术团干出这种事情，负面影响巨大，对老腔保护中心也不好。

张玉胜团队代表的不是官方，就算有舆论也会好一点，张禾心里隐隐有些庆幸。

事到如今，只能硬着头皮上了。

"你们能理解最好，各位老艺人，张先生，我们也是为了收视率。"魏东说完离开了这里。

后台只剩下了张禾和一群老艺人。

"小禾，你不要有啥想法，咱们既然来了就唱吧，我们权当为了老腔能传播出去，委屈一点不要紧。"张玉胜缓缓道。

"就是，小禾，没事的，假演就假演，我们还能轻松一点，白挣钱，还能宣传老腔。"

其他老艺人纷纷说道。

虽然是假演，但是老腔传播出去是肯定的。

如今流量明星已经有了雏形，这些流量明星的粉丝效应是很大的，要是老腔能借此揽到一些年轻的粉丝，这一趟不算白来。

张禾点了点头道："以后我不会再接这种活儿了。"

彩排随即开始，众人在后台等候。

舞台上面，几个主持人和流量明星们谈笑风生，说着一些口水笑话，等到主持人将话题引到华阴老腔之后，工作人员叫了老腔艺人们上台。

"玉胜爷，去吧，虽然只唱几句，但是也要唱出我们华阴老腔的威风！"张禾沉声道。

老腔艺人们点了点头，迈步走上了舞台。

舞台之上，灯光璀璨，五颜六色，十分炫目。

张玉胜等人坐在舞台中间，但是位置稍微偏后一点，因为前面的舞台要留给那些明星。

彩排的时候没有观众，只是走一下过程。

老腔艺人们仍旧全力以赴。

唢呐声响起，老腔艺人仰天吹动。

张玉胜蓦然站起身，朗声唱道："渭水河南岸！"

"嗨！"众人应和道。

"辈辈不离原！"

"嗨！"

"上下几千年!"

"嗨!"

"生性都莫变!"

"嗨!"

"放开金嗓子!"

"嗨!"

"华阴老腔要一声吼啊!"张玉胜扯着嗓子喊道,十分卖力。

台下的魏东也有些动容,被老艺人们的精神所折服。

即便知道这一场只是陪衬,但是每一个艺人依然卖力地演出,没有丝毫懈怠。

随着众人的喊声结束,老腔的演出实际上也告一段落,但是大家还要在舞台上装模作样地拉着琴弦,弹奏乐曲。

虽然麦克风已经被掐断,声音根本没法传进观众的耳朵里,老艺人们仍旧按照曲谱在演奏。

几个明星缓缓走上台来,拿着话筒随便唱了几句,根本不认真。

"行了行了,赶时间,稍微唱几句就可以了。"几个明星不屑道,就连彩排都不愿意好好彩排。

"好好,你们说了算。"魏东急忙道。

音乐中间,张玉胜扯着嗓子喊道:"华阴老腔!华阴老腔!华阴老腔!"

然而,因为麦克风的原因,他的声音夹杂在音乐之中,十分微弱。

如果不是仔细去听,甚至连听都听不到,只能看到张玉胜一脚踩在板凳上,身子和手臂随着节奏舞动,像是在挣扎,呐喊,像是要把心里的不平之气喊出来。

几个明星走到舞台最高处,嘴里再度唱了几句,摆出几个帅气的姿势。

老腔艺人们敲锣打鼓砸板凳,嘴里喊道:"嗨!嗨!嗨!"

就这么几声,这场演出就到此结束。

后面的节目都是明星和主持人之间的互动,也没有华阴老腔什么事了。

魏东走过来笑道:"感谢艺人们,你们的演出很精彩。"

精彩吗?都没怎么去演,从哪里看出来精彩的?

"谢谢魏导演给我们这个机会。"张禾缓缓道。

他已经不想和这种人再说什么话了,连带着连一些明星也恨了起来。

传统艺术可以不被人知晓,但是容不得被侮辱。

魏东看到张禾的表情也没有多说什么,再说恐怕要打起来了。

彩排很快结束,下午就是节目录制的工作。

等到录制开始,观众们纷纷进场落座。

宣传海报上会打上老腔的名号，甚至节目在网络上宣传的时候也会这么去说，某某明星将华阴老腔完美融合在流行音乐当中，至于到底怎么回事，大多数观众是不会去管的，看个热闹就行。

主持人和明星在舞台上讲着笑话，台下的观众时不时笑。

等到主持人宣布嘉宾将和华阴老腔一起演唱一首音乐的时候，全场一片沸腾。

很多观众都听说过华阴老腔的名号，没想到居然在这里还能看到，全都欢呼了起来。

"居然是华阴老腔和流行乐的融合，这趟没有白来啊！"

"好期待，不知道能唱成什么样子！"

观众们全都目不转睛地盯着舞台。

老腔艺人们缓缓登台落座。

看到这群老艺人的英姿，观众们也被感染了。

"渭水河南岸！"张玉胜唱道。

"嗨！"众人齐声应和。

"辈辈不离原！"

"嗨！"

"上下几千年！"

"嗨！"

"生性都莫变！"

"嗨！"

舞台上，老腔艺人们的样子深深地烙印在了观众的心中。

随着最后一声喊声响起，音乐声逐渐起来，老腔艺人们开始拉弦演奏，虽然没有声音，也要为观众卖力地表演。

他们的身影被那几个演唱的明星挡住，声音被那几个演唱明星的声音遮住，但是没有人有一丝松懈，仍旧认真地表演着。

等到最后，演出结束，老腔艺人们几声大喊，将整个演播大厅的气氛烘托到了高潮。

观众们纷纷鼓掌叫好。

老腔艺人们却没有多余的表演机会，直接离开了舞台。

观众们转眼就被舞台上的其他演出吸引，忘记了刚才的表演。

"玉胜爷，怎么样？"张禾询问道。

"就那样了，我们走吧，还不如我在剧场唱戏舒服。"张玉胜笑道。

"好。"张禾当即答应。

还留在这里没有意思,看着那些人的脸,气就不打一处来。

魏东还在演播大厅观看节目,主导录制工作,叫来一个工作人员说了一声。

"张先生,节目录制完了我们还要请你吃饭呢,你们稍等一下吧。"工作人员急切道。

"不用了,请你转告魏导演,我们剧场还有演出,就先走了。"张禾平静道。

说完,带着老腔艺人们头也不回地离开了这里。

工作人员见挽留不住,叹了口气,过去将消息告诉了魏东。

魏东听到后也是连连摇头道:"去给他们把车票买好,剩下的你就不用管了。"

工作人员点了点头,追了出去。

按照合同,来回的路费是要电视台承担的,他们这么做也是应该的。

回到华阴市,再度返回了剧场的小舞台,张玉胜他们终于感觉到了一丝人情味,一丝真正属于老腔的味道。

第30章

/ 真正的音乐 /

自从话剧开始演出之后,华阴老腔的名声借着话剧的宣传越来越响亮,前来邀请演出的地方也越来越多。

张德林他们已经去了香港、深圳等地演出,还跟着话剧团的人去了全国各个地方巡回演出。

老腔保护中心的电话也被打爆了,很多人都想借着这股风过来学习老腔。

但很多人只是一时头脑发热,坚持不了几天就退出了培训班。

现在培训班里面张川算是一个经常在学习的学员,他是张家人,能学到真正精髓的东西,平日里在剧场还有张玉胜的亲自教导,在家里有张德林的教导。

坚持到最后,学习老腔的几乎没有年轻人,年龄最小的也要四十多岁,现在虎沟村里面很多四五十岁的妇女也开始学习老腔了。

农田承包出去了,家里的孩子也大了没有负担,老腔学成了出去演出还能挣点钱,多少是个收入。

虎沟村的男人要养家,看不上演出挣的钱。

张冬雪后来拜了张德林为师，真正开始学习老腔，会唱的剧目也逐渐多了起来。

"以后会不会组建一个全是女演员的老腔戏班？"记者问道。

此刻，正是中央电视台的记者过来采访。

中央电视台要制作一期关于华阴老腔的纪录片，节目组直接驻扎在了虎沟村，采集素材录像。

"我有这个想法，但是还要看机会。"张冬雪缓缓道。

记者们点了点头，没有继续追问。

老腔火了，但还没有真的火起来，面临的困难依旧很多，传承困难是其中最大的问题。

不仅如此，山寨老腔死灰复燃，有些以前唱秦腔的人，看到老腔火了之后，专门买了老腔的光盘模仿，甚至找的几个演员都是跟老腔艺人们长得很像的。

有时候外出演出节目，老腔艺术团还要先寄视频过去"验明正身"，人家才会给签合同。

传播在艰难地走着，传统的老腔剧目已经陷入了困境之中，传播越来越困难。

经常唱的剧目观众已经听过了，听几百遍不会腻，几千遍、几万遍总会听腻的。

但是想要将老腔发展下去，符合现代音乐的发展，不是刘兴武可以搞定的。

送走了纪录片工作组的人，老腔艺人们恢复了平静的生活。

张禾也全心全意地投入到了剧场的工作当中。

搞完演出，张禾收拾东西，准备离开剧场，手机响了起来。

将手里钥匙暂时放下，张禾掏出手机一看，来电显示是韩乐安。

"张先生，好久不见了。"韩乐安微笑道。

"韩总监，你好。"张禾笑道。

"还什么总监啊，我现在是自由职业了，跟几个歌手合作做音乐。"韩乐安语气轻快，看起来过得还不错。

有能力的人在什么地方都有饭吃。

"恭喜韩总监了。"张禾笑道。

"我这次打电话是有一件事情拜托你。"

"请讲。"张禾心中疑惑，韩乐安能有什么事情找他？

"S台的节目《华夏之星》，这个你应该听过吧？"韩乐安缓缓道。

"听说过。"张禾回应道。

如今音乐类的综艺节目十分火爆，各个地方电视台都出了类似的节目，S台的《华夏之星》就是其中之一，也是同类节目中目前收视率最高的。

节目里面邀请一些在音乐圈有名的歌手上台演唱，他们推陈出新，将一些老歌改编，或是创作一些新的歌曲，带给观众新鲜感。

歌曲类节目越来越多，能做得好的定然有其独到之处。

张禾知道这个节目，平常没事的时候还会守在电视机前看一看，里面的歌手都很有实力，是真正的音乐人。

"申楚洁你应该听过吧？"韩乐安问道。

"听过，怎么了？"张禾疑惑道。

申楚洁是一个专业的女歌手，参加过全国歌手大赛，后来在一场选秀节目里面拿到区冠军，正式出道，发布新专辑，到现在已经成为了业界知名的一位女歌手，是一个很有实力的唱作人。

"我和申楚洁是老朋友了，她的很多歌曲我都有参与制作，这次她即将参加节目比赛，需要作出一首新的曲子，她想要找寻中国民间古老的音乐元素，我直接就想到了你们。"韩乐安笑道，"张禾，申楚洁希望能和华阴老腔合作，一起作一首歌曲。"

张禾想也没想，当即道："韩总监，不必了，老腔现在挺好的。"

"你是有什么顾虑吗？"韩乐安疑惑道。

以前的张禾可不是这个样子，有什么机会就要冲到最前面抓住，现在这么好的机会放在眼前，居然拒绝了。

"老腔是爷爷们一辈子追求的东西，是祖先留下来的宝贵财富，我不想让它被侮辱。"张禾缓缓道。

"这件事你就不用再说了，我不会答应的，韩总监，我还有事，就先挂了。"张禾说罢挂掉了电话。

夜深人静，街旁的路灯一盏一盏地亮着，照耀着路面。

寂静的马路上空无一人，已经很晚了。

张禾将手机塞进兜里，将剧场的大门锁好，随即开车离开了这里。

综艺节目张禾是不想再参加了，经历了上次的事情，张禾可不想华阴老腔一腔热忱地扑过去，得到的却是不公正的待遇。

借着老腔的噱头，你们想，我们不愿意。

电话那边，韩乐安一脸苦笑。

"韩总监，怎么样？"一个女子的声音响起，嗓音浑厚，中气十足。

"拒绝了。"韩乐安平静道。

"为什么？"女人再度问道。

韩乐安将手机放下扭过头去，看向了一旁的女子。

那个女子年纪大约三十岁，长发扎在脑后，身上穿着一身黑色的衣服，气质干练，眼睛炯炯有神，下巴微尖，整个人很有气势。

她就是女歌手申楚洁，此刻两人正在一个咖啡厅之中。

"张禾说不想让老腔被侮辱。"韩乐安说道。

"不被侮辱？"申楚洁的脸上露出思索之色。

忽然，她想到了什么。

"老腔好像参加过H台的一个综艺节目，被改得面目全非，可能是这个原因吧。"申楚洁很聪明，转眼就想到了关键。

两个人拿出手机，直接将那一期的视频调了出来，现场看了一下。

看完之后，韩乐安的脸上露出愤怒之色。

"这改的是个什么东西！把老艺人们当吉祥物吗？"韩乐安怒道。

他是专业的音乐人，一眼就看出来这个节目的想法。

只不过是借着华阴老腔的名号，标题上也大言不惭地打出来。

说是和华阴老腔的融合，不能说不对，只是这个合作太生硬了，太不走心了，太敷衍了。

"看来张禾果然是因为这个才不想和我们合作，华阴老腔从这件事之后也没有参加过任何综艺节目了。"韩乐安脸色恢复了平静，缓缓道。

"韩总监，你和我合作这么久了，你应该知道我想做的是什么音乐。"申楚洁神色真诚。

"我明白。"韩乐安点了点头。

申楚洁是真的想做一个好的音乐，她擅长的是摇滚乐，老腔就是中国最古老的摇滚乐。

一旦融合起来，碰撞出的火花一定能让人震惊。

这个融合不是随便让老艺人们像吉祥物一样坐在舞台上就行，而是真正的融合，创造出真正属于中国的摇滚乐！

韩乐安有这个信心，申楚洁也有这个信心。

申楚洁站起身道："我们走吧。"

"去哪儿？"韩乐安轻声问道。

"去华阴，我要亲自去请老艺人们出山。"申楚洁的声音传了过来。

韩乐安心里一动，也站了起来。

两个人脑海中只有一个想法，那就是去华阴，亲自去请老艺人们，让他们看到，两个人是真的要做一个好音乐出来。

第二天两人就启程赶往了陕西，联系张禾失败。

两个人也没有继续打扰，直接找了熟人，打听好地方就过去了。

下了飞机之后，直接坐上安排好的车子，车子从机场驶向华阴。

进了县城，随后进入双河镇的地界。

村中的路早已修成了水泥路，一个巨大的招牌矗立在路边，上面写着"华阴老腔发源地"的字样，背景则是老艺人们唱老腔的照片。

路上的风景是关中平原几千年未曾变过的黄土地，一片片农田在路的两侧。

见到这一幕，申楚洁的内心也被触动了，好像来到了日思夜想的地方，这里才能做出真正属于中国的摇滚乐来。

车子一路行驶，抵达了老腔保护中心的门口。

此刻，老腔保护中心已经不是以前破破烂烂的样子，门楼也被修整一新，大门两侧挂着白底黑字的牌子，写着机构的名字。

作为文化局的下属单位，老腔保护中心拥有巨大的自主权，一心一意为华阴老腔这个非物质文化遗产服务。

车子停在门口，门房看门大爷看到了，出来问询。

"你们找谁？"大爷问道。

"你好，我们从北京来的，我们找张德林老爷子。"申楚洁下了车，主动问道。

气质不一般，不是普通人，大爷见多识广，笑道："张德林不在。"

申楚洁的脸上闪过一丝遗憾之色。

韩乐安刚下车，他微笑道："刘兴武在吧？我找刘主任也可以。"

知道刘兴武的名字，看样子是个老朋友，大爷回应道："刘主任在，你们要是晚来一分钟就见不到人了。"

刘兴武现在很忙，老腔保护中心里里外外的事情全都要他负责。

培训班的工作是他的，外面的演出是他的，节目导演也是他……

他一手将老腔带起来，如今却有些后悔。

当年要不是铁了心和张禾一起将老腔从幕后拉到台前，他现在也能优哉游哉地当一个公务员，安稳舒坦，就此过完一生。

办公室外响起敲门声，刘兴武随口喊了一声"进来"。

申楚洁和韩乐安两个人推开门走了进来。

"刘主任，你好。"韩乐安主动打招呼道。

都认识，是老朋友了。

要不是韩乐安，老腔想要火爆起来还不知道要到什么时候，可以说韩乐安是老腔的一个恩人。

刘兴武赶紧站起来道："韩总监，你怎么来了？"

"我之前给张禾打过电话，不过他不想见我。"韩乐安微笑道。

"给你介绍一下,这位是歌手申楚洁。"韩乐安介绍道。

刘兴武本来就觉得旁边这个戴着大墨镜的女的有些面熟。韩乐安介绍完,申楚洁将墨镜摘了下来。

看到这张脸,刘兴武惊讶道:"你就是那个歌手!"

一眼就认出来了,刘兴武也经常看音乐类节目找灵感,他在电视上见过申楚洁。

"刘主任,冒昧打扰,还望见谅。"申楚洁伸手笑道。

握过手,介绍完,刘兴武让两人坐下来,要谈正事了。

"原来是这件事啊。"刘兴武点了点头。

"张禾不答应是正常的,他没少在我们跟前提过上次的事情,对方做得的确很过分。"刘兴武继续说道。

"刘主任,我真的希望我们可以达成合作。"韩乐安缓缓道。

申楚洁签约的公司是北京的一个娱乐公司,韩乐安是合作方,负责音乐制作。

"刘主任,我可以向你们承诺,我绝不是只借着老腔的噱头去做音乐。我看过你们在话剧里的表演,很震撼,我希望能借用你们的音乐形态做出一款音乐。"申楚洁焦急道,她的神色很是真诚。

刘兴武一时有些心动。

音乐节上,韩乐安已经为他们展示过融合的魅力,刘兴武也一直想要做出新的东西来,但是他的能力有限,不是专业的音乐人。

如今韩乐安和申楚洁一起找上门来,态度诚恳,让他心里也起了波澜。

"我去叫张禾来。"刘兴武说道。

打电话给张禾,没有说是什么事,就说是有事。

等到张禾过来,推开门看到里面坐着的人,脸色微变。

"张禾,我们终于见面了。"韩乐安笑道。

来都来了,这个时候也不可能走了。

走进办公室坐下来,互相介绍了一下。

见识了太多的大明星,见到申楚洁也没什么感觉,张禾气定神闲。

"张禾,我和申楚洁的态度很明确,我们绝不是像以前那样去做,而且上次我们在音乐节上的合作比较仓促,没有做出一个真正的好东西出来,我想这次我们时间充裕,可以好好做一次。"韩乐安诚恳道。

张禾是想相信韩乐安的,但是他不相信申楚洁。

"你们能保证留住老腔原本的味道吗?"张禾询问道,态度有所松动。

申楚洁急忙道:"张先生,我看过秦腔,看过很多少数民族的音乐,秦腔给我的震撼很大,所以我后来去研究了汉族文化以及中原文化,这些文化都很迷人。阴差阳错之下我偶然看到了老腔，后来专程去观看了话剧的表演，我觉得很沸腾，那种感觉就是我想要的感觉。"

"人在生活当中、在劳作当中去表达的音乐，带着浓重的黄土气息，深入到了每个人骨子里的黄土热情和激荡，这就是我想要找寻的音乐。"

"恰好韩总监认识你们，我这才托付韩总监联系你们，你不答应，我就只好亲自过来找你了。"申楚洁一句接一句。

能看出来，她是真的去用心听了老腔，对老腔有所思考，不是那种只是把老腔当成一个噱头的人。

"你想怎么合作？"张禾问道。

"我的公司在北京，我想请老艺人们跟我一起去北京制作音乐，然后我们在上海表演。"申楚洁说道。

"歌曲的制作人是韩总监，由他操刀我相信你会放心的。"申楚洁补充道。

韩乐安点了点头道："我们的歌曲将以华阴老腔的音乐素材和旋律、表演形态为主，我们融合你们、配合你们。"

这是真的想要合作，不是闹着玩的。

音乐素材和旋律、表演形态都以老腔为主，那这个歌曲肯定会是浓浓的华阴老腔风格。

张禾沉默了良久，缓缓道："我没意见，问下我爷的意思吧。"

终究是松了口，华阴老腔想要继续发展，必须拿出一些新东西了。

这是一个机会，张禾不想错过了，干脆抓住。

如果真的不好，那也不会不好到什么地方去。

"谢谢张先生。"申楚洁赶紧道。

"德林爷还在外面演出，你们还要等一等了。"刘兴武笑道。

张德林带着老腔艺人回到了虎沟村，他们之前的演出是政府安排的，就在华阴城内。

表演也是以前的剧目，刘兴武因为太忙，就没有跟过去。

申楚洁和韩乐安早早地来到了老腔保护中心等候。

张德林听完他们的想法，也没有什么意见，直接答应了下来。

"看着老腔成为国家级非物质文化遗产，看着老腔现在被全国大多数人知道，要是老腔这一次真的能改好，我就心满意足了。"张德林说道。

老人们也想改变，想要唱出新的东西。

时代在发展，传统曲艺必须自寻出路，推陈出新，吸引年轻人的关注。

"申小姐，韩总监，你们需要多少时间？"刘兴武问道。

"一个月。"申楚洁缓缓道。

一个月的时间作一首新的音乐，对大家来说都是挑战，但是节目组那边也很着急，需要尽早拿出来。

刘兴武眉头皱起。

"刘主任，是没有时间吗？"韩乐安问道。

"我们的演出很多，需要安排一下。"刘兴武回应道。

老艺人们的演出也会很多，现在一年上百场，用去一个月的时间作一首歌，还是有些难做。

"小刘，我们的演出能推掉就推吧，这件事放在最前面。"张德林突然道。

刘兴武一愣，推掉一场演出就要少赚一点钱。

"德林爷，你确定？"刘兴武问道。

"我确定，咱们现在都快走到死胡同了，要是还找不到新路子，再走下去也没用了，就让他们试一试吧，要是成功了，还在乎那点演出吗？"张德林缓缓道。

张德林是班主，是所有老腔艺人里面走在最前面的，是代表性传承人，他看得最清楚。

"好！"刘兴武当即答应下来。

既然张德林已经如此说了，那就这么做。

"我们只要五个人就够了，五个人的乐器足够将我们需要的东西表达出来，其他的人还可以继续演出。"韩乐安这时候说道。

老腔艺人们要是都来的话还真的不好办，分一半出去，王兴强还可以和艺术团继续唱。

刘兴武自然愿意，他问道："你们要谁？"

"我要主唱兼月琴手张德林老爷子，后槽张德禄老爷子，板凳张德云老爷子，还有二胡手和板胡手。"申楚洁娓娓道来。

张禾一听眼睛一亮，这是真懂啊。

"好，那就他们五个人，我们保护中心把他们交给你！"刘兴武拍板答应。

事情敲定，韩乐安和申楚洁没有着急走，而是等老艺人们将这里的事情处理完，随后和艺人们一起前往北京。

刘兴武坐镇华阴，处理老腔的事情，只能是张禾陪着自家的爷爷去北京了。

一行人直接起程，因为有乐器的原因，大家选择了坐高铁过去。

到了北京，公司早已准备好了汽车在车站等候。

申楚洁望着窗外灰色的天空，心里忽然有了一点感触。

大家都没有耽误，收拾好行装，住宿的地方也已经安排好，就迅速来到了公司的排练室。

老腔艺人们依旧带着自己的板凳,坐在里面。

公司里面,很多人都听说了申楚洁想要做一款不一样的音乐,都很好奇,大家都翘首以盼,等待结果。

排练室里,申楚洁拿出一张纸递给了韩乐安。

"我写的歌词。"申楚洁说道。

"这么快?"韩乐安有些惊讶。

"有了灵感,写得就快了。"申楚洁笑道。

韩乐安拿过来一看,神色变得凝滞起来。

"这个歌词写得太好了,带着很强的冲击力,我要马上谱曲!"韩乐安着急道。

他匆忙站起来,用手指在空中比画,敲打着节拍。

很快,一首粗略的曲子就谱了出来,后期的调整将在实践当中去做。

叫来老艺人们,张德林一群人将上面写的词都记了下来,属于老腔的唱词也有不少,而且整段歌曲的音乐都是老腔和现代乐器一起演奏的,难度很大。

这次的合作不是上次音乐节那种简单的合作,现代乐器配合在后面就够了,这次是一首全新的曲谱。

"能不能行?"韩乐安问道。

"能行!"张德林朗声道。

老艺人们说一不二,说能行就能行。

排练室里,申楚洁剪了一头短发,披散在头上,看起来英气十足。

面前摆放着一个话筒,张禾就站在排练室里,观看着老艺人们的排练过程。

艺人们年纪大了,出门必须有人照顾,张禾就是来保障后勤的。

韩乐安给配的乐器有架子鼓、键盘和吉他,二胡使用的是低音二胡。

一首全新的歌曲,民乐和现代音乐交融,不是一个人可以做成的,这是一整个团队的功劳。

除却韩乐安之外,还有专门的民乐指导。

排练迅速开始,首先熟悉整首歌的曲调和歌词,能够完整地唱下来。

有韩乐安在一旁辅助,众人很快就将整首歌熟悉了下来,都是专业的,这些并不难。

众人随即开始配合演奏,这个时候,问题出现了。

"节奏快了!"正准备开唱,申楚洁喊道。

乐曲有节拍,但是老腔艺人表演是没有节拍的。

老艺术家们的表演完全是自由的,节奏全凭感觉,旋律全凭记忆。

"让老艺人们戴上耳麦吧。"韩乐安提议道。

准备好了耳麦,老艺人们一人一个,可以从耳麦里听到鼓点,把握节奏。

小小的耳麦,老艺人们还真是第一次戴上。

老艺人们本就不喜欢戴这个东西,戴上之后很是别扭。

再次开始排练,节奏依然对不上。

"怎么回事?"韩乐安也着急了起来。

"你这东西戴着人难受,而且我们啥都听不到,只能听到嗡嗡嗡的声音,连我们自己的乐声都听不到。"张德林回应道。

听不到鼓点,节奏就是乱的。

老艺人们可以凭借感觉去唱,但是其他的乐手们不能这么做,他们需要节拍。

这下把韩乐安和申楚洁给难倒了。

两个人愁眉苦脸,也没法排练下去了。

虽然事先已经想到了会遇到困难,但是没想到会是这个。

节拍不对,其他的三个乐手没法配合。

张德林他们也心怀愧疚。

"小伙子,咱们再试一下吧,我们尽量配合。"张德林有些过意不去,说道。

"不行。"韩乐安当即拒绝。

和老腔艺人合作过,知道老腔的特点在哪里。

要是让老艺人们迁就他们,就会出现不对味的问题,这些早就经历过。

"那咋办?"张德林问道。

申楚洁这时候突然道:"韩总监,既然这样的话,那就让我们跟着老艺人们的节拍走吧。"

韩乐安沉默了。

跟着老艺人们的节拍走难度很大,表演的时候千变万化,可能随时都在变,对歌手和乐手们来说难度剧增。

"韩总监,既然我们要做一个原汁原味的老腔摇滚乐,那就要克服这些困难,只有这样才能留住老腔原本的味道。"申楚洁急切道,眼神真诚无比。

一旁的张禾也有些感动,申楚洁是玩真的。

"那就试一试吧。"韩乐安缓缓道。

给乐手们说了想法,乐手们虽然觉得很困难,但是能参与到这样一个音乐创作的过程当中,本身就让人兴奋,众人欣然答应。

排练再度开始。

老艺人们率先开始弹奏乐曲。

"他大舅……他二舅都是他舅!"张德林高声唱道。

"嗨!"众人齐声喊道。

"高桌子低板凳都是木头哎!"张德林继续唱。

"嗨!"

"嗨!"

"等一下。"韩乐安当即喊道。

他走到几人面前,眉头紧皱道:"我觉得前面还差了点东西。"

"差什么?"申楚洁疑惑道。

"德林爷,你还记得你在音乐节上,开唱之前说的话吗?"韩乐安问道。

"记着记着,这咋能忘,我当时喊伙计们准备好了没有。"张德林笑道。

这个本来是最早非遗汇演的时候,刘兴武给大家打气的话,后来也被应用到了老腔表演里,观众还很喜欢。

"我觉得可以加上一段。"韩乐安拿出笔和本子,开始写了起来。

挥笔书写,几下就搞定。

"德林爷,你们就喊这个。"韩乐安说道。

张德林拿过来一看,沧桑的脸上露出笑意。

排练再度开始。

音乐还没有起来的时候,张德林喊道:"伙计哎!"

"哎!"老艺人们应和道。

"抄家伙!"张德林喊道。

"呜……嗨!"众人齐声应和。

随后曲声骤然响起。

"等一下!"民乐指导这时候喊道。

"申楚洁在一边站着有些单调,我觉得可以给她也加一个乐器,让她也加入表演当中,而不只是唱歌。"民乐指导缓缓道。

"去乐器室,把我的小镲拿来!"民乐指导笑道。

一旁的助手马上去将小镲拿了过来。

小镲是一个打击乐器,也称作小钹,与之对应的则是大钹。

中国民间常用的类型一般为黄铜镲和铁镲两种。

镲是无固定音高的乐器,所以总的来说小镲声音最高,其次是中镲,大镲声音最低。

这次使用的是黄铜镲,是用响铜制成的,外形和钹非常像,一般镲的体形较小。

民乐指导给申楚洁拿的是一副小镲，可以双手拿住，也就比手掌大一点。
顶端钻孔系着绸布，两面为一副，演奏的时候，可以敲击在一起，也可以通过摩擦发出声音。
申楚洁研究过民乐，会使用这个乐器。
韩乐安和民乐指导当即开始在曲谱里面进行修改，将这个乐器加了进去。
申楚洁手拿一副镲，站在了老艺人们的中间。
随后，排练再度开始。
随着张德林几声大喊，申楚洁用手中的小镲配合打击节拍。
"他大舅……他二舅是他舅！"
"嗨！"众人齐声喊道，申楚洁在一旁用小镲敲击。
"高桌子低板凳都是木头哎！"张德林唱。
"呜……嗨！"
"呜……嗨嗨嗨！"
"呜……嗨！"
老腔艺人们连续喊了三声，随后，所有的乐曲都消失了。
申楚洁手拿小镲，轻轻敲击，在不断的敲击之中，曲声逐渐响了起来，是属于老腔的曲子，带着鲜明的特色。
随着曲声渐渐到了后面，键盘声、吉他声、架子鼓的声音加入了进来，声音变得更加浑厚起来。
跟上老腔艺人们的节奏成了最大的难点，但是这个困难是没有办法让它消失的，只能去克服。
一个月的时间很快过去，众人启程前往上海，参加《华夏之星》节目的录制。
录制地点在S电视台。
这个节目汇聚了很多在音乐节赫赫有名的大腕。
录制之前，节目需要彩排。
众人安排好在上海的住宿之后，随后前往了录制大厅。
一个戴着帽子的男子笑着给申楚洁打招呼。
"你这次准备的什么节目？"男子问道。
他是这个节目的评委之一，和申楚洁关系很好。
"周老师，我准备的歌是华阴老腔和摇滚乐的结合。"申楚洁尊敬地说道。
男子的脸色一下子就变了。
他叫周文，是摇滚乐界的一位大师。
"你疯了？"周文惊讶道。

他知道华阴老腔，这可是被中央音乐学院的教授评价为中国最古老的摇滚乐的曲种。

摇滚乐界都研究过，但是没有人做过，因为太难了。

"周老师，这本身就是一个很疯狂的事情，但是我相信我可以做好。"申楚洁不紧不慢道。

"请周老师指点。"申楚洁微笑道。

周文点了点头，很是好奇。

申楚洁做的是一件在音乐界开天辟地的事情，她是第一个将华阴老腔和摇滚融合在一起的人。

周文已经迫不及待地想要看看成品如何了。

两个人一起走进彩排室里面。

"申楚洁，要是不行的话现在还来得及更换曲目，不要逞强。"周文善意提醒道。

"我知道。"申楚洁点了点头。

即便已经过去一个月，节拍的问题还是没有解决。

两个人走进彩排室当中，韩乐安和民乐指导都在里面，老腔艺人们和乐手也都在其中。

"各位艺人，你们好。"周文上前打着招呼。

微弯着腰，和老腔艺人们一个一个握手。

此时已经不能称他们为艺人，应该称作艺术家，每一个都是国家的宝藏。

"这位是这个节目的评委周文老师，他是摇滚乐界的前辈。"申楚洁也给大家介绍道。

周文没有什么架子，很是平易近人，他找了根板凳坐在了上面，缓缓道："你们开始演吧。"

"申楚洁，我还是那句话，要是不好的话现在换还来得及。"周文微笑道。

"周老师，你请先看。"

申楚洁拿着小镲走到了中间，几个乐手和老腔艺人们也各就各位。

大家本来就打算进行最后一遍彩排，这下正好彩排了，等会儿就不用再浪费时间了。

曲声响起，老腔艺人们扯着嗓子开始吼唱。

周文原本平静的脸庞顿时波动了起来。

一首歌曲很快结束，申楚洁看到一旁的周文半低着头，像是很不满意的样子。

她急忙走过去问道："周老师，你觉得怎么样？"

"你确定要做这个吗？"周文没有回答，而是反问道。

"我确定，就算是个死胡同我也要做下去，要是没人把这扇门打开，那这扇门就永远是关着的。"申楚洁掷地有声道。

"那就去做吧。"周文缓缓道。

第31章
/ 给你一点颜色 /

周文没有明说什么，申楚洁觉得是演得不好，所以让老前辈伤心了。但是既然已经选择了这条路，她就一定会走下去，不会退缩。

"周老师，请你再指点指点。"申楚洁请教道。

"好，我就最后给你们把把关。"周文笑道。

距离节目录制只剩下几个小时，周文迅速给大家指点了一下，将其中一些小细节再度进行了调整，枝枝丫丫的东西该砍的都砍掉。

最后的作品能表演出什么样子大家都不知道，舞台之上什么意外都有可能发生，申楚洁想要的只是问心无愧。

《华夏之星》节目录制正式开始。

摄像机进入了申楚洁的准备室当中，为了给观众留下悬念，摄像机没有选择去录老腔艺人，而是从申楚洁开始录制。

这个节目是挑战制，每一期都会有新的歌手加入进来进行挑战，有人来就有人走。

每一个歌手都是在中国鼎鼎有名的歌星，在观众们的心目中留下了很深的印象。

张禾陪着老腔艺人们紧张地在后台等候，还没有到他们表演的时候。

等候的房间里有一台电视，可以直接看到现场的情况。

申楚洁已经参与了节目的录制，和他们不在一起。

镜头不断地切换，一个接着一个。

申楚洁虽然因为配合录制，在仔细地听着舞台上歌手的演唱，但是心里也十分紧张。

在这么多专业的歌手面前展示这样一首新的音乐，对她来说挑战更是巨大。

老腔艺人们表演失败，没什么大不了的。

她要是表演失败了，结果肯定是被淘汰。

每一个歌手唱完后是一段点评，舞台下面的观众接连欢呼，掌声不断。

第一个歌手挑战结束，下一个则是应战歌手的演唱。

主持人上台致辞，主持人也是一位专业的歌手。

致辞结束，歌手上台演出。

演唱结束，评委点评。

周文坐在评委席上，对歌手做出点评，心里却还是期待着接下来的表演。

"第二位应战歌手，申楚洁！"随着主持人宣布之后，申楚洁顿时握紧了拳头。

她现在已经在后台，和老腔艺人们坐在一起。

声音响起，众人开始走向舞台。

张德林一手提着板凳，一手拿着月琴，张德云端着条凳，张德禄拿着自己的乐器，一行五个老人走上了舞台。

紧随其后的是键盘手、吉他手、鼓手。

众人落座，观众一片惊呼。

"这是什么啊？"

"好像是华阴老腔，我在话剧里面见到过这几个人。"

观众们议论纷纷，在没有演出之前，他们都不知道接下来要演出的节目是什么。

这个时候，周文从评委席上走了下来，走到了舞台中间。

"这个凳子能借我用一下吗？我想坐在大家的中间。"周文问道，指的是张德云的那个条凳。

张德云二话不说，将条凳抽出来放在了中间。

周文给条凳上一坐，左右都是老腔艺人。

"坐在这块儿，能和老腔艺人们离得近一点。我最早见到华阴老腔是在北京的话剧表演上，后来是在直通春晚的舞台上，我也一直很想和老腔合作。申楚洁后来给我说她准备的节目是和老腔合作的，我当时想，跟摇滚乐结合，他们能搞成什么样呢？"周文发自肺腑道。

整个录制大厅一片安静，全都在听周文讲话。

"我很怀疑他们呈现出来的东西不是申楚洁的风格，所以我看了他们的彩排。"周文缓缓道。

此刻，申楚洁已经从后台换好了服装，向着前台走了过来，进行最后的准备工作。

"我看了以后不知道该说什么，申楚洁说想让我当推荐人，我觉得我当不了，我今天坐在这里是来学习的。他们的演出太棒了，在他们的音乐当中，我真的能感受到来自黄土与摇滚、农村与城市，在这个环境下生存的人们共同给我的震撼。"周文拿着话筒说道。

全场响起了热烈的掌声。

张德林满脸笑容坐在一旁，老腔艺人们真正感觉到了流行音乐圈对他们的尊重。

周文缓缓走下台，回到了座位上。

随着一旁舞台的遮挡缓缓升起，申楚洁的身影从里面显露了出来。

观众席响起一片呼声。

申楚洁的人气还是很高的，也有很多的粉丝。

周文的一番话更是把大家的好奇心都调动了起来，究竟是怎么样的节目才能获得这么高的评价？

申楚洁走上了舞台中央，面前矗立着一个立麦。

表演正式开始。

舞台一片漆黑，所有人的目光都集中在舞台上。

随着一声小镲的脆响忽然响起，灯光骤然打亮，照耀在舞台上，老腔艺人们的身体显露了出来。

张德林手拿月琴，比画道："伙计们！"

"嗨！"众人齐声喊道。

"抄家伙！"张德林再度喊道。

"呜……嗨！"

曲声骤然响起，没有那么多的花哨，纯粹是二胡板胡和月琴演奏出来的乐曲。

"他大舅……他二舅都是他舅！"张德林唱道。

"嗨！"众人齐声喊道，也有鼓声夹杂在其中。

"高桌子低板凳都是木头哎！"张德林唱。

"呜……嗨！"众人手舞足蹈，叫喊道。

"呜……嗨嗨嗨！"

"呜……嗨！"

曲声消失，申楚洁手拿小镲连续敲击，打着节拍。

老艺人们没有戴耳麦，必须凭着感觉去走，其他的乐手包括申楚洁在内都要配合老腔的演出。

张禾和韩乐安站在舞台下面，目不转睛地盯着舞台，两个人的心里都紧张无比。

一旦节拍乱掉了，这场演出就彻底失败了。

乐声渐渐激昂了起来，架子鼓、键盘、吉他也加入了进来。

申楚洁手拿小镲敲击节奏，一下一下，全场彻底沸腾了起来。

"女娲娘娘补了天！"申楚洁对着话筒唱道。

嗓音浑厚，如同直接回荡在众人的脑海之中一样。

"剩下块石头是华山！"申楚洁唱道。

这两句唱腔是摇滚乐的唱腔，一瞬间，全场的观众和评委全都惊呆了，掌声响了起来。

这种曲调他们以前从来没有听到过。

"鸟儿背着那太阳飞啊！"唱到最后，嗓音几乎是要冲破天际，声音回荡在整个录制大厅当中。

申楚洁的声音真的不是盖的，就连那些歌手也都纷纷鼓起了掌。

每一个鼓点都好像敲打在心脏上面一样，每一个人都在高呼。

"东边飞到西那边。"申楚洁再度唱道。

曲声变化，那些歌手都是眉头一皱，感觉事情并不简单。

申楚洁将手里的小镲放下，对着话筒缓缓唱道："为什么天空变成灰色？"

"为什么大地没有绿色？"

"为什么人心不是红色？"

"为什么雪山成了黑色？"

"为什么犀牛没有了角？"

"为什么大象没有了牙？"

"为什么鲨鱼没有了鳍？"

一声接着一声，申楚洁的声调也变得越来越高，整首歌都越发地激动人心起来。

唱到最后，申楚洁身体扭动，眼神之中好像要喷出怒火，似乎是在质问着一切。

一个好的歌手不光能唱出好的歌曲，在舞台上更能通过肢体语言将歌曲之中的情感内核传达给观众。

申楚洁就是这样一个歌手。

此刻，她对着话筒，凝声唱道："为什么鸟儿没有了翅膀？"

"啊啊啊……啊啊啊……啊啊啊啊……"申楚洁再度挥动了手中的小镲，配合演奏。

"啊啊啊……啊啊啊……啊啊啊啊……"申楚洁嘴里哼唱道，曲调是老腔传统曲调改编出来的。

等到最后一个字哼唱出来，申楚洁转身看向张德林，比了个手势。

张德林顿时会意，他左手抱着月琴，右手指着天空唱道："太阳圆……月亮弯都在天上！"

一张苍老的脸上满是喜悦之色，张德林满怀着百分百的热情在表演这一场节目。

申楚洁手握小镲在一旁舞动，为老艺人们做一些伴奏。

事实证明如果没有这个小镲的话，长段伴奏的时候申楚洁的确会比较尴尬，这个选择很正确。

等到曲声到达下一个节点，申楚洁回到了麦克风前，高声唱道："天空和大地做了伴，鸟儿围着那太阳转。"

"华山和黄河做了伴！"

"田里的谷子笑弯腰。"

字正腔圆，中气十足，申楚洁脸不红气不喘地吼上了一个高音，全场再度沸腾起来。

"为什么沙漠没有绿洲？"

"为什么星星不再闪烁？"

"为什么花儿不再开了？"

"为什么世界没有了颜色？"

"为什么我们知道结果？"

"为什么我们还在挥霍？"

"我们需要停下脚步，该还世界一点颜色！"申楚洁高声唱道。

这首歌是她回到北京之后，看到外面雾霾遍布的天空心有所感创作的，想着这么黑，就给你一点颜色好了，就有了这一首歌。

歌词带有感情，故而唱的时候可以动情。

"啊啊啊……啊啊啊……啊啊啊啊……"

老腔艺人们就坐在舞台中央，每一个人都参与进了整个演出当中。

张德云一直在后面敲击着板凳，其他的老人也都在拉动手里的乐器，张德禄依旧坐在那个属于他的位置，不需要板凳，直接坐在地上一手梆子一手钟铃。

所有人都被这样的表演吸引了。

老腔艺人带给他们的惊喜实在是太多了。

待到音乐结束，老腔艺人们一起大喊道："呜……嗨！"

随即一脚跺在了地上。

张德林右手从月琴上拿开，高声唱道："娃娃一片片！"

"嗨！"众人齐声喊道，同时跺脚。

"都在塬上转！"

"嗨！"

"娃娃一片片！"

"嗨！"喊、跺脚。

这种独特的演出风格让很多之前不知道老腔的观众都深深地记住了，华阴老腔的独特性是它能从一个小山村走出去的根本。

"都在塬上转啊！"张德林唱着最后一句。

张德云高举手中的条凳，冲到了舞台的最前面。

那些观众全都傻眼了，这是要干吗，是要打架吗？

"啊唉……唉……唉嗨唉嗨唉唉唉……呜……嗨！"

众人齐声唱道，整个这一段的表演完全由老腔艺人呈现给在场的观众。

张德云手拿枣木块一下一下地敲击在板凳上，成为了最终定格的画面。

在经典的老腔结束曲之中，整首歌宣告结束。

结束的一瞬间，整个录制大厅所有人全都站了起来。

他们高举着双臂，在头顶鼓着掌，为这首新音乐鼓掌，为老腔艺人们鼓掌。

申楚洁眼含热泪，心里也松了一口气。

虽然这首歌并不是多么完美，但是能做到这一步已经超乎了她的预料，这首歌能完整地唱下来就已经是水平的体现了。

老腔艺人们站在了舞台中间，他们的装扮简单，都穿着朴素的衣服。

板凳放在每个人的身前，几个乐手站在老腔艺人们的身后，而申楚洁则站在一旁，将中央的位置让给了张德林。

张德林满脸的喜悦，就差直接跟着观众一起喊出来了。

整首歌居然真的唱完了，全场几百个观众的高呼声震耳欲聋，而且大多数都是年轻人，他已经很久没有见过这么多年轻人为老腔鼓掌了。

张禾的眼睛也感觉有些灰蒙蒙的，眼泪顺着脸颊流了下来。

这一刻，他才感受到了什么叫做真正的老腔和现代音乐的结合！

这是真正属于老腔的音乐！

舞台上，众人一起为观众鞠了一躬，老腔艺人们随即向着后台走去。

申楚洁手拿话筒，站在舞台中央缓缓道："我要感谢刚才在这个舞台上，帮我们完成这个作品，而且给了我灵感源泉的五位老艺术家。"

观众们再度欢呼鼓掌。

周文旁边的一个评委顿时急了，赶紧道："能不能不让老艺人们下去？"

这个人也是一个著名的大歌手，在音乐圈是扛鼎级别的人物。

他赶紧挥手道："那几位大哥能回来吗？"

说是大哥还真是没错，这个歌手的年纪和张德林他们差不多。

原本已经离开舞台的张德林几人只好再度返回了舞台，张德云手里的枣木块还没有来得及放下。

几个评委全都走上了舞台，站在张德林他们左右侧。

让张德林他们留下来的评委名叫吴海，是一位老歌手了，甚至年轻时候唱的歌张德林他们也经常听。

从来没有表演完之后还被嘉宾叫上来的经历，张德林他们五个人都很紧张。

"感谢五位老艺术家，他们用黄土地上的音乐带给了我们一次震撼。"周文微笑道。

吴海也笑了笑，他一只胳膊搂在张德禄的肩上，缓缓道："我相信在座的每一个人看到刚才的表演都很震撼，我们今天和这些老艺术家站在一起，就特别地接地气，这个音乐是真的让我们觉得，每一个音掉在地上都能冒出烟来，这是一首特别好的音乐。"

吴海这个级别的歌手给出如此高的点评实属难得，申楚洁激动到两个眼睛都含着泪花，强忍着没有让其掉下来。

周文将话筒递给了张德林，让老艺术家为大家说几句。

表演不紧张，让说话紧张了，张德林还真是头一次在舞台上讲话，以往都是演完就完了。

不过他是班主，他代表着老腔艺人，时间有限，不容耽误，张禾在下面比了个手势，张德林顿时明白了。

有自家孙子在下面，不用害怕。

他手拿话筒，操着一口关中方言道："感谢大家，大家好！"

"我叫张德林，来自陕西华阴。"张德林自我介绍道。

他指着一旁的张德云道："这是我兄弟，叫张德云。"

"这个也是我兄弟，叫张德禄。"

……

"全都是一家人啊？"观众们惊讶道。

这次机会实在是太难得了，能当着这么多观众的面介绍老腔，真的是给老腔扬名了！

吴海这时候从张德云手里接过枣木块和条凳，准备自己试一试。

张德云在一旁给他比画了几下，嘴里还帮他加上了吼声。

"嘭嘭嘭！"吴海敲打了几下，赶紧把条凳放在了地上，将枣木块还给了张德云，甩着手直吸凉气，反震力让整个手都麻掉了。

观众们看到这一幕都哈哈大笑。

砸板凳没有表面那么简单，手上没有功夫就是这样的下场。

张德云的手可是靠着种几十亩地练出来的，岂是城里的人可以比的？

等到热闹结束，张德林拿着话筒继续道："我们老腔是一个很小的戏曲曲种，只有我们虎沟村在唱，后来很多城里的人知道了老腔，我们就是那东方正儿八经的摇滚乐！"

观众们全都鼓掌叫好。

老腔艺人们随即带着东西走下舞台。

这一场演出非常的成功，超出了众人的预料。

等到张德林等人回到了后台，张禾和韩乐安也追了过去。

"爷，你演得实在是太好了！"张禾高兴道。

"不光是我们演得好，主要还是这个女娃娃排得好。"张德林笑道。

这首歌曲的歌词使用了老腔剧目《太阳圆月亮弯都在天上》和《关中古歌》的一部分歌词，加上了一些原创在里面。

曲子则是以老腔为主旋律配合演奏，真正地演奏出了老腔的风格和特点。

"谢谢老艺人们，要是没有你们，这场演出不可能这么完美！"申楚洁感激道。

华阴老腔和现代摇滚乐的结合实在是让人惊讶，虽然因为时间的关系，这首音乐并没有做到最完美，有不少的瑕疵，但是仍然瑕不掩瑜。

毫无疑问这首歌是成功的。

节目的录制还没有结束，但是众人已经彻底放松了下来，能在舞台上演唱这么一首歌就已经足够了，老艺人们本来就不奢求什么。

申楚洁还要继续去录制节目。

等到最后，终于到了全场投票的环节。

张禾陪着老腔艺人们坐在后台的房间里，看着墙上电视显示的画面。

申楚洁面色紧张地坐在一个房子里，此刻所有的歌手都坐在这里，等待主持人宣布投票结果。

"排名第一的是，申楚洁！"

随着声音出现，申楚洁急忙站起身来，向着众人鞠了一躬。

"申楚洁，歌曲《给你一点颜色》，二百九十九票！"主持人再度说道。

全场三百个人投票，只有一个人没有投票，申楚洁毫无疑问地拿到了第一名。

对申楚洁来说，这是一个第一名。

对于老腔来说，这是迈出的一大步。

张禾和老腔艺人们听到这个声音，脸上也露出了惊喜之色。

节目要追求节目效果，后面还有其他的录制，但是这些已经和张禾他们没有关系了。

等到节目录制完成，申楚洁和韩乐安请老艺人们一起吃了顿饭，该结算的演出费用也要结算。

"德林爷爷，希望以后有机会我们还可以再合作。"申楚洁送别道。

此刻，他们已经来到了高铁站。

"那是肯定的。"张德林微笑道。

"这首歌我回去还会再研究一下，做上一些改进，我们这首歌还可以做得更好。"韩乐安也缓缓道。

"期待你们的结果。"张禾笑道。

众人进入了高铁站，回到了华阴。

等到节目播出的那一天，一瞬间，整个互联网都炸了！

这个时候，互联网已经蓬勃发展起来，很多人都选择在网上浏览信息。

华阴老腔四个字瞬间霸占了热搜，成为了大家争相了解的东西。

这一刻，很多以前不知道华阴老腔的人才认识了老腔。

"这么好的节目我觉得应该上春晚！"

"没错，这首歌太精彩了，不上春晚的话我坚决不看春晚！"

"这首歌一定要上春晚！"

无数网友在网上发着消息，力挺华阴老腔走上春晚的舞台。

随着热度逐渐上升，无数的新闻媒体也开始采访现场的那些嘉宾。

吴海和周文则是表示如果老腔真的要上春晚的话，他们一定鼎力支持。

春晚这个舞台，似乎代表着对一个艺人的认可，能走上春晚的舞台，才算是真正地成为了大众认可的演员。

吴海和周文都是音乐界的老前辈了，他们如此发话，让观众的期待又高了一番。

节目播出的时间是十二月份，明年二月份就是春晚的播出时间，而春晚的节目早就开始准备了，彩排甚至都已经开始了。

不少新媒体的记者专程跑到了虎沟村采访张德林他们。

"张德林先生，现在网上的呼声很高，请问你想不想让老腔上春晚呢？"记者询问道。

以前冲击过春晚的舞台，但是失败了，张德林他们对此已经没有什么想法了。

"我们不强求，人家要是让上我们就上，要是不让上咱也不想那事。"张德林笑道。

这一张纯朴的笑容也被记者拍摄下来，发到了网上。

老腔从来没有这么火爆过，果然和韩乐安、申楚洁合作是对的。

传统曲艺急需要改变，只有改变了，融入了新的东西，带给观众新鲜感，才能获得成功。

华阴老腔的火爆也给了其他传统曲艺新的思路，很多曲艺都活跃了起来，开始找寻改变。

虎沟村里，老腔艺人们一月份的演出已经排好了，一共要外出演三场。

只是，任凭外界的呼声多么响亮，春晚节目组却还是没有传出任何消息来。

这天，一辆黑色的奔驰缓缓驶进了虎沟村的老腔保护中心。

车上下来了两个人，申楚洁和韩乐安。

两个人穿着羽绒服，包裹得十分严实。

"刘主任，我来看看你们。"申楚洁走进去笑道。

手上还拿着一些礼物，韩乐安也没有空着手，两人一起将礼物放在了办公室里面。

"来就来，还带什么东西。"刘兴武赶紧站起来。

"刘主任，这些东西不是给你的，是给老艺人们的。"韩乐安笑道。

这次来虎沟村，两个人是专程来看老腔艺人们的。

一月份的北方十分的寒冷，空气也相当干燥。

随着华阴老腔的火爆，申楚洁和韩乐安的名气也再一次打响。

他们这次来到虎沟村，后面都跟着记者沿途采访。

刘兴武也没有耽误，带着两个人来到了张德林的家中。

张德林家里原先还是土房子，如今生活略有改善，盖成了砖瓦房子，地方也大了不少。

让老腔艺人们全都汇聚一堂，申楚洁一个一个地问好。

今日名声的火爆，申楚洁从来没有忘记这群老腔艺人，是在他们的帮助下，大家才有了现在的成就。

"申小姐，请问你这次来和春晚节目组有关系吗？"记者询问道。

"春晚节目组？我没有得到消息啊，我也很想带着老腔艺人们一起走上春晚的舞台。"申楚洁微笑道。

她也没有上过春晚的舞台，也很希望可以上去，但是这件事不是她说了算的。

距离春晚正式表演剩下不过一个月的时间，很多节目都已经定下来了。

现在想要上春晚只能自荐或者等候邀请，但是基本上自荐是不会有结果的，只能等候邀请。

"真的吗？"记者有些不太相信。

"是真的。"申楚洁点了点头。

"德林爷爷，要是我们真的能上春晚的话，这次一定要把大家都带上舞台。"申楚洁给几位老艺人说道。

上次因为时间紧迫，事发突然，只有五个老艺人登上了《华夏之星》的舞台，这一直是申楚洁心里的一个遗憾。

下次登上舞台，一定要让所有的老艺人都登上舞台。

"德林爷，我后来回去把曲谱重新修改了一下，下次我们如果有机会演出，这首歌一定会更好的。"韩乐安也说道。

音乐要追求完美，韩乐安也没有闲着，该干的事情也要干。

万一真的有机会的话，自己没有准备好那就是天大的遗憾了。

"好好好，也祝愿你们以后事业顺利。"张德林笑道。

德林班的老腔艺人们都坐在房子里，和申楚洁两人热情地交谈着。

记者们也不方便继续采访，直接去了外面转悠，搜集一些华阴老腔的素材。

等到记者们离开，申楚洁小声道："给你们说一件事。"

"什么事？"刘兴武和张禾的耳朵都竖了起来。

看样子还是件重要的事，要不然怎么会等到记者们走了才说。

申楚洁起身将门关上，房间里就剩下了老腔艺人几个人，都是自己人。

她小声道："春晚的节目我已经提交上去了，春晚节目组说原先的歌曲不合适在春晚舞台上演出，要做一些改变，但是他们说不用我们去管，他们那边有准备。"

"什么？"刘兴武差点叫出声，赶紧捂住嘴。

"这件事还没有最终确定下来，所以你们先不要外传，要是没有确定被那些媒体爆出去，我们就丢人了。"申楚洁笑道。

"我们懂。"张禾点了点头。

春晚节目组虽然没有公开声明，但是私下里果然联系了申楚洁，这个节目代表着传统和现代的交融，没有理由上不了春晚。

众人的心里也热切了起来。

要是真的能上春晚，那就真的成功了！

"希望我们能够成功。"申楚洁微笑道。

来也匆匆，去也匆匆。

申楚洁还有自己的演出，能在忙碌之中专门抽时间来一趟就已经很不错了。

刘兴武送他们上了车，就返回了老腔保护中心。

"刘主任，华阴老腔到底有没有机会上春晚？"记者追问道。

"我不知道。"刘兴武一脸茫然地回应道。

记者们见问不出什么东西来，只好悻悻离开。

然而，没有过多久，春晚节目组的电话就直接打进了老腔保护中心。

"你好，我是中央电视台春节联欢晚会节目组。"电话打进来的那一瞬间，听到耳朵里传来的声音，刘兴武整个人都傻眼了。

电话已经打来，事情说不定就要定下来了！

"请你们准备准备，尽快赶到北京。"工作人员说道。

春晚节目组正式向华阴老腔发出邀请，请老腔参演春晚的彩排。

不是华阴老腔单独上去，而是和申楚洁合作。

上次代表陕西省委宣传部竞选春晚资格失败，刘兴武和老艺人们真的是没有再抱什么希望。

这个电话打过来，整个虎沟村彻底沸腾了。

"华阴老腔要上春晚了！"

这句话瞬间传遍了虎沟村。

华阴市文化局、华阴市市政府的领导全都被惊动了。

这可是一件大事！

一旦华阴老腔走上春晚，连带着华阴的名气也将进一步攀升。

虽然有华山在，名气已经不错，但没有领导不希望华阴能被更多人知道。

知道的人多了，来旅游的人多了，各行各业都能发展起来。

上春晚一下子成了一个政治任务，全华阴各个机关单位全力支持。

挂掉电话，没过多久，电话再度响了起来，是申楚洁打过来的。

"刘主任，春晚节目组已经给我打了电话，邀请我们一起去参加春晚！"申楚洁激动道。

之前只是模糊的消息，如今终于定了下来，没有人能按捺心中的兴奋。

"我知道了，我们在北京见！"刘兴武回应道。

"那好，北京见！"

老腔保护中心开始准备后续的工作，从现在开始直到除夕的演出全部推掉，全心全意为春晚服务。

华阴市直接全程安排，送老腔艺人们前往北京。

上次来中央电视台还是录制《直通春晚》节目，但是这一次来已经完全不一样了。

这次来是直接接受了春晚节目组的邀请。

在春晚筹备组的办公室当中，老腔艺人们再次见到了申楚洁和韩乐安。

两个人此刻也十分激动，韩乐安已经不是第一次上春晚了。

作为一名音乐制作人，韩乐安制作的好几首歌曲已经登上过春晚的舞台。

他的心态倒还平和，申楚洁是第一次上春晚。

如果没有老腔的话，她也没有这个机会。

老腔和她的合作，相辅相成，这才促成了她这次来到春晚舞台表演。

没过多久，办公室的门被推开，一个中年男子走了进来。

"你好，我是春晚歌舞类节目的导演田龙。"中年男子自我介绍道。

春晚节目组的人员众多，总导演负责整体规划，还有艺术顾问、策划、撰稿的人。

节目分为语言类节目、歌舞类节目、创意类节目、戏曲类节目。

老腔如果是单独上场，属于戏曲类节目，但是和现代摇滚乐结合之后，那就是属于歌舞类节目，由田龙负责。

除此之外，还有其他的各个统筹和总监、制片人、监制等人，这些还是领导级别的，工作人员更是数不胜数。

为了能在大年三十晚上为观众呈现出一场视觉和听觉盛宴，让全国人民欢欢喜喜过大年，春晚节目组也付出了很多努力。

"谢谢田导演。"众人起身问候。

田龙摆了摆手，示意大家不要紧张，他拉了把椅子坐下来，手中拿着一个文件夹。

"网上的呼声我们早就看到了，之前也和申楚洁接触过，我们也很希望华阴老腔这个代表我们中国农民的曲艺能够来到大舞台，现在我可以告诉你们，春晚节目组已经正式决定，邀请各位参加春晚的表演，不过你们是在西安分会场。"田龙缓缓道。

除却主会场之外，春晚还有四个分会场，西安就是其中一个，这个大家都在新闻上看到过。

春晚分会场也是春晚，是可以上电视直播的，大家没有什么意见，在西安表演正好，演完之后马上就能回家过年。

"之前为什么没有决定，是因为你们的歌词不合适，而歌词这边我们已经给你们写了一份，你们请看。"田龙将文件夹打开，从里面取出了一沓纸。

纸上就是歌词，人手一份。

大家接过歌词定睛一看，全都是脸色大变。

第 32 章

/ 华阴老腔一声喊（大结局） /

纸面上的歌词带着一股沧桑古朴的气息，带着一股浓浓的中国味，大气磅礴。

写这个歌词的肯定不是一般人，此刻，所有人的心中都是这个想法。

申楚洁仔仔细细地从头看到尾，急忙道："这个歌词写得也太好了吧，气势雄浑，每一个字都好像在告诉人们我们华夏五千年壮阔的历史。"

韩乐安点了点头道："我之前已经将曲谱准备好了，这首词正好可以用上，如此大气磅礴的歌词登上春晚舞台再适合不过。"

他们都是专业的唱作人，能看出来写出这样一首歌词需要的底蕴，创作这首歌的人绝不是一个普通人。

张禾也在扫视着整首歌词，增加了老腔的戏份，让传统文化的表演变得多起来，而且其中还蕴含着吞天纳海的味道，切合春晚的主题，切合中国正在蓬勃发展的主题。

写这首歌词的人眼界高出常人很多倍。

"比我之前的歌词要好太多了。"申楚洁笑道。

不愧是春晚节目组，人才济济，拿出来的东西果然不一般。

原先的歌词批判意味比较重，适合在台下表演，不适合在春晚这样热闹的舞台上表演。

田龙看到众人的反应很是满意，当他看到这个歌词的时候心里也是同样的感觉。

"田导演，这是谁写的啊？"刘兴武疑惑道。

在他的印象里，没有人能写出这样的词来。

田龙没有说话，只是伸出右手食指，指了指上面，脸上带着意味深长的笑容。

韩乐安顿时意识到了什么，想要说出口，但是赶紧闭上了嘴巴。

"你们以后就知道了，不要多问了。"田龙笑笑道。

除却老腔艺人之外，张禾和刘兴武都反应了过来。

不能继续说了，没想到居然惊动了大人物，还能让人家亲自写词，这个待遇可谓是前所未有！

"谢谢国家对我们的认可，我们一定不会辜负各位领导对我们的信任，老腔保护中心一定全力以赴，做好春晚的节目工作！"刘兴武当即站起来，坚定道。

"你们有这个决心就好，好好干，节目排练好之后，马上前往春晚分会场彩排！"

田龙微笑道。

大家明白就好，之所以今日才出结果，就是因为这首歌词。

华阴老腔是国家级非物质文化遗产，是华阴的一张名片，是陕西的一张名片。

如今，就将要成为中国的一张名片，华阴老腔走上春晚意义非凡。

韩乐安直接开始干活儿，将歌词和曲谱一起融合起来，百分之二百的力气都用了出来，要是做不好曲子的话都对不起这首歌词！

这一次，上场的不光是张德林五个人，而是德林班的全体人员。

张德林继续作为主唱待在台上，老腔艺人们一专多能，韩乐安按照歌曲的需要安排每一个人的位置，田龙也在一旁亲自指导。

节目完成之后，直接在中央电视台开始排练。

二胡、低音斗胡、板胡、月琴、板凳、钟铃、锣全部上去。

因为主唱只需要一个人，王兴强和张冬雪都各自负责一个乐器，张德林负责主唱的位置。

他是华阴老腔代表性传承人，也是最有实力拿下这个位置的。

众人没有异议，排练直接开始。

中央电视台的排练室要高档许多。

摇滚乐手们依旧是韩乐安和申楚洁带来的摇滚乐手，也增加了几个乐器，营造出磅礴的气势。

鼓手一个，贝斯手一个，键盘手两个，吉他手两个。

华阴老腔艺人们一共十一个人，加上主唱申楚洁，在舞台上表演的人一共有十八个人。

协调十八个人的音乐对韩乐安来说还是很有难度的，更重要的是，距离春晚的演出就剩下一个月的时间了。

在这一个月之内，要将节目彻底彩排好，不能出现任何的意外。

春晚是直播，大年三十晚上，全国有好几亿人都在观看中央电视台春节联欢晚会。

每一个节目的时间都要精确到秒，就这样也会有意外出现，需要节目组的现场调整。

华阴老腔放在春晚西安分会场，虽然不需要主会场那么麻烦，但是也要精确时间。

老腔艺人们也是干劲满满，每天都要排练到凌晨三四点才结束。

十天之后，歌曲正式排练完成，田龙看过之后很是满意。

"好了，可以了，你们马上前往西安分会场，开始彩排！"田龙缓缓道。

众人的心一直吊在空中，还是没有落下来，不到最后一刻，没有人敢松懈。

没有耽误，一行人即刻启程前往西安分会场。

分会场的位置在西安城墙永宁门的所在地，舞台的地点在永宁门瓮城。

瓮城是古代城市的主要防御设施之一，可以加强城堡或关隘的防守。

西安古城墙是现如今中国保护最完整的古城墙，能代表西安的文化魅力。

舞台就搭建在永宁门城门之前，舞台背后就是朱红色的大门，门上刻着永宁门三个大字。

等到老腔艺人们抵达之后，陕西电视台的工作人员急忙将众人接待起来。

西安分会场的演出是春晚节目组主导，陕西省电视台协助举办的。

全国最盛大的事情，各级政府更是鼎力支持。

此刻，这里已经全部封闭，不允许游客前来参观，舞台也搭建完毕，很多节目都在这里彩排。

"欢迎各位。"驻守在西安分会场的工作人员隆重地接待了老腔艺人们。

"这个节目按照我们的想法，到时候会有两百个舞蹈演员配合你们的演出。"分会场导演说道。

导演是个中年男子，名叫赵发，大家都认识，之前主持过陕西省电视台的晚会。

"两百个？"张禾面色诧异。

"没错，就是两百个。"赵发继续说道。

"这两百个人每个人都要拿着一个条凳，配合你们的演出，在我们的设想中，会有两百个人一起砸板凳的一幕出现。"赵发介绍道。

众人在脑海中想象了这一幕，全都被震撼到了。

张德云一个人在舞台上砸板凳就已经十分震撼了，现在有两百个人一起砸板凳，场面不可谓不大。

"大家表演的演出服我们也准备好了。"赵发继续说道。

时间越来越紧迫，每个人的身后都好像有一只狼在追赶一样。

赵发的决定是春晚节目组同意的，在北京大家只能排练好音乐，真正的演出要在分会场现场排练，才能真正地将节目效果表现出来。

张德林等人也是跃跃欲试，这样的表演实在是太刺激了，坐在西安城墙下，高呼老腔，想想都让人兴奋。

华阴老腔，一个小曲种，一个小村庄的曲艺，走到了今天这一步，无数人付出了汗水和努力，为此，没有一个人懈怠。

刘兴武负责和老艺人们沟通，张禾负责老腔艺人们的后勤工作。

彩排正式开始。

张德林等人穿戴整齐，都是红红火火的衣服，不过都是冬衣，因为外面实在是太冷了。

申楚洁穿着一身袄子，毛茸茸的，也是红色的，热闹喜庆。

"这边还要再调整一下！"赵发在下面喊道。

两百个身穿红衣白色裤子的舞蹈演员，手拿红色的条凳，在舞台四周舞动身姿。

赵发喊停，大家都停下来了。

"舞蹈是谁负责的？"赵发喊道。

舞蹈指导也跑过来了。

"能不能让这些舞蹈演员把条凳摆在中间，让申楚洁踩着条凳一步步向前走？"赵发询问道。

彩排的过程中经常会有灵感爆发出来，必须抓住。

"这个建议好啊，可以做，我重新对舞蹈编排一下。"舞蹈指导当即说道。

西安给人的感觉就是历史的厚重感，华阴老腔有两千多年的历史，同样带着厚重感，两者结合起来，意义非凡。

因为春晚的演出是在晚上，所以大多数时候的彩排都是在晚上进行。

每一个人都被老腔艺人们的精神感动了，老腔艺人们从来没有叫过苦，喊过累，不管什么时候演出都是热情四溢，满怀激情地加入演出当中。

彩排一遍又一遍，那些舞蹈演员都有些受不了了，但是看到那些老艺人一遍一遍，毫不厌烦地在舞台上高声唱歌，他们又都坚持了下来。

"德林爷爷，你们辛苦了。"彩排结束，十二点，大家一起在夜宵摊上吃饭。

"不辛苦不辛苦，大家都辛苦。"张德林笑道。

那些乐手们也都坐在四周，大家就好像一家人一样。

"我觉得这个节目肯定会引起轰动的，特别是那两百个人一起砸板凳的时候。"韩乐安手舞足蹈比画道。

彩排的时候，大家已经看到了那一幕，的确很震撼。

"祝愿我们这次的演出大获成功！"刘兴武举杯说道。

众人的杯子碰在一起，全都欢呼起来。

第二天，大家打起精神再度来到了彩排现场。

永宁门的瓮城灯光璀璨，全都布置一新。

距离春晚的演出只剩下了七天的时间，时间正式开始倒数起来。

每天都要彩排上十几遍，艺人们不断熟悉整个过程，导演们再在一旁对一些细节进行指导。

然而，一个电话打过来，众人所有的计划全被打乱了。

"什么？现在去北京主会场？"赵发傻眼了。

"这是上级领导作出的决定，必须去！"电话里的人说道。

赵发脸色变了变，最终只好说道："我知道了，我马上安排！"

挂掉电话，赵发从办公室里走出来，匆匆跑到了永宁门瓮城的舞台。

"去叫华阴老腔节目的演员过来。"赵发吩咐道。

工作人员赶紧跑过去，将舞台上正在彩排的演员们叫下来。

彩排就此终止。

老腔艺人们面面相觑，正唱到高兴的地方，怎么就喊停了。

那两百个舞蹈演员也都围在了四周，一脸疑惑。

看着赵发的表情，众人都感觉有些不妙，申楚洁和韩乐安更是心里紧张无比，难不成这个节目要被临时取消了？

赵发顿了顿道："首先，我要给大家说一声对不起，你们的节目不能在这里表演了。"

话音落下，张禾和刘兴武脸色一变。

"赵导演，老艺人们辛辛苦苦彩排了这么久，这就不表演了？"张禾急切道。

张德林等人虽然没有表现出来，但是心里也有些失落。

赵发的意思很明显，不能在这里表演了，也就是节目被取消了。

"这是上级领导的意思，不是我能决定的。"赵发继续说道。

韩乐安长叹了一口气，缓缓道："既然这样，那就算了，虽然不能上春晚了，但我们最起码得到了一个优秀的节目。"

众人没有想到会是这样一个结果。

大家废寝忘食、夙兴夜寐地排练了一个月。不能表演。

不过这种事情在春晚节目录制过程中已经不是第一次发生了，甚至有些节目在大年三十那一天还有被砍掉的。

"算了算了，不能上就不能上，正好回家过年。"张德云也摆了摆手道。

众人的神色都十分失落。

然而，这时候，赵发原本沉郁的脸上露出了一丝笑容。

"谁说你们不能上春晚了？"赵发笑道。

"赵导演，你不是说我们不能在这里演出了吗？"申楚洁疑惑道。

赵发嘿嘿笑了几声，道："我是说你们不能在这里表演了，可我没有说你们不能上春晚啊。"

话音落下，众人的脸上都露出思索之色。

春晚除却分会场外，就剩下主会场了，不能在分会场表演，难道？

一下子，所有演员的眼睛都好似冒出了光芒。

"赵导演，难道是真的?"申楚洁急切道。

赵发点了点头，随即清了清嗓子。

"现在我宣布，华阴老腔节目的演员，按照上级领导的指示，按照春晚节目组的要求，即日起立刻进京，除夕晚上，华阴老腔的节目将在北京中央电视台春晚主会场演出!"赵发沉声说道。

全场一片死寂，落针可闻。

大起大落不过如是。

张禾愣住了，刘兴武愣住了，申楚洁傻眼了，韩乐安眼神呆滞了……

每一个人都好像被人下了定身术一样，一动不动。

"还愣着干什么，还不赶快收拾东西!"赵发催促道。

"赵导演，我……"刘兴武不知道该说些什么。

"刘主任，你不用多说，这都是上级做出的决定，我们都是按照命令办事。"赵发安慰道。

在西安分会场的这段时间，大家相处融洽，将节目准备得尽善尽美，已经有了感情。

现在二话不说要去主会场，对老腔艺人们来说是一件好事，但是对赵发来说，之前所做的努力全都白费了，刘兴武心里觉得有些愧疚。

"这次去主会场，只有你们演员们，其他的舞蹈演员因为主会场的条件有限，所以也不能过去，而且你们还要留着去表演其他节目，也不能过去。"赵发吩咐道。

这些舞蹈演员在分会场还有节目，自然不能跟着过去，而且春晚主会场也容纳不下原先的舞蹈表演。

舞蹈演员们虽然有些失落，但是很快就调整过来。

"各位爷爷，希望你们在主会场的演出大获成功!"

"去了北京一定要好好演出，我们都等着你们的好消息!"

"爷爷们，以后有机会再见了!"

舞蹈演员们一个个说道，都是些年轻人，在这段时间的排练当中也和老艺人们互相熟识了。

"谢谢大家。"张德林微笑道。

西安分会场的事情已经和华阴老腔没有了关系，众人马上收拾东西准备进京。

距离除夕只剩下七天的时间，七天时间，需要熟悉主会场的舞台，对节目进行调整。

韩乐安也是一阵头大，但是相比收获来说，这些都不算什么。

乐器等东西提前托运过去，众人直接坐飞机前往北京。

送行宴会上，赵发举杯。

"各位老艺人，得到这个消息我也很突然，我也有些失落，但是你们能去主会场表演，代表着上级领导对我们的认可。"赵发缓缓道。

"华阴老腔是一门不可多得的艺术，差点就被埋没，今时今日能有这样的成就，离不开你们每一个人的努力，我敬大家一杯。"

赵发仰头喝完手中的一杯白酒。

"今天你们要代表我们陕西前往北京主会场，身上的压力要比我们大得多，陕西还有很多曲艺都没有这个机会，我希望你们都能把握住。华阴老腔是小曲种，现在我们国家还有很多的小曲种没有被人熟知，华阴老腔登上春晚大舞台，对他们也是一种激励，我们陕西全力支持你们！"赵发说道。

众人眼含热泪，没有人想到会有这样突然的事情。

如果只是在西安表演，就好像在自己家一样，去北京则是要出门了，去外面表演，代表的不光是陕西，还有千千万万个中国的小曲种，祖先留下来的财富。

"在此祝愿大家演出成功，让全国人民都知道我们陕西的华阴老腔！"赵发再度举杯，一饮而尽。

一场送行宴会结束，众人启程前往北京。

这条消息也迅速被新闻媒体报道了出来，春晚节目组临时决定，请华阴老腔进京演出，在春晚主会场的大舞台上演出！

消息传遍了全国，一瞬间，引燃了整个陕西人民的热情，还有不少知道老腔的人全都在网上喊了起来。

华阴老腔，正式在春晚的舞台上表演！

来到北京，直接进入中央电视台春晚主会场的演出现场。

田龙直接接待了大家。

"这次的决定很匆忙，所以大家要抓紧时间。"田龙急切道。

一行人一路走进去，乐器等东西也被安排上了。

"之前在西安演出是开放式的舞台，现在是封闭式的舞台，我要调整一下。"韩乐安缓缓道。

不同的舞台声音表现出的效果是不一样的，韩乐安要对这些进行调整，而申楚洁的演出服也要换掉了。

之前是因为在外面，天气寒冷，所以穿着火红色的大袄子，现在在室内，就不需要这个衣服了。

老腔艺人们人手一条红围巾，除却张德林因为要表演，没有红围巾，其他的人都要戴上。

张德林的服装则是一件枣红色的对襟短打，下身是一条黑色的裤子，都是村中常见的装扮，代表着生活在这片黄土地上的农民。

春晚舞台上，其他的演员们看到老腔艺人们都惊讶无比，很多人都跑过来问好。

在《华夏之星》上的表演已经震撼到了大家，现在见到真人，每个人都很激动。

"祝愿表演顺利！"

"你们也是。"

大家笑呵呵地相互问好。

"开始彩排！"田龙喊道。

老艺人们在舞台上高声吟唱。

"这块是升降舞台，通过升降让这些乐手出来，最开始只让这些老腔艺人们在舞台上就可以了。"田龙指挥道。

命令下发，各个工作组的人员听命行事，不断调整最后的情况。

"收音，这块要收音，要不然都听不清了！"韩乐安大声喊道。

调音也很重要。

每个老腔艺人都要戴上一个耳麦，有什么突发状况导演会在耳麦里通知大家，必须戴上。

虽然有些不习惯，但是演出任务最重要，老艺人们全都戴上了耳麦。

"这几个人的位置再往后一点！"

"申楚洁，你唱的时候要注意，这块要把麦克风从立麦上拿掉，千万不要出错！"

"张德林，你们两个再靠近一点，离那么远没有舞台效果！"

……

临近表演最后一天，大家还在不断地调整，每个人的心都揪在一起。

大年三十，中央电视台新闻记者进入后台，开始进行最后的采访。

老腔艺人们不仅要彩排，还要接受记者们的采访。

在晚会演出之前，节目单已经发布出去，全国人民都知道这次的春晚都有哪些节目将在上面表演。

"老艺人们，你们现在紧不紧张？"记者大声问道。

"你说我紧不紧张？"张德林笑道。

开玩笑，怎么可能不紧张？

"这次的演出你们是从西安临时过来的，你们有没有信心演好？"记者继续问道。

"信心我们有，这次演出我们肯定能演好，也希望观众们喜欢我们这个节目。"张德林操着关中方言回应道。

年纪大了，学普通话是学不会的，一直以来都是用关中方言。

采访结束，老腔艺人们再度开始彩排。

等到晚上八点钟，春节联欢晚会正式开始。

中央广播电视总台春节联欢晚会，简称为央视春晚或春晚，是中央广播电视总台在每年除夕之夜为了庆祝新年而开办的综合性文艺晚会，起源于1979年，正式开办于1983年，2014年被定为国家项目。

晚会涵盖小品、歌曲、歌舞、杂技、魔术、戏曲、相声剧等多种艺术形式，把现场观众和电视机前的观众带入到狂欢之中，打造"普天同庆，盛世欢歌"的节日景象。

晚会于每年除夕晚上八点在中央广播电视总台央视综合频道、综艺频道、中文国际频道、军事农业频道、少儿频道等现场直播。

演出从八点开始，直到午夜之后结束，面向的观众不光是国内的观众，还有国外的海外华人和海外侨胞。

时至今日，每年春晚的观看人数都在亿以上，收视率更是独霸全国。

能在春晚上表演，对每一个演员来说都是一个实力的认可。

大家不为名，不为利，为了能在同一时间和全球华人一起庆祝这个时刻。

除夕晚上，家家户户做好了团圆饭，相聚在一起。

虎沟村里面，张德林等人因为在北京，而没有在村中，村子里的其他人全都围坐在电视机前，等待着张德林的演出。

张禾这次没有去北京，而是选择了和家人在一起。

他和唐琼坐在沙发上，看着电视屏幕，赵芸和丈夫张星也坐在一旁，张川一边玩着手机，时不时抬头看一眼电视。

厨房里面，锅里的水沸腾着，随时准备将饺子下锅。

虎沟村里面，大家都沾亲带故，全都坐在这里面，一起欢聚一堂，准备观看张德林的表演。

不光是虎沟村，此刻，几乎整个华阴市的人全都坐在电视机前，等待着华阴老腔的演出。

这是一次扬眉吐气的机会，华阴的节目登上春晚大舞台，每个华阴人脸上都有光。

冯浩也坐在电视机前，一脸的感慨，当年几乎没什么人知道的老腔今天要出现在春晚的舞台上。

他算是见证人之一，也觉得十分不可思议。

陕西电视台《秦声璀璨》的导演吴岳此刻也坐在电视机前，和家人们在一起。

以前工厂的老员工们也都各自在家里面，等待着演出。

全球华人，好几亿人此刻都干着一件事情，望着电视屏幕或者电脑屏幕、手机屏幕，等待着春晚的演出。

八点到，春晚正式开始，第一个节目是开场歌舞，无数个舞蹈演员和歌手在台上为大家演唱，跳舞表演，将气氛带动起来。

欢声笑语响彻在每个家庭之中。

歌曲、歌舞、小品……一个节目接着一个节目，时间精确到秒，每一段的时间都要严格把控。

十点左右，戏曲节目登台演唱。

戏曲节目是春晚的重要一环，如果春晚都不要戏曲节目了，那戏曲真的有可能没落下来。

为了保证中华民族的传统戏曲，每年都会安排戏曲节目上台。

婺剧、豫剧、越剧、戏曲、京剧一个接一个，这是一个戏曲大串烧节目。

下一个节目就是华阴老腔的表演了。

"快快快！准备上场！"工作人员催促道。

老腔艺人们守在等候处，等会儿舞台会降落下来，东西搬上去之后，舞台升起，大家就来到了舞台上。

"德林爷，加油！"刘兴武鼓励道。

"加油！"韩乐安也喊道。

众人严阵以待，心脏怦怦怦地跳动着，像是随时要从心口里蹦出来。

戏曲表演正式结束，随后是主持人的时间，在这段时间里，老腔艺人们要来到舞台之上。

"马上就要到德林爷的表演了！"张川将手机放下，目不转睛地盯着屏幕。

渭南师院的马博文主任，还有音乐协会的那些学生也全都坐在电视机前。

"下一个节目就是华阴老腔！"

众人神色急切，恨不得不听主持人的过场语。

西安音乐学院的陈少阳陈教授、梁秋梁主任两个人也都在自己的家中，陪着家人看着电视。

"等会儿就是华阴老腔的表演了，不要忙活了，快来看吧。"陈少阳说道，让自己的老婆过来。

中央音乐学院的李湾李教授也在自己家中观看春晚，眼神期待。

关中民俗艺术博物馆的齐汉瑜也看着电视机，北京人艺话剧团的团长陈亿夏也坐在电视机前。

"华阴老腔要表演了,快来看!"陈亿夏催促道,全神贯注看着电视屏幕。

虎沟村里,所有人的目光都集中在电视机上。

"德林爷就要表演了,都赶紧过来,叫小娃们都回来!"张星喊道。

唐琼一脸微笑靠在张禾的肩膀上,望着电视机。

电视机屏幕上,两个主持人聊着天,耳麦里面随时等候通知。

过场语都是提前准备好的,根据时间随机应变。

"舞台准备完毕,开始报幕!"耳麦里传来导演的声音。

两个主持人马上反应过来,结束了过场语,开始宣布下一个节目。

男主持人手拿话筒,缓缓道:"所以这就是中国传统文化中的智慧。"

"接下来我们这个节目可以说是古今合鸣,新老对话,让我们一起来听《华阴老腔一声喊》!"女主持人紧跟着说道。

两个人接着之前所说的话题,自然地引出下一个节目出来。

舞台之上,灯光亮起,现场观众的目光也全都移动了过来。

老腔艺人们分坐在四周,张德林手拿月琴,站在最中间。

看到这群老艺人的打扮,全场一片惊呼。

张德林手拿月琴,右手舞动,朗声念道:"八百里秦川!"

"嗨!"所有的老艺人一起喊道。

"千万里江山!"

"嗨!"每个人的脸上都洋溢着笑容,脖子上还都围着红围巾。

申楚洁坐在后面的舞台台阶上,看着这一幕。

"乡情唱不尽!"张德林喊道。

"嗨!"众人齐喝。

"故事说不完!"

"嗨!"

"扯开了嗓子!"

"嗨!"

"华阴老腔要一声喊啊!"

"嗨……嗨!"

每一个喊声,伴随着一声锣声,一声板凳声,还有跺脚声。

"伙计哎!"张德林喊道。

"嗨!"众人笑着应和道。

"抄家伙!"

"呜……嗨!"

"呜……嗨嗨嗨!"

"呜……嗨!"

几声梆子声音响起,曲声也激荡了起来。

一瞬间,所有在看春晚节目的观众全都被吸引了,这样独特的表演,之前从来没有看到过。

申楚洁随之起身,手拿小镲连连敲击。

曲声之中,键盘声、鼓声、贝斯声、吉他声也逐渐加入进来,舞台缓缓升起,乐手们出现在了众人的眼前。

"居然是和摇滚乐的结合!"不少观众惊讶道。

申楚洁缓缓走到了立麦面前。

随着曲声到达顶点,申楚洁高声唱道:"华阴老腔要一声喊呐!喊得那巨灵劈华山!"

"喊得那老龙出秦川!喊得那黄河拐了弯!"

四句歌词,大气磅礴,中华民族的气势一瞬间显露出来,观众们全都喝彩起来。

这个歌词写得好,申楚洁更是将那股气势唱了出来。

"太阳托出了个金盘盘!"申楚洁继续唱道。

张德林一脚踩在板凳上,用大腿撑着月琴,连连弹奏。

"月亮勾起了个银弯弯!"

"天河里舀起一瓢水啊!"

"洒得那星星挂满了天!"申楚洁浑厚的嗓音直入人心,每一个人都感受到了歌词里吞天纳海的气势。

这个气势代表着中华民族披荆斩棘、一路前进、不畏艰险的精神,代表了黄土地上农民的呐喊!

张德林此刻走到了申楚洁的身边,手握月琴高声唱道:"天河里……舀起一瓢水啊!洒得那星星挂满了天!"

申楚洁手拿小镲,配合着张德林的演出。

"什么样的山是最高的山?"

"什么样的川是最宽的川?"

"什么样的土是最美的土?"

"什么样的天是那个莹莹的天?"

申楚洁紧跟着唱了起来。

"汉子的脊梁是最高的山。"

"母亲的胸怀是最宽的川。"

"故乡的田园是最美的土。"

"民心里装着那个莹莹的天!"

四问四答,整首歌的档次瞬间上升了一个层次。

电视机前,每一个人都被歌词和演员们的表演震撼到了。

高潮渐起,申楚洁一把将麦克风从架子上取下来,表情带着一股倔强,高声唱道:"周秦汉,几千年,咱面朝黄土背朝天!"

"梦里面黄河清见底,通天的大路咱走长安!"

"周秦汉啊!"张德林沧桑古朴的嗓音响了起来。

"几千年!"

当在舞台下面等候的时候,大家心里还很紧张。

当真的站在了这个舞台上的时候,心里的紧张全都消失不见了,心里只剩下一个想法,那就是唱好这首歌。

让全国人民,全球华人知道华阴老腔!

"圪梁梁,土塬塬!"张德林高声唱着,唱出了心里的声音,"不怕汗珠子摔八瓣……老百姓盼的是日子甜!"

掌声从头到尾都没有停止过。

张禾看着电视,眼眶不自觉地湿润了起来。

虎沟村里一片宁静,没有一个人发出声音,只剩下了电视机里张德林的歌声。

"盼盼盼!"张德林挥手喊道。

"嗨!"老腔艺人们和乐手们一起喊道。

"甜甜甜!"

"嗨!"

"盼盼盼!"

"嗨!"

"甜甜甜!"

曲声逐渐激昂起来,吉他声贝斯声响彻在众人的耳朵中。

配上现代摇滚乐,让整首歌的气势更胜一筹。

"咱盼了一天又一天!"申楚洁继续唱道。

"咱盼了一年又一年!"

张冬雪站在最后,身子舞动,她负责的乐器是锣,摆放在最后面,身穿绿色碎花的袄子,喜庆祥和。

"咱盼了一辈又一辈啊!盼得那巨龙把身翻!"申楚洁高声唱道。

这句歌词一出,不少观众都流下了眼泪。

眼眶里的泪水再也忍不住，顺着脸颊流落下来，张禾擦了擦脸，但是眼睛还直勾勾地盯着电视机。

老腔正是盼了这么多年，终于来到了春晚的舞台。

而中国也是如此，经历过百年的苦难，最终站了起来。

巨龙把身翻，傲立于世界民族之林，走向中华民族的伟大复兴之路！

申楚洁手拿麦克风，走到了舞台最前面。

"周秦汉，几千年，咱面朝黄土背朝天！希望种进那黄土地，只盼着结出个金蛋蛋！"

"抬望眼，看今天，长风正破浪沧海挂云帆！梦想架起那七彩虹，架起那彩虹就接云天！"

每个人都被歌词所打动，被老腔艺人和申楚洁的歌喉所打动，不知道有多少人在这一刻流下了泪水。

每一个中国人民都能感受到歌词中蕴含的气势，那是中国人民永不服输的精神，是中华民族五千年来积攒的信心。

随着歌声结束，老腔艺人们口中喊道："呜……嗨！"

张德民手拿喇叭，吹了起来。

"唉嗨……唉嗨唉嗨唉唉唉唉……"张德林带头哼唱老腔最经典的曲调。

张德云也拿着条凳冲到了最前面，手拿枣木块向着条凳砸去。

曲声全部消失，所有人都停下了手中的动作。

申楚洁站在麦克风面前，目光炯炯有神，清唱道："华阴老腔要……一声喊！"

华阴老腔要一声喊，中国也要一声喊，喊声必定震惊整个世界！

电视机前，张禾擦了擦眼角，将眼泪擦掉。

后面的声音他已经听不到了，但是他知道，华阴老腔这下真的要火了……